# 半夏曲

魏立明 著

北京燕山出版社

**图书在版编目（CIP）数据**

半夏曲 / 魏立明著. -- 北京 ： 北京燕山出版社，
2025.8

ISBN 978-7-5402-7092-6

Ⅰ．①半… Ⅱ．①魏… Ⅲ．①长篇小说－中国－当代
Ⅳ．①I247.5

中国国家版本馆CIP数据核字（2023）第201327号


作　　者　魏立明
责任编辑　刘朝霞　任　臻


出版发行　北京燕山出版社有限公司
地　　址　北京市西城区椿树街道琉璃厂西街20号
邮　　编　100052
电　　话　010-65240430
印　　刷　北京富诚彩色印刷有限公司
开　　本　710毫米×1000毫米　1/16
字　　数　468千字
印　　张　26
版　　次　2025年8月第1版
印　　次　2025年8月第1次印刷
ISBN 978-7-5402-7092-6
定　　价　68.00元

# 序　言

"仲夏之月，蝉始鸣，半夏生。"我行野草间偶遇半夏，半夏絮絮地向我讲起些琐碎的故事。

草木生于山野泽畔，形貌各有所美，花色各有所艳，气息各有所芳。其种类名称众多，人不能识得，统称其为野草，自然生长，芜然而成草地。野草，有的可食，采来作为菜蔬；有的入药，以中药配伍之法组成良方。野草是诗，是生命的歌者，在《诗经》里歌唱，在唐诗宋词里吟诵，在中药本草经典中流传。

神农尝百草，始有医药，众草得药名如王不留行、独活、细辛、当归、麻黄、通草……流传后世，中国医学得以积淀、发展。厚重、智慧的中药药碾啊，一代又一代中医人推动碾轮研磨中药治病救人。

有草名白头翁，又名奈何草，天气还寒，就从地里钻出来，开出莲花状紫花，只两三天便凋零，花茎上生出银丝，远看去像极了白发老翁。人生暮年的白发老翁见了此草，感叹其芳华匆匆，若心怀理想而事有未竟则尤为感伤。生了白发的李白行至青草间见有白头翁，对明镜，衰鬓同，如梦幻，竟生疑惑："如何青草里，亦有白头翁？"

又有徘徊花，香味袅袅不绝，故称"徘徊"。花色与玫瑰玉石的颜色相同，古人又称其为"玫瑰"，可做香料，也可入药，还可酿酒，为玫瑰露，酒味醇香，令人陶醉。此花竟也经历了一段酒业兴衰的旧事。

又有蒺藜，果实多刺，却是明目良药。

中医药神秘厚重，市井中亦有一白头翁，战争蹉跎了他的人生，他却飞蛾扑火般执拗地坚持他的中医理想，直到人生尽头。

有一白发老媪，昔年貌美如花，酿成玫瑰露酒，唱着歌谣，等待征夫归来，芳华流逝而泪尽。

有一个女孩，像一棵野草，阳光照不到她，于是她学会了寻找阳光。

我道："故事中皆平凡人，琐屑旧事，何足讲给世人听？"

半夏笑："'我有一瓢酒，可以慰风尘。'人皆在酿酒，故事只是落满灰尘的故事，我愿看官从故事里走出来，而自己的酒已在酝酿，或已酿出酒香，香得惹人醉。"

我领会，把这些故事记作《半夏曲》。

# 目 录  C O N T E N T S

玫瑰花类蔷薇，紫艳馥郁，宋时宫院多采之，杂脑麝以为香囊，芬氲裛裛不绝，故又名徘徊花。

——（明）田汝成《西湖游览志余》

味甘，微苦，温，无毒。主利肺脾，益肝胆，辟邪恶之气，食之芳香甘美，令人神爽。

——（明）姚可成《食物本草》

玫瑰花，俗呼刺梅花，野生者名山刺梅，红色者可入食品。城东南最多，每年四五月间，柳匠屯烧锅采之，以酿玫瑰露，酒色香味俱臻绝顶，为烧春中第一。

——《沈阳县志》

# 第一章

## 人生五味

酸入肝，辛入肺，苦入心，甘入脾，咸入肾，淡入胃，是谓五味。

⋯⋯⋯⋯

五味各走其所喜，谷味酸，先走肝；谷味苦，先走心；谷味甘，先走脾；谷味辛，先走肺；谷味咸，先走肾。谷气津液已行，营卫大通，乃化糟粕，以次传下。

——《黄帝内经·灵枢》

辛散、酸收、甘缓、苦坚、咸软。毒药攻邪，五谷为养，五果为助，五畜为益，五菜为充。气味合而服之，以补精益气。此五者，有辛、酸、甘、苦、咸，各有所利，或散、或收、或缓、或急、或坚、或软。四时五脏，病随五味所宜也。

——《黄帝内经·素问》

赵晶玉病了，感冒，在昏睡中。

睡梦中有一双手把她放下，她知道是妈妈，可是她看不清妈妈是什么模样，妈妈转身走了。立刻，刀一样的风夹着冰冷的雪片在她的身边呼啸，寒冷侵入记忆。哭泣是种本能，她不知道转身走开的是谁，可她又知道是她的妈妈，她想用哭声把那个人喊回来。

又像是在水塘里，她在水中奋力游着。水底像一个迷幻的世界，有些怪模怪样的石头躺倒在泥沙中，还长了绿的头发，哦，是水藻。还有的水草像章鱼的触手伸得很长很长，触手上都生有倒钩。水草们摇摇晃晃抓住了赵晶玉的脚，要把赵晶玉拖向水底。她拼力挣脱却越缠越紧。她想喊，可是水底的世界像是无声的，一切是混沌的绿色，声音被虚空吞吃掉了，她感到窒息。

她努力向上把手伸向水面，突然另一双手握住了赵晶玉的手，把赵晶玉拉出水面，抱在怀里。好温暖，好像风被挡住了，冬日的阳光柔柔地照在身上。徘徊花香扑入鼻孔，那是姥姥身上的气息，赵晶玉瞬间平静下来。

一勺汤药送到嘴边，中药的气息打通了鼻窍，赵晶玉嘬了一口，是中药的苦味，熟悉的味道，她知道自己病了，喝了这药很快就会好了。

她睁开眼："姥姥，中药好苦啊！"

"又做什么梦了，哭得那么伤心？"

"我又梦见那个背影了，放下我起身就走，一闪就不见了，就像雪化了什么都找不见。"

"然后，你就伤心地哭了？"

"好像是特别冷，冻哭的吧。又像是水里，我拼命地游去追她，可还是没有追上，水草缠住了我的脚，就在我快沉下去的时候，一双手就把我拽了上来。真是奇怪，我感觉特别冷的时候，一做梦就做这样的梦。还有就是，不管是在雪里跑还是在水里游，我的脚总是被水草什么的缠住，我就追不上那个背影。"

姥姥端着药碗，没有说话。

赵晶玉忽闪着她的大眼睛看着姥姥说："我是我妈亲生的吗？"

"是，当然是啦。"姥姥不容置疑地回答，"你还记得你妈妈叫什么名字吗？"

赵晶玉摇摇头。

姥姥嗔怪地说："记住你的妈妈叫张安华，你的爸爸叫赵康强。"

"可是我总觉得我不是我妈亲生的，梦里的那个才是。"这样的梦给赵晶玉带来很大的困惑。

"梦，当不得真的，"姥姥看着手里的汤药，汤药白色的热气在蒸腾着，在药碗中幻化成仙山的模样，又很快崩溃，"不过，梦也预示着什么，再有，总在思考一个问题，梦里梦到也不稀奇了。"

"那你再给我讲讲梦的故事吧。"

"先吃药，趁药还热，喝下去。"姥姥又一勺汤药送到赵晶玉嘴边。

赵晶玉又尝了一口，药里还有些酸和甘的味道，便又笑着说道："我知道了，药里有芍药，还有桂枝、五味子和半夏。"

姥姥也笑了："对，还有麻黄、甘草、细辛和干姜。"

这一服药，辛、酸、甘、苦、咸五味几乎全了，赵晶玉从小多病，恐惧打针，就选择吃药，所以总要喝着各种药，渐渐地竟能尝出各种中药的味道了。赵晶玉药喝烦了，姥姥就会讲，这药里有她喜欢的芍药，芍药开花，大气端庄，像一个满怀思念的美丽女子；甘草也会开花，在盛夏，开出成串的紫花，成团成片如夕霞，香气引得蜜蜂也来萦绕其间。

赵晶玉的眼前立刻浮现盛夏中开放的甘草花。夕阳西下，粉紫的甘草花与天边紫色烟霞相映照。乡间归家的羊咩咩地叫着，却不肯走，留恋着甘草的甜香。还有大朵的芍药，突然出现在草丛中，随风摇晃着。

一个爱美的人，这样的植物喝下去，会不会在心里生长呢？她吸收了它们的优雅、从容，长在心里，她一定会变得漂亮吧。

姥姥说："这么美丽的花草熬成汤药，喝下去，那些蒲公英呀，芍药呀，甘草呀，就在心里头，开了花，人就不再生病了，也会变得越来越漂亮。"

赵晶玉期待地看着姥姥："变漂亮了，妈妈是不是会喜欢我呀？"

姥姥看着赵晶玉清澈的眼睛说："漂亮不是用来讨人喜欢的，但美是自爱与自重，你用漂亮的容颜和优雅的仪表去面对别人的时候，是对别人的尊重，是把爱向爱的人表达。"

"那样，我不用说话，妈妈也知道，我爱她，你也会看懂，我爱你？"

"是的，《诗经》里说：'伯也执殳，为王前驱。自伯之东，首如飞蓬。岂无膏沐？谁适为容！其雨其雨，杲杲出日。愿言思伯，甘心首疾。'夫君远征在外，那美丽的女子头发如飞蓬也不梳洗打扮，思念的人不在身边，梳洗妆容给谁看呢？"

聊着聊着，汤药就越来越凉，姥姥笑笑："吃了药，我给你做玫瑰酱鸡蛋。"

一听有好吃的，赵晶玉一扬脖，药就顺喉而下。

美食与药物共尝，苦涩与香甜为伴。

整个童年，赵晶玉的味觉和嗅觉被药和美食完整地开发出来。中药里的草木气息可以驱散她的病，姥姥做的食物香得让她感到亲切，还有姥姥身上的气息可以使她安静。

人这一辈子是从知味开始的，一个在药与食的世界认真品过酸甘苦辛咸的人是热爱生活的人，在他走进茫茫人世风尘之时便有了人生滋味的感知力，有了对苦辛最初的承受力。

赵晶玉最早读到的书是《东北中药材》。一部中药书，药用植物根、茎、叶还有果实被栩栩如生地画出来，又注上酸、辛、甘、苦、咸，用味觉辨药。书里植物从幼苗到开花结果都有介绍，翻过一遍好似度过一年春秋，又像尝过了各种滋味。

再大一些的时候，姥姥给赵晶玉讲《诗经》里的诗和故事。赵晶玉觉得，一本中药书，神农尝百草，以五味而知药性，药性得于味，药味入口而治病；《诗经》里的诗又用各种植物隐隐地勾勒出人间烟火，道出人生甘苦辛酸。

"东风解冻，蛰虫始振，鱼上冰。"在赵晶玉懵懂地跟着姥姥读《月令》的时候，赵晶玉说："姥姥，我知道春天来了，我听到风声了，是东风。"

姥姥带着赵晶玉走到野外。此时天气乍暖还寒，一些野草早早地从沟渠边、树林间钻出嫩芽，在风里挺立起来。野草们随意而生，很快盖住枯黄的地面，在一丛丛绿色中伸出花枝，不久便有各种野花开放了。赵晶玉把花采来编成漂亮的花环，给自己戴上一个，花枝在头上轻摇。她在姥姥面前晃一晃脑袋，笑眯眯地问："姥姥，我好看吗？"

姥姥便笑着说："真会臭美。"接着姥姥又夸赵晶玉手巧，编的花环好看。

赵晶玉害羞地笑笑，又从身后拿出一个花环，爬到姥姥的后背上，也给姥姥戴在头上，说："姥姥像晶玉一样臭美了。"于是她们一老一小，就在这个美丽的春季里，变成两朵花。

她是个孤独的孩子，是大自然的孩子，大自然会慷慨地给她拿出礼物。杨花开时，风吹落一地杨花，像紫色绒毯，她在这绒毯上奔跑，仿佛投向大自然张开的怀抱；野草们开花时，她戴着花环在开阔的野地里奔跑，她与自然的一切互相欣赏着，对话着。野地、花香、清风和纯净的阳光，从此一次次进入她的梦里。

赵晶玉的姥姥带着赵晶玉见过很多神奇的野草，那些草随意而生，自由奔放，会开出各种小花，很美。她会指着草地里一株灰白的植物，给赵晶玉念出几句歌谣：

三月茵陈四月蒿，

五月砍来当柴烧，

春秋挖根夏采草，

浆果初熟花含苞。

遇见一株绿叶的植物，又说："这是苦菜，《诗经》里说，'谁谓荼苦？其甘如荠'，说的大约就是这种草了。"又把荠菜指给赵晶玉看。两种菜，赵晶玉尝了苦菜，直叫苦，吃过后苦味留在嘴里很久不消；尝荠菜，没有苦味，却也不似糖甜，只是在吃过那种苦后，这种甘才有甜的感觉。又有宽大肥厚的叶子排成车轮状的野菜，姥姥便教赵晶玉：

采采芣苢，薄言采之。

采采芣苢，薄言有之。

采采芣苢，薄言掇之。

采采芣苢，薄言捋之。

采采芣苢，薄言袺之。

采采芣苢，薄言襭之。

赵晶玉就从中草药的书中翻找，比对叶子的形状后，开心地说："这是车前草！味甘，能清热明目！"

挖草药是赵晶玉最喜欢的劳动，她喜欢那些植物，也喜欢把晒干的中药卖了换成钱，钱可以买到她喜欢的书。姥姥给赵晶玉买来的花花绿绿的书，已经可以开个小图书馆了。

草地越来越热闹起来。草们竞相生长起来，郁郁葱葱，里面有很多种中药植物，旋覆花、蒲公英、青蒿、独行菜……有的还开出了些小花，很漂亮。它们自由地散落在绿茸茸的草叶中间，错杂地生长在一起，赵晶玉很喜欢躺在上面看蓝天白云的感觉。

可是几天后赵晶玉跟着姥姥再来看，它们却已成片成片地枯萎了。

赵晶玉问姥姥："它们还会再长起来吗？"

"不会，"看着赵晶玉，姥姥又补充道，"这些草过了生长的时节，今年不会再长了，要到明年春天，雨一来又是一茬。"

那草荒得人心伤。

姥姥看赵晶玉不高兴，就说："这些野草很多长在太阳照不到的地方，它们就主动争取阳光，它们拼命生长，赶在旱季到来之前，它们已完成生长。人也一样，如果有什么是逃不脱、避不了的，那就迎上去。来的是幸运，捉住它；来了厄运，对抗它。"原来这些野草是最有勇气的，这些草趁着雨水润泽、阳光充足之时疯长，待旱季来临，再加上阳光又被高树遮蔽，它们就枯萎了，它们的一生活得像在赶时间，怒放过，又从容枯萎。

赵晶玉神色黯然，姥姥又说道："这没有什么，万物各有其时，到什么季节开什么花。人要当其时，做其事。"

姥姥拨开荒草，赵晶玉发现已有手掌一样的绿叶伸出来，便惊喜地问："这是什么草？"

姥姥说："这是半夏，夏已过半，百草枯萎，半夏才生。《月令》有歌：'仲夏之月，蝉始鸣，半夏生，木堇荣。'"

赵晶玉高兴地跟着念："仲夏之月，蝉始鸣，半夏生，木堇荣。"

"半夏可是味好药呢，好多药方中都有半夏，半夏有毒，可是与生姜配伍后就成了良药。"

"那什么是配伍呢？"

"就像半夏配伍生姜，用来治疗一种病时，两种药材配合在一起，或者减毒或者增强药性。"

"你给我吃的半夏曲也是用的两种药配伍吗？"

"是，还配伍了别的药材，制成半夏曲。你脾胃不好，就用半夏曲调理你的脾胃、促进消化。有一次，你咳嗽，总也不好，给你吃的也是半夏曲。"

赵晶玉和姥姥一起把大的半夏挖出来，黄豆一样大小的半夏仍埋回土里。

在疏离自然的今天，在很多人的眼睛里，植物只是植物，顶多是可以悦目的风景，生为植物本该如此。然而，它们的根在阴暗的泥土中伸展，身躯向着阳光向上生长，身体里蕴蓄着能量，在它们的生命历程中，经历着黑暗、风雨、冰霜，坚持着信念，努力突破命运赋予它的空间，从弱小的芽苗，长成一片令人讶然的绿。难怪诗人借草木道深情，难怪《诗经》中反复吟哦野草。

对于赵晶玉来说，认识中药、喝中药，就像是对她人生的一场洗礼。她的人生像草一样有注定的命运，所以要从野草身上找回野性的精神。

野性，是独立自强的力量，也是生存的智慧。如能从野草身上汲取到抗争的信念和力量，她就能勇敢面对自己的生活境遇。

野草们教给赵晶玉的是独立与自强、要自己寻找阳光的道理。

懂得了植物，就懂得了一生幸福的哲学。

在这片土地上生着一种花，花枝上生着密密的刺，开出的花却是芳香醉人，远远看那一丛丛的花刺和绿叶中绣出一簇簇红花，蜂蝶在其间舞蹈。姥姥叫它徘徊花，可是中药书上写的明明就是玫瑰。四月的时候，姥姥就会带着赵晶玉，来到这片梦境一样的地方，把花蕾采集下来，运回家晾晒成干花。花开放的时候，花瓣落了一地，姥姥就把那些落下的花瓣收集起来。

那天，赵晶玉正在一边淘气。姥姥忽然"哟"的一声。赵晶玉跑过来，才知道姥姥的手被花刺扎了，血流了下来。赵晶玉叫了一声："呀，姥姥你手出血了。"她跑到一边，在草丛中拔了一把草，捣碎，先用小嘴对着伤口吹气，再给姥姥敷上，还说："吹吹，抹上就不疼了。"

姥姥说："是，吹吹，抹上，就不疼了。你怎么认识这草？"

"你教给我的呀，这是辣蓼草，那次，我摔倒了受伤了，要哭，你不是说吹吹就不疼了？还用这草给我抹上了。辣蓼能止血解毒，消肿止痛，还能用来酿酒。"

"那我们也把这草采一些，回家给你做好吃的。"姥姥笑着，看着赵晶玉天真的眼睛，把赵晶玉搂在怀里，"好孩子，懂事了，知道疼姥姥了。你这么乖，将来出嫁了，姥姥会想的。"

"晶玉不嫁，晶玉不嫁，晶玉要和姥姥在一起。"

看着赵晶玉亮闪闪的眼睛，似有泪水要流出来，姥姥拍拍赵晶玉："好孩子，别说这么不吉利的话。"不嫁，为什么是句不吉利的话，赵晶玉要在好久后才能明白，那是姥姥对赵晶玉深沉的关怀。

摘了满满一竹篓花，姥姥一手提着花篓，一手在身后托住趴在后背上的赵晶玉。赵晶玉就把头埋在姥姥的后背上，姥姥身上沾染了徘徊花淡淡的清香，小小的赵晶玉趴在姥姥的背上，她觉得踏实、舒适、温暖。她听姥姥给她讲故事、说谜语、唱歌谣。

"房檐下开了一朵花，没有人敢来掐。"

"是蜂窝吧！"

"东窗户一个妹妹，西窗户一个哥哥，哥哥和妹妹一辈子见不到面。"

"哈哈，耳朵，是耳朵！"

…………

在赵晶玉的记忆里，姥姥的嗓子柔美，缥缈的歌声，在树林间，在草地上，在闪光的水面上，梦幻一般回响：

每条大街小巷

每个人的嘴里

见面第一句话

就是恭喜恭喜

啊恭喜恭喜恭喜你

恭喜恭喜恭喜你

冬天已到尽头

真是好的消息

温暖的春风

就要吹醒大地

恭喜恭喜恭喜你呀

恭喜恭喜恭喜你

皓皓冰雪融解

眼看梅花吐蕊

漫漫长夜过去

听到一声鸡啼

啊恭喜恭喜恭喜你

恭喜恭喜恭喜你

经过多少困难

历经多少磨炼

多少心儿盼望

盼望春的消息

恭喜恭喜恭喜你呀

恭喜恭喜恭喜你

每条大街小巷

每个人的嘴里

见面第一句话

就是恭喜恭喜

恭喜恭喜恭喜你呀

恭喜恭喜恭喜你

恭喜恭喜恭喜你

赵晶玉和小伙伴去"古堡"探险了。她回来兴奋地跟姥姥讲她和几个伙伴到野地里那个荒废的古堡里做游戏。

她跟姥姥讲："古堡的窗户很小，我们个头小，够不着窗户。里面黑洞洞的，进到古堡里，眼睛要好久才能看到东西。古堡里空空的，只有些碎石。是什么人在那里面住过？是古代的什么人吗？有人喊，鬼来了，我们就都吓得跑出来了。"

"古堡？你去了什么古堡？"姥姥转瞬就明白了。古堡？那是侵华日军建的炮楼！

她好像看见日军炮楼正在向外"突、突"喷火。仿佛一架飞机从她头顶掠过，投下炸弹，在巨响中，浓烟散开，是惨叫，是血与火……

姥姥不知道怎么跟赵晶玉讲。告诉她，那曾是用来屠杀中国军民的工具吗？让她们认识血腥和残酷？孩子眼里的世界不应该是美好的吗？一座曾用来发狂施威的炮楼如今成了孩子们探险玩耍的古堡，这不应该是令人欣慰的事吗？为什么心里涌起的是一阵凄苦？

这些年来，姥姥总是避免看见和战争有关的东西，不然情绪就会激动。她好像很容易就被往事牵绊，那些关于悲欢的印象让她情不能自已，忘不了，就不断地回忆，回忆。

赵晶玉看姥姥在发呆，就问："姥姥，你怎么了？"

"没事，去玩吧。"姥姥木木地说。

赵晶玉又和一群孩子一起做游戏了。她们欢笑着围在一起，摇着胳膊晃着脑袋，还嘴里一起念着："我们都是木头人，不能说话不能动，不能走路不能笑……一二三，木头人！"然后大家一起停住，保持静默。有人逗笑，有人忍不住笑了就输了。

赵晶玉是一个藏不住情感的，欢喜和悲伤平日里都要挂在脸上，此时被人逗得忍俊不禁，不断被罚。

不能说话不能笑的木头人，孩子们玩得乐哈哈，姥姥却觉得这是个令人悲伤的游戏——欢乐与悲伤都不能由己，年少该尽情欢笑，却要忍住笑；年纪大了悲伤在心里，却又要挤出笑来示人。

这片土地上，任生生不息的野草埋没，仍会有战争留下来的创伤倔强地从野草中露出头来。荒草中间的碉堡，提醒着她一切都真实地发生过。她想从往事中走出来，却又被这些掩不住的事物打回去，她愿意相信那一切只是在做梦，想醒来却怎么也醒不了。

好吧，坐下来聊聊战争的往事，告诉他们什么是战争。痛苦将像一剂坚强的疫苗，他们的心里承受这一点痛苦，坚强就会在内心生长，就会拥有面对人生痛苦的能力。

姥姥望着窗外，春天的阳光正好，花在悄悄绽放，闪着紫的、红的光晕，叶子也娇嫩地绿着，时光如此静美。沉默许久，姥姥又给赵晶玉讲起了故事。

姥姥给赵晶玉讲过好多故事。

"春秋时期有个虞国，虞国和虢国相邻，虞国的国君贪图晋国送来的玉璧宝马，竟然答应晋国借道攻打虢国的请求。有道是唇亡齿寒，晋灭了虢国，虞国也顺道儿被晋灭了。百里奚，是个虞国人，很有才能。虞国灭亡后，百里奚就成了奴隶，秦穆公赏识他，就用五张羊皮把他赎回来，任命他做秦相。百里奚和妻子分离了好多年，他的妻子成了浣衣女。有一天相府里奏乐，这个浣衣女说自己懂音乐，就弹着琴唱歌：'百里奚，五羊皮。忆别时，烹伏雌，炊扊扅。今日富贵忘我乎！'百里奚这才认出他的妻子。"

"舜帝南巡崩逝，葬在苍梧城外，他有娥皇、女英两个妃子，在相思宫、望帝台痛哭，她们流的泪沾在竹上，青竹从此泪痕斑斑。"

"楚汉相争，楚霸王项羽身陷绝境，虞姬跳绝美的舞蹈后自刎告别霸王，她死后化作婀娜起舞、绚丽多姿的虞美人。"

…………

姥姥的故事，从秦汉烽烟讲到唐时的传奇，现在姥姥又讲到"九一八"日军侵华的血泪风雨。

赵晶玉听出来了。

很多时候，人们热爱的不过是守着家园、平静幸福的生活，茶香里读书，酒香里笑谈，稻香里恬美，白云下放歌，清泉中嬉戏，屋宇边听燕的呢喃……人本应该这样诗意地栖居在大地上。战争、灾难，不可预知的一切突然到来，这美好祥和的愿景轰然坍塌，人们流离失所，生活无定，行行重行行，与君生别离，长别离。正是：

一东一西垄头水，
一聚一散天边霞，
一来一去道上客，
一颠一倒池中麻。

"九一八"之后离家流浪，转眼九年，当时有人在"九一八"纪念日作诗感叹：

青春像是一片芦花
被掷向了天涯
他乡的镜里
换上了几茎白发

一番漂泊之后，有些人再也没有回到当初的家园，有人离家时还是戏秋千的少年，再归来已是白发苍苍：

忆昔少年时，
花满天、蝶儿舞，
彩绳芳柱戏秋千。
一朝战火起，
风云骤，波澜急，
衰草歧路多别离。
苦似浮萍飘，
多少征人泪如血，
多少离人歌如泣。
别经年，再归来，
秋千依旧绕新绿，
红颜已是双鬓斑。

赵晶玉开始明白，为什么每年除夕的年夜饭，桌上总是多一副碗筷。在姥姥思念姥爷的时候，她开始懂得陪伴姥姥，并且想象着，她未见面的姥爷是什么模样。

在那片花地不远处有一个池塘，由七道泉水流成小溪汇聚而成，池水清澈。夏天这里的池塘是赵晶玉嬉戏的乐园，她只穿个小背心就跳进水中，姥姥惊慌地望着安静的水面，赵晶玉却在远处露出了小脑袋，麻花辫还叼在小嘴里面。姥姥生气地绷住脸："净淘气！"说完了，禁不住"扑哧"又笑出声来。赵晶玉在远处开心地拍水玩。过一会儿，赵晶玉上岸，手里就捧着一条鲫鱼。姥姥帮她把鱼收在水坑里，笑说："你这丫头，水鸭子托生的。"

她们有时也在这里做捉迷藏的游戏，藏猫猫。有一次赵晶玉趁着姥姥不注意，躲到了草丛里，姥姥收拾完花篓准备回家，却找不见赵晶玉，她喊赵晶玉，赵晶玉没有回应。姥姥看看池塘边没有赵晶玉的衣服，水面也很安静，赵晶玉不像在水里。姥姥到处寻赵晶玉找不见。结果赵晶玉藏得过头了，她从草里钻出来时，找不见姥姥了。赵晶玉慌了，以为姥姥回了家，就匆匆往家的方向赶，跑着追姥姥，便气喘吁吁，汗水直流，当晚就发了烧。姥姥责怪赵晶玉跑得那么急，赵晶玉又嗔姥姥赶路的脚步太快。

赵晶玉哑着嗓子说："姥姥，我以后再也不藏了，再不会让你找不到我。"

姥姥笑着说："以后找不到我也不要着急，我就在最高的那丛花枝边等你。"

晚上灯下，姥姥用针线在一些布上缝着。

赵晶玉好奇地问："姥姥在做什么？"

"我在给你做蝴蝶结，戴在头发上，我不在你身边时，就像姥姥跟着你，就什么都不怕了。再找不着你时，我一看见蝴蝶结，就能找到你了。"

赵晶玉拿着那蝴蝶结对着镜子别在头上。

那天赵晶玉和姥姥又到野外去采集花蕾，累了，赵晶玉就和姥姥两个人坐在地上休息。赵晶玉看到一队人在小路上走着，身上穿着白衣，队伍里还带着些花花绿绿的东西。

赵晶玉拉一拉姥姥的衣襟："这些人是在过家家吗？"

姥姥看着那群人，有些出神。

赵晶玉说："他们做了很多玩具，看着很好看。可是不知道为什么，我有些害怕。"

姥姥说："那是送行的人，有人去了很远的地方，再也不回来了。"

赵晶玉又问："远，有多远呢？为什么不回来了呢？"

"他们走过去，就要一直向前，不能回头的。"

赵晶玉听到一种苍凉的乐曲回响在空中，就又问："这是什么声音呢？"

"那是唢呐，一种乐器。"姥姥说，"喇叭唢呐，嘴小腔大，君听了君愁，民听了民怕。"

"很好听，姥姥，我想学唢呐。"

"咱不学这个，你想学，我就教你唱歌，我教你学跳舞。"

"跳舞，好啊。"赵晶玉蹦跳起来，"我愿意学跳舞。"

从此以后，赵晶玉的童年生活里多了项内容，就是为舞蹈做的功课。姥姥为她做了个架子，每天她要把腿架在上面压腿，在空地上踢腿，练习各种动作。赵晶玉学得认真刻苦，姥姥也喜欢这丫头的韧劲，便也真的把舞蹈当成一回事来教她，下腰、劈叉、转腿，自己虽已没有年轻时的灵活，但动作还勉强标准到可以做示范。姥姥仿佛一下子回到了往日青春的岁月里，那真是一个满是梦想的季节。

有时姥姥会带着赵晶玉走到七道泉的源头，取水运回家，赵晶玉喝过那水，说那水真甜，那水的味道从此留在她的记忆里。那天取水回家，刚把水放好，外面突然风雨交加、电闪雷鸣，伴着一个响雷，冰雹啪啪地砸在地上，窗玻璃"哐"的一声碎了，风涌进屋里，赵晶玉"哇"地哭了出来。姥姥把赵晶玉搂在怀里，拍拍赵晶玉的后背："丫头别怕，没事的，没事的。"

霹雷过后，电就停了。傍晚时候，雨歇了，天空的云朵散成一块一块，又被风摊得很薄，太阳睁了睁眼睛，把最后一缕惨黄的光投到地面上，便湮灭了。晚上还没有来电，姥姥点起了蜡烛，烛光照得一个巨大的影子在墙上移动，像是令人恐惧的怪物。赵晶玉便又哭了，姥姥就讲，那是灯光照的，小小一个面团，能给照成一座山呢，不信你看。说着姥姥便把她的手做成各种姿势，墙上就出现了各种动物的形状。姥姥一边教赵晶玉做手影，一边给赵晶玉讲故事：这是狼，那是兔子，姥姥的狼吃了赵晶玉的兔子。

赵晶玉开始还乐，可是想想自己被吃了，又委屈地哭了："狼太凶了，我不要做兔子。"

姥姥说："可有的时候啊，你的角色是改换不了的。丫头，你得学着坚强。坚强可不是让狼吃掉啊。你知道兔子最聪明，狡兔三窟。聪明的你，想想办法战胜狼。想想兔子该怎么保护自己呢？你知道吗，姥姥总有一天，要离开你的，你不能学狼的凶狠，可是你可以学兔子的坚强和智慧。"

赵晶玉急了："姥姥你要去哪儿？我不要你走。"

姥姥叹口气："很远的地方，也许就是一颗星星到地球这么远。"赵晶玉眼泪又落了下来："要走，你带我一起走。"

姥姥笑了，给她擦擦眼泪："傻丫头，又哭鼻子，你这么爱哭，姥姥怎么能放心丢下你就走呢。"

有一次练完功了，赵晶玉终于把憋了好久的疑问说出来："那很远的地方什么样呢？也有我们这样的房子，这树，这花吗？"

"有，那里的房子很精致，雕花的窗户，对着流水。满山都是桃花，花瀑流下来，每一个生命都是一个花瓣，瀑一样流下来。纷飞着，飞到窗里落在桌子上，还有的顺着水流走。那里所有的树都开着花。"

"那里有小船吗？"

"有哇，小船上也是花瓣，水面上覆满了花。船在水里，慢慢地向前摇，摇呀，摇呀，摇……"

赵晶玉睡着了。姥姥看着她长长的睫毛、甜甜的酒窝，慈祥地对着她笑。

梦中，赵晶玉来到了一个鸟语花香的地方。花瓣落在她的头发上，像蝴蝶；落在她的脸上，吻得她痒痒的。阳光照到水面上，那些花瓣纷纷闪着粉红的光。忽然想起姥姥什么时候不在身边了，想回头去寻找姥姥，便叫着："姥姥，姥姥……"

姥姥笑着把赵晶玉拉起来："怎么啦，还不起来练功，太阳都晒屁股啦！"

姥姥教会了赵晶玉一支《虞美人》舞。

穿着姥姥给她做的花裙子，赵晶玉旋转着，仿佛一朵虞美人花在风中摇摆。姥姥看着她的舞蹈发起呆来，赵晶玉招呼"姥姥"的声音都没有听见，直到她跑过来拉着姥姥的手，问姥姥在想什么，姥姥才回过神来。

赵晶玉的姥姥有个深蓝色的布包，那是粗棉布的，蓝色的底子印着白的花纹。有一次赵晶玉趁姥姥不在家，偷偷掏出布包来，打开，里面有一件宽大的上衣，还有一条肥大的长裙。赵晶玉把它套在身上，双手把裙摆提起，在镜子前照来照去，可是镜子太小了，她只能看见一部分的自己，不过也很好了，镜子里，是穿上裙子的赵晶玉，文雅而美好。

姥姥回来了，看见赵晶玉在阳光下陶醉地舞蹈。姥姥就站在那里一直目不转睛地看那女孩用心舞蹈，恍然间，姥姥认出来了那个舞蹈女孩正是她自己。是的，从这个孩子身上，她常常能照见自己。我们每一个人都能从别人的身上照见自己曾经的人生。

她仿佛看见一个像赵晶玉大小的小姑娘，在草地上跑着，春天里花落了满头，秋天里在草丛中走动，露珠湿了鞋子，年少不知忧愁，却在绽放的季节里遇上了风雨飘摇。

她猛然想到，赵晶玉该去上学了。

她把赵晶玉叫到自己的身边说："晶玉，你得回到你爸妈的身边，你得上学去了。"

　　赵晶玉没有妈妈陪伴，只有姥姥。赵晶玉的哥哥姐姐可以跟着妈妈，而赵晶玉却要在这城郊生活。在没有妈妈陪伴时，赵晶玉便像徘徊花落了一地一样落寞。并不是城郊有多不好，相反，这里有一片绿野，那是她欢乐的源泉，在这片天地里，只要有姥姥陪伴就好。而今赵晶玉要回到他们的身边才是落寞的事。

第二章

# 孤独的野草

画堂晨起，来报雪花坠。
高卷帘栊看佳瑞，皓色远迷庭砌。
盛气光引炉烟，素草寒生玉佩。
应是天仙狂醉，乱把白云揉碎。
——（唐）李白《清平乐·画堂晨起》

# 一　茉莉花

赵晶玉在舞台上，舞裙飘飘，一双眼睛顾盼流连，引来阵阵掌声。

每年班里举行活动的时候，赵晶玉的《虞美人》舞，都是必上的节目。教师节区里举办大型文艺活动，班主任把赵晶玉的舞蹈推荐上去了。

赵晶玉在班级里，是个古灵精怪的人。赵晶玉的学习成绩在班里是最好的。人们很少见赵晶玉拼命学习，她上课时，也是闭目养神地听课，看起来很不专心。她的桌面要比别人桌面宽敞，没有各种习题书占据，她的妈妈不会给她钱买这些书。然而她的成绩拉开第二名不是一般的大。她不光是成绩突出，人也漂亮，一双眼睛汪了清清湖水，波光漾漾，看上去就像到了一个纯净而有韵致和活力的世界。她的马尾辫上扎了一个漂亮别致的蝴蝶结，每当上台领奖时，那蝴蝶就跟着她飞起来。

但她沉默不合群，一到下课，同学们打打闹闹，她只是一个人坐在桌前看着。她的眼睛有时会被一个男生吸引，这个男生瘦高个头，面庞清秀，皮肤白皙。他开口说话，声音像玉豆掉在碗里那样悦耳。

一天课间，教室里飞进一只马蜂，在同学们中间上下飞舞。男生们抄起书本等家伙追打马蜂，马蜂被追到了赵晶玉的身边，一个俯冲又起身向上要落在赵晶玉的脸上，赵晶玉吓得呆在那里不动。这时一本书急忙挥过来，"啪"击中了马蜂，但书也扇在赵晶玉的脸上。由于力度大，赵晶玉的半边脸立刻红起来。打马蜂的正是那个男生。这相当于被扇了耳光，火火的痛，赵晶玉从此记住了这个男生叫郑大山。

郑大山看着赵晶玉发红的脸也呆住了，他伸出手来捂在赵晶玉脸上，轻轻地揉，问赵晶玉："疼吗？"

赵晶玉说："还好，不疼了。"

等到下课，郑大山再去看赵晶玉，见她的脸还红着，就又摸了一下她的脸。从这一天起，每次上学和放学郑大山经过赵晶玉身边时都要摸一下赵晶玉的脸，好像问候和告别。

时间一长，便有人开始起哄说他是色狼，天天摸人家脸。

也有女生批评赵晶玉，不害臊，被人扇个大耳光，还让人摸她脸。

"他们关系好呗。"

"啥关系呀？"

"夫妻双双把家还呀！"

赵晶玉却在别人的起哄中，也不害羞，毫无扭捏之意，微笑，昂头，头发上蝴蝶结的翅膀就像有了灵气，骄傲起来，一扇一扇的。但她也只准郑大山摸那一块被扇的脸。郑大山在众人的起哄中，神态坦然，那块脸是属于他的领地，因为他用自己的力量保护了它，但是又由于无心的伤害，还要抚去那里的疼痛。

像赵晶玉这样的女孩子难免会有很多爱慕者，于是也有人学着郑大山动手去摸赵晶玉的脸，赵晶玉以扇对方脸的方式回应。

"凭什么他摸就行，我就不行？"

"你没听说过吧，第一个把女人脸蛋比作玫瑰花的人是个诗人，第一个重复这比喻的人，就是个大傻蛋！"

他立即窘住。美丽芬芳的花如徘徊花，往往与刺相伴生，她沉静美丽但也让人感觉到她的锐利。她身上有一种和她的年龄不相符的沉稳成熟。

高二的时候，班级绿化，班主任带着她去为班级买些花卉植物，一番讨价还价，老师选了些君子兰、月季花、仙客来……看花的时候，老板顺手从一盆长得茂盛的植物旁边拔下一棵像草的植物，扔到一边。向老板付账的时候，赵晶玉问老板说："那棵花能给我吗？"老板笑笑："那是棵草，你愿意要就拿去吧。"

一棵不起眼的草，同学们都不愿意让它独占个盆，要么扔掉，要么栽在别的花旁边，赵晶玉坚持要把它养在一个盆里，她的坚持只有一个理由："它是一棵花，一定是花。"是不是花不重要，种在花盆里它肯定是花。

那盆花放在了教室的窗边，赵晶玉就在大家不解的注目中精心照料它，花也在大家的忽视中自顾自地长了起来——却是棵木本的植物，长得绿油油的，枝条挺拔婀娜。一个学年后居然开出了花。花开得不大，但洁白，水灵水灵的。有老师认出来，这是茉莉。茉莉花开的时候清雅芳香，提神醒脑。

赵晶玉最喜欢的就是书。她喜欢一个人沉浸在书中，忘记了周围的一切，翻开书皮就像推开门进到一个家。那些故事使她拥有很多梦，她喜欢读完一个故事后，静静地坐着，很多思绪和感受就慢慢地沉落在真实的世界里。因为读了那些书，她开始对自己的人生充满期待。她也向往书里那种世上珍贵的爱情。关于爱，她的心里有清晰的模样，所以浅薄的挑逗并不能触动赵晶玉。

郑大山一直悄悄地关注着赵晶玉。他的课桌位置在赵晶玉后两排。恰好是一个可以看到赵晶玉，但又不被注意的角度。赵晶玉看什么书，写什么，他大体上都能看见。赵晶玉的桌子整洁，应该说简洁，她的桌上从来只有几本书，而其他人的桌上则要摆很多书，似乎是一副要读很多的样子，显得阔气。当他悄悄注意到一个人的时候，她的一些生活细节就会悄悄地被不断撞见，尤其是赵晶玉偶尔翻看的画册。他注意到赵晶玉常会去书店，他常透过书店映着自己影像的玻璃窗，模糊看到赵晶玉斜倚在书架上，手里翻看着书。

当他的眼睛发现了她独享的世界并为精彩欢呼的时候，两个人的世界便已悄悄开始沟通。

书读得多了就会孤独。孤独这个词可以被理解为孤僻不合群，孤独的人让人感觉冷漠不热情。可是，孤独的人也可以是个有活力的热情的人，你有没有感到很孤独，却正处在一群人中的时候？你说的话他们不懂，或者你全然不知道他们在谈论什么，这种情况你有过吗？父母是我们最亲的人，可是在这最亲的人面前，却倍感孤独，这情况你有过吗？

孤独也会与寂寞混为一谈。孤独可以很饱满，孤独的人需要一个丰满的精神世界来充实自己。孤独也可以被理解为一个人精神世界的独立。充实的孤独人在脆弱的时候，也是需要陪伴的。

她不喜欢她的同学每天想着将来要有钱有势、出人头地，或者每天不知道为什么而学习。

想着金钱地位和想着有所作为是两码事，钱和地位不能算是理想，丢了情怀和志趣就只有功利，不能说猴子戴上帽子就进化成人了，她喜欢帽子下面是一个夸父逐日一样的灵魂，而不是失去了情怀和志趣的沐猴而冠。帽子下面终需一个有情怀志趣的灵魂才见得可爱高贵，赵晶玉姥姥给她讲的故事里面人物大多如此，她一次又一次被姥姥故事里的人物感动，他们的梦想、希冀和行动能给人温暖和力量。没有梦想的人生会迷茫，在由天定的格局中，他的人生注定波澜不惊。

所以，那盆茉莉花无形中成了赵晶玉最好的朋友。她们说着属于她们的话，她觉得不用太多的言语就可以和花交流，她的心灵，花可以感知，而花可以用自己旺盛的生命力给她各种启示。一切就是这样简单。

赵晶玉不会忘记高三那年，是郑大山帮她驱走了寒冷。那时漫天飘着雪花，大片大片的雪花撞在脸上，寒气逼入她的心里。从此每到雪天，雪花就飘舞着为她拉开记忆的帷幕。

那天她走出校门，徘徊在街头，看着人们匆忙地赶路，有人走过来，有人走过去。

初冬的风很凉，刺透了她单薄的衣服。

不知什么时候，天空飘起大片大片的雪花。她向河边走去。

昏黄的路灯亮了，站在这种灯光下应该会暖些吧。抬起头看天空，雪片从上面落下来，在灯光下飘摇，像群天使在舞蹈着，炫目的美。她们旋舞得累了便落在地上，倒下去，变成死寂。赵晶玉叹息着：死，竟也可以如此美丽。

她没有天使的翅膀，也许在水中可以死得这般凄美：一身白衣，在花瓣中间，漂浮着，随落花漂流而去。

她真的走到了河边，她停住了。河里倒映着自己的影子，照着她清秀的脸。她不会跳河，这是一种令人作呕的死亡方式。现实常常把美的想象打回原形。想想吧，一个死人在河流中是怎么漂着的……她看过河涨水的时候从上游漂来的死猫的身体。想起死后身体在水中起伏，她便喘不过气来。眼前的这条冰河对她毫无吸引力，她不想这么冰冷地死去。人也许不能漂亮地生，却不能丑陋地死去。如果现在让她选择死亡的姿态，她可不想死后还是漂在水中无所依凭，宁可靠在一棵树上安静地死去。

"赵晶玉！"有人叫她了。回头看，是郑大山，他冲上去把赵晶玉拽到了河堤上。赵晶玉大喊："你干什么，别拉我，我自己会走。"

"我觉得你今天很不正常。"

"没什么不正常，就是来散散心。哎，你怎么在这儿？"

"你一定是遇见什么事了。"

那一天赵晶玉的心情很不好。她坐在班级的窗口，她的旁边是那盆她所珍视的茉莉花。她没有心思听课，似乎某种情绪让她不安，她沉浸在痛苦中。花盆不知什么时候被她放在桌子上，不知不觉中花叶一片一片地被她揪下来。那节课是班主任来上课，她板书之后一回头，发现那盆花已成了一盆枝条。班主任推了推脸上的眼镜："那盆花怎么了，是生了虫子吗？"同学们视线聚焦在一处，而后哄然而笑。赵晶玉这才回过神来："老师，我帮你修修。"

这位慈爱的老师，没有批评她。

晚上放学，赵晶玉坐在座位上，没有动。

"晶玉，是不是有什么心事？"老师走近赵晶玉，想和她谈谈。

"没有啊！"赵晶玉抬头看着老师，眼睛里什么东西忽闪了一下。

老师轻叹了口气："早点回家。"

"是，回家。"走出教室，赵晶玉很茫然，还要不要回家？哪里是家？她讨厌那个家，讨厌见到妈妈那一副苦瓜脸，也讨厌妈妈和爸爸吵架。她不想回家，早晨和妈妈的争吵仍让她无法呼吸。

早晨赵晶玉跟妈妈说："高考，希望自己能考个好点儿的学校。"

张安华说："你高中毕业找个工作就行了，我哪里有那么多钱供你。在我们那个年代只要初中文化就可以找到工作了。"

赵晶玉不说话，张安华瞥了赵晶玉一眼，又说："你不要恨我，你是我领养的，这些年来养你也不容易，你的花销将来还都得还我。"

赵康强瞪了张安华一眼："谁说是领养的，她怎么说也是我们的孩子。"

张安华说："一个女孩用不着读那么多书，将来找个人嫁了就是了。"

赵晶玉不想争辩什么。妈妈这话并不是她不能再读书的理由，因为妈妈对姐姐的教育有足够的重视，妈妈早规划好了她姐姐的人生路线，要考大学，还要成为公务员，还可能有更好的前程。

"你的花销将来还都得还我。"这话在赵晶玉耳边响个不停，她活着就是不断地负债，那话每响起一次，债务的利息就翻滚一次，压得她喘不过气来。她不相信自己是被收养的孩子。

赵晶玉想到这些事情，鼻子像是受了凉似的抽了一下。

"我没事。我就在这里走走。"

"为什么不回家呢？"

"不想回家。"

"你爸妈会着急的。"

"别给我提他们，我刚安静下来，你又来惹我。"

寂静，只能听到簌簌落雪的声音，雪花落在他们的头上。

"你成绩那么好，准备报考哪个学校，什么专业呢？"

没有回答，只有雪落在地上，沙沙的声音。

"有些男生说，你那么冷，对一盆花都比对我们好。"

仍然没有回答，只有风猎猎吹过，此刻风里的寒气已经可以打透衣服。

"我们男生会经常讨论起你，"郑大山停了很久，看到赵晶玉在听，又说，"有时候，你会成为我们的话题。"郑大山又试探着说下去，"我们都知道你是全区最高分，我们这些不着调的家伙才会来这所学校，而你没有去重点，却和我们混在一起。"

见赵晶玉的眼里有了泪水，郑大山慌了，以为跟赵晶玉讲男生们的议论并不合适，忙从衣袋里拿手绢给她。

"我不像你们，有很好的条件，我上不了重点高中，你知道上重点高中，有很多住宿的费用，有很多别的花销……我以后可能也上不了大学……我在这个家就是个多余人……我很讨厌这个家，一点鸡毛蒜皮的事他们也能吵起来。"

停了许久，赵晶玉忽然说："有时，我觉得很孤独。"

郑大山说："你不孤独，我一直都关注着你。"

"不，孤独是在亲人面前，你却感到无话可说，有不可超越的雷池。"

"喜欢雪吗？"郑大山问。

"嗯。"

郑大山把赵晶玉拽起来："我们在雪地里走走吧，要不然用不了多久，我们就冻成雪人了。"

他们沿着河堤向前走去，河堤上是长长的两串脚印。雪地，像铺开的白纸，一直延展到很远。

郑大山找到了话题，他聊他的狗，他讲自己的理想，讲听到过的趣闻。人们常常因急于表达而忽视了对方的内心世界，忘记了倾听。郑大山丰富有趣的故事好像一剂麻药，只能暂时缓解赵晶玉心中的痛苦。开始说话的是郑大山，后来赵晶玉就讲起了好多往事。

"我妈妈说，我是姥姥家门口捡来的，姥姥说不是，爸爸也说不是，是妈妈在骗我。可是我就觉得我是一棵野草，野草无人怜惜，长在'家草'中间，还会被除掉。有一次在路边看见工人在整理草坪，一株开着黄花的小草被工人剔了出来，弱弱的，可怜巴巴的。我就问：'为什么把它挑出来呢？'工人说：'这是蒺藜狗子，草坪里长了这东西，草坪就退化了。'我还傻傻地争辩说：'这草是有用的草！'那工人就说：'有啥用，那叫蒺藜狗子，一抓一把刺。在我老家地里，都不用手拔，除草剂一打，啥草都不长。'其实蒺藜是有用的中草药，还有那个旋覆花、大蓟……这些草长在草坪上，是中药草，在草坪上还能开出小花，多漂亮。草坪中间长些小花，是很自然的，很淡雅。"

郑大山说："那工人只是在做他的工作。"

赵晶玉说："是的，打小，我就觉得在我的妈妈面前，我就是外人，就像一棵多余的野草。所以从那时候起，我就开始把自己看作一棵野草，身为野草，就对所有野草的同类有了同情与爱惜。"

"你把一棵我们都以为是草的植物养成了茉莉花，我能理解了。"

"春天时，我姥姥家野外树林下面，会长出很多野草。姥姥教我认识各种植物，也教我诗词。每遇到一种野草，姥姥就会给我讲，这草叫什么名字，这草性状如何，白蒿、防风、青蒿、苦菜、紫苏草、香薷、旋覆花……这些野草中能吃的，配上姥姥做的酱，可以下饭。还有老瓜瓢，绿色的果实，里面有白色的肉，像奶一样甜香，也是一味中药，能治咽喉疼痛。我姥姥讲，野草们每一种都有着同斑竹、虞美人一样动人的故事。如半夏，夏之后它们突然地出现，它的根茎有毒，与生姜同用，竟可成为良药；那玫瑰花原来又叫徘徊花，可以酿酒，酿出玫瑰露，颜色如琥珀，而酒味醇香；辣蓼也可以用来酿酒；蒺藜有刺，却是明目良药……我小时候多病，姥姥就每年春天采药、晒干，我感冒发烧，姥姥就把药配一配，给我熬了，再配上姥姥给我讲的这些草的故事喝下去，还真管用。春天采药，我还和姥姥比谁采的药最多、种类最多。"

"吃中药把你吃成了半个中医郎中。"

"我最早读到的书应该是姥姥手里那中草药的书。书里画着一棵棵药用植物，旁边注着植物的生长环境和功效。那应该是我最早读到的绘本图书，我很喜欢那些画面上的植物。"

"放放风筝吧，等春天风好的时候，我和你一起放风筝，走了疾病，来了希望。"

"我的姥姥每年会把竹篾细心打磨光滑，弯弯折折地绑成骨架，上面糊些彩纸，再拴上线就成了一个风筝。这风筝看起来太过简陋，简陋得你说它是鱼就像鱼，你说它是只鸢也没有人会否认。我的眼睛里，它就是一条活生生的鱼。春天里风好的时候，姥姥会带着我去放风筝。风筝在姥姥一抖一抖的牵引中，很快就飞上天空，我拍着手，又跳又笑。姥姥说，放风筝就是在放希望，所以每年春天我都能看到希望。"

郑大山问："你的爸爸妈妈呢？对你不好吗？"

"也好，只是说不上有多好。后来我懂了，我是野生的，就要自己寻找阳光。没有谁会在意我，除了姥姥，他们吝惜着手上的阳光和甘露。"

赵晶玉又讲起了往事。

## 二　似花还非花

四五月的天气里，柳絮纷纷扬扬，一朵一朵的，像是下了雪，赵晶玉却有些怕，那些柳絮落在皮肤上就会觉得痒。

赵晶玉很少见到姐姐哥哥，他们来看姥姥的时候，赵晶玉才有机会与他们玩。赵晶玉喜欢与他们玩，可是他们之间又似乎隔着些什么。那也是一年春天，正柳絮漫天的时候，张安华带着赵晶玉哥哥赵晓光和姐姐赵曦光来到姥姥家。

张安华坐在姥姥一边，和姥姥一起择菜，一边聊着家常，眼睛还不时地向孩子们那边望一望。几个孩子在一边也黯然不说话的时候，她倒是放心，一忽孩子们跑出院子，她就有些慌神，不时地向院门口望着。

赵晶玉的姥姥说："孩子们在一起玩挺开心的，你有什么不放心的？一个男孩子不要把他盯得太紧。"

"妈，不是我盯得紧，你看赵晶玉那丫头，鬼精鬼精的，我看她眼珠一转就是个主意，怕两个孩子被她带坏了，更怕被她欺负了。"

"没见你把孩子养得这么娇贵的，你这样对孩子没好处，孩子间的事，孩子们自个儿处，那当哥哥的也应该有个当哥哥的样子。你处处围着他转，宠着他，他长大了能担点事吗？"

张安华便不再言语。

三个孩子待了一日，那两个见没有什么玩具，便说无趣。

晓光说："我们在工人村，附近有电影院，放的电影可好看了，看电影的人挤得满满的。你这儿能吗？你这儿能吗？"

"能呀，可是，我们不能每天都泡在电影院里吧？"

曦光又说："我们那公园里还有大老虎，可威风呢！你这儿能看到吗？"

"我们这儿能看到水鸭子，你走近池塘，你听吧，'呱''呱''呱'，"赵晶玉一边叫着'呱'一边做出动作，好像水鸭子在水里游起来，"春天能看到大雁……"

莫笑小孩子攀比，重物质，他们的世界远比成人的世界更为单纯，物质生活是关于幸福的直观感受。赵晓光和赵曦光生活在工人村，在那被称为"东方鲁尔"的工业区，工人村是这个城市辉煌的代表，名副其实的"工人第一村"。工人村住宅楼那是按苏联专家的设计图纸建造的苏联风格建筑，配套设施先进齐全，"楼上楼下，电灯电话"，冬天有暖气，出行有摩电车，还有电影院、公园、学校、大合社（当年拉风的大商场，商品齐全，应有尽有，相当于现在的"超级市场")……两个孩子敢说他们是中国最幸福的人；赵晶玉也算生活在城市里，但更算城郊，世界对这个孩子一下子暗淡了许多，他们在公园里欣赏老虎的时候，她在树林草地上奔跑，她更像一棵野草。

赵晶玉说："我有好玩的，这边野地里有很多野草，我们可以采些草来斗草玩。"两个孩子好奇，便跟着赵晶玉到野地里。野草在千百年的历史中，成为孩子们玩耍的道具，并被写入诗词中。斗草，这种流传了千年的游戏，对孩子们是最好的灵性教育，而今天的孩子们脱离自然太久，在远离自然的高墙四角的天空下，疏远了这些野草。其实那些野草是诗，是生命的歌者，多少野草在《诗经》里歌唱，在唐诗宋词里长成风景，在人间烟火中化身良药，为在辛、酸、甘、苦、咸中颠簸的人生救苦救难。

他们游戏的规则是：采到品种多的胜，说得出诗句的胜。他们把各自收集的野草拿出来，说草名，把草讲出来，最好能说出诗句。

他们开始了。

"石头剪刀布，石头剪刀布……"

"我有白头翁，这个我还有诗呢！'醉入田家去，行歌荒野中。如何青草里，亦有白头翁。'"赵晶玉见过的草多，姥姥有时又把诗词讲给赵晶玉，赵晶玉就记住了。

"我有婆婆丁。'一个老婆婆，满头是白发，如今对老翁，也曾着黄花。'"曦光跟姥姥学了半日的诗词，现在也开始试着说诗了。

"我有翻白草。翻白草根，用五七个，加酒煎服，疟疾寒热，出汗即愈。"晓光说的算不上诗，但能把药用方法说出来，也算过关了。晓光觉得自己太吃亏，就跟两个妹妹商量，诗句谁有谁说出来，没有就直接对草名就得了。斗草继续进行。

"我有紫堇花。"

"我有紫花地丁。"

"我有香薷草。"

"我有小臭蒿。"

"我有酒壶花。"

"我有问荆草。"

"我有延胡索。"

"我有秋千绳。"秋千绳是什么草，晓光不服气了，但是看着那草确实有秋千绳的模样却也不再争。

晓光很少见到这么多野草，虽然提前拿着姥姥的药材书看了些，也还是无法正确辨识各种草。这样比起来，他就顶不住了，曦光也有些吃力。

晓光拿出一棵草叫道："我有紫苏草。"

赵晶玉马上纠正："不对，哥，你采的这个不是紫苏草，你输了。"

"就是紫苏草！"

"紫苏草的叶子要比这个草叶子圆，还带着香味，你的这个，我看是咬人草啦！"

"谁说的！是想耍赖吧！"

"没有，我只是想提醒你，哥，你别碰那草，会被咬到的！"

"我不信，就碰！"他一边说着，一边就抓起那植物，在赵晶玉面前晃着，"看，没咬，没咬，是我在掐着它，哈哈……"可是，他突然不笑了，抓着草的手松开了，先是手心像是抓了一把棘刺，疼得怪怪的，一会儿手背也红了一大片。他这眼泪可就来了。

"怎么了，怎么了？我看看！"这时张安华从他们身后出现了。这几个孩子有板有眼报草名的时候，张安华倒还放心，可是忽然听到他们的争吵，她赶紧走过来："你挺大个小伙子还能被个小丫头给欺负了！你得想着法去赢她！"

赵晶玉的姥姥听到后，不高兴地说："你怎么能这么教育孩子？"

"我说赵晶玉你心疼了？你怎么能胳膊肘往外拐，晓光才是你亲外孙！"

"都是我外孙，哪有亲不亲的，你这样教育孩子，会把孩子教坏的。"

"我不管，我就知道我儿子不能受欺负！"

"我有臭椿叶，"晓光把叶子揉碎了扔向赵晶玉，然后跑掉，"臭死你……"曦光看得真切，跟妈妈解释说："我哥就是傻，晶玉都已经提醒哥哥了。"

张安华恨恨地说："你也不用替她说话，我儿子什么样，我最了解。"

总而言之，如果把这算作一局较量，晓光"输"得很惨，不过"赢"的机会很快就有了。

有一天，哥哥姐姐手里拿着根柳枝不知道在做什么，赵晶玉好奇地凑上前去看，结果哥哥一转身，从柳枝上抖下很多柳絮来。曦光喊着："哥，你干什么！"赵晶玉很怕柳絮落在身上发痒，赶紧向一边闪躲，赵晶玉越躲，哥哥就越是用力地抖那树枝，还得意地笑着。赵晶玉只得喊姥姥，等到姥姥走到这里，哥哥早丢下树枝跑走了，曦光怕被姥姥批评，也跑掉了。姥姥见赵晶玉嘟着嘴，眼泪就要流出来了，惊讶地问："怎么了？"赵晶玉就只说："柳枝，痒。"姥姥一听就明白了，忙说："不怕不怕，你看姥姥会变。"姥姥灵活地把树枝在手里转了几转，两条树枝在姥姥的手里神奇地变成了只毛茸茸的可爱的猫，站在了赵晶玉的面前，毛茸茸的，这是赵晶玉见过的最可爱最乖顺的猫了。

等赵晶玉情绪好起来，姥姥就说："我出个谜语你来猜。"赵晶玉点点头："好啊。"姥姥便慢慢地说："似花还似非花，也无人惜从教坠。抛家傍路……梦随风万里，寻郎去处，又还被莺呼起。"赵晶玉不懂，姥姥就稍作解释："无人珍惜的花，风一吹，就飘飘扬扬，树上的莺儿一叫，又跟着那鸟鸣飘飘扬扬……"赵晶玉转了转眼珠："那一定是飞絮了。"于是姥姥又把这首词余下的部分教给赵晶玉，姥姥念一句，赵晶玉读一句：

不恨此花飞尽，恨西园，落红难缀。
晓来雨过，遗踪何在？一池萍碎。
春色三分，二分尘土，一分流水。
细看来，不是杨花，点点是离人泪。


赵晶玉便不再幻想着和哥哥姐姐一起玩，她仍编她的花环，放她的风筝。编花环的事，哥哥姐姐终于知道了，便又来抢。赵晶玉倒很高兴，说："你们喜欢，我可以再编啊，来给你们戴上。"于是，哥哥戴上了花环，羞得女孩似的；姐姐戴上了花环，美得像个新娘。曦光还开哥哥的玩笑："小子玩花，管老婆叫妈。"不两日，三个娃娃竟玩得很开心，张安华见了也很是惊奇。

一日，他们三人叽叽喳喳地跑到外面放风筝。那风筝是姥姥给赵晶玉做的蝴蝶风筝，粉色的翅膀，绿色的飘带，赵晶玉踩着板凳把它供在书架上面，现在赵晶玉也把它拿出来了。赵晶玉在后面扶着风筝，哥哥在前面牵着线跑，一不小心哥哥摔倒了，竟然哭了。张安华听到哭声跑过来，不问青红皂白，就训斥起赵晶玉来："就是放放你的风筝玩，不让玩就说话，你在后面拽着，突然一松手，他不摔咋的？"

不待赵晶玉辩解，曦光说："不怨晶玉，风筝得有人给在后面扶着的，是哥哥……"

"不关你的事，少插嘴！"张安华就这样给事情下了定论。

当他们回工人村后，赵晶玉有时会困惑地问姥姥："妈妈为什么不喜欢我呢？"她追问："姥姥，你说我不是乖孩子吗？妈妈为什么不接我回家呢？"

姥姥便说："因为姥姥喜欢你陪在我身边啊，你不愿意和姥姥在一起吗？等你上学了，就跟爸爸妈妈住一起。"

赵晶玉觉得自己伤了姥姥的心，说："我当然愿意，我还是愿意和姥姥在一起。"以后赵晶玉再不提去妈妈家的事了。

但她还是不断地问姥姥："我怎么样，妈妈才能喜欢我呢？"

"晶玉，你做得很好，你不要讨好谁。你知道吗，用曲意逢迎是换不来别人的喜欢的，只会让你变得更加卑微，而且会被人看不起。你要的一切不是靠讨好别人得到的。"

"那我怎么样做才能让妈妈喜欢我呢？"

姥姥又重新强调："晶玉，你不需要讨好别人。你只要做你喜欢的事就好了，不用为了别人喜欢不喜欢。"是的，小孩子喜欢热闹，承受的孤独多了，她便喜欢了孤独。孤独不是寂寞，孤独的时候，可以有丰富的内容。

等赵晶玉上学，姥姥把赵晶玉送到了妈妈身边。不过这时赵晶玉已经不再喜欢在妈妈身边生活了。

进入20世纪90年代，赵康强所在的明华机床厂忽然出现了产品积压，厂子忽然变成半停产的状态。市场流失，订单下降，厂子本身重产量、轻质量，而外国更先进的机床物美价优。在市场竞争下，明华机床厂明里声名赫赫，暗地里在走向衰落。兼并破产，减人增效，是工厂的出路。

那时，晓光刚上大学，赵晶玉也要准备上高中了。赵晶玉不知道发生了什么，爸爸把一堆物品从单位拉了回来，堆了一地。

之后家里聚集了些厂里的叔叔，在他们和爸爸妈妈交谈中，赵晶玉听到了一些词，如"停薪留职""买断"。有时几个人闷着抽烟，谁也不说话，空气像是要让人窒息，有时有人引起个话题："幸亏没让我儿子来接班，不然就坏事了。"也有人说："赶上下岗，因为这房子不好，你看，怎么别人不下岗，就我们这些人下岗？"张安华感叹着，念叨着："不怨房子，不怨宅子，就怨苦命孩子。"后来来的人越来越少，最后只有赵康强一人坐在桌子边发呆。

那个星期天，张安华早早就上市场了，赵康强坐在桌边喝闷酒，家里剩下这对姐妹。他喝下了大半瓶酒，还没有下桌。赵晶玉劝他别喝了。他没有动，眼睛发呆，他眼里流出了眼泪。一会儿，他要站起来，没想到没有站住，坐在了地上，像小孩子一样哭了出来。赵晶玉赶紧上前把爸爸扶起，一边吃力地拉着他，一边说："不是说男儿有泪不轻弹吗？就算是没这个工作你也不能作践自己啊！你还有我们啊，你还能做点别的啊。"

赵康强后来躺在沙发上睡着了。那老沙发啊，不知道什么时候，已经破了皮，张着黑乎乎的嘴。

赵康强一觉睡醒了，站在窗口，向远处明华机床厂的高楼望着，望着……

赵晶玉的鞋子破了，看看那鞋子还好，那是爸爸给自己买的，曦光也有一双，很漂亮的凉皮鞋。在公园边，有个修鞋老伯，手艺特别好，他修过的鞋，有时都看不出来修过，很多人来找老伯修鞋。

赵晶玉看看地上修好的鞋排成一排，便夸老伯说："手艺真不错。"

老伯看来了生意，就笑着说："是修鞋，还是定做？"

赵晶玉说："我的鞋子破了，需要修一下。你还会做鞋？"

老伯听说是修鞋，有些失望，不过他还是接过赵晶玉手中的鞋，说："能做，想当年，我是鞋厂的，要做鞋到我这儿，我手工好着呢，价格便宜质量好。"

"呀，你是鞋厂的工人啊。"

"当年我上班，年年先进，共产党员。"

"那时候，咱出来进去的也神气。三十年河东，三十年河西——唉，下岗了。"说起下岗，老伯在修鞋的手哆嗦了一下。

沉默了一会儿，老伯又说："老话讲'宁肯饿死，也不蹲马路牙子'，刚开始出这个摊，不好意思，还躲着同事、邻居，现在想开了，咱有这手艺，凭本事吃饭，有啥丢人的？"

一切都来得太突然，这个时代怎么了？他们的人生中也遭遇到自己的战争。他们不懂得经济学上的解释，能感知的是时代变了，生活变了。

时代在盛与衰中发展，人的生活常纠缠于物质与精神，人生在理想与迷茫中起伏，而信仰是从困惑中走出的力量，你将看到希望在失望的断壁残垣中重生。

夜里，赵晶玉听着收音机。

主播海涛那带着磁性的声音正在读她写的信："那个叫玉玉的小姑娘，你在收音机旁吗？我知道，你是流着泪写这封信的，我能看到你信纸上的泪痕。我想说的是，在你这样的年龄，不应该承受这样大的压力，你是个懂事的好姑娘。要想帮你爸爸走出这个难关，我有一个办法，我想你的爸爸突然遭遇下岗，他们最承受不住的是家里人的冷漠和讥讽，他既然爱喝点酒，那就在他喝酒的时候把酒给他温一温，陪着他，跟他说说话，让他明白，家人是关心他的，这时你再劝他少喝，也许他就能够接受了……你想想，他们把自己大半生的时光都奉献给了工厂，时代的荣光曾在他们身上闪耀，他们为自己处在辉煌的生活图景中自豪，现在换来的是突然失去工作，他们怎么能想通曾经的辉煌沦落到了今天的模样？还有，现在很多人，又重新寻找自己的人生方向，他们找到了新的机遇，做起自己的新事业。"听着海涛的声音，赵晶玉渐渐地进入梦乡。

第二天，见爸爸喝酒，赵晶玉就主动给爸爸倒酒。张安华见了说："还摆谱了，饭菜有人做，酒有人给倒，这是伺候老爷呢？"

赵晶玉说："我知道妈妈辛苦，可是我爸爸下岗心里不好受，我们，应该给我爸爸一点，嗯，温暖。"张安华冷笑："我们？吃你的饭，干你的活，上你的学，这家的事，不用你管。"

"不是，妈妈，我觉得，你说话温柔一点儿，对我爸爸体贴一点儿，也许能减少一点我爸爸的痛苦；还有爸爸，你酒少喝点，爸爸还能坐在这儿安稳喝酒，是因为有我妈在，你也应该多体谅我妈。你们以后还要享受好生活呢，妈气坏了身体，爸喝坏了身体，将来怎么享受？我觉得，你们都互相倾听，互相理解一下，有多大的困难，也会过去的。"

张安华生气不吃饭了："温柔，要温柔找别人去！我理解别人，那谁理解我啊？都在下岗，都在找事情做，那都像他那样喝酒，这人不是活成废人了？"

赵晶玉在妈妈身后喊着："妈妈，是你的冷言冷语加剧了他变坏！"

赵晶玉的想法是好的，可是现实中，人们误听的多，理解的少，积的是怨恨，减的是情分。

家是心头最后一点的温柔，最后一点的温暖，最后一分的安静和支撑，软弱和疲惫外面的世界装不下，家能容纳，然后才有坚强的重生。如果家都成了冷的，凄凉的心灵哪里安放？

一天，赵康强早晨起来，面带喜色，穿好衣服，饭都没吃就出门了，他匆忙赶路，走的是往常上班的路，一路走下去，近了，越来越近，直到机床厂，他看清楚了，明华机床厂的大楼周围已经长起了荒草。他手扶着围墙，转身，喝醉了酒一样，歪歪斜斜往回走。一边走，一边嘴里还叨念着："明华机床厂，明华机床厂……"

> 习惯了接订单的手，
> 今天的指间流出彷徨，
> 装工资的口袋，
> 今天写满空荡。
> 习惯了望高楼的眼，

今天的眼里流出凄凉，

走惯的上班路，

今天没了方向。

回到家里，他又站到窗口前，向着明华机床厂的高楼凝望。

赵晶玉问赵康强："爸，你今天怎么了？"

赵康强落寞地说："我梦到我们机床厂开工了，我们明华机床厂生产更先进的机床了，我们都又回到厂里上班……"

那高楼是他们的信仰，是他们明华机床厂职工立在心上的标杆。


要说张安华也需要人来理解和安慰。张安华几年前在马路市场上摆了地摊卖杂货，难以承受的苦累不被理解，就会孤独、流泪。

张安华生了病，她愿意服中药，觉得中药管用。赵康强不让她吃中药，好像吃了中药就像犯罪一样。

张安华开始犯腰痛、腿痛，赵康强陪张安华去医院看病，这本是件好事。可是两个人又吵了起来。张安华是打算看中医，赵康强却坚持要张安华看西医。赵康强讲："中医无用。他爷爷怎么死的？不是因为没医生吗？请来的先生怎么着？跳大神！多少个中医先生开的药，那药吃了多少啊，最后才知道是肠梗阻。中医不行，它看不出病来。看病得看西医，哪疼，仪器一检查拍个片子就看出来了。"

"中医不需要仪器也可以判断肠梗阻……"张安华辩解。

最后，张安华拗不过赵康强去看了西医。

西医诊断说是关节炎，不重，给开了"双氯灭痛"。回到家，张安华把药吃上后不久就感觉好了。

张安华自言自语："别说，这药还真管用。"张安华觉得腰腿痛好了，第二天又赶去上市场。

可是两天后，腿又开始疼，张安华照样吃了两粒药就上了市场。

有一天，收拾好摊位后，张安华忽然站不住，腿疼得坐在了地上。还好晓光来接张安华，把张安华送到了最近的中医院。

医生仔细地观察着张安华的腿说："你看你这两条腿，有些变形，这腿要比那正常的腿弯，还肿，以前疼过吗？"

"一年前开始疼的。"

医生问张安华："吃过什么药？"

"双氯灭痛。"

一听这个，医生马上说："这个药不能长期吃，你知道吗？"

"上次开药时，医生好像说过，我不大记得了。"

医生严肃地说："我倒不是批评西医啊，西医治疗关节炎造成的腿疼，有自己的治法。我只是说你遇上了一个不负责的医生。这个药啊，有抗炎止疼的效果，但我觉得偶尔疼一下可以止疼，你应该知道，疼痛本身不是病，疼痛是提醒我们身体出了毛病，你疼那就得去治病根，不是杀灭向你报告危险的神经。如果你简单地用止痛药麻醉一下神经，那我们长神经是做什么的？"

"疼不就是要止疼吗？"

"知道疼才知道保护自己，就像知错改错。'有人疼'是啥意思？疼了就知道爱护。我得批评你这个人啊，不懂事。你知道你这个病怎么得的？睡过潮湿的旅店吧？是不是经常负重？人呀，得学会疼自己。"

"是啊，你怎么知道，我住过那样的小旅店，那里……"

"我是医生我怎么不知道。要让人爱你，你得先爱护好自己。你现在这关节炎还不是很严重，可是你等这病根坐下，就是神医也治不了。人体是台机器，得保养，它卡住了，或者磨损得厉害了就得维修，不维修要么就越转越坏，要么就得报废。这人也一样，你不精心维护着，坏得也快。我也不是打击你，人都这样，'病长无孝子'，不是说孩子不孝，是你想享受孝心怕也难。"

"哪有时间保养？"

"你疼了就得养一养，用些中药，忍一忍，恢复恢复。卧冷湿之地受风寒，流入脚膝偏枯冷痹，就用独活寄生汤加减，服过五服，再调药方。"

回到家里，张安华熬中药的时候，被赵康强看到了，赵康强就唠叨开了："你背着我开中药吃，把钱给了那帮骗子！"

"你知道啥？西药治不好我这病，我就开点中药，你管得着吗？"

"我不管，我啥也不管。"

"你管过我什么？我往外面去上货，背着大包，住那湿房间，你管过我吗？我要不是得这个病，谁愿意喝这个苦药汤子？"

"我们也出差，住宿条件没那么差。谁让你住那种房间了？你要住那种房间，你不是傻吗？"

"对，我傻，傻子才拼命挣钱给你养这个家。"

"没用你挣钱，我挣的钱也够花。那你切菜择菜时省着点呗，那么长葱叶子，我看你都扯下来扔掉了。"

"省钱？我看你省个葱叶子，你就能给孩子省出读书钱来吗？"

…………

人生来就是孤独的，那是因为在我们出生之时，就封闭了心灵，尽管上帝赋予了人语言，很多时候，它却成为伤人的工具，甚至咒骂中伤的工具。

晓光赶紧上前劝说两个人不要争了，二妹吓得直哭。一股焦煳味飘得满屋都是，药像是熬糊了，赵晶玉赶紧跑到厨房，把火停掉，往药罐子里添水。没想到药罐子都熬干了，水一倒到罐子里，"啪"，罐子裂了，药洒了一地。赵晶玉绝望地回到卧室，喊了声："都别吵了，药罐碎了。"

赵晓光忽然来了劲，大声喊了一句："都别吵了，不就是为了钱吗？我去挣！"这个声音像炸雷穿过窗户，在院里回响了一下，赵康强和张安华都呆住了，晓光转身出了房门，"咣当"一声把门关上了。那时他刚成为明华机床厂子弟中学的一名教师，他辞职下海去了。那时的他怎能理解，人与人之间的沟壑，岂是金钱能填平的？

赵晶玉好像看见张安华年轻时候的模样，好像听到有歌在唱："那个小姑娘，梳个小辫子……"她的年华倏地流走。幸福，有时候不是缥缈的浪漫与远逝的歌调，而是用信仰的力量安定沉实地生活而发出的歌唱。

# 三　那年的雪

郑大山看赵晶玉烦恼的心情像是舒缓了，说："我送你回家吧。"

"我不想回家。"

"那，去我家吧。"

"不。"

他们就这样在长长的堤坝上走着，走了很远。

"你头上的蝴蝶结很可爱，送我一个吧。"

"这我可不给你。那是姥姥给我做的。怕我丢了，她说看见我头上的蝴蝶结，就能找到我。"

"你的舞蹈，跳得真好。"

"那也是姥姥教我的。"

雪花纷纷扬扬，天色越来越暗，灯火朦胧。

郑大山高兴起来，在雪地里跑，他拉住赵晶玉的手说："这样的雪地跑起来，喊出来，有多不开心的事，都会过去。"赵晶玉不动。郑大山看着她头上的蝴蝶结，一把摘了下来，"这个给我吧！"他在赵晶玉前面，面对着赵晶玉倒退着慢跑，手里晃着那蝴蝶结。

"还我，你一个男孩子，要那干吗？"赵晶玉伸手，要抢回来。

"抢到了就是我的了，要不你能抢着我就还你！"郑大山立刻回身就跑。赵晶玉也不示弱，就在后面追。

赵晶玉忽然开心起来，一边跑一边喊："我喜欢雪——"

郑大山问赵晶玉："你会喜欢我吗？"

"你说呢？我不知道我是不是喜欢你！"

"那你喜欢的人什么样？"

"我小时候特别喜欢雪，我记得有那样一个戏台，戏台边有棵老杏树，那年清明时节，杏花都开了，那香味能让人醉在戏中。我姥姥是带着我在那样的戏台下看过戏的。那苏武穿一身薄衫，手握汉使节杖，一声'儿的娘啊——'，好凄凉，就像大片的雪花飘进我的心底。那时，杏花纷纷扬扬，像下着漫天飞雪，风一呼啸，雪一飘扬，我就已身在雪地冰天的北海了，冻得我心也打寒战。可是那个男人就好像那棵老杏树，脸上冷峻，一身信念，一身骨节，满身雪香。我就认定了，将来我爱的男人一定要这样。"

"如果有一个人能做到像他，你会喜欢吗？"

"当然，可是爱情的故事总是曲折的，总是苦的多。我的姥姥自己也唱戏。台上那女子，正值妙龄，一头凤冠，披衣甩袖，好像袅袅于树间的杏花，她唱着'一度春来，一番花褪，怎生上我眉痕……'，台下我的姥姥便跟着节奏低声跟唱；台上唱'我看这些花阴月影，凄凄冷冷，照他孤零，照奴孤零'，姥姥便在台下泪流成行。"

"姥姥会唱戏吗？"

"会唱，唱得好听。我的姥姥对着天上的星星，也能讲出一出一出的戏来。我最喜欢天刚擦黑，星星一颗一颗地亮起来，直到满天星光闪闪。我就偎依在姥姥身边，听姥姥指点着天空的星星，讲好些神奇的传说。有'银河水把牛郎和织女给隔开了'，我看还有几颗星围成了一圈，圈上又丢了一颗星，姥姥就笑说，'那是一口井，李三娘打水时，不小心蹬掉了一块石头……'姥姥就会教给我唱：'数九隆冬雪花儿飘，受罪的李三娘把水挑。……你到幽州投军去报效，你为什么十六年的光景人不回来信不捎。'"

雪花渐稀，郑大山拉住了赵晶玉的手。赵晶玉终于开口说："那这样，你先回家吧，这么晚，你不回家，家里人会着急的。我一个人待会儿，就回家。"

郑大山迟疑了一下："那，你也回家吧？"

"我不回家。"

"那我也不回。"

"阿姨会着急的，你回家去吧。"

"要不我回家给你拿件厚衣服来，正好跟我妈说一声。"说着，就把身上的衣服脱下来要给赵晶玉穿上。赵晶玉一再推辞："不要，不要……"

郑大山把衣服塞在赵晶玉手里转身就跑，回头说："会冻坏的，你就在这等我，我很快就回来。"

赵晶玉追着郑大山喊："不用了，不用了，我马上就回家了！"

有一种情绪就是在这样一个时间里，在这样的空气里，在这样的光影中，被一团火暖了一下，被某种记忆的虫狠狠地咬了一口。许多年后，一首歌、一场风雪就可以轻易地拉开记忆的帷幕。

郑大山刚跑过一条街，听到有个男人在喊着："赵晶玉——"郑大山循声望去，看到一个身影，原来是赵晶玉的爸爸，放学的时间早过去了，已经很晚了，他还没有见赵晶玉回家，便着急地出门寻找，学校里没有，又找了很多地方。这会儿正撞见郑大山。

郑大山跑过去："叔叔……叔叔，赵晶玉在这儿。"

赵晶玉的爸爸看见跑过来的郑大山，问："在哪？"

郑大山拉着赵晶玉的爸爸："你快跟我来。"

赵晶玉的爸爸就一边喊着"赵晶玉——"，一边跟上郑大山的脚步。

郑大山带着赵晶玉的爸爸到了河边，却没有了赵晶玉的影子，循着雪地上的脚印也找不见赵晶玉。

郑大山说："刚才还在这，对了，她说要回家了。"

赵康强转身往回走。

赵康强紧皱着眉头回到了家，赵晶玉却还没有回来。

"都是你，怎么能跟孩子说那些话？"

"我说的有错吗？"

"晶玉就算是你收养的孩子吧，这么多年了，你就一点感情都没有吗？"

"感情，你跟我讲感情。家里这么多负担都压在我身上，我容易吗？供她上学，你倒拿钱出来啊？"

"她姥姥不是……"

"那点钱够什么？她不得吃饭？她没穿衣吗？"赵康强嘴张了张，又闭上了。张安华又接着说："我们都没读过大学，不也一样活着吗？"

"她能和我们比吗？我们那时候没学可上！"

"如果我妈没有收养赵晶玉，那些钱不都是我的？这把钱都搭在一个野孩子身上了。"

赵康强把眼睛瞪圆了，盯着张安华半天没有说话。张安华看了看赵康强："你瞅个啥？不认识我了？"

"是不认识。我好像这么多年来是头一次真正认识你。"

"晚了，早看清楚点呀！我可是早就认识了你的，白活，窝囊。"

"唉，你和你妈，真不像母女俩，你妈对你真是个亲妈，我都怀疑，你是你妈亲生的吗？为人做事，你真不如你妈！你像个……"

"像什么？"

"像个讨账的鬼！"

…………

时钟在嘀嗒走着，已经很晚了，赵康强坐在椅子上不说话。

"同学家也问过了，和她交往的同学本来也不多……会不会去了姥姥家，她就和她姥姥好。"张安华不紧不慢地说。

"那我去找找。"

"你昏了头吗，这都几点了。如果她去了她姥姥家，那肯定没事；如果她没去，这么晚了你上哪找……"

夜寂静，又诡异，这个夜晚赵晶玉不知道是在哪里度过的。

第二天，教室里赵晶玉的座位是空的。爸爸来学校找赵晶玉，也没有见到赵晶玉。

老师问："有没有谁知道赵晶玉去了哪里？"同学们都只是摇头。

郑大山想了很久，想起来一个地方。他跟老师打了一声招呼就走了。郑大山沿着街道走到了一家书店，从窗外向里面望去，有些顾客正在翻书。郑大山惶急地走进书店，转了几圈，终于在书店的一个角落，看到了赵晶玉，她手里拿着笔，像是在写着一封信。

雪后的阳光很纯净，此时刚好穿过窗户，投射到书店地面上。赵晶玉正对着这缕阳光坐在地上，身边是她的书包，旁边还放着一台收音机，膝盖上摊着一本书，是漫画书。图画里的鱼在微笑着，鸟在巢边鸣叫。郑大山曾经见过赵晶玉在书店里看书，他很喜欢赵晶玉看书的样子，就偷偷站在书店外面看着赵晶玉。

有时，他也会去翻一翻那些赵晶玉看过的书，看她看了些什么，闻一闻书，看书上是否留下了她的气息。此刻，郑大山轻轻地坐到赵晶玉的旁边，他看见赵晶玉的眼泪正悄悄沿着脸流下，仿佛外面在太阳光中融化的冰雪正从屋顶滴下。郑大山没有叫她，而是掏出手帕来，轻轻地给她擦去眼泪。郑大山的妈妈觉得男生的身上带块手帕是文雅，是美德，就要求郑大山随身带着一块手帕。郑大山一下子把赵晶玉从她沉浸的世界中拉了回来，赵晶玉用还噙着泪水的眼睛看着郑大山。

郑大山说："我也喜欢看漫画，我喜欢看宫崎骏的漫画，还喜欢看几米的漫画。"

赵晶玉说："我很喜欢看宫崎骏的《天空之城》，看那个电影心里会有一种暖暖的感觉。以后就喜欢他的各种漫画。"

他们就这样静静坐着，翻着手里的书，交换着看那些色彩明丽的画面，那些画面让他们陶醉。阳光洒落到他们的头发上、指缝间，阳光温暖了此刻，仿佛这里是他们的舞台，周围的一切变得暗淡，只有这里被阳光照得明晰透彻。

很久，郑大山问："你昨晚去哪了？"赵晶玉没有回答。

"回学校上课吧，昨晚叔叔到处找你……疯了一样。"

仿佛有个锤子，锤在赵晶玉的心坎上。沉吟了一会儿，赵晶玉说："我不上学了，要去我姥姥家。"

"为什么？"

"不为什么。"

"我送你。"

他们从书店里走出来，外面，金灿灿的阳光笼罩着白茫茫的世界。在这暖暖的阳光下，屋檐上滴下串串刚融化的水滴，闪烁着珍珠一样的光。走在路上，雪泥将鞋包裹住又张开，他们身后留下了好像在咧嘴笑着的脚印。他们一边走一边聊着。

"收音机，是我姥姥送给我听的……"赵晶玉聊着姥姥。

"姥姥对你真好。"

"我姥姥给我买过很多书，那些书摆在书架上也算是个小图书馆了。有些小人书，还有好多漫画书，也有小说。书里面有好多故事，书没有告诉我要怎么走过人生的迷途，但又好像是告诉我了。姥姥就教我要像故事里的女孩那样勇敢……那时，我在雪里跑，我姥姥在后面追，现在她也追不动了……"

"我以后也要开个书店。屋子不用太大，可以装下各种书就好。"

"那我就在这样的雪天，和你一起，坐在阳光下，也像现在这样读书。"

…………

"鱼的记忆，只有七秒，七秒过后它就不记得往事了。"郑大山说。

"不，你不是鱼怎么知道鱼不记得，我救过一条小鱼，没有人在乎一条小鱼，一个微小的生命，可我相信不管鱼游了多远，它会记得我的。"赵晶玉认真地说。

"被人记着也会是负担，那些善男信女们放生了多少蛇、多少小鱼，被它们记着小心会做噩梦的。"

…………

赵晶玉一到姥姥的院子，便喊："姥姥！"不想，屋子里一下子出来了三个人，冲在前面的是赵晶玉的姥姥，后面跟着赵晶玉的爸爸和妈妈。

赵康强白天又去了学校，没有见到赵晶玉，便要求张安华和自己一起去赵晶玉的姥姥家找赵晶玉。赵晶玉的姥姥这才知道赵晶玉离家出走的事。

赵康强冲到赵晶玉面前，手扬了起来："你个傻丫头！"赵晶玉等着那手拍在自己身上，可那手轻轻落下了。

张安华仍然没有忘记自己的尖刻："不就是说了你几句嘛，你至于不回家吗？呦，这还多了个护花使者呀！"

郑大山忙上前来打招呼："阿姨好，赵晶玉不愿意回学校，怕她出事，我送她回来。"

姥姥说："晶玉上大学的钱，我来挣，晶玉一定得上大学。"

赵晶玉说："姥姥，我想住在你这儿，我……"

"我知道你要说什么，我也愿意你住到我这儿陪我，可是住在爸爸妈妈那里离学校近，上学方便，再说住在他们那里也是天经地义的，我看谁敢把你赶出来。"赵晶玉姥姥的话坚定有力，不容置疑。

赵晶玉只好跟爸爸妈妈回到了那个她再也不愿意回的家。


严冬过去，草地渐绿。郑大山与赵晶玉之间还是用摸脸的方式问候告别。有时她会对他微微一笑，就好像冰山融化，滴下来几颗水滴。而郑大山已能大摇大摆坐在赵晶玉的身旁向赵晶玉讨教解题方法，和赵晶玉一起背诗词，对名句。

郑大山的学习成绩跳跃着提高。

郑大山的妈妈来学校时，见到赵晶玉就拉着她的手，打量着赵晶玉说："这姑娘真招人喜欢，你比我家大山聪明，学习成绩比我家大山高出得不是一星半点儿。我家大山太笨了，成绩老也提不上来，最近学习成绩噌噌地往上蹿，我还说呢，这孩子怎么突然开窍了，他告诉我说是你指教的，以后你还要多点拨他点儿。"

有一天放学的时候，赵晶玉走在前面，郑大山跟到校门外，赵晶玉一回头看见了郑大山，就问："有事吗？"

"赵晶玉，我……"

"有事吗？"

"……没事，你鞋带开了。"

赵晶玉低头看时，鞋带确实不知在什么时候开了。郑大山走上去，蹲下把鞋带系上。

隔了几天，郑大山借着看笔记的机会，把自己写的一封信夹在赵晶玉的笔记中。

郑大山却看不出赵晶玉有任何反应，借着课间的时候，郑大山偷偷翻看她的笔记，却也没有看到自己写的信夹在里面。郑大山有些失望。

郑大山给赵晶玉写了很多封信，他讲自己的感受，讲自己的理想。可是始终都没有赵晶玉的回复。只有一次赵晶玉回了一张纸条给他，告诉他快毕业了，要他专心学习。

晚上写作业的时候，赵晶玉打开收音机，收音机里传出一个有磁性的声音："又到了《海涛夜话》时间，我们一起听海涛。……玉儿朋友，你说你对这段感情是困惑的，我想在你们这个年纪里说爱，早了些，如果是真爱，也许这会是爱情历程的起点。你的内心里要懂得爱是什么，两个人，要一同成长，共同经历风雨，爱情才走得久远而深沉……"

以后的日子，赵晶玉偶尔会给郑大山出道难题，让郑大山花尽心思去解。有时郑大山也会同赵晶玉交流一下偶有所得的精妙语句。郑大山仍会送赵晶玉走出校门。赵晶玉知道他在后面跟着，有时会偷偷地笑，然后加快脚步，向家里走去。高中生基本的生活圈子里，除了偶尔的奇闻乐趣，大多数日子是平淡的，平淡得很多年后想起来是一片空白，然而正是这平淡的日子在悄悄打造我们的喜好，从饭菜的口味乃至灵魂，因为那时那地的忧伤或酸楚，让我们记住了那时饭菜的味道和那时朝霞与日落的色彩。

高考填报志愿，郑大山问赵晶玉："你要报哪里的学校？"

赵晶玉说："自然是报离家近的了，学费低，还有补助的。其实，我不想离姥姥太远。"

"那我和你报一样的学校。"

"阿姨不是让你报北京的学校吗？北京多好呀，你要考最好的学校。首都的学校，毕业后找工作也容易。"

"你都不去，我也不想去。"

"你不能这样，你是一个男人，有理想就实现它，你不能因为我就放弃理想，不要委屈自己，还违背阿姨的意愿，这让我有负罪感。你这样做会让我觉得你很幼稚。你的选择决定你以后的高度，我希望十年之后，你可以长成参天大树了，可以令人仰望，我累了，可以靠在树上休息。"

毕业时，郑大山跟妈妈说要到海边去玩一次。一番软磨硬泡，郑大山的妈妈才答应，又不准他一个人去。郑大山就说，有好多同学呢，一块儿去。郑大山的妈妈才点头答应。郑大山就邀赵晶玉去了大海边。

从单调的生活中走出来，连海风都是蓝色的了，海水随着风涌上沙滩，又退去，海鸟长叫着掠过海面。他们像自由飞翔的鸟，在沙滩上奔跑追逐，大声呼喊欢笑。他们跑累了就坐在海滩上休息。

"我喜欢你，我希望以后能和你在一起，做我的女朋友吧。"郑大山一边说，一边在脚下的沙地上写下了几个字："郑大山爱赵晶玉。"

风在吹，把赵晶玉的长发吹起来，赵晶玉低下头去看那几个字。那几个字刻下去很深，字体里含着情。赵晶玉抬头向水面看去，水的波纹闪着夕阳柔媚的光芒。就那么盯了很长时间。郑大山也顺着赵晶玉的目光望去，看着那水的波纹，看着看着，仿佛自己脚下这块沙滩开始逆水漂动，仿佛自己坐在了一条船上，不用划动双桨，船便慢悠悠地行驶。当风裹着浪冲过来时，这幻觉才被打破。水流退去，那字迹变得模糊。

郑大山站起来，向着大海高声喊："郑大山喜欢赵晶玉！"然后伸手拉赵晶玉站起来："赵晶玉你喜欢我吗？"

赵晶玉被这情绪感染，也对大海高声喊："郑大山喜欢谁？"

"郑大山喜欢赵晶玉！赵晶玉，你喜欢我吗？"

赵晶玉对着大海喊道："郑大山，我不喜欢你！"

"你说错了，说，你说错了，你说赵晶玉喜欢郑大山！"

赵晶玉嘻嘻地笑笑，又冲大海喊："赵晶玉不喜欢郑大山！"

"你说嘛！"

"不，我就不。"

郑大山见赵晶玉脸上笑里还带着些红晕，就笑着说："你是故意的吧，你不说，看我给你个厉害的。"他说着就伸手向赵晶玉胳肢窝里挠去。

赵晶玉气急败坏地逃跑，一边跑还一边说："不喜欢就是不喜欢，哪有逼着人家说的道理……"

郑大山就在后面追："我不信。"

晚上，郑大山写了很长的情书，第二天，在海边，交给赵晶玉："空口无凭，我把我要说的话都写在纸上了。"

赵晶玉说："我不看，你念给我听。"

郑大山说："你自己不会看？"

赵晶玉说："我不会看，这么些年只读书了。"

郑大山只好念："自从我遇见你，我就开始喜欢你，因为……我不会再让人欺负你，我要用尽全力保护你。"

念过之后，赵晶玉接过情书，看了一遍。然后问："你在信上说，要怎样爱我？"

郑大山呆了一下："哪句？"

"你自己看。"赵晶玉把情书交还郑大山。

"我愿陪你到海角到天涯，既然选择了你，就陪你寻找人生的意义。"

"你自己说的话，你能做到吗？"

"我能！我一定能做到。"

"你能陪我有多久？"

"要多久有多久。"

"不对，我觉得你是能多久，就多久。"

"有区别吗？"

"当然有。"

"你信我吗？"

"把你写的东西背下来，不能再照稿念。你自己写的，你自己都记不住，谁信你。"

郑大山开始叫苦了，两页纸的情书，要背下来，那就相当于几分钟的演讲。那一日的海滩，郑大山在赵晶玉面前把自己写的情书背熟了。

"记住了吗？"

"记住了。"

"你记住要怎样爱我了吗？"

"我愿陪你到海角到天涯，既然选择了你，就陪你寻找人生的意义。"

于是赵晶玉向大海喊："我要你记住，你要真诚，你要么不写，写了要记住！"

"我记住了！"郑大山向大海高喊。

从海边回来，郑大山骑了自行车，载着赵晶玉逛了这个城市的很多条街道。

赵晶玉坐在车后座，像是考名句默写那样考郑大山，问他情书某句上句是什么，下句是什么。

"你为什么喜欢我？"

"我喜欢你的聪明和坚强，也喜欢你的美丽和高雅。我喜欢你舞蹈时像绽开的玫瑰，也喜欢你读书时像思想者的雕像……"

"你要怎样爱我？"

"我愿陪你到海角到天涯，既然选择了你，就陪你寻找人生的意义。"

赵晶玉对他的回答很满意，便像他们平时一起背名句时那样，说："这回算过关了，你要记得每天都复习，每天都练。我以后不会再考你了，我怕你忘了。"

"你可不可以说爱我？"

"等我考你时，你仍记得你说的话，我会说，但肯定不是现在。"

"我会记在心里的。"

"我知道你记住了，可是我……我怕，我怕你遇见了什么，你就把我忘了。"赵晶玉忽然有些忧伤，"其实你不用说爱我，你不说我能感觉到。你知道吗，有一次我把你看成我的英雄，有一次我把你看成太阳。"

"什么时候？"

"一次是你帮我打马蜂的时候，你是我的英雄；一次是下雪那天，你在河边陪着我，你是我的太阳。"赵晶玉说着话，把头贴靠在郑大山的背后。

那时金黄的太阳，给云朵染上了灿灿的光，街路建筑笼罩在金黄色光雾中，翠绿的柳枝散去了阴郁，透明的黄绿闪着光，成了金柳。


郑大山收到了京师诚开大学录取通知书，郑大山知道赵晶玉和自己的成绩差不多，应该也会被录取的，两人约定在冬天一起踩脚印的河堤见面。他欢喜地一路狂奔，找到赵晶玉。

"我考上了京师诚开大学。"郑大山笑容满面。

赵晶玉淡淡一笑："恭喜你，考上了理想的大学。"

郑大山急切地问："你的呢？"

"我被胜景大学录取了。"

"不对呀，你的成绩比我还高呢。"郑大山疑惑地看着赵晶玉。

"是，我没有报你的学校。"

"你跟我撒了谎。"

"我也知道，我不该这样报考，可是已经这样了。"赵晶玉脸上淡然平静，"我没有办法，我的家庭……我说过，我没那么自私，我没有理由把你留在这里，你有更好的前程，能实现自己的理想。"

"你知不知道你考上北京的大学，对你来说意味着什么？你知不知道，这对我们来说意味着什么？你怎么会这么傻，你那时跟我讲，我一定不会让你这么报的，你长没长脑子，你这……你让我说你什么好！"郑大山气得简直要疯了。

他们向那条河堤走下去，坐在他们昔日停留的地方。

赵晶玉说："我那时一直没有给你回信，因为我觉得我们还不到说爱的年龄，就像这片河滩，能把我们记住多久呢？水浪很快就会抹去我们的痕迹。我害怕被时间考验，我害怕到了最后我们只剩下一声叹息。"

"赵晶玉，你在说什么呢？"

赵晶玉接着说："一辈子，我的姥姥一直在等他回来，再见一次我的姥爷，是我姥姥最大的愿望……我没有见过我的姥爷，我的姥姥和姥爷打分别后就没有再见过面，我小时候常看到姥姥在院子的树下发呆，我就问姥姥你在想些什么。姥姥说，她在等一棵树。姥姥说，这树很可爱呢，树是有灵魂的。就像橘树，怀恋它的故土，'受命不迁，生南国兮。深固难徙，更壹志兮'。其实我知道，姥姥在等姥爷回来。"

"爱一个人应该像一棵可以相守的树。"

"姥姥讲过有一种大树是有个叫尾生的人所化。古时候有个书生名叫尾生。他与一个姑娘相互爱慕，订下终身。但姑娘家里反对，姑娘决定背着父母跟尾生走。两人约定在一座桥上会面，尾生提前来等。谁知天气突变，下了大雨，江水高涨，没过了桥面。水越来越大，尾生死死抱住桥柱。"

"这个人也真傻得可爱，那后来呢？"

"后来？我姥姥就讲，姑娘从家里跑了来，见洪水退去，尾生抱着桥柱死了。她伤心地抱着尾生跳入江水。后来，在尾生死的地方长出一棵大树。"

"姥爷也是这样一棵树了。"

"姥姥故事讲完，我就和姥姥在树下坐着发呆。我就想，姥爷是棵树，是树的精灵化成的。那是个有月的夜晚，月光透过枝丫和叶子，星星点点地洒落在院中，我躺在姥姥的怀抱中，姥姥哼唱着：

梦里星霜换，

征夫犹未还。

朱颜辞老镜，

草木忆旧年。

书我相思意，

寄我泪如泉。

托予双飞燕，

还我红玉莲。


"我好像在树的轻抚下入睡。在梦中，树活了，我看得清楚，树长了脚，向我走来，要抱我。我就问：'你是姥爷吗？'姥爷不说话，把我抱起来，抱到屋子里面，轻轻地放在床上，给我盖好被子。……"

"你一定是做梦了。"

"第二天一早，我醒了便到处找着姥爷，嘴里还念着：'哪去了？'姥姥奇怪地问我：'你找什么呢？''姥爷，姥爷昨晚回来，你没有见到吗？'我姥姥就有些发蒙：'哪有……''我明明看到，他长了树的身子，嗯——他长得很高，有腿，会走，我还看到他的脸，在笑，可他就是不说话。'姥姥说我是做了一个梦，可我坚持说姥爷回来过。连说了两天，姥姥也恍惚觉得姥爷确实回来过。她这一生，一半做着梦，一半醒着。"

"姥爷去了哪里呢？"

"他们是在最好的年纪里遇见，战争把他们分离。那时姥爷参加了抗日的军队后，姥姥就没有再见过姥爷。一辈子，我的姥姥一直在等他回来，再见一次我的姥爷，是我姥姥最希望实现的愿望。"

"人这辈子真的是不知道会遇到什么。"

赵晶玉转过头，向太阳落下去的地方望去，那里河流与天空交汇成一片淡紫的烟霞，有大雁在奋力飞翔。郑大山向赵晶玉脸上看去，赵晶玉的眼睛里闪过夕阳落下时的最后一抹光辉，赵晶玉低下头摆弄着一块漂亮的石头。

星星又拉开夜幕，出来讲故事了。河堤周围飞起了些小虫，当夜色变得深沉之时它们打起了灯笼，从远处飞来又向远处飞去，有的突然在眼前出现，旋而向上升入空中。

赵晶玉说："我姥姥讲那些小虫是一个女子的魂所化。那个姑娘，她深爱的夫君，上了战场生死未知，她一直等着她的夫君回来，过桃花源里一样的生活，直到她死了，她不甘的魂变成了萤火虫，打着灯笼去寻找她的夫君。就像这个故事里讲的一样，我的姥姥等了一辈子，这些年一直等我的姥爷回来，可是他在哪里呢？我们不会像姥爷姥姥那样遇见战争，但是我们真的不知道会遇见什么，所以我们说要相伴着走完一生，这是一句很沉重的话，爱上一个人就要失去自己，还是不要爱的好。"

"我不，我说过了，我要用尽全力保护你。"

"我承受不住思念，我承受不住离别的痛苦。因为我不知道会有什么闯进我们的生活，我怕我们一别之后再不会相见，我们各自成长，也许有一天你遇见了一个你更喜欢的人就把我忘了。"

"这不可能。"

赵晶玉幽幽地说："如果，我不让你去上学，就在这里陪着我，可以吗？"

郑大山吃惊地看着赵晶玉，半天说不出话来，"当然可以。"

赵晶玉笑了："我不喜欢太遥远的幸福。你打马蜂的时候真的很帅，我真想有那么一个人，一直护着我。还有冬天的风真的冷，寒气逼入我心，你挡住了寒风，我真想有那么一个人，一直陪着我。看你一脸震惊的样子，被吓到了吧？我再怎么自私，也不会让你这样做。"

赵晶玉又说："一种人是有能力但无情，另一种人有情义却无能，你愿做哪一种？"

"这个问题好矛盾。"郑大山笑笑，沉吟了一下，"这个有情义却无能的人怎么讲？"

赵晶玉回答说："最坏的情况是像那流浪汉一样，乞讨自己的生活，朝不保夕，他对一切都有情义。"

郑大山从鼻孔里笑了出来："我肯定不会成为这种人的。"

赵晶玉说："我知道你不会。我是说，假如，假如你现在只有这两种选择，你选择哪一种？"

"如果非要做出个选择，我更愿意做有能力的无情人，不愿做有情义的无能者。"

"有情义的无能者，因为有情义就会有愿望，无能就会使他痛苦；有能力但无情的人，有一天会因为孤独而痛苦。两种人无论做哪一种我们都不可能做到极致。我相信你，未来一定会是一个事业有成的人。"赵晶玉说，"从小除了我姥姥就没有人喜欢我。除了姥姥，我不相信任何人，我会像刺一样刺痛别人。所以感情这事，对我来说是件奢侈品。你好好上学吧，忘了我，你一定会遇到你真正喜欢的人。"

"我不怕被你刺痛。"

"咱俩的事就到此为止，我不能答应你，但我们还是好朋友。"

"本来好好的，你为什么要说这些？"

"我说了这些，你还不明白吗？我们是不一样的，我是个野丫头，我没有很好的条件，我的人生只会平凡，而你不同，天高任鸟飞，海阔凭鱼跃。等到你大学毕业，遇见比我好的人，恐怕也早就把我忘了。"

那天，郑大山把赵晶玉送到离家门不远的街口，临别，走了几步，他又转过身来向赵晶玉大声说："我会回来找你的！我们还要坐在一起，像下雪那天，一起读书！"这是郑大山在向赵晶玉告别。赵晶玉呆呆地站立着，这句话在她的脑子里盘桓了许久。郑大山已经走出了很远，已看不见他的身影了。她忽然向郑大山走去的方向奔去，似乎已能看见他在夜色中、在昏黄的路灯下朝前走的背影。赵晶玉一面跑一面喊："赵晶玉喜欢郑大山，赵晶玉喜欢郑大山……"但是她真的跑不动了，她停下来呼哧呼哧地喘气，过路的人愣愣地看着她。

> 那一年，一个人，
> 走在冰冻的河边，
> 冷冷的天空，
> 冷冷的心，
> 有你的陪伴。
> 脚印你一个我一个，
> 雪花左一片右一片。

> 那一年，两个人，
> 坐在太阳里的书店，
> 雪后的太阳很耀眼，
> 暖暖的心，
> 有你的陪伴。
> 影子你一个我一个，
> 书页左一片右一片。

第三章

# 爱情像中药配伍

药有阴阳配合，子母兄弟，根茎花实，草石骨肉；有单行者，有相须者，有相使者，有相畏者，有相恶者，有相反者，有相杀者。凡此七情，合和视之，当用相须、相使者良，勿用相恶、相反者。若有毒宜制，可用相畏、相杀者。不尔，勿合用也。

——（清）顾观光（辑）《神农本草经·序录》

时珍曰："药有七情，独行者，单方不用辅也。相须者，同类不可离也，如人参、甘草，黄柏、知母之类。相使者，我之佐使也。相恶者，夺我之能也。相畏者，受彼之制也。相反者，两不相合也。相杀者，制彼之毒也。古方多有用相恶、相反者。盖相须、相使同用者，帝道也；相畏、相杀同用者，王道也；相恶、相反同用者，霸道也。有经有权，在用者识悟尔。"

——《本草纲目·序例上》

有一天，赵晶玉在灶边转来转去帮着姥姥做饭，她问姥姥："爱情是什么？"

姥姥放下手里正洗的菜回头看赵晶玉，才发现那个曾经在自己怀里撒娇的小女孩，她已脱去了稚气，端庄秀美，好像湖水中亭亭荷花。姥姥看着赵晶玉，好像头一次认真观察赵晶玉，那多像昔年的自己——脸上泛着娇羞的红晕，水汪汪的眼睛里闪着困惑和忧郁。

她跟姥姥讲起了郑大山，讲了那天郑大山大雪中陪伴自己的事情，讲了书店里一起读书，高中毕业那天郑大山在沙滩上写下的字。

"你接受他了？"

"没有，我没有答应他。我感觉一切轻飘飘的，像是做梦一样。我知道我喜欢他，可是，爱他，要怎么样爱他，关于爱的问题我还是不懂。"

"凡事只有经历过，你才能知道，等你懂该怎样爱的时候，你就老了，你还会爱吗？"

"我不知道未来会遇到什么，觉得未来的一切那么不可靠。看过那么多离别的故事，我就觉得古人'天地合，乃敢与君绝'这样的句子太沉重，我想象不出要一起经历什么，爱到什么程度才会有这样的决绝，那需要多大的勇气，多么执着的信念。我读小说的时候，觉得每一个人都懂得爱，只是遇到事情就会惘然。未来是那么遥远的事，会有好多沉重的东西，我不知道自己能否承受得住。"

"未来的事情，想得到的、想不到的，该来总会来，不管你是否遇见他，凡事尽心、尽力就好，关于爱情，你能做的就是爱人如爱自己。"

灶上水在"嗡嗡"响了，赵晶玉说："水开了吧？"

姥姥笑笑说："响不开，响不开……"

赵晶玉掀开锅盖，水"嗡嗡"地响着却没有开花。

姥姥笑道："响不开，响不开，响水是欠火候。想不开，想不开，想不开的事是没到时候。"

赵晶玉的姥姥用"爱人如己"来解释爱情，真是简洁，但不透彻，不能解答赵晶玉的困惑，这世间不是所有的事情都能用词语形容得清楚明白。爱情是简单的，它可以仅仅是一种感觉。一缕阳光给我们的温暖，我们可以说这是爱，一粒米能救生命，那爱就在米里。

爱情又复杂如哲学，似有所悟，又无迹可寻。

爱情在生活里，像水，流经怎样的容器，就有怎样的形状，千千万万个爱情故事，悲欢相似，际遇离合却各不相同。

爱情并不是一时的，它不只属于某个时刻，它是一个人一生的经历。人生是一出没有剧本的戏，需要智慧和勇气把情节推向幸福。

在赵晶玉心里姥姥是最有智慧的人了，她的智慧来自那戏里的人生，来自戏外的生活。每当姥姥有烦恼的时候，姥姥便会听一段戏，或是唱上一段，听完唱完，一切归于宁静，烦恼也就没了。

姥姥的智慧来自于田野，那里有野草，有小虫，有水塘，有小鱼……大自然的一切会给人启示。姥姥说，情到深处，那些花草、昆虫可以通灵的，植物们会讲故事，鸟兽们也懂感情，草木鱼虫是诗，是天地之心，可以告诉我们很多的道理。

姥姥跟赵晶玉讲："有些植物是有药性的，也有'七情'。《神农本草经》中讲中药配伍：'有单行者，有相须者，有相使者，有相畏者，有相恶者，有相反者，有相杀者。凡此七情，合和视之……'"

单行，是单独一味中药组成方剂发挥治疗功效，不需要其他药物的辅助。

相须，是两药功效相同，配合使用，增强效果，李时珍讲"相须者，同类不可离也"，比如治疗风寒感冒的麻黄汤，里面有麻黄和桂枝，麻黄发汗解表，桂枝同样发汗解表，单独用其中的一味，量小功效小，量大又会出现不良反应。两药合用，明显增强了发散风寒的作用，也不会因量大产生不良反应。

相使，则是两药功效相似或功效不同，配合使用，一个为主，一个为辅，辅药提高主药的功效，李时珍说"我之佐使也"。麻黄汤中有杏仁，人在风寒感冒的时候会咳嗽，杏仁则为麻黄的使药，缓解风寒咳嗽。

相畏、相杀，是两种药物中一种药物能克制另一种药物之毒。有毒的半夏遇到了生姜，就变成了良药，叫作半夏畏生姜。反过来说生姜遇上了半夏，使半夏变得无毒，叫作相杀。

相恶，两药合用，使各自药效降低或消失即是相恶，李时珍说"相恶者，夺我之能也"。

相反，中药中有十八反。本来无毒的两种药物放在一起，就会有毒。本身有毒的两种药物放在一起，毒性更加明显了。李时珍说"两不相合也"，因为增毒，如半夏反乌头，两药几乎不同用。当然古方也有相反的两药搭配使用，"赤丸方内苓朱砂，乌头细辛合半夏。腹痛厥逆阴寒盛，散寒止痛力最雄"，这说的是《金匮要略》中的赤丸方，乌头与半夏合用治疗顽疾。

赵晶玉听姥姥讲这个中药配伍后，琢磨了两天，总结说：

"相须相使，可以提高药效，就像两个人惺惺相惜，互为扶持，这是佳偶。

"相畏相杀，是减毒甚至消除毒副作用，就像两个人之间，用逆耳忠言，使另一个人更好，这也是绝配。大多数的爱情里是难免吵吵闹闹的，这是期待对方更好。

"那相恶，就会降低或消除了其中一种中药的功效，就像我不喜欢另一个人就走不进他的世界，这是无缘。

"而相反呢，是增毒，两药相遇使好好一服中药，变成了毒药，犹如恶语相向的两个人是断不能在一起的，这是冤家。"

赵晶玉想，自己和郑大山算哪一种呢？说不好，后面的路还很长，但是在走过的这一段路上，两人是相须相使，在她人生中，郑大山像是一缕美好的阳光照进了生命。

赵晶玉要上大学了。姥姥开心地拉着赵晶玉的手左看右看，喜欢得不得了。

"姑娘大了，变漂亮了，"说着，姥姥又东找西找，想了想，从包里翻出一块亮闪闪的东西来，给赵晶玉戴在脖子上，"这个很配我的宝贝。"姥姥又眯着眼端详了一番："戴着它，就像姥姥陪在你身边。"

赵晶玉低头看去，那是一块玲珑的玉，一条翠绿的鱼拥着荷叶，荷花是金黄色的花瓣，这块玉像半个荷塘。赵晶玉说："姥姥，这个玉像个逗号，我觉得像是一半。"

姥姥笑："什么都逃不过我孙女的眼睛。早年，我祖上得了块岫岩玉料，这玉料并不罕见，却十分漂亮，一半金黄，一半翠绿。就请玉工取'莲叶何田田，鱼戏莲叶间'的意境，雕成荷花双鱼，两个玉坠，一个是金黄色的鱼，在莲叶边嬉戏，侧边是盛开的荷花；一个是翠绿的鱼，也嬉戏在莲叶边，并有盛开的荷花。两个玉坠合在一处，就是一个圆，意为团圆幸福。"

"那另一半哪去了？"赵晶玉想了想，"原来你唱的'托予双飞燕，还我红玉莲'是这个意思。"

那天赵晶玉一直陪着姥姥，听姥姥讲她读过的书，品那些意味深长的古诗词。她们聊起了南宋的战乱中，李清照与赵明诚的悲欢故事。

赵晶玉泡上了姥姥最爱喝的大红袍茶给姥姥，她一边倒茶，一边问姥姥："过了这么多年，你还是不能忘记姥爷。"

"你叫我怎么能忘呢，白天不想晚上也会梦到，晚上不梦到白天也会想到。"

"相思是'才下眉头，却上心头'。"

"如果他还活着……我相信他还活着，只是我不知道他究竟离我有多远，他也一定不会忘记我。"

"相知是'一种相思，两处闲愁'。"

"你拿我比李清照了？"

"不像吗？我想知道的是，什么让你对一个人心心念念，可以承受半生的孤独寂寞。"

"相见，好比这玉的两半，它们合在一起根脉相连，声气相通；它们分开了，你还是能从这一半猜出来另一半的样子，所以你一见他，你就知道，这一辈子就是他了。"

姥姥一直是平淡的话语，一贯是平静的神情，赵晶玉很少听见姥姥叹息，更没有见过姥姥流泪，可是年夜饭桌上多摆下的一副碗筷流露着她深埋的思念。岁月把她变成了一块默默承受的石头。赵晶玉记得姥姥教她读诗的时候，教过一首《白云谣》，透过这诗，她能够品味到，姥姥是多么期盼那块玉的另一半归来：

> 白云在天，
> 丘陵自出。
> 道里悠远，
> 山川间之。
> 将子无死，
> 尚复能来。

上大学那天，姥姥和赵晶玉坐在梳妆台前，镜子里映着一老一少的脸庞，姥姥给赵晶玉梳理着头发，又把自己做的蝴蝶结给赵晶玉戴在头发上。赵晶玉说："姥姥，你看我都多大了，还戴着个蝴蝶结，像个小孩子。"

"多大了，都要戴着它。"

赵晶玉笑着说："自那年我们捉迷藏，你找不到我之后，就一直给我做五颜六色的蝴蝶结，让我戴着，说怕找不到我，现在我不会再让姥姥找不到我了。"

姥姥正色道："戴着它，这样不管到什么时候，就算我犯了痴呆症我都能认出你。"

赵晶玉不笑了。姥姥是赵晶玉人生中第一缕阳光，离开了姥姥，一切就只有她一个人面对了，那样的生活将会是怎样的暗淡。她愿意偎依在姥姥身边，永远也长不大。

第四章

## 爱人如己

告诉我，
爱情生长在何方？
是在脑海，
还是在心房？
它是怎样发生？
它又是怎样成长？
　　　　——莎士比亚《威尼斯商人》

# 一　弗兰德大酒店

熟悉的一切，在火车匆匆前行中，被拉成一条条线，被火车前行"簌——簌——"的风抛在后面。车窗上有一个淡淡的影子，不管如何颠簸，都稳稳地停在那里，郑大山揉揉眼睛，觉得那是赵晶玉，站起身来环顾四周，却找不见赵晶玉。是不是出了幻觉？过了很久，郑大山反应过来，这不是什么幻觉，而是同座位上的女生被照在车窗玻璃上了。

火车到达的是一座陌生而崭新的城市。郑大山走进自己的大学，眼前是热闹，是鲜花，是笑脸。学子们苦战之后的梦想花园就在这里。

新生联欢，认识新同学的热闹过了，郑大山写信寄给赵晶玉，仍然像高中时代一样，没有得到赵晶玉的回信。

周末和同学一起到学校外面消遣，郑大山看到一款诺基亚手机在热销，就给赵晶玉买了一部。

对赵晶玉来说，上大学很方便，拖个拉杆箱，坐上公交车，从城市的南面到达北面就到了。赵晶玉选择了住校，她终于逃离了那个她不喜欢的家。学校的宿舍里，一张床、一副桌椅、一个箱子，便足以容下她的生活了。

赵晶玉拖着箱子，走进宿舍，找到写有自己名字的床位，却发现有人把被褥在床上铺好了。那人一看赵晶玉，忽闪着一双水灵灵的大眼睛，笑出一对酒窝，对赵晶玉说："真有缘，咱俩上下铺。你看我这恐高，咱俩换换，你住上铺。"赵晶玉没有拒绝这个要求，一件小事而已，赵晶玉没有放在心上，但却觉得眼前这个女生身上写着市侩，先斩后奏式的商量背后是一种志在必得、先入为主的心理。但也就此认识了这个开始似乎是陌路，后来却成为好朋友的人，她叫刘宁。

刘宁对自己的外貌有绝对的自信。她早脱了学生的稚气，身上有种柔媚和温婉。有时候，她把头发从自己的身后拉到自己左侧用左手托着，一边用梳子梳，一边对着镜子夸耀自己："瞧我这气质，我们那里的气候很养人的。"一会儿又说："人呀，有一副好皮囊是多么重要。"

很快就有人向她吹来冷风，嘲讽道："美不美，可不是自己说了算的。"

又有人积极响应："眉毛都画得那么重，据说只有当了大妈才会拿这么重的妆来修饰自己的缺点。"

还有人轻飘飘地说："有些鸟就会夸耀自己有美丽的羽毛，没等别人表扬，自己先叽喳叫上了。"

这一阵抢白和调笑，刘宁似乎并不在意，只顾在镜中端详自己。

赵晶玉没有说话，她觉得一个人深信自己的美丽，这并不过分，只是用自傲来压倒别人，并不能使自己成为群芳之冠。人活得气太盛，就是狂妄，不但显得自己浅薄，还易招人怨恨。与别人的反应相反，赵晶玉倒开始欣赏刘宁了，有些人很率真，有些人深藏而不露，刘宁显然是前一种。有些人，你也许讨厌他，会有冲突，但他好像是这个世界中自己的另一个侧面；有些人，你对他很和气也和他没有冲突，却总也没有交集。

这位大姐大一样的人物，很快展现了她话痨的特点。在宿舍里，赵晶玉很少讲话，但似乎只有赵晶玉才有耐心听下去。一个爱讲，一个愿听，使这两个人相处和谐。她会讲自己家里养过怎么样的两只猫咪，从猫的出世一直讲到她看着一只猫离世。"一只黄猫像小老虎，一只白猫毛茸茸一团像一团雪。它们分吃同一条鱼，到同一条溪边喝水，在院子里打闹……后来，那只黄猫不见了，那只白猫偶尔回来，叼点吃的很快又不见，原来那只黄猫躺倒在院角，白猫喵喵叫着给它叼吃的，徘徊在它的身边哀叫……"

她讲她家周围每家都有些树，每到夏天葱绿葱绿的，村子后面有怎样的一条河，河里有怎样的鱼，现在从城市回家总有一种萧疏的感觉……赵晶玉开始时是耐着性子听，后来却听出了一幅乡村的画面，还听出了欢乐，也听出了琐屑和愁苦。

一段时间后，赵晶玉发现刘宁穿得越发靓丽起来。为了把自己的美丽展示出来，刘宁总是要有一两件新衣服可以供她换。的确，她有那种望一眼便可以打动人的美丽，但赵晶玉总觉得少了些什么。那种美丽急切地要绽放出来，却忘了留一点属于青涩时代的蕴蓄。急切与浮躁会使一朵花绽放得很匆促，这是件令人酸楚的事。

赵晶玉还发现，上课之后，晚上刘宁会消失，很晚才回到宿舍，尤其是周末，有时竟然带着酒气回来，要是回来得晚，往床上一倒，也不洗漱。赵晶玉很庆幸自己住了上铺。

不久赵晶玉就听到室友们议论刘宁，说是一天晚上看见刘宁浓妆重抹，是一个男的开着车送回来的，一直送到宿舍楼门口，楼门还是那男的拉开的，那男的要进楼，被宿舍管理阿姨拦下了。还有人说，看到她在某个街角和一个男的接吻。赵晶玉没有见过，也不想见，见了也不想嚼这个舌头，因为这样很不够朋友。如果觉得刘宁的做法有什么不妥，要么当面批评她，要么尊重她。

星期天，中午休息，刘宁居然没有出去，整理着床铺，赵晶玉躺在床上读着郑大山的信。刘宁忽然问："你相信一见钟情吗？"

赵晶玉想了想，真没见过一见钟情的，妈妈与爸爸之间好像是一见钟情，想想又不像，爸爸总说是对妈妈一见钟情，但是妈妈不认同，而且，现在也看不出他们的情钟在哪儿，看不出他们之间有多深的情。那么自己与郑大山呢？应该更不算。"也许存在吧。"赵晶玉下结论说。

刘宁兴奋地说："我还真一见钟情了。"

"那你太奢侈了，据说丘比特箭法很不靠谱，能中一箭，那都是狗血般的幸运，而且中了箭的，情没见钟，倒像中邪。"

刘宁又问："听着像好话，实际是咒骂。你这是羡慕我还是咒我呢？赵晶玉，你有男朋友吗？"

"嗯——，没有吧。"

刘宁笑了："自己有没有男朋友还用得着花时间思考，不怪丘比特把你落下了，你少了些女人味，像个榆木疙瘩。"刘宁带着点自豪，也带着点嘲讽。

"不是，我觉得有了男朋友反而更孤单。有时候所谓的一见钟情，你见到的其实是你自己。"

"太理性了，就不是爱情了。"

从家带来的钱，花得差不多了，那天赵晶玉回到姥姥家里，看着姥姥忙着打理那些植物，忙里忙外，修着花枝，给花培土，她知道姥姥辛苦，她觉得自己不能再跟姥姥开口要钱了，从上大学那一天起，她就想要断绝这种经济上的依赖。赵晶玉决定自己去走走，看能不能找到些勤工俭学的工作。

往后，她需要自己争取阳光了。

走出校园，赵晶玉才觉得自己似乎是头一次抬起头打量这个城市。这个她熟悉的城市，此时又完全陌生。她怯生生地敲开几家公司的门，可是他们不需要兼职，低水平低工资的工作好多人在做。几天过去了，赵晶玉仍然没有找到门路。她自己从小生长在这个城市，却从来都只是在城市生活的边缘，没想到过怎样在这城市里生存，她觉得自己仿佛从来不曾在这个城市生活过。

那天她又到一家写字楼里去找工作，接待的人客气地说："我们昨天已招满了，你可以把简历留下，如果需要用人，我们电话通知你。"出了大楼赵晶玉才想起没有吃饭，肚子已开始叫了。而天空却不知什么时候阴沉起来，阴着的天像这几天她的心情一样，翻滚的黑云压得很低，仿佛伸手就能触到。不行，得赶回学校，赵晶玉低头赶路，可是暴雨就在这时暴发了。她紧跑几步，前面街角有个修车铺的大伞没有收起，伞下已是人去伞空，只有打包好的工具箱。她躲到伞下，可是雨毫不留情地追进来，胡乱地扫射着。雨渐小一些的时候，赵晶玉呆呆地看着被打湿的工具箱，那上面修车人落下一角硬币，背面朝上。正在这时，赵晶玉看到一把伞跳跃着飘向自己，没等反应过来，就已被拽到一家商铺的门口，赵晶玉已然是浑身湿透。天空一黑，雨点又从天上砸下，从眼前划过，赵晶玉抬头看，雨水从高处倾泻下来，天空灰白得茫然。

"果然是你，你怎么在这儿呢？"声音好熟悉，赵晶玉一看原来是刘宁。此时的赵晶玉看着她竟有一种莫名的亲切感："我想找个兼职赚点钱。"

"这事你跟我说啊，今天哪儿也别去了，你陪我逛逛，下周，你和我一块儿。"但刘宁看着赵晶玉湿透的衣服，"今天不行了，下周，我带你去一个地方。"

这个人真是一个神秘的人物。

过了两天，刘宁带着赵晶玉坐上公交车，坐了几站下车，在一个很气派的酒店门口停下。

赵晶玉一看，说："弗兰德大酒店，怎么带我到这里来？"

"进来再说。"

刘宁带着赵晶玉穿过富丽堂皇的大堂，走到了总经理室，还没进门，刘宁就高喊："杨哥。"

被刘宁叫杨哥的人，从门里满面春风地迎着："我可等你半天了。"然后看了一眼赵晶玉："这就是你说的妹妹？"赵晶玉被眼前这个男人看得慌慌的，感觉很不自然。

刘宁笑着说："嗯，你看给安排个什么工作吧。"

"你肯定没在酒店上过班，这样，你先在我这做迎宾，平时上课时间不用来，主要是周末、节假日，还有平时晚上需要的时候你过来。"

赵晶玉还想要说什么，刘宁忙说："行，那就这样。"

这个杨哥说："你带她去见见领班还有化妆师。"

赵晶玉迷糊着被拉去见了领班。这领班看起来像朵白玉兰花，落落大方，头发在头顶挽了个发髻，插着白玉发簪，眼里清澈得像要荡起涟漪，热情地拉着赵晶玉的手问长问短。那个化妆师也就二十出头的样子，她叫林铃，刘宁让赵晶玉叫她"师父"。林铃跟赵晶玉讲迎宾的礼仪，赵晶玉什么都不懂，只得点头听着。她又端详了一下赵晶玉说："妆不用太浓，淡妆是要的。"说着，她拿起化妆笔在赵晶玉的眉头勾画眉形，又拿起一支化妆毛刷在眼皮上轻轻地扫着，对着镜子里的赵晶玉说"你看这个眼影在这里扫一扫会增加不少韵致呢。"她又把口红拧开，教赵晶玉涂，说："这个也很重要。"

刘宁这时在旁边说："哈哈，还真是个美人坯子，这刚画了这么一点，看看就让人心疼呢。"

对着镜子看看自己，赵晶玉不以为然，尤其是红色的嘴唇，怪怪的，觉得并不好看。

从酒店出来后赵晶玉说："我不做这个。"

"又不是要你卖身，就你，卖身还没有人要呢，只是迎来送往，日常迎宾接待而已。"

"你怎么认识这里人？"

"走，今天你陪我逛逛，慢慢聊。"

原来，高二的时候，刘宁家里实在拿不出学费，她只好离开学校，到这座城市打工赚钱了。那个时候她觉得很茫然，不知道前途在哪。她刚来到这个城市时乱打乱撞，先是在影院门口卖些食品，后来推销手机。

有一天，她在街边发传单，一辆车停在她面前，车窗慢慢摇下，刘宁赶忙把传单递过去，车里的人伸出头来，问："你在找工作吗？"

刘宁不明白对方想问什么："工作？是啊？不过……"

他递过来一张名片："这上面有我的地址和电话，你这个周末来我这里面试。"

刘宁看着车尾消失在车流中，她不相信有什么好运会降临在自己的头上。再看手里的名片，上面写着：


杨笑川　弗兰德大酒店总经理


总经理，大约是这个酒店的老板了。

不过犹豫之后，她还是怀着忐忑的心情，敲开了这位后来被她称作杨哥的人的门。这位杨总经理先是安排她做迎宾员。那时候也是那个林铃，教给她很多，比如，怎么样才能显出气质，怎么样才不显得媚俗。后来，她偶然在杨笑川面前唱了首歌，杨笑川听了赞不绝口，就把她带到酒吧——公司下属的一个部门，杨笑川说："你以后别去迎宾了，在这唱歌，出场费够你上学用的了。"

闲下来的时候，刘宁就开始自修那些高中课程，凭着聪明和悟性，学完了高中课程，后来回到学校插班报考了省城这所学校，高考完后就又回到这个城市里赚足学费。

那天，赵晶玉和刘宁聊得特别开心，她们好像看到了另一个自己，身边有这样一个亲密的人，真好。

赵晶玉来上班了。赵晶玉还是没有学会化妆，干脆就不化妆。领班在大家面前站定，眼光在每个人身上扫过，就朝向赵晶玉说："你觉得自己不用化妆也是天仙吗？要讲浓淡相宜，你还差得远呢。"赵晶玉知道自己不是天仙，但也没想过要做天仙，此刻只好再请林铃给自己化妆了。以后的日子，赵晶玉还是经常因为不化妆被批，不过林铃都会及时帮赵晶玉打理好。赵晶玉很快就和酒店里的服务员熟识起来，服务员都很漂亮；也认识了里面的厨师，他们都是月薪过万的，有一个胖厨师在给大家开饭的时候，会特意照顾一下服务员小李；还认识了一个已经忘了名字的男生，每次她迎进的客人多是由他来接待的，赵晶玉会冲他微笑点头再离去。

周末早晨，赵晶玉来上班，正遇到大堂经理，他叫印湘竹，他提着豆浆和面包。赵晶玉喊了句："印哥。"印湘竹回道："嘿，赵晶玉，早餐吃过了吗？"赵晶玉想都没想，冲口说出来："没有。"赵晶玉这天早晨起得晚，怕迟到，只好把早餐省了。印湘竹停住了，看了看手里的东西，拿出一杯豆浆，还有两块豆糕，递给赵晶玉："不吃早餐怎么行，会饿坏的。"赵晶玉拿在手里，豆浆、豆糕都是温热的，抬头时印湘竹已往里面走了，他走向的是林铃的房间。赵晶玉也慢慢地知道，原来他和林铃是一对。

一个周末，没有跟赵晶玉打招呼，郑大山就坐了火车飞奔回来，火车上郑大山又做起了梦，梦见赵晶玉看到自己突然出现在她眼前，惊喜地向自己跑过来。回到这个城市，郑大山坐上公交车，直奔赵晶玉的学校，他观望着车窗外的风景，忽然，他看到酒店门口一个熟悉的身影，那不是赵晶玉嘛，在那里笑着点头说话招呼客人。郑大山怀疑是自己太想念赵晶玉，又看花眼了。恰好前面路口是红灯，车停下来了。而赵晶玉竟也抬头望向车窗里的郑大山。是的，太熟悉了，赵晶玉！没错！可是她为什么在这里呢？

那天赵晶玉在门口站班，刚迎接一拨客人进去后，因为红灯，一辆公共汽车停在了正对门的街道上。也许是某种感应，她不禁向汽车里望去；车窗里一张熟悉的脸也在向这边张望，车又开动了，他还在回头张望。赵晶玉怎么也想不到自己在这里工作会被他看到。

没错，等赵晶玉晚上回到学校，郑大山已经在校门口等她了。在赵晶玉的校门口，郑大山徘徊着，静默着，他在肚子里憋了一股火。

没等赵晶玉张口，郑大山就劈头问了一句："你在酒店做什么？"

赵晶玉笑着说："我工作啊，周末兼职。"

"学生就该学习，酒店里能学到什么？"

"赚钱啊，我不像你，家庭条件好，我得养活我自己。"

"为什么不跟我打个招呼，就是赚钱，你可以做打字员啊，或者其他工作也可以啊，你这抛头露面，整天卖笑的，多低贱，做这种活，丢人！"

"我丢人？我自己的劳动，我丢谁的人了？"

"你有在乎我的感受吗？"

"这是我自己的事。"

"对，不关我事！"郑大山气呼呼地走了。

这不愉快闹得很没来由，赵晶玉觉得委屈，却不想做更多的解释。郑大山也没有想到"低贱"这个词语自己脱口说出，这显然伤害了赵晶玉的自尊。

第二天，郑大山来向赵晶玉告别了，说："想你，赶着来看看你。"

"以后别再来看我了，用不着。"

"别去那里上班了，不是好地方。"本来是找赵晶玉道歉的，可是一见到赵晶玉，又觉得自己是对的，心里想着要跟赵晶玉好好讲话，话一出口就变了味道。

"我自己的事，用不着你管。"赵晶玉冷冷地回道。

郑大山拿出一个盒子递给赵晶玉说："我看这款诺基亚手机在热销，就给你买了一部，送给你，这样我们就方便联系了。"

赵晶玉推开了："我不要。"她没有接受那部手机。

郑大山走了。看着郑大山钻进汽车里，汽车开动，淹没在车流中，赵晶玉才发现眼泪已经流了满脸。

夜里，赵晶玉听着收音机里熟悉的声音："叫玉儿的朋友你好，很高兴收到你的留言，你说要自己寻找生命里的阳光是对的，劳动的人不卑微，尊严是靠自己争取的。……"

# 二　杏花，幸福

赵晶玉这天来上班时，心绪还是乱的。给赵晶玉化妆时，林铃端详着赵晶玉说："你今天眼睛还肿着，神情也不对，没出什么事吧？"

赵晶玉淡淡地说："也没什么，就是遇到点小问题。"

林铃摇摇头："不对，这不像你，你在这儿上班的这些日子我都看着呢，遇到事情，你是胆大心细、有担待，小问题不会把你折磨成这个样子。"

赵晶玉差点又掉下泪来："师父到底是师父，一下看出我有心事。"

林铃叮嘱说："心事归心事，别影响工作。抽空我和你好好聊聊。"

站位时间到了，赵晶玉又走到酒店门口。门外有一位酒店的客户正站在那里，不时地抬起手腕看表，看样子在等人。过了一会儿，他转身走回酒店，看赵晶玉在门口站立，就说："一会儿我有个朋友过来，姓王。你把他领过来，我在玫瑰厅等他。"

赵晶玉记下了："好的，先生您贵姓？"

那人说："我姓林。"

"好的林先生，请您放心，王先生来了，我就帮您领过去。"

那人说声"谢谢"就往酒店里面走了。

赵晶玉看着路上的车走走停停，眼前又闪过郑大山站在车上向酒店门口张望的样子，郑大山"多低贱，丢人"的刺耳声音也开始在耳边响起。也真是奇怪，这声音一遍一遍地像复读机里的英语听力一样重复个没完，还越来越清晰。赵晶玉就这样机械地把几个客人领到预订的房间里。

等到了休息时间，赵晶玉忽然看见刚才见的林先生正和印湘竹说着什么。赵晶玉走近了才听清："我这就在包间里等，可过了一会儿朋友到了酒店，打来电话问我在哪里，原来那个迎宾员竟然把我嘱托的事给忘了，我朋友问过她，她说不知道……"那林先生正说着，一回头，正见到赵晶玉的背影："哎，就是她，戴着个特别的蝴蝶结。"赵晶玉知道逃不掉了，只好站住。

印湘竹看了一眼赵晶玉，连连对林先生说："是我们工作上的疏忽，给您带来这么大的麻烦。"

林先生拉长了声音说："怎么能这么粗心？"

印湘竹很抱歉地说："这样的疏漏要是发生在我的身上，我也会很生气。林先生，您先消消气，到我这边喝杯茶。"

印湘竹引着林先生，向大堂经理的工作台走去，回头对赵晶玉说："你先去忙你的吧，有事我会叫你。"

晚上下班时，赵晶玉把工装换下，准备回学校，印湘竹走过来，身后跟着林铃。

印湘竹说："做错了事，还想逃啊。"

赵晶玉无奈地站住："我认罚。"

"嗯，你的娄子捅的不小——还好我给挡下了，"印湘竹笑嘻嘻地说，"身为大堂经理，舍身救下员工，你怎么也得报答我一下吧？"后面的林铃走上前，手指在印湘竹后背一弯，印湘竹立刻直叫："疼，哎，疼。"

"不够你贫的，看吓着人家。"林铃一面咬着牙，一面又笑着冲赵晶玉说，"附近有家咖啡店，咖啡豆是现磨的，带你去品尝品尝。"

他们在一家叫"雕刻时光"的咖啡店里坐定，服务员问他们要点什么饮品，赵晶玉却点了红茶。

林铃说："这里的咖啡很香的，为什么不点咖啡？"

赵晶玉不好意思地笑笑说："我喝过咖啡，不知道咖啡里有什么成分，喝了咖啡肚子会莫名其妙难以言状地疼，像古诗里说的'肠中车轮转'，我想我这辈子都和咖啡无缘。这么晚喝咖啡，我还会失眠。"

林铃说："那真可惜。"

印湘竹说："喝茶也同样是提神的呀。"

赵晶玉摇摇头："那不一样。我姥姥说过，茶能清心静心，也能暖心的。"

服务员马上接过话头说："我们这家店里确实备有上好的大红袍。"

饮品点好后，赵晶玉对印湘竹说："今天这事是我不好，给印哥添乱了。"

印湘竹说："也不是什么大事，他有底气跟我们理论，因为他是这里的大客户，每年他们公司活动要在这里订房间的。"

林铃说："倒是你，本来挺机灵的，今天是遇到什么事把你搞得心不在焉的？"

听了赵晶玉说了事情的来龙去脉，林铃说："低贱不低贱，在于你心里怎么看。累是没说的，工资低也是肯定的，可这不是低贱，拿出自己的微笑来面对客户也不叫低贱。如果向人讨好谄媚，甚至出卖自己的人格，那尊严就要被踩在尘土里了。"

赵晶玉说："我只是想到这里找一份工作，摆脱经济上对家庭的依赖，自己劳动赚钱花，心踏实，不然我就觉得我是寄人屋檐下，怕有一天被人丢下。我觉得我是野草，阳光照不到的野草要自己寻找阳光，才会有生长空间。"

印湘竹说："在这样一个晚上，你本应该在自习室里上自习，或者在学校图书馆里读书，你替他想想，他不希望你受累，他最希望看到的画面，是一张书桌，书桌上放着一本书，他的女朋友心无旁骛地读书，或者凝神思考，他看到你安静恬美的样子，难道他不开心吗？爱一个人，就是希望她更好。"

林铃说："年轻时不懂得爱，言语成刺，行动成冰，就会无顾忌地把人刺伤，理解和懂得了，才会让自己变得柔和温暖，理解和懂得也是一种爱。"

他们的话好像驱散了赵晶玉心头的乌云，一缕阳光照在赵晶玉的心上。她眼前是那年冬天雪后，阳光照耀在冰雪的城市，消融的雪水从屋顶滴下。

赵晶玉动情地说："我真不知道该怎么感谢你们。你们不同于别人，给我一种可以亲近的、清爽的、温暖的感觉。我喜欢阳光，我长这么大遇到过三缕阳光，我姥姥是我人生开端的第一缕阳光，他是我遇到的第二缕阳光，你们是我幸运的第三缕阳光。我觉得我是该如他所愿，做一点和梦想有关的事，让自己变得更好了。"

林铃问："晶玉，你的梦想是什么？"

赵晶玉说："我想将来开一个书店，不用太华丽，里面放满了各种书，读者往来看书选书……"赵晶玉说着，眼里充满向往，她望着窗外发呆，好像她的书店就在面前。

印湘竹说："每一个人都该有自己的梦想。"

赵晶玉问："那师父，你们的梦想是什么？"

林铃说："我也没有什么大的追求，倒是你印哥喜欢摄影。等有一天，条件成熟了，我们开个影楼，这是他的梦想，也是我的梦想。"

赵晶玉好奇地问："这很好啊。可是，我不明白，酒店的工作似乎和影楼，它扯不到一块儿啊？为什么不做点和摄影有关的工作呢？"

印湘竹说："摄影师是个猎人，关在一间摄影室里拍来拍去能拍出什么？他需要捕捉到珍贵的画面，不然他的摄影就平庸。酒店就不一样，你想了解社会、了解人生的一切，酒店恰好是这么一个能看到人生百态的地方。我们在这里积累的是资源。"

的确，酒店绝不是纸醉金迷那么简单，一部《水浒传》有多少事是在酒店里发生的？在酒店里，如果你有足够的观察力，你一定可以看到形形色色的人在这个舞台上熙熙攘攘。

赵晶玉说："我没想到那么多，我以为有什么兴趣和爱好，就可以去做那样的工作。"

印湘竹说："爱好一旦成为生存的工具，你赚到钱就高兴，赚不到钱就会失落，那你爱的还是你的兴趣爱好吗？爱的是钱。"

林铃说："别听他胡侃，工作是为了生活得更好，如果你做的工作正是你感兴趣的事，你感觉有意义，那就去做好了，这可能是你一生愿意为它付出的事业。"

印湘竹说："你不是一直支持我的嘛，我是这样想的，日常生活的一个个片段，过去了，忘记了，丢了，我用摄影记下来，被时间穿成一串，就会特别有味道。我们就要开一个以'印迹'为主题的摄影楼。"

赵晶玉有些黯然地说："你们的梦想切近，我的梦想遥远。我读到过这样一个故事——有个男人梦想着做个建筑师建大楼，十年过去了，二十年过去了，渐渐老了，他还是原来的样子，只是在他的意念里，他已是一个成功的建筑师，他指着一片空地，对人说：'看，我建了一座多么雄伟的大楼。'所有的人都知道他虚构了自己的生活，他从虚构中找到了快乐和满足，只有他自己能看到漂亮的大楼矗立在眼前。我真怕，我成了故事里的他。"

林铃说："这梦想，你得有，可是不能一直做梦，得走，或远或近，走就是了，能走多远走多远，到时候你会发现，原来人们都在走，赶着走，大步小步都不重要，重要的是你在走，那时你就会发现希望就在眼前了。"

印湘竹说："梦想，对于青少年来说是理想，年纪大了就是追梦，再上了年纪还没有行动那就是做梦了。所以，只要在路上了，就对了。"

赵晶玉振作起来："总有一天，我们要活成自己想要的样子。"

说着话，印湘竹打开背包拿出了相机，赵晶玉一看是长镜头的，很专业。印湘竹用自动拍照功能拍下了三人在一起喝咖啡聊天的美好时光。印湘竹看外面光景正好，说："走，我们到外面拍几张夜景照片。"

三人走出咖啡店。印湘竹说："在酒店，你能见到各种各样的人，你能从他穿的衣服、鞋，还有其他的随身物品上，了解这个人。不是看那些物件多贵，这个人干练有魄力，就是穿件破衣服你也能感觉到这个人的锋芒。从他一个微小的动作，你也能看出这人的心态、性格，甚至是人生经历。就说这推门吧，我们是旋转门，有一位先生，要出门，门停在差一点点就合到门框的位置，要是我们就推门，门转起来往前走就出去了，人家不，他把门倒拽回来，人走进去，门没转他也走出去了。当时你师父看见，把喝的水给喷出来了。"

林铃立刻哈哈笑起来："有这么回事，人家也是逆向思维呀。"

印湘竹说："你再想想，有些东西是不能倒转的，比如时光。"

他们走到河边胜利大桥上，路灯排成一串，排到很远的地方，闪烁的霓虹灯做了他们的背景。林铃告诉赵晶玉："你想要做什么事，觉得特没信心，喊出来就好了。"他们扶着桥栏，印湘竹和林铃喊："赵晶玉，你要加油！"赵晶玉喊："加油！"照相机一闪，拍下此刻的照片。

他们告别，走向各自的方向。印湘竹和林铃在两个人的背影里说着他们的悄悄话。

印湘竹说："对了，过两天，我们酒店有场婚宴，需要我们的婚庆服务，你还得帮我检查下摄影器材。"

林铃说："又抓我劳工，是不是？"

印湘竹说："我做事你安心，你检查我放心。"

他们声音渐远，背影像两盏灯光和城市里的所有灯光一起闪烁。

赵晶玉想起刚才旋转门的话题。人走在通往梦想的路上，是多么需要智慧。如果将来真的倒转了时光，一个今天的我，一个老去的我，她们在这个地点相遇，会说些什么？你该接受哪个自己？


赵晶玉工作的这个弗兰德大酒店设有大型宴会的策划服务部门，可以策划安排婚宴、生日宴等大型宴会。有时杨笑川还亲任司仪，又觉得印湘竹好好的人才闲着也是浪费了，就让他在这里担任摄像。宴会那天，酒店的门口支起了粉红色的气球拱门，大门两侧各摆了一排花篮，玫瑰火红，百合沁芳。赵晶玉和几个迎宾员一起，站在门口，迎接参加宴会的亲朋好友，为他们引路。

赵晶玉忙完外面，也来到宴会厅。大厅里铺着红色的地毯，舞台上彩灯闪烁，音乐起伏回响，把心潮也荡开涟漪。

看见印湘竹正在摄影机边上忙碌着，赵晶玉就跑了过来。

新娘在讲话："谈恋爱的时候，他不送花，但是多么期待……"正说着，新郎推出了一千朵百合。新娘感动而泣。

赵晶玉看着印湘竹拍下新娘脸上的幸福神情，说："印哥，我也跟你学学。"印湘竹冲赵晶玉点点头。

印湘竹正在拍摄新郎敬酒现场，皱着眉说："你看，这个场面不错，但是人没有穿插开。"赵晶玉会意，便到那桌客人前，跟其中两人小声说了几句，那两人会意，换了个角度，于是一个画面恰到好处。

赵晶玉问印湘竹："你说，这些结婚的人，她们真的幸福吗？"

印湘竹笑着说："当然幸福，你看不到新娘笑的时候有多甜，哭也哭得幸福。这就是爱情。"

赵晶玉说："我不喜欢只属于某一个时刻的爱情。"

印湘竹说："幸福的味道都一样，只是在不同的时刻，爱情的模样是不同的。"

后来在林铃的那个化妆间里，林铃给赵晶玉化妆时，赵晶玉又和林铃聊起天，赵晶玉好奇地问起她和印湘竹的过往。

林铃一边给赵晶玉画着眉毛一边说："我们俩自小一起长大，他住我们家隔壁，我们俩一起读书，一起上学。小时候我们玩过家家，要么他一定要我当他娘子，要么是他演别人的儿子，就要拉我演妹妹。"

赵晶玉笑说："原来你们是青梅竹马。"

林铃化妆笔还在赵晶玉眉毛上画着，她轻轻点头："哎，别动……后来我家搬走了，送我那天，他在车后面追着跑，追了很远。我们再见面时，他已是一个大男孩。"

赵晶玉问："多久了，他还记得你？"

林铃停下手里正在涂抹的口红："那起码得十年没见吧，再见面时，他一下子抱住了我。"

"十年足以把两个贴心的玩伴变成陌生人，也足以把记住的人更深地刻在心上。"

"他追了我很久，我父母不同意，本来小的时候，两家父母开玩笑说要'轧亲家'，现在因为他家境的确不好，怕我以后受累。那一年我病了，双腿麻木，他陪我去看医生，当我看到他焦急的样子时，我心里好温暖、好享受，是那种被爱的感觉。医生判断，我得了格林—巴利综合征，就是会瘫痪。我不想拖累他，要跟他分手。我很自卑，我以为我的人生就此结束了。他说，如果我瘫了，他就用肩膀扛着我走，他就是我的腿，我想去哪儿就带我去哪儿。我说：'老人常讲久病无孝子，人情如此，你凭什么对我好，真到那天怕你就烦了厌了。'他就说：'这是什么话，我又不是你儿子。'然后他就再没跟我说话了。我很难过。我当然希望他能一直陪着我，但我不能让他虚耗青春。我心里有被爱的甜蜜，也同时有失爱的苦涩。"

赵晶玉一边听着一边翻看他们的影集。

"有一天，我站不住了，后来真坐在轮椅上了。我就跟他说，'夫妻本是同林鸟，大难临头各自飞'，何况我们又不是夫妻，你是自由的。他就又默不作声了，我希望他离开我，让他守着我不公平，可见他不作声，我又以为他说过的话又是骗我的，满心里是失落。"

赵晶玉翻的影集里是他们俩过去的一些照片，有海边的，也有山路上的。

"两天后，他写了首诗给我。那天，他推着我，到杏树下，春天的阳光那么暖和地照着，杏花落了我一身，我说，你是想让花把我埋了吧。他就给我读他写的诗：

> 你是天上的一抹虹，
> 我愿陪你穿越风雨，
> 阳光，它就在下一个路口，
> 有我相伴你莫愁。
> 我想有那样一个地方，
> 打造一个木屋，
> 你编织朝霞，
> 我放牧牛羊。
> 我栽几棵杏树，
> 杏花开时，
> 我们在杏花雨里饮酒，
> 让你尝到幸福，
> 我们就这样到白头。

"我信了，但我不信永久，爱终有尽头，也许不待我能拖累他的时候，他自己就放弃了。我必须有这种悲情，到终局时才不至于太悲伤。"

"真想不到你们有这样的经历。那后来呢？"

"他养了好多花，花开的时候，又淘气地给我捉来一对蝴蝶。我说，把它们放了吧。这对蝴蝶竟恋着这里的花不肯走。你和他在一起就会觉得他像个小孩子，让你童心不泯。"

"这影集里都是你们去过的地方吗？"

"我觉得是在做梦，我跟他说，如果喜欢了谁就告诉我，不必背着我，还有如果我知道了，我决不会回头的。我相信缘起，也相信爱有尽头。真到那一天，我们的缘尽了，我的爱情里没有原谅。他总是笑而不语，他推着我去了好些地方，看了好些风景，背着我爬山玩水。在大海边，他给我拍了很多照片。我能站起来，医生都觉得是奇迹。"

林铃的酒窝里，像是贮满了甜酒，眼睛里闪动着彩虹般的光。赵晶玉默默地祝福着师父和印哥。

# 三　爱情是什么

时间很快就过去了，又一个秋天如期而至，树又多了一个年轮，风霜把叶子打落，把人又催老一年。赵晶玉看着飘落的树叶发呆，想着姥姥在树下一个人打扫落叶，不由得莫名伤感。

而秋天也很快淡去了它金黄的色调，冬风嘶叫着在街头横行，元旦就到了。

元旦这天的客人很多，酒店的16名迎宾员全天都要在这里上班，不能倒班。她们自己也记不清楚喊了多少次"欢迎光临"。赵晶玉觉得嗓子里要冒烟了，脸皮笑出的褶皱紧紧贴在两腮上，拉不下来。除了喊"欢迎光临"之外，她还要负责把接待的客人领到预订的房间或座位上。接近晚上的时候，来了一辆车，车上下来三位先生，接着从车里走下一个穿着亮丽的女子，伸手从车里接出一个大约三岁的小孩。刚到预订的座位，那男孩说什么也不肯入座，还"哇"地哭了起来，妈妈哄也不听。赵晶玉不知从哪里找了些稀奇玩意儿当玩具，孩子的哭闹止住了，被她逗得直乐，赵晶玉再把儿童椅搬来，他这才入座。

客人要走的时候，对服务员说："你们的经理在吗？"

服务员有些紧张："先生，请问您有什么事吗？"

客人说："我有话一定要跟经理讲。"

经理来了，客人说："今天真的是感谢，那个带孩子来的夫妻俩，是我的大客户，你们的服务太好了，特别是那个迎宾员，要不是她，今天这饭怕吃不消停，谢谢。"

几天后，杨笑川把赵晶玉叫到办公室，递给赵晶玉一个很重的红包。赵晶玉打开看，里面是厚厚的钱。看着赵晶玉困惑的样子，杨笑川满面春风地说："那天，你接待的那位客人是个大客户，我们请都请不来，可是他那天之后打来电话，说要把他们公司年会放在我们酒店，说我们公司的员工特别棒。这点钱不多，算是一点奖励。"赵晶玉这才收下。

又一个周末，酒店里没有什么人，上次那个酒店里的客户邀来几个朋友吃饭。赵晶玉正坐在门口的一张桌子边上休息。那个客户喝酒喝得脸红，他端着酒杯走过来，坐到赵晶玉对面，给赵晶玉倒上。

"这杯是敬你的。在酒店里的这几天，帮我约车，安排活动，跑前跑后的，辛苦啦！那天，要不是你帮我把客人的小孩子给照顾好，我可能就丢了重要的客户和生意。"

赵晶玉记得了，那是某先生的一个朋友，也是一个公司的老板，赵晶玉笑着说："我们这里有规定，不能随便和客人喝酒的。"

"就一杯，给个面子，我朋友们都在那看着呢，你们酒店不是客人至上嘛，不能对客人说'不'嘛，不喝，那我要投诉你。"

赵晶玉又笑着说："您看，'不能跟客人喝酒'，这是酒店的规定，'客人至上'也是酒店的规定，我该遵守哪一条呢？您要是谢我，不该用投诉逼我的。"

那人也笑了说："那有没有第三种选择呢？"

赵晶玉看看他略有些尴尬的笑容，感觉他是诚恳的，没再多言，端起酒杯，把酒喝下。

"爽快！"那边客人们也鼓起掌来。那人还要再敬酒，赵晶玉却说什么也不喝了。

趁没有人注意，他悄悄递给赵晶玉一包东西："这个是给你的。"

赵晶玉知道那是钱："不要。"

"你上学，用得着的。"

"不要。"

"别推辞，你们到这儿打工，不就是为这个吗？"

"我只拿我应得的。"

那人看看赵晶玉，只好把钱收回，又说："那——明晚，我就要退房了，我想请你吃个饭。"

赵晶玉说："谢谢，我明天，男朋友约了我看电影。"

"方便留个电话吗？"

"手机，我还没有，联系我，打酒店这个号码，就可以。"

"那我给你留张名片吧，你会用得着。有什么需要，就给我打电话。"

赵晶玉接过那张名片，名片设计得典雅古朴，上面印着：


李玉书　超越文化传播公司　董事长　总经理


赵晶玉后来向刘宁谈起这事，刘宁不以为意："或许你真的是多虑了，别自作多情了，真的出于感动表示一下，也是有的。再说，你在酒店里收个小费也很正常，钱拿着就是了。"

"不是所有的钱都是可以接受的。"

"你还是见得少，有些事是人之常情，见怪不怪的。你得容下一些事，得学会适应社会。对了，那人怎样？年少有为，多金，还有些多情……"

"你还取笑我，我在酒店里遇到过很多人，他们身上散发出一种魅力，他们的客套，我却当成真的，有时就会觉得累。"


元旦后的一天，下班的时候，赵晶玉刚要走出门，印湘竹跑出来了，喊赵晶玉："你去看看吧，那个小冯要死要活，正准备跳楼呢。"

赵晶玉莫名其妙："哪个小冯，他跳楼和我有什么关系？"

"哎呀，你就去看看吧，还不是因为你。"印湘竹拉着赵晶玉就往三楼跑。

赵晶玉可以不去的，可是因为听说这事和她有关系，她不得不去，否则真的要内疚一辈子。

刚赶到三楼，窗外的冷风就从开着的窗户灌了进来，小冯就坐在窗台上。赵晶玉想起了，他就是那个服务员，很多次赵晶玉迎进的宾客，都是由他接待的。有次下班的时候，是他递给自己一杯酸奶。还有次赵晶玉弄错了房间，客人生气的时候，他出来帮忙解决。赵晶玉有时笑着向他打招呼，他只是轻轻点头就过了。

他一见赵晶玉来了，就喊："那天你讲你男朋友请你看电影是不是真的？"

"是啊，怎么啦？"

"赵晶玉，我喜欢你！从你来的第一天我就喜欢你了！"

"别这样，我都不知道你喜欢我。"

"我对你是一见钟情的，你答不答应？你到底是喜欢他还是喜欢我？"

"可我没有喜欢过你！"

"不喜欢我？那为什么我每天见你的时候，你都要对我笑？"

"我对每一个人都笑啊！"

有人小声议论："她那眼睛是能勾魂的，对人没有意思就别对人眉来眼去……"

"我不管，做我女朋友，不然我就从这跳下去。"

赵晶玉大声吼道："你理智点好不好？有你这么喜欢我的吗？你觉得你这样我就能接受吗？这才三楼，你跳下去肯定摔不死，你摔个缺胳膊少腿，看看到底哪个会掉眼泪！你喜欢我是吧，你跳吧，你跳吧。你不跳就算不上喜欢。"

赵晶玉的话像点燃的爆竹，不用思考，脱口而出，连她自己也没有想到这么一串话是从自己口里说出来的，也没有考虑过说出这种话来会有什么后果，但似乎只能这么说。自然又有人说，这姑娘的心也太狠了，说出的话像刺儿一样。

奇怪的是，原来小冯那种几乎要把赵晶玉拉过来一起跳下去的架势很快地瓦解了，原来冲动像魔鬼，被贴对了符咒就不消自灭。

"没想到你的心这么狠，"他最后说，"你以为你自己长得漂亮，是不？其实你一点都不漂亮。"

他从窗台上跳下来，推搡着赵晶玉，那架势，像是自己不跳楼了，但因为你赵晶玉没答应，就得给推下楼去了。

赵晶玉这才看清，他的眼睛红红的，全是血丝，好像好久没睡觉了。

赵晶玉不想再在这里多待一会儿。走到街上，冷风吹过，飘来隐约的歌声："爱你是我的习惯，不管你未来怎么办，不能偿还不用交换……"

赵晶玉后来想过，如果那个小冯真的跳下去，能证明什么？自己会怎么办？不，没有万一。可是，赵晶玉转念一想，如果真有万一呢？林铃说得对，"年轻时不懂得爱，言语成刺，行动成冰，就会无顾忌地把人刺伤，理解和懂得了，才会让自己变得柔和温暖，理解和懂得也是一种爱。"即使我并不爱他，那么我可以用柔和的语言、用温暖的行动来表达，就算他不懂得我，也不至于伤了他的心。好吧，赵晶玉，你要是个听话的好孩子，那么剪掉身上的徘徊花刺吧。

赵晶玉再打开收音机，听到收音机里的声音："叫玉儿的朋友，你做得对，你无法感知他的爱，或者这根本不能称为爱，爱不只是拥有，爱还要陪伴对方去实现梦想，或者还有更多的生活内容和意义。你的拒绝是勇敢的，有时候懂得拒绝，学会拒绝，不违心地接受，也是真诚的……"

不久赵晶玉离职了。不是因为郑大山的责问，也不是因为小冯的表白。她觉得自己不适合在这里久待，像林铃一样在这里淡然、端庄、卓立，她做不来。

她更喜欢安静。有人说成长是需要付出些时间增长待人接物的能力的。赵晶玉觉得，这对于林铃绝对是一种美好的品质，放在自己身上，以后会让自己变得俗气市侩，那时自己还会喜欢自己吗？

那天印湘竹、林铃还有一些要好的伙伴们把赵晶玉送出来。

印湘竹说："你以后会记得我们吗？"

"印哥谢谢你，还有师父，谢谢相处了这么久的伙伴们，谢谢你们，和你们在一起的时光，真好！"

印湘竹说："你所遇到的，你见到的，并不像你想的那样美好，但即使是你感觉生活很糟糕的时候，却也没那么差，不要悲观。"

林铃说："不要指望着每个人都对你好。知道你心气高，不过很多年后你再回过头来，你才发现你的成熟是从这里开始的。也许要到很久以后你才会体会到今天的意义，你会感恩每一个人，他们给你上了一堂社会课。"

林铃又递给赵晶玉一本相册，翻开来看，扉页上写着：

> 漂亮可爱的你，
> 留下自己的行迹，
> 即使你遇到的只是一片沙海，
> 时光之风吹过，
> 也可以淘出金石。
> 你要记得，
> 要么用卑微，
> 接受别人施舍或踩踏，
> 你会觉得生命矮如污泥；
> 要么用高贵，
> 经受人间冷暖的淘洗，
> 你的生命才会变得更加端庄柔韧。

再翻，里面有一张三人一起喝咖啡的照片，还有好几张照片，赵晶玉都不记得是什么时候拍下的了，有她站在酒店门口的照片，有她惹了祸尴尬的照片。她翻看这些照片，好像数着这些日子她走过的脚印，那累、那苦沉甸甸的，那关怀暖融融的，那笑容、那尴尬，让她刚流下一滴眼泪又"扑哧"一笑。

仿佛背着行囊，走了很远一段旅程。此刻既感到疲倦，又有放下重负的轻松。抬头看天，觉得自己像天空飞过的小鸟，不知从哪里来，又要到哪里去。想到印湘竹和林铃，赵晶玉又无比欣慰，天气虽然寒冷，可是一想到和他们的相聚，心里就感到无比温暖，他们的声音会萦绕在自己的记忆里。

## 四　如何爱一个麦穗

看到赵晶玉在酒店打零工，一路奔回学校的途中，郑大山不断问自己，赵晶玉去酒店工作有什么错吗？自己不让赵晶玉去酒店工作有什么错吗？赵晶玉为什么不能懂得自己的心？什么才是爱情？

作为经济学专业的学生是要选修演讲课的，这一节正是演讲课。郑大山的视线像镜头一样不断切换，一会换成了赵晶玉，一会又是老师生动的课堂。

"演讲的人如果不能动情，就打动不了听众。你所演讲的问题要发自内心，这才会有灵感、有激情。"

"有人说，别跟我说谎，你会被看穿，谎言能被看穿是由于身体动作。反过来身体动作，同样也可以支撑你的语言，就像人类远祖，咬牙切齿、摩拳擦掌，这是愤怒的表达……询问性的手势可以是双手摊开，有节律性地抖动……"

"回去后，每个人准备一篇演讲稿，优中选优，参加学校的演讲比赛。"

从赵晶玉那里回来，郑大山就默默无语，一蹶不振。

中午吃饭时，宿舍里的兄弟又开导说："兄弟，振作点，谁的青春不失恋呀。"

郑大山恼怒地说："你才失恋呢。"

"得，不说这个，你不是最能讲吗？好好准备准备，给兄弟们露一手。"不过是无话找话而已。

这天晚上，大家聊闲天，独郑大山沉默不语。当大家开始假模假式地演讲时，他才想起有演讲课安排的作业。他赶紧开始写他的演讲稿，他要写出一篇内容向上、充满激情的演讲稿，他要在大家面前展示自己的风采。

别人已经开始打起鼾，他开着台灯继续写那篇演讲稿。可是过了好久，你看他的纸上写了什么呀，只有五个字——爱情是什么。

终于，他疲倦了，伏在桌子上，睡着了，可梦中的他并没有休息，继续写着他的演讲稿，他讲青春之歌，讲未来的梦想，他张开双臂做着最后的演讲动作。大家为他鼓掌，他看见赵晶玉在人群中向他甜甜地笑……

早晨闹铃响，大家急忙收拾洗漱。

郑大山比别人起得晚，还迷糊着呢，收拾完后，就找自己的稿子，嘴里念叨着："我的稿子呢？"明明记得自己写得满满的，对，在桌子上，他抓起稿子装到书包里就跑出宿舍。

第一个演讲者讲完了，郑大山才跑进教室来，气喘吁吁地刚坐下，老师就点郑大山的名字，该郑大山演讲了。郑大山取出稿子，这才发现手里的稿子只有五个字——爱情是什么。郑大山缓缓走上讲台，在台前挺直站立，脸红红的，憋了好半天，好几次同学们看到他激情从胸口向外冲撞，张开嘴却又没有发出声音。大家疑惑着、等待着，郑大山终于把手摊开，问："爱情，是什么——"大家"哄"地一笑，等他下文，可他此时庄严的气势却忽然垮塌，低下头，双眼里是一片茫然，又不能认栽，他开口道："爱情要懂得执着，无论遇到什么，无论何时，任时光变迁，都不改变。……"他把当年背的情书改变了一下，胡乱地讲了一遍，灰溜溜地走下台来。

这天的他因为出了丑，感觉很郁闷。穿过有丁香树的小路，他看到前面袅袅婷婷地立着两个人。他忽然想起"一个丁香一样地结着愁怨的姑娘"，那姑娘该是怎样一个姑娘？他走近了，其中一个是同班同学，另一个不认识。她们俩小声地嘀咕，他隐约能听出来，她们嘀咕的是他课上的搞笑演讲。一个在讲，另一个掩嘴笑出声来。郑大山尴尬了一下，那个陌生女同学打破了僵局："听说你在演讲时发了一篇宏论？"

"哪有，哪有……"

"你问出了我们不敢问出的问题，嘻嘻。"

正在郁闷、难过的时候，郑大山忽然接到一个陌生电话，接起来传出的却是赵晶玉的声音。原来，打工的钱，赵晶玉花了一部分买了一部手机。她一拿到手机就把电话打给郑大山。

接到电话的郑大山惊喜万分。

郑大山道歉说："上回我去找你，我不该那么说话，太伤人了。"

赵晶玉说："你来找我，给我送礼物，而且，你说的话也是希望我更好，我不该用刺一样的话伤你。"

"你以后要多打电话给我。"

"我还是喜欢写信或者读信。"赵晶玉似乎不愿意告别写信的年代，不用纸笔写信也没什么，她还一直保存着郑大山写给她的书信，一页纸一页纸的书信，赵晶玉已经积累了厚厚一本，她至今还保存着郑大山写给她的情书，有这一封情书，别的信还算得了什么呢？他们的联系方式终于进入无纸化时代。赵晶玉把郑大山的号码存在手机上，名字是——夫君。

青春，就像春天这个美好的时节，常会下雨，但很少疾风暴雨，那些雨虽然缠绵，但细密柔和，就算是凉也能感觉到暖意。春天的雨，是增加柔情的雨，夹了轻愁，掺着蜜意。

以后，郑大山和那个女生熟悉起来，那个女生常找郑大山来帮忙，有时让他做力工，有时是做简单到她自己可以完成的事情。

后来有一天，那个女生问："我想跟你要朵玫瑰花，你会送给我吗？"

"不能，我的玫瑰花已送给别人了。"

"这样不好……你不礼貌。"

"没有，我……"

"不和你玩了。"

这个女生就在他的视野里消失了，他甚至忘记了她的名字和模样。

大学生活是宽松自由的，它像河流中的一段水湾，水流轻缓而深沉，简单而又紧张，它丰富多彩，可以使人生得到滋养。

宿舍里的八个女生很快找到了各自要做的事情，即便到了周末，宿舍里几乎不见人，她们有各自的天地，读书学习是第一要务，但又各有追求。只有到晚上的时候，冷清的宿舍才开始热闹起来，大家说笑谈天，天南地北的事情，大到国之要闻，小到八卦趣谈，再到哲学理趣，无所不聊，甚至连爱情的话题都可以上升到理论的层次。

"你有男朋友吗？"

"没有。"

"我知道你肯定没有男朋友。女生啊，得早一点找自己的另一半，挑挑选选，等到人老珠黄了，没得选了。"

"等我大学毕业一定要钓到金龟婿。"

这些话很快引来更多的讨论者。

这不，欢欢刚开始一段恋情就开始抱怨："本以为找了个好男人，没想到是个呆木头。和他一起轧马路，他自己靠里边走，把我挤到靠近车道危险的一边啦。一起过马路遇到危险，他自己先开溜。大热的天，他去买冰激凌，人家吃完了舔舔嘴，才想起我。"

旁边有人安慰她："都是小事情，哪个男生天生会照顾人，倒是你得像姐姐一样照顾他。"

立刻有人插嘴："对，据说男人总是长不大，找对象就是找个妈。"

欢欢接着说："这都不重要，重要的是他根本就不懂人。你心情不好不想说话，嘿，他和你一样闷着，想等他句安慰话，根本不可能。"

立刻又有人附和说自己的男朋友吃相很难看，那个又说某男真是邋遢。有人又说，为什么好男人都是别人家的，自己一定要换一个。又有人接话说："换吧，跟你学会了谈恋爱，又成别人家男朋友，照顾别人去啦。"

"不对，有人天生就会照顾人、体贴人。"

这时最小的八妹说："你们听过苏格拉底关于爱情的解释吗？"

赵晶玉忙问："苏格拉底怎么讲的？"

八妹得意扬扬地站起来，走了两步说："爱情就像是穿越一片稻田，去采摘一株最大的麦穗回来……"

有人打断："别欺负我城里人，稻田里采麦穗，到头那是一场空啊。"

"哎，就算是麦田说不定也是一场空呢。"八妹继续说着，"话说苏格拉底的弟子向老师求教爱情是什么。苏格拉底带着他来到一块麦田，指着麦田对他说：'你要从这麦田走过去，向前走不能回头，摘一个最大的麦穗，但只能摘一个。'弟子穿过了麦田，他却空着双手回来了。苏格拉底就问他：'麦田里这么多麦穗，你怎么空着手回来了？'弟子说：'我刚进入麦田的时候，就遇见了特别大的麦穗，可是我想前面也许会有更大的，我就没有摘。可往前走，再也没见到先前那样大的麦穗。'苏格拉底捋着胡须说：'这，就是爱情。'"

欢欢说："也很好理解，只能一直向前走的麦田，指人生，人生回不了头；麦穗，是你的伴侣，最大的麦穗当然是你最爱的了，挑来选去，以为后面有更大的，把眼前的就错过了。"

"我觉得吧，这有什么难的，要是我遇见更大的拿着不就是了。"

"拿着？到后面真遇见更大的，你不失望吗？"

"我想，这弟子还是有些笨了，聪明一点，不就可以判断一下麦穗的分布情况，推测一下大麦穗的位置，最大的麦穗不就找到了。"

八妹又解释说："苏格拉底的意思是这块麦地里肯定有一穗是最大的，但你未必能碰见它，即使碰见了，也未必能做出准确的判断。因此，最大的一穗就是你刚刚摘下的。也就是说，要不失时机，把麦穗拿到手中才是实实在在的，如果不能及时选择，就永远错过了。"

一人接话道："还蛮有道理的。"

八妹说："这道理就是说，你曾遇见了人生里最好的那个人，你错过了，你当然会把所有你遇到的人和他比较，你会发现，原来再也没有人比他好，最爱的已在身后边，却不能回头了。"

欢欢说："如果不放下自己不喜欢的，走到最后，即使我手里拿了一株麦穗，我会开心吗？"

八妹得意地说："看，这是想着后面的大麦穗了吧。"

赵晶玉说："这故事我没读过，好像不在《柏拉图全集》里。书里记载的苏格拉底感觉不是这样，不信你读读那些书，真能开窍。"

刘宁听了来了精神："是呢，这个故事要么就是编的，要么就是苏格拉底脑子有问题。把爱情当成麦穗选。你这故事哪听来的？"

"杂志上的呀，据说小学语文课本上选了这篇文章当课文。"

"八妹，你以后少看这些东西吧，这大概是用来哄小孩子的玩意儿，怕小孩子好高骛远编的故事。"

八妹不服："都说这故事挺有哲理味道的，怎么你们一说就一文不值了？"

"是有那么点味道，那你告诉我，我怎样找到我的爱情呢？这故事只告诉我会错过爱情，却没有告诉我到底怎样找到真正的爱情。"

"人家都说了，你未必能碰见它，即使碰见了，也未必能做出准确的判断。所以，要不失时机，把麦穗拿到手中。"

"那又怎么判断，怎么才能算不失时机呢？把爱情比成寻找大麦穗，不就是相当于，拿了白玫瑰，红玫瑰成了他心头的朱砂痣；拿了红玫瑰，那白玫瑰就变成他的窗前明月光？"

八妹被追问得一时词穷。

赵晶玉说："他把爱情比成在麦田里寻找最大的麦穗，你无法同时比较你遇到的所有麦穗，那你遇见一个麦穗，无法判断它是不是你要找的麦穗，你就拿着了，哪里还能期待后面有更大的麦穗呢？那你拿到的到底是不是爱情？是不是后来你们活成了将就？"

有一人说："我爸妈现在看起来就像在将就，开始时，都是对方手里的大麦穗，后来遇到事，变成了狗尾巴草。"

"是呢。"于是大家应和着，讲起各自的家庭，他们见过的事。相似的经历，让他们立刻亲近起来，这样赵晶玉觉得原来她并不孤独。

相信很多读者听说过这个"麦田里采麦穗"的故事。是呀，它多么像很多人在爱情上"比较""挑选""错过"——选一个最漂亮或最富有的爱人，得到或失去——多么相似的经历。人生是一条单行线，错过的会永远错过，这道理套在这个故事上多么合适。以一个不恰当却让人感叹着接受的比喻，引导你在世俗和功利中体验，在他的思维中循环，这会出现三种结果：一种是见一个爱一个，其实无爱；一种是太过理性的判断，成了算计；还有一种是缺失认真的付出，以致轻浮。

大家觉得无趣，不再谈论麦穗，可是爱情这个话题还在继续。

"听说现在流行试婚了，如果发现不爱是可以和平分手的。"

"那我怎么知道，我是被消费了，还是被爱了？"

"黄世仁算不算个大麦穗？有房有田，多产多金，对喜儿疯狂地喜欢。"

"拜托，这还真是人类的悲欢并不相通，你要是做月老，一定给喜儿屈死，他那是爱吗？"

…………

柏拉图讲过一个寓言：宙斯决定把人劈成两半，被劈开的人又经医治变成我们现在这个样子。我们每个人都是半个人，被劈成两半的人想念自己的另一半，便终其一生寻找自己的另一半。因此我们孤独，很多时候，我们不知道是因为寻找才孤独，还是因为孤独才寻找。

可是世上多是一半的人，怎么才能找到另一半？我们常能从现实世界中的某些事物上，照见原初的自己，潜意识里，那就是自己的形象，一种植物，甚至一种小虫都可以成为我们的图腾。

我们不会轻易爱上陌生人，真一见钟情的人一定会觉得似曾相识，因为你见到他时，你心中的图腾就被唤醒了。人们所说的一见钟情大多是一见生情，像茉莉清芬，师生们见而欣悦生情；而一见钟情，一见知心，爱他的性情，像蒺藜，人们都漠视或厌恶它，而赵晶玉见蒺藜，喜欢它的清雅，与它同心。

此刻，赵晶玉想起姥姥的话：爱人如己。爱情不是你选了最大的麦穗，而是你遇见了他，就愿意和他相伴成长，走过去，最后你说，他是最好的。

赵晶玉戴上耳机，打开收音机，收音机里传出熟悉的声音："又到了《海涛夜话》时间，我们一起听海涛……"

晚上赵晶玉做梦走在麦田里，变成了一个麦穗。一位戴着草帽的白胡子农夫对她讲："世上的麦穗看起来大小相似，但每一个麦穗都是独一无二的，当遇见一个麦穗时，我并不是与其他麦穗比较大小，而是对这棵麦子投入了我的感情，给它阳光雨露，给它期待，因为我自己就是一个麦穗，它是和我一样的麦穗，是我的麦穗。"

她梦到，在深秋萧瑟清冷的日子，姥姥带着自己穿过芦苇塘。经霜的芦苇枯黄了叶子，却保持着挺立的样子，芦苇花好像鸟的羽翅，风吹了，芦秆摇了，芦苇花飘飘荡荡。姥姥唱着"蒹葭苍苍，白露为霜。所谓伊人，在水一方。溯洄从之，道阻且长。溯游从之，宛在水中央"，赵晶玉便觉得在苇塘的另一边，有一个人身着古时衣衫，像芦花般飘逸，他的身躯瘦削挺直，他在张望，在寻找，他是那样清冷执着，他的模样却看不清……这画面好多次出现在她的梦里。

芦苇边还生有一种蒲草，叶片狭长，长得高高的，它们看起来柔弱，却不易折断。赵晶玉的姥姥在塘边割了很多蒲草，赵晶玉帮姥姥抱着，迎着风，剑一样的叶子破空嘶鸣。蒲草柔韧，带回家，姥姥把它们编成蒲团。姥姥一边编着蒲团，一边跟赵晶玉念叨些诗句，"君当作磐石，妾当作蒲苇。蒲苇韧如丝，磐石无转移"。赵晶玉想来，爱情有蒲草一样的韵致与韧性。有一种沉重的东西，让赵晶玉不敢轻易说爱。

赵晶玉喜欢水滴的声音，玉石一样清脆。爱情，就像一颗水滴，偶然滴入了心湖，瞬即化作一声悠远而绵长的乐音，清脆如玉声。而湖水便荡开涟漪。她爱的人要有这水一样的声音。贾宝玉说，女人是水做的，赵晶玉却觉得传统的男人更像水。他们柔和，水一样淡泊平静，"上善若水"，包容，有胸襟，有气度，有力量。

赵晶玉觉得她爱的人要像树，他是树的形象。

她期待有那样一个人，和她一起在童年那样美丽芬芳的草地上奔跑，头上戴着花环，两个人如在画里，有风吹拂，有雨如烟，有阳光晒过的空气……

寒假，赵晶玉住回了姥姥家里。有时帮着姥姥带些花到市场上去卖，过年的时候，谁都希望自己家绽开着富丽清新的花，把自己的家装点得生机盎然，给自己带来些幸运，带来些福气。这个寒假异常寒冷，赵晶玉把自己包裹得严严实实，不是在奔跑去鲜花市场的路上，就是去自己兼职工作的地方。遇见郑大山几次后，郑大山就跟着赵晶玉一起运送那些花。

有一天，他们在路边，看见一个小孩子在一堆沙土边玩小汽车，口里还"呜呜——""嘀嘀——"学着车鸣笛。等他们再回来时，沙土还在，小汽车保持着行驶的架势，小主人却不知去了何处，也许它被小主人遗忘了。赵晶玉每次遇见这种被小孩子遗忘的玩具便会发呆。

郑大山便问："你怎么了？"

赵晶玉的脸上流露出一些悲伤："那些玩具，也曾经是小孩子珍爱的玩具，可是被遗忘了。可能是他被别的什么吸引，也可能他玩够了对它再无兴趣，可能就此永远忘记了。"

郑大山并没有觉得这有什么，随口说："小孩子，可能有别的事去做，他应该还会来找的。"

赵晶玉的悲伤更重了："我觉得人这辈子注定要遗失很多东西，不知道在哪一天，也许刚刚玩得也很快乐，忽然之间就被遗落在某个角落里了。"

郑大山开始安慰赵晶玉："谁能保证一辈子不丢东西的，我们从小到大，丢的东西多了，要是一样一样攒着，只怕屋子是装不下的。就算是没丢，遇上我妈妈，可能嫌它们无用就全给清理出去了。"

"所以，从孔乙己身上，可以领悟一个道理，你只有欠了人十九个钱，才会被人一直记着。"

"哈哈，那是不是我就只值十九个大钱呢？"郑大山逗着赵晶玉笑。

赵晶玉被郑大山阳光一样的笑感染了，也笑了。

第五章

# 一首船歌唱不休

　　我们的人生就是一条用时间拉长的线，古老的结绳记事，在我们身上发挥着神秘的力量。我们在不同的地点，会遇见不同的人，喜了，哭了，笑了，累了，痛了，暖了……当我们走了很远，回头再看，身后的绳线，已系上一长串打不开的结。

# 一 "站住，别跑！"

第二学期，刚开学。

那天赵晶玉和刘宁一起吃饭，回到学校散步，看到图书馆前贴的启事：由后勤管理处管理的书店现在寻求合作经营者。

赵晶玉拉着刘宁说："走，去看看那店是什么样子。"

书店在学校图书馆后身，虽说顺路，学生要买书得转个弯才能走到。已是傍晚，书店里暗淡无光，屋子还算宽敞，店里东西搬移后，一些扫除用具，纸片散落在地上，一些书还散放在桌子上。

"一看就是经营不善，还说什么寻求合作经营者。"

赵晶玉沉默不语，刘宁以为赵晶玉不舒服了。

"我想要这个店。"

"你疯了吧？开书店是要花成本的，你哪来那么多钱？再说，就算你有钱，你大部分时间都在上课，哪来那时间经营它？我看它也就能卖几本考试资料，现在专营考试资料的书店，咱们学校就有两家了，肯定是竞争不过那两家，这里才黄的。那书店你去过吗？满屋子都是书，墙上列的、桌子上摆的，真不知道能卖出多少本。想开书店，还是等你条件成熟的时候吧。"

"做一件事需要各种条件，不能等条件全都成熟，条件满足得越多，可能条件也会变成越来越重的负担。"

看着赵晶玉着了魔的眼神，刘宁慌了："妹妹，你醒醒，这不是闹着玩的，他经营得好，用得着找什么合作经营吗？咱们还是做些无本的生意，稳稳的赚钱，要不你和我一起去赶场子，说不定咱们也能唱红呢。"

赵晶玉呆呆的，半天才说话："总会有办法的。我一直就想开个书店，梦想这东西，机会来了我就抓住它，得失的计算，可能会让人虚度光阴而后一无所获，而我也就变成了一个表里如一的老太婆。"

赵晶玉果然有办法。

后勤主任见走进一个小女生，还以为是学生会过来帮忙画展板的。马上向她讲版面的要求，讲着讲着才发现，敢情人家是冲着小书店来的。于是那主任说："这个书店本来经营得不错，现在是寻求合作。场地学校提供，营业执照是学校办理的，按现在经营状况，每年只要上缴校方2万元的利润，每年学期初缴纳。"赵晶玉踌躇了一下，说："您看我这手里资金暂时周转不开，这个利润2万元我可以接受，但是要在经营一年后才能上缴。"

"那不行，万一你经营不好，撂挑子怎么办？"

"我们有合同在啊，"赵晶玉咬咬嘴唇，"你不相信我，我们可以打赌，你要赌输了，明年我的利润上交1万元，我要赌输了，书店开不下去了就上交3万元。"

后勤主任被这个逻辑弄得哭笑不得，若书店赔了，眼前的穷学生哪还有3万块钱上交呢？难道要对一个学生追债不成？不过，后勤主任被这个小女生的那种机灵气给软化了。一年收2万元，这已经是低得不能再低了。这些天来谈书店的，都只往下压价。现在这个看起来柔弱的女生，不但没有往下压价，还有一种亲切的感觉，让人心里面想扶她一把。再说这个书店经营不善的情况后勤主任也明白，晚一年交费用，也算后勤管理处支持学生勤工俭学了。"就这样吧，我们签合同，至于这个赌，我就不写在合同里了。"合同签了，后勤主任又说："书店库存的书，也交给你出售，虽然不多，也算是先资助了。有什么困难尽管来找我。我姓董，记住我的电话。"

刘宁听说赵晶玉要是书店做赔了还要多赔一万元后，脑袋都涨大了，她觉得这个小丫头真是不可救药。

"学生能买什么书？考试类的书能卖，可学校里就有两家了。"

"专为考试的书店，能算书店吗？学生除了考试，还能看别的书啊。书店是一个传播思想、普及文化的地方，它能让学生们看到社会，看到生活。"

"我们有图书馆啊？"

"太全了也许是劣势吧，在浩如烟海的书籍中没有鉴别力，读书是要花时间的，再说有些书是需要积累保存的。如果我在开书店的时候，一本书选择几个经典片段，做点内容摘要，或是写书评，把书里有趣的、发人深思之处提炼出来，说不定会有好的效果。"

刘宁听得直摇头，留给赵晶玉一声叹息。她又有几个场次的演出，也顾不上赵晶玉了，赵晶玉便自己跑东跑西。

两周后，赵晶玉带着刘宁来看她的书店。刘宁走进这书店，才发现这里已经换了模样。门口有花藤垂下，一片生机。书店的墙壁被赵晶玉刷成了淡绿色，书架上分门别类，考试书籍一部分没什么让人惊讶的，其他各类书籍却让刘宁开了眼。学生必备的纸笔等文具也摆在显眼的位置。书架空的地方，摆放了很艺术的小物件，既是一种装饰，也是学生们到处淘的宝贝。原本放书的长条桌子被赵晶玉腾空了，旁边还放了二十多把椅子。刘宁愕然，不得不为这个曾经看不起的人，叹了口气，这个看起来柔弱的姑娘体内到底藏着多少不可知的能量？

"你哪来的书？"

"你猜。"

"你把哪家书店给打劫了吧？"

"切，我还真没那么大本领。我去图书批发市场，没有钱，没人敢把书给我。也真是巧，遇上了我在酒店里工作时，给我名片的老板，他知道我开书店后，马上联系了两家老板。他们同意我先上书，书卖出去了，按约定给他们书款。还有我还遇到些特价书，花了点小钱就给买过来了。"

正说着，保洁员阿姨走了进来，穿着整齐干净的衣服，刘宁刚要说话，赵晶玉忙说："王阿姨，辛苦你了，一会儿我们去上课，这里交给您了。"

王阿姨微笑着："放心吧。"

两个人一边走去上课，刘宁一边责问起来："你怎么能让她来看店呢？这人可靠吗？"

原来，这位王阿姨一向沉默不言，见到同学们，阿姨只是笑，同学们都只道王阿姨哪里不正常。赵晶玉那天经过阿姨休息的小屋时，看到阿姨在里面翻着书。

"你知道那是什么书吗？一本是哲学书《小逻辑》，一本是《追忆似水年华》！我以为她是在整理拾到的废品，可是那书保持得可干净了，一看就不是捡来的，她看得很投入。我和她聊了起来，才知道阿姨谈吐不凡。阿姨还给我推荐了两本很多年前的书，我从图书馆里借来看了，挺不错的。我想一个喜欢读书的人一定会爱书。她在这里看书，既可以帮我看店，又有了读书的地儿。她也有一个女儿在上学。"

王阿姨的确是个好阿姨，她每次整理书架上的书，都戴着干净的手套，每天都会打扫书架上的灰尘，把屋子收拾得干干净净。一个人能流溢出柔情，即使没有读过书，心中也一定有一本厚重的书。

赵晶玉开了书店的事，宿舍里的人很快都知道了，她们都表示支持，并约上三五好友，来看书买书。晚上图书馆座位紧张的时候，有些学生就坐到这里看书，这里成为读者的读书空间，虽然没有买书，赵晶玉还是笑着欢迎，有时还会聊上几句，久了就熟识起来，成为书友。偶尔他们也会买上一两本书，赵晶玉希望他们不是出于不买书的尴尬才买两本书来做个样子。

期末考试，大家以为赵晶玉这么忙来忙去的，成绩一定得让她伤心了，原本要向赵晶玉表示同情的她们现在反倒开始伤心了，人家赵晶玉成绩门门是优秀的，得奖学金是一定的了。心里的不平衡靠物质来弥补，她们就撺掇赵晶玉请吃饭。赵晶玉当然也很感激她们对书店的捧场，带着她们去吃了海鲜烧烤，还去唱了歌。歌唱到最后，赵晶玉讲话："我们是好姐妹，感谢你们！以前我只以为我是个穷孩子，有了你们我才知道，我真的很富有……"赵晶玉说着话便哽咽了，最后八个女生拥在了一起。

赵晶玉翻看这一个多月的日记，欣喜的是认识了这么多朋友；忧虑的是尽管这一个多月的时间，书店的人气还不错，用刘宁的话说"也算说得过去了"，但是书的销量还是一般，一种挂在悬崖上的感觉时时向赵晶玉袭来，让她很沉重很紧张。刘宁还是认为，学校里当然要以经营考试类的书为主，最好是全场铺开。赵晶玉觉得，他们在考试学习之余总还应该有些别的需求，再说学校的书店，也不能全面对学生，只是经营考试类书的书店，终不能算是真正意义上的书店。

赵晶玉对各方面人士的需求做了归纳总结，比如，要考虑到老师们会选怎样的书读，考虑他们的读书习惯。普通的畅销书、教辅材料，这种书籍，在各处书店很容易买到，但专业的、个性化的书籍，读者还是要在书架上翻阅挑选来寻找自己需要的内容。有些人还寻找一些绝版书、旧书。有一位周教授竟然寻的是一本叫《开封食谱》的书，1973年出版。周教授说："我的老家是开封的，喜欢妈妈做的开封菜，后来离开了家就很少吃到家乡菜，等上了年纪，妈妈离开我了，怀念妈妈的时候，梦里就梦到吃她做的菜……这书里记了开封菜的做法，从选料到配方都很详细，这书就是看一看也能感觉到儿时的味道。"他的眼里是寻书寻了很久而不得的渴盼。赵晶玉每天忙碌地记录读者的需求，做好缺书登记，完成图书添订工作。

她决定暑期到处转转，再开拓些上书渠道。她去了北京图书市场，还去了潘家园旧书市场。热闹的旧书市场里，古旧的各色的书籍，让她目不暇接。看旧书，让她知道了绝版书的概念，知道一些旧书可能更有潜在的价值。在她弯下身子捡书看书的时候，觉得背包时不时地要掉下来，只向后扶。正当她选完几本书的时候，听到身后有人大喊："站住！别跑！"场面乱了一小会儿，还没有等赵晶玉反应过来，一个帅哥站在了赵晶玉面前，声音有些硬："美女，你看看你的钱包还在吗？"赵晶玉很惊讶，听过有偷窃这事，不禁紧张起来，一翻果然没有。钱！带来买书的钱！"你看是这个吧？"赵晶玉一看那人手里拿的正是自己的钱包，忙说："是。"

赵晶玉被要求和他一起到派出所里说明情况。路上，他们聊了起来，赵晶玉才知道那个人是体育学院的武术教练，路见不平，他也会管一管，派出所的人称他是"编外警察"，领受了这个称号，他真的做了很多事。

"你也太不小心啦！书包里装了现金还背在身后，再说这么笨的小偷，你也能让他得逞。今后机灵点。"

赵晶玉不好意思地点点头，要请这帅哥吃饭。对于有恩于自己的人，她从来都愿意记在心上。

"不啦，我今天下班了。难得今天能休息一下了。"

"那不正好，我可以请你吃个饭。"

"我爱人，她今天过生日。本来我今天休息，我和她一起逛街，职业习惯吧。你刚到这，就被偷儿盯上了，我也只好盯上了偷儿，没想到你这么不小心。得，我走了，和她一起去过生日了。"他露出开心的笑。

"那我也去。"

这位大哥叫展飞，嫂子叫胡爱梅。赵晶玉很招人喜欢，爱梅嫂子拉着她的手问长问短，要她到家里坐坐，赵晶玉也不拒绝，日后还要来答谢呢。

他们的小屋子，朴素而温馨。

她知道这世界上不尽是美好，但也知道了确有书中所写侠客的存在。


热闹的图书市场让赵晶玉大开眼界。在那里，她不惜守在图书市场等业务员下班，请业务员吃饭，请求业务员，一旦有新书发行，就提供给她信息。这些人也乐得多了一条提高自己销售业绩的渠道。收获颇丰的她在开满华灯的街上散步，安静又孤独，感到充实丰盈也时时觉得揪心。

赵晶玉又忙着去批发市场进了些笔、墨、纸、砚，还有些好看的画册、明信片。

她还特意跑到服装城买到了三件衣服，一件是姥姥的，一件给妈妈，还有一件是给刘宁的。

回到沈阳，她先去了妈妈那里，说："妈妈，我给你买了件衣服，你看看合身不？"

赵晶玉把背包里的衣服掏出来，张安华一下子看见了那件玫红的衫，拿在手上："还真不错。"

"别动！那件，那件，是给别人的。"

"噢，到底是不亲，给我的都是别人挑剩的了。"

赵晶玉呆了一下，拿起另一件，仍然笑容满面："妈妈，那件太艳了，是我买给同学唱歌时穿的，我给你买的是这件。"

"你放一边吧，过会儿我再试。"张安华脸上刚泛起的一点笑容立刻变得灰冷。

赵晶玉想了想，拿起衣架，把它挂在了柜子里。

赵康强见了说："你看孩子能赚钱了，大老远的给你买来衣服，你应该高兴。"

张安华一听又不对劲了，冷冰冰地说："一件衣服，值什么，以后工作了，她欠我的都得还我。"

赵康强便又和她争辩起来。赵晶玉捂住耳朵扭头就走，一些话还是钻进了赵晶玉的耳朵。

给姥姥的衣服很特别，姥姥的衣服很早就由赵晶玉来选了，她喜欢姥姥穿着旗袍，或者其他有民族风的衣服，不能给姥姥买那些太艳的衣服，姥姥是不穿的。那些灰黑的老人衣服赵晶玉觉得太没有味道，自己不喜欢，她是多么喜欢看着姥姥年轻一些的样子，姥姥是那样一个精致的女人，那些别致的衣服才适合姥姥，也会让姥姥回念起青春。她给姥姥买的衣服，看着大气，颜色略深，却不老气。

姥姥一边试穿衣服，一边赞叹穿在身上很舒服，侧着身，脸转向镜子，怀疑地说："看着会不会像个贵妇？我这还要去卖花呢。"

赵晶玉前后看着姥姥，像是在欣赏一件艺术品。姥姥的身形除了后背微驼还是那样挺拔，那身段是让上了年纪的人羡慕万分的。赵晶玉不禁赞叹："姥姥就是一朵玫瑰花啊。"

姥姥穿上这样的衣服，就像又绽放出了光彩。姥姥笑得很甜，那是赵晶玉看到姥姥笑得最甜的时候，就一直留在记忆里。这件衣服后来成了姥姥的礼服，专门到露头露脸的地方穿。

闲下来的时候，赵晶玉开始写一些书评，摘录一些优美的文字，写些读书心得，准备在新学期开始的时候，张贴在店里面，算是图书推介。

整个暑假，郑大山打电话给赵晶玉的时候，赵晶玉总是跟他聊几句就说忙着，把电话挂了。郑大山到赵晶玉的妈妈家来找赵晶玉，赵晶玉的妈妈说："谁知道哪里疯去了，她的事，我是不管的。"去问赵晶玉的姥姥，赵晶玉的姥姥说：

"她跑来跑去，不知在忙些什么。"

暑假过去，刚刚开学，在迎新生的时候，学校里的社团都竖起了招牌，招收新的成员。赵晶玉参与的是读书会，现在她是社长了。读书会是与学校图书馆联办的。赵晶玉也搬了桌子，做了宣传板，上面是一个招聘的场景。

画面上是一个主考官，他说："你有权保持沉默，但是你所说的每一个字都将让我看到你灵魂的模样。"

面试的学生则挠着头，张着口，窘迫得一句话也说不出来："……"

旁边还有些标语：

大学知识的圈子使你有条件成为常人，但要让你的才华担起梦想，还需要冲出这个圈子，放宽眼界，多读书，读好书。

读书是一种探险，如探新大陆，如征新土壤。——杜威

有一技之长者鄙读书，无知者慕读书，唯明智之士用读书，然读书并不以用处告人，用书之智不在书中，而在书外，全凭观察得之。——弗朗西斯·培根

…………

八个女生亭亭玉立，谈吐都很得体大方，轮流守护这个岗位，她们的代言使这里热闹得很。第一天就有上百位新生报名参加。如果算上往届学生，这真是一个大的社团了。

开学后的书店有了新气象，那些老书友来到书店觉得惊喜。当他们在书店里翻看到自己喜欢的书时，他们乐得像发现宝贝似的带上书走；他们还能买到些意想不到的小玩意儿；还有些别处买不到的小书签，也让他们爱不释手，这是赵晶玉自己设计、自己印刷的，别有书香，别有趣味。

赵晶玉的书有些是刚发行的，在学校图书馆还在提交购书计划的时候，赵晶玉这里已经开始出售了，这书在图书馆里是借不到的。绝版书则靠眼光了，有些书图书馆里有收藏，可是外面却几乎买不到，就有些学生从图书馆借来复印成很厚的本子，价格也不便宜。这样的绝版书，也可以在赵晶玉的店里淘到，有些老师需要某种书，也会来这里淘一淘。

在赵晶玉看来，书店当仁不让应该成为学校的文化中心。书店只能卖书吗？不。书店不仅仅是一个卖书的地方，它应该是一个平台，读者之间、读者与作者、学生与教师……都可以在这个平台交流，书店应该是校园重要的人文据点，可以通过各种活动，把书店的空间延伸到文化的各个层面，如音乐、影视、舞蹈、摄影、建筑……扩大读者的视野，读者为了一本书走进书店，却获得了比那本书更丰富的内容。读者从阅读出发通过书店获得深度阅读体验又回归生活产生践行的意义，书店应该发挥如此的作用。

赵晶玉把半新的《开封食谱》用双手递给周教授，周教授一把把书拿到手里，"是它，就是它。"他翻开书，"灌汤包啊，清炖狮子头啊，爆双脆都是我爱吃的，尤其是这清炖狮子头，我妈妈做得酥烂鲜香、汤汁清爽……"周教授眼含着泪花，像个小孩子，对赵晶玉说："谢谢！"

大概每个人在内心深处都藏着一个小孩子，他的人生无论经历怎样的风霜，他偏好的味道、他的情趣都轻而易举地被这个小孩子控制。

就这样，通过书的交流，有些老师也成了书店里的常客。赵晶玉就请老师来做讲座，学生们愿意来听，有时书店门外也有站着听讲座的学生。文学教授和哲学教授做的讲座最受欢迎，他们谈作品，谈人生，常让处在困惑中的学生受到启发而有所感悟。英语讲座也让很多学生感觉很受益。这些讲座让大家找到了阅读的方向。


# 二　鱼儿双双水底游

物质不是我们的理想，它是理想的壳，是理想安放的场所、环境。人在物质之上，还有一种精神的超越。

生活的波澜重又稳定下来，可是一旦闲下来，心里又空落落的，赵晶玉不像别人可以约会，或是去跳舞休闲，她只有书，唯有读书才能让自己虚空的心里充实起来。

又一年秋风起，树叶又开始黄落。每到这个季节，看着树下的落叶，赵晶玉就莫名地忧伤。因此除了上课，她尽量躲在屋子里。窗外深秋的风从窗缝中钻进来，呜呜作响还透着凉意，书里的字句却缓缓生出暖意，给她支撑的力量，抵抗凄冷孤单。

她翻阅着那些书，那些句子真是通心窍，像小虫把人心咬得痒痒的。也不知人间为何有那么多忧伤，也不知那些人如何把怨愤写得那么优雅。

几天后这个城市的温度，就降到了零摄氏度以下，当赵晶玉瑟缩了一下，感觉冷的时候，才知道季节已经变换，冬季来了。晚上，赵晶玉像往常一样打开收音机听那往常的声音。忽然听说海涛的节目要停播了，这是伴了她好几年的节目了，却要在这一天结束了。

我们人生某个阶段的结束，往往是以某个事物的结束为标志的。有时它是一个节目，有时它是一个风景，有时，也许它仅仅是陪伴了我们很久的一个工厂的烟囱。这烟囱忽而因为某一原因被爆破掉，从此记忆形成断层，成为人生的断代。

曾经，那些故事、那些歌曲在她最难过的时候，让她安静下来，让她走过生命中的幽谷。赵晶玉不想那些故事、那些歌曲在自己生命中断了线。

《海涛十二年》专辑要在思博书店里签售了，这是个精神纪念，赵晶玉想把它买到。赵晶玉那天起得很早，赶去思博书店。没有想到的是那签售的场面很是吓人，队伍排得很长，寒风也吹不散人们的热情。

排队等候了很久，寒冷入骨，赵晶玉才意识到穿得太单薄，看看天空灰蒙蒙的，像是要下雪，再看看前面的队伍，不知什么时候才能排到自己，赵晶玉只好失望地回到学校。

下午飘起了雪花。雪花大片大片地落下来，赵晶玉正在呆呆地坐着，心在瑟缩。忽然电话响了，赵晶玉拿起电话，听了几句，就走出来，走到校门口，有一个人在校门口徘徊。赵晶玉一眼看出，那人是郑大山。

"送你个礼物，你一定喜欢。"郑大山双手捧着礼物，递给赵晶玉。

赵晶玉接过那礼物，礼物封着，正要打开，郑大山说："这么冷，能不能找个地儿，让我暖暖手？"

赵晶玉把郑大山带到自己的书店里。

赵晶玉打开礼物竟然看呆了，这就是她想要的《海涛十二年》，上面还有海涛的亲笔签名。

赵晶玉的心里暖暖的，冰冷的心此刻融化成水，滴落在那本专辑上。"你怎么知道，我喜欢听海涛的？"

"那年你离家出走，在书店里，你不就是给这个海涛写信的吗？"郑大山幽幽地说。

"你竟敢偷看我写信！"赵晶玉挥手向郑大山捶去。郑大山看那手要落下来了，一转身躲开了。

"不准躲！"

"就躲！狠心的赵大锤要砸下来了，我不躲，我傻呀！"

两个人，在昏黄的路灯下，追逐着；在雪里，跑着；身上的热气，在蒸腾着。

郑大山在雪地上跑着，一边跑一边喊："郑大山喜欢赵晶玉！"

赵晶玉也喊："赵晶玉喜欢郑大山！"

他们相拥在一起，雪花在他们身边飞舞。

快乐来得这么突然，也这么热烈，以至于一切文字，那些旨在引人发笑的滑稽文字对于消解烦恼忧郁都没有意义了。

这里是他们的空间，光亮只属于他们，他们只能看到彼此，光圈以外的世界都是暗淡的。

这一场奔跑是他们两个人的舞蹈，是两个人的欢笑。

那些雪花飘摇着落下，落在两个人的衣上、头发上。赵晶玉伸手接着雪花，雪花又调皮地落在她的睫毛上。

"你好像一个公主！"

多么快乐的时光！自己现在就像是公主，一定是的，她多么希望自己能永远是这个公主。

> 雪天使，雪的花，
> 温柔的花，
> 飘落下来，
> 一起旋舞。
> 孤独的孩子，
> 我愿你笑脸如花。
> 雪天使，雪的花，
> 漫天飞舞
> 飘落下来，
> 一起旋舞。
> 孤独的孩子，
> 我陪你编织童话。

那一天，他们又在雪地里，踩下了长串的脚印，一直通到赵晶玉的小书店。两人在温暖的小书店里一起读书，雪片不时地打在窗上。

赵晶玉把磁带插入录音机，录音机里传出了海涛的声音："走了这么久的路，是告别的时候了。时间总在流逝，我们无能为力，在这样的冬日里听情歌会有些伤感，钟情的那些东西在不经意间流走，一片树叶、一件往事，再难回归。悲壮使我怀念过去，也更加珍惜拥有，总还要留有一份希望，不期待永远拥有，只希望美好的时刻慢些流走，让这幸福的感觉在心中多一会儿停留……"

"今天的背景音乐是 *I Finally Found Someone*，来自电影 *The Mirror Has Two Faces*，中文片名译为《双面镜》《越爱越美丽》，我觉得《越爱越美丽》译得好，爱情就是让自己变得美好，也让对方变得美好。歌名给译成了《终遇有情人》，我觉得特别有味道，像极了中国爱情故事里特有的'有情人终成眷属'那种温暖和期待。"

"Finally 意味着经历了人世间的磨难，当芳华已逝，生活归于平淡，而理解、宽容和默契却让彼此之间仍旧能感觉到甜蜜和幸福。"

"没错，最终，我遇见了你，给生活带来幸福和甜蜜的已不是玫瑰与钻戒，也不再有海誓山盟，只有平淡的絮语，一个说：'You know I love your hair，我爱你的长发'，一个说：'Are you sure it looks right？真的如此动心？'一个说：'I love what you wear，衣着更显你的美丽'，一个说：'Isn't it too tight？真的很合身吗？'不管怎样'You're exceptional，你与众不同'。这平淡的对白却是互相欣赏的真情，道出了爱的真味。如歌词所说：'I would wait forever, Just to know you were mine. 等待一生一世，去证明你属于我。'亲爱的朋友，是谁在你身边陪伴，是谁在前路上等着你，你又在等着谁？"

歌曲继续唱着：

> It started over coffee
> We started out as friends
> It's funny how from simple things
> The best things begin
> ……

"我看见你把书店打理得井井有条，你真棒！"郑大山在书店里转了一圈赞叹道。

赵晶玉不无歉意地说："暑假里，我忙着店里事，就没……"

"不用说了，你应该给我讲，我更应该了解你。还有啊，我在北京也可以帮你看看书，给你把书带过来。"

"我已经想好了，毕业后，我就开始经营自己的书店。"赵晶玉的眼睛里闪着向往的光。

"好啊，我们都喜欢读书。你毕业后，正式开一家自己的书店吧，我支持你。"

"那我的书店该叫个什么名字呢？"赵晶玉手托在腮上说。

郑大山看看外面的雪说："就叫雪屋书店吧。"

赵晶玉说："我总想我书店的名字要和海有点什么联系。"

郑大山问："为什么？"

"其实我很早的时候就喜欢你了，比你那次打马蜂还要早，只是那回在海边，我明明白白地知道，我喜欢的就是你，我现在还记得你在海边大声呼喊的样子。"赵晶玉认真地说。

…………

此刻郑大山是一个美好的存在，他让赵晶玉忽然觉得生活有了目标，有他可以相依，赵晶玉就有了面对生活中各种困难的勇气。

灯光下，赵晶玉拿出一个日记本，封皮上画着一个小屋，小屋周围是紫色的草地，一条小路，一个男孩，像他；一个女孩穿着花裙，像她，他们欢快地奔跑。她把那首《终遇有情人》抄在了那日记本的扉页上。

赵晶玉对郑大山说："等寒假到了，我想去北京的书店，像万圣书园呀，三联韬奋图书中心呀，这样的书店我都想去逛逛。"

郑大山说："好啊，我们一起去逛书店，去那里读书、选书。"


寒假的时候，书店里没有生意，赵晶玉就把书籍整理好，做缺书登记，还要去图书批发市场，看到可能畅销的书就赶紧订购，书拿到手后，还要迅速地阅读，才好写图书推介，等到学校开学，有些书就有很好的销量。

他们在北京逛书店，三味书屋书店、隆福寺中国书店、万圣书园、三联韬奋图书中心……这些书店让赵晶玉大开眼界。

这些书店各有风格。三味书屋书店是开在一座青砖灰瓦的二层楼里，周围有槐树拥卫。三联韬奋图书中心里，书店的店史吸引了赵晶玉。三联书店的前身生活书店是九一八事变爆发、淞沪抗战打响之后成立的，当时国民党政府仍然在"攘外必先安内"，邹韬奋不惧国民党当局的摧残和迫害，九一八事变后，在《生活周刊》上报道了九一八事变的消息，还批评国民党政府的妥协；淞沪抗战之时，又为抗日救亡奔走，号召全民族抗日救国。

书店的店训和理念用艺术字体张挂在墙上。

"正因为有生活书店这样的传统，三联想开的书店，始终是不同于一般的书店，它更像是一个文化场所，一个传播新锐思想、丰富和提高大众精神生活的文化场所。"

"竭诚为读者服务。"

"时间因记忆而成为生活，空间因思想而成为史实。"

…………


这的确是一个严寒的冬季，好久没有再下雪，空气是干冷的。逛书店读书读累的时候，两个人就一起去街上疯跑，就这样一逛就是一天。

两人坐在街边候车亭休息，他们拿出从旧书店、旧书摊淘到的书，像斗草一样交流起来。

赵晶玉拿出一本封面像是葵花图案的书说："我淘到一本《文学书籍插图选集》。"

郑大山把书排在座位上，捡起一本说："我有《中国剪纸艺术》。"

赵晶玉说："我这本《太平洋鼓吹集》，肯定有收藏价值。"

郑大山说："要讲收藏，我这本《辽瓷选集》错不了。"

赵晶玉看了一眼郑大山摆开的书，从他那一堆书里捡起一本，叫道："还有《交通救国论》呢！你这书就是史料呀！"赵晶玉忙拿过来打开翻看，"作者好有情怀和眼光。"

郑大山说："得说我选书的眼光也不错。"

赵晶玉说："我今天了解了三联书店，就想到我书店已有了稳定的营收，接下来要追寻什么了。"

郑大山说："书店当然要进一步提高盈利呀，盈利了才能说明你书店受到了关注。"

赵晶玉摆摆手："能赚更多的钱固然是好，但我精神上还是得不到满足，觉得还缺少能支撑自己走下去的东西。三联书店打动我的地方是一种使命感，有使命感的书店才有魅力。其他的书店也都有自己的精神追求。"

"也对，就是踏实地做点事情，做出自己的风格来。"郑大山得意地说，"我这还有一本《吃》，保证能满足你这个吃货的品味。"说着，郑大山把书递给赵晶玉，赵晶玉接过来一看，书的封面正中央是一个橘红色的"吃"字，书里讲吃——营养和健康。

赵晶玉不禁想起那个为了童年的味道到处寻找《开封食谱》的周教授，说："那么大一个教授在我书店里寻找《开封食谱》，我暗地里还笑他，有那么多美味偏只那几样味道忘不了。现在想想，生活就是在一天天的日子里吃出来的，吃进的是食物，回味的是一种特殊的味道。"

郑大山说："民以食为天嘛，你看中国话里有那么多关于吃的词儿，好像什么都能吃，'吃亏''吃一堑，长一智'，连音乐和文章都可以拿来嚼嚼，说有嚼头，余味无穷……"

赵晶玉翻看那本《吃》，看到里面香酥肉的做法，立刻把书收拾起来，一边收拾，一边说："我还知道吃饱了不饿，走，找家美食馆。"

郑大山和赵晶玉到一家叫作"恒和记"的餐馆里用餐，这是一家开了有五十年的餐馆。郑大山说这里的饭菜很特别。

赵晶玉喜欢坐在靠窗的座位上，喜欢一边吃着东西一边望着大街，看着来往的人们。

郑大山点了几样赵晶玉没有吃过的美味小吃给赵晶玉，赵晶玉胃口大开，却说："你是什么居心，把我喂胖了，成了丑八怪。"

郑大山想起两人逛街，赵晶玉总是走迷了路，便说："我给你出一道难题吧。话说，有一头猪，有一天她迷路了。你说她该怎么办呢？"

"怎么办？找路呗。"

"是啊，猪就是这么说的。"

赵晶玉没笑，只顾吃自己的。

"生气了？"

"没生气，我笑不起来，哪如苏东坡调侃苏小妹篦头发时'小妹窗前捉半风（風）'来得有趣。再说十二生肖里，我最喜欢猪。猪是聪明的，猪又是诚实的。"

"人们常觉得它笨笨的，怎么算是诚实呢？"

"率直、可爱。"

"你说，你加我等于几？"

"猪说等于几就等于几。"

"你说，你对我是什么感情？"郑大山忽然问。

赵晶玉不语。

"想听你说句爱我，怎么就这么难呢？"

赵晶玉只顾夹菜吃。

"到底是我重要还是菜重要，我比菜重要是吧？"郑大山叹了口气，"我到现在不知道，在你心里我究竟是个什么地位。我能看得出，这菜很重要，却看不出我对你重不重要。"

"你自己找答案好了。"

赵晶玉看郑大山不吃，就把红红的像火一样的辣椒油放到郑大山的面里，郑大山忙叫："哎，你干什么？这个店里有两样东西有名，辣椒辣得像天火，你想辣死我吗？"

"我知道你也爱吃辣的，也没有放多少嘛，看你大惊小怪的，我还知道这儿的陈醋是个百里香。"赵晶玉得意地说，"你问的问题，答案就在这辣椒里了。"

郑大山坏笑着说："果然是，最毒莫过妇人心啊，连亲老公都要谋害。"

赵晶玉噘嘴说："我是想说，这些年来，我感觉到了火的热度，我觉得我的心像冰雪一样，在融化。你把我想得恶毒了，慢慢地你就不再喜欢我了。"

郑大山看赵晶玉不高兴，忙说："不会的，我刚才就是开玩笑。"

赵晶玉说："不是我在乎一句话，万一你真误解我了，真的把我想得那么恶毒，总有一天你会恨我的。"

"以后我注意就是了。"

赵晶玉说："'老公'这个词，不如'夫君'说来文雅、有意义。我姥姥给我解说诗词戏文时都叫'夫君'。我觉得'夫君'这个词更像是称呼传统的男人。"

郑大山笑着说："这么说，你是愿意叫我'夫君'了？"

赵晶玉脸一红，低下头，却拿筷子调自己的面。

郑大山把面拌一下，"这面好吃着呢，我们吃面。"

郑大山开始吃面，吃得辣嘴，就给自己倒了一杯醋。

赵晶玉好奇地问："我看你辣成那样，就喝了口醋，喝醋就能解辣吗？"

郑大山仍没有缓过劲来，眼里噙着被辣出的泪，狡黠地笑着说："是的，醋能解辣，你可以试试。"他又说："这儿的土豆丝做得也是美味，"郑大山用勺舀了些辣椒油，淋在土豆丝上，又把醋瓶拿起来，抬高瓶底均匀地洒了一圈陈醋，"配上这两样，赛过山珍海味。"

赵晶玉也吃得辣嘴，就也倒了一小杯醋，含在嘴里，原来，醋不能解辣，反而使辣味变得更为强烈，但是土豆丝配上这两样，味道可口，确实让人胃口大开。对于喜欢吃辣味的人，越辣越让人着迷。

郑大山又拉着赵晶玉的手到歌厅里唱歌。

他们翻出各种老歌、新歌，熟悉的、不熟悉的，都唱个遍。

有一首《船歌》，两个人都没听过，但很喜欢那曲调和歌词：

姐儿头上戴着杜鹃花呀
迎着风儿随浪逐彩霞
船儿摇过春水不说话呀
水乡温柔何处是我家
…………
嘴儿轻轻唱呀唱不休呀
年华飘过歌声似水流
船儿摇过春水不停留呀
摇到风儿吹破天凉的秋
船儿摇过春水不停留呀
鱼儿双双结伴水底游
谁的船歌唱得声悠悠
水乡温柔来到天凉的秋
…………
谁的船歌唱得声悠悠
谁家姑娘水乡泛扁舟
…………

他们一起唱了很多遍。郑大山看着MV里面的那个女生说道:"这个女生很像你。"

"像我什么呢?"

"反正就是像。"

有些旋律有些场景从此留在头脑中,它们是回忆的按钮,在不经意间触碰,在瞬间里年华如水,往事如昨。

第二天,赵晶玉给郑大山发短信:"我的耳朵里,《船歌》唱个不停。"

郑大山回复:"我也是。"

## 三 我只是一棵蒺藜

转眼又一个暑假,郑大山来找赵晶玉,约她一起去看电影。赵晶玉还有两本书的推介要写,要准备一些图书资料,她想去上网。郑大山就决定和赵晶玉一块去上网。网吧里位置很紧张，两人就分散坐了。赵晶玉在写过几段文字后，打开了QQ，与几个朋友聊了近来的情况。这时，消息闪烁，有个陌生人在请求加赵晶玉好友。赵晶玉看看名字"常伴左右"不认识，最初以为是某个朋友。后来又以为是郑大山在搞恶作剧。

⋯⋯⋯⋯⋯

"我知道，你是长发girl。"

"你怎么知道？"

"哈哈猜中了吧，我还知道你穿的衣服颜色。"

"不可能！"

"桃粉色的。"

赵晶玉抬头向屏幕周围看了看，没有发现摄像头，那就怪了，他怎么知道得这么准确，真是巧了不成？应该是郑大山在故意寻自己开心。

"哈哈，吓到了吧？"

赵晶玉以为是郑大山在搞鬼，便抿嘴笑，不回答，继续忙着做其他的事去。

过了一会儿，那头像又闪动起来。

"我们认识一下吧？"

"郑大山，别闹，我有正事。"

"不耽误你正事。"

"那你过来，我跟你讲。"

"我就在你旁边。"

赵晶玉吓了一跳，郑大山此刻并没有坐在旁边，坐在旁边的是一个帅气的男生，友好带笑地看着赵晶玉，"你刚才看的那本书不错，我手里也有一本。"

弄好了材料，赵晶玉起身招呼郑大山过来，两个人向网吧外走去。一边走一边聊，他们坐到了老盛京美食城里，要了两份烧麦，赵晶玉又说起刚才的情形。

"你们男生是不是都喜欢鬼头鬼脑的？"

"怎么啦？"

"刚才在网吧上网，旁边那男生就把我QQ加上了。我还当是你，谁知道聊了一会儿，才知道这人就坐在我旁边。"

"他跟你说什么了？"

"没有什么，就聊聊和书有关的话题，人倒是挺有品位的。"赵晶玉继续低头吃她的烧麦。

过了一会儿，郑大山说："你先吃着，我去下卫生间。"等了好久，赵晶玉手里的美味都已吃光了还不见郑大山回来，便四处张望。已经过了吃饭的时间，食客也不是很多，有几人坐在座位上安闲地聊天。窗外，人们来来往往，有的急匆匆赶路，有的牵着狗遛弯。

过了好一会儿，郑大山终于回来坐在赵晶玉旁边。

"你没去卫生间，去做什么了？"

"我的东西落下了。"

"你的手怎么了？"赵晶玉看到郑大山的手紫红，极像那煮熟的番薯。

郑大山忙把手藏起来，"刚才不小心碰的。"

"不对，你是不是打架了？"赵晶玉把郑大山的手抓过来看，青一块紫一块的。

"没有。"

"你还骗我。他就是加了我一个QQ又没怎么着。"

"要怎么着，就晚了。"郑大山忽然提高了声音。

"你怕我怎么着，你又能怎么着，你能退学天天跟着我啊，要不然你不在的时候，我要怎么着，你也不能怎么着啊。"

"你要是不喜欢我，就别这么折磨我！"

"我折磨你？你都多大了，你能不能不那么幼稚？你觉得我就是那么随便的一个人吗？"

郑大山被噎住了。

郑大山赌气走了，赵晶玉又觉得对不住郑大山，觉得自己就是根刺，出口伤人了。赵晶玉觉得自己不好，怎么能那么对郑大山说话呢，就在心里一遍又一遍地鞭笞自己；她又在心里面埋怨郑大山，觉得郑大山幼稚、糊涂、做事轻率；又觉得郑大山这样做也是对自己人格的侮辱，难道自己轻佻到让郑大山猜疑的地步了吗？

郑大山觉得自己并没有错，在乎她，能算错吗？

宿舍里的情圣，曾给郑大山分享过恋爱经验。情圣们的经验，似乎有道理。但这好像演着戏里的角色来面对现实的人物，唱着自己的腔，走了别人的调，傀儡一样无心地面对一个有血有肉的人，要么是一番讨好，要么是一场麻木无情。

郑大山决定晚些时候再跟赵晶玉聊聊。不想两个人又吵了起来。

"我不想和你吵架，觉得不值得，你知道吗，一点都不深刻，让我觉得自己和你吵架是一件浅薄的事情，没有意义，我也没有力气吵架。"

"我没有资格跟你吵架？"

"对，我们吵的话题就很低劣，你也不是个好吵手。"

"你瞧不起我！"

"我和你不是一个档次的人，比如，你像个小孩子一样要和人打架。"

"我是为了保护你啊！为了你打架是值得的。"

"那你觉得什么叫值得？"

"只要为了你就是值得。"

"好吧，你愿意打架，那我问你，假如我们之间也像姥姥和姥爷，我们的生活里，忽然发生了战争，你怎么办？你觉得为我，你该怎么办？"

"战争怎么可能发生？"

"什么都有可能，有人说生活本身就是一场战争。"

在沉默中僵持两天后，郑大山还是请求赵晶玉原谅了。

"我错了，是我自己反应过于激烈，但是我不怕为你打架，愿意保护你，不让你受到欺负。"

"别再为自己找借口了，明明是妒忌心太强，气量太小，却还要拿保护别人当幌子。"

"好吧，我承认，我妒忌心强，气量小。"

"你说保护我，你想没想过，如果是发生了战争，你怎么保护我？"

"战争，怎么可能会发生，和平年代哪来的战争，你这个问题问得太大了。"

"还记得吧，我跟你讲过，我的姥姥和姥爷就是因为战争而别离。生活就是一场战争，很多我们想不到的事情会突然发生，就像战争一样。如果发生了这些事情，你会怎么样呢？"

"无非就是努力工作呀，生活呀，还能有什么？"

"这是你能想到的，我说的是想不到的，想不到的事情出现了，你要怎么保护我？"

"想不到的事情，你让我怎么想？"

"你不是说过，要做一个有能力的人吗？"

"有能力的无情人？你还记得这句话？你不觉得我是个有情义的人吗？"

"如果你把生了醋意跟人打架看成有情义，我反愿意你是无情的人，真豪杰有了真情义才更可爱，你需要战斗，你应该想想你该用什么来做一个战士。"

"这个问题问得不合适。听你问的这个问题，我有一种错觉，我觉得我面对的是一个四五十年代的人，张口闭口是战争。"

"你不应该想想吗？你与其在争风吃醋上浪费好时光，破坏心情，不如好好想想，你该做什么。"

"你说吧，让我做什么？"

"一个战士，知道自己能做什么，他有知识，有勇气和意志，有信仰，他才是优秀的战士。"

赵晶玉决定结束争论，她不想再争论下去，觉得自己该说的都说过了。两个人在一起无论是读书还是吃饭都可以有无限的快乐，偏偏有时候要莫名其妙地针锋相对。

她所经历的一切让她的心里一直不安，看过那么多别离的戏，体验过姥姥的人生，她不想那些别离的故事在自己身上重演，越爱越害怕未知的东西到来。

赵晶玉正一遍又一遍听那首《船歌》，试图能从中感知到郑大山的想法，自己究竟与那个女生有多像，又究竟是怎样和郑大山走近的。她闭上眼睛，听着歌，过去的日子在眼前回放。曾经最温暖的歌，忽而成了听一句就要心碎流泪的歌。

仿佛又是一个人走在雪地上，冷风吹进她的脖子……忽然有一个人冲上来把自己拽到了河堤上，又仿佛是他陪在身边，拉着她的手，在河堤上散步，雪花在灯光照耀下，流星般，炫目的美。风好像被挡住了，好温暖，心好像融化了。仿佛又是疲惫地站在酒店门口，郑大山在车上看着自己……就这样听歌，直到听得困乏，在梦里，还梦到她和郑大山在一起歌唱。

半夜里，赵晶玉从梦里醒过来就再无睡意。她想起妈妈，年轻时候也和爸爸因为相爱才在一起，可现在却看不出爱，不禁又笑自己太傻，只是得到了一点同情怜悯，就妄想永恒。爱太脆弱，就容易破碎，许多年后，当初的那点温馨都变得冰凉，成为死灰。想到这里赵晶玉觉得有些发冷。

赵晶玉起身给郑大山写了封信：

　　我一直把自己看成野草，既然是野草，那就要随缘而生，无论哪里，都可以任性生息，任其疯狂生长，任人嫌弃，纵然是被连根拔起，也不怕躺在地上无限枯黄。就算我身无着落，也不需要别人的同情、怜悯。

　　如果不小心刺伤了你，那么对你说声"对不起"，我只是一棵蒺藜，不值得你喜欢和拥有。

　　希望你冷静一下，我们各自分开，我更适合做你的朋友，或者干脆把我忘了。

　　我希望你把时间用在学业上，你会有很好的前程，也会遇到你真正喜欢的人。

就此别过。

赵晶玉把这信用QQ发了过去。

第二天，郑大山收到信时，马上回复："我不要分开，无论你多任性我都会宽容。"

赵晶玉回复："并没有所谓的宽容，在你被毫无顾忌地刺伤时，你没有选择宽容的可能，你能做到的不过是迁就。"

郑大山没有回复，大概不知道怎样回复。

赵晶玉独自一个人走在河边，河堤上并无他们一起走过的痕迹，往昔的一切，都过去吧。可是一转念，赵晶玉又坐在了他们当年一起停留的地方，她希望郑大山走入自己的心灵深处去看一看，希望有一天他能说："我遇见过我最爱的人，她就是你！"他们是无需比较大小的麦穗。

赵晶玉的耳边又响起林铃说过的话："年轻时不懂得爱，言语成刺，行动成冰，就会无顾忌地把人刺伤，理解和懂得了，才会让自己变得柔和温暖，理解和懂得也是一种爱。"赵晶玉此刻又后悔得不行，都说了要听话，剪掉身上的徘徊花刺，怎么又忘！我说的那些话，郑大山一定会难过的。

没有郑大山的电话，赵晶玉坐在椅子上就像是坐在徘徊花刺上面，刚坐下又像被刺到了，站起来在屋里打转。赵晶玉手里拿着手机，翻过来掉过去，在手机里找出一个名字——夫君，想要打过去，可是怎么说呢，会不会一张口又是一把刺？这样想着又把拿到手里的手机扔在桌子上，她趴在床上，头埋在被子里，"呜呜"哭起来了，"我该怎么办……我该怎么办……"正在赵晶玉犹豫的时候，郑大山还是主动打来了电话。赵晶玉的心跳起来了，忙把手机接起来。

"晶玉，是我不好，我愿意像你说的那样，学着做一个战士。"郑大山的声音在手机里，真像是节目主持海涛的声音，那么有磁性，那么动听。

赵晶玉流着泪，嘴角却憋着笑，"郑大山，你是不是真把蒺藜当成玫瑰花啦？"

手机里那个声音也像是在笑，"你就是玫瑰花呀，错把玫瑰花当成蒺藜丢了，那我才后悔呢。"

赵晶玉又流出泪来说："那我就假装玫瑰花吧，你拿着我不要轻易把我丢了，以后我把花刺也剪了去，再不刺伤你了。"

赵晶玉终于可以安心地坐到桌子前看书，也可以安安静静地睡觉了。赵晶玉发了一会儿呆，她给郑大山发了条QQ信息：

我们是一样的麦穗，我希望我们可以一起成长，可以绾结成一束。

其实他们又是如此不同，因为相异才有爱的引力，也因为相异才有碰撞。

# 四　仲夏之月，蝉始鸣，半夏生

几天后便是刘宁的生日，宿舍里为刘宁举行了个生日聚会，刘宁把男朋友也带来了。这真是个帅哥，眉清目秀的，而且谈吐风趣幽默，在八个女孩中成了焦点，颇有点喧宾夺主之意。

聚会之后他们一起去唱歌，赵晶玉坐在刘宁左边，那个男生就坐在刘宁的右边。

赵晶玉跟刘宁谈起和郑大山闹的别扭，刘宁嘲笑赵晶玉："这事真是小题大做了，你犯不上这么对他。这样对他至于嘛，明明是潜力股，你这样做把喜欢你的人都吓跑了，还想着他回头，怎么可能？"

"可是我希望我和他在一起，并不是迁就我。"

"你就作吧，好好的男朋友迟早有一天被你推到别人的怀里。"

"他要是这么容易成为别人的男朋友，我还真没什么可想的了。"

大家歌唱到起兴时，刘宁去卫生间，歌曲的声音很响，那男生凑近了赵晶玉，说了句什么。赵晶玉大声地问："你说什么？"他只好把手拢成喇叭状，把花瓶里的花拿起，递给赵晶玉，向赵晶玉说了句什么，赵晶玉马上变了脸色，凑近他低声说道："她是我最好的姐妹，我希望你好好珍惜她，不要做欺负她的事。"刘宁回来，赵晶玉恰到好处地闭了口。

"说什么呢，你们？"

赵晶玉笑着说："说你呢。"

刘宁笑笑说："我有什么可说的。"又对那个男生说："小乙，你自己先回，我和赵晶玉待会儿。"

那个男生说："我想和你们一起。"

刘宁说："还学着黏人了，我们俩有些私房话，你不能跟着听。"待他走后，刘宁问赵晶玉："我这个男朋友怎么样？帅不帅？"

赵晶玉说："帅是帅了，只怕金玉其外，败絮其中。"

刘宁懊恼地说："你就不希望我好。"

等回到宿舍，赵晶玉忍不住向刘宁警告说："那个男生，我觉得，你还是不要和他交往得好，不是你的菜。"

"为什么？"

赵晶玉不说话。

"嘿，你不会是嫉妒我吧？"

"总之你离他远点好了，保持一点距离。"

"说话怪怪的，离得远点怎么相处呢？"

第二天晚上，刘宁把赵晶玉叫过来，可就发火了："我说呢，怎么说出那么一堆鬼话。都说自己男朋友不能介绍给闺蜜知道，我还不信。防火防盗防闺蜜，我是没防你啊。"

赵晶玉忙说："不是你想的那样。"

刘宁话里毫不留情："还想怎样，他都告诉我了，我也是亲眼看见，你嘴巴都凑近了他的脸，跟他说着悄悄话。真看不出，你还学会卖弄风骚，会勾引人了。"

赵晶玉不想再说下去了，她并非缺少一张善辩的嘴，她也不希望和刘宁争论，一路走过来，她很在意这个姐妹。她知道，刘宁现在更愿意相信那个男生，而自己的辩白，只会让两个人的矛盾加深。

炎热的夏天，纷乱的情绪，赵晶玉的心情低到了谷底。

赵晶玉心里想着，亲如姐妹，竟因为这点事掰了，亲情、爱情、友情，这一切太假，都太脆弱了，尽管妈妈对自己不好，可这是真的，真的残酷，要比假的温暖更容易面对和接受。

这天下午赵晶玉一个人去新华书店看书。一家书店要经营得好，就要及时了解其他书店里的信息，要有独到的目光发现好书。可是这一天，赵晶玉却看不进任何书，脑子里面乱哄哄的，只觉得很累，想找个清静的地方坐坐，就下楼。出了楼门口，楼前有一块绿地，有一片小树林，里面还有些长条木凳，她就走到树林里坐下。不想却遇到一个人搭讪自己，给自己画画，听他说话却也并不十分讨厌。赵晶玉只想静静地坐会儿，就把他视作空气。

心情好了些，就起身走了。

她一边走还一边想，学艺术的人精神大多不正常，艺术家就是疯子。据说梵高就是精神病，无法控制自己的行为举止，还割去了自己的耳朵。他们的思维方式与常人不同，脾气古怪，固执任性，视觉动物，很多人是不适应与艺术家一起生活的。

又想起酒店里向自己表白的小冯，想起刘宁的男朋友，便愤愤地想说，从来没有一见钟情，都是见色起意。

心绪烦乱，百般滋味，晚上，她回到姥姥家。

姥姥的小院永远是她风平浪静的港湾，累了可以休息，受伤了可以疗伤，不管有多忧伤难过，到姥姥的身边，就会好很多。不管自己多大了，都可以像小孩子一样在姥姥身边撒娇，有多少烦恼都可以对姥姥诉说。

"姥姥，我想去做修女。"

"为什么呢？"

"我想找一个清静的地方生活，那里没有虚情假意，没有复杂的人事，我觉得去修道院最适合我了。"赵晶玉说着说着，就撒娇地扑在姥姥怀里。

"看看，说着说着，就哭鼻子了。都多大了，还像小孩。"

"我不想长大，鬼才要长大。"

"你忘了是谁站在山坡上，用双手拢着小嘴，大声喊，我——要——长——大，快——快——长——大——"

"我长不大。她们都不相信我……"

"再心灰意冷，也不能去那里，你去当修女了，那我怎么办呢？就受点小委屈，不当事的，我们晶玉是做大事的。"

"我难受，我没想去伤害谁。"

"你还记得半夏吗？"

"记得，仲夏之月，蝉始鸣，半夏生。"

"半夏一直是沉默的，不管别人是否了解它，它都不急不躁，早了你寻它不到，晚了它又藏起来，不早不晚，正当夏天过了一半，它才突然出现在人们面前，让人们惊讶。"

"姥姥，半夏开花一点都不好看，还有毒。"

"可是鹧鸪喜欢，那是它的美食。半夏遇了姜就是良药。用不同方法炮制的半夏，可以治疗不同的病。你再看弱小的点地梅，早春的时候，草还没露头，它们就先开花了，一片一片的，也不用和谁争。"

"你老拿这花花草草来说事，一会儿说晚生的不急躁，一会儿又说早开的不争。你都自相矛盾了。"

"哪一种花都有它的格调，你得懂它，学会跟它说话，它会告诉你各种道理。别人笑我、轻我、贱我，你却不能自轻自贱；别人越是谤我、欺我、辱我，你却越要宽容忍让，自敬自清。"

"我还是喜欢玫瑰花。"说着赵晶玉就在姥姥身上嗅，"好香的玫瑰花。"

"你又拿我开玩笑，我可不想让你像我一样。"姥姥梳理着赵晶玉的头发说，"你不小心伤了别人，也许并不是你的错，也不是别人有什么错，只是别人还没有了解你。这也不怕，怕的是你不了解别人，这时候你带给别人的伤害，你可能连弥补的机会都没有。那时候内疚、遗憾也挽回不了。"

"嗯，姥姥，我知道了，别人辱骂我，我听着就是了——可是凭什么呀？"

"花有花品，人有人格，咱凭的是教养，凭的是你是我孙女。"

"姥姥，我饿了。"

姥姥一听高兴了，一拍大腿："得，想吃什么？"饿，是个好的信号，意思是心收回来了。

"花粥，玫瑰酱鸡蛋，还有玫瑰饼。"

"好，又是这几样。"

赵晶玉跟在姥姥后边，看姥姥忙活着做菜，不一会儿香气便充满房间的每一个角落。饭菜做好端上桌，赵晶玉也不管姥姥，夹起菜就往嘴里送。姥姥看着赵晶玉，笑说："馋猫！"

花粥，是荷花瓣、月季花瓣等清香淡雅的花，煮过，再加米熬粥，熬出的粥清香可口。

姥姥会做酒曲，姥姥把小麦与豌豆混合，用石磨磨碎成粗粉，再把采来的辣蓼捣成汁倒入粗粉中，再加入水调和拌匀，再做成曲坯。姥姥家有一间屋子专用来发酵曲坯，做好的曲坯，放在芦苇席上，排列成行。接下来的日子那些曲坯开始发酵，这是很不愉快的时期，发酵中的曲坯变得很难看，那气味并不好闻。看见赵晶玉皱眉，姥姥便会教给她：酝酿。是的，酝酿，酝酿是要发酵，但不等于腐败，谷物体内的恶气出来了，就变香了。是的，发酵的后期渐渐可以嗅到谷物的香气了。人也一样，懂得酝酿自己，那人品才会醇正。人活着不光是为自己，也要为着别人。

酒曲可以用来做馒头、发糕、豆酱，在姥姥的手里还可以用来做玫瑰花卷。

半夏曲姥姥也会做。

姥姥把野地里挖回的半夏晒干，成为中药生半夏。姥姥还要把半夏用不同的方法炮制成法半夏、姜半夏。姥姥把法半夏、赤小豆、苦杏仁等磨成粉，再把采来的鲜青蒿和鲜辣蓼等捣成汁，用这汁液把药粉、面粉和在一起……经过发酵成为半夏曲。

半夏曲闻起来有香味，放在嘴里有酸甜的味道，可以调脾胃、消食，也可以治疗咳嗽。赵晶玉童年时多病，这药是最"好吃"的药。

赵晶玉贪玩，跑在外面不回来，姥姥不用去找，只要炒上一盘玫瑰酱鸡蛋，这酱香就会穿过半个屯子，飘到赵晶玉的身边，仿佛一条条线绳，拴住了赵晶玉的嗅觉，把她牵回到姥姥的身边。当赵晶玉闯进门，姥姥也许正背对着她做着些面食，也不回头就说："馋猫儿，就知道外面去野，闻着香味就回来了。"赵晶玉会"喵"一声就扑向玫瑰酱鸡蛋，然后夹起一块鸡蛋，送到姥姥的嘴边，自己再吃一口，再和姥姥一起把饭做好。

赵晶玉说："姥姥，等我赚钱了，我买个大房子，你就住进去。"

姥姥摇摇头："我哪都不去，就在这守着。"

"是等姥爷吗？"

"是，也不全是。"姥姥说，"在这儿住惯了，这里有花有草有树，有虫有鸟有风有雨……哪里还有这样好的地方呢？"

这是一个姥姥认作家园的地方，她在流浪的时候，就在想它念它，只有失了家园的人才更知道家园的珍贵。离开它，春季里会想念燕子在屋檐下呢喃，秋季里会想念高粱酿成的酒在院子里飘香。

正像姥姥唱的那样：

> 燕子来时，
> 满院呢喃语，
> 秋草黄时，
> 饮一壶酒，
> 问秋风，
> 发上霜几许。
> …………

第六章

# 中药救人有良方

夫童心者，绝假纯真，最初一念之本心也。若失却童心，便失却真心；失却真心，便失却真人。

——（明）李贽《童心说》

# 一　众里寻她千百度

夏日的时光是漫长的，夕阳把人的影子拖得长长的，却迟迟不肯落下。街上张二丑背着简单的旅行包，穿行在城市的街路上。

他拿出手机把电话拨过去："爷爷，你是不是记错了？我跑遍了半个东北也没有一个叫丹霞的地方……"

电话那头是一个苍老的声音："我肯定没记错，是不是地名改了……别的能忘，这名字是不能忘的……"

张二丑正听着电话，在一抬头的瞬间，一个身影从身边掠过，头上戴着一个蝴蝶结，长发在风中吹起盖住肩膀，就像一束彩光在他的面前一闪，他赶紧跟爷爷说："爷爷，我有事，先不跟你说了。"想那爷爷在电话上听到的该是电话的忙音了，然后是怪怪的神情，因为张二丑从来没有这样挂过爷爷的电话。

再说张二丑回头再找那人，已不见了那个身影。旁边人们来来往往地走着。张二丑判断，那个身影走去的方向应该是那新华书店。可他在这里转来转去，怎么也找不到刚才那个身影。他走进书店里转了转，看到的是买书看书的人，哪里找得到她呢？他失望地走出来，失了她的方向，不知道该往哪里走。

> 人群来来去去，
> 仿佛流水不息。
> 我夹在人群里，
> 不期和你相遇。
> 仿佛一阵清风，
> 吹开湖面涟漪。
> 陌生的你，
> 难道早已熟悉？

人群来来去去，
像一颗颗水滴。
冷漠的他，
笑语的她，
汇在一起，
寻不见，辨不出，
哪颗才是你，
啊，哪颗是孤独的你。

张二丑怅然若失地走着，在那身影消失的地点周围画着圈。忽然他看到书店侧面有一个小小的广场，草坪的椅子上坐着一个"蝴蝶结"，没错，是她，此刻的阳光强而不烈，把城市笼在如烟一样金黄的色调里，绿的垂柳也变成透明的黄，她就坐在梦幻而朦胧的色调之中。张二丑忙从背包中把笔拿出来，走近她，犹豫了一下，又上前问道："我可以给你画张画吗？"

"你们男生怎么都那么无聊？"

"不是，我……"

"懒得说话，你要画就画，你不是挎着相机吗？想偷拍那就去拍好了，我不见不烦，还告诉我知道干什么？哼，你们这些人都是些视觉动物。"

"这算是答应了？不过你说我们这些人，是'视觉动物'，对，又不对。"张二丑认真地说。

张二丑一边打开画夹，选好角度开始作画，一边说道："画，是在画我心。我画上的你是心中的你，是'我的你'。"张二丑一边快速地挥笔，一边观察着她，她没有说话，只是静静地坐着，有风拂起她额间的发，阳光把它们染成透明的金色。

"就像我偶然遇到了你，毫不掩饰地说，我发现了美，这美是充满感情的，我的每一笔都在记录我的心跳，我可以说，这是我对美的认知。"

张二丑再看一眼，像是在看着一幅画，然后手里的笔又在勾勒那幅画。

"事实上，就像在生活中，你只有一个，但每一个见到你的人，都会用眼睛观察你，他们都会感知到一个'我的你'。但那不是完全的你，因为每一个人会以我观人，带着自己的主观感情，形成对你的认识，这难免出现片面与偏颇。"

张二丑这样一边画，一边说，每说几句就停一下，像是在等赵晶玉回答。

"我画，又是我心在画。你没有说话，但是你的每一根头发，你的眉眼都在跟我对话。我不用我的眼睛，但我已融化沉浸在'你'中，你也是我，我也是你，我的心与你的心在画面上达到契合，这时你看到的画面中，此情此景，是你经历过的情景，它可能更像你的梦境，而你看画面上的你，你能说，'这像我，是的，是我，就是我……'"

她不言。

"摄影则不同。它更适合捕捉动态的变化，在一瞬间里，捕捉到来不及记忆的画面。画过一幅画后，我能画很多幅关于你的画，或者说我能画出动态的你。拍过照片，以后只能是一张照片。照片上反映的有时是我没有观察到的，它可以更准确，但准确不等于真实，我若随意给你拍了一张照片，我跟人说我拍到的是'美女蛇'的照片，也会有人相信。"张二丑似乎想把眼前这个女生逗笑。

她不语。

"视觉动物，你指的是我们这些作画的人吗？"张二丑笑着说，"其实，你说得对，人是向美而生的动物，用心生活，就会营造生活的美。就像你，头上戴了蝴蝶结，难道你不是视觉动物？你愿意以美的姿态来生活，因此即使你忧郁时，也会拥有一种，嗯——蓬勃的力量。人比万物更有灵气，因为能用眼睛来看万物的颜色，能听万物的声音，更在于这些美还能用心来看，或者说万物之心如我心，最可怕的事情是人对美视而不见，心灵干涸，连人的味道都没有了。"

她终于开口说话了："我听不懂……不过，你说的，别人眼里的我，难免会出现片面、偏颇，我好像能理解一些。"

"是吧，别人看到的你并不是你以为的样子，你会问，我在你的眼里就是这样的吗？你辩解都没用，因为，每一个人从不同的角度来看你，甚至他们看你的时候，都是从个人经验出发去看你，他们看到的实际是他们自己。"张二丑笔下的画已勾出了轮廓。他看看自己的画，又看着她说："我听明白了，你这就是受了点委屈，遇到点不顺，要不怎么会哭呢？"

"关你什么事？"

"好，我不问。人们的悲伤各有不同，但大体相似。"

张二丑继续画他的画，但过了一会儿嘴里又唠叨开了："要是你自己有错，以后好好的就是了，要是你因为别人的错不开心了，你便是头号大傻瓜。要是别人错怪了你，你又何必烦恼，他只是没有了解你，你不能因为别人的错，而毁了自己的心情。"

赵晶玉梦呓一样说着："我只是想找到我的树。"

树？张二丑陷入沉思。过了些时间，光线暗淡下来，赵晶玉说："我该走了……"整理一下头发，拿起自己的手包，站起身来，向远处走去。张二丑望着她向淡紫的暮色中走去，越走越远，最后一转身消失在来来往往的人群中。

张二丑看着手里还没画完的画，静默了许久。树？的确，画面是该画上一棵树。

张二丑呆呆地坐在那里，还保持着画画的姿势，良久，才收拾好画笔，装好背包，一甩，背好，朝着她的方向走去。

张二丑是画院的学生，喜欢旅行。有时短短的假期也要背上旅行包，里面装上速写本，还有一架相机。他很小的时候就几乎走遍了整个老家云南，上了高中后他的足迹便越来越远，浙江、湖南都走过。他走过很多抗战纪念馆，到过些抗战遗址。他在战地上，寻找战争遗留的物件，一个残缺的头盔、一块炮弹皮、一个子弹壳……这些东西有的裸露在地面，有的被泥土半掩着。有一次，他经过一片竹林，隐约觉得前面有人影在晃，可是再细看却什么也没发现，又向前走了很远，回头却见一个钢盔挂在竹子的梢头，是竹子戴着死者的钢盔从泥土中生长出来。竹子在微风中梦幻般摇晃着，生与死、今与昔，竟如伤口与伤痕在此时此地宿命般地交会。

每当发现它们，张二丑便会拍下照片，然后拿起照片，长久地注视，感受着战火与灾难，感知战争的痛苦。他把这些物件按发现日期编上号，又写上发现的地点，摆放在云南家里的桌子上、书架上。他会把自己所见到的一切讲给爷爷听，他是爷爷的眼睛和腿，爷爷是从那个年代里走过来的，已经走不了远路，想听到外面的故事。

张二丑考上了东北美术学院。


## 二　伴随着你

刚入学几天，有个宿舍的哥们，正在弹着吉他，他叫程思远。

有人问："哟，这怎么弹起吉他了？"

程思远头也不抬，调着琴弦："你不觉得没个兴趣爱好，你的艺术生命就一直在沉睡着吗？"

"说得那么好听，我看这是'泡妞'专用标配。"旁边有人接茬。

"说得那么难听，人除了最了解自己，还习惯于用自己的心猜别人的腑，你这种诛心，暴露的是你自己内心的猥琐。就算追女朋友，也不叫泡妞，那叫追求爱情。"

"爱情是怎么回事？"一哥们走过来把头发往后面一抹："没听过吗？长相是核武器，出手迷倒一片；钞票是重机枪加特林，打得多，收获大；吉他是把汉阳造，"他做出举枪瞄准的姿势，"biu——没中，还炸膛。"大家哄地一笑。

"嘿，我就学玩一吉他，哪冒出这么多个意思来。你能拿着钞票给我买一两爱情来吗？我弹吉他能弹出蝎子精弹一曲就把孙悟空弹晕那种魔力效果吗？音乐是什么？音乐能直击你的心灵，外物使你心动，心内就想发声，心有起伏，乐音就有高低，所以音乐能传达思想感情，展示心态，钟子期为什么成为俞伯牙的知音？就是因为钟子期能听懂俞伯牙的心声。你连这点修养都不修，怎么能让人看到你的内心世界呢？"

原来讲话的那哥们一吐舌头，叫道："高深！"

程思远话说完就坐好，抱着吉他，弹奏起来，"叮""咚""叮"……

曲子悠扬轻快，一曲结束宿舍里谁都没说话。

学绘画的他们都知道，那曲子是日本漫画家宫崎骏《天空之城》动画片里，久石让作的主题曲《伴随着你》。相信很多朋友，也被《天空之城》中希达说的"根要扎在土壤里，和风一起生存，和种子一起过冬，和鸟儿一起歌颂春天。不管你拥有多么惊人的武器，不管你拥有多少可怜的机器人，只要离开土地就没办法生存"感动过。

《天空之城》是一部关于和平、自然与爱的作品，从那个叫巴鲁的少年小心翼翼地接住从天而降的少女希达，我们就感动了。还有关于孤独的思考，"我们的孤独就像天空中飘浮的城市，仿佛是一个秘密，却无从述说"，也可以引起我们的共鸣。

而久石让优美的钢琴曲调缓缓地引我们听到一位绘画家的心声。

几天后宿舍里多了几把吉他。

那天，他问张二丑："为什么不学吉他？"

张二丑懒洋洋一副享受的样子："我喜欢音乐，但未必要弹呀，听着多享受。"

"那可不一样，你喜欢画，那就看画好了，为什么要学着画呢？"

"……"

"再说，就算绘画是个艺术，你要创作啊，搞点音乐，灵感来的就多，知道吗？"

张二丑真的被说动了。说学就学，宿舍里成了音乐教室。

程思远先教姿势。他看了一圈，几个人拿吉他是各种错误的姿势。他走到张二丑面前批评说："学画的人，你不知道画风要美吗？你这是什么手型？成了习惯就别想掰回来，还有你现在是什么造型？屎壳郎弹了吉他照样让人作呕……"

接着就是自己练习简单的曲调。

两天后，每个人都可以磕磕巴巴地弹上一个曲子。可是他不满意，毫不留面子地说："拍子，拍子，下饺子都比你们弹得有节奏，这哪里是什么弹吉他，完全是行为艺术。没有节奏，没有力度，只能说你们对音乐的理解达不到高度，我只能说这是在弹棉花。你得用心理解音乐，有节奏地弹奏，有恰当的触弦力度，才可能弹出点味道来。"

音乐声里，或流露出孤独，或直叙悲凉，或表达欢乐……张二丑想起了爷爷，他常会听到爷爷幽咽的洞箫声，特别是月圆的夜晚，声音起伏……爷爷在想着什么？谁是爷爷的知音？


有一天晚上，张二丑有个和弦弹不好，找程思远，却哪也找不到，人说他到外面去了。张二丑走到楼下，正看见他提着一个篮子，便问："你这是做什么？"

他不好意思地说："卖酥饼，赚点钱，我想买个礼物给女朋友，手头紧……"

"炊饼——炊饼——你就这么喊着卖吗？还缺一副担子吧？"两个人哈哈一笑。

张二丑想了想说："你等我。"回身跑到楼上，把吉他拿了下来。

"你这是……哈，走咧！"他会意。

两个人走进宿舍楼，轮着弹唱：


　　…………
　　年月把拥有变作失去
　　疲倦的双眼带着期望
　　今天只有残留的躯壳
　　迎接光辉岁月
　　风雨中抱紧自由
　　一生经过彷徨的挣扎
　　自信可改变未来
　　问谁又能做到
　　…………

张二丑的歌声颇得黄家驹神韵，他唱出了歌里应有的沧桑，又饱含深情，歌声引来很多人。有的过来和他们聊天，有的就买几个酥饼做夜宵，一箱酥饼很快卖完了。从此每晚，只要你看哪个宿舍门口热闹得像是开音乐会，有时是独唱，有时引来很多相和，那一定是卖酥饼的人来了。下晚自习回来的人，也乐得吼两嗓子，感到浑身都舒坦。

程思远夸张二丑："想不到你这么会做生意。"

张二丑说："这生活也是音乐，我是受你影响。"

"对了，有人介绍我去教个学生学画，你去吗？"

"你不是用钱吗？你就教呗。"

"离这太远，在水鸭屯，坐车要一个多小时呢。"

"嘿，这么远，来回就要两三个小时，我说嘛，好事也轮不到我啊。"

"不去就不去，哪来的这么多废话？你不说要到处走走吗？这么个又能走又能赚的机会上哪找去？学生的名字叫郁珍珠，联系方式我给你。"

上课的地点很远，有些日子，张二丑就坐上公交车慢慢地摇，一边看着人们各种各样坐车的姿势，一边听着路过的站名和人们有趣无趣的谈笑。他的速写本一页一页快速地丰富。

并不是你住进了一个城市，你就融入了这个城市。如果你不了解人们为食而作的歌唱，不了解他们的文化生活，你就不了解这个城市里人们的精神风貌，你永远只在这个城市的外缘徘徊。

要遇见不同的人，就要到达不同的地方。你要了解一个地方，最好在那里开始一段生活，融入它。因此他的生活范围并不限定在学校里，他不放过任何接触校园之外空间的机会，尽可能参加一些志愿者活动，或者到校外辅导学生，打些如装修等短时间的零工，派广告传单，只要能和人接触上的小活计，他都做。他特别喜欢心理咨询师这个工作，既能帮助人，又可以辅助自己的专业。他阅读过很多心理学书籍，因为绘画并不只是一个停留在外表的工作。

他穿行在这个城市中，开始熟悉这城市，了解这城市街道，它的名字，它的历史；开始熟悉这里的人，他们的生活和风俗，他们的欢乐与忧愁。


# 三　孤禽图

周末还有一节绘画课，他又跳上了公交车，赶去水鸭屯。他一路摇晃着，到达终点，看看还有二十多分钟才到上课时间。这时电话铃声响了，电话是孩子的妈妈打来的，她抱歉地说："今天的课，不上了，不好意思，老师，今天她还有很多作业得写。"已经到了这里，绘画者的习惯指挥着他就在这周围走走。刚走不远，他看前面有些日式小楼，在这个城市里，散落着这样一些日伪时期的建筑，人们称它们为"日本楼"，街边有长得粗而高的槐树。

在那条街的尽头还有一个中式老建筑院落，在这个日式建筑群落中，显得特立独行。

槐花偶尔如小蝴蝶一样摇摆着落下来，落了一地，好一幅画，张二丑正要打开画夹，电话铃声又响了，是他的学生稚嫩的声音："老师我作业都做完了，你能来给我上课么？我妈妈说，她已经告诉你不用来了……可是我希望你能来。"不知为什么，这个孩子带着哭腔，像是受了什么委屈。他犹豫了一下说："嗯，能来，我再有一会儿，就到你的家门口了。"风里涌动着槐树花的清香，他闭上眼睛，想多享受一下这清香的气息。

屋门打开了，屋子里只有郁珍珠一个人。她好像在门口等了好久，张二丑一敲门，郁珍珠立刻把门打开了。

房间很宽敞，墙壁上画了很多画，有铅笔道道，也有黄绿的油彩，有像青蛙的小人儿，也有惟妙惟肖的小老鼠……看得出不同时期的作品无序地累积在一起。孩子的妈妈曾尴尬地说，这孩子在墙上乱画，可是批评过好几次，还是改不了，画得越来越多的时候，只好让孩子随意地画下去，等到她有了自制力的时候再把墙面重新处理一下。

今天要讲的不再是写生，而是创意绘画，他要教郁珍珠学会创作，说白了就是要用色彩与变形来把声音、情感表现出来，在物质的世界中表现精神的痛苦不安、快乐愉悦。他希望看到她作品里的灵性。

"首先，你要知道你要画什么。每天能见到很多事物，但却不知道画什么。其实你的生活细节、痕迹都是可以画的。你所看到并画下来的事物，当时可能平淡无趣，但是几年后，你再看，你可能被自己惊到，会感叹我曾经这样生活过。你可以思考，人生是什么，人活着的意义是什么，并把答案融入到你的绘画作品中。"

他给郁珍珠讲朱耷，他拿出一幅国画给她看。画面简单，上面只画了一只鸟。

郁珍珠立即说："它是单腿站立的，还有它的眼睛，眼珠顶着眼圈，向着天空，给人一副白眼。"

"你看到的这幅画，叫《孤禽图》，作者朱耷，明朝皇室后裔，熟读儒家经典，曾醉心科举，谁想国变发生，后来隐姓埋名，出家为僧……他把满心的痛苦和辛酸，寄托在绘画上。你再看他画上的落款，他的号'八大山人'，国亡了，他在画上题写自己的名号像哭又像笑，寓意为'哭之，笑之'。"

郁珍珠问："他是不是最能画鸟了？"

"朱耷选择的绘画题材就很多，山水、花卉、飞禽、走兽，这一幅画上的孤鸟白眼看人，寄托着他的孤傲。就像杜甫诗中写'感时花溅泪，恨别鸟惊心'，山河破碎，触目惊心，花草也落泪。现代画家画飞鸟，因为飞鸟轻盈，就用飞鸟来表现心灵的释放。"

郁珍珠问："那我是否可以画落叶呢，花草有情，陪他流泪，我伤心时，落叶也在我身边落下，我能听到它们碎裂的声音，就像我的心在碎裂。"

"可以，那你要怎样用叶子表达自己呢？"

这个孩子就画了一个落叶装饰的地面，几片叶子刚被雨水打落在地面上，伏卧着，像几只受伤的蝴蝶，贴在地上，似贴未贴，像是在抖动着，有一种被风随时卷起的纤弱与孤零。

张二丑觉得这孩子有一种早熟的忧郁，她对这世界有很敏锐的触感。他转念又想，这是小孩子聪明罢了，她接受新事物快，理解力强。

"我妈妈，给我留了作业。上次数学没考好，她对我发了好一顿火呢。还有语文的作文我也写不好……"画画中间，郁珍珠跟张二丑讲自己的心事，"我就是太马虎，其实我知道。"

"那就认真一点嘛，一步一步地做。"张二丑鼓励说。

"他们不让我玩，白天，我去补习了奥数，要考英才学校，要上不了英才，我就成不了才了。"

"别的学校不行吗？"

"附近的一所学校，我可以去，可妈妈说这学校太不好，不能去。"

"你妈妈希望你有个好的学习环境啊，就像我们说的'孟母三迁'，希望你将来考个好大学呀。"

"我特别喜欢画画，但是他们说学画画没出息。他们说我这算是一个特长，是特长能过关就够了，将来只有成绩不好的才会去学画画。我能跟你学画画，是因为答应他们要把成绩提上来。"

"要提高成绩是对的，可是成绩好的同时一样可以画画呀，只要自己喜欢就可以画。"

一幅画完了，郁珍珠又说："我就像他们的地雷，说到我就要炸。我的妈妈只想让我学习，爸爸说不用这么紧张，妈妈就说不着急就得输在起跑线上了，爸爸就说孩子就想学个画画怎么了，我当初就是想学画画，没有条件……"

在张二丑听起来，他们似乎谁都有道理，谁又胜不了谁。

"我在想，为什么我身边的学校不是英才学校，不是重点学校呢？我为什么不能选择自己喜欢的事情做呢？"

张二丑不知道怎样回答她，有时候我们看似有很多选择，而实际上你别无选择。

"你小的时候也是这样吗？你有时间画画吗，是怎么学会画画的？"

张二丑在记忆里搜寻着自己学画画的场景。他想起了家乡的山和水，想起了爷爷，想起了那些郁郁青青的草木，想起那些开着各种花的药草。

"说起我小的时候啊，我没有太多的作业要做，也不知道什么是辅导班，我的家乡里有条河，那河水可清呢，还有山，我的家被山环绕着，那山就像一只大鸟，我给那山起了一个名字叫徕凤山。我没有你的学习这么紧张，没事的时候，我可以在野地里疯跑。去捞鱼，那鱼在我手里一跳一跳的，瞪着眼睛看人，最后一不小心，哧——溜走了。"

她的脸上是向往的神色。

"那时候爷爷要上山采药，我也要跟去，很小的时候他背着我爬山，走累了就歇歇脚，拿出纸来画我们来时的路线，如果遇上草药，就在图上画上那种植物的样子，爷爷教我画，一草一叶尽量跟原来的植物一样，为了记住它们的位置，有时还要画上周围标志性的物体，比如树，比如山崖和石头。后来，我们竟画出一本药材地图来。"

郁珍珠停下了笔，神往地问："那些植物开花吗？好看吗？"

"当然了，好多植物都开着漂亮的花，还有有趣的故事。我们那里有一种兔耳风草，开紫色的花，花只开几天就凋落了，在茎秆长出了白头发，爷爷叫它白头翁。"

"我们这里能看到吗？"

"可以啊，我知道，这里也有白头翁，但与我说的兔耳风草是两种不同的植物。我也还没见过，但那花开得更漂亮，我爷爷歌谣里说它：'紫花花，开裂裂，黄蕊蕊。花微香，味微苦，性寒凉。治热痢，消金疮，善明目，散瘿瘤。生山野，不畏寒。二月采花，四月采实，八月采根。'一般把北方这里生长的白头翁作为中药白头翁正品。在北方四月，天气还寒，白头翁就从地里钻出来，又很快就开出莲花状紫色的花，之后花茎直上，旁侧生叶，一身白色绒毛。这白头翁因其花期短，只两三天便凋零，几天后，花茎上就生出银丝，远看去像极了白发老翁，所以又名奈何草。"

她听得津津有味。

"我爷爷会把发现的药材采些回去，那些植物多是丛生的，每次爷爷采药只采一部分，剩下的还留在山上。采回的那些植物一部分晒干了做药，还有的就种在院子里，每年春夏，花就开得五颜六色的。"

"那些植物为什么还要留些在山上呢？"

"爷爷说，植物是有故乡的，不能竭泽而渔，在秦朝的时候，就有保护植物的记载了，所以特别稀少的药材，又不急用，他就会把药材留在原地，要采的药品种多，他就画了个山的地图，标上发现植物的位置。为了让我能记住那些药草，他让我把遇见的药草给画下来，他说，画下来才能入心，还要我标注植物的生长环境，植物的药性，那些草都是有味道的，爷爷会指点我尝它们的味道。"

"什么叫竭泽而渔？"

…………

过了许久，门忽然响了，郁珍珠妈妈看到他们在上绘画课觉得很吃惊："不是说了今天课不上了吗？她这次语文成绩考得很差，需要做作业。这次的课时费我不能给的。"

张二丑笑笑，"没关系的，课时费我不要，是我愿意给她上的，您放心好了，她的语文成绩会提高的。"她的妈妈似乎很生气，但又不好说什么，躲在了别的屋子里。

"你这次可是欺骗老师了。"

郁珍珠的眼里似乎有泪要流下来："我怕你不来了。"

张二丑忽然觉得自己不小心伤害了这个学生："没关系，以后有什么事告诉我，不敢跟妈妈讲的事，如果你相信我，我来跟妈妈谈。"

"老师，我们这里有你说的那些山和植物吗？"

"有啊，这城市外面是一片田野，草绿油油的，有花，有的花朵很大，有的就很小，在草丛里。还有稻田，一到秋天就金黄的一片。"

"对了，去年老师让我们写作文，写最美的秋天，秋天是什么样子，我不知道怎么写。"

"这很容易啊，我告诉你啊，写秋天，你可以写那些植物啊，写作文和绘画是一个道理。这些植物春天开花，秋天落叶，知冷暖，懂忧欢，与你的心情是一样的。一旦你对这些植物们有了观察，有了感情，你作文就有话可说了。比如，咱们刚才讲过白头翁，李白在他年老之时，常感叹自己功业难成，有一次经过野外田地，看见白头翁，感慨人生短暂，就写下了这样一首诗：

醉入田家去，
行歌荒野中。
如何青草里，
亦有白头翁？
折取对明镜，
宛将衰鬓同。
微芳似相诮，
留恨向东风。

一旦你开始对这些植物们有了感情，它们就有了灵气了，那些植物就是你自己。我爷爷有时候也常吟诵他自己的诗：

寄言紫花郎，
何事费思量？
弹指花颜改，
变作白头相。
奈何草，可奈何，
当年漂泊少年场，
忽然已做白头翁。
紫花郎，紫花郎，
君愁重似我，
满身都是愁。

他用诗叹息他自己年老无成。”

“我想，我听懂理解了，只是那些植物我都叫不出名字。”

“我想，以后我们可以一起到外面去走一走，比如到野外去作画，你还可以把那些植物写到作文里。对了，还有你爸爸妈妈，他们也去。”

“他们才不会允许我到外面疯跑呢。”

"有我呢，我向他们请示，请他们一块到外面走走。"

张二丑看着她，她的眼里闪着憧憬的光。

"大哥……"

"啊？是在叫我吗？"正在讲植物的张二丑，没反应过来。

"我不想叫你叔叔。"

"那为什么不是老师是大哥呢？"

"我算了一下，你比我大七岁，可是我妈妈爸爸要大你十多岁。所以我应该叫你大哥，而不是叔叔，我想有个哥哥。"

这位大哥一时语塞："你还是应该叫我老师。"

"可是这不一样的。"郁珍珠低头继续画她的画。

…………

"他们只想着自己的事，学校里写作文找个词形容他们，我想不出。我觉得他们有梦想，可是更虚荣，但我不想这么形容。"张二丑看着她，小小年纪就已戴上了厚重的眼镜，"你和他们不一样，你知道我在想什么。"

…………

一会儿她又招呼说："大哥，我不想做落后的学生。"

本想纠正一下，可张二丑又一想，算了。

从她家里出来，门口一股春天特有的暖风扑到脸上，这种风时时夹着几丝凉意。想着郁珍珠，他忍不住笑笑，可又惆怅起来，这到底是怎样一个家庭？他不知道怎样来化解这个孩子的忧郁。还有，这个孩子在绘画上，有良好的天分，对绘画有强烈的兴趣，并表现出自己的灵性，很适合往绘画方向走下去。可是她的父母给她规划设计好了人生图景，孩子是他们的希望，是他们的作品。真不知道，在这个人生的路口，哪一种选择会成就她，哪一种选择会毁了她。

就这样，张二丑梦游一样地走着。

前面两个行人不紧不慢地边走边聊。

"你知道吗？你为什么喜欢小孩？"

"为什么？"

"因为他没有你聪明。"

两个人的说话声音渐远，却把张二丑的思绪拉开了。小孩子的确没有我们聪明，那是因为他们纯净，他们没有世俗成见，喜欢就是喜欢，讨厌就是讨厌，不会功利地看自己的人生，他们有的是对世界的好奇、对未来的向往。成人世界世俗，更显得少年世界的单纯。

# 四　蜜蜂是个仙子

前面就到了张二丑要去的小院，张二丑却见一老人用小车推了些水桶，走得很慢，看样子推不动了，张二丑忙上前去，帮忙把车推起来，推进小院，然后帮老人把水桶卸下来。老人穿着干净体面，在一举一动中都可以流露出一种不会被岁月洗去的优雅。

"你这运的是什么呀？"

"水，都是从远处运来的。"

"奶奶，家里没有自来水吗？"

"有啊，这些是泉水。"

"泉水？用这么多？"

"不是用来喝的，这是用来酿酒的。"

"酒？自来水，一般的水，不能用来酿酒吗？"

"小伙子，酿酒用什么水是最有讲究的，自来水那是不能用来酿酒的，要酿出来高品质的酒就要好泉水。"

张二丑开玩笑地说："酒酿出来都一个味道，谁能喝得出来呢？"

奶奶笑了："小伙子，看你和酒也不亲，你不懂得酒，品不出酒里的味道。如果天下的酒都是一个味，哪还有好酒劣酒之分。自古有名泉的地方出名酒。"谈起了酒，奶奶的话就多了。

"那井水呢？井水是天然的，也算是泉水呢。"

"别处的井水都还可以用。只是这里的井水，品质却差。"

"为什么啊？我一直都觉得井水不错呢。"

"很早的时候，这儿的井水是甜的，后来在日本人占领的时候，开了些工厂，比如农药厂。解放后，政府检测这里的地下水，说是含有有毒的东西。"

张二丑以前听人争论，说东北工业基础是日本打下的，还有人说如果日本人在这里多经营几年，那东北的工业该有多发达。张二丑便跟老人谈起这些事情。老人情绪却激动起来。

"你们这些人呀，是没经历过，不知道痛痒。日本人的掠夺怎么能说成是打下工业基础呢？'九一八'，'九一八'，多少人为奴，多少人流亡，屈辱地活着。他们开矿，有的被抓去做劳工，是给他们做劳工，一去不得回，做劳工，不得活啊，多少劳工惨死。他们是用我们的血，造他们的大炮！"

"我听说，'九一八'日军占领东北后，他们缴获东北军的武器，就成了屠杀中国老百姓的武器。"

"这还用想吗？'九一八'，还没到'九一八'，我们的苦难就开始了。能不能清醒一点，他们不是打下了我们的工业基础，是抢去了我们的建设成果，他们捉到了一只奶羊，喂它草，这羊产奶了，他们喝它的奶，你说是他们养大了这只羊吗？"

张二丑说："好在后来我们胜利了，山河依旧。"

奶奶叹息说："日本人来了山河似乎依旧，山还在那里，水也还流着，日本人走了，山却再也不是那山，水再也不是那水了。"

张二丑后来读东北工业史，才知道，老人所说的苦难是怎么回事，这苦难也是中国的苦难。中国第一辆汽车就产自沈阳，生产的时间是在"九一八"前，而东北最初修建的铁路，却是为掠夺而建。中国工业的萌芽，是在日本的掠夺中畸形发展的。日本在东北发展了工业体系，却多为基础产业，就如沈阳周边的城市都是从事工矿业。单一的产业格局，也为东北后来的苦难埋下了伏笔。张二丑不由得抚史叹惋。

"你一直在这里住着吗？"

"是。"

"那对这里很熟了？"

"那当然了。"

"这条街原来就叫'玫瑰街'吗？"

"这条街，原来有个日本名字。那边公园，很早以前是个市场，后来成了日本人的神社。"

对于日本名字，张二丑没有什么兴趣，就问："你听说过一个叫丹霞的地方吗？"

"没有。"

张二丑沉吟了一下，没有再问下去。

又聊了一会儿，天色就黑了下来，天空却清澈得很，几颗星露在天空中，旁边是如钩的月亮。张二丑告辞，奶奶从屋子里拿出一个瓶子来，"这个是莲子糕，你拿着。"

张二丑端起来看看，里面像是蜂蜜一样半透明的糕，看不到一点莲子的样子。"莲子也能做成糕？"打开盖子，是一种清香的味道。张二丑宝贝似的把它收在背包里。

奶奶笑了，"当然能，用干莲子配上桂花、蜂蜜，再加上其他作料就能做成。"

"我还会过来，你要什么时候还运水，我来帮你推。"

"不用，要走很远呢，我也是活动活动筋骨。"

院里有花开放着，很美。

"我想，哪天，我来给您画幅画可以吗？"

"我有什么好画的，你要是愿意来玩，你要愿意画，就过来。"


# 五　麻黄与黄芪


张二丑的手机忽然响了，是那个学生郁珍珠打来的。

她带着哭腔："大哥，你在哪？你能过来一下吗，我爸刚才和我妈吵架了，我爸忽然倒在地上了，说话时直哼哼，说不了话，手脚不能动，我妈妈抱不动他，妈妈叫了120还没有来……我不知道怎么办！"

"你别着急，不要慌，千万不要搬动他，我马上赶到！"

张二丑又匆匆赶向学生家。

郁珍珠的父亲正躺在地上，口角歪斜，神志恍惚，张二丑在他的十个手指尖上刺，刺出血来，他的十个手指刚用针刺完，张二丑又用针刺了他的十个脚趾，每刺一处，流出一滴血。接着又从背包里拿出一个小盒，里面有一个圆形小盒，盒里面是长短不齐的银针，又拿出小药瓶，里面是消毒的药剂，张二丑拿它在银针上擦涂了一下，在她父亲身上取穴位，用各种手法运针。

几分钟后，他的神志开始清醒。张二丑拿出手机，打过去。

"爷爷，我这里有个学生家长，中风了。"

电话那头问了句什么。

"对，我已经给做过针灸了，三棱针刺过十宣、十二井、双足趾尖，毫针刺过人中、内关、足三里、素髎、涌泉、丰隆，患者状态在好转……对，把过脉，脉弦有力……好，我记下方子。"

张二丑一边听着电话，一边记下方子：

麻黄二十克　黄芪八克　黄芩十二克　独活十六克　细辛八克　生半夏五克　生牡蛎十克

…………

电话里二丑爷爷嘱道："患者如能清醒最好，可等他状态好时再送医，急着抬上救护车送医院，路程远的话，一路的颠簸，会加重病情。"

张二丑立即把药买来，把药熬了，给他服下。

等救护车来的时候，郁珍珠的父亲已经醒了。他说话虽然还有些不清，但底气尚足。

护士上楼来接他，他说什么也不走，"我没病，不上医院！"

张二丑劝他："你这不是晕倒了嘛，这就是中风，你到医院里检查一下吧。"

等到医院，他已经能自己下车步行了。

张二丑把药方交给孩子妈妈，又嘱她说："熬药要用陶罐，一服药要加水六大碗，熬成二碗，分三次服用……"张二丑这才告辞离开。

半个月后，这个孩子爸爸身体完全恢复正常。

因为张二丑是孩子爸爸的救命恩人，张二丑无论提出什么建议，他们都开始认真地听取了。张二丑向他们提出让他们和孩子一起到外面走走的建议，很快得到他们的认同。

孩子像从笼中放出的鸟，看什么都稀奇。遇到些奇奇怪怪的花草小虫，她就问个不停，孩子爸爸妈妈不知道的，张二丑一一指点给她。

不久，学校里写了作文，她写的是：

> 草地里，有稀奇的草。
> 老鹳草，有肥肥的叶子，像翅膀，它的果实像老鹳长长的嘴。
> 它们的身影，像是一个梦。
> 那蜘蛛在花草间，结上牵牵挂挂的网，丝丝相牵。
> 蜜蜂是仙子，用舞蹈的姿势酿造生活，食蜜饮花露。
> 马蜂食蜜却也是食肉客。
> 还有些蚊虫，再美丽的花园也有烦恼。
> 此刻我的心就是一座花园，生机勃勃。

# 六 二陈汤

坐在飞奔的车上，外面的丘陵的色彩变换掠过眼前，风景越来越熟悉，越来越亲切。汽车在一个小镇上停下来。小镇名叫兴隆镇，小镇坐落在青翠的小山之间。小镇很古老，好像一直保持着清末民国时旧有的格局和风貌，古朴的建筑、青石板铺的街，在下雨的天气里，云雾在山间环绕，让躁动的心也可以变得沉稳。小镇古老，却因为有个中药市场越来越热闹，三七、灯盏花、重楼、石斛、天麻等特色中药材在这里都能见到。穿过青石板的街道，房屋越来越稀少，路变成了土路，路两旁是绿的田地，还有绿的山，如水墨画一样。城市的喧嚣都在身边消失时，会觉得出奇的静，几声清脆的鸟鸣声好像空疏的画面上颇有韵致的线条。

路在一条河边消失了，一条河从山间流出，河被张二丑叫作丹龙河。水边停着小船，一条缆绳牵挂在两岸上。张二丑上船，手握住缆绳，船便轻轻漂过水面。过了河，草间一条小路通进一个山口，进了山口眼前便是一片开阔地。四周山上遮掩着各色的植物，远看那绿色的山中，有处青灰的屋顶露了出来，那便是爷爷家了。山脚下，一条石路通向上面。然后曲折而上，时而被绿色的植物遮住，再曲折而上，通向上面的一块平地。几间房子就坐落在这样一块天然的平地上。屋侧后不远便是山崖，有山泉水从上面流下。爷爷把水引进院子中，又从院里流出。周围平地上，是爷爷的试验田，爷爷在里面栽种了很多种中药，此时一些药草正是开花的季节。

爷爷说，抗日战争打完后，他们就住在这个山里。这并不是什么名山，不知道这山有什么名字，这里住过的老人也只把这山叫作山而已，这却是张二丑嘴里称道的"徕凤山"，因这山脉高处似鸟首，而矮处又似鸟身、鸟尾。远看去，这山势确像是一只凤鸟跃跃欲飞。

这是一个四合院式的院落，中间是正房，两边是厢房。张二丑到堂屋里喊了声："爷爷！我回来了！"却没有见爷爷人影。他推开自己的屋门，放下自己的东西。转身走向旁边的厢房。那厢房又被爷爷分为南北两室，北室避光通风，整齐码放着各种药物，还有中药匣子上书写着各种药名；南室里是爷爷的诊疗室，摆放了一张桌子还有几张椅子，二丑的爷爷就在这里给患者诊病。

爷爷此时正在给人看病。

来看病的是一个男人，带着一个十一二岁的孩子。

"涂过这个油膏，起了些水泡，怎么回事？"孩子的父亲盯着二丑的爷爷问。

二丑的爷爷眯着眼，看了看孩子肩膀抹药的地方，白色的水泡，周围略有发红，"没有关系啊，这是正常反应，继续用药，三五天就退去了。"

"会留下疤痕吧？"

"水泡不要挑开，继续涂药，慢慢自己就会收敛，不会给皮肤留下疤痕。

刚好的时候皮肤颜色和别处不同，因为是新皮，颜色要嫩些，过一段时间后就好了。"

听到这里，孩子的父亲才轻松地舒口气。

坐在男人旁边另有一人，患有很重的皮肤病。二丑的爷爷看后，又为他把脉。

那人说，他的病起了有三年多了。医院里开出的是地塞米松软膏，还有抗过敏的药物。可是吃药就能缓解，不吃药就又犯了。而且年年到了这个时候就要犯病。这回是听这孩子的父亲说这里有个郎中，才跟着一起来的。

二丑的爷爷用毛笔在纸上给他写下了一首中药方：

　　白芍三钱　苦参四钱　当归三钱　生地四钱　地肤子六钱　草薢四钱
茯苓皮四钱　小胡麻四钱　生甘草一钱

　　水煎服，服二次

又给他取出一种灰色药膏。让他早晚涂抹。并嘱他，如果也是起了泡，不可以挑破，如有患处有水流出，用干净纱布擦去，结痂后就可自愈。

那人却又问："我还有一个病，你看能不能治，你看我这腰，扭了，就一直不好，连着腿都疼，到医院就医，开的消炎镇痛药，还有外用的药水，可有时候还是那么疼，都不见效，腿麻木得像木头一样不听使唤。医生说再疼就得做手术了，你看看能治吗？"

二丑的爷爷放下手中的药，打量了一下他的腰，让他趴在床上，按压他的腰部，又把他的腿端在手中，用手摩挲着，推拿几下，把他的腿放下，说："行了。"

"啊，啥行了？"

二丑的爷爷笑了："你起来，再走走，感觉感觉。"

他站起来，很惊讶，"轻快了好多。"

那人嘴里还千恩万谢："人家给我传说，我还不信。今天看了，你真像个山里的神仙啊！"

最后是一对母子，儿子陪着母亲来看病，他说："我母亲咳嗽很久了，去了医院，透视，拍片，做过化验，说是细菌感染。我工作繁忙，为了能让她快速治愈，也少遭点罪，直接送到医院里挂了吊瓶。这一连两个多月了，还咳嗽不止。中医也看过……"

"吃过什么中药没？"

"好像有润肺什么的，枇杷露算不算？有医生给开的这个，可是喝了三五瓶，跟糖水似的，没见好。"

"枇杷露？"二丑的爷爷顿了一下，叹了口气。

二丑的爷爷给她号过脉，又看过舌苔，便道："此病起于劳心过度，伤了肺气。"患者与她的儿子眼神相对，点点头。

二丑的爷爷挥笔写下药方：

半夏二钱　橘红二钱　白茯苓二钱　炙甘草一钱　生姜二钱
水煎服，每日一剂，分两次服用，连服七剂

他想了想又在方上加了蜜炙枇杷叶二钱，接着又写道：

半夏曲二两
饭后服，每次一小块

张二丑见了，忙走上前去接过药方，一种药一种药地抓取，包好。

半夏曲药抓来是一块一块的，二丑的爷爷嘱道："半夏曲每次取这一小块，可以用温开水调开服用。这五天后，如果咳嗽减轻，那呼吸变通畅，停药就能好。服药中每天的反应要及时告诉我。"

送走患者，张二丑和爷爷聊起药方来。

"你刚才给病人开的是二陈汤吗？"

"是呢，她的脉滑，痰多，以半夏和橘红为'二陈'，有燥湿化痰之功，又以茯苓健脾祛生痰之源。"

"看起来简单的中药方，里面确有玄机。"

"是呀。不过，药方也因人而异，因病而异，需辨证论治。"

"我还是头一次抢救中风患者，给他针灸时，我真是捏了把汗。"

二丑爷爷满意地说："你不立即抢救，这个人的后半生就毁了。这病要在最早的时间里抢救，当时只有你能做到，等救护车来了就错过了这个最重要的抢救时间，并且免不了车上颠簸，以后再遇到这种事要镇静，不可慌乱。"

"你给他开的药方，我有些不明白。"

"哪里不明白？"

"麻黄解表发汗，而黄芪固表止汗，两药同用，不是自相矛盾吗？"

"医圣张仲景把黄芪和麻黄同用，用得好啊。一味中药的功用，可不止一种，不能把药用得死板。方中用麻黄开发腠理，汗出痹除，可又需要用黄芪防止亏虚，这是相须。就是相恶或相畏都要看是什么证候，如果对证候是有利的，那相恶又变成了相畏，是很巧妙的搭配。"

"药需要按典用，也需要发现和创见。"张二丑领悟说。

张二丑爷爷点点头，说："这服药可以治中风轻症，更多可用在关节炎疼痛。他的中风病症再重，就不能起效，就要用到怀牛膝、生白芍、生石决、元参、天麻，或者还要用到附子、水蛭、大蜈蚣这些药材。"

# 七　白头翁汤

天色渐晚了，张二丑陪爷爷走回堂屋，刚坐定，聊了一会儿，听到外面有声音。张二丑向窗外一看，乐了，蹦跳着，跑了出来。

"爸，你怎么来了？"二丑的爸爸和二丑的爷爷向来不合，两个人不见面则罢，见面就吵，似乎有解不开的结。

"我自己的家，怎么不回来？我回来看看你爷爷。"他说着把手里的东西放下，有菜，有水果。"你这小子，路过我那里，也不先去看看我，心里只有你爷爷，没有老爸。"

"我从小就在这儿住，当然先回这里啦。有一个不方便的事情是我带回条小狗，急着赶回来，所以就没去你那里了。"

"我开着车，咱俩一块回来多好。"

二丑的爷爷已经笑呵呵地迎着了，"振业，你回来了，今天不忙吗？"

张振业说："不忙，刚从北京出差回来，给你带了你爱吃的北京烤鸭。"

晚上，三人围坐在一起吃着饭，聊着天。

"爸爸，你还是进城里和我一起住吧！"

"不去。我要在这守着。一切都习惯了。到你那儿我就是蛟龙失了水，猛虎离了山，我在这可以行医，可是到你那儿，我能做什么？"

"行医，行医，你倒是图个啥，你还真当自己是神医呢？"

三个人继续吃着饭，可是火药味越来越浓。

电视上正演着电影《刮痧》，许大同在美国生活八年，他自信地说："我爱美

132

国！这里是我的家！"他把丹尼斯的爷爷接到美国同住。读不懂药品英文说明的丹尼斯爷爷，给丹尼斯用刮痧疗法治病，这成了许大同"虐待儿子"的证据。

张振业看了就又有话说了："你看吧，我就说中医不行，人家外国人并不认这个，现在就是在国内谁还刮痧啊？这种东西迟早会被忘掉的。"

二丑的爷爷正色道："刮痧是符合中医经络学的，可以疏通经络。你看……"

张振业说："经络，经络，又是这一套，经络是不存在的，这不科学，它没有解剖学依据，就算有，经络大约就是血管或神经的走向。"

"经络怎么不存在了？用来针灸有效。"

"有效并不能说明经络就存在，好，就算有，那五行相生相克呢？这不就是完完全全的迷信吗？中医在诊断时，说什么阴虚阳虚的，什么是阴？什么是阳？子虚乌有嘛，根本不能算是找到了病因。"张振业一脸要破除迷信的执着。

"五行相生相克是中国古老的自然哲学，中医把人看作一个自然……"

"这不过是非常原始的玄学！是唯心的。"

"这阴阳倒是唯物概念，山之南，水之北，若洛阳，是在洛水之阳。就人体而言，现代医学内容中就有，血液中有溶血与凝血，人体有酸碱，器官中有腺液的生成与分泌，神经有兴奋与抑制……阴阳的失衡可以说是机体自身调节的破坏，就意味着疾病产生。比如肾就是一个平衡，它的运行与五脏相连，不足或偏亢就是病态，也会引起其他脏器的疾病。'见肝之病，知肝传脾，当先实脾。'病人得了肝病就常伴有脾脏疾病，使消化出现问题，用五行来说，是'木乘土'。所以治肝病，应当先调理脾脏。"

"可是这不过是用五行把肝和脾的关系说了一遍，并没有解释为什么肝病会传给脾。"

"你把五行看成迷信，可是这五行的精髓，正是强调脏器之间的关系。这是中医对人体器官之间关系的认识，相生相克关系，实质是脏腑组织器官之间、人与环境之间、体内各个系统之间相互制约或促进的关系。这五行本来也不在于解释肝病传给脾的原因，而更在于应用这个发现。五行，'圣人取象'，中国古人以基本自然现象之间的关系来比喻复杂的自然系统，用在中医中，表达生命规律，形成中医诊疗的思辨方法。五行学说运用于临床治疗，是在帮助遭到破坏的人体系统回到稳定状态，恢复正常，其辩证法因素，或可赋予现代系统论意义。"

"你越老，还越整些新词儿，算你有理，那中药也是不科学的。"张振业露出轻蔑的笑。

"你小时候就没吃过中药？"

"那是小时候，再说有些病根本不用吃药，不吃药也能好。"

"不吃药也能好，你小时候发烧，烧得厉害，我不给你吃药，你就得烧坏了肺，烧坏脑子！"二丑的爷爷有些怒了。

"那不过是感冒到了周期就好了，吃了药，病好了，巧合，不能说药有效。现在要发烧就用退烧药，要发炎，就用消炎药，在西方早期医学中，也用过草药，和中药的用法相似，草药不是中国独有的。"

二丑的爷爷说："西人也用草药，中药有的他们未必有，或者也只是发现某药有效，却没有像中药这样深入地挖掘和发展、总结。中医光是在用药上就要讲究配伍，相须、相使、相畏、相杀、相恶、相反。"

见爷爷有些气喘，张二丑赶紧给爸爸使眼色。

"那感冒发烧，都是病毒引起，没有有效药物治疗，就是多喝水。那汤药，一喝一大碗，喝好了，那是汤药里面的水起了作用。"

二丑的爷爷说："就感冒来说，中西医的治疗是有差别的，中医关照的是人体，西医关注的是病菌、病毒。"

张振业不理会张二丑使的眼神，接着说："所以西医才科学啊。"

"中西医都注意到了，感冒与着凉的联系，西医讲着凉不会导致感冒，但使人体抵抗力下降，病毒有机可乘，病毒作怪才会感冒；而中医讲外感风邪，以流涕、鼻塞、咳嗽、发热等为特征。中医与西医的分歧在于治疗方向上的不同。西医既发现病毒、病菌引发感冒，就要用抗生素来杀灭病菌，用药物来抗病毒；而中医则要把感冒分为风寒感冒、风热感冒等类，辨证施治，光是感冒发烧就有多种药剂，肠胃型感冒上吐下泻、发烧要用五苓散，又分有汗无汗，又分有无咳嗽，就有麻杏甘石汤、桂枝汤、大小青龙汤、葛根汤、麻黄汤，还有小柴胡汤侧重照顾女性……"

张振业不以为然地说："比如，肠炎吧，不就是细菌感染吗？氟哌酸一吃就好了。过去说痨病，不就是肺炎吗？中医就没有什么法子治，你看西医，一针青霉素就好了。哪个更科学不是很容易看出来？"

"中医可以用白头翁汤来治疗肠炎、结肠炎，西药输液不见效，用了白头翁汤，就可以止泻，这白头翁汤不光有杀菌的药效。那痨病也不是肺炎，是肺结核，用的抗生素，那是链霉素。可是你知道吗？就在我们觉得这个病已被消灭的时候，这几年又出现了病例增多的趋势。因为什么？西医采用的是对抗疗法，现在结核菌已出现了抗药性。还有，感冒发烧的用药，开始解热消痛注射安乃近，病得厉害有炎症了就用抗生素。一感冒就这方子，以后感冒咳嗽了自己就吃抗生素了，止不住咳嗽了就挂吊瓶。这就科学吗？我这儿也有抗生素，有吊瓶，可那是随便挂的吗？我几乎不用，我这儿备着救急用。抗生素是好药，它救了很多人。可是一个可怕的问题是，病菌对它产生了抗药性。"

"产生点抗药性那还不正常嘛，可以再研究，人总比细菌高明，总会有抗生素能压制住它。"

"你错了。新菌出现的速度远超过抗生素发明的速度。新的抗生素还没发明，菌团就变化了，甚至出现了超级细菌，到那时你还有什么对策？"

"杞人忧天。"

"杞人忧天，要比你糊里糊涂地活着好多了，做什么事都得用点脑子。'九一八'，我们为什么会失掉东北，因为少了一点杞人忧天的精神。"小时候，爷爷给张二丑讲杞人忧天的故事，这个词常作贬义，可是爷爷讲杞人忧天，他好有情怀，有悲悯之心，他担忧天下兴亡。我不忧，因为天塌了有大个子顶着，有一天大个子倒下了，谁来保护我们？

张二丑不喜欢爸爸总用科学这个词来说教爷爷，因为觉得爸爸说的并不全对。

张振业看看二丑的爷爷，又看看张二丑，说："《父亲的病》，鲁迅写的，你们都读过。不就是因为中医不行，鲁迅才东渡学医的吗？他说中医不过是有意或无意的骗子，中医不就是这个样子吗？神而又神，玄而又玄，它是迷信不是科学。"

张二丑插言说："我觉得鲁迅这篇文章本来也不是为反对中医而写的。他小时候为父亲肝病求医时，遇到一些假医生，这可能会给他带来偏见，他对传统中医可能会存在质疑，这并不等于他要讲中医不行。也没有证据能证明，他的父亲在当时西医的条件下就会治好病。就是现在，病不好，怨医生的不也大有人在吗？"

振业说："中药里，水蛭，也就是蚂蟥，它会吸血，中医就说它入药能够活血化瘀。还有鲁迅那文章里说的经霜的竹叶，在中药里比比皆是，比如还有经霜的桑叶，你怎么说它有效，这不就糊弄人嘛。"

张二丑说："爸，那中药是长时间观察总结出来的，中药不是把草药、虫子采来晒晒就用的，还讲究炮制方法，这些炮制方法，甚至比得上四大发明。中医发现了某药物的药效，就做了解释，不能因为有效，就判定这种解释是完全正确的，反过来，也不能因为这种解释是荒谬可笑的，就否认这药物的有效性，甚至说中医不科学。像桑叶经霜后产生药效，这是自然现象，它前后发生了怎样的变化，可以再研究再解释，现代科技手段的研究也证明了，蚂蟥确实含有活血化瘀的有效成分。只要是存在实效性，对这种实效性的解释是在向真理无限接近，就不能说它是不科学的。"

二丑的爷爷不理会他们，说道："你们哪里知道，到日本学医，是那个时代的潮流。那时候中国积贫积弱，一些人就提出医学救国论。"

张二丑问："听说过洋务派，也听说过实业救国，为什么要医学救国？"

二丑的爷爷说："日本明治维新后，全面拥抱西洋文明，因为汉医治温病不利，就引进西医。甲午战争中国战败，那个时候，国家危难，朝野震动，人们这才认识到日本的崛起，大量留学生奔赴日本学习，他们觉得要救中国，就要像日本一样，学习新的医学。鲁迅为什么不再学医？鲁迅还有一句话，'他们翻译和研究新的医学，也并不比中国早'。这很明白，鲁迅是认识到，救中国最重要的不是学医学，而是唤醒民众。民众本来愚昧，再加上些装神弄鬼的人，害了中医。"

振业不屑地说："你这么说可能靠不住吧。"

二丑的爷爷说："中医就是再强大，也治不了人的愚昧。那个时候，医生地位受到贱视，读书人能有所经营的，不会操此职业，做了医生是要养家糊口的。中医是门技术，本在悬壶济世，但有些人就打着中医招牌行医诓骗，坏了中医规矩。再有些人呢，医术精湛，是保护皇帝去了。中国社会长久的积弊造成了清末医学的落后。"

振业说："医生也得活着，你不让他赚钱，都像你一样做赔本生意，医生还怎么做。"

张二丑说："爸，你和爷爷说的是两回事，我就不明白了，你怎么总和爷爷找碴儿。"

二丑的爷爷说："你一点不像我儿子，你就长了个生意脑。"

"中医它不可靠，再说你没有证照，还开什么诊所？"

"人家大老远来我这求医，能不管吗？能给人治就给治，医者仁心……"

"真是老顽固，无照神医！你行，你的医术高，你再多不过是个无照神医！"

"我无照，我只是找不到我的证照了，但我承认我不是神医。我不是为了赚多少钱，我只是要做点事情。"

"你能治好病，那些大医院都是做什么的？"

人在争吵的时候，会忘了说话的本意，张振业昏了头一样，要用语言之刺刺在自己父亲最软弱的地方。

"你走，别在这气我！"二丑的爷爷终于忍耐不住。

“好，我走！”

一场家庭的聚会，又这样不欢而散。张振业只好走出这个家门。

张二丑把爸爸送下山坡，扫兴地说：“本来咱们爷仨在一起，应该好好聊聊的，怎么又吵起来了？”

张振业仍不觉得自己有什么错："劝劝你爷爷，诊所别叫他开了。他又没执照，再说他开那诊所也赚不了几个钱。"

“爸，你不知道，做一个医生对爷爷有多重要。”张二丑想替爷爷讲讲他的心里话。

“你不懂，你可不知道，他在外面多少有一点声名，我是为他好，他那点名气其实是靠不住的，他实际上就只能算个江湖游医，你懂吗？这靠不住的！将来一旦出了事，还不是落个招摇撞骗的结局！”

“爸，我知道，你是一片好心，为我爷爷好，可是你知道，你说的这些话，有多伤他吗？他不是江湖游医，我小时候还见过他的证照，爷爷讲，我们是一个中医世家，医术是一辈辈传下来的，我爷爷的爷爷就是医生，医术精湛，是北京城里的名医，我爷爷也想像太爷那样，可是他的梦想一直没有实现。”

“我也不想这样，我也想让他享享清福，可一说话，不知怎么，哪不对就吵起来了。等你爷爷消了气，我再回来，也不跟他讲这些了。”

这个中医世家到二丑的爷爷这一代，西医传了进来，好多人还要出国学习西医。家里希望二丑的爷爷继承祖上的衣钵，也希望二丑的爷爷能学习西医，接触新的医学。可惜战争一起，二丑的爷爷学医的梦想被打破。

二丑还记得爷爷抱着自己，讲："朱丹溪自小聪明好学，就喜欢读诗书，有才学受长者看重，他年纪稍大放下了读书，变得侠气，在他三十岁的时候母亲得了病，求了很多人都没能治好，从此苦心学医救母……"他记得爷爷教自己学习医古文，至今"为人子而不读医书，犹为不孝也""医者，儒家格物致知一事，养亲不可缺"这些医古文，都牢牢记在张二丑内心，成为张二丑精神的一部分。中药里，牵牛花的种子有黑色和白色之分，称为黑丑和白丑，又称"二丑"，这也是张二丑名字的来由，这牵牛花的种子有利尿、消肿、驱虫的功效。

张二丑对那些神秘的中药匣好奇，打开药匣，那浓厚芳香的中药味就会扑鼻而来，爷爷就把中药匣上的一个个诗意的名字教给张二丑：半夏、莲心、相思子、紫藤……这名字是有情的心，是上天派来的使者，来医人间的疾苦。

那些药组成的汤剂就有很多，麻黄汤、二陈汤、青龙汤……爷爷教张二丑学字的时候，就把这样一首首药方教给张二丑。

二丑的爷爷还告诉张二丑，某病用某方，是系统的总结，光是感冒，就有多种药来疗治，有各种汤剂，要辨证开方。

二丑的爷爷自己上山采药，他自己就是个药师。每一种药有自己的炮制法，要使药效好就要严格的炮制。张二丑还小的时候就跟在爷爷身后跑，看爷爷用药臼捣药，便也抓着药杵子，跟着爷爷一下下地杵那些药，爷爷便讲：这是蒺藜，可以明目，用时需捣碎，然后还有多种炮制方法……

二丑的爷爷自己也种药。他把采来的中药，在房屋周围和山谷各处适宜的环境里，种植下来，还有一些品种是张二丑从各地走动时发现并采回的。有些品种相当稀少，张二丑的爷爷取其种子或采挖少量移植下来，慢慢繁衍，成片地栽种。二丑的爷爷并不急于把它们做药用。因为中药材讲究道地，环境变了，药效往往就不行了。这样在连续种植三代后药性稳定，药材便是移植成功。否则药材的模样虽相似，但没有药效，根本没有治疗效果。

二丑的爷爷虽没现代化的检测手段，但对药材的味道十分敏感，用嘴一尝便知药性足不足。

二丑的爷爷去中药市场里采购药材时，常常感叹，中药的质量大不如从前。有些贵重的药材如当归、麦冬，打眼一看就知道是用激素类农药催肥的，嘴里一尝，更是没有道地药材的味道。

二丑爷爷的诊所并没有挂牌经营，很多人是慕名远来瞧病的。

一条河把这里隔成世外桃源，河的另一边是镇子。缺医少药的年代，二丑的爷爷没少给这里村镇的人看病，孩子肩膀上起个疮，痒得哭不停，爷爷从自己配制的药膏里挑出一点，涂抹上，不久这孩子就变得安静了。谁有个疑难杂病，爷爷遇上了就给救治一下。他的名声传得越来越远，找他看病的人越来越多，镇里的人都知道这里有个长着大耳朵的中医。年复一年，二丑的爷爷成了一个须发尽白的老翁。山谷里的居民，大多已搬到镇里，或是更远的城市，但还是有很多人愿意走很远的路来找二丑的爷爷看病，还有些外地的患者，听人介绍前来找二丑的爷爷求医问药。他们到镇里问路，镇里人都知道，这里有位白胡子的老先生，医术高明。他的故事也在人们的传说中变得神奇。

二丑的爷爷无证行医，他没有医生证，他的证早就找不到了，但张振业说二丑的爷爷崇信的中医不科学，是迷信，张二丑就大大地不同意。

做一个像祖上一样的名医，是他一辈子的梦想，你要一个人突然放下一辈子的追求，那他的心里是怎样的难过呢？

二丑的爷爷坐在后面的小院里。紫藤还在开花，架上已见结出了果，豆荚从绿叶中垂下。柔和的月光下，紫藤有袅娜的舞姿、曼妙的曲线，香气也袅袅飘来，时有时无，仿佛有一件很重要的事悄悄被记起，等你要捕捉住它，它又不知哪里去了。

二丑的爷爷说："紫藤花，是为情而生、为爱而亡的花，每一个人无不是那藤，又无不是那花。"

夜里二丑的爷爷又做梦了。他梦见他和她走在玫瑰花丛中，爷爷刚要拉她的手，就听到轰隆隆的炮声响，灰黑的硝烟遮住了太阳，又把玫瑰花笼罩，一切灰蒙蒙的……忽而，他又走在茂密的丛林中，阴森黑暗，他一步一步地前行，觉得好累却又走不出来，耳边是"滴滴哆哆"的雨声……爷爷忽然醒来，窗户开着，外面不知什么时候下了雨，时不时有雷声轰轰地响。雨点打在芭蕉叶、树叶上闷闷地发出"滴，滴"声，像是在说"地，地"，又像在说"斗，斗"；水珠又从树叶上滚落，"哆，哆"地落在水坑里，像是在说"躲，躲"，又像是在说"活，活"。"滴滴哆哆，滴滴哆哆……"，这个声音多年来时不时地在他耳边作响。当雷声响起时，雨点重又浅唱低吟，"滴滴哆哆，滴滴哆哆……"，那个声音一次次把他拉入梦境。一种特殊的声音能够引起梦境，那是因为这个声音深深地记在脑海中抹不去。

# 八　魂兮归来，返此故乡

"我还在北京旧书市场里买到了好东西呢。"张二丑从包里取出了张伪满时的地图和一些资料图片。

二丑的爷爷兴奋起来："那上面有丹霞村吗？"他边说边把地图铺开在桌子上，他拿着放大镜趴在桌子上看了半天，也没看出什么来。

"我都研究了好些时了，日本地图做得很详细，可是上面却没有这个地名。你再回忆回忆，除了丹霞村奶奶就没有讲到过别的什么吗？"

二丑的爷爷沉吟，想了又想，除了他讲给张二丑的丹霞村的来历，就再想不起什么了。

二丑的爷爷能想起的是战火纷飞，他和二丑的奶奶流落在异乡中，二丑的奶奶说起她的家乡，便讲那真是个风景秀美的地方，她的村庄在丹霞之下。有一次她和她的姥爷走在路上，看村庄之上是满天红霞，大雁翩翩落下，而水塘映着天光，莲花亭亭，便随口吟道："澄澄映雁影，漾漾舞丹霞"，她的村庄是丹霞中的村庄，真正的丹霞村。

"'丹霞'是这个村庄的名字吗？有没有可能这村还有别的名字，你只记住了奶奶反复跟你讲的'丹霞'？"

"我记不起来。她讲没讲过别的名字，我一点印象都没有。"

"爷爷，你觉得我奶奶还在这世上吗？"

"只要没见着她，哪怕是她不在了，我没见她埋在哪里，她就活着。你不知道的，她是我的生命。她是我活着的意义。"

"可这么多年过去，她经历了些什么，她会有怎样的变化你都不知道。"

"我还记得当年我们分别的时候，我告诉她'等着我'，她挥着手说，'我等你回来——'我不会忘记，她也一定不会忘记。"

二丑的爷爷不再说话，眼里满是悲戚绝望，就是这眼神让张二丑心疼，找到二丑的奶奶是二丑的爷爷一生的心结，张二丑能体会到爷爷这一生的孤独和期待。

"爷爷，我们这么泛泛地找，多像大海捞针啊！这些年我走过那么多地方，连一点线索都没有，我高中时代就到沈阳好几次，现在我考入沈阳这所学校，也快要把沈阳城走遍了。"张二丑坐到爷爷的身边，"你再给我讲讲那些故事吧。"

二丑的爷爷说："那里有河，有水塘，水塘边上长了很多漂亮的植物……"

"有一种草在春天的时候，从泥里钻出绿色的芽，把它砍下来，像葱一样白嫩，拿来做菜，那味道，脆嫩清爽，等长高了，它的叶子长长的，线条秀美，《诗经》里说：'彼泽之陂，有蒲与荷。有美一人，伤如之何！'那叶子柔且韧，你想扯都扯不断。"

"我记得，爷爷，你教我中药的时候讲过'君当作磐石，妾当作蒲苇。蒲苇韧如丝，磐石无转移'。"

"秋天到了，它就长出棕黄色的花蕾，那花蕾是一串一串的，看起来毛茸茸的，像是动物的短尾巴，在水塘边一片一片的，那时候可以采收中药蒲黄了。"

"这植物在很多地方都有生长。"

"还有，那里多的是水鸭子，远远地听到水塘里有'嘎，嘎'的叫声，你走过去，拨开水草，只见水面是摇碎的阳光，水鸭子正在水面游过，它们的脖子都是深绿的，有绸缎一样的光泽，有时在你一眨眼的时候，那水鸭就不知钻到哪里去了，可是你一站起来，就可能惊飞几只水鸭。"爷爷讲得绘声绘色，神采飞扬，他会学着水鸭叫，好像那水塘就在爷爷的眼前，水鸭在他面前游过。

"高一些的土丘上，长了些荆棘，不过这些刺是会开花的。每年的四五月份，花枝上开的是红色的五瓣花，开得像梅花，当然也有复瓣的，人们叫它们刺梅花。每年这个时候，她和家人会来采那些刺梅花，用来酿酒，我喝过，那酒是真好喝。"爷爷好像刚喝过酒，眯着眼，喉头蠕动着，好像刚刚喝过了美酒，醉了。

张二丑觉得爷爷太过想念奶奶才会把这样一个地方描述得太美，担心过多的思念会伤害爷爷的身体。据说，怀旧是情感记忆，这种记忆选择了温暖、喜悦的片段，作为心理安慰，使人产生满足感，人长期沉湎其中，演变成沉重的精神依赖，就会影响正常生活。二丑希望打开爷爷的心结。

"爷爷，我觉得，过了这么多年，你把那时的景和人都美化了。"

"没有美化，我没有到过那里，但她就是这么说的，那里的风景就是那么美。"

二丑的爷爷没有把那里的风景美化，那景象一直在他的梦里出现，他梦见春来之时，雁翩翩于丹霞之中，他梦见一个安静祥和的村庄。如果不是战争，如果不是九一八事变，人们还在一片宁静祥和里，繁衍生息，平静地生活，流传他们古老的故事。张二丑知道爷爷的梦想、爱情，因为这场战争什么都变了。

爷爷没有力气了，没有找到奶奶，始终是爷爷心中的一块病。张二丑开始替爷爷重走当年他们战争中走过的路线寻找奶奶，他去一切可能查到信息的地方寻访。在一些纪念馆里，会有些名录，张二丑没有查到关于奶奶的记录，他打听的人中也没有人知道有奶奶这样一个人。

网络时代寻人更为方便，可惜所发的帖子都石沉大海。

张二丑跟爷爷讲："我在一些旅游点上，看见有些人穿上日本关东军的衣服，还有伪军的衣服，头戴日军军帽，手拎日军军刀，摆出一副扬扬得意的样子，要是拍电影还可以，真不知道这些人在想些什么，日军杀了那么多中国人，那顶军帽他们怎么戴得下去？"

"他们什么都没有想，只是觉得搞怪有趣。他们头脑里没有苦难的记忆。人要没痛到心里，就不知道对那身衣服有多憎恶。"

有些人忘记历史，之所以会忘记，那是没有痛在灵魂里。

张二丑安慰爷爷："我觉得你应该活得开心一些，把那些让你痛苦的事情都忘掉，看看今天的生活，你应该感到幸福。美好的生活就应该用美好的心情来过，来享受，可是你总是在开心的时候想起不快乐的事情，那什么时候才能快乐呢？"

"越是在幸福的时刻越会想起那些过往，那些死去的人，他们永远看不到今天。"

"爷爷你说我们应该活在苦难的阴影中吗？难道我们不应该从战争的伤痕和痛苦中走出来吗？"

二丑的爷爷沉重地说："活在阴影里的不是你们，而是我们这一代人，我们大好的时光都是生活在山河破碎的时代里。你们没有经过那场战争，哪知我们心里的痛苦和悲伤。我不过是苟且活着，哪里能从那些过去走得出来呢？"

张二丑明白，战争过去了，可是战争却给爷爷留下了深深的印记，包括那条患有关节炎的腿，还有他逝去的家人，特别是他至今思而不及的妻子，是他解不开的心结。战争击碎了他成为名中医的梦想，每当他回忆起人生中最美好的时光，都是被硝烟战火的颜色涂满，他的心里就隐隐作痛。你让他从战争的伤痕与苦难中走出来，怎么可能？

爷爷低下头，双手捂在脸上支撑着，深吸一口气："苦难就是苦难，留给我们的痛苦的记忆，那不堪的岁月，总是在最安静的时刻一幕幕在脑子里电影一样闪过，甚至梦里还在战场上。身上还留着伤疤，心口还时时作痛，我们怎么可能忘掉？"

几十年过去了，新一代的人远离了那场战争，有的人开始淡忘，甚至产生了些幻想。

战争已经过去了很多年，但不意味着我们就要忘掉过去，当我们遗忘一种苦难的时候，另一种苦难也许在悄悄地到来。

一场战争的胜利，不应该止于军事的胜利，还在于精神的重塑。

张二丑说："爷爷，我懂得，我也不会忘。"

二丑的爷爷说："你们也不应该忘掉，这并不是说你需要重新经历一次这样的苦难，像我们一样来尝这些辛酸苦楚，你们应该拥有新的生活，我们曾经的梦想应该在你们身上实现，这样我们所承担的一切才有价值，那些死去的人，他们的灵魂也才得到告慰。"

"爷爷，我们这一代还会遇到战争吗？"

"你们不会。你们也不可能再经历一次我们有过的生活，但你们也会遇见自己的苦难，世上的苦难各不相同，但从本质、从生存意义上讲没什么不同，你们有你们的战争，尽管这并不带着硝烟战火。"

二丑的爷爷又做梦了。他梦见他拉着妻子的手，在玫瑰花丛中散步，忽然轰隆隆，几股黑烟吞没了玫瑰花丛，吞没了他的妻子，而他恍然又置身于阴郁的森林中，雨"滴滴哒哒"地下……醒来，窗户开着，风夹着雨丝，扑进屋里。

二丑的爷爷有一个习惯，每年中元节时都要祭祀。他要求张振业和张二丑都要参加，不管在哪里都要回来，不管手边正在忙着什么事，都要在中元节这天，赶到江边祭祀。

中国重要的节日中有"三元"，上元正月十五，中元七月十五，下元十月十五。二丑的爷爷尤为重视七月十五中元节，每年还有些特殊的日子，也很郑重。

中元七月十五，是中国传统的祭祖日子，在这一天，每家每户，都会拿出丰盛的祭品祭拜祖先，所谓"慎终追远，缅怀先人"。

农历七月十五又称"鬼节"，民间传说地藏王菩萨普度众生，每年七月，阴间的鬼魂会返回到阳间看望子孙后人及亲友并接受后人的拜祭，如果无人拜祭，就飘荡在人间，寻找食物，之后再返回阴间。

七月十五又是佛教的盂兰盆节，"盂兰盆"是梵语"乌兰婆拏"的音译，意为"救倒悬"。我们传统戏曲中有《目连救母》。目连受佛祖启示，用盆器，罗列百果，供养十方大德，解了母亲倒悬之苦。

张振业很不喜欢这样的祭祀，小时候，逃过一两回后，二丑的爷爷发怒把他揍了一顿，他知道躲不开，也渐成习惯，中元节祭祀成了这个家的规矩。

张振业只是觉得这祭祀相当别扭。

每一次的祭祀，二丑的爷爷都要求振业和二丑，向祖先行跪拜礼，并且在祖先面前讲他们正在做的事业、生活中的各类杂事，意为告慰祖先，振业要讲"父亲，请受祭。不肖儿……"二丑得说"爷爷受孙儿拜，孙儿……"。张振业觉得这不吉利，哪里有给活人祭祀的道理？但二丑的爷爷坚持，他只好就范。

这一年，他们三人又来到江边，先摆下香火，再供上各类瓜果、面食、肉类供品，二丑的爷爷高声叫道："魂兮归来，返此故乡！献此蒸尝，受祭来飨！……"然后焚化纸钱。

张振业跪拜道："父亲，请受祭。不肖儿不负你的期望，事业小成，现在正在做建筑公司，新成立药业公司起步也快……"张二丑也拜过。二丑的爷爷也跪下："哥，你听到了，你的儿子是个好孩子，有出息……你的孙儿在大学里读书，也很好……"他的声音是颤抖的，带着啜泣。

此刻，他们在江边，点燃了几只荷花灯，放在水上顺流而下。

张二丑看看爷爷和张振业，夜色里，灯光闪烁，照着他们的脸。爷爷表情冷峻，每年这个时候，他都会感觉爷爷沉浸在一个世界里，仿佛与故去的人交流。张二丑此时是不能打扰爷爷的，他感觉到的是无限的沉重，直到那河灯漂得很远，爷爷才回过神来，轻舒一口气。

二丑的爷爷说："我的家乡也有一条河，每到七月十五拜祭的时候，我们会将河灯放入河水。每一盏灯就是一个灵魂，河灯顺流而下指引着灵魂找到归宿。那些在战争中牺牲的战士，还有在战乱中客死他乡的人，他们回不来了，他们只有寄身在这莲花灯里，渡过阴暗的河流去投胎，点上灯照亮才能找到方向。"

# 九　枇杷叶

几日后，张二丑陪爷爷去中药市场，半路上，他们坐在石头上休息一下。

张二丑见有人在树林里活动。张二丑和爷爷一起走过去。那人手里拿着一根竹签，还拎着袋子，收集地上的叶子，叶子堆积得多，就用手把叶子收在口袋里，散落在地上的叶子，就用竹签扎起，很多叶子已经腐烂了，也一同收集到身边的袋子里。

他们走过去，看那人蹲在地上摆弄着什么。张二丑先开口说话了："叔，你在做什么？"

"捡枇杷叶啦。"老人直起身子，下巴朝树指了指，笑着说，"这个树浑身是宝，果子能吃，叶子捡来就能换钱呢。年轻人出去打工了，我们闲着也是闲着，把这收集起来，到时候有人来收。"

二丑的爷爷问："捡回来的枇杷叶，你们怎么处理？"

那老人笑了，"还用怎么处理？回去晒干，打成捆就是了，镇上就有人在收购点收购。"

二丑的爷爷决定到镇上收购点看看。在收购点，地上堆放着一个个鼓囊囊的大袋子，工人正在往卡车上码放。二丑的爷爷打开袋口，里面全是那种叶子。

正在这时，张二丑看见张振业走了过来，就喊了声："爸，你不在公司，怎么在这儿？"

"这不，公司经济有些不景气嘛，现在中药价格上涨，我就收些中药卖……"

"这些枇杷叶是你收购的？"

"啊，是啊……"张振业才注意到二丑的爷爷也来了，忙又解释说，"你看这些叶子，村民捡来就能换钱，我呢，拿这些叶子送到药厂，我这可是帮助村民的好事。"

"好事？你就这样把这枇杷叶收上来了？"二丑的爷爷拿起一把枇杷叶说，

"雷公说，'采得后称，湿者一叶重一两，干者三叶重一两，是气足，堪用。'《本草图经》里说，要'四月采叶，暴干'，这样的枇杷叶才能有效，而且枇杷叶背后的绒毛都要刷掉。再说你收上来的叶子，有的叶子已在雨水里沤过，烂掉了，这样的叶子怎么能用？"

"爸，你这都是些陈词滥调了。别人收枇杷叶都这么收，我要像你这么挑剔我还能收得上来吗？现在枇杷叶全年采收，哪管几月？我别的月采的你看看和你四月采的有区别吗？除非你能分出蝉的公母。现在制药技术先进了，拿到药厂，药厂自然有处理的技术。"

"不行，你这样做是在害人。你倒腾点枇杷叶换点钱，那药没效果就是在害命！"

"爸，你这不是要难为我吗？"张振业不理二丑的爷爷，转身招呼人又去装车。

张二丑没有想到两个人又僵持起来，拉着爷爷说："我们走吧。"

"好，我们走。"可是一转身，二丑的爷爷拿出打火机，一把把枇杷叶给点着了。那叶子都是晒干的，立刻烧起来。

张振业赶紧带人把那火扑灭。

"爷爷，你至于发那么大的火吗？"张二丑拉着爷爷说。

张振业那边冲着二丑的爷爷喊起来："你这是纵火，是犯罪！"

二丑的爷爷愤恨地说："是我在犯罪还是你在犯罪？我不能看着你毁了中药，毁了中医，毁了你自己！"

张二丑把爷爷带回家里，看爷爷的面色沉重，扶着爷爷到后院紫藤架下坐下。这是二丑的爷爷散心的地方。

紫藤花无语，脉脉清香。

第七章

# 活着要像一个战士

　　一个年轻的朋友写信问我："应该做一个什
么样的人？"

　　我回答他："做一个战士。"

　　另一个朋友问我："怎样对付生活？"

　　我仍旧答道："做一个战士。"

　　　　　　　　——巴金《做一个战士》(1938 年)

# 一  书，犹药也

赵晶玉经营了一年半的书店到了这个暑假，已完全进入盈利的良性循环，合同也还有半年到期，赵晶玉本想把合同签到毕业。在后勤处上缴利润时，后勤的胖主任把那钱在点钞机里过了三遍，说还少了一万元，赵晶玉提起一年前打的赌。胖主任已忘记有过打赌这事，合同上又没有写着，这个赌是不能作数的。而且要续签合同，就要上交八万元的利润，否则学校就要收回书店。原来他们对于书店的火爆的经营情况是很了解的，他们觉得后勤太吃亏，提高了价码。

赵晶玉并不在乎多交出三万元，但是校方的这种做法，让她很不舒服，提出愿意交回书店。也就是赵晶玉的书店等到寒假后开学就要另做打算。

此时的刘宁除了上课和回寝室休息，很少和赵晶玉在一起。开学后赵晶玉不得不考虑给自己的书店找个新的场所。赵晶玉自己一个人漫无目的，走上街头散心，太阳落下去了，路灯亮了长长的一串，而天空的颜色变成深蓝色，却又蓝得透明，一切那么怪异，仿佛梦里梦见过。

顺着路灯的长龙，赵晶玉不知不觉走进了繁华的闹市区。不知不觉，眼前变得熟悉，竟然是和郑大山一起吃过饭的老盛京美食城，看着窗里好像能看见郑大山的影子，可是揉揉眼睛细看，窗里的桌子上是空的。赵晶玉犹豫了一下，坐在他们原来的座位上。她点了烧麦，烧麦端上来，赵晶玉的眼睛却望着窗外，夜色中人们来来往往，有匆匆赶路的，也有一男一女一边走一边说笑着的……赵晶玉含着泪吃烧麦。

不知何处，传来她熟悉的歌曲：

> 姐儿头上戴着杜鹃花呀
> 迎着风儿随浪逐彩霞
> 船儿摇过春水不说话呀
> 水乡温柔何处是我家

…………

　　人是怀旧的动物，一首老歌，一件旧物，一碗你过去常吃的面，遇见它们就是按下了时光的按键，一些画面会重现在眼前。你能看见那时那人，听见那时笑语，那时情境在流水一样的时光中远逝，清晰又暗淡。此刻她很想偎依在郑大山的身边，就那么依靠着什么都不想，靠着他的肩膀流泪也可以让沉重的心变得轻松些。可是他在做什么呢？想把自己的心里话，跟郑大山讲讲，可是拿起手机来，千言万语都变成了一个短信："我想你了。"因为他的肩膀也只能稍作停留，自己面对的事情终须自己思考。

　　走出饭店，外面街上灯光灿烂，街边的招牌上霓虹闪亮，有些招牌在那里立了好些年，有的刚立起不久就又换了名号。看着这些奇奇怪怪的店名，她在想，人生的道路漫长而充满未知，自己究竟想要一个怎样的未来？想起自己泡在书店里读书的时光，想起跟郑大山说过的梦想，赵晶玉下定了决心，要自己开一家书店。

　　可是想归想，开一家书店就要选个可以开店的房子。要考虑租金，要考虑这个地点读者会不会喜欢来。她接连几天早起第一件事就是想，我到哪里去找开店的房？在街面上转了几天，赵晶玉看中了一个路口上的独栋二层小楼。房子很破旧，有些民国时期风格，它面积很大，它还有个小院。赵晶玉很喜欢，就是它了，她好像感觉到了自己书店的气息。赵晶玉辗转打听到房主，房主在外地工作，很爽快，说："我在外面，也没时间打理它，出租吧，挂出牌子很久了，也没有人问，你要不嫌，十万元，房子归你了。"十万元是个不小的数字，赵晶玉一咬牙答应下来，但提出先交六万元，余下的钱一年后交齐。在今天看来，那绝对是一笔划算的交易。

　　赵晶玉拿到房门钥匙，仔细查看了一圈。房子很久无人居住，房前草坪里杂草丛生，已是深秋，一些枯黄的草梗保持着站立的姿势，一些藤蔓植物已爬上了窗户，干枯的藤抓一把满手是细刺。房间里，墙皮剥落，上了年头的桌子、椅子上落满了尘土，似等着主人回来关照它们。第二天，赵晶玉就着手改造这房子。

　　暑假回来一个月后的一天，张二丑上完课回到宿舍，程思远兴奋地对张二丑说："上回给你的活计，你还说不是好事，这回有个好活计。"

　　"什么活计？你哪来这么多信息？"

　　"这个简单啊，人家有需求，往咱们学校论坛里一贴就有了。"

"别告诉我，这回又一小时车程。"

"这回不，离咱不远。就是，给的钱少点儿。"

这就是赵晶玉要装修的房子。小楼外面的荒草已被收拾干净，房子的外面原是裸露青砖，赵晶玉想用涂料涂成青灰色，窗户的玻璃还是残破的，也需要修理。

屋子里面，赵晶玉把墙皮刮了下来，打算重新处理，她需要人给墙面粉刷一下，再做些墙面涂鸦。

她就在QQ群里发信息，寻找能作画的装修工。

张二丑走进这屋子，一见赵晶玉便呆住了。

赵晶玉，看这人眼熟，想了半天反应了过来，先开了口："世界这么小，有些人像是会土行似的，突然就从地里钻出来了。"

"哟，这会儿不哭了？"张二丑笑着说。

"人得过日子不是么，天天哭，哪有那个时间。"赵晶玉说的是实话，人只要一忙起来就可以忘掉一切苦恼，忙可以充实自己，让自己忘记杂念。

"这房子不小，准备结婚啊？就是寒酸点。"张二丑开玩笑说。

"你这话，是装修工都会问的话吧。"赵晶玉告诉他，"我是要在这里开书店，书店名还没想好。"

"那不行，开书店，名字很重要，而这装修也得冲着名字去。要不然，人家凭什么来你这书店啊。人如其名，店有其风。"

"我想还用学校里那书店的名字，叫'青青草书店'，因为有好些粉丝了。"

"不行，太土。再说你这是自己开书店，我倒想到一个名字你看怎么样，叫'海洋书店'。"

"更不行，土得渣都掉光了。"

"哪土了，人生如浮于海洋，需要勇气和信念，书能渡人到彼岸，一段经历就是一个贝壳，让生命缤纷多彩。"

"倒真是学艺术的，说话里也带着酸味。"

"你回头想好了名字，告诉我，我就开始装修了。"

"你看，我想墙面我自己处理，你只给我墙面做些简单的画。"

"墙面？"张二丑看看掉了皮的墙，有些地方水泥脱落，露出里面的砖来，"泥瓦匠的活计你也能做？"

"这活我不做谁做，找泥瓦匠要收我好多钱呢，我这回把能投的钱都投到里面了。"张二丑看着赵晶玉的眼睛里有一丝忧郁闪过。

张二丑楼上楼下仔细观察，靠着墙壁走了一圈，回头盯着赵晶玉不说话。

赵晶玉愣了："你瞅啥？"

"我看你是不是脑袋大。真是有人敢卖，也真有人敢买，你这房就是危房啊，你看这老鼠洞，你看这墙都掉渣了，那底下都空了，摇摇欲坠。"张二丑说着，用手指在墙上一刮，沙粒就"刷刷"掉下来，"想想吧，修修补补，什么不花钱？连一捧沙子都是要钱的，你拿什么往里填？暖气片，我看都已经锈蚀，得换新的，不然你这冬天就得冻成保鲜肉；楼顶防水不做，夏天外面下大雨，这屋子里跟着下暴雨。"

"那怎么办？"赵晶玉此刻已是泪水在眼眶里打转了。

"别怕，这不还有地皮嘛，亏不了你的，我来给你想办法。"

张二丑又在房子里转了一圈，说："这哪行，别这么抠门，有些地方该加固的还要加固，不能为了省钱，安全都不要了。"他又像是下了很大的决心，"这样吧，你这些装修我全包，泥沙砖石，你都不用管，你只管说，你想做什么样的书店……"

"装修费，我拿不出……"

"不是，你听我说完，你这些装修我全包，装修完后，你给我做模特。"

"啥？模特？不行！"

"害怕什么，当我是坏人了吧？不是你想的那种模特，我就是要画几幅画，本来也想请你做个模特。没关系，就是你不愿意，这房子装修我还是全包。"张二丑半开玩笑说，"你别往坏处想，我不要你做那种尴尬、难堪的模特，一切，就是在自然的状态下，像现在这样就好。本来挺美好的一件事，我可不想让你觉得是我乘你之危。我也是正人君子，别把我想歪了。"

"那你容我想想。"听到张二丑的解释，赵晶玉的脸红了。

张二丑又急切地说："我都说这么明白了，还想想，想吧，可别想复杂了。"

暮色中，赵晶玉与张二丑分别。

宿舍里的姐妹都知道赵晶玉在外面找了房子要开书店了。大家议论纷纷，提出很多名字备选。"青青书屋""沙漏书屋""瀚墨香"……赵晶玉要么觉得太正统，要么是都已被用俗了的，缺乏想象力。

宿舍一直热闹到睡觉前。赵晶玉一边洗着脸，触着清凉的水，"海洋书店"的名字又跳到脑子里，还有什么比海洋更能表达海洋的意义呢？她兴奋地对大伙儿说："我决定了，就叫'海洋书店'。"

宿舍里立刻是一阵嘘声："忒土了吧？"

第二天赵晶玉跟张二丑一说，张二丑挺高兴："吾皇圣明，我对这名字特喜欢。"

赵晶玉白了张二丑一眼："我要是不用这名字，就是昏君呗？"

"昏君啊，有我这个大臣在，你顶多做个暴君吧。"

赵晶玉脸色一沉："你们男生是不是都会油腔滑调讨好女生？"

张二丑白了赵晶玉一眼："瞧你苦大仇深的样儿，受到伤害了？我们男生容易吗，女生喜欢了叫讨好，女生不喜欢了叫讨厌。"张二丑故意把"厌"拖长又拐个弯，手里摇出个兰花指。看着眼前这个"厚脸皮"，赵晶玉倒被逗笑了。

赵晶玉笑过，张二丑便说："走，今天咱们什么也不做，别老这么压抑着，今儿我带你放松放松。"

"你不说有了名字就开始装修吗？"

"是啊，我要工作了，装修材料不得买呀？你不犒劳犒劳我，吃点美味大餐？"张二丑说着就转身要走，"别看我是外地人，对这儿特别熟，有家海鲜馆不错。"

他们走街串巷，几家大餐馆都没有停下，在一个"海边人家海鲜馆"的招牌下停下来。这招牌设计得挺特别，招牌是古铜色木纹木板做成的，蓝色的"海边"两个字写得像涌动的海洋，"人"字挺立，"家"饱满稳重。四个大字旁边是用鱼虾等图案组成的"海鲜馆"三个字。这里是一片平房区，饭馆是一个用塑料和厚布围起的棚屋，有两个喝得醉醺醺的人晃晃地从里面走出来，互道告别的话。屋外摆着各种海鲜，有贻贝、扇贝、海螺……

"叔，今天扇贝不错啊？"张二丑像是和这个人很熟悉。

"是啊，今儿海虹也都很肥呢。"

"你这样，扇贝、海虹、海螺这些你都给我称些。"

"好嘞。"

"今天有人请客，你拿手的好菜也给做些，对，要那种大个的，生蚝粉丝。"

赵晶玉的资金已经捉襟见肘了，这几天饭都没怎么吃好。赵晶玉在他背后挥了挥拳头，暗暗叫苦，却又只好不动声色，任由张二丑点菜。

赵晶玉恨恨地想，这个恶人……

菜上来，两个人谁也不顾吃相，大吃大嚼起来。应该说这是这些天里赵晶玉吃得最好的一次，张二丑有时偷看赵晶玉，想笑，然后脸憋得像哭。赵晶玉一抬头，看张二丑，扑哧一下笑了出来，红的果酱不知什么时候沾在张二丑鼻子尖上了，变成了红鼻子头的小丑儿。

看老板此刻闲了下来，张二丑招呼老板也来喝一杯酒。老板便毫不客气地坐了过来，和张二丑干了杯酒。

"这杯酒，谢你常来照顾生意，还介绍顾客过来，解了我忧虑。"

赵晶玉说："这生蚝粉丝味道不错。"

"我小时候在海边长大的，就会点海边的小吃，下了岗，都说这'上有老，下有小，退休尚早，再就业已老；年龄偏大，没啥文化，除去体力，要嘛没嘛'，老小都得养，没别的手艺，出来做了几天，生意竟然不错，就支起这个棚子在这重新开始了。"

赵晶玉立刻端详了眼前这个人，在棚子外面他被风吹得头发有些乱，面容憔悴，眼里流出的是沧桑和荒凉，穿着一身旧工装，但他却给人一种干练的感觉。赵晶玉叹道："我爸爸也是下岗了，他就是爱喝口酒。"

老板听了端起酒杯又喝了杯酒，叹口气："不喝一杯酒，就愁上心头，喝了这杯酒，是愁更愁。原来视厂子为荣耀，以自己的工作为荣。人都好个面子，干得好好的，一心都献给了厂子。咔嚓一下子下岗了，地位、荣誉，一夜之间天上人间。那时候真想一下子倒下去，什么也不做。可是行吗？刚开始睡倒了，就以为自己离开了，轻松了，没事了。这醒了，发现自己还喘着气，那日子不就得过吗？不管你愿不愿意，你还是想着法地吃饭，活着。"

张二丑陪他又喝了口酒，他又接着说："后来我就去厂里的红旗手家串门儿。他找过几回工作，不成，就想着死。嘿，看了回纸活店，就想自己也会做这个。他小时候，人人夸他手巧。怎么巧？用秫秸秆，能扎成灯笼，用小木片能做小房子。那时候，买不起玩具，纸糊一个，就成了。看人家做纸活生意好，就做纸活，再后来他就做些小玩具，木头车厢安上个轮子就能装土，或者做个小风轮、纸风车。那硬纸做的木偶猴，还能顺着线往上爬。觉得生意好，他干脆就专做玩具了，他打算自己再开个厂。"

张二丑又给他倒上酒。他又接着说："还活着，那日子就得过，只要还喘着一口气就得站起来。我就回了趟老家，在海边整整坐了两天，第三天又把海鲜汤、牡蛎粉丝等家乡小吃吃了个遍，做了个菜谱，回来就开了这个店，政府扶持下岗工人再就业，政策是一年免税。"

赵晶玉赞叹说："这海鲜，也真是新鲜，汤味也好。"

他得意起来："是吧，咱这海鲜都是最新鲜的，决不以次充好，做的菜也是纯正海边风味。"

饭吃完，赵晶玉要拿钱结账，张二丑把她拦住了，"我都说了，是带你放松放松的，你那钱留着买些书来。"然后，他跟老板说："打包。"赵晶玉一下子蒙了，一桌子杯盘狼藉，哪还有能打包的啊。老板笑着拿了袋子过来，张二丑把那些贝壳统统装进袋子里。

老板说："我又攒了很多贝壳，你要，都拿去。"

"太好了。"

赵晶玉问："你拿这些壳子干吗？"

"我养猫。"

"还有吃壳子的猫？"

"笨死，招财猫。"

赵晶玉回头看着那个"海边人家海鲜馆"招牌，老板的话和海鲜一样有味道。如果生活无法选择，那就要寻路，认真地、努力地给自己的人生定位，摆脱困境，这是这个时代重要的精神。这是个迷茫的时代，这也是个充满机遇的时代。阳光一直在，要自己争取阳光，如果自己都不救自己，谁还能救？

赵晶玉自然不放心，但学校这边的书要整理，也只好各忙各的。几天后赵晶玉来看房子，房间里，已被张二丑搞得一片狼藉。有些活动的墙皮被张二丑剥落下来，有些墙面被张二丑用斧子砍出一道一道沟疤，一副要把这房子拆了的架势。张二丑满脸灰尘，满身污渍，跟她打招呼，还在夸，这房子还真挺结实。赵晶玉很是担忧，这家伙到底会不会装修？

买房子可以很痛快，可是装修房子却很挠头。这个房子水管、电路都得改，花费不小，买装修材料不被坑不被宰，就得把装修材料当学问研究，要保证质量，又要价格便宜。一个水龙头多花十几块不觉得多，累计起来上万元就要花出去了。所以，赵晶玉一接触这些材料时，就像溺水了。起初她还能听张二丑讲，什么货比三家，后来就木木地由着张二丑订哪家的材料了。

张二丑坐下来休息，看赵晶玉面有难色的样子，问："怎么又不高兴了？"

"我听你讲那些材料什么的，头都大了。"

"这有什么呀？"

"我常觉得自己就像站在深不见底的悬崖上，恐惧着，怕坠落下去。"

"你站得有那么高吗？你其实是在谷底，做着生物本能的挣扎。"

"总是以为一事平息，后面就没事了，谁想又在悬崖边上了。"

"可是你得知道，上天给予你的苦难终究是有限度的，有些人承受不住，倒下来了，挺过来的人，一切都会过去。我爷爷说，生活本身也是一场战争，需要点韧劲，也得斗智斗勇。"

赵晶玉点头笑了笑，"谢谢。"

张二丑从自己的包里掏出一盒名片，递给赵晶玉几张：

黑猫装修有限公司

设计师张二丑

电话136×××5825

赵晶玉一看，说："你什么时候成设计师了？"

"我不像吗？"张二丑笑着说，"你该去订材料了，铜线、沙子、水泥、水管……我都列了清单，选好卖家了。下一步，该你出面了，你拿着我的名片，去付款就行了。"

"去订货，还用名片，这有什么用？"

"拿了我的名片，卖家就能给我提成百分之三十，也就是你花一万元，就能分我三千元提成。"

"提成？你真黑，我的钱你都想赚！"

"我真看不出，长了这么个脑子，你还能开书店，笨丫头，你自己想去！"

装修材料拉来了，赵晶玉省了一大笔装修材料的费用。

几天后赵晶玉又接到张二丑电话。

"周末有时间吗？陪我出去逛逛，淘点宝贝。"

"我是找你装修啊，你还想去哪逛，我很忙。"

"城西有一片房子拆迁了，我想那边有好多宝贝能拿来用。"

"捡破烂？"

"拾荒。"

"我不去。"

"想省钱装好房子，跟我走。"

很多老物件，现代人觉得配不上新房子，生活上不需要，被随意丢弃在乱石中。他们在那片拆迁工地上，在碎石瓦砾上，疯跑了一天。

赵晶玉起初觉得捡破烂很丢人，放不下脸面，并且这并没有逛逛街那么轻松有趣，只是听说省钱，这才心动。可当她走进这片废墟时，看见宝贝觉得真是舒心的事。

他们一边挑挑拣拣，一边炫耀自己的收获。

"看，我捡到一个漂亮的花盆。"

"我这还有个稀奇玩意儿！"

"我捡到一个油灯！"

"这有个铁疙瘩，哈，秤砣！"

…………

一天的劳累，收获了一车宝贝，拉回赵晶玉的小院。

两个半月后，张二丑打电话给赵晶玉，说是已经收工。当赵晶玉再次看到这所房子的时候，她以为自己走错了地方。一进院门蓝色的海洋迎面向她冲了过来，赵晶玉瞪大了眼睛。那房子一部分被画上了蓝色的波浪与白的浪花，与天空一起融为一体，成为涌动的海洋，天上的流云成了浪花。有些地方是层层的岩石构成的海岛。有海洋的澎湃，有书香的味道。原来破烂的窗户也已修缮一新，保持着古朴的风格。屋里的画与外面相似，不过这里"海滩"更多一些，屋顶变成了蓝天，上面还有几朵云在飘着。地面是蓝色的海洋，一些墙壁被做成了沙滩，"沙滩"上还有一些贝壳散落着，书架已布置好，书架上面也有些画面，有的画成了海岛，有的是贝壳一样的书，有些地方还画了小船与绿树。

赵晶玉楼上楼下看了个遍，摸摸这，碰碰那，简直不敢相信。"真是太美了，我喜欢。"

"你别乱摸，那的墙面刚画完。"张二丑用手臂擦了擦汗，赵晶玉乐了："这是猫儿成精了。"张二丑穿的衣服上蓝一道，白一点，黄一撇，用镜子一照，张二丑也笑了："我这猫儿这么可爱，也没个人收养。"

在二楼一个房间，推开房门，又是海的气息。张二丑选了平整些的牡蛎的壳光面朝外镶嵌在墙面上，牡蛎壳上有流水一样的线条，还有些鹅卵石、海螺壳随意地伏在墙壁上。那些贝壳被张二丑拿回来后清理干净，抛光，镶嵌在墙面上。阳光透过窗子斜照在墙壁上，那些贝壳闪着珍珠的光，那黑乎乎的海虹的贝壳，竟然可以有孔雀羽毛一样七彩的光辉。屋里还放了一张简单的床，一张桌子，一把椅子。桌子古朴典雅，是原来房东留下的，张二丑简单擦拭修理后又可以用了。张二丑又在床上放了被子，桌子上放了台灯，窗户上还配了窗帘。

"这就是海洋公主的卧室了。"

"这太奢侈了吧？住在这样的屋子里会做梦的。"

"你看，还没装修的时候，你还愁眉苦脸的，你这才多大困难，咬咬牙就过去了，现在你再回头看看，都不算事。"

"原来人们说，艺术家都是疯子，我还不信，今天看了果然是。"

"如果我是疯子，那你就是精神病。"

"俩人都不正常啊。"

"还是有区别的。"

"都是精神有问题嘛。"

"精神病是看到天上有所房子。"

"那疯子呢？"

"他不但能看到那房子，还要住进去。"

两人大笑。

张二丑聊起了爷爷，"我自小是和爷爷在一起生活的。爷爷跟我讲，生活要你去战斗，你就要像战士一样活着。那天看你哭，我觉得不管什么事，没什么的。生活本来就是不确定的，你不知道什么会到来，未知不只给人带来意外的苦难，也给人带来惊喜。总之，怕是没用的，只要去战斗就好了。"

"是的，没什么的。"赵晶玉眼睛忽地暗淡下来，又浅浅地笑了。

"现在你知道，什么是视觉动物了吗？"

"知道了。"赵晶玉连最后一点点微笑也收了起来。

"你不高兴了？我觉得上回你说视觉动物时，带着点别的意思。"

"没有，没有别的意思，"赵晶玉的眼睛转向墙上的贝壳，又把目光收回来，"可能，我当时遇到了些不愉快的事情，都过去了。其实我也是视觉动物。我小的时候，跟着我姥姥走过芦苇塘，当时我姥姥还教我唱着歌，以后我再也忘不了那片芦苇的样子。冬天的早晨，这些芦苇竟出现在我的窗上，我就坐着看那窗玻璃，我姥姥看我发呆就过来叫我，我就跟我姥姥说，姥姥，我在窗户上看到了大萝卜叶子，真像是图画书上的，还有那一丛芦苇，真像我们看过的那一丛。还有那一丛草里，我觉得里面藏着伏兵。我姥姥就好奇地问哪有伏兵啊。我就告诉她，哪里有枪口露出来了，哪里有个脑袋藏着，小人书里就那样画的。"

"那是霜花，你是看懂了一幅画，很有感觉的画面，我也画过霜花，因为它们太像我心中的画。梵高的画你看过吗？"

"梵高，看过他的画，没感觉到什么，只是觉得这人有一种病态，那个自己割下自己一只耳朵的人，感觉患上了精神上的疾病才能有这样的行为。"

"你所看到的并不是一个真的梵高。"

"可是他确实割下了自己的耳朵。"

"巴尔扎克说，天才都是人类的病态，就如同珍珠是贝的病态一样。梵高是一个热爱生活的人，你看他画里画的都是普通人的生活，是自然和生命，正因为这样，他竟得不到同时代人的理解，他拼命作画又卖不出自己的画作，他经受着痛苦和孤独的煎熬，所以他绝望、发疯。"

"反正很多有成就的艺术家都这样，所以我觉得艺术家都是疯子。"

"他们只是专注于自己热爱的事物，一生为梦想努力，为所爱的一切发疯。"

"我的意思是，他们另类，孤僻，太冲动，情绪化，爱走极端……不正常。"

"谁来定义正常呢？怎么才算正常？我们是普通人，就以普通为标准，真性情，不伤人，就是好疯子。"

"也对，没疯子，社会上都是循规蹈矩的人，多没有创意。"

赵晶玉心情很好，她带来了酒，倒在杯里，琥珀色，像葡萄酒，递给张二丑说："我用这酒表示感谢。"

张二丑端起酒杯尝了口，惊道："这是什么酒，这么好喝？"

"就你有口福，你哪里也买不到。这是我姥姥用徘徊花自己酿的酒。"

"好喝，能不能送我一瓶？"

"你这个人真贪婪，给你喝一杯不错了，哪能酒坛子都给你端去了？"

赵晶玉转而又说："你这装修费，我可真拿不起。"

"不是说好了，我给你装修，你给我做模特吗？装修房子的报酬就是给你画几张画吗？"

"说是装修费，那装修材料，我估算着，你可能花了不少钱，连门口的报警器你都给我安上了。你请一个模特可能用不了多少钱，我不想承情，我知道我没有什么身价，不值得你这样，到时候连工钱，我一块儿给你。"

"可是，你答应了就得做到，"张二丑急急地解释，"做模特就像你在摄影室里拍照一样，做模特也很累，你得很久保持一个动作不变……"

"我什么时候答应你了？你花了多少钱，算一下告诉我。"

"我不算，我只要属于我的报酬。"张二丑说，"房子就这样，你这屋子啊，得好好晾一晾，通通风，不然的话会有潮气。等你搬家的时候，书我帮你运。"

"不用，谢谢，我男朋友会过来帮我运的。他如果看到你，会揍人的。"

这之后张二丑就没有见着赵晶玉，打电话一直是"嘟嘟"响的忙音。过来看过几次，那房子却也一直空着。有几次，张二丑走了很远又回头望，好像看见赵晶玉来开门，忙又走回去。门，仍是锁着的。

书店里的事安置妥当。有天回到宿舍，赵晶玉发现刘宁一个人躺在床上，眼睛直直的，赵晶玉吓了一跳。

"哎，你没事吧？"赵晶玉走近刘宁，再看时，发现那眼角上有泪珠一股一股地流下。

"我没事——"好像将死的有气无力的声音，"我没事才怪。"

"怎么了，谁欺负我们刘宁大小姐了？"

"还有谁，你们都欺负我，我和他闹了别扭分手了，他再不理我了。"

"至于吗？不合适就算了吧，塞翁失马，焉知非福……"

"我至于……你不知道，我刚见到他时，就特别喜欢。我以为我们是一见钟情的。"

说过这些话后，刘宁又不言语了。

接下来，不管谁回来，跟刘宁打招呼，她眼睛都只是呆滞地盯着床板。第二天的课也不去上。赵晶玉每次回宿舍都带回些烤串，这香得能迅速勾起人食欲的美味，大家都抢着吃，没想到人家还真经得起诱惑，赵晶玉像求她一样说："你就吃一口吧？"刘宁也只是拖长了声音："没食欲——"赵晶玉把吃的送到她嘴边，她嘴连动都不动一下。也许是为了大家都方便，她在自己的床边搭上床单，遮住自己的床，完全把自己封闭起来。赵晶玉只好每天按时"上供"，再跟刘宁叨咕几句，到时间了再"撤供"。

第四天的晚上，正在大家唠叨着，为刘宁不平时，那床单子忽然挑开了，在众人的目瞪口呆中，她抓起了桌上正散发着浓香的牛排，狼吞虎咽地吃起来，赵晶玉赶紧给她端来水，大家惊惧地叫着，"都是你的，慢点吃——""不能吃太多了。"

等她吃好了，大家又围了过来，问："现在什么感觉啊？""今天是不是有什么顿悟？"

刘宁吃了点东西，此时眼睛里有了些光彩："饿！"然后她眼泪又掉下几颗。

赵晶玉带着刘宁散步，边走边聊。刘宁把自己心里塞满的话都讲了出来。

"我有多在乎他，你应该知道，我为了他，连你，我最好的姐妹，我都给疏远了。"

"我没关系，人不了解我，我不会怪他。"

"那时候，我为了赚学费，赶场子在歌厅里唱歌。杨哥介绍的地点都在他酒店附近，他只准我在他指定的地方唱歌，而且他到点儿就把我接走，送回住处。我自己就走到出价高的歌厅唱歌，要到很晚才能下班。然后打车回到住处。每当我从歌厅里出来，街灯是昏黄的，但很清，很亮，也很纯，车辆已稀少的大街在灯光下显得更为空旷，两耳一片清净，我呼吸一下，空气带着些夜晚特有的味道。可是正因为突然静下来，心里面空得发慌。"

赵晶玉拉紧了刘宁的手，不知为什么，赵晶玉忽然忆起自己在昏黄的路灯下，看着纷纷扬扬的雪花在路灯下像金黄的小蛾飞舞。

"你知道在那样的夜晚我最想念什么？"

"你当然是要找一辆车赶快回家。"

"我希望在那个街角，有个人在等我一起回家，让我依靠一下，我抽空的心就会很快充实起来。可是没有，没有那样一个人。"

赵晶玉说她理解。

"可是那个人真的来了。有一天，我去了近郊区的一家歌厅，我唱《粉红色的回忆》，我边唱边舞，我正唱着就听台下有人喊：'妹子，唱得好，舞蹈也好看！'还有人跟着打口哨。我往台下一看，为首的一个胖男人，还文着身。他旁边围坐着几个和他打扮相似的人。等我唱完，那人又喊："我还没听够，再来一遍！"我又边唱边舞一遍，他那边又喊："简直太美了，听不够，看不够，再来一遍！"我推说嗓子不舒服，要休息一下。我下台，老板对我说，有客人要找我聊聊。我说我喝口水，再上个卫生间，然后趁人不注意溜出歌厅。可是我在歌厅外面拦车却拦不到。也许是看到我焦急的样子，一辆车停下来了。我也不管他去哪就上了车。车里坐着的就是他。我们一聊起来竟是顺路。下车后，他一直把我送到我的住处。那时候，他已经是大一的学生了。后来，他知道我在外面唱歌，只要告诉他我唱歌的地点，下班的时间，他就会提前打好车接我回住处。那个暑期，我所有的辛苦都烟消云散了。"

赵晶玉安慰刘宁说："多深的感情都会淡的，不止你们这样。"

刘宁说："不是我死心眼，就是想不明白，本来好好的两个人，怎么会变成这个样子。"

赵晶玉也很迷茫："大概爱情是有保质期的，过了期的爱情，甜的就变成了苦的，气味难闻，感情本来不可理解。"

赵晶玉陪着刘宁散心，刘宁看了赵晶玉的屋子，觉得不错，也知道了张二丑给赵晶玉做的装修，但又没有收钱，只要赵晶玉做模特。

刘宁说："没有收钱？他帮你，你是要承情的。当模特画画，你以为这是泰坦尼克号上的爱情呢？他这套路可真经典。"

赵晶玉说："我觉得也没什么，只是觉得他花了不少钱，我不想欠他的。"

刘宁说："你看，我说吧，他先让你觉得你欠了他点什么。然后啊，你就还吧，有来不往非礼也，是吧，这样一来，他就可以和你纠缠不清了。"

不管刘宁说得对不对，赵晶玉觉得两个人忽地一下走得太近了，确实有些不正常。赵晶玉决定一定要想办法把张二丑的装修费还上。

赵晶玉在装修完房子后，愉快地想象着那些读者的样子：有的在书架前手里捧着书，有的倚靠着书架坐在读书桌前，或者沐浴着阳光坐在地上，还有读书会开得比以前更热闹了……然而，现实却常常让人觉得无奈。

春节过后，赵晶玉想趁着假期出去跑跑把证办下来，可是一个审批就像是个"门槛"，她也才知道所谓"门槛"的含义，她才知道办个证有多难。她一头雾水，几个部门来回跑过几次，每次都会有点问题。证件很久没有办下来。对方的理由有时是材料不齐，比如"你的证明材料呢？"比如"你这材料少项啊，你去，把这个给办了。"等她找到相关部门，有时又是主管领导不在。反复几次后，她干脆背上了大背包，里面装上所有的材料，然后骑上一辆旧自行车，人类脚下生轮，就不会有找车站、等公交车的烦恼。可就这样手里的材料依然是不齐全，每一次，她都是用忐忑的心面对冰冷的铁面。

开学后，赵晶玉愁眉苦脸地回到了学校。那段日子赵晶玉焦头烂额。赵晶玉多选了两门课程，学校的课程紧了，不能总请假。跑得累了，这个事就放下了。

刘宁和赵晶玉一起去上课，看到赵晶玉心事重重的样子，就开玩笑说："怎么了，是不是也为情所伤啊？"

赵晶玉一撇嘴："我可没你那么儿女情长的。"

"无情未必真豪杰，是这个画家惹到你了，还是你那个谁？"

"还真不是，书店那事，办个破证，都好几个公章了。"

"你还真想这么一个一个门槛地过啊，能不能别这么幼稚？要办事，得懂事。杨哥认识的人多，找他托托关系，你要创业呀，人脉圈子得打开才行。"

"那怎么成，这是正经的文化事业，光明正大的事，庸俗人情和文化事业掺和在一起，怎么着都觉得牙碜。"赵晶玉不服气地说，"算了吧，对了，你和杨哥到底是什么关系？"

"没关系。哎，你是不是觉得我和他有一腿才对啊？"

赵晶玉这么问是因为他见杨笑川送过刘宁。看他们的关系，赵晶玉觉得他们很亲密。

刘宁说："他大我七岁呢，对我倒是照顾，他给人一种叔叔的感觉。他给我安排唱歌场子，照顾我，还不是因为我对他有用吗？"

"旁观者清，我看他送过你，如果你只是对他有用，又何必事无巨细呢？我觉得他是个好人，你别错过他。"

眼见着天气转暖，赵晶玉的书店证件却还没有办下来。赵晶玉却也不急不慌。只是有条不紊地整理她的书，继续在网上写她的书评，与书友们交流。刘宁托过杨笑川后，也再无消息，看赵晶玉不着急的样子，也只顾自己去赶着场子。

郑大山总是在询问赵晶玉在忙些什么，为什么假期总也见不到她，为什么一约她出来，她就推说有事，难道是在有意疏远自己吗？赵晶玉终于讲自己书店连书证也没有办下来。倾吐了心中的郁闷，赵晶玉才畅快许多，并不承望郑大山能帮自己什么。

郑大山听后急了："这么大的事，你自己扛着，也不跟我讲，我找我妈妈呀，我妈妈认识的人多，我妈就能帮着办。"

赵晶玉带着郑大山来看她的房子，郑大山对房子的装饰很不满，说："书店，总该像个书店的样子，画得这么花哨，这又不是儿童乐园，太幼稚。"

赵晶玉说："我觉得这书店，有了这样的装修，就可以有与其他书店不同的生命力了。"


## 二　梦中流泪，清醒时也流泪

不过有没有证暂时不重要了。因为人们传说有一种怪病正在流行。

街谈巷议的话题由伊拉克的战争局势转向了怪病。听说这病起于南方，很厉害，人们也并不觉得这怪病有多可怕，不过是咳嗽了发烧了，万能的吊瓶可以解决的。渐渐地人们发现被它欺骗了，它像感冒却无药可医。

郑大山跟赵晶玉讲，不要那么劳累，他见到有人离开了，压力大，免疫力就弱，就容易染病，没有什么值得用生命去换。

不久，郑大山告诉赵晶玉，很多人被病魔放倒，很多白衣天使也被传染殉职，仿佛瘟神降临，恐怖笼罩着人们。

郑大山讲，出门坐公交车比以前松了不少，都戴上了口罩。

郑大山还讲了一个笑谈：车上有一人冲着别人咳嗽，结果另一个人说，冲他咳嗽了，两个人就这样吵了起来。

这种病开始有了一个名称，叫非典，SARS。

郑大山讲学校的一个老师被查出疑似非典，那个疑似病例不治身亡。

郑大山问赵晶玉："如果我死了你会怀念我吗？会难过吗？"

赵晶玉有些生气，应道："你怎么能乱说话呢？"

郑大山叹口气："我妈妈会的。"

赵晶玉猜不出是什么让郑大山想到死亡，是郑大山内心的深情让他惧怕生死别离？还是因为看到死亡心里产生了哀悯之情？

赵晶玉本想劝郑大山的，没想到自己也伤感了起来，若是自己死了，有谁会有怜爱的哭泣？

这一次电话后，赵晶玉却没有联系上郑大山，打电话过去，电话是关机，想到之前郑大山说的话，担忧起来。

赵晶玉便有心无心地听新闻，正在举行的新闻发布会宣布进入战时状态。

赵晶玉仍没有听到郑大山的消息。赵晶玉疑心郑大山出了什么事，心里很不平静，决定到北京去看看郑大山。

此时北京的公交车上乘客稀少，乘客之间躲得很远，人们眼神暗淡，仿佛正在奔向茫然，现在连吵架怕也没那个勇气了。

京师诚开大学已采取了封校措施，禁止外来人员入内，赵晶玉也没有找到郑大山的同学，据说封校前就已离校。学校里因为有人感染，学校迅速采取隔离措施。至于郑大山，有人说是被送去了医院。

赵晶玉心里一翻个儿，赶忙打车。生意不好的司机，看到赵晶玉等车的样子，把车开到赵晶玉身边，热情地问赵晶玉："打车吗？您去哪儿？"

赵晶玉一说去小汤山医院，出租车司机立刻没了笑容，"发烧吗？要不叫120吧，专门派车，还免费……我这车还得去接人。"他说完就把车开跑了。

有了这次经验，赵晶玉等到第二辆车停下来的时候，直接坐到了车里，说："到小汤山医院。"司机看了看赵晶玉，说："可以去，不过你得多付三十元。"赵晶玉想也没想就答应了。

赵晶玉终于打听到郑大山，他在病房谁都不能见。赵晶玉只好请求人传个话。郑大山说要一个充电器，并告诉她早点回去。赵晶玉把买好的充电器交给医生，又写了纸条：我和你在一起。

郑大山的电话终于打通了。

郑大山说："你早点回去，我们就这样用电话聊天也很好，就算是我妈妈来看我，也是不能来探望的。对了，一定不能让我妈妈知道我在医院，她很喜欢多事，不来为好。"

"她不是多事，她是惦念你。"

"反正她最好不知道。有你和我在电话上说说话就行了。我这里你不能进来。

早点回学校去吧。还有，请你原谅我，因为我在乎你，所以我老犯错。"

赵晶玉心里一阵难过，想自己有时对郑大山是不是太苛刻。刘宁说她在乎男朋友疏远了赵晶玉，说得没错，在乎了他，心里就会只有他。想到这些赵晶玉的心里又柔情似水，难过得要命，后悔得要命。

等候是无望的。无奈之下，赵晶玉只得返回学校。

赵晶玉的学校也开始戒备森严，禁止闲杂人等进入，学生不得无故外出，严格管制，学生不准随意出入校门。后勤大概考虑收回书店在经营上也会存在困难，对于书店的事，没有过问。

学校的课程也被调整了，集中的课程改为分散上课。原来喜欢逛街的女生们，不能再去闲逛。和赵晶玉在一个宿舍的八妹，每天连宿舍都不出了，饭是泡面，水是矿泉水。学生们开始的时候惶惶然，后来就不再知道怕还是不怕，时间多了，反倒不适应起来，变得压抑无聊。

赵晶玉每天都和郑大山短信联系，或是煲电话粥。赵晶玉便给郑大山讲很多有趣的故事。有时候，同宿舍的人也侧过耳朵来听。

赵晶玉对郑大山说："那天你问我，我会不会难过，那我再给你讲一个好故事，有一个仙女，她死了很多次，死了的她又活过来很多次。我用这个故事作回答。"

电话那头说："讲吧，我听着。"

赵晶玉的故事幽幽地开始了。

"从前仙界里有一群仙女，百花之仙，蒺藜也经修炼位列仙班中，她没有众花鲜艳，结了蒺藜浑身是刺，不受王母待见，姐妹们也瞧不起她，她做着最卑贱的事，一次她做错了事，被王母嫌弃，罚她到人间受苦。她可以在人间长生，可以像别的植物一样秋天枯萎，春天复生，开出小花。她化成人形，是一个漂亮的姑娘。蒺藜姑娘很善良，她种了点田，就把粮食分给穷苦人吃，还拿出药来，治人们的眼病使人眼睛明亮。"

"有一次国王来田园打猎，却被一阵怪风伤了眼睛。蒺藜姑娘拿出药来，给国王治病，救了国王。国王感激她，把她带到了宫中。国王沉迷酒色，日日笙歌，蒺藜姑娘跟国王讲民间疾苦，要他爱民如子，可是国王不听她的劝告，嫌恶她还把她送到宫中荒芜的院落里居住。被深禁在宫中，孤独的她，唱起了歌：

　　秋花惨淡兮寂寞多，
　　知音不见兮独吟哦。

生民苦兮叹流离，

义士起兮舞干戚。

大厦倾兮荒草没，

荒草没兮冢累累。

人世艰难兮奈何，

流水逝兮欢情薄。

…………

　　她的歌声引起了国王的注意，循声来到荒芜的院落，他看到，蒺藜姑娘在月下歌舞，她的歌声清亮动人，非人间所能歌，她的舞袅袅婷婷，非人间所能舞。国王把蒺藜姑娘迎回，他请蒺藜姑娘为自己献舞。不久，因为国王长时间疏于管理政事，国内发生了战乱，乱军冲入宫中，一支箭向国王射来，蒺藜姑娘挡在了国王前面，箭从她身上穿了个透心凉，血流了一地，国王看着她一点一点闭上眼睛，她死了，国王大哭一场，把她厚葬。"

　　"过了严冬的肃杀，春风一吹，春草又生，蒺藜姑娘后来遇到了一位儒生，儒生变卖了值点钱的东西埋葬了父亲，孤身一人。蒺藜姑娘看他孝顺，就问儒生有什么愿望。儒生说，想中个状元。蒺藜姑娘就说，她要助儒生中状元，如果中了状元，就嫁给儒生。儒生很喜欢这个姑娘，就答应了。不过这个儒生总是不中，他埋怨考官眼拙，他的锦绣文章被埋没。蒺藜姑娘读过他的文章浅浅一笑，就点拨他文章，但他依然名落孙山。蒺藜姑娘见他不开窍，就说，也不必去考什么状元郎了，就是种田，粗茶淡饭也可以活得很好，或者还可以有其他事情为生计。但那儒生却日渐堕落，常去赌博，家中更是一贫如洗，蒺藜姑娘不能劝止。蒺藜姑娘忧郁成病，身体状况越来越差。直到有一天，蒺藜姑娘要死了，她把儒生叫来面前，'我死后谁来给你补衣，谁来为你烹食呢？'儒生泪下，蒺藜姑娘递给儒生一包草籽，要他种在屋边各处，等长起来了，结了籽就是明目的良药，并教他医术，将来可以为乡民们治疗疾病为生。姑娘嘱咐完就断了气。书生简单地埋葬了蒺藜姑娘。那包种子儒生一抓一把刺，慢慢把它遗忘，最终儒生穷愁潦倒。"

　　"后来蒺藜姑娘隐居在山中，她在田野中耕作歌唱，在泉水边休息舞蹈。有一天，她在给乡民们治病的时候，遇见了在田间耕作的白芷。白芷勤劳，终日耕作，脸色发红，但更显英俊，你看到他就会感到温暖。蒺藜姑娘被他深夜诵读诗书的声音打动了，她的心扉打开了。白芷也迷上了蒺藜姑娘为乡民疗病时的倩影。就这样蒺藜姑娘留在了白芷的身边。他们过着男耕女织、日出而作、日入而息、宁静幸福的生活。可是战争还是来了，白芷说他自幼读诗书，学兵法，何况覆巢无完卵，他要安天下，青史留名。蒺藜姑娘没有反对，只是默默为他打点行装，默默忍住泪水。就在战争要结束的时候，白芷兵陷重围，援兵迟至，白芷身负重伤。白芷静静地躺倒在蒺藜姑娘怀里不动了。蒺藜姑娘抱着白芷，大滴大滴的眼泪流了下来，最后，她静静地睡在白芷的身边。春风来了，蒺藜长了遍野，蒺藜姑娘再也没有醒来……"

郑大山说："这不是一个好故事，太悲伤。"

赵晶玉的眼睛里噙着泪水："我的故事讲完了，你听懂了吗？"

郑大山说："我听懂了，听懂了……"

赵晶玉问："那你告诉我，蒺藜姑娘每次都死而复生，为什么偏偏是白芷死了蒺藜姑娘再也活不过来了？"

郑大山说："因为蒺藜姑娘爱白芷。"

赵晶玉说："不对，她没有爱过国王和儒生吗？"

郑大山想想也是，但是想不到答案，说："我猜谜总是不如你，你说吧。"

赵晶玉说："蒺藜姑娘虽然爱过国王和儒生，但是她一次是为国王挡箭而死，一次是因为辛劳而死，当她遇见白芷时，白芷为平定战乱负重伤而死，这一次蒺藜姑娘的心死了，心死了，就不能复生了。"

电话那头抽了一下鼻子，"我懂了，我们都要好好的。"

以后的日子，每天赵晶玉都要给郑大山讲故事，直到夜深倦了，大家都休息了。郑大山每天要听赵晶玉讲故事，在医院里，不管有多么郁闷和无聊，他听到赵晶玉的故事，再黯淡的心境也会被照亮。赵晶玉就这样一直陪到郑大山痊愈出院。


天刚亮，赵晶玉就起床了。她爱美，不愿窝在宿舍里，会变胖，失去灵活度。她每天还要去跑步，压腿，踢腿，她喜欢舞蹈，自从姥姥教了她舞蹈，就不曾忘记练功。运动完了，还要朗诵。离书店不远有一处假山，假山上、假山周围都有树林，那里是她练习舞蹈的场地，读书的好地方。那里，一抬头，就看见杨树的新叶在阳光中绿得闪亮，花花草草有名字没名字的散在林间吐蕊。草丛里有很苦的苦菜，还有蒲公英，都开着黄色的小花，似乎疏于管理，草坪退化，更自然。这个春天的花似乎比往年开得更为灿烂，阳光更为明媚。

这天，赵晶玉经过僻静的假山时，吓了一跳，在树下躺着一个人。赵晶玉起初以为那人是在休息，但再看时，那人闭着眼睛，再看她手下一摊血。赵晶玉有些震惊，什么样的压力，让她放弃自己？她赶紧打医务室电话，请求急救。

回到书店坐下，赵晶玉的心还怦怦直跳，打开电脑，写下了一篇随记发在网上：

## 寻找阳光

不想看到的一幕还是发生了，她为何要如此轻贱生命？难道人命还不如草芥珍贵吗？生命是有重量的，人常似负重前行，一个人选择了放弃，固然因为生命的沉重，其实并非不堪重负，而是自己还很虚弱。

小时候我的姥姥讲，"野草知春暖，凌寒笑倚风"，野草们在严冬里蕴蓄，在春风中萌发而繁盛，它们美丽，开出花，结出果，完成一场庄严的生命历程。即使那弱小的点地梅，也在初春学着白梅开。野草们的叶子、茎秆、果实，甚至它们的根，大多是有用的药材，即使它们倒下，也要让人们念着它们美丽的名字，蒲公英、地锦草、牛筋草、旋覆花……

活着，先要有生命的感觉。你可以跑步，也可以舞蹈，或者歌唱，或者随意涂鸦。你会发现，你的枝枝蔓蔓生长的律动，你能感觉到身体里的活力、愤怒、抑郁等坏情绪，就不会再那么强烈。

人生实难，大到战争、瘟疫等灾难的突袭，小到生活琐事，使人如临悬崖，如悬一线。人生实苦，需要负重前行。生活需要我们去战斗，那就做一个战士好了。看看那丛生的野草，几经风霜，旧颜色还未褪尽，又萌发新生机，野草是生生不息的勇者。勇者是要敢于承受这重量的，走过去，回头来看，它也许没那么重，苦难终究是我们能够承受得住的。人生路上常有些遗憾无法释怀，其实最大的遗憾是，我本来有余力穿过困惑艰难，却在光明美好的一切到来之前放弃。自己以为是在顺其自然，其实不过是在回避躲闪。

人又不同于野草，要有精神，需要深思我们的过去，想见我们的未来，从生活的一点一滴中，领悟生的意义。有了信念，哪里还有时间悲伤？

我们更怕的其实是人生的空洞，内心的空虚乃至蒙昧无知。要走出这些人生低谷，就得让信念的力量充满空洞脆弱的躯壳。人生短暂，总该有所追求，做自己喜欢做的事，营造自己热爱的生活。一念起而情深，一缘生而竭力。人生本来平凡，需要在庸常中追寻与顿悟。

在草木中间走一走，那清风会为我们吹走迷惑。我们向往的诗意远方，其实就在这日常生活中。

好好地活下去，活出意义，让灵魂充盈。生命需在追寻中闪光，会在无所事事中沉沦。

对生活，不要过分期待，不必悲观绝望，用心体验阳光的温度，用真诚对待生活，你会在草叶间听到歌与诗，会在日常中找到诗意。

我的姥姥教我读过《诗经》，荼苢、卷耳，这些其实就是普通的草，因为被人采进了人间烟火，因为它们有了爱与梦想，它们就有了诗意。

我很欣赏在林间向上攀爬的藤蔓，我生在阴暗的角落，阳光照不到我，我就要自己寻找阳光。

草草写就，没有修改直接发在网上。没想到再打开看时，竟得到书友们几页的回复，大家在跟帖中写下了这段时间里的感悟。

因为发现SARS病毒在室外并不易存活，有关部门建议人们多在室外活动，学校开始组织很多活动，打篮球、打羽毛球、踢毽子，还有各种社团活动。

以后的时间里，赵晶玉每天早晨都把宿舍的姐妹挨个叫起来。

"起来，都起来，出去活动了。"

"吵什么，再睡一会儿。"

"宿舍多闷呀，外面多好的空气，多好的太阳。"

好说歹说，才把大家带出去，运动一会儿，再读书半个小时。大家分散站在树林间，一朵朵阳光，从树叶间穿过，每个人的头上、脸上落下了像花瓣一样的光斑，她们像虔诚的教徒，朗读着精彩的文章。读书会的同学也来了，来读书的同学越来越多。

有一天学校领导的车从树林边经过，校领导见到这样的景象，就停下车，摇下车窗，听出来是在读书：

泪水爬满他的脸。我也无力地坐在沙地上。他轻轻的倒下去，一点声音也没有。关于爱、忧伤和成长的哲学，这样的告别带给我太大的震撼。风、沙、星辰，永远都是最美。（《小王子》）

不，在战争几年中白了头发、上了年纪的男人，不仅仅在梦中流泪；他们在清醒的时候也会流泪。（《一个人的遭遇》）

…………

原来是读书会的同学在活动。领导了解到事情的来龙去脉，赞叹道："想不到这样一个瘦小的女生，竟有这样大的能量。"

学校收回书店在经营上也会存在困难，在学校领导的调停下，后勤管理处将书店收回学校的日期延至暑假之后。

## 三　代悲白头翁

非典疫情紧张的时候，张振业给张二丑来了电话："他一个乡间土郎中，早就落后于时代了，还当自己浑身本领，忙前忙后，一旦感染了病毒自身都难保。"

二丑的爷爷和张振业之间吵来吵去很多年。张振业说二丑的爷爷太保守，二丑的爷爷又讲张振业太功利。张振业有自己的产业，很忙，又与二丑的爷爷不和，所以他回家看二丑的爷爷时很少能和二丑的爷爷谈心，往往是看看即走。张二丑天生同情弱者，又喜欢和爷爷在一起，就一直跟着爷爷住。

接到这个电话，张二丑不放心爷爷，回到云南。屋门口挂的香囊在风里荡来荡去，二丑的爷爷不在家。很晚，他拎着药箱回来了。

"爷爷，你这是干吗去了？"

"有几个发烧的病人，我给看一下。"

"看你，抗非典也用不上你……"张二丑话没说完就被打断了。

二丑的爷爷说："怎么你也瞧不上我？说中医没用，还是说我没用？"

"不是，我是心疼你，腿脚不好，你还到处乱走。"二丑的话里带着嗔怪，"爷爷，你都这么大岁数了，就别再掺和这事了，身体最重要，得保护好自己的健康，咱不给国家添乱就好。"

"你也觉得我老了没有用了吗？怎么是乱走，我是在治病救人啊！你看，刚刚发烧的病人，吃了我的药已经没事了。"二丑的爷爷说着就翻出了手里的本子，他精神头很足，"你看看这些病历，可以判断只是普通发烧。咱这去大医院不方便，我这能做点什么就做点什么。"

张二丑翻看爷爷的本子，上面记着很多医案。病人的年龄、症状，如何辨证，使用的药方和药效，后续的变化都有详细的记录。最近的几例就是关于发烧病人的。

张二丑跟爷爷说："你是如何判断的？怎么就是普通感冒发烧？如果病情延误，生命大事，你可担不起责呀，这样的事你还是少出头的好。"

爷爷说："你也太小瞧你爷爷了，我行医这么多年，鼠疫、白喉、天花、霍乱什么没见过？温病疫病越来越厉害，我这儿是没什么医疗条件，基本的防疫工作还是能做的。"

"爷爷，你这救人不打紧，别救人不成把自己搭进去。"

"我难不成躲着不出来了？我还是不是医生？现在疫病这么严重，我总该做点什么吧？"二丑的爷爷脸上又露出悲伤，"那年的瘟疫，在村口上，有一个孤女，守着一座新坟，一声一声地哭喊'老白，老白……'你太爷每次讲起这事他都会落泪，他告诉我一定要把医学学好，听说日本医学先进，就打算让我去日本学医，取西医之长，为什么？就是为了少一声这样的哭泣，我看到病人好起来，我这心里就舒坦。我还没老！我还中用！"

"爷爷，我来帮你吧。"每次听爷爷讲这个故事，张二丑心里都有愧疚，爷爷说中医是从祖上一代一代地传承下来的，一直到爷爷，张振业却没有做中医医生，张二丑从小跟爷爷画中药植物，画来画去，学了绘画。

"你回来了正好，明天，帮我把这些药包，再发到各家去。"

就这样，对于爷爷的话，张二丑说不出哪里错，他本来想说服爷爷，每次都这样被爷爷说服，还顺从爷爷去做些什么。

夜里，窗外的月光照进屋里，洒了一地，张二丑怎么也睡不着。他很挂念赵晶玉，想着她现在怎么样呢？遇见了什么？书店还空着，她每天上学怎么打理书店？就这样不知过了多久，他坐起来，下床，拿起画笔，支起画板，动笔画起画来。人已入心了，便不管从哪个角度都能画出她的神情，张二丑涂抹着，很快画出一幅赵晶玉的画像：她像走在风中，风吹起她的头发，背景是梦幻的树林，阳光穿过树的枝丫，空气变成了橙黄色的雾，好像橙黄色的梦幻。他愿意把这个人安排在一个温暖的背景下。画完了，张二丑倒床就睡着了。

睡梦中，就见赵晶玉笑着朝他走来，张二丑开心地迎上去。就在这时，一只毛毛的手伸来，拦住了张二丑的去路。张二丑睁开眼，天已大亮，见狗趴在自己身边，伸出舌头"呼哧呼哧"地喘着气，狗腿压在自己的手腕上。张二丑十分懊恼，看看门开着，便喊："爷爷，你怎么把狗放进来了？"爷爷听见声音便进了屋："懒虫，都几点了还不起床？狗狗见你回来一晚上都不安生，大早晨就啃你房间的门，用爪子抠，抠不开就吠吠地叫。"张二丑听了，有些感动，用手抚一抚狗狗的脖子，摸一摸耳朵，它乖顺地扬扬脖子，哼哼着叫了两声。

狗狗是一条土狗，刚发现时它才出生几周的样子，蜷缩在街头，毛茸茸的，还有粉红的皮肤。看到张二丑路过，就哼哼着，冲他叫两声，眼睛里，闪出一些光芒。看看小狗晃晃的样子，恰好自己身上还有火腿肠，就从包里掏出来，掰成小块儿给它吃。狗狗确实饿了，几口就把这些食物吃得精光。然后张二丑继续赶路，那狗狗就在他身后跟着，把它送回原处它又跟了回来。张二丑跟它说："你别跟着我啊，学校里是没法养狗的。"看看它无助的眼睛正眨巴着看自己，没办法，张二丑只好贴下一纸条，在此处发现小狗一只，如您能说明狗狗特征，愿意将狗狗归还，并留下电话。张二丑把狗带到学校里，但没有人打电话认领这狗，他又找不到可以托付的人家。把狗藏在宿舍里只养了几天，就被学校发现并通知张二丑禁止养狗。最后张二丑想到爷爷孤单一个人，这狗还算通人气，也算难得的狗，就辗转把它带回了云南。

爷爷便笑他这么老远带一条狗。张二丑给爷爷讲了狗的身世，爷爷见狗的模样乖巧，又懂事听话，也很怜惜这条狗。

一年多，等张二丑再次回来的时候，狗狗汪汪声，已变得浑厚了。那天张二丑刚到山脚下，狗狗便警觉地吼叫。叫过几声后，声音忽然柔和起来，顺着山路疯跑下山冲到张二丑身边，打滚，匍匐……张二丑惊喜，狗狗还认得他。爷爷把狗狗照顾得很好，狗狗的身体长得很长也很强壮。爷爷没事，一个人坐着的时候，狗狗就在爷爷旁边陪伴。爷爷说，这狗还懂得音乐呢，夜晚箫声一起，它就在一边听着，如果狗狗不在身边，要喊它，只要吹几声洞箫，它就跑回来了。

二丑的爷爷把一堆草药包放下，"一会儿吃过饭把这些药给人送过去，记得问一下体温，我告诉你住址。"

张二丑根据爷爷的嘱咐，找到那些人家，打开门都是笑脸，"起初啊，都讨厌你爷爷，又要我们打扫卫生，又要我们用艾叶熏屋子，开始只是烦，后来人们心里发慌，有人发热了也不敢去医院，怕因为去了医院再感染。你爷爷就来给我们治病，成了我们的主心骨。你爷爷，光这香囊就发了几回了。"

不久，张振业回来了，又劝说二丑的爷爷放下这个工作，别再做这种无用功。二人说着说着又说碴了。

"现代医学这么发达，很快就研究出治疗的办法，你那一套早就落后于时代了，老了就家里歇歇，别去张罗事。"

"别看我老，脑子清醒着呢，不像你整天钱迷了心眼！说我老可以，说中医不行我可不让！"

张振业说："我说的都有道理的，中医从来没有制服过瘟疫，瘟疫都是微生

171

物引起的。"

"中医有治疗温病的历史，可以发挥中医的优势来治疗。"

张振业显然不耐烦这样争论下去："反正中医里没有病毒这么一说吧？你对非典一无所知，你成天瞎掺和啥？"

"非典是一种温病，发于春初，是湿邪内侵所致。"

"中医就不认得微生物，连感冒都是病毒、病菌引起的，你非要把它说成什么邪气，这不迷信吗？"张振业咬准了要让二丑的爷爷明白科学是如何对疫病作的解释。

"邪，在中医史上，可是大有来头的，中医史上没有病毒细菌的说法，一个'邪'字已经把它们概括在其中了，早在东晋葛时洪就注意到了瘟疫与外界疠气的联系，而至明末清初吴又可又有戾气、厉气、杂气学说，认为瘟疫是因为戾气自口鼻侵入，而引起人体疾病的戾气有多种，不同戾气侵犯人体脏器证候也有不同，他还对疫病的流行做了论述。明代的医学家张景岳认为'疟邪'是疟疾的病因，认识到这是外来的因素引起的。中医还研究了地理气候、社会因素与流行病发生的关系。"

"可是感冒是病毒引起的，对于病毒没有有效的药物，发现了病毒，抗病毒的疫苗很快就能发明，中药的有效性并不可靠。"

二丑的爷爷说："疫病是世界问题，光是天花就是难治的病，印度人信奉'天花神'，以为这样就可以治疗他们的病，可是中国，至少在明朝就已经用种痘的方法来防治天花了。清代初年张琰写的《种痘新书》里就已经系统地记录种痘的病例，难能可贵的是，中医还追求种痘的成功率，培育出安全有效的痘苗……"

张振业说："唉，你真是老顽固了，我一说西医有多科学，你就搬出祖宗有多强，好像阿Q比阔，真是个祖宗迷信。"

张二丑听了爸爸的话，怕爷爷发怒，就接话说："那疫苗不是一下子就能研制出来的。现在，从抗非典的医疗病例情况看，西药止不住的肺炎，使用激素治疗效果并不是很好，改用中药后，高烧就退了，肺部炎症很快就得到改善。这就是中西医的差别，中医关照了人体，西医重视的是病菌、病毒。中医无法直接用药对抗疟疾，那就调理你自身，让人体的自我修复能力变强，强己以御敌。即使这些中药不能杀灭病毒，但能增强对抗病毒的能力。你患病的时候，服药让你感觉舒适，你鼻塞了，无法呼吸，有通窍药物，使你呼吸畅通。"

二丑的爷爷喘口气又说："我积攒的医学经典，可惜你连翻都不肯翻，你要读一读，你才能领会中医精神。古代中医没有全面控制疫病，不在中医，而在体制。你根本不去了解这些，凭什么说我老，不中用？"

"有消息说，中医里用得最广的麻黄前不久在美国出了问题，你用的那些中药都是有毒性的，是没有经过检验的。"张振业理直气壮。

"中医也从来没有说中药没有毒性。正是因为古人对中药材各种毒性有了认识，才有药物之间的配伍，才创制各种炮制之法，像半夏必配以生姜，东晋葛洪就有'诸药毒救解方'，提出生姜汁可解半夏毒，大豆汁解附子毒，应该说这都是重大的发现。正因为西药的毒性和副作用，反而是向中医药里寻求更安全的用药。"爷爷针锋相对。

"那西药毒性毒理是明确的，你中药呢？一服汤药里面什么成分，哪种成分起了作用都不清楚。顶多标一个副作用不明确。"

"西药也存在这种用过一段时间而后发现毒副作用的情况。你见过因为链霉素耳聋的年轻人吗？你见到过有四环素牙的年轻人吗？那年我路过一家讨水喝，那娃子肚子疼，家人急得不行。我看过孩子情状，把过脉，就问他家有没有萝卜子儿，拿来就煎水服用，一剂下去，那孩子很快就放屁，通气了。那个汤，你要用西药标准看里面所谓成分，成分又有多少种呢？你要说副作用，得怎样才算明确呢？"

"所以你看中药的毒性毒理，还是认识不清。"

"中药虽然没有拿小老鼠做实验，但是已长时间在人体上应用，在现存的史料记录中，就已使用了几千年，却没有发现真正意义上的副作用。在实践中，人们对中药毒性有一定的认识，才有中药之间的配伍，这是对中药毒性的重要总结。比如十八反，本来无毒的两味药材放在一起，就会有毒，这是用药的禁忌。"张振业插不上言，二丑的爷爷一口气要把中医对中药毒性的认识讲清楚，"中药有它自己的炮制方法和配方，这是中药的独特之处。中医药界对麻黄的药性和毒副作用早有研究，需要控制用量，讲究配伍，否则会引起如头痛、耳鸣等问题，中药就应该在中医药理论指导下严格使用，那麻黄在美国为什么出问题？我们用作发汗解表的药，它是药。他们给开发成减肥食品，长期服用，出现严重副作用，甚至死亡，也就不足为怪了。"

"那关木通的毒你怎么解释？"

"中药的确存在再认识的问题，但你不能凭这一件事把所有中药都一棍子打死，发现了这味药的毒性，还可以用别的品种替代，或者此味药又是治某病的绝佳良药，还可以控制使用，或者再进一步发掘，有新的发现也未可知。如果单以是否有毒性为标准看待医药，那会有大量的西药和中药都无法使用。中医也不是抱着老传统不思进取，古时候遇到温病，不也得研究才有更有效的方法治病吗？医学，有探索才叫医学，我们还有多少未知的东西需要研究啊，我们还要走多少路啊？"

张振业已不想再聊下去了："看把你能的，你能，那怎么到现在还是个山里的土郎中，连正规大医院的门都没迈进去过。这报纸上的东西，你自己看看。"

二丑的爷爷沉默了。张二丑知道爸爸的话戳痛了爷爷的心，爷爷一生向医，他自经战乱，一生坎坷蹉跎，理想抱负都没有能实现，张二丑能感知到爷爷灵魂深处的抗争与悲伤。

张二丑拿起报纸，看到一篇文章，说："爷爷你看，这个叫陈舟的人在《城市晚报》上发了文，说中医是迷信，中医应该被废止。"二丑的爷爷拿起报纸，报纸上标题鲜明《论废止中医》，文字密密麻麻，后面还有两篇小文，一篇《抗击非典的队伍中，中医算哪路人马》，一篇《中医能治非典，鬼扯！》。

二丑的爷爷叹了口气："不看也罢。你们好啊，现在这个时代，有什么理想都可以努力实现它。"

张二丑只好安慰爷爷。

夜晚，山间幽幽地响起洞箫声。月光水一样洒下，树上一片银辉。仿佛银色的雨，伴着箫声洒落在凄凉的战场。

二丑的爷爷对空吟道：

> 寄言全盛红颜子，
> 应怜半死白头翁。
> 此翁白头真可怜，
> 伊昔红颜美少年。

# 四 灾难不值得感谢

赵晶玉书店在非典之后，意外的兴旺。情绪渐渐稳定下来的学生，开始给自己找到出口。很多学生开始为各种考试做起了准备，考试类书籍卖得很好，赵晶玉收集整理了很多公共科目的学习资料，印出来，随书赠送。一些考试资讯也可以从赵晶玉这里得到。读者得了书还得到了考试信息，自然愿意到这里寻书。还有一些别的种类的书籍，因为读了赵晶玉的推介，书友们就专门到赵晶玉的书店里寻找。

期末又到，暑假又至，店里的忙碌停下来，世界静了，仿佛姥姥家那古老的挂钟钟摆停下来，嘀嗒的节奏停止，静得极不适应。赵晶玉就这样一个人坐在电脑前，呆呆的，万千思绪、琐碎事情全都溜走了，剩下的一切仿佛雪野一样茫然。

过了很久赵晶玉才想起要搬书店了，就去看自己空着的房子。

赵晶玉惊奇地发现，房前的小院一片绿色，近了才看见，是一排篱笆，篱笆里面搭了花架，上面爬了藤蔓，开了些淡紫色的成串的花，各色的花散落在草丛中，蝴蝶在花上面嬉戏、休息，几株小杏树伸开枝条长得正茂盛。不知从哪飞来的鸟儿也在这里上下跳跃，欢声鸣叫，这里好像海边沙滩绿地。

这些是谁做的，难道是张二丑？赵晶玉想着张二丑做的这些事，心下觉得惭愧，好像欠下不该欠的账，赚了钱一定得先把欠张二丑的装修钱还给他。赵晶玉想给张二丑打个电话，可是自己换了手机，又找不到他的联系方式，不由得惆怅起来。

赵晶玉把学校书店里的书归类，码放整齐，打包在上面贴上标签，以便日后找书方便。郑大山在做社会实践活动，要过些日子才能回来，郑大山知道赵晶玉要把书店搬到外面，约定等他回来他给搬。其实经过这一段时间，赵晶玉书店里的书库存已经并不多，赵晶玉觉得这么点小事情，自己找个车就能运过去了，可是郑大山一定要赵晶玉等他回来。赵晶玉也只好等着，趁此时也正可以休息休息，也把新书店再布置一下。

那天，郑大山弄来一台车。郑大山和赵晶玉一起把整理好的书一包一包地搬出来，又一包一包地装在车上，开着车把书运到海洋书店，又一包一包地把书从车上卸下。赵晶玉本来想着是很容易的小事，可真搬运过来，又要搬到楼里面，这就是个大工程了。那天的天气炎热，树叶子中间，传出某种小虫"吱吱"的叫声，郑大山只穿了个背心，汗水从他的肩头渗出来，汗珠攒聚在一起成一条小溪从他厚实的肩膀上流下来，扑嗒嗒落在地上，冒起一股白烟。

休息时，赵晶玉买来了冰激凌，这是郑大山最爱吃的。

"我这次是下乡去了，乡间里蚊子可多呢。不过，那里，满目是清秀的山水，耳畔是鸟喊喊喳喳的鸣声。山村里倒有条泉水流出，乡民们从那里取水，那水又凉又甜。我还演了节目，说了段相声。"

郑大山讲的这些把赵晶玉吸引住了，那泉水就是自己童年时候喝过的泉水，那山一定是刘宁唱过山歌的山。

郑大山帮赵晶玉把那些书都打开，码在书架上，有的书还要送到二楼。等到他们收拾安排好一切之后，已是暮色沉沉，天气却依然闷热如故。

几天后，书店开业了。

那天，赵晶玉对着镜子梳妆，把头发盘起来在头顶挽了个髻，余下的头发又自然垂落下来。她又选了一件粉色的连衣裙，不愿意穿那种职业装，她只想把自己当成一个读者，而不是把书店的经营当成自己的职业，她还记得林铃和她关于爱好与职业的谈论，也真的害怕因为职业的缘故而只把这些书当成换钱的商品，变得对书中那些美好的、打动心灵的句子毫无所感，麻木起来。

那天清晨，赵晶玉出现在书店前的时候，在周围一片绿色中，在晨曦中，赵晶玉恍如荷花亭亭。赵晶玉把自己宿舍里的好姐妹都邀请了来，她们如约而至，却是职业女性的着装，她们向赵晶玉表示祝贺，书店前立刻热闹起来。

学校的保洁员王阿姨也跟赵晶玉过来了。王阿姨在书店的工作尽职尽责，赵晶玉信得过，给出了高于同行所能给的工资，这也是因为她家有女儿在上学，赵晶玉特意照顾她的。

在论坛上，赵晶玉也发布了关于新书店开业的消息，原想着能够到场的不过几位。没有想到，有几位常光顾赵晶玉书店的老师还特地赶来参加书店的开业庆典。很多读者也来了，他们是铁杆书迷，心中早把赵晶玉视为领袖。

宿舍里几个姐妹自动做起了接待等工作，赵晶玉刚把自己学校里的老师安顿下，楼前来了几个人，为首的两个人，一个挂着相机，一个一袭长裙。赵晶玉都看傻了。

"师父！"赵晶玉乐呵呵地跑上前去，牵着林铃的手，"怎么会是你们？"

"还说呢，早把我们忘了吧，书店开业这么大的事也不告诉我们。"

赵晶玉不好意思地说："知道你们酒店里忙……"

"我和你印哥原说要开个摄影楼的，没想到，你不声不响，先行一步，还有声有色的。"

"我是没办法，给逼出来的。"

听到这话，林铃爱怜地说："知道你不容易，开了店以后事情更多，有事喊我们一声，帮你照顾着。"

赵晶玉忙道谢，又说："我这个小楼怎么样？"

"你还真有眼光，打理得不错，蛮有书店的味道。年初你印哥就注意到你这个小楼了，还拍了几张照片过去，说挺惹眼的。后来又见这小楼前风景不错，还带人过来取景拍过几次照片。"

印湘竹举着相机凑过来，说："书店开业是你的重大历史事件，我给你留下些照片吧，以后用得着的。"不待说完，相机已经启动了。

鞭炮声中，书店开业了。烟雾刚刚散去，读者们进了书店。

面对社会开书店，和在学校里有所不同。在暑假里，有很多家长会来书店里给孩子们淘书，赵晶玉也早有准备。几个姐妹又变成了收银员帮着收款，郑大山则当上了导购员，不厌其烦地为读者推荐图书，读者问询书籍相关的内容，他还会给讲解。

这是个愉快的夏天，却有恼人的炎热。整个暑假郑大山都陪在赵晶玉身边，说着笑话，聊着书的事情，跟赵晶玉逛书店，做搬运工。

转眼就到了元旦，这意味着，大学的第三年很快就要过完了，赵晶玉的同学们仿佛看到大学时光到了红日西沉的时候，变得伤感。每个人似乎都开始成熟起来，在找寻自己的位置。有人接触了一些社会上的工作，开始懂得社会是怎么回事，生活是怎么回事，才感觉到未来的压力。有人说虚度了两年的时光，也有人说感谢非典这场灾难让自己懂得了珍惜。

赵晶玉坐在书店里，对着电脑想要写些东西，眼睛却怎么也对不上焦点，呆呆地过了好长时间才醒了过来。她回想这一年，不知是苦是甜的生活，灾难真的值得感谢吗？

她终于写下了一段文字：

> 灾难就是灾难，它意味着毁灭，灾难留给我们的真正遗迹是伤痕，看得见的，看不见的。
>
> 灾难本身没有什么可感谢的，真正能让人变得强大的，是人的选择和思考。唯有自己对自己的救赎，来自内心的睿智与坚强，才可以抵抗灾难，乃至获得重生。
>
> 是你的坚强让灾难显得有意义，因为大多数的时候，我们过得太平常，太安逸，对一切无感。智慧的形成，在于对世间的一切敏锐的感知，而不在于我们被刺扎得有多深。

写完这段文字，挂在网上，这一年便这样终结了。

灾难的到来，提醒人们生命的无常，让人懂得珍惜。

爱情是生活的一个主题，生活是爱情的模样。古往今来，爱情故事皆然，只不过这次是非典的考验。

人们欣喜爱情还在，因为灾难证明他就是那个人。

人们发现爱情变了，因为灾难已把你我变成了另外的人。

无论如何，人们也不希望用灾难证明一点什么。


此时，没有了喧闹，只有屋里的表嗒嗒地走着，外面街上冷冷清清，偶尔有一两个人裹紧了衣服匆忙路过窗前。赵晶玉忽然觉得内心里空落落的，这是一种空洞的孤独，它来到的时候是可怕的。忽然记起好久没有去看姥姥了，赵晶玉匆忙收拾了一下，走出书店。

知道赵晶玉要回来，姥姥早早就准备好了各样的蔬菜，不时抬头看看门口。直到一个身影蹦跳着走进院来。姥姥便走出屋门，把赵晶玉左看右看。姥姥说："你瘦了，是不是又学习又工作太累了？"

赵晶玉觉得姥姥也瘦了，心里满是歉疚，责怪自己这么长时间没有来看姥姥。放下手里的东西，赵晶玉忙不迭地去帮姥姥做事情。她拿起花剪去修剪花枝，姥姥心疼赵晶玉，但更心疼她的花："快放下歇息吧，别剪了。"赵晶玉又拿起喷壶，为花浇水，姥姥又忙喊："那花不能再浇水了！"

赵晶玉和姥姥一起做晚饭，她忽然问姥姥："爱上一个人是什么感觉？"

姥姥说："爱上一个人，就像你爱这花，你愿它开着，花谢了就伤感。就像你护着这花，看着花长起来，为它喜悦，为它哀愁，害怕一切流逝，渴望它永恒。"

赵晶玉低头不语，姥姥眼睛打量着赵晶玉，好像在看一个她从来不认识的人。赵晶玉抬头笑着问姥姥："怎么了？"

姥姥回过神来说："没什么。"赵晶玉不知道，年轻的赵晶玉，是姥姥的一面镜子，在镜子面前，姥姥会有无限的回忆和伤感，温馨又凄凉。

"你有没有回去看看你妈妈？"姥姥问。

"我……还没。"赵晶玉不想说她不想去。

"去看看吧，她是你的妈妈，她抚养你长大。"

"嗯。"

赵晶玉很乖顺地答应姥姥，她不想让姥姥失望。

可是那天赵晶玉刚进家门，妈妈劈头就是一句："到底不是亲生的，电话也没有一个，这翅膀硬了，就知道在外面也不回来看看，你还是不是这个家的人？

我算看出来了，不管这个家出了什么事，你是一点不关心的。"

"不是，我真的有事儿很忙。"

"行了，哪来那么多事儿？还连家都不着了。不是亲生的就不是亲生的。还能说什么，白养你了。"

赵晶玉把泪水含在眼里，委屈得像一团墨汁洇丑了漂亮的纸，又如一团墨云在心底膨胀开来，让她感到气闷。

"你大哥需要用点钱，你想办法弄。"张安华冷冰冰地说。

"想办法"等于说，必须。在赵晶玉的妈妈眼里，赵晶玉就是卖身也应该提供这笔资金。

# 五　赵晓光的美丽爱情

赵晓光需要资金，还得从赵晓光毕业说起。赵晓光大学毕业后在明华机床厂厂办子弟学校里当了教师。张安华当然高兴，她精心培养的儿子走上了人民教师的岗位，是干部，总算有了些出息。可是和邻里聊天中又折了面子。人们得知晓光当了教师，张安华不但没有得到意想中的称赞，反而有人担忧地说："现在好多厂子都不好过，工人都开不出工资来，厂子办的学校，教师就能开得出工资来？"立即有人附和说："是啊，是啊，老师的工资也拖欠着呢。"晚上晓光下班，张安华急急地问晓光工资的事，晓光也终于说了实话，学校确实有些时日没有开工资了。

张安华顿时像被霜打了，瘫坐在椅子上，"我这辈子咋是这个命，靠山山倒，靠水水干。"在张安华最辛苦的奔波中，她没有哭泣，而此刻她像是被支毒箭射中般，流出了痛苦伤心的眼泪。

现实与理想是不一样的。

晓光走进学校成了教师，当上了班主任。在晓光的思想中，学校就是一块纯净的地方。

那天中午，他正在办公室里备课，办公室的门被怯生生地敲响了。走进来的是一个瘦弱但目光明亮的男生。他怯怯地说："我想换个位置，您给我调到后边也行。"

"为什么？那个位置，离老师很近，看黑板视角也好。"

"妈妈说，如果不能调座，就让我回乡里读书了。"

"你得跟我解释一下，为什么要调座位呢？"

"我不想告别人的状，在背后说别人坏话。"

"我听你妈妈说，就是为了你能在一个好的学习环境中学习，你家里才费了很大劲把你从乡里转到这里上学的，所以我得好好照顾你，有什么问题尽管说，你不算说别人的坏话。"他抬头看着晓光，目光对视的一瞬间里，晓光感觉这目光里的神情好熟悉，像是在哪里见过。

原来他的同桌王发发，经常在课堂上和人说话聊天，干扰他学习，有时候还故意扰乱课堂秩序，班里有几个学生也前呼后应，在王发发的鼓动下，班级里的几个同学和他一伙，同样无所事事。班级里的学习风气越来越差。晓光已经注意到这个问题，打算和这个王发发好好沟通一下。可是沟通的结果是，自己差点暴跳如雷。

在谈话中，晓光跟王发发说他是班里最有前途的学生，如果努力学习未来会很有成就的。王发发说："老师，你说的道理我都懂，可是我管不住自己。还有，我父母都是工人，我以后初中毕业上个技校就是技术工人，不用那么拼命学习，我爸也没有让我考个大学什么的愿望，反正，我爸一退休我就可以接班了。"他言语之间得意扬扬，扰乱课堂也扰乱得理直气壮。晓光说："你还可以有更好的前途，将来能考上大学，学习新的技术，能做工程师。"

"老师，你觉得考上好大学有用吗？工程师不工程师的，我肯定有饭碗。像你，也是大学毕业吧？也是个老师吧，可是听说你们连工资都开不出来了，有这事吧？"

瞬间，晓光忽然觉得这小孩就像即将登上王位的太子爷，而自己的命运被这个小孩子操控在手里，自己只有俯首称臣的自卑。

晓光忽然觉得已经没有和这孩子谈话下去的必要。放学铃声响了，晓光挥一下手，说："放学了，你可以走了。"晓光无力地坐在自己的座椅上，发呆。

过了一会儿，老校长推门进来，说："明天，史老师的课得由你来代了，年轻人，辛苦一点。"

"史老师不能上课了吗？"

"史老师……"老校长顿了一下，"史老师出事了。"

"史老师怎么了？"

…………

晓光让老校长坐下，他有很多困惑想请老校长解开。

"校长，我管不住这些学生了。"

"拿出你的威风来，要有威严。"

"我做不到严厉。"

"想想办法呀！"

"这些学生思想有问题，他们觉得不学习也能找到工作，目光短浅！"

"你看问题都找到了，他们看不懂的问题，你懂，那就要教育啊！你告诉他们学习有多重要，你可以给他们树立榜样，讲那些名人事迹……"

"有什么用，他们的家长就不重视学习！他们说，都在下岗，学习有什么用！"

"那说明，有更多的工作要你做，这是时代发展的问题，经济转型遇到的问题，总会解决的。你的心中得有一个信念，那就是教育无论什么时候，都是重要的！你作为教师，应该不只是教学，你应该懂得更多的社会问题，比他们看得更远，而且越是现在这种时候就越需要文化教育！"

"上学读书的时候，很相信书里的话，罗森塔尔效应说，在学校里随机挑选出来的普通学生，说他们是'最有发展前途者'，8个月后他们的成绩都有提高，性格也开朗。我按着这个方法去教他们，怎么就没效果呢？我怀疑，我当初是不是太理想化了？"

"理想，只要存在实现的可能，它就是真实的。你不去行动，理想就是虚的。现实是多变的，理想是在特定条件下实现的，每一种因素，学生的认识、家庭环境、社会环境，甚至你自己的素质都会对教育效果产生影响。"

"那这么说，是我自己的问题了？"

"我没这么说，学生思想上的问题，有些是早已根深蒂固的，他们不知道自己在做什么，等他们长大了，走错了路会后悔。你作为教师，就是想办法拉他们一把，带他们走正路。教不严，师之惰！"

"现在，现实的问题是我教不好这些学生，这份工作也填不饱肚皮，我堂堂一个大学生，大学里的高材生，竟然是被学生拿来嘲笑的吗？！"

"困难只是一时的，总会过去的。国家只能越来越重视教育。"

"我只想知道我们的工资什么时候开，我还得养家糊口。"

"你自己都没有罗森塔尔精神，你怎么能指望学生产生罗森塔尔效应！人活着，总得有个理想。"

"可是，有理想，那得我先能活着。"

"真想不到，你们这一代人的功利心会这么重！学生们的眼光和见识都还短浅，可是你把自己的眼界放在和他们同一层次上甚至更低，你这样怎么能教好学生？"

老校长走后，晓光又继续发呆，迷茫中眼前又是那双无奈的眼睛，那求知的眼神，让他的心柔软得生出爱怜。这双眼睛让他想起自己中学里的一段故事。

那年赵晓光读高二，一个从乡里转学来的女学生，她叫王艳伟。因为她有腋臭，竟没有人愿意与她同桌。晓光表示，愿意和这个同学一桌。老师顺水推舟，就把座位给定下来了。晓光竟有办法治她的腋臭。因为姥姥会制作香囊，就央求姥姥帮忙。姥姥就给缝了香囊，并且还缝了布带，就可以挂在腋下了。

当晓光兴冲冲地把香囊带给王艳伟，告诉她怎么挂这香囊时，王艳伟眼里有些不安："你是不是也讨厌我？"

"不是啊，这香囊有好闻的香味，能治你的病，这样每个人你都可以接近了。"

"接近别人有意义吗？"

"有意义，那样你朋友就多了。"

第二天，王艳伟把香囊放在书包里，没有戴。后来的几天又是。

晓光就问："你为什么不戴香囊呢？我不是讨厌你，是病就能治好，不为别人，只为你自己。"

她这才把香囊戴上了。王艳伟开始有朋友了，和大家一起玩了，看到她快乐地和别人一起玩，晓光却又有些落寞。

那一年联欢会，王艳伟出了个节目。她站在舞台上，音乐声响起，她唱道：

> 赶海的小姑娘，
> 光着小脚丫，
> 珊瑚礁上捡起了一枚海螺，
> 抓住了水洼里一只对虾，
> 找呀，找呀，找呀找呀找，
> 挖呀，挖呀，挖呀挖呀挖，
> 一只小篓装不下呀，装呀装不下
> …………
> 腥咸咸的海风哟，
> 清爽爽的刮，
> 吹乱了小姑娘缕缕黑头发，
> 姑娘轻轻唱起了一支渔歌，
> 羞红了远方的一抹晚霞
> …………

她一边唱一边舞蹈，这个"赶海的小姑娘"，就在"海滩"上挖了一篓海鲜，在晚霞中蹦跳着回到晓光身边，脸还红着，问晓光："我唱得怎么样？"

晓光答非所问："舞跳得也不错。"

就在新学期开学，传来一个不幸的消息，王艳伟的父母在种田时，因为和人抢水浇地，她的父亲被人劈死了。第二日，王艳伟就收拾书包走了。空空的座位，不久就被同学占领了，晓光却相信，她还会回来。

暑假里他和爸妈一起去逛街，路上有一人顶着日头在卖西瓜，晓光惊讶的是，那卖西瓜的人正是王艳伟。他央求母亲买西瓜，说想吃西瓜了，而且要买这个女孩子的西瓜。张安华不解。晓光说，她的瓜一定比别家的甜。张安华将信将疑地买了西瓜，却不见了晓光，只好手提着，向前走了两步才见晓光闪出来。晓光接过西瓜，乐呵呵地回了家。西瓜确实很甜，张安华奇怪地问："你怎么知道这西瓜就甜呢？""我从远处的皮色上就能看出来。"张安华还是不信。

吃过西瓜，晓光看到外面天阴沉下来了，还刮起风来，像是要下暴雨的样子，抓起雨伞就往外跑。张安华在后面喊："大雨就要来了，你往外面跑什么？"这边喊着，那边人影已经消失了，张安华只道晓光是个慢性子，此时却行动迅速。晓光跑出屋门，直奔西瓜摊。

"下雨了，赶紧跟我走！"

"你从哪来的，我这还得看西瓜呢。"

"暴雨就要来了，你总不能在雨里浇着吧。"

"我走了西瓜怎么办？"

"放心吧，没有人冒雨来偷你的西瓜！"说着，晓光匆忙给剩余的西瓜遮上塑料布，压好，豆大的雨点打得塑料布啪啪直响。晓光拉着王艳伟就往家里跑，王艳伟还不住地回头看她的车，快到家门了，雨瓢泼一样倒在两人的身上，瞬即都成了落汤鸡。

一进家门，晓光也不顾妈妈惊愕的目光，冲着妹妹喊："把你衣服给我拿一件。"

曦光看着浑身湿透，哆嗦着的王艳伟："这是哪里来的漂亮姐姐，楚楚可怜的，可我的衣服，她穿合身吗？再说就是自己不穿，也不能随便给别人啊……"

"别那么毒，看在我给你糖吃的分上，也得报答我一下吧。"

妹妹坏笑着："你自己去我衣柜里挑就是了。"晓光随手拿了一件宽大些的衣服，让王艳伟在妹妹的屋子里换了衣服。张安华这才看清这个女孩的模样。年龄比自己女儿大几岁，瘦弱的身躯却和自己女儿相仿，仿佛经雨的小花，头发睫毛都是晶亮的，是个清秀的姑娘。

"我说往常我在外面遇上雨，也不见你送伞来，今天怎么肯不要命地冒雨跑出去呢，原来是惦记个人，换个别人理都不理的。"张安华笑着说，王艳伟越发害羞起来，张安华眼圈却红了，说，"还是个孩子，大热天跑来卖西瓜，还遇上雨。"

赵晓光牵着王艳伟的手说："以后你还是上学吧，总会有办法的。"王艳伟不说她要来上学，也不说不来上学，她好像很难说出心里的话。高三的时候，她果然奇迹般出现在教室里。上课时赵晓光偷偷地看着王艳伟笑。旁边有一男生把这一景象指给人看，有人看着赵晓光痴痴的样子"嘿"地一声笑出来。老师转过头来，环视一下教室，眼光定在看着女生笑的赵晓光身上："你笑，你哪来的笑！"老师威严的猛喝，总算把晓光喊醒。

赵晓光考上了师范学校，而王艳伟因为落下的课程太多，没能考上大学。

后来两个人保持着书信的往来，在信中赵晓光劝王艳伟复读或者去学一个理发技术什么的。可是王艳伟无奈地说，母亲身体也不好，弟弟也在上学，家里的西瓜田不能只靠着妈妈一个人，妈妈也不放她去上学，再说荒废了这么久，怎么赶也赶不上那些训练有素的高中生，现在只好每日受着煎熬。

直到赵晓光大学毕业了，工作了，他才有机会经常看到王艳伟。

经济的不景气，企业产品滞销，连带学校也开不出工资了。

一天，王艳伟找到晓光，说："妈妈病了，弟弟上学，都需要钱……我妈妈托人给我介绍了一个人，家里很有钱。你看这事怎么办？看着我妈妈的样子，我想要不就答应了吧……"王艳伟一边说着，一边看着晓光的反应。晓光呆住了，木然地，无力地站着。王艳伟说："……如果你不同意，我就算了……"晓光胡乱地应着，王艳伟什么时候走的，他都不知道。

那一天晓光喝了很多酒，喝得醉醺醺的，他怎么也想不明白，好几年的感情，还抵不过一个认识了只几个月的有钱人。他在街上一边走，一边唱："我曾经问个不休，你何时跟我走……可你却总是笑我，一无所有……我要给你我的追求，还有我的自由……可你却总是笑我，一无所有……噢……你何时跟我走，噢……你何时跟我走，可是你总是笑我，一无所有……"晓光唱得像狼嚎，声音传得很远，凄楚、哀惨。

晓光的爱情换来的是巨痛，痛要怎么医治？

一个有感觉的人应该重视疼痛对于人生的意义，并积极做出改变。

晓光跟学校打了招呼，辞职下海去了。一年后，晓光的确阔了起来。他再回来的时候，满面红光，一手拿个大哥大，腰里别着摩托罗拉。可是他不知道，人的世界有钱到不了的地方。

第八章

# 刺蒺藜许玫瑰约

世间万物各有信念，
生命尽，信念无。
烛火是烛的生命，
燃烧是烛的灵魂。
拥抱那团火的时候，
烛开始有了心跳。
所以，蜡炬成灰泪始干。

# 一　三年之约

书店装修好后，张二丑看着楼前的空地，觉得这么荒着不合适，就拿来工具，铲掉枯草，把土地平整一下，栽上些紫藤、小杏树。又动手用竹片做成篱笆，把这里围成小院。

第二年春开学后，天气渐暖，张二丑又给这里种上各种花籽。

张二丑就像一个苗圃工人，常来这里给花草浇水，这些花草就疯长起来，一丛一簇的，很自然素雅，很是好看。紫藤也扎下了根，抽出了嫩绿的芽，开始向上攀缘，张二丑又给紫藤搭了花架，一片葱绿。

主人像是遗忘了这里的一切，不再出现过。

他回想起那天第一次在街头遇见她，一瞬间被那个哀怨的眼神打动。那昏暗了的时光，那暗淡下来的天色。她坐在紫色的烟霞中，眼里流出淡淡的忧郁。素静大方中，她流露出傲气，高雅而矜持。她冷冷的面容并不会流露一点厌烦的表情，她并不拒人于千里之外，但却冷冷的，自怜自爱，安静素雅。

每次来到这里，见锁了门，他心头便有一种难以言说的怅惘。张二丑坐在门前空地上，呆呆地想，痴痴回味，他仿佛看到她冲自己笑着，她眼睛里闪动着灵气，她安静淡然，仿佛玫瑰的花香幽然入心。

暑假回来，张二丑这才看见赵晶玉的书店已经开业了。

张二丑正看着这里的变化，恰撞见赵晶玉出来，赶忙迎上前说："开业了啊，怎么也不通知我一声？"

"怕你忙呢，我叫了你，你又不好意思不来。"赵晶玉有些脸红，赵晶玉没好意思说自己找不到他电话了，"那装修费，我很快会给你的，我哥哥因为需要一笔钱，我就……"

张二丑忙说："我又没跟你说过多少钱，再说，你知道，我要的不是装修费。"

"我反悔了，我决定还是还你装修费，里面还有装修材料费。"

"装修是我自愿的，如果你不答应做我的模特就算了，我不要钱。不请我进去坐坐吗？"

"好像，我们之间好像没有那么深的友谊吧？"赵晶玉一脸的冰霜。

张二丑笑了："那好，你不答应，我就天天来。"

赵晶玉脸上的冰霜更重了："胡搅蛮缠，当初我也没答应你，我说让我想想的。我说了还钱就是还钱，不能改变。"

张二丑只好收起笑："在你心里，钱比什么都重要？这不像你啊？"

"钱当然重要，没钱什么都做不了，再说，你的钱也不是大风刮来的。"

"我不是要这个。"

"我明白，我知道，正因为如此我更要把它还给你，别说是你，就是我亲近的人，比如欠了我的妈妈，我也会还的。"

正在这时，郑大山在里面喊赵晶玉。

赵晶玉一边应着"来了，马上来"，一边推着张二丑往外走，说："我男朋友在这，最好别叫他见到你，免得麻烦。"张二丑不走，像是故意要人知道有他这一号人物在她赵晶玉的世界中存在着。赵晶玉几乎是哀求了，张二丑只好知趣地退出书店。临别，赵晶玉说："没有我的电话，你不准来！"

入冬的时候，张二丑来过书店。小楼周围，落满雪花，透过窗口，是那温暖柔和的灯光，赵晶玉在对着电脑写着什么。童话一样的安谧温馨的画面。张二丑把这画面悄悄画下来。

整个冬天里，张二丑除了出去上课之外，便猫在寝室里面读书、作画。

元旦之后又下了一场大雪，程思远跟张二丑说："最近总也不见你出去呢？"

张二丑说："天冷，待在这屋里多舒服。"

"不对，你恋爱了。"程思远八卦地说。

"从哪看出来的？"张二丑疑惑地问。

"因为你反常。"程思远笑嘻嘻地说。

"哪儿写着？"

"你脸上，你绷着脸，可有时莫名其妙地笑了。"

"那又能说明什么？"

"你笑完还长叹。"

"哦。"

"没有见过你这么丰富的表情。还有，以前一下雪你就拉着我到雪地上走，说下了雪有行走在天地间的冲动，现在雪下了你怎么不行走了？"

张二丑忽然问："爱情是什么？"

"傻哥们，我就开导开导你。你不能一棵树上吊死，天涯何处无芳草。"

"俗气。"

"人在年轻时，都以为自己执着，其实不过是拿了屁当了十级大风了，以为十级大风呢，回过头来看不过是个屁，以为是轰炸机炸得伤痕累累，不过是蚊子叮的包。"

"更是不堪入耳，你已经老了吗？"

"一旦你得了红玫瑰，久而久之，红的就变了墙上的一抹蚊子血。"

"你怎么也读女生读的这种书，那张爱玲不过是感情悲观罢了。女生拿这书当作看透了男生的本性，充满悲观，张爱玲的书，女生的圣书，你一男生怎么也作女儿态？"

"悲观也好，乐观也好，我只看其中的道理。"

"你所谓的道理，不过是为自己的成见找个确证。"

冬尽了，春天很快就来了。

那天是星期天，张二丑又去赵晶玉的书店，路上遇到一个小孩，手捧着玫瑰花，问："哥，买花吗？"张二丑不好推辞，拿了一枝。快到书店时，远远的，张二丑看到赵晶玉和一个男生坐在桌前谈着什么，赵晶玉时而会心地笑起来，笑得很开心。张二丑猜得出那一定是赵晶玉的男朋友了，只好停住了脚步，徘徊了一会儿就往回走了。

回到宿舍，看看花开得正好，不忍丢弃，就把花扦插在花瓶中。这玫瑰开过之后叶子竟没有枯萎，还长出了新叶，它已悄悄生了根，张二丑干脆把它栽到了花盆里。


光阴，你能看见光塑造了各种阴影，慢慢退去，你却抓它不住，大四毕业，说到就到。大家在忙碌着寻找工作，忙于实习，还要抓紧时间写毕业论文。

宿舍前清冷冷的。下过雨，雨水在宿舍前积成些小水潭。有些落下来的树叶，静静地躺在水里漂着，像四年的热闹生活很快就要画上的句号。赵晶玉打开宿舍门，门竟然没有锁。

赵晶玉推开门，在她的床上，躺着一个人，是刘宁。窗口夕阳照进一束光，光投在刘宁的脸上，周围便显得黑乎乎的，好像电影里的舞台，镜头都给了刘宁，她的眼睛呆呆的。

"嗨，居然还有个活物呢。"刘宁没有声音。赵晶玉吓了一跳，心跳起来，大着胆子凑到刘宁面前，一边说着："你可别吓我。"一边把手伸过来，试试她的呼吸，摸摸她的脸，这才松了口气。"喂，你怎么了？"

费了好大劲，刘宁才动了动嘴唇："怀孕了。"

赵晶玉说："这又不是什么大事，一毕业就带个小宝宝，也好。"

刘宁无力地说："你哪知道，他让我打掉。"

赵晶玉忙说："那就打掉啊，别傻了，你刚毕业就带个孩子……"

刘宁苦笑："你怎么这么矛盾啊！好也好，坏也罢，刚才摔了一跤，孩子肯定是摔掉了。"

赵晶玉一惊："摔跤了，怎么这么不小心，赶紧去医院呀！弄不好，这会坐病的，他人呢？"

刘宁闭上眼睛："忙着。"

赵晶玉急了："我要给他打电话。"

刘宁狐疑地看着赵晶玉："你怎么会有他电话？"

赵晶玉拿起电话拨通后，劈头就问："杨哥，我知道你对刘宁一直都很好，可是刘宁怀孕这事你怎么这个态度？"

刘宁忙说："哎，错了。"

刘宁听着赵晶玉电话觉出不对劲了，赵晶玉却没有住嘴，"挺大老爷们，遇到事了，你就躲了，好意思说自己忙吗？"

刘宁又打断赵晶玉："不是，不是杨哥……"

赵晶玉哆嗦着说："太不负责任了！"

电话里传出句："在哪？"后面杨笑川说了一句什么，赵晶玉没有听清。赵晶玉以为，杨笑川是在有意推脱责任，便吼道："反正你赶紧赶过来……"

刘宁着急地说："不是杨哥，我和杨哥什么事都没有。你这是给我添乱！"

赵晶玉愣了一下，赶紧把电话挂掉。

"你也不是那种愣头儿青的，你怎么问都不问？"

"我问你了，你不说啊……"

"是小乙。"

"天，你们不是早就结束了吗？"

"没有，并没有。"

原来那次他们两人闹矛盾后，不知不觉两个人又和好如初了。

在讨论间，就听外面车响，有关门的声音。接着，电话铃响了。先是刘宁的，刘宁一看，不接。赵晶玉的电话紧接着就响了，是杨笑川。刘宁说，不要接。电话铃便响个不停，就听到杨笑川在楼下大喊："刘宁，刘宁……"刘宁只好说："你接吧，你不接怕是全世界都知道了。"赵晶玉下楼把杨笑川带进宿舍。

杨笑川劈头盖脸地就冲刘宁问道："你怎么这么不小心？"

"你是我什么人啊？"

"跟我去医院！"

"我不去，我要问问明白。"

"真拿你没办法。你是问不明白的。"不由分说，杨笑川抱起刘宁下楼就朝他的车走去。

刘宁被送进了手术室。走廊里，赵晶玉对杨笑川说："我原来一直以为刘宁很泼辣，做事大胆，但又细致。她没有安全感，她懂得很多道理，像一个过来人一样开导我。我把她看成自己的姐姐，我真不知道她会这么犯傻。"

"她和你最亲近，你也觉得你最了解她，可是你不能像一个男人一样懂她。"杨笑川爱怜地说，"你看她一副强势的样子，她虚弱。你看她处处为自己设防，心里不安，又不懂如何保护自己。她自立，但又需要依靠一下。她软弱，但又不服输。她是那样一个矛盾的女孩。在她的家乡，那些女孩子在她们还没有懂得生活是什么的时候，很早就出嫁了，她们认为女孩子只要有个依靠就够了。"

赵晶玉说："如果没有明白，一辈子也就过来了，早些明白也好，明白得越晚就越痛苦。"

不久，刘宁从手术室里出来了，脸色苍白，赵晶玉赶紧扶过刘宁，要把她放到椅子上。杨笑川一拉刘宁："不能坐在这，这里凉。"他说着，又抱起刘宁就往外走。

赵晶玉跟杨笑川说："送到我那里吧，我就在书店方便照顾她，别回学校宿舍了。"

"不，送到我那里，我那里吃住都方便。"

"你？"

"我错过了春天，我已经晚了，我不能再晚了。她现在需要人照顾，你一个女孩子，自己也忙不过来。"他回头又说了一句："对了，你师父的照相馆要开了，记得去给她捧个场。还有，你自己也要多保重。"

他们向着夕阳黄晕的光走去，迎着光，赵晶玉看不清他们的五官衣着，只有两个人仿佛剪影，相拥着向前走去。赵晶玉望着他们远去，呆呆地沉浸在这画面中，伤感而又温暖。

也许，这就是传说中的爱情？

郑大山的妈妈给郑大山打电话，询问郑大山找工作的情况。

郑大山的妈妈说："我希望你就留在北京工作，在北京找个女朋友。"

郑大山说："我不！"

"你知道吗？我们家本来是北京的，我们是北京知青下乡到北大荒的，后来返城没能回到北京，七拐八拐地在沈阳找到工作安了家。这么多年，就想回到北京，你是我和你爸爸的希望。我们也希望你有个好的未来。"

"我有女朋友了。"

"是谁？"

"赵晶玉。"

"哪个？"

"我的高中同学，你见过的。"

"我想起来了，就是那个眉眼有些妖的那个？那个乡下丫头？"

"谁说她是乡下丫头，我就喜欢她。"

"不行，我就看不上她父母。"

"我又不是娶她父母，她现在自己经营书店，那年暑假就把书店开起来了。"

"她妈妈做生意，她也会做生意，这真是龙生龙，凤生凤，老鼠的儿子会打洞，什么人家出什么娃。"

"妈，你怎么这么说？做生意怎么了？"

"那不成。我们是书香世家，不能要一个生意人。断了，你马上给我断了！"

"我不。"

"孩子，我不能看着她把你的前途给毁了，你会后悔的。"

"妈妈，从小到大我什么事都是你替我拿主意，这回我想自己做决定。"

"你给我去跟她说，断了，赶紧地，断了！"

"我不！"

"你不去说，我去说。"郑大山妈"啪"地一下把电话挂了。

郑大山的妈妈终于知道郑大山谈了恋爱，嘴里恍然大悟地念叨着："怪不得，怪不得……"

郑大山愣了一会儿，赶紧收拾背包，穿上衣服，打车去火车站，买了一张即将发出的火车票。

郑大山下了火车直接来找赵晶玉，赵晶玉的脸上很平静，郑大山放下心来。

赵晶玉几乎带着笑说出分手的话："你别再来找我了，我不喜欢你，我们不可能在一起。"

"不可能，这不可能，是谁在风雪里和我一起喊'喜欢你'，是谁说她书店的名字要与海有关，因为喜欢我，是谁用辣椒表示爱得像火？"郑大山不相信分手的话能从赵晶玉的口里说出来，他痛苦地皱着眉说："告诉我，你说的不是真的。你不是真的要跟我分手。告诉我，你这是为什么？因为我妈妈？"

赵晶玉忍住泪："从一开始我就说了，我不喜欢你，我说了不喜欢就是不喜欢，没有那么多为什么。"

郑大山说："你那只是调皮说的假话！你自己都承认了，很早你就喜欢我的！"

赵晶玉说："我现在又不喜欢了！"

没错，郑大山的妈妈先一步找赵晶玉说过了，她心平气和地，尽量有大家气度地说："我能代表我的儿子，我知道他要什么，希望你以后自重些，不要再和我儿子来往了。"赵晶玉解释说："不是我要和他来往……"可是她又不想解释什么了。

郑大山难过地说："我妈都跟你说了些什么？她是她，我是我。"

"这不关阿姨的事。如果一份感情，不是我的，我不会取；是我的，别人也拿不走。没有人能把他的意愿强加给我。"

"那我们好端端地为什么要分开？"

"我不知道我们以后会怎么样，很没有信心。你知道我心里很乱。除了姥姥是真心对我好，我不相信任何人，妈妈对我不好，可是却从没有抛弃过我。可是爱情却不一样……"

"不，我不明白，我不要分开。"

"我们之间有填不平的距离，从我们进入不同的大学这件事上，你就应该明白的。人是应该成长的。我们都快大学毕业了，你应该成熟些了，不应该和以前一样像小孩子。"

"我不要分开，想和你在一起，一辈子。"

"一辈子说起来动人，可是很难，你知道吗？"

"多难我都要坚持住。"

"不是你想的那样，人这一辈子真的很难，你应该拥有属于你的生活。而且生活在变，人也在变，没有什么是不能改变的。"

"我不会变，我还要学着做一个战士，不会变。"

"还不明白吗？我也许是你整个人生中的一个过客，一个无足轻重的人，而你比我有更好的机遇和条件。我不希望因为我，误了你的前程。"

"什么前程，我只要你！"人这辈子有很多重要的事，有很多事可以重来，可是有些人错过了就是错过了。

"还记得吗？那年我问你，'一种人是有能力但无情，另一种人有情义却无能，你愿做哪一种'，你选择有能力，你应该做你想做的人。"

"那都是玩笑话，你还记得。"

"我可是认真的。人不可能做到两个极端，你应该做有意义的事情。你读过《平凡的世界》吧，里面有个苏联的故事。"

"读过。那个男孩子讲他的梦想，约定几年后见面。"

"那就这样，我们都冷静冷静，三年后，三年，就三年，如果我们都还是对方喜欢的样子，我们就在一起……三年后的今天如果我们还记得对方，那就去北京那个酸辣面馆里再见。不管你遇到什么美女啊，红颜知己啊，我们都要见面，如果到时，你还觉得我是最好的，我们还是谁也离不开谁，那我们就在一起。"

"可是，那个男孩是一个人去赴约的。"

"这都是命。姥姥说，是福是祸，你都挡不住，甚至猝不及防，我们都无法逃避，只能接受它，承受它。"

"那我是不是见不到你了？"

"我们不需要刻意见面，见到也好，见不到也好，都随其自然。我们都需要把自己的生活安排好，不是吗？想想你的未来，你应该像一个成熟的男人那样，去面对出现在我们面前的问题，找到解决问题的办法。阿姨很反对我们在一起，在这几年的时间里，你有充分的时间来思考和选择，那时候，你就能够拿出一个答案来，给你的妈妈，给你自己，也给我。"

"我永远都是你的树，一直到死都是。"

他越这样说，赵晶玉就越觉得，一切真的有些不真实。"你愿意像我的姥姥那样，没有一点我的消息，就那样三年，五年，十年，一等几十年，一直等下去吗？我希望你先不要做出这些承诺。你看清自己了？人这辈子会有很多变化的，你把自己的一生都想好了？所以我们最好不见面，见到你了，我就加倍缠着你，你就惨了。"

"我等着你缠。"

"我总缠着你，你就喘不上气了。"

"就算是这样的话，即使枯死也是被藤抱着，还是有你的温度，总比冻死好。"

"其实我没有温度。我是冷的，没有我，你可以有好多温暖的。"

"不……"

"现在讨论三年后的问题，有点早，因为，不知道三年后，我们会怎么样。

人们都说多甜蜜的爱情，时间久了，也会变淡的。到时候，想起当初的这些承诺，心会疼的。所以我想再问你，真的看清楚了吗？"

"看清楚了。"

"其实，即使看不清楚也没关系，时间会让你看清楚的。"

"我很清楚，我在做什么，也很清楚我对你的感情到底是什么，既然我说了要做你的那棵树，我就会做下去，直到我枯萎。"

赵晶玉在自己的书架上拿下一个日记本，封皮上画着一个小屋，小屋周围是紫色的草地，一条小路，一个男孩，一个女孩，递给郑大山说："日记本是上了锁的，本子交给你保管，钥匙我来保管，将来必须我们同时在场才能打开。那时，我们在一起就能看到答案。"

望着郑大山远去的影子，赵晶玉的眼睛就有了断了线的泪珠，她自语道："我不想姥姥的爱情故事在我自己身上重演，不过三年比起姥姥等待的一辈子，不长。三年后，我们是否还能记得彼此，我们是否恰好是对方喜欢的样子？是否我们遇到的问题得到解决？"

## 二　魔鬼的眼泪

毕业了，张二丑的几个室友哥们各奔东西，只有他愿意留在这个城市里。送走舍友，宿舍里静了下来，昏黄的阳光，返照进窗户里。几个影子在晚风中摇摆着，是上面几张室友丢弃的画纸垂下来。吉他声、欢笑声在这片暮霭里，仿佛一下子消失了，耳朵里似有一种细微的响声，一片孤静。

张二丑在书店开业后仍常来赵晶玉的小院这里打理花草。

开始的时候赵晶玉拒绝，可是他厚脸皮管不住，赵晶玉只道他是个疯子，一时兴起，等他新鲜劲一过，腻了，烦了，这一切就结束了，他对自己并无不利的影响，也不招人厌烦，渐渐地赵晶玉也不管他，任他折腾，心想着不理他就是了。

可是眼看着那绿色的藤疯长，张二丑却来得更勤了，好像他自己家的花园想来就来。他又给紫藤搭起棚架，紫藤攀爬上去，铺开枝叶像个凉棚。远远看去还是不满意，他又重新锯了木头、竹条，搭建成栅栏，新种了些花草，铺了砖路，用水泥砌了小水池，池中养上荷花。大约想做到疏密有致，又不知从哪运来几块大石头，堆成书山。又在书山的侧旁，叮叮当当起了一座亭子，茅草的顶，还配有长廊，通到楼门口。小院以竹篱围起，围而不围，有小路通往院外，行人可以自由穿行，让这个小院独立而不孤立。

赵晶玉闲下来的时候，站在自己的房间向外看，一片郁郁葱葱，赵晶玉认出来那里种的都是药草，旋覆花开了像小太阳，丹参像紫色的诱惑，还有香薷、忘忧草、牵牛花……小院到处是生机活力。张二丑觉得满意了，才停下来，泡着茶，坐在茅草亭里一边慢悠悠地喝，一边审视自己的作品。赵晶玉想着，这是个搞建筑的天才呀，怎么学了艺术呢？

毕业之后，张二丑又在紫藤花架下安排了几张桌子，紫藤密实，一般的雨都可以遮挡，遇到大雨，就支起伞棚。他又接通电源在茅草亭里安放了咖啡机。现磨咖啡，香气四溢。那些读者需要读书，也需要休息呀，乐得看书之余坐在花架下喝咖啡；这街边的花园，也引来了些青年的男女，有美景陶然，有美茶咖啡，愿意落脚休息休息。

有个老者相中了这块地，在围栏的外面，拉起了二胡，他二胡拉出的曲子美得醉人。有时张二丑遇上他，也会邀请这个老者喝一杯茶。他便夸这茶，是龙井，真龙井。张二丑就与那老者聊得火热。原来老者是位老兵，老者讲，自打1949年去过一次杭州，再没有喝过当年那种龙井茶。张二丑便也来劲，"您老的嘴真刁，能品出我的茶，这可是我在杭州专门买的上等好茶，是一个老师傅炒的茶。"

咖啡生意把这个小院搞得很热闹，张二丑干脆又给他的咖啡叫作"海洋咖啡"。有一种咖啡苦得很，被张二丑命名为"魔鬼的眼泪"，有的读者专为喝这种"魔鬼的眼泪"而来。

这样赵晶玉可就不高兴了，向张二丑提出抗议："你在院里种花种草，我不需要你这样做你非要来，我知道你是为我好，我想也就算了，你还做起了生意！"

"你觉得读者不需要在这里冲杯咖啡喝吗？你开的是书店，心不在书本上，这书店离关门也不远了。可是，书店也需要人气啊，你的视野也需要打开一些，不是要把这里开成咖啡店，我是要他们记住这里的味道；我种在院里的种种药草，那是说'书，犹药也'；我们不是大书店，我们只是胡同小店，但读者可以从你这里淘到好书，这好比在海边拾得喜欢的贝壳；还有你店里的一切陈设，我想让读者看见你的心。"

赵晶玉哑然，又有些感动。

她第一次接过张二丑递给她的咖啡，浓香扑鼻，这让她想起林铃和印湘竹她们三人在咖啡店时的情景，抿了一口，苦苦的，还是喝不下。这种味道和当年姥姥给她吃的苦菜是两种味道。张二丑见冲咖啡给赵晶玉，她不感兴趣，便给赵晶玉泡她喜欢的大红袍茶。

后来，张二丑又带来几包书，要放在赵晶玉店里卖。

赵晶玉说："你这书不能往我这店里放。"

张二丑可怜巴巴地说："你看你把装修钱给我了，我有点闲钱，那我就上些书呗，我又没有店面，就只好借你的宝地了，书上来了，你不让我卖就只有亏本，你看这样好了，书卖了利润归你，我只收回成本。"

"那也不行，我这书店里没有闲地方，我都快摆到门外面了。"

"那行，我这些书你就摆在外面，外边这一摊，归我。我这些书呀，你看看，"张二丑一边说着，一边把书包装打开，拿出书来，"我带来几种你这里没有的。有几本是战争类的书，像《南京大屠杀》这样的书，你的店里也应该有。"

"我对这方面的书不感兴趣。"

"读者会感兴趣的，你不感兴趣也没关系，读者感兴趣就行了。"

"你已经侵入我的生活了。"

"什么叫侵入啊，我侵略你了？我这样做是帮你改进书店的经营理念，经营一个书店，不只是一种生意，那是一种比利润更重要的情怀。你看看你这书店，又是化妆又是美容的，光有这些书不觉得太浅薄了吗？没深度没文化，女孩气又太重。我上的这些书呢，《战争和人》《战火中的歌声》《抗战老兵访谈录》《布局天下——中国古代军事地理大势》，带着些刚气，也都是畅销书，特别是抗战老兵的访谈，这是很珍贵的，你知道吗？有很多老兵，因为各种原因没有把自己的经历讲出来，埋没了都，这样的书啊……"

"我不接受你所谓的理念，我这店哪像你说的都是化妆美容的书，我的书种类多着呢，我不要战争类的书。"

"我爷爷也不想要战争。"张二丑不紧不慢地说，"小时候，我不懂事，我问过爷爷，为什么会有战争呢？我就在想，如果没有战争，我们国家有多少东西可以不被战火摧毁，有多少书籍可以流传啊，历史上的战争一次又一次地摧毁积累下的财富，如果没有战争，我们的今天该有多发达。爷爷说：'是啊，我们不要战争，就像桃花源里，没有战争，一片祥和，生活安定，多好。'我就说：'如果我敌不过他，我只要顺从他，他要什么我就给他什么，他还能发动战争吗？这样就可以不被战争毁灭什么了吧，那我们今天的社会岂不发展得特别强大？'爷爷说：'如果他要的是你的命，要的是你的权利和自由呢？你连生存都成了问题，你还有何发达可言？他逼迫你和你的家人死去，你是愿意做那种因为你所说的发达而幸福的鬼，还是恨他入骨，和他战斗呢？'我说：'那就当我为地球文明的高度发达无私奉献了。'爷爷眼睛瞪圆了，盯了我好大一会儿，忽然他把我的东西从屋子里撤了出来。我拉着爷爷的手问：'爷爷，你干什么？''干什么，我现在就在攻打你，我要在你这间屋子里养花种药，几天后这里就是一片繁荣，你和虫子一起去住吧！'我从没有见过爷爷发这么大的火，我还问：'爷爷，我哪错了？'爷爷问我：'你想做什么？'我说：'我想回我的屋子。''那我不让，你无私点吧，'爷爷说，'我占了你的屋子，要在这里建设高度发达的地球文明。'"

赵晶玉笑了："你可是汉奸逻辑。"

张二丑也笑："从那时起，我翻看了很多关于战争的书。爷爷讲，抗战的时候，有日本军人，在宣扬他们所谓的王道乐土。你可以说不战的好处，但是逃不过眼睛，你看那一路的百姓流离，谁相信豺狼不吞食肉体，不摧残我们的灵魂！"

赵晶玉说："你的爷爷比你可爱多了。"

张二丑又笑："你也承认我很可爱了！"

赵晶玉回了句："你不讨厌，但也不可爱。"不再理张二丑，她起身去整理自己的书。

张二丑把书在书店门口摆出造型，有书友以为是赵晶玉特意摆放在门口，推介给读者的。读者翻看这些书，书一本一本地减少。

赵晶玉心想着，只要她不允许张二丑把这些东西搬进楼里，他折腾不了多久的，那亭子遮挡不了风雨，等到了冬天，哼哼……这么想着她轻轻一笑，得意起来。

很快到了秋天，秋意越来越浓，黄叶铺满了小院，赵晶玉从书店的窗口向外望去，一片萧条冷落，她忽而有些伤感，该离去的总会离去，冬天一到就只有她自己孤守这个小院了。

没想到等到秋末，张二丑又弄来很多材料，叮叮当当又搞起了建筑。赵晶玉惊讶地发现，张二丑在楼边，建起来一个玻璃阳光房。把咖啡机、桌椅全罩在了里面，还在门口挂上了牌子：海洋书店咖啡。一时间，咖啡屋吸引了不少歇脚的过客，书店里也多了很多读者。

每一双眼睛都是会发现故事的眼睛，人们说，这是个夫妻店，男主外，女主内。不知道这话怎么传到了郑大山的妈妈耳朵里，于是郑大山的妈妈突然到访。

郑大山的妈妈先进店里转了一圈，又坐到了茶桌边，张二丑不认识郑大山的妈妈，便热情地招呼着。

"阿姨，您是喝茶，还是来杯咖啡？"

"我听说这儿的咖啡好，来杯咖啡。"郑大山的妈妈，一边说着，一边观察这里的一切。

"还真是，有些人，天生就会吸引人。"她远远地看着赵晶玉说，可这气也上来了。

等赵晶玉发现了郑大山的妈妈，走过来，郑大山的妈妈便说："哟，配合得默契呀，你们才是一对儿啊！那你怎么还缠着我家儿子不放呢？……还有个野男人，把这里当成家里厨房了！……"郑大山的妈妈开始愤怒起来，数说着赵晶玉的不是。王阿姨在旁劝说也劝不住。

无论郑大山的妈妈说的话怎样刺耳，赵晶玉也只是客气地赔笑脸。赵晶玉听到一句"狐狸精"后，别的话再也听不清，她的脑子里眩晕着直到郑大山的妈妈走了很久，她才好像从暴雨中逃出来，那一瞬间，扑簌簌的眼泪掉了下来，她的头不住地撞墙，哭出了声。

张二丑知道，这是情绪崩溃了，便想着办法来安慰赵晶玉。终于赵晶玉的哭变成了啜泣。张二丑说："阿姨说得没错啊，我觉得这就是我的家。"

赵晶玉情绪平静了些，嗓子有些哑，说："你走吧……有些野草总是长不对位置……求你别再鬼魂一样地缠着我了……我走不进你这种人的世界，也不会……不要在我的生活里出现。"

张二丑说："这样吧，你可以骂我，骂到我伤心了，我就可以走了。"

"你滚！"

…………

"臭疯子！"

…………

"不要脸！"

…………

"癞皮狗！"

张二丑决定离开了，不是因为被骂得伤心，是不想再惹赵晶玉发怒，不想触她眼泪使她伤心。

临别之时，张二丑又来到赵晶玉的小楼前，耳边又像是响起赵晶玉说的话语。他心里皱缩着、踌躇着。王阿姨告诉张二丑，赵晶玉出去了没有回来。张二丑心里如释重负，却又怅然若失。他反复教着王阿姨磨咖啡的方法，嘱咐王阿姨："那种烘焙得很深的咖啡，磨得精细与磨得粗糙是不同的味道，一定要恰到火候。"他又教给王阿姨咖啡的冲调："冲咖啡，不可以像泡茶一样泡咖啡，这咖啡的味道，只有冲，一定要像我这种冲法，才能分出层次来。"

他抽出笔，写了张纸条"勿忘我"，放在赵晶玉的办公桌边，又把手里的一束花放在了纸条上，然后和王阿姨告别了。张二丑走出很远，远远地回头看去，像是赵晶玉的身影在向那小楼走着，和周围的花树一样，模糊着，缥缈起来。

张二丑整理一下自己的物品，最为宝贵的是这几年积攒下的各种书。毕业后，他在学校外面租了个小房子，容下他的这些物品。这个房间价格低，周边环境还好，张二丑不想把它退掉，还是续签了合同。还有一个花盆，里面的花枝叶繁茂，却还没有看到花苞，是那枝未送出的玫瑰花长成的，自己没法长时间照料它不如把它带给爷爷。安排好一切，张二丑跳上了回云南的火车。

张二丑从车窗向后望去，城市已缥缈在一片紫色的迷雾里。

大学的校门，在身后关闭了；情感的大门也关闭了。

第九章

# 梦想都实现了吗？

南海之外，有鲛人，水居如鱼，不废织绩，其眼泣则能出珠。

——《搜神记》

沧海月明珠有泪，蓝田日暖玉生烟。

——李商隐《锦瑟》

# 一 思归：独活当归熟地

二丑的爷爷坚持要到北京参加首届中国传统医药国际化高峰论坛。

"爷爷，你怎么知道的消息？"

"网络呀，那可真是好东西，我坐在山里，外面的消息全都知道。我现在电脑打字一分钟也二十字左右了，比我用笔写字慢一点点。"爷爷得意地笑着。为了方便和爷爷联络，张二丑跟镇里电信局申请，向山里拉了一根网线。

"可是大会都是有身份的人才能去的，特别是得有些名头吧。"

"我一定要参加，不能再坐井观天了。"

张二丑只好把爷爷带上动车组列车，想着带爷爷出来走走也好。

动车组飞驰，穿过城市与乡村，一座座高楼、一个个村庄、一座座青山、一条条河流向后退去，二丑的爷爷看着车窗外的景物发呆，他大约回想起很多往事。

"爷爷，你在想什么？"

"中国再也不是过去那个中国了！"二丑的爷爷说着竟然哽咽了。

动车组的广播里说："各位旅客，前方即将到达北京站。"二丑的爷爷感慨地叨念着："从南到北，原来舟车劳顿要几天的时间，现在一天多就可以到了……可惜有些人看不到了。"几十年的时间里，中国的铁路机车也换了几代，中国铁路网如今已是四通八达的高铁路网，中国在腾飞。

动车组到达北京站。

脚，颤巍巍地落在站台上；泪珠，扑簌簌地滚落在地上。你可以理解，一个离开家乡多年的人，他的心情有多激动，又有多伤感……

参加大会的，除中医药界专家外，还有国内外从事天然药物及保健食品的供应商和采购商，像同仁堂集团、中国药材集团等都来了，还见到如美国、俄罗斯等外国公司，其他各界关心中医药发展的机构和人士也有参加。这次论坛的目的是弘扬中华医药文化，为中国传统医药国际化整合资源。

会场里，一位黄先生在台上演讲。

"由于医疗费用不断增加，美国每年有大量业主因为无力支付昂贵的医疗费用而破产。研究结果令人震惊，除非你是比尔·盖茨，否则一旦你生重病就有可能破产。"

"各国政府在寻求抑制费用上涨的办法，同时，也纷纷把目光投向了传统医学。"

"包括中医在内的传统医疗技术不仅具有独特的医疗作用，而且在使用经济性上也占有明显优势。对于中国这样一个发展中的人口大国来说，如何在发展现代医学的同时，注意根据自己的国情发挥中医等传统医药优势和选择经济适用的医疗技术，是一个需要特别考虑的发展战略问题。"

"传统医药在世界范围内复兴成为必然。当前，中医药已经迎来'历史性的拐点'。"

又有一位先生上台演讲说："一个国家如果只在军事上、经济上强大，我觉得这不算真正的强大，国家强大更为重要的是文化上的强大，一个国家、一个民族，有文化、思想和精神，才有斗志和骨气。一个国家什么样，看看这些年轻人的精神风貌就可以感知到了。"

"有一天我们真的连中国精神都丢了，穷得只有一具躯壳、一堆金钱，那样我们将不战自溃。"

"对比一下韩国、日本，我们对中医的认同感正在降低。我在想，有一天，我的子孙要看中医，还要到国外去吗？"

张二丑转头对爷爷说："我们来这里真来对了，开了眼界……"咦？爷爷哪里去了？张二丑现在回过神来，忽然发现旁边的座位空着，爷爷不知去了哪里。四处寻找爷爷，却发现爷爷站在演讲台上。他想叫爷爷下来，可是来不及了，只好呆呆地坐下。

二丑的爷爷开口讲话。台下有些骚动，人们悄悄地议论着："这是谁呀？"

二丑的爷爷已说开场白："我是一个普通的中医医生，在山沟沟里行医。我知道今天来的是各大企业的代表，但是听了前几位先生的演讲，我这心里头也有几句话想说，不说我心里憋得慌。"

"自近代以来，中医受到质疑，有些人对中医一无所知，把道听途说信以为真，攻击中医。或言中医'不知科学，不解人身之构造'，或诟病五行阴阳之说。"

"有人引李约瑟的话，'科学没有在中国出现'，断章取义，说中国古代并无科学。那么按此逻辑，四大发明不是科学，中国历史上的金属冶炼不是科学，中医不是科学……中国古代历史上出现的发明创造都不是科学，但这并没有妨碍火药、铸造技术中的失蜡法传入西方并对世界产生巨大的影响。"

"诋毁中医，得出中医没有科学价值的结论之后，他们进一步攻击中药，说中药的疗效、毒理、副作用不明。"

"中医在治病救人的路上积累了很多经验和技术。比如中药发酵炮制技术，我们有半夏曲、六神曲、红曲、沉香曲等发酵药物，这些药物，比如半夏曲，有健脾消食、止咳的功效，并且可以根据病情的需要，用不同药物配方制曲。现代科技的研究也证明，其中含有治病的有效成分。"

"说到这里，我想起，在甲午战争之后，日本人占领我台湾，为了避暑，向台湾人学习一种制造清凉解暑药的方法，研制成一种解暑药，配方有甘草、生姜、砂仁等药材。这个药就是仁丹，一上市，立即占领市场，它的广告到处都是，那时在我们北京城的正阳门上就有这广告。近几年，我注意到，在日本有一种叫'救心丹'的药，成为被抢购的神药，它的配方，有人参、牛黄、珍珠、冰片和蟾酥等。这'救心丹'就是在我国传统'六神丸'的配方上改制而成的。"

"日本人很善于学习，1980年，日本医学权威大塚敬节在他弥留之际叮嘱弟子：'现在我们向中国学习中医，10年后让中国向我们学习。'他哪来的底气？"

"汉方医药在日本复兴，韩医在申请世界遗产，世界重视，而我们中医药的人才在凋零，中医积累在悄悄瓦解。中医药的珍宝，不但不知珍惜，还有人要祸害它！"

《红楼梦》中，探春说：'若从外头杀来，一时是杀不死的，这是古人曾说的"百足之虫，死而不僵"，必须先从家里自杀自灭起来，才能一败涂地！'"

"我到中药市场采购中药，走了一圈，还发现了中药炮制问题。有的药炒制不均匀；有的药炮制用醋，使用的竟然是食用醋酸，不是酿制的米醋；有些中药，在使用激素催肥，可以增加产量，但是药效呢？更可怕的是有毒农药的残留，可能致命。"

"有一味中药，古代歌谣里说它'丰年恶尔臭，荒年赖尔救'，我们现在也传唱一首童谣'折耳根，遍坡生，我是外婆小外孙……天天泡茶折耳根，耳聪目明又清心'。这个折耳根就是鱼腥草，喜欢生长在田野山坡、清泉或池塘边，对肺炎有很好的疗效，长期使用未见副作用。我们现在的孩子金贵，鱼腥草就是小孩子的良药。可是现在种植，任意施肥喷农药，这是药啊，应该先保证药效才对。"

"我们医药企业，应该发展自己的中药种植基地，做道地的中药，做良心的中药。今天到会的中药企业，还有国外公司，聚在一起就是一家人。有人说，外商来赚的是钱，可他们也在帮我们赚钱，帮我们发展中药的产业。我们能赚到钱，因为依靠的是中药的价值，一旦中药价值被破坏了，不是一个公司的损失，而是中医药界的损失。如果中医药不灵了，那就真动摇了传统医学的根基。中药要进入国际市场，那就得自强、自尊、自爱，先挺起中药的脊梁！"

二丑的爷爷讲话完了，掌声立刻响起，张二丑也高兴地为爷爷鼓着掌。

台上说："下面有请美国明道大学校长张绪通博士发表演讲！"

一位老者走上台发言。

"刚才这位老先生的发言很中肯。我能看出来，他身上有对中医药的深厚感情，有沉重的责任感。"

"一百多年前，洛克菲勒家族的慈善事业，在中国播下了西方医学的种子，并推动了中国医疗事业的发展。但很少有人知道这慈善是要附带各种条件的。最近，美国人汉斯·鲁斯克（Hans Ruesch）发表了一篇文章，题目是《洛克菲勒药品帝国的真相》，文章坦白地指出，洛克菲勒及其家族以学术基金会的名义，'捐款'给中国的医药界、文化界，'帮助中国实现中药科学化'，目的是要中国人对自己的中医药学术的根源与体系产生怀疑，以至于厌弃，要使中国人放弃使用廉价有效的草药，放弃针灸。"

"我记得小时候，读到大师们的文章，说汉字落后，又指责中医不科学，都是要扔掉的垃圾，等我长大了才明白，这不是严密的、科学的比较和论证。中医学可以说是'五脏中心论'的医学体系，在当时西医的解剖学，自称是非常科学的，却并没有发现有'脾脏'这个东西，而中医学里的'脾脏'却是一根大柱子。西医说根本没有'脾脏'这个东西，可见中医是不科学的。谁知后来不久，西医发现了'脾脏'，而它的功能与中医古书上说的一模一样。在1960年以前，西医并不知道胸腺的功能，而古代的中医，却把它视为重要器官，称为'膻中'或'心宫'，直到二十世纪八十年代，西医才认识到胸腺不但真实存在，还是免疫系统里功能最重要的部分。"

"当年伟大领袖毛主席怎么就敢提倡中医药和针灸？因为在艰苦的革命条件下，他认识到中医的价值，他有对中国文化和科技的自信。他曾笑称'一个中药，一个中国菜，这将是中国对世界的两大贡献'，他的一系列讲话和批示给中医药学的发展指明了方向。"

"现在，竟然有一小撮人反而失去了自尊与自信，一个劲儿要废掉自己，去和人家接轨，这不是疯了吗？”

　　"去年美国食品和药物管理局，下令禁止中药'麻黄'的使用和销售，理由是'麻黄'对人体有'不良影响'。二千五百年以前，麻黄汤在医圣张仲景的《伤寒论》里是首先出现的药方。它虽名为麻黄汤，可本不是就麻黄一味药，而是根据中药药性的平衡原理，在麻黄主药以外，还有杏仁、桂枝和甘草的配伍，用来发汗祛除病毒，消炎降热，治疗初期的感冒。不过如果病情不能立刻改善，或病人的本身抵抗力不足，疾病往深处进展，叫作'三日传里'[1]，此方就不能再用了。因为发表太过，就会导致虚弱。在这里，第一是复方配伍，君臣佐使，非常严密周到。第二是不能长期服用，要随时注意病情的发展，严格使用，是有规矩的。美国的药商，发现麻黄可以发汗去水，于是加入化学成分，提取之后，制造了各式各样的毒麻黄丸子，大肆广告，让人吃来减肥。长期单方服用的结果，有人感到头晕，有呕吐感。"

　　…………

　　散会了，张二丑兴奋不减，跟爷爷说："听说那位张绪通博士，是位医学博士医生，他的外曾祖父还担任过慈禧太后的御医，他的祖母也是著名的中医。真想不到，你给我讲过的，1929年废止中医案，背后竟有那么多我不知道的事，那场中医和西医之间的打擂也确实精彩。"

　　二丑的爷爷叹口气："当时的中医完全可以和西医相抗衡，甚至更胜一筹。可是如果现在再有这样一次危机，哪个中医敢打这个擂，敢叫西医先挑病人？"

　　张二丑陪爷爷在北京城里走，爷爷很想找到他的老家，然而高楼早淹没了他曾经的住所。

　　好不容易打听到一位过去的邻居，那家老人说，原来是有个张家，张家是个大院，后来日本人打进北京城之后就没有再回来过。他看着眼前的老翁，摇摇头，不认得。

　　几十年过去了，北京早已变化，北京也不再是二丑的爷爷离家时的北京。

　　张二丑眼望着失落的爷爷走在夕阳落下的街道上，他的影子被拖得很长。他轻轻地念着一首诗：

　　　　我曾化鹤丁令威，
　　　　经霜历雨苦且悲。

---

1　三日传里，中医术语。中医辨证中有"表证""里证"，由表证向里证发展叫作"表传里"。

思归，思归，

心随鸿雁飞南北，

而今白发鹤颜回。

故人不识郎君面，

却道黄鹤杳不归。

## 二　珍珠是泪泣成

桌子上放着张振业的公文包，二丑的爷爷擦桌子时，挪动了一下，包没有拉上拉链，包里装的张振业工程项目的照片露了出来。二丑的爷爷翻看了这些照片，一边叹气，一边摇头。

二丑的爷爷和张振业聊起了建筑："建筑是有生命的，搞建筑，就像养个孩子，你希望他健康活泼，希望他阳光正气，甚至希望他不凡，就算他老了也要散发着光彩。可你看你都建了些什么建筑。那些方块块儿，它一天天变老，最后只剩下了破旧，一百年后变成了垃圾。"

张振业满不在乎："不用一百年，五十年不到，流行别的风格，就该重新建了。"

二丑的爷爷严肃地说："建筑不是时尚，一些建筑的风格和思想，应该传承下来，发扬下去的，这是文明的印记，你要做的东西，应该是超越时代的，让一些东西成为永恒。"

"永恒？"张振业轻蔑地笑笑，"什么会永恒？只有你还相信永恒。你睁眼看看，到处都在变，你喜欢的大屋顶、中国风格建筑，上庙里看吧。四合院永恒吗？又湿又潮，低矮，早就不适合新时代了，如今拆了多少？什么都靠不住的，除了永恒这俩字，没什么是永恒的。"

二丑的爷爷被噎住了，许久没有说话。

张二丑也因为张振业这一番话呆住了。为什么那种中国传统的建筑在庙里就可以存在，而且一定要把建筑建成传统的样式？

的确没有什么能永恒，任何一种事物，只存在于一段历程中，或长或短。短如流星灿烂的一瞬，长到千年沧桑变化之后的留存。

二丑的爷爷又指着照片说："从照片上看，你用的这块地上，原来是块坡地，有条小河还有个水塘的，现在你把土坡推平，水塘也填平了？"

张振业扫了一眼那照片："当然，不推平，那块地我怎么盖房子？"

二丑的爷爷显得有些急："那些东西并不影响你盖房子，那水塘小河是多好的景致，人住进那样的环境他也舒服不是吗？你把那些自然的东西给填上了，盖出来的东西不就是一片鸽子笼吗？"

张振业却理直气壮地说："你搞没搞清楚，我盖的是住宅区，不是建一座公园！"

二丑的爷爷惋惜地说："那可是好风水，你懂吗？这样好的风水你怎么能随便就破坏掉？你住宅区完全可以利用这景观。"

"又来给我讲风水，"张振业越来越不耐烦，"爸——，你别那么老顽固了好不好，那是迷信。包括你那中医都是利用不确定性来忽悠人的把戏，就是——迷信！"

二丑的爷爷生气了："我跟你说过多少回，那不是迷信，好的风水就是好的人居环境。报纸上都说，北京的四合院就被外国人称赞是最佳人居环境。"

"那是老外，到中国见到什么都稀奇。"

"那是文化！从你盖的那些房子里，我看到的就是你没有文化！"

张振业也急了："对，我没文化，我没文化还不是你造成的！"

…………

风水是符合生活逻辑的，好的风水具有良好人居环境的意义。它包含了自然生态的道理，是人接近自然的方式，只有自然才能给人的生命以灵性，只有在自然中生活，才会有活力注入人的生命。人为什么不能在诗情画意的环境中生活？

二丑的爷爷坐在椅子上，眼泪流个不停。张二丑知道爷爷是想念老房子了。故乡是诗一样的故乡，归来时，它改变了风貌，就意味着你已失去了它，失去了的时候，就格外想念。

"爷爷，你对我爸爸的要求高了些，他不是一位设计师……你误会我爸爸了，我都还记得你教过我'何时眼前突兀见此屋'，我爸爸他也没有忘。那条河这些年来，一直是条臭水沟，夏天蚊虫成群，布满垃圾。我爸不得不对那片地重新改造，整治环境。有很多事他也想做，不能全都像他心里想的一样，不能尽善尽美，他就遗憾。这两年他也常跟我说，他想让自己的设计师把传统元素和现代建筑结合起来。"

二丑的爷爷听着。

"他说他以后，精力还要回到医药上来。这几年的药厂基本不盈利，因为利润都投到药品研发上了，他要搞创新药，要做优质的药。"

二丑的爷爷自顾自地说："是，他没文化是我造成的。"

"爷爷，这不怨你。"

"你不知道，你不知道，那年，他随着逃港的人流去了香港。我有多挂牵他，他就那样流浪，可是我没有办法。到底是血浓于水，他也得到香港市民的救济。到了香港他什么都做，给人粘纸盒，做苦工。打拼了很多年才遇上了你妈妈。"

"这不很好吗？苦一点，可是我爸也有了自己的事业。"

"可这不是我想看到的样子。本来他带着妻子，带着你回来，我很高兴。你的妈妈是个善良的好女人，你爸性格倔强，可是他就服你妈，有她管着你爸，我放心，可是你妈积劳成疾，抛下了你们父子。我说你再找一个吧，他不，一直就这么单着。"

"爷爷，我能理解你的苦心。我跟我爸也聊过，不过他的心里只有我妈一个人。他也知道你批评他是为他好，他就是嘴硬，他总是挂着你。"

"可是我解不开他心里的结。"

"慢慢来，会好的。"

"我老了，我等不到他能原谅我的那天了。"


晚上，张振业回到家，做饭时，他问张二丑："你有什么打算？毕业一年多了你也没个正式的工作，要不要到我公司上班？"

爷爷也看着张二丑。

张二丑说："读万卷书，行万里路。书没到万卷，也读了不少，现在我打算去行万里路。"

张振业说："你还嫌你走的路不够多？"

张二丑说："是，我不想像别人一样一毕业就满脑子是钱。"

张振业有些生气："我可告诉你，别指望我给你房子、车子，你得给我踏实点，别琢磨着到处去逛。"

张二丑说："我觉得人应该有更高的精神追求，不能眼光只盯着眼前这点事，买房、买车、生孩子，走运的话升职加薪，再买第二套房子……这和那个放羊的，'放羊——挣钱——娶媳妇——生娃娃——放羊'……没什么两样。我就想做点有价值的事。"

张振业越发不满意："有价值？什么叫有价值，我告诉你吧，你把别人兜里的钱，拿到自己的钱包里，这叫本事，这才是价值。跟我谈价值，你满世界去逛，就看看风景，你那价值没人给你钱，叫价值吗？"

"爸，你又盯着钱看。"

张振业气恼了，想起自己的过去，又哽咽了，"儿子，我年轻时也到处走过，漂来漂去的。我穷过，那时候吃不上喝不上，连点尊严都没有……还好，后来是碰上了你妈……等自己有钱了，还是吃不上，因为胃不好……你老嫌我说赚钱赚钱，我说这些话也是为你好。"

张二丑觉得伤了爸爸的心，就解释说："爸，我能理解你。这个世界真的很大，我不想坐井观天，想先让自己的精神充实起来，想看看每个人都想什么，多了解人们的生活，看清世相，我把世间的百态了然于心，我的绘画才会有震撼的力量。"

二丑的爷爷这时才说："我觉得二丑的话在理，他应该增加一些阅历。"

振业着急地说："爸，你不知道，现在大学生找份工作有多难？我听说，有人因为找不着工作，把毕业证都给烧了。我公司这两年效益不好，再说我就是一个普通股东，我哪里能满足得了他以后的生活呢？"

二丑的爷爷说："学画的人，胸中得有天下。你看看好多有成就的人，都走遍了全国。司马迁，他爸给他一辆马车，走遍全国收集史料。李白、杜甫、王维，哪个不是游遍了山川，要不他们的诗文辞赋，怎么就那么耐读？再说李时珍……"

一听到李时珍三个字，张振业不耐烦地起身："得，又来这套。不就是现在流行的'游学'嘛，学生放假不读书赶时髦出国游学，游学游学，游而不学，拍张照片，到此一游。"

张二丑仍希望爸爸理解他："爸，你说的，和那是两回事。我年龄奔三十，再不拼就老了。我已经有了自己的判断力，想自己做主做一点我自己想要做的事情，独立实现自己的人生梦想。"

二丑的爷爷叹了一口气："如果你不工作，以后靠什么来生活呢？"

"我拍的图片有些杂志社喜欢，我就分享出来，能有一点稿费，现在也有些客户约我的画稿，我就给他们作些画。还有我想像李时珍那样，用一种情怀做点事情，就像您说的'做点什么。'"大多数的人都忙于行走，忘记了沉淀自己，忘记了对自己的人生做个回望和前瞻。

张二丑对爷爷说："其实我觉得还有件重要的事没有做完，奶奶还没有找到……我想再走走。"

程思远联系张二丑说，他和几个伙伴现在在大芬村的画室里做画师，同时也

210

做着培训画师的工作。

远看大芬村，高大的建筑与全国的城市一样并无特别之处，但大芬村也还保留着一些老屋，古典的风格，古典的线条，好像古人飘逸的衣衫。大芬村的街头飘着墨香，角角落落里、门前的招牌上都弥漫着艺术气息。

在程思远工作的画室，程思远正在给渐渐成形的向日葵——复制的梵高画加着油彩。画室里还有一些人在忙碌，他们有的只画一幅画的局部，几人合作完成一幅画，也有人独立完成整幅画。他们的画笔在调色盘上点蘸，在画纸上涂抹，这动作让张二丑想起父亲做的瓦匠活，一样的动作程序——泥抹子在泥里搅和，在墙壁上抹泥。满屋子，上面吊着的，下面铺着的，都是梵高的画。这些人每天都要完成几十幅梵高的画，以完成来自各地的订单，他们按件计算工资，程思远这样的画师一天能完成六七幅梵高画，一个月就有不菲的收入。

看见张二丑到来，程思远继续把剩余的部分画完，就拉着张二丑嘘寒问暖，问到张二丑的生活状态、感情问题。

程思远说："你也太执拗了。"

张二丑纠正说："我觉得我是执着。"

程思远不以为然："你不过是对美色的执着罢了！"

张二丑正色道："你也是这样看吗？"

"我只是觉得你应该现实一点儿，不要对不切实际的东西抱太多幻想。"

"你呢？虽然你喜欢梵高，也不用这么疯狂，每天的生活都是梵高的影子吧？"

"我只是喜欢他的画，并不要过和他一样的生活。你看，这里有些人根本没学过绘画，跟我学过一点儿，在这工作又可以赚钱养活自己，又得到了成就梦想的机会，多好啊。有的人在这边画着画着，房子、车子就都有了。"

"可是这并不能称为艺术，这根本不是你当初的艺术追求。"

"大众消费的艺术，懂吗？莫奈的《干草堆》，或梵高的画作，拍卖一次，拍卖的是价值，是历史，是文物。大众是买不起的，大众欣赏艺术，不必考虑它是一件真品还是赝品，几十块钱买来，只要画的质量不低劣，不影响欣赏，你说买的不是艺术品，但仍然可以欣赏艺术。艺术在大众中间才有生命力。就像那年我们一起弹吉他卖酥饼，你可以说他们在消费中享受艺术，也可以说他们所消费的不是酥饼而是艺术。原作与一幅仿制画的区别是什么？假如仿制画的质量非常接近原作，一幅画成了艺术的历史，一幅画代表了艺术的生命，没有人临摹流传，这画就不再有生命。"

"我不觉得一幅画因你临摹仿制才有生命。还有，你就打算这样复制梵高的画，一年，两年，十年，这样一直复制下去吗？你最多是个画匠，恐怕一辈子成不了'师'。"

"米开朗琪罗等艺术大师，最初的时候也都是画匠。我们过去在学校里学画，老师给我们讲，作品要有灵感有创意有底蕴，美术创作要表现人的心灵，不能迎合市场，这才有大师级作品出现。可是你必须认清现实。你有理想固然是好，可是你能从中获得什么？你总要吃饭吧。你连自己都养活不了，怎么立足于世？艺术也总是第二位的。所谓灵魂并不比一只虫的生命高多少。大多数人，一生只能是画匠，这是现实；用所学实现价值，这是人生。我们学了绘画，并不等于我们只有一种生活，你得活下去，不是吗？先成为画匠，才有机会从众多画匠中脱颖而出，再向上成为画家，否则你是什么？"

"我觉得，你说的这种按部就班的生活，是一条上了保险，也上了枷锁的路，关闭了艺术活力。艺术像河流一样规矩地流淌，不能决堤冲破约束，是无法成就的。"

"你要决堤，也得有堤可决，你的高度在哪里？空谈吗？也只有生活富足了，才会有更高层次的追求。你却沦落到贫困潦倒，活成艺术品了，就是艺术追求吗？"

"当年我选择绘画的时候，爷爷告诉我，艺术不是光能画两笔就行的，得有历史的责任感。他不懂得艺术，他是个医生，他觉得做医生也是艺术，不能只限于一点感性认识，不能纯讲技术，能称得上'家'的人，他的心里先会有一个'爱'字。社会在变化，物质在丰富，而创作艺术的个体贫瘠、思想空洞，他注定不会有什么成就。时代的精神在哪里？想明白了，你才能发现你自己。我们不应该说，我到了艺术的时代，而是艺术等到了我的时代。"

"说到爷爷，我想说，在那个战乱流离之中哪有人有心思谈艺术呢？"

"艺术除了理智之外，还要有爱心，在那个时代，传递和诉说人们的痛苦与不安，能反映真实的生活就是艺术。这也是梵高画的艺术追求，所以他会给穷人作画。"

"哈哈，你有爱心，你爱上了一个女孩……"程思远笑个没完。

"我们这个严肃的话题，被你说成了笑话。"

"我不想听你说空话、漂亮话，说真格的，我这正和几个兄弟合计着，一起在这里开个画室，你也来，咱们一起创业，在这里有无限的可能，我们一定能做出自己的事业来。"

张二丑说："我还一时接受不了。"

"你也可以在这做原创嘛，如果你不能凭着你自己手里的技能生活，你的人生就是失败的。"

他们是最好的朋友，他们在一起争论，各执己见，但他们从不否认彼此，反而互相赏识。张二丑坚持自己的路，但也理解程思远话里的道理。程思远看到了这里的商机，他却被张二丑的倔强打动。本质上他们是同样的人，他们同样歌唱生活，努力地生活，热爱生活。

晚上的时候他们一起在酒吧里喝酒唱歌，他们又一起唱起了当年一起弹唱的歌：

············

年月把拥有变作失去
疲倦的双眼带着期望
今天只有残留的躯壳
迎接光辉岁月
风雨中抱紧自由
一生经过彷徨的挣扎
自信可改变未来
问谁又能做到

············

他们唱起了自己谱写的歌曲《平凡歌》：

理想是蓝天白云，
我愿化作小鸟去追。
现实是柴米油盐，
拉着我午夜梦回。
凡夫俗子想握马良的神笔，
画几笔江水，
滔滔长流不回。
画几棵青青草木，
叹秋染霜林醉。
如果我只能平凡，

我愿做一只河蚌，
一只含着沙子流泪的河蚌，
不甘平凡。
不是珍珠价贵，
是河蚌的泪水，
记下了它的心碎。
啊，愿做一只河蚌，
含着沙子流泪。

他的眼睛观察着，发现着，他的笔下迅速地记录着。

他到过一些偏远的乡村，这些乡村开始出现产业空心化。在他的速写本里，画下了那里孤独留守的老人，画下了儿童期盼的眼睛……还记录了一些他听闻的对话。战争是民间常谈的话题，英雄在一些人口中传颂。在与人交流的过程中，常会引出一个个奇怪的话题。比如，有人会说，日本才多大啊，怎么就欺负了中国？比如，汉唐怎么说垮就垮了呢？

在陕西，寻找战争遗迹时，老乡热情地讲当年的历史。他和好多当地人成为了朋友，印象最深的一次是在一家窑洞里，他坐在他们中间，随人一起吼秦腔。

见老乡家里摆有一些乐器，就好奇地请老乡演奏，老乡一家便聚在一起，拉起二弦、板胡等乐器，家中老人唱道：

两狼山战胡儿天摇地动，
拼性命和敌兵对垒交锋。
我杨家扶宋主忠心耿耿，
一个个为国家不避吉凶。
金沙滩直杀得星稀月冷，
…………

张二丑不懂戏，更不懂秦腔，却一下子被这腔调打动吸引，就要跟老乡学，老乡唱一句，张二丑学一句。

老人见张二丑对抗日战争的事情感兴趣，就唱道：

月儿皎皎，

万籁悄悄。

东方将红天将晓，

单等四更鼓儿敲。

思想"九一八"，

心似烈火烧。

我儿率兵疆场把贼讨，

遭不幸多少英雄竟折夭！

松花江浪滔滔，

怒冲冲恨难消。


张二丑问："刚才那个是杨继业的唱词，那这段唱词是哪里的？"

老人说："剧名叫《中国魂》，这段是共产党员唐俊峰的唱词。他的孙子保儿被日军司令佐藤抢去认做义子。唐俊峰为探取日军情报，深入城内与地下党组织联系……"

人们大多还是活在现实中的，那些过去的历史并不能成为人们永恒的话题。人们更多关注的是柴米油盐的日常，当然，柴米也许不是最重要的，子女才是。

在一些城市的机场里，他也看到正在送别孩子的家长。很小的年纪，就可以出国游学了，这些孩子真的是幸福。然而和家长聊起来的时候，又发现不是那么回事，就像《围城》中说出痘，一定要出痘才安心。游学的费用都很昂贵，有的家长说，可以长长见识吧。还有些人说，别人家的孩子能去游学，我的孩子为什么不能？

乡村的风光最适合作画，作油画，色彩点染出韵律；作国画，墨痕点点，疏密有致。张二丑画了很多画，也拍摄了好些照片。乡村可以带来怀旧感，特别是那些还雕着花纹却已破落的老房子。还有作为背景的，黄灿灿的土、黄灿灿的阳光、黄铜色的皮肤，他感觉触摸到了跳动的脉搏，一种沉重的东西。

乡间的野草，一入画就有诗的气息。读读《诗经》，那采啊采的菜，其实是在乡间平凡土气的草，当你知道那些草有些甚至是乡间用来喂猪的野菜时，会哑然失笑。这些野草以野性的精神生长，那苦苦追寻的诗意生活，还有爱，其实就长在乡间土埂上、路边草丛中、人间烟火里。人间烟火里有爱与思念，野草也有梦想和追求。这些野草本身不是诗，但诗在野草里。

他把自己沿途所见所闻，所遇到的尴尬事、奇巧的事、令他深思的事，都传到赵晶玉的QQ邮箱里，希望这一切有人分享。

中国开启了新农村的建设，因地制宜，要让当地的产业变得更有价值，推动乡村经济发展。农村的面貌在变化，大量的大学生村官、扶贫干部走进了乡村，乡村又开始绽放新生机，乡村将变得越来越美丽。

兴隆镇也不例外，镇上既有中药的市场，也有旅游的资源，就显得更加热闹。人们追求健康养生，用中药做成的膳食越来越受推崇，如三七炖鸡等美味吸引了游客慕名前来。

张二丑在北京798艺术区开办了自己的画展，他的一幅题为《可爱的乡村》的作品获奖了。那幅画很有梵高《向日葵》《盛开的杏花》等画作的风格。


# 三　菩提子

辞职下海到南方做生意的晓光的确阔了起来。他再回来的时候，满面荣光，一手拿个"大哥大"，腰里别着摩托罗拉。

阔起来的晓光，满面荣光。他找到王艳伟。许久没有联系，两个人瞬间陌生起来。晓光打量着王艳伟，因为常有日晒，她的脸有些红，但眼睛里依然流动着清澈的韵致。

晓光终于开口了："我们还能在一起吗？现在，我也有钱了。"王艳伟没有说话，低头在地上画着什么。晓光看去，地上有只蚂蚁，在转来转去，似乎迷了路。

"你已经和他结婚了？"

"没有。"

"当年你和我分手后悔没有？"

"你说呢？"

"我就想你怎么会忍心跟我分手，就是因为他比我有钱吗？我也有钱了。"

王艳伟终于抬起头，看着晓光，那眼睛里已是哀怨的泪水，"你今天来就是向我显摆的吧？你也有钱，那也是你自己的，我不需要。"

"现在我也有钱了，你还不回到我的身边吗？我们本该在一起的。"

"我们当年在一起学习读书的情景，我到现在还记得。"

"是啊，我也记得，我们一起读文章，一起讨论数学题。"

"还记得我们一起学过的成语吗？有一条小鱼，它落在车辙里，水干了，它只要有一点点水就能活，而你却要到远处调动江水。那条鱼，最后成了一条枯鱼。我就是那条死过的枯鱼。那年，家里那么多事，我也不知我该怎么办，我想的就是你，你一定有办法的。我甚至还幻想着，你抓着我的手，就像那天在大雨里抓着我的手，什么都不用管，就算浪迹天涯也好，受苦我也甘愿。或者你告诉我那人再好我也不嫁。可是你只想着你自己的感受。"

晓光没有说话，许久，他才问："你这些年怎么过来的？"

"种瓜，"王艳伟一边看着地上的蚂蚁，一边淡淡地说，像是在讲别人的事，"他把钱给了我，让我给妈妈治病，送弟弟上学，我说我不能和他结婚，我有男朋友，他说没事，先拿钱治病，送弟弟上学。我说这钱我先借用着。他还说没事，什么时候还都可以。我把别人不种的地，也给租了来，我家的西瓜地连成了片。他从外地给我弄来瓜种，还找来技术员来我这指导。后来他就在地里搭了个小房，每天摇着蒲扇看西瓜，西瓜丰收他又联系人来收。西瓜卖得很好，我还了他的钱，还可以供我弟上大学。"

王艳伟走后，晓光衣锦还乡的得意变得索然无趣。赵晶玉回到家的时候，看到晓光颓然地坐在沙发上，空洞的眼睛很是吓人。

又几年后，晓光的生意毫无起色，赤手空拳回到家里。晓光说竞争环境变得激烈起来，最初走运赚的钱都赔了进去。

晓光找不到适合自己做的事情，就又去找了原来的老校长，希望老校长能收留自己。

老校长要退休了，他在上退休前的最后一课。

他站在讲台上眼里闪着晶莹神圣的光芒，在讲他的告别之言：

> 如果时光能听到我的吟哦，
> 请让我活在我的教师生涯里。
> 如果有来生，
> 下辈子我还要当老师，
> 因为我爱它。
> …………

上完课，赵晓光见到老校长，他跟老校长讲了自己的来意，老校长跟赵晓光说："孩子，那只能说，你是一个不合格的老师。"

"可是老师总要活着吧？"

"我做了一辈子教育工作，也遇到过挫折，不坠青云之志，穷且益坚。这个志可不是光想着自己获了多少利。我穷，可是我做得有意义，有意义就不能浮躁，不能'利'字当头。这些年我的孩子跟着我吃了不少苦，我知道对不起我自己的孩子。可是我觉得作为知识分子，就应该耐得住寂寞，经得住穷苦，得有那么一股子韧劲，你身上就少了这精神头。"

晓光点头，可是又说："可是我不能不考虑生活，我家里等我当顶梁柱呢。您说，没有物质我怎么生活呢？古语说，衣食足，才会思安。"

"可古语还说了'饱暖思淫欲'。"

"老校长，我现在知道错了。"

"不是我不留你。那年企业改革后，国家重视教育，学校从企业剥离，别看这是所普通的学校，可还是很热门，有很多人拉关系，抢着往里进。为了提高教育质量，我们又通过教育局从几所高校里招聘了一批大学生，现在是一个坑一个萝卜。你来了我也没法安排你工作。"

晓光知道话说到这份上了，再说也无益，转身要走。

老校长说："我也要退了，你想再回到这岗位上，就得等机会。"

机会，要等到什么时候呢？晓光走出办公室。

老校长看着他的背影，摇摇头，叹了口气。


晓光找不到工作。

赵晶玉问晓光："那你原来做什么呢？"

"我都是……"

张安华打断了晓光的话："你那些工作也好意思说，看你也没做什么正经事。"张安华狠狠地瞪了晓光两眼。

赵晶玉说："哥，现在车卖得好，你可以做销售啊。"

晓光又嗫嚅着说："车，可是我，我不懂，那汽车品牌我都不了解，它的产品有什么技术指标，我得能给人讲出来啊。"

张安华说："要不你去卖保险吧，我看你的那个发小同学，人家也没上大学，你看人家现在，穿着西装，人模狗样的，听说人家现在都是经理了。"

"妈，你怎么让我去卖那个，把亲戚当客户拉，我磨不开面子，干不来。"

"这干不来，那不行，你倒是能干点什么呀？你们父子俩，真是父子啊，那话真没错说了，老子狗熊儿完蛋。人家都说三十而立，你这是三十倒立！"

"你倒数说起我来，我说我要学开车考驾照吧，你说怕我撞着；我说我要学个摄影做摄影师吧，你又说不是正式的工作，你知道我同学学游泳都做了游泳教练，一天就赚那么多钱，可你说怕我学了游泳淹着……"

晓光听不得妈妈唠叨，起身躲到屋子里去了。

张安华转脸就对赵晶玉说："妈想跟你商量个事。"

"什么事啊，妈？"赵晶玉感觉妈妈说话的表情和以往不一样了。

"你哥对你好吧？"

"好啊？"

"你哥都三十了，到现在还没结婚。"

"这个事啊，你甭着急。哥哥人长得帅，人品又好，他找对象还用你来操心？"

"你真是这么看你哥的？我琢磨着，你俩自小一起长大，也算是青梅竹马了，都互相了解，还有感情基础，不如你俩就处一处，结婚吧，啊？"

"妈，你在说什么呢！你这么一说把我们母女这么多年的感情全变了滋味，再说我大哥不结婚，那是因为他心里有个喜欢的人。"

"这么多年不是靠我养着你，现在的事业怎么能做得这样好？你讲母女情，那好，我养你这么多年，现在你总得帮我出点力，帮衬一下你哥哥。"

赵康强不知什么时候站在张安华旁边："你怎么这样跟孩子说话？晶玉沾过你什么光，那都是她姥姥拿的钱供……"

张安华瞪了赵康强一眼："你别说话，就算我没有功劳还有苦劳呢。"

赵晓光听到声音从屋里出来说："妹妹，你别听妈胡说，我的事，我自己会想办法的。"

赵晶玉说："妈，我哥的事，我帮着张罗。"

赵晶玉把哥哥带到外面安静的餐馆，两人坐下来一边喝着饮料，一边慢慢地聊着。

"哥，你这些年都做了些什么生意？我想知道以后你适合做些什么。"

"其实，我没有做什么生意，那些年我和人一起搞抽奖。一夜暴富的大好事，谁不想啊，那活动真是火爆。奖品开始是锅碗瓢盆，后来是自行车、彩电、洗衣机、冰箱，还有现金！我站在台上，耳边是震天响的音乐，台下是围观的人群，那是黑压压一片。有中奖的，我就拿着大喇叭，大喊他的名字，请他上台，拿着奖品和大家聊两句。等人散了，地上铺了厚厚一层的纸片……"

"那真的能抽到奖吗？"

"只要交一两块钱就有机会，总会有抽中的。那是好的时候，后来不行了。"

"哥，我们是不同的。从小你想要什么，只要哭一下就什么都有了，而我不行。

可是你想过没有，如果没有妈妈，你要依靠谁呢？我给你一笔钱，十六万元，说好了，是借给你的。先不要着急买房子。还有——我还是说了吧，王艳伟是个好姑娘，知道你有困难，这钱有一半是她拿来托我给你的，好好地做出点事业来。"

"王艳伟，她在帮我？她还在乎我？"

"是的。现在爸爸和妈妈也上了年纪，你让他们少操点心。"

"好。"

"从小，你的都是最好的。我很没有安全感，活得很不踏实。可是哥哥，也许我真的适应这种生活，从来不愿依赖谁。开书店也让我明白一件事，要活得像样，你就得明明白白地活，明白自己要做什么，怎么做。没有人能夺走的，就是你内心深处的东西，特别是勇气和智慧。你不可能依赖别人一辈子，在你依赖别人的时候，你的思想就长在了别人的头脑里。"

"我也有过梦想。是，我把自己活成了废人。"

晓光拿了钱，没有去做生意，他去南方旅游了。因为此刻他空空的心，不知道做什么。途中他看到有人在卖一种树的种子，叫菩提子，可以打磨得很光润，做成手串。传说中，释迦牟尼苦苦修行，心力交瘁，受了一位放牛村女的牛奶粥，在一棵菩提树下他顿悟成佛。可那种顿悟又该是怎样一种境界呢？

# 四 许愿墙

赵晶玉经营打理着她的书店，日子平淡，也很辛苦，但觉得充实。

张二丑走后，有读者到书店买书后，还要点"魔鬼的眼泪"，这下赵晶玉有点麻爪。王阿姨告诉赵晶玉："冲咖啡的方法，张二丑已经告诉我了，我学会了。"怕王阿姨学不会，张二丑还特意在咖啡机边留下"魔鬼的眼泪"配方和制法。赵晶玉就把咖啡的事交给王阿姨做了。

有一次休息时，赵晶玉坐到茶桌上喝茶，*I Finally Found Someone* 的音乐悄悄流淌：

> It started over coffee
> We started out as friends
> It's funny how from simple things
> The best things begin…

仿佛又回到郑大山送给自己《海涛十二年》唱片的那个夜晚，时间呀，一流逝就已是几年。

忽然，她看见在张二丑放茶叶的小柜旁边，有一个本子，是张二丑落下的速写本。翻开看，里面只有几张画，有两张画得清晰一些，其中一张，画了一个背影，另一张画了赵晶玉的侧影。两张画上还题上了字：

所谓伊人，在水一方
2005年2月
张二丑

在玻璃阳光房的墙壁上，还贴了很多字条，是一些读者和茶客的留言，算是许愿墙吧，许愿墙上已贴了厚厚的纸条，原来人们有这么多愿望：

五年后，不一样的自己。

好运爆棚，平安喜乐，希望有个美好的未来。

家人健康。

保持乐观，30岁前，要买车，买到房更好！

…………

也有人给自己朋友写下留言：

光，我在这里等你，你看到了吗？
星

我们见一面吧，云。

玫瑰又要开了，你还来看我吗？
小鱼儿

有几条留言引起了赵晶玉的注意：

遇见即是幸运，与蛋蛋长长久久。

丫丫

如果我们走失了，那就每年玫瑰花开的季节，到这咖啡店再次相遇。

蛋蛋

丫丫，对不起，我错了。不要不理我，我找不到你了，我们约定走失了就在这里相遇。

蛋蛋

赵晶玉觉得这好像是两个人的对话，她在心里把这些纸条连成了故事。他们应该是在这个咖啡店相识，有了爱情的故事，再后来他们伤心了，走失了。赵晶玉向下翻果然还有：

"今天，蛋蛋和丫丫一起在这里路过。"
"那你呢，觉得遇见我是件幸运的事吗？"
…………

还有其他内容的纸条：

城市的夜光，在街角，这么美的咖啡店坐会儿，增加人优美的心情。
…………

一个纸条引起了赵晶玉的注意，上面写着：

喝过这杯咖啡，我想我要开启新的人生了，谢谢你，咖啡哥！你想通过咖啡，告诉人们苦到绝望也不可怕，耐得住苦，才享受得了醇香。凡事想要做好，现实又常困难重重，就会感受到苦，熬过那些苦，从苦境中走出，苦尽甘来，苦亦为乐。

走丢了的花

赵晶玉按张二丑的方法给自己冲了一杯咖啡，一点点地啜吸，像怕烫一样慢慢喝下，它似乎真有一种魔力，刚开始时口感恶苦，苦得难耐，但是熬住了之后，醇香在唇齿间流动，苦味还在，但已不是苦的感觉，甚至还有"甘"。

有时候，赵曦光也会来这里看看书，和赵晶玉聊聊天。姐妹俩很投缘。姐姐有了心事就会和妹妹说，妹妹就会开导姐姐。常常在聊过天之后，赵曦光会说："听你这么一说，我心里一下子敞亮了。"

赵曦光大学毕业后去了政府机关。有时候，她也会带些同事来给赵晶玉捧场，赵晶玉没事的时候，也会到赵曦光的单位去玩，顺便带点杂志书报给她们看。因此赵晶玉和赵曦光的同事很熟悉，关系也相当好。

最近赵曦光很苦恼。她的对象处了很长时间，之前处的几个都无疾而终，这最近的一个，她真的看中了。姐姐对妹妹说，他有一种英气，不是别人可比的。可张安华表示不同意，两个人就因为这事吵过，闹得很不愉快。姐姐就向妹妹求教："我俩相处了两年了，可妈妈不同意，你说我怎么办呢？"

赵晶玉笑说："我只能表示同情。你还不是十分爱他，不然，妈妈怎么约束得了你？再说，妈也是疼你，宝贝闺女要处对象，她能不把把关？"

这天，赵晶玉正坐在电脑前整理材料，就接到曦光同事的电话，赵晶玉疑惑地接听，里面传来急促声音："你快来，帮帮你姐姐。"

"我姐怎么了？"

"哎呀，你来了就知道了，打车！快点！"

赵晶玉不知道出了什么事，急忙叮嘱好王阿姨，说自己出去一下，就跑出去，叫了一辆车，赶奔曦光的单位，在车上还不断催着司机，要司机快点。

到了曦光单位，赵晶玉才算松了一口气。楼下围了一圈人，姐姐和妈妈站在中间吵架。楼上窗户里有人趴在窗口津津有味地看这对母女。

她们吵的声音很大，在楼间都能听到回声。

"我问你，他有房子吗？"

"妈，我不是说过了吗，没房子，我们先租着。"

"租房不行，没房想娶我闺女，没这个理儿……"

"你能别看这条件吗？爱他不是因为他有没有钱，就因为他是真心爱我的，而且工作能力特别强。"

"他哪强？就糊弄我闺女的能耐！不看这条件，他那不就是想白捡一个漂亮媳妇儿吗！"

"我们结了婚就一起好好工作，总有一天，能买到房子。"

"你说啥玩意儿？房子不买就嫁给他？贱得你，想倒贴呀！"

"妈，你别管了，我和他是真感情。"

"感情能当几个钢镚儿使？人穷志就短，那能过好日子吗？"

……………

赵晶玉挤进人群里，拉住妈妈的手："妈，你看咱们能回家里说吗？这么多人看着，多丢人呀！"

妈妈把赵晶玉的手甩开，继续吼道："有啥丢人的？我今天就是要让你姐跟他黄，你姐现在是脑子进水了！"

"妈，他对我真的是好，我就要嫁给他。"

"你缺男人是咋的，没房就嫁了？你跟他黄了，就你这条件，那都得排着队给你介绍对象！"

"妈，他是爱我的，我们是爱情！"

"你那爱情能当吃还是能当喝？"

赵晶玉急得直跺脚说："妈，你们别争了，丢不丢人啊？"

"丢人，是我丢人还是她丢人？她不听话啊，我说一句她顶一句。"

赵晶玉再不喜欢妈妈也没有见过这么失态的妈妈，只怕是愤怒牵制了她的心智。赵晶玉跟姐姐的同事要来一瓶矿泉水，打开递给妈妈，说："你看，咱找个别的地方好好聊聊行吗？先喝点水。"

张安华倒也不客气，拿起水仰脖喝了一口，刚才声嘶力竭，现在她真是口干舌燥。

趁妈妈喝水的当儿，赵晶玉赶紧给姐姐使眼色，说道："你也真是的，妈还不是为了你好？你的事，妈不替你想着，还谁替你想着？你瞅把妈气成什么样了？"

张安华喝了水似乎清醒了很多："走，咱们回家说！"

曦光说："妈，我在这上着班呢，你叫我下来，我就下来了，没想你这一顿火。"

看着妈妈又要发作，赵晶玉赶紧插嘴说："好了好了，姐姐先去上班，"赵晶玉冲着曦光挥挥手，然后拉着张安华就走，"我陪妈先回家了，有事回头再说。"曦光趁势就上楼去了，张安华无奈，只得跟着赵晶玉回家。

以后电视上演《梁山伯与祝英台》，每当看到马文才骑着高头大马，身着红袍头戴乌纱迎亲，而祝英台与梁山伯死同穴化为蝶时，张安华叹道："这马文才看起来也是英俊有才的人，那和谁过不一样？非得这样不听父母的话吗？谁的父母不考虑儿女的幸福？"

年轻人缺少人生经验，因此显得单纯。老人经历得多，往往以为自己已经明了世事，能看透一切，遇事不惑了。其实，人更多的时候，是把经验当成了人生的智慧，奉为教条，难免生出偏见。

她的人生已被涂上了灰暗的色彩，再也无法用激情使它燃烧，心变得沉重，思想怎么会轻盈？

据张安华讲，她也是有爱情故事的。不能确切知道张安华对爱情的失望是从什么时候开始的，也许是从马路上自行车多起来的时候，也许是从开始有了第一个娃，也许是从辛苦的经历中品味到第一丝苦涩开始。

但是她的确是有过爱情的。

张安华不会忘记，很多年前修桥打夯时的场景，初相识总是最美好的事情，在不断的回味中，神圣起来——那么真切，却再也到达不了。"那个小姑娘哇！嘿——呦！梳个小辫子呦！……"对张安华来讲，是一个歌声在耳边回响，又永远失去的年代。

而伴随着那歌声，飘起的还有一种食物的香。

第十章

# 那个小姑娘哇!
# 梳个小辫子呦!

土反其宅,水归其壑,昆虫毋作,草木归其泽!

——(先秦)《伊耆氏蜡辞》

# 一　那个小姑娘梳个小辫子

也许是出于父辈的希望，愿意自己孩子长得身强力壮，赵晶玉爸爸的名字就是赵康强。赵晶玉的妈妈是姥姥给起的名字，叫张安华。

二十世纪五六十年代，经过了多年的战争，人们盼望已久的和平生活终于到来了。幸福生活的到来，让人们对生产充满热情。那个建设热潮中，常常可以见到打夯的队伍。人们用这种古老的劳动方式夯实地基，人和石头的力量锤入地里，就能支撑起一座桥梁。随着石头起落的是打夯号子，它粗犷豪放，音调高亢，力量在其中爆发；有时还带点幽默诙谐，能缓解疲劳。这就使得打夯像文艺表演一样的精彩。打夯的号子往往引得人们来围观，人们像看唱戏一样享受。你听：

　　领号的人唱：大雁那个天上飞！

　　众人合唱：嘿——呦！

　　领：齐使那个劲哎！

　　众：嘿——呦！

　　领：爷们一齐把劲使啊！

　　众：嘿——呦！

这个时候，一个小姑娘走了来。她就是张安华。她爱美，每天都要把自己的麻花辫梳得黑亮的。赵晶玉的姥姥寻来布料，为她做了件格子上衣。她的到来，仿佛剧场的布景、道具已安排好，群众演员都已到齐，而主角姗姗来迟，因此格外显眼。一切的人都成了她的配角和背景。

领号的人马上注意到了，这歌词马上就换了：

领：那个小姑娘哇！

众：嘿——呦！

领：梳个小辫子呦！

她马上低了头，慌乱着，要从人群中走开。

领号的人马上又唱：

你一说那小姑娘哇！

众：嘿——呦！

领：害臊了哇！

众：嘿——呦！

赵康强就在这围观的队伍中，她走过来时，正好被赵康强看见。

赵康强来到她面前。

"你叫什么名字？"

她低头说："我叫张安华。"

"我叫赵康强，我喜欢你。"

张安华脸便红了，说了声"流氓"，站起来转身就走了。

从这以后，赵康强便仿佛发现了宝贝，追求着张安华。

那一年，赵康强17岁。张安华刚好16岁。

那时，往往在街头上显眼的地方，能看到些壁画，有很多比例失调的浪漫。比如，画面里是天宫上织女的窗口，窗口是高粱穗，再给画面配上几句词："村里的高粱长得大，织女推开窗，碰了一头高粱花。"时代的诗意和理想从这些壁画里流溢。

那时美国国务卿艾奇逊作出预言："由于中国人口过多，没有任何一个政府能够解决中国人的吃饭问题。"

张安华毫无预感地走进了饥荒年代。人们感知最深的，也是留在记忆里最清晰的感觉就是"饿"。人们研究出很多可以抗饿的策略，比如，闲时可以少吃些，可以少运动。可是正在发育的孩子对食物的需求却像是无底洞。张安华后来回忆说："觉得睁开眼睛也是件很费力的事儿。房子像是在动，摇摇欲坠，变形了。听话的时候精神不知在何处，只看着人嘴巴在动，有声音，但就是听不懂人家在说什么……越饿，越想吃，梦里才能吃到。"

这天早晨，张安华没能起来，赵晶玉的姥姥在屋子里转来转去，也只找到几粒粮食。赵晶玉的姥姥哭了，想了想，用刀把手指划开，血滴进张安华的嘴里，直到那个指头再也吮不出什么来，张安华终于坐起来了。

人们都在谈吃。赵晶玉的姥姥刚出门，就遇见了邻居三婶子，三婶子看见赵晶玉的姥姥，打了个招呼："吃了吗？"

"还没，孩子刚才饿得不行了……你家还有粮食没有？"

"唉，你想能有吗？不过，郊外地里的野菜还可以吃。"这倒提醒了赵晶玉的姥姥。

赵晶玉的姥姥弄来一些米糠，还有一兜野菜。

赵晶玉的姥姥把菜加到糠里做成面团。面团蒸好，放到张安华面前的时候，张安华狼吞虎咽吃了起来。赵晶玉的姥姥，看着女儿贪吃的样子，心里放了下来。可是张安华没有吃几口，眼泪就又掉下来了。米糠没有黏性，吃着也扎嘴，野菜掺在里面一碰就散成一团。赵晶玉的姥姥问："怎么了？"张安华说："划嗓子。"赵晶玉的姥姥掰开一块放在嘴里，慢慢咀嚼起来，很长时间，像是要把这些宝贵的食物，在嘴里多停留一会儿，然后终于咽了下去。赵晶玉的姥姥的眼睛里也有些泪花："慢点吃，里面的菜，味道——还有些甜呢——"

只有野菜，张安华吃得脸色蜡黄，赵晶玉的姥姥看着心疼又没有办法。

有一天早晨，张安华醒来，赵晶玉的姥姥便喊着女儿的名字，"快来，今天有好吃的！"张安华摇晃着走到桌前，那是两条鲫鱼。原来那天，赵晶玉的姥姥寻野菜，寻到水塘边，看到水面在冒着泡，仔细一看，水里隐约游着些鱼。赵晶玉的姥姥心念着，有了这鱼，女儿就可以有吃的了。赵晶玉的姥姥回家，带了笊篱，捞出了两条鲫鱼，巴掌大小，还有些小鱼，在手里挣扎，赵晶玉的姥姥摇摇头，把小鱼重新放回了水里。赵晶玉的姥姥把鱼用清水煮了，鱼肉白嫩，汤里还闪着些油星。那天张安华吃得真香，连汤喝下去，看着盘里的鱼骨头，打了个很响的嗝。

并不是总那么好运。再次捞到鱼是很久以后的事了。

野菜里最好吃的是野苋菜，有的地方，又给这种野苋菜叫成"人性菜"。它们很容易被找到，各地都有生长，它们成群地生长，先是紫红的小苗，等长高时叶子变得肥厚，远看去是一片诱人的绿。首先它好吃，吃在嘴里，没有多余的味道，那种灰灰菜也能吃，只是吃法不对就会拉稀。所以这菜确是通人性的救人菜。它们是野草，它们生命力强，采挖之后，又疯长起来，它们不择土地肥薄，不择人的贵贱，只要你需要它们，它们就乐于奉献。饥饿的压力之下，生命亦如杂草，并不比草间的虫子高贵。

树上的也可以吃。上树捋树叶，最先能吃到的是柳树芽，柳芽老了，就有杨树叶，杨树叶直接吃就太苦，用水焯过拌上一点酱油就可以吃了。最好吃的是榆叶、榆钱。在晚春时节，榆钱成串成串在风中摇晃着，正因为如此，人们把它叫摇钱树。榆钱生吃就很甜，有玉米面的时候，撅进面里，做成锅贴饼子，有别样的清香。

榆树皮也能吃。赵晶玉的姥姥发现了一个秘密，榆树皮从树干上刮下来，去掉黑皮晒干了，再磨成粉，这种粉料有天然的魔性，竟使米糠野菜黏在一起，成了一个个灰绿色的窝头，嗅一嗅还有一种米香混在菜香里。

美味食品，源于饥饿，美食的流传大约因为饥饿，因为吃的智慧被压榨出来对抗饥饿这个怪物。

人们见面打的招呼"吃了吗"，其实是朴素关怀的问候。开始的时候人们相互关注着吃没吃，后来周围出现了很多浮肿的人，人们见面时的问候是"没浮肿吧"。

那天赵晶玉的姥姥出门找吃的，又遇见邻居，邻居说："你一个人带个孩子不容易，缺什么，朝我来要。"赵晶玉的姥姥说："唉，缺什么呀，你家也不多。"

晚上，张安华被赵康强约走了。


这年春天，赵康强到野地里寻找食物，在玉米田里，他发现了个鼠洞。他挖开洞，里面竟然存了好些玉米，他把粮食分成两包。

那天晚上，月光很好，赵康强约张安华到了那块田地，点起了柴火，他把用盐渍好的鼠肉穿成串，在火上烤了。夜色中，随着淡淡的烟雾向上升腾，香气开始弥漫开，两个人都醉了。

赵康强把烤好的肉递给张安华。

张安华接过来，一口一口的咬着："好香的肉，你哪儿弄来的？"

"麻雀，我打的麻雀。"其实，那时候因为除"四害"，麻雀几乎被扑灭了，而且因为受到惊吓，麻雀见了人飞得也快，饥饿的人哪来的力量去追？

烤过的肉吃完了，两个人都静默着不说话。

火堆里的火焰渐渐低下去，火光却变得红亮。

赵康强看着张安华，张安华低着头，在火光里她的脸红红的。

赵康强把张安华的手轻轻地拿过来，双手焐着。这是赵康强第一次握住了张安华的手。

张安华想把手抽回来，没有抽动。这个清凉的夜晚中，张安华却感觉到脸热热的。

"我觉得很暖。"

"春天了。"

"要有吃的了。"

"你最喜欢吃啥？"

"我喜欢吃鱼。"

"那我明天去给你捉鱼。"

"还喜欢吃羊肉馅饺子，包好的饺子下锅一煮，热气里都是香味。我家的饺子，肉少菜多。上学同学带的饺子，全是肉。"

赵康强低头听着，半天才说话："以后，我一定要让你吃上全肉馅的饺子。"

张安华听着，眼泪却流了下来。

张安华把身体歪过去，肩膀倚靠着赵康强的胳膊。

张安华把头贴在赵康强的胸口，她听到赵康强的心在跳。

这晚，他们两人聊了好久，有美味的食物，有未来的生活。爱情仿佛魔杖，把破落的一切点化得珠光宝气，仿佛这世界上的美景在眼前铺开，一望都是希望。

这天晚上，张安华回来得很晚。赵晶玉的姥姥看着女儿，手里提着一个包，脸上竟然有与往日不同的光彩。赵晶玉的姥姥说："你恋爱了。"张安华羞涩地低下头。"大了，也该恋爱了。可我还是希望你好好读书。"张安华转身不语，向房间走去。

赵康强已经在厂子里上班了。他得了几块毛主席纪念章，很宝贝地用布包着，送给他的张安华。

生活越来越好，虽然多的是粗粮，但可以吃饱了。中国共产党正在带领中国人民走向一个"用占世界9%的耕地，养活占世界20%的人口"的伟大奇迹。

## 二　燕舞，燕舞，一曲歌来一片情

提亲的人上门来了，赵晶玉的姥姥却不同意。

赵晶玉的姥姥说："孩子年纪还小，不到年龄。"

提亲的人就说："不小了，可以先订了亲，再让他们处处，就可以结婚了。"

赵晶玉的姥姥说："我这孩子要读书的，恐怕还不能结婚。"

提亲的人就说："你没听人说吗，'六年闲，九年扔，十二年种荒田'，读书用不上，到头来全忘，读什么书啊，有啥用，女孩子家找个好人家嫁了才好。再说眼下，高考也取消了呀。"

张安华在一边像是要说什么似的，赵晶玉的姥姥瞪了她一眼。提亲的人很会察言观色的，笑了笑说："过去讲究听父母的。这都是什么年代了，孩子们说了算。他们要是觉得合适，那就结婚。"

赵晶玉的姥姥说："这孩子还不懂事，不能这么早就结婚。"

提亲的人就说："错过了这个村可就没这个店啦。赵康强可是个明华机床厂工人，知道不，天安门城楼上挂的国徽，看到没，就是他们厂铸造的！"

赵晶玉的姥姥笑着说："你忽悠我，那可是第一机床厂，没他们厂的事儿！"

"打断骨头连着筋，一家的，我忽悠你干啥。就说他住在工人村，你没看那工人村呢，楼房，楼上楼下电灯电话，冬天是暖气不用自己烧煤。将来有招工的，张安华也再上个班就是双职工，那这小日子得多美，没得比喽。"

张安华心乐得开花。

等到提亲的人一走，张安华可就跟姥姥急了。张安华很不高兴地问："他对我真的很好，你都看到了，地里挖的粮食，就那么点，还分给我一半，他有情有义的，你为什么就不能同意我们的婚事呢？如果你再阻拦我们的婚事，那我就自揭我们是'破落地主'的成分。"

赵晶玉的姥姥听后，知道张安华这桩婚姻她拦不住了，说："孩子，我是想让你多上点学多读些书，你自己拿主意吧，觉得行了就结婚。"


张安华出嫁了，没有现在那种热闹的结婚仪式，一辆倒骑驴就把张安华接了过来，张安华的新生活开始了。

张安华的儿子出生了，起名赵晓光。

赵晶玉的姥姥来看张安华时，刚出生的孩子因为没有奶吃，哭得很厉害。

第二天，赵晶玉的姥姥再来的时候，就带来几条鲫鱼，还是活的。原来赵晶玉的姥姥在看过孩子后，就到市场里买鲫鱼，却没有这鲫鱼，其他的鱼，却是凭票的。赵晶玉的姥姥就在水塘里捕到鲫鱼，又从中药店里，买了二两通草，熬成鲫鱼通草汤。

张安华喝着鱼汤又说话了："这鱼没有肉，净是刺。"

赵晶玉的姥姥一边给女儿挑着里面的鱼刺一边说，"这是行奶的药，也不是给你吃肉的。竟然没有卖这鲫鱼的，我好不容易捞的呢。喝了这个汤奶水就有了。也是这鱼啊，当年还救过你的命。"果然，喝了这种汤药，张安华的奶水就下来了。

赵晶玉的姥姥对这个小外孙很是喜爱。稍稍大些就和晓光做着各种游戏。你看吧，赵晶玉的姥姥拉着晓光的手，嘴里唱着："拉大锯，扯大锯，姥家门口唱大戏。"有时姥姥会把两个食指碰在一起，"豆豆，"接着又马上分开说，"飞——"晓光就会咯咯笑着。

生活越来越好，酸菜炖粉条里，可以有一两片的肥肉片。赵康强每月还可以领回一点白面，张安华给下了面条，或者包成菜饺子，然后看着赵康强吃。晓光听着爸爸嘴里咂摸的声音，便看着爸爸。妈妈就说："让爸爸吃，爸爸上班需要体力的。"等爸爸吃完了，晓光就会狼吞虎咽地吃起来。赵康强也很享受这种待遇。

赵康强偶尔从机床厂下班回来高兴了还会喝一盅。酒喝多了，赵康强就胡诌起诗来：

醉酒千杯我为狂，
敢笑李白空文章。
人生得意须尽欢，
看我长风破重浪。

的确，他有醉人的自豪，为他这个幸福的家，有美貌贤妻和可爱的儿；为他工作的明华机床厂，是技术的先进、全国的榜样，振奋的精神、向前的动力，让他挥洒出诗情。

过年的时候，赵康强和张安华在摆弄唱机，唱机里唱着戏曲。

晓光看着里面的神秘的盘片转动，喇叭里就传出柔和的曲调。有评剧《花为媒》：

爱花的人惜花护花把花养，
恨花的人骂花厌花把花伤。
牡丹本是花中王，
花中的君子压群芳，

百花相比无颜色，

他偏说牡丹虽美花不香。

玫瑰花开香又美，

他又说玫瑰有刺扎得慌。

唱片停转，唱声也止，晓光手里拿着唱片，摇晃着，似乎这盘中装了会唱歌的小人。

黑白电视机，来了。

那是一个周末，在外面疯玩的小光回来了，看到屋子里多了一个大箱子。爸爸正把银灰色的东西从里面搬出来，摆在桌子上。然后把电视上银色的蜗牛角一样的东西，一节一节的拔高。然后一旋按钮，电视上出现了雪花。小光喊："下雪呢——"爸爸又旋动另一个钮，竟看到雪花中有了人影。爸爸又转动天线，雪花消失了。电视里人影清晰起来。那画面上是一列开动的货运火车，还有枪声。一个穿着军服的人，在拼力地向火车顶上爬。小光一下子就被吸引住了，这是小光最早看到的枪战片了。小光看爸妈乐呵呵地坐在一边，就跑过去，挤在他们中间。再看电视上，那个人冒着被子弹打中的危险，向上爬……

一段电视剧演完，电视荧屏上出现一个镜头：一个胖乎乎的大哥，头戴耳麦，手拿鼓槌，打击架子鼓，很陶醉很投入地唱着："燕舞，燕舞，一曲歌来一片情。"晓光一下笑倒在妈妈的怀里："妈妈，咱们家的收录机也叫'燕舞'，这是谁呀，真逗。"

以后，只要爸爸打开收录机，晓光就会兴奋地学着电视里的模样，唱上一句"燕舞，燕舞，一曲歌来一片情"。

时代真的进入了春光明媚燕舞莺飞之时，"燕子"开始舞入寻常百姓家。走上街头，空气里会飘来几句评剧唱词，"春季里花开万物生，花红叶绿草青青。桃花艳，李花浓，杏花茂盛，扑人面的杨花飞满城……"有时也有节奏急促的"迪斯科"。

一切都是新气象，人们看到了生活的希望。

那时物质开始丰富起来，结婚已开始流行"三大件"了。

赵晓光更愿意把毛主席像章挂在胸前，一枚光灿灿的像章，别在胸前，是无上光荣的事情。

# 三　这孩子真是有福

1980年，他们的女儿赵曦光也出生了。

春节刚过，下过雪。赵晶玉的姥姥推了点酒在集市卖，听到身边有小孩子啜泣声，声音虚弱，一转身在她身边多了一个包裹，打开包裹，竟是一个女婴，里面还有封信，有长命金锁。

赵晶玉的姥姥赶紧收拾东西回到家。她把女婴抱到屋里，烧了点稀米糊装在盆里，把盆泡在凉水里凉着，等米糊不再烫嘴，赵晶玉的姥姥又在米糊里调了一点白糖。米糊一点一点地喂进婴儿嘴里，她开始动了，由哼哼到后来清亮的啼哭，赵晶玉的姥姥放下心来。

赵晶玉的姥姥把这孩子抱到了张安华家，张安华刚放下她的小女儿。赵晶玉的姥姥把孩子递过去，说："你看看，这孩子，很饿了，你也喂喂她吧。"

张安华接过来："哟，这孩子，谁家的？"孩子吃到了乳汁立刻停止了哭泣。

"唉，我在市场卖酒，不知是谁把孩子放在了我的身边，还有一封信，是个知青写的，信上说，她人生陷入了困境，要把孩子托付给我，如能收养她，姓氏可随父母，但请求保留她的名字，还留下了将来可以相认的金锁。可怜这孩子，再多些时候，就得饿死了。"

"那你想咋办呢？"

"放在我身边了，那就是信得过我了。将来，他们想孩子了，再回来找也容易找到，不如你们就把她养大吧。"

张安华一听不高兴了，说："我养了儿子，又生了女儿，够累了，这大人孩子的穿衣吃饭都是我照顾，现在还多个女儿吃奶，自己孩子奶还不够吃，你这又送来一个，我哪来那么多钱来养。"

"没奶吗？我从市场上买了猪蹄来。"

"你怎么买这些贱货，买就买点肉，肥一点的多好。"

"你怎么知道猪蹄不好？猪蹄虽然便宜，可有营养，奶水不足，配上中药，做成猪蹄汤它能下奶。我给你做，这猪蹄汤可好喝呢，还没鱼刺。"

"以后呢？我现在可没了工作。"

"你现在把她养活，以后我养着她，我把院子里种些花，花卖了可以赚钱呢。"

"要干个体？这不是投机倒把吗？再说那能卖几个钱呢？"

"那都什么年月的事了，报上的消息你没看到吗，现在卖个东西不算啥，个体经济可以做了。我过去卖过花，我也有养花的手艺。到什么时候，人们都愿意养花，就那兵荒马乱的年代，也还有人买花呢。我又没有做什么坏事，我也是劳动。我是爱花的人，不是卖花的人，要不是为这孩子，我才不让我养的花染上铜臭。"

"那也不成，自己孩子还吃不饱，这奶吃完了，你赶快把她送别处去。"

赵晶玉的姥姥不高兴了："我说把孩子留下就留下。"

赵晶玉的旁边还有金锁，张安华就说，"把金锁卖了吧，算生活费吧。"

"谁也别想动这个金锁，它是晶玉的。"说来也怪，那金锁拿在姥姥的手里，赵晶玉就不哭了。

"你怎么老向着个外人？"

"她不是外人，她只要吃了你的奶，你就是她的妈。"

"嘿，这还赖上我了。"

"对，这户口啊，都得上在你家名下，不能让这孩子知道她没爸没妈。"

赵康强走过来，看看孩子说："这孩子倒好，和咱们曦光长得还挺像呢，收着吧，收着吧，我看这姑娘长得怪俊的，挺招人喜欢的。"

"你喜欢，你来喂，你来养。"

"为了节省开支，我以后烟戒了，酒也少喝。"


东北的春天很长，虽然已入春天，但是阳光虽暖，大地却还没有完全解冻。你觉得天暖了，第二天就又刮起了风，吹得人心里直发抖，身体也瑟缩着。有时坐在屋里，能听到外面呼啸的风声，有时好像有火车开过，有时又像谁在哭，有时候又像谁在低语。

赵晶玉的姥姥搭起了一座花棚，在花棚里做了苗床。花棚里养有几种花。木本的，比如那无花果、栀子花、月季等，草本植物也有很多，君子兰对于赵晶玉的姥姥来说尤其珍贵。即使在困难的时候，也没有忘记给花浇水，甚至冒着被说成"生活腐化"的危险，把这些花养好。现在，赵晶玉的姥姥充满爱意地看着它们，摸摸它们的叶子，把叶子翻过来看看有没有虫，嘴里叨念着："我的孩子全靠你们了。"然后，把一盆花搬到地中央，自己在旁边坐下，用剪刀修剪花枝，给花造型。几天的时间里，赵晶玉的姥姥在苗床上播下了花种，把剪下的花枝扦插下去，开始育苗了。

没事的时候，赵晶玉的姥姥便痴痴地望着窗外发呆。清明一过，忽然，空气里便夹杂了几分暖的气流。不久赵晶玉的姥姥发现她扦插下的花枝开始萌发了，新芽在阳光下是晶莹的嫩绿，还有些新生的叶片是紫红色的，显得娇嫩。看得赵晶玉的姥姥的心里也是柔柔的。

赵晶玉的姥姥从市场淘来各色的花盆，等花苗育成，就把花移栽进花盆里，这些花立刻显得尊贵起来。

市场已经悄悄繁荣起来，这和知青返城有些关系。他们从田野回到家里待业，心反倒被困住了。他们在就业、住房等问题，在未知的生活中困惑着。国家招工指标多，待业青年却是它的几倍。没有那么多铁饭碗，很多人就自寻门路，做起了小生意，做衣服、修鞋、照相等各种摊位支起来了。

临近集市，你就能听到哄哄的人声，偶尔能听到长声高调的吆喝。一切的声音都在这个暖暖的日子里发酵着，酝酿着希望。

当姥姥的倒骑驴推进市场的时候，就有人围过来看。但是只看不买，因为花并不是生活必需品，它只涉及美，美又是什么？用物质的标准来衡量，就是中看不中用的。有好奇者便会问"这什么花"，赵晶玉的姥姥便一一指点。

打破僵局的是一个男人，他看到赵晶玉姥姥的花，就停住了，说他以前也养过花，后来因为种种原因，只剩下花盆了。赵晶玉的姥姥说："花也是有感情的，你养了它就会记着它，看它长大，看它蓬勃生机，自己也浑身有劲，花开了就更是欢喜，就像个孩子。"

男人说："别说孩子。以前儿子在外面，吃饭睡觉，你都惦记着，这不儿子回来了，待业，整天嘴里都是新名词。他人不在你眼前，就想，现在到眼前了不想了，就烦。"

"儿子回到身边是好事。烦什么？"

"看不惯，要不就闲着，要不就外面闲逛，不着家，还说要干大事业。我说狂得他，他还时不时弄个新玩意儿。"男人一边端起花盆看着花，一边说："我说要么就学习，准备高考吧，他说考不上，读书无前途，不如早点找出路，要做生意发点财。我就说，考不上也得考，我不能因为你发点小财误了一辈子。"

"急也没有用，儿孙自有儿孙福啦。"

"眼看着日子好了，儿子的事要是定了，我这心啊就算放下了。这豆腐掉灰堆吹不得，打不得。"

"人都是希望把子女这一辈子安排好了，没风没浪。可这真不是你安排得了的。"

"我也不管了，孩子需要什么条件，尽量满足他。"

最后男人挑了盆君子兰，说："还是花好，我也不跟它吵，浇点水，就开花。"

等到天晌午，日光变得很热，人们变得困乏，回家吃饭，集市上的人变少，集市开始收场。

第一次上集，花卖出了五盆，得二十元。

虽然并不好卖，可赵晶玉的姥姥从中看出了希望，总有人会喜欢花，总有人会欣赏。人们一定需要精神的熏陶，美是人人所需，报纸上还宣传全民义务植树，提倡五讲四美，宣扬绿化环境、美化生活。从南到北出现了养花新气象，追求怡情养性是精神文明的新标志。

买花的人渐渐多起来，君子兰的价格忽然疯涨。市场上东头买花西头卖，价格也能涨三涨，街头突然出现好多花木店。

那个买花的男人又来市场了。他跟赵晶玉的姥姥哭诉说，"我儿子把我买的花给卖了，你那种君子兰，还有没有，要有就给我再整一盆。"

赵晶玉的姥姥问："他卖了多少？"

"150元。回来还跟我吹，说买了不赚是傻子。刚遇上一个人拿着君子兰，我一下就认出来，就是我那盆，转身人家就卖500元。"

"你儿子卖赔了，那一盆是正品'和尚'，看看叶子就知道，叶片宽厚，叶脉清晰。我带来卖的时候就已是两年的苗，再加上你养了这么长时间，品相又好。不过呢，花就是花，你觉得它值它就是值，觉得它不值就不值。"

"我就知道他卖亏了，要不有便宜的花苗，你再卖我一棵？"

"我今天来就带了一棵样本，给人订货用的，就是这个样本，也给人订下了。"

男人不舍地看看赵晶玉姥姥身边的那君子兰，问："你家里还有吗？"

"有啊。"

"那我就跟你订两盆，还和上回那花一样。"

不久一个年轻人来了，自称是那男人的儿子，跟赵晶玉的姥姥说，要最好的花。赵晶玉的姥姥把他领到家里，在赵晶玉的姥姥家里，那人把眼睛看直了，因为他看到那君子兰浓绿生烟，清晰的叶脉，那是一种充满生命活力的美。

赵晶玉的姥姥看他盯着自己的花，说："这个是我一直养着的，就是给我两万我也不能卖你。"

"三万，我买了。姨，您就卖我一盆吧。"

"孩子，你爸爸不容易，万一哪一天这价格跌了，你可赔不起。"

"怎么会跌，我就要这盆，我打算开花木商店，总得有个镇店之宝。"

"你要是开店，店里倒应该有些好花。旁边那盆和它是同一品种，你看样子，一点都不差，一万卖你了，就算是价格跌了，你也赔不上。"赵晶玉的姥姥又拿出几棵苗，说："这几棵是送你的，别看是送你的，这都是正品'和尚'，好好养着也能卖上好价钱。还有两棵苗，是送你爸爸的，他是个爱花的人。"

送那年轻人出来，赵晶玉的姥姥又说："我觉得你不是真的爱花，你只是觉得没路走了才来卖花，对吧？"

年轻人笑说："高考太难，十年没高考，大伙都挤独木桥，考场竞争激烈。我爸非逼着我考，我就想干点自己的事业，都说君子兰'小小一颗豆，种在盆里头，不要大成本，长出就销售。'多好的生意呀！"

赵晶玉的姥姥正色道："这君子兰本来是长在非洲丛林里的草，因为貌似兰花，就被尊为'君子兰'，进了伪满洲国皇宫，再后来伪满皇帝在祭奠爱妃的仪式上摆放，此后便流落到宫外，再加上一番宠辱不惊的经历，也算有君子风范了。这花，你关照它了，它才贵重起来，可你要不在意它，它就是一棵草。可你看，不管怎样对它，它还是那样端庄，不骄不躁。人也一样，不能自轻自贱，得自尊自爱。我觉得人这一辈子还是得有一个能坚持下去的事业。你要是想通了，想去考大学，现在立马就转手把这些花卖了，现在卖能卖点钱，只赚不赔，你要是因为贪心，可能就毁了你这一辈子。"

那年轻人再也没有出现过。


一天，赵晶玉的姥姥又来看赵晶玉，买来些肉、水果，还有米。张安华看着赵晶玉的姥姥说："怎么买这么多东西，这得多少钱？"

赵晶玉的姥姥面带笑容说："花卖得好，这孩子真是有福，以后的日子不用愁了。"

张安华撇撇嘴："我能吃到这口肉还是沾这小玩意儿的光了？"

赵晶玉的姥姥认真地说："那谁知道呢？说不定还真是托这孩子的福。"


是的，福到了。

人们的吃穿渐渐讲究起来。过去衣服破了补补就可以穿，现在无论如何是穿不出去的；客人来了没有鱼和肉招待，就会觉得脸上无光。

那是别人家的生活在变好。赵康强的工资没有见增长多少，从当初的24元，到后来开到180元。而在人们收入越增多的时候，这个工资越显得平常。后来工资涨了些，但是工资涨了，物价也跟着高了起来，赵康强的工资更显得微薄寒酸。

张安华在机修厂里工作了几年，在曦光出生的时候，厂里开始清退临时工，她只好回家等待通知。

大儿子贪长能吃，小女儿又出生了，家里花费不小，生活变得窘迫起来。张安华想着和赵晶玉的姥姥一起卖花，可花卉市场又转而低迷起来。

眼看要过年了，张安华在纸上算着过年的花销，羊肉很贵，还要少买些，过年总要包些饺子，全肉馅的；鱼肉，算了，没有鱼也可以过年。正在这时，赵晶玉的姥姥过来看张安华。她看着张安华在纸上列的一样一样年货，说："手里又紧巴了？我这里还有一点儿钱，多买点羊肉，老大正是长身体的时候，再说，要年年有余，鱼也不能少。"过年的时候，赵晶玉的姥姥自己吃的是白菜馅饺子，她的桌上没有鱼。

张安华得了赵晶玉姥姥的钱，就去"马路市场"买货了。人们口里说的马路市场就是几个"倒爷儿"在路边摆摊，因为他们南方来的货比百货商店的便宜，质量又好，所以生意越来越红火，后来这里竟形成一个熙熙攘攘的市场，再后来它有了一个在东北响当当的名字：五爱市场。

张安华看着人家摆个小摊就能赚钱，很是羡慕，趁着摊主得闲，就和他聊了起来。

张安华问："站了一天了，很辛苦吧？"

"辛苦怎么着，这不是为了孩子嘛。"

"我看你货卖得不错。"

"还行吧，挣多挣少的，凑合着养家糊口，总比吃了这顿没下顿强。发不了大财，咱辛苦一点儿，别委屈着孩子，妹子你说是这个理吧？"

"是啊，你这些货一件一件的，这是从哪进来的？"

"去南方找地儿上货啊！"

"你看，我能做这个吗？"

那人看了看张安华，"你这身板……就看你能不能吃苦。你，受得了苦吗？坐火车可是没地方坐，上货这盆碗可占着分量呢，你一个女人，背不动，拖不动，货就得扔那。你上点儿针织货，可能还将就。"

"吃点苦，没啥。我上了货赔了咋办？"

"赔啥？你专捡你自己能用的批发，卖不出去你自己也能用。"

"我试试，可以少上点。"

生活让张安华认识了一个生存的现实：我需要钱！张安华决定也到"马路市场"卖货。

张安华登上了火车，她心中充满希望，却想不到有什么在前方等着自己。

绿皮的火车走了一天，才到市场。

那大哥把张安华带到批发市场，就说你自己看着选吧，咱们各选各的。要是上回来的货都一样，怎么卖呀，卖不上价。

选好货物，张安华肩膀扛着一个大包裹回到火车站，发现有很多人拥在车门口，前面有人和她一样把包裹扛在肩上，那人转个身那粗重的包裹也跟着转，后面的人来不及躲开，就可能被撞到头。此时她觉得那包裹越来越重，自己越用力，那包裹越往下滑，好不容易挪到车门口，已经没力气把包裹举上车了。正在这时，后面有人推了一把，张安华才把包裹放进车厢，爬上火车。

在车上，张安华又遇见了那个大哥，他看看被张安华塞在座位底下的大包裹说：

"这么大袋子，你怎么上来的？一下进这么多货，怎么卖得动？"

"火车票挺贵的，来一次不容易，多上点先试试，看哪样好卖再说。"

"行，妹子，我还真服了你了。人和人差啥？谁比谁聪明？现在这社会，只要不干违法的事，总有来钱的道。穷，要么是你懒，要么是你没胆。"

今天，我们站在五爱市场的大楼下，已想不出它当年的模样，看不出这市场当年如何简陋，他们在地上露天摆个摊，挡不了风雨，遮不了太阳。这个市场却越来越热闹，人们的生活也越来越丰富。

夏天的时候，有人推着白色的冰棍箱，叫着"雪糕，皇姑雪糕，大块雪糕"。这时候多半是人流散去，张安华才能听到这缓慢而悠长的吆喝。卖雪糕的经过张安华身边时，张安华会买两根，用小棉垫把它们包好塞在包裹里，装在倒骑驴上推到家里。晓光和曦光就会蹦跳着过来，两个孩子捧着快融化的雪糕吸吮着，美滋滋，甘甜凉爽。

那年冬天特别冷。清晨张安华推着车往外走，一不小心手就会粘在车把上。等到了集市，围巾上已经挂了一层霜，黑眼眉已变成白眼眉，戴着棉手闷子手指还冻得胀疼，仿佛指甲就要被撕裂开，脚下虽穿着很厚的棉鞋，冰冷却从地上穿透鞋底直达心里。过年前的日子里，人来人往中，因为不方便拿货和找零钱，张安华干脆手闷子也不戴了，直到送走了最后一个顾客，集市终于散了。张安华把东西收拾好，看着最后一抹夕阳发出黄晕的光，直了直腰，又用手捶捶腰，地上的瘦长的影子也做着同样的动作。

日子是又变好了。


也不知从什么时候起，张安华出去采购，都要到家附近的土地庙里烧香拜一拜，双手合十，默默祷告。那个土地庙很简单，半米高的庙房，在北方很普遍，门口上贴简单的对联，或者只一句"保一方平安"。电视上常见的土地爷是慈眉善目的，而这个庙里的却很凶，大概是越凶的神仙，就越能镇住邪魔鬼祟。

她所祈祷的无非旅途平安，她见过丢了东西，哭得伤心欲绝的女人，见过骗子耍的把戏，见过自己在向车座下塞包时，座位上的人的白眼。这世界太多的偶然，有些灾难来得猝不及防，她不知道自己有没有力量对抗这未知的一切，她希望有神明暗中保护自己逢凶化吉。

说来也怪，开始的几次她总会遇到些不顺，比如被人推搡着，说她"小贩"……去土地庙拜过土地爷后再外出就要顺利得多。所以张安华拜了土地，心里就会踏实，她相信有神仙保佑，能求到好运。

赵康强则批评张安华，拜仙拜鬼，是迷信，是要破的，他很有道理地说："你不去采购，货物能自己飞到家里来吗？"

过年的时候，张安华要在屋子里贴上一张套印的财神爷，赵康强则会趁着张安华不注意把它撕下来，说："这画太吓人，你不去赚钱，钱就能来了？"

张安华则说："难怪家里穷，财就是被你破的。"

他们的争论永远不会涉及第三个主题：这些木刻的版画，可以是非物质文化遗产。我们每个人都在祈求福祉，越是贫穷、艰苦、虚弱，这期待就越是强烈，一点点福祉来得太珍贵。

有一次，张安华再去拜土地爷的时候，发现那土地庙已经垮塌在地上了，显然是有人破坏的，张安华手里拿着香火呆住了。后来才知道，竟然是赵康强毁坏了庙，打破了土地像。

张安华采购货物回来后，就和赵康强吵了一架。邻居过来劝和。

张安华说："他对我，不知疼，不知热。"

赵康强却坚持说："我不迷信总是对的，我有错吗？"

清官难断家务事，邻居也是和稀泥，这泥和了半天，争论却未休。

可是今天这个事情却也不难断，您想想两个人站在神像前：一个对着神像说那是神像，一个对着神像说我有愿望。一个在意的是神像，一个在意的是愿望。在意神像的人说神像就是迷信，在意愿望的人说生活就要更好。在意神像的人眼睛里只有神像，菩提并非无树，树在眼前。在意愿望的人眼睛里全是愿望，是菩提本无树。

迷信是神像面前说了愿望，从此用心等待着，他相信神像能给他圆。换句话说，他把愿望给了神像，却忘了用力生活。没有神像的迷信其实随处可见，形态如守株待兔。

赵康强显然是把神像等同于迷信，他要亲手捣毁神像，他认为这就是爱。

个体的生命太弱小，也需要精神的力量。这不关涉信仰，只涉及愿望。有愿望的人会有力量，没有愿望的人容易得过且过。无欲可能不刚，无欲则刚，那是在各种诱惑面前。

我们有过年、贴对联、吃月饼等民俗活动，那是生产劳动之余，通过这些民俗活动，人们可以祈福祝愿，可以获取精神力量，可以放松娱乐。

和邻居一起聊天，张安华讲起赵康强种种不是，张安华说："刚认识他那时候，没什么吃的，他就给我烤麻雀肉，可是现在吃什么大鱼大肉，也没那年吃得香。"

赵康强接口说："那当然了，田鼠肉，能不香吗？"

邻居一阵哄笑。


那时候流行一种回力运动鞋，十多元一双，现在听起来，便宜得很，可那时候却是比粮食还贵的。学校开运动会要穿着这运动鞋，学校的文艺会演合唱都要穿统一的白鞋。家庭条件好的已经有贵到上百元的耐克了。

这天放学，张安华看见晓光一闪就进屋了，她觉得奇怪，就跟了进来，一眼就看到晓光脚上的鞋开了个大口子。张安华问晓光怎么回事。晓光说："我也不知道，就是跑的时候鞋就开了。"

"穿鞋怎么穿得这么费，"赵康强听到了就指责晓光，"你少乱跑，多学习。"

张安华听了不高兴了，"你让孩子从鞋上省，不如从你的酒上省。工资本来就少，你再喝点酒还剩下啥。养头驴得喂草吃，谁家孩子不都得穿鞋吗？谁家的孩子不是跑来跑去，哪有为了省鞋就不走路了？别人家孩子有的，我儿子也不能缺着！"

晚饭时，赵康强又在喝酒，张安华气不过，想了个苦肉计，她悄悄告诉晓光："一会儿我不让你吃饭，你别难过，我把饭给你留着呢，我倒想看看，你这爸爸到底心里有没有你。"晓光要说什么，张安华已经进屋了。晓光一进屋怯怯地准备吃饭。

张安华把脸一沉，"谁让你吃饭了？鞋都跑坏了，还有脸来吃饭？"晓光只好立着身子，低着头。"看你今后还淘气不淘气，今天要么自己把鞋缝了，要么就别吃饭！"

赵康强终于忍不住了："你有火冲我来，你跟孩子发什么火呀！"

张安华看着晓光的样子又想笑，又生气，干脆吃了两口就下桌了。赵康强赶紧把晓光拉到桌上，晓光到锅边，拿着妈妈给自己留下的饭食吃了起来，锅里还煮着一个鸡蛋。

不管赵晶玉如何讨人喜欢，张安华并不待见这个孩子。赵晶玉白天上学，晚上又能主动帮妈妈做些家务，却也相安无事。但赵晶玉没有想到的是，这个家和她想的很不一样。这个家还算平静，但时不时会有些风雨雷电。压力、委屈以雷电的形态释放。赵康强看起来很平静，一旦起了风暴，他的脸都是青的，和乌云一个颜色，变得恐怖狰狞，而张安华时而尖酸刻薄，时而软弱无力，但泪水是常见的。赵晶玉就是满心的恐惧和压抑。

赵晶玉觉得爸爸不和妈妈争论的时候很可爱，他的脸是舒展的，嘴角上挂着笑窝的时候，胡子都变得翘起来，眼睛就会变成两弯新月，柔和得让人觉得就是冰看见了这眼睛也会融化的。

赵康强对孩子们的好，是看得见摸得着的。

晓光是个淘气的男孩，与他同龄的孩子们，会带着鞭炮到外面去野，还当成枪战玩。放了寒假一进腊月，赵康强就会悄悄地给晓光带回来小鞭炮。晓光拿着鞭炮一出门，不久就能听到楼下"啪、啪"地响，声音越来越远，和他的伙伴们疯去了。

晓光也会坐上赵康强给他们做的冰车。每到冬天，赵康强就在灯下，设计修改，一晚上叮叮当当，第二天就是冰车横空出世。晓光就会带着两个妹妹到冰封的河面上溜冰。他愿意拉着两个妹妹，当然他也会坐在冰车上，享受两个妹妹在后面推的待遇。那时候，他觉得真有一种前呼后拥的得意，真是叫个享受。

他们会围在赵康强的身边问东问西。

"飞机怎么飞上天的呀？"

"因为造了双翅膀还有个发动机呀。"

"那发动机是什么呀？"

……孩子们的这些问题是可以不断地问下去的，有时候问着问着，又循环回来了。赵康强如果忘记了，就又作出了另一种解释。直到赵康强被问得烦了，最后孩子们故意恍然大悟地说："噢——"声音拉得很长，又像父亲爱听的评剧一样拐了一个又一个弯。

这一天是中秋节。

吃饭的时候，张安华又问起晓光学校考试的成绩。晓光低着头说，没有考好。

赵康强说："我不逼你，工作呢，等你以后就接我这个班，你现在是要啥有啥。你妈让你好好学，学呢，你也得给我好好上，得努力学习，学就学出个样来。"

张安华不屑地说："接什么班，有什么出息，我儿子总要比你强吧？"

赵康强反而得意起来："那倒是，老子英雄儿好汉嘛，等他长成了，他应该比咱们强。连他老子都不如，软弱无能，还能保得住江山？"

等到一盘炸鱼端上来。赵康强品着鱼就说："这鱼油放得多，炸得不酥，我在饭店里吃的时候，连鱼骨都是酥的，那就是个香脆，在嘴里一嚼，绝不会有鱼刺的感觉。"他又在盘里找起鱼头来，发现没有鱼头便问张安华："鱼头呢？"

"鱼头让我剪掉了。"

"怎么剪掉了？"

"炸了费油又没有人吃。"

"我吃啊。这在饭店里，鱼头都会炸得酥脆，用这个下酒最好了。"

"你也就是知道吃吃喝喝的。"

"这要是亲戚来，咱们不是得摆个宴席？就好比外宾来了得开个宴会招待一下嘛。这鱼一端上来，就能看出宴席牛不牛，做鱼没有鱼头这酒席就叫不成宴席。"

"你当你是皇亲国戚怎么着，还宴席，吃个饭还叫宴席，用得着那么绕吗？"

"广告上不是还登孔府宴酒呢？你别看就这几个菜，可这就是'家宴'呀。"

"你这是吃饭还是摆谱？"

赵康强闭了嘴，不久，他端着酒杯在饭桌上和几个孩子玩起了推杯换盏的游戏，他酒喝高兴了，便作起诗来：

> 李杜文章诗百篇，
> 至今已觉不新鲜。
> 遇着酒来且喝喝，
> 当歌对酒能几何？

诗不怎样，赵晶玉却来了兴趣，端了酒杯说："哥哥姐姐，爸爸作的诗还真像那么回事，咱们也作点文章吧。"

晓光起头，抓了抓头发："一曲新词酒一杯，来敬爸爸一杯。"

曦光，用手支着腮帮子说："酒逢知己千杯不醉。"

赵晶玉接过来便随口说，"多么蓝的天啊，多么白的云啊，你喝呀，来呀，再喝一杯。"赵晶玉端起手中的汽水说："敬爸爸一杯。"

赵康强就来了兴致，哈哈笑着："你这是电影《追捕》里的词儿，那朝仓不跳下去了吗？唐塔也跳下去了，你跳啊，你也跳啊！"

张安华便阴沉着脸批评道："晶玉，你哪学来的这一套。女孩子家，不学好，都把你哥你姐给带坏了。"

"妈，我只是……"

"行了，快点吃完，一顿晌午饭快吃到晚上了，吃完该干什么干什么去，还有一堆活计得做呢。"

"我这跟孩子们乐乐，你这急什么呀？"

赵晶玉忙说："我们都已经吃完了，咱们收拾一下桌子，再玩好不？"

"不成，这杯子里还有酒呢，今天酒不尽兴不下桌。"

张安华伸手，把空盘端走，赵康强忽然发火，轰，又把桌子掀翻了。

赵康强喜欢生活里的热闹，喜欢生活得雅致、有趣；张安华过的则是热闹里的生活，生活里的琐屑，忧愁多于欢喜。张安华觉得赵康强只知享受，不知体贴人。赵康强觉得张安华那样过日子很没有滋味。

其实赵晶玉早就看出双方的势力紧绷。赵晶玉知道，妈妈平日在集市上很累，好不容易休息一天，还要做饭，吃过饭后还要洗碗打扫房间。她只是想在大战爆发之前，用和平的方式，把爸爸劝下桌，扑灭要着上来的火苗，想不到自己引燃了一场争吵。

生活是一盘磨，将外皮磨光，爱情失去了壳，里面只有粉末、碎屑。


赵晓光考上了大学。这是件全家都高兴的事。

那天赵康强喝醉了，躺着打起了呼噜，睡梦中，赵康强嘴里嘟囔着，赵晓光凑近了，等听清楚了，却是一句："人生之苦啊，是离别之苦。"晓光呆立着停了半晌。

赵晶玉过来问："爸说了什么？"

赵晓光揉着鼻子说："没什么，我去上学，你和妹妹就要多照顾家里了。"

张安华也喝了杯酒，最初是睡着的。赵晶玉给张安华拿了床棉被盖上。不想被子碰着了张安华的手，张安华就抓住了被角，站了起来，然后卷着，就向外边走。

赵晶玉赶紧抱住她，"妈，你要干什么去？"

"我上货呢。"张安华说着就把个锅放在被子里包。

曦光上来抢被子，被子已经被水浇湿了。张安华就喊："我的包，我的包！"她把曦光推开，"别抢我的包，再抢我叫警察……"三个人这才意识到，不知道是酒精起了作用，还是张安华在睡梦中，她梦游了，她以为她自己在上货的市场里……

三人对视一眼，开始是笑，可是笑着笑着，都觉得鼻子的味不对，三人都悄悄地哭了。

也许张安华出门的时候，就是这么辛苦的，她在奔波着，挑选着各种货物，然后再把这些沉重的货物背到车上……


突然到来的事情赶走了赵康强所有的好心情。

赵康强两个月没有开出工资，后来他也不用到厂上班了，到厂里也没有工作可做。白日里惶惶不知前途在哪，夜里梦中本来是走在鸟语花香的路上，总会有一只看不见的怪兽挡在前面，一切就变成荒漠，醒来脑中反复掂量的就是"下岗"这个词。

为了生计他也尝试着做了些工作，可是做的时间都不长。然而越是这样，时间过得越快，好像春天的草木刚刚萌芽绿了没几天，好像还没有做什么工作，秋天的黄叶就已落了满地。

春节联欢晚会上，黄宏在台上吐着心声："我不是跟你吹呀，十八岁毕业，我就到了自行车厂，我是先入团后入党，我上过三次光荣榜，厂长特别器重我，眼瞅要提副组长，领导一直跟我谈话，说单位减员要并厂，当时我就表了态，咱工人要替国家想，我不下岗谁下岗……"听着那台词，赵康强仿佛被子弹击中，苦闷、彷徨、羞愤，涌上心头，心事如鲠在喉，他端起酒杯狠狠地喝下一大口酒。


而晓光辞职下海后，生意没有起色。

张安华看着晓光灰头土脸的样子又叨咕着说："你们爷两个，一个下岗了，另一个工作好好的，下什么海？唉，我的希望，说着说着，就破灭了。找个男人吧，想依靠一下，你靠不住，想着儿子工作了该有个出息了，没想着又是个疙瘩，操心呀，没个边。"

张安华眼看着赵晶玉的书店越做越红火，她怎么也想不明白，怎么这受关注的倒让人操心，不成器，这不受关注的倒把生意做得风生水起的。她觉得家里的好运全让这丫头给占去了。

有一天，晓光在家屋里到处乱翻，张安华就问："你翻来覆去的，搅得人心烦，到底在找什么？"

晓光一边打量着家里可以藏东西的地方，一边问："我小时候戴的纪念章呢？"

"哪个纪念章？"

"毛主席纪念章啊！"

"放在哪，我早忘了，估计找不到了吧。"

晓光把手停住，眼睛直直地看着妈妈："怎么会，怎么会找不到？就那纪念章全国才五枚，值套楼房呢！"

张安华似乎没听清楚，问："值多少？"

晓光看看妈妈，没有回答，他哭喊道："天啊，我的20万哪，我的楼房没有了。"

"不就几个纪念章吗？还能值那么多钱？"

"妈，你可不知道啊，那就是文玩，你懂吗？文玩！老值钱了！哎，无知啊。"

这时赵康强发话了："你怎么能这么跟你妈说话呢？找不着就慢慢找，总能找到，你跟你妈吵，合适吗？"

晓光摔门而去。

其实，毛主席纪念章里面的精神意义，不是一套楼房的价值所能体现出来的。一枚小小的纪念章是一个时代人的记忆，凝结着他们在那个时代追求梦想以及苦涩与甜蜜的滋味，凝结着复杂的人生况味。

所有的事情不可避免地流逝，那些曾给了我们重要的陪伴的物件，成了我们沟通过去与现在乃至未来的信物，很多旧的、看似没有价值的老物件，像贝壳一样在几十年的风雨、几十年的浪起浪涌中，沉落在海的岸边，成为一代人精神历程的"遗迹"，不断被寻找、重拾。

没有什么比这些老物件更能让人感觉到岁月的重量。

生活中很多事物当时只道是寻常物，直到失掉它时才知道它有多珍贵。

人们通常是在遗忘与寻找中度过的。一部分时间在遗忘，一部分时间在寻找。有人找回来了，有人永远失去。


张安华不知道，那纪念章上也留存着赵康强对张安华的爱情，只是岁月将温存磨蚀掉了。

婚姻是个木桶，木桶里能装多少水，幸福便有多少；木桶却是两个人用多种材料拼接的，有才干，有热情，有宽容，有理解……这些材料决定了桶的容量；爱情是将这些材料聚拢在一起的凝胶，粘不牢，幸福就会点点滴滴地漏掉。

也许是由于心酸，张安华常常悔悟：当初嫁你，到底图了什么？什么都不图。可是，还是图了些什么。

辛酸让人忘记温柔，痛苦让人自立，贫困让人逐利，于是张安华不再是当初那个羞涩的小姑娘，不再是那个对生活充满甜蜜憧憬的待嫁女孩。张安华从女儿身上仿佛看到了当年的自己。聪明和经验会使人工于心计，她觉得女儿太单纯。经验被当成人生的信条，人就变得市侩。光阴回转，年轻时的她不会喜欢现在这样的自己。

人啊，是什么让人变成了曾经自己不喜欢的人？

# 四　燕舞牌收录机的落寞

生活仍在向前，张安华与赵康强之间的争吵，不减反增。人与人之间存在差异，这些差异，对于初相识的一对或能带来新异的感觉，甚至可以用"互补"的理论来解释，然而差异却也是越不过的沟壑，正在吵架的一对，双方各作些让步，不是不能，习惯使他们回到各自的思想轨道中坚持己见。浪漫有时被成见挤压得荒谬地变形。

张安华看中医治腰腿病，仍遭赵康强激烈地反对，张安华似乎有意报复赵康强。

一天，赵康强在听着录音机里的戏曲，哼哼着。张安华一气之下把燕舞收录机摔地上了，"我让你听，听，听，一天到晚游手好闲的。人家回家都想着做点啥赚点钱，或是帮着老婆做点啥。你这回家就啥事没有了。"

赵康强心疼地说："咳，你这吵架是吵架，怎么拿收录机出气！"

"你对个录音机都比对我好！"

收录机掉在地上就没有再响过。赵康强把收录机打开，整理线路，仍不行，只好拿去修理。

修理部的人拿过来一看，"这个可是老牌子了。"

"是啊，还是过去的产品结实，你看呀这都二十多年了，要不是老婆给摔了一下，还能听呢。"

"你这呀，不是摔了一下这么简单，你看这件都黑了，不摔它，保不住哪一天，也就不能用了。"

"便宜点，给修修吧。"

"多少钱都修不了——没配件了。"

"这个配件还没有了？这是燕舞牌的呢，厂子……"

"你还说这厂子，早就倒闭了。换配件就得碰运气，碰巧有同样一个收录机我把配件拆下来给你放上。"

现在赵康强已不关心他的收录机了，对这个厂子感起兴趣。

"那么大个厂子怎么会倒闭？"

"这个收录机产品好不好？的确是好东西，可是跟不上形势了。就假设说你今天这个收录机是个新的，你摆市场上看去，谁买？厂家以为自己把产品已做到了极致，可以高枕无忧享用下去了，可是很快产品积压。过去统购统销，产品还能卖出去。现在你不知道这些年有多大变化，VCD、DVD音像类电子产品都换了几茬，我这个店也就得跟着变，甚至也修不了几个。现在坏了个电子产品，修一下，要是过了保修期，修一个比买一个还贵，干脆就扔了，谁还修它呀。"

"二十多年了，有了感情。"

"也就是个纪念了。我爸也像你，天天守着个老物件。人就这样，越老就越舍不得那些老物件。"

回到家里，赵康强看着那修不好的老收录机，叹了口气。家里清静了许多，张安华也显得落寞，收录机外表看着还好好的，怎么就不能修了？

好东西，它的荣光一旦褪去，便只有落寞。包括工人村里他们引以为豪宅的楼房都不可避免地落寞和老去，这个城市什么时候开始变老的？为什么重新审视那些老物件忽然感到悲伤？旧物也许依然完好，而时光早已滔滔流逝，拒绝遗忘，如老酒，似老友；触目入眼，涌欢笑，起愁潮。

不久以后，明华机床厂的大楼，宣布爆破拆除。爆破那天，厂里原来的老员工都去观看，大楼轰然倒塌，像是一场永别，谁都知道，他们告别的不是大楼，而是一个时代或者是他们的前半生，人们在那里凝望，久久不散去。

> 你说那东西不过是个破烂，
> 我看见它往事就上心头，
> 像一壶老酒，醉里和青春再聚首。
> 你说那是过了时的玩意儿，

我一见它岁月就飘过似水悠悠，
它坚持了那么久，那么久。
啊，还这么亲切温暖，我的老朋友，
我怎么舍得放你流走，我的老朋友。

　　从爆破场地回来，快到工人村，赵康强忽然发现，他们的楼低矮了许多，他以为又是在做梦。是哪里不对吗？原来，在赵康强还沉浸在自己的心事中时，工人村周围工厂的烟囱也纷纷倒下，平地悄悄起了高楼，城市的老枝上，又萌新芽。

第十一章

# 前盟旧誓总关情

浮萍，其辛酸而寒者乎。

——《本草纲目》

# 一　花为媒

三年在赵晶玉的感觉中仿佛停滞一般，每天是重复，她机械地摆放着书籍，重复着相似的动作。近乎相同的日子会让人产生错觉，前天的事仿佛刚才发生，刚才发生的事又仿佛已隔了很久。生活仿佛是不再流动的水，人就会变得健忘，一些事情，刚刚想起来，转而又忘记了。李清照的词写得好啊，"寻寻觅觅，冷冷清清，凄凄惨惨戚戚"，她在寻找什么？未必是丢了什么东西，那是一种怪异的，丢了东西的感觉。

时间流逝，人们好多事已记不起来，人的记忆好像一个千疮百孔的大筛子，不知道会漏掉什么。

她不是一个僵化死板的人，这种感觉让她感到压抑。为了能区分今天与昨天，她每天吃不同的饭菜，穿不同的衣服。多变，活泼生动，生活本该如此。她期待每天早晨醒来，一切都会发生改变。

她自己一个人沉浸在书的海洋里。她独自一个人去看电影，手里抱着自己的小熊玩具。这个小熊还是在她小时候，因为没有玩伴，姥姥怕她孤单给买的。赵晶玉孤独的时候就会跟它说话，比如看电影回来后，一个人可以跟小熊聊好久，"那个女孩子怎么样……""我觉得她好可爱。""你也这样想吗？""好啊。""那个男孩呢……"

孤单有时候像一种病，它让悲伤的情绪突然袭来，抱着小熊，眼泪就簌簌地落下。

电影中是灿烂的光彩，而从电影院走出，散场的人影走散，只有街路上黄晕的光，还有葛优在广告牌上笑着。回到现实，一切都是那么暗淡。

有一对老夫妻，在夜色中，像两道黑色的影子，男的把自行车车头举老高又摔下，"我怎么了？我哪不好了？"扭头便走。女的只顾自己往前走，"你就是一辈子，不理解我……"

影院中的电影散场了，生活中的电影还在继续。

书店像一个舞台，能看到形形色色的人。有的人来这里买书，有的人在酷暑里为了书店里的一点凉气，会坐到书店里翻书，翻到好的，会带走几本。因为书店也经营了咖啡，这里又成了一些人聊天休息的地方。很多社会上的新闻，还有些民间琐事、各种奇闻，也在人们的谈论中间传入耳朵。

她读着书上那些令人心动的句子，看着每天在她书店里上演的一幕幕短剧，或喜或悲，或丑或美，竟似品过半辈子人生。

有一次她坐在店里，就听到两个姐姐在聊天。说是两个人终于结婚了，可是到了晚上，其中一个哪怕是冬天，非要开窗睡觉。另一个终于坚持不住两个人离婚了。这真是一个奇闻。在赵晶玉看来，结婚了不是因为爱情吗？不是说，爱了一个人就要爱人一辈子吗？不是说爱她就会包容她的缺点吗？婚姻是爱情的坟墓，还是那坟墓里埋的本来就不是爱情？爱情到底是什么？

赵晶玉满脑子乱乱的思想。人为什么要这么复杂呢？张含韵在唱快些长大，长大了的我们为什么想要回到童年？

男人们以不打不相识的英雄气概成为相见恨晚的朋友，女人们在相互关照的生活小事中取得心意相通。很快，赵晶玉就和周围的邻居们、常来的读者们熟识起来。

有时会有带着孩子买书的家长，她能看到被父母宠惯了的孩子，执拗地顶撞父母。大人们以为自己做事为孩子好，孩子们又总以为那是自己的个性。有时她会去劝导孩子，对孩子批评几句，逗笑几句。说来也怪，孩子一点儿脾气也没有了，对她又是敬又是喜欢。于是有的家长就"老师，老师"地叫起来，叫她赵老师。

有一次，有位阿姨问赵晶玉多大了，有男朋友了吗，赵晶玉只是笑。这女人便不满意起来，扭着身子说："你这丫头只顾笑，一把青春好年华。我当年也像你一样，有好身材呢。哎，你看，现在走形走得这样。"

还有些人会讨论些化妆品的用法，什么睫毛粘不住啦，什么皱纹用打底霜怎么抹都不平，越涂纹路越深了啦。更有人怨愤生活对自己的不公，人老珠黄，没有爱了。

赵晶玉根据她们聊的这些话题，选了一些关于化妆、保健的书回来，这些书也是赵晶玉用心挑选的，通俗但不媚俗且有境界的书，不只让人学到化妆保健，而且教人调剂修复心灵，人心是最好的药。

在书店里没有人的时候，她透过窗口，看着天上的飞鸟，她会想起郑大山。有时整理书籍，忙到很晚才入睡，却又在雷声中醒来，就又想起郑大山，再也睡不着。在这些时候，她的头脑中会有无数个关于郑大山的镜头闪过，她想着他现在是什么样子？

他会长得像棵大树一样挺拔，不再孩子气，他宽容而坚韧；他沉默，但是单纯得可以让人一眼看穿；他冷峻，但你看见他就会觉得踏实，愿意偎依在他的身边；而他又是那么活泼温柔的，夏夜风起时，便"沙，沙"的柔情细语。像小时候，她在树下甜甜地睡去，做个梦……

赵晶玉一直在不停地追问刘宁什么时候结婚，刘宁总是神秘地笑笑。赵晶玉便说："你是不是为情所伤，至今仍然在犯二？"

刘宁仍是笑笑："应该犯二的时候又犯不了二才是二。"

如今他们真的结了婚。赵晶玉丢下书店里的一摊生意去参加她的婚礼。虽然她不喜欢参加婚礼——她不喜欢见证只在特殊场合、特殊时刻存在的爱情。爱，是一辈子的事。爱，是爱上他，忘记自己。

赵晶玉傻傻地站在他们前面给他们录像。新娘扔手捧花时，杨笑川坚持让赵晶玉也去抢，赵晶玉说："我不行。"

刘宁说："你是我最好的朋友，我们一向亲如姐妹，你一定要参加。"

赵晶玉只好呆呆地站在那，新郎倒计时，旁边的小女生们开始抢位，她突然感觉脸被什么重重地砸了一下，瞬间人们安静下来，赵晶玉呆了，旁边的人也呆了。鲜花，正好砸在了赵晶玉的脸上，脸上湿湿的，叶子、花瓣……赵晶玉狼狈地站在那，然后她捡起花递给边上的小妹妹。刘宁此时在台上，进行婚礼的下一个环节了，已无暇再顾及这个密友。赵晶玉和林铃坐在一桌，悄悄聊了起来。

林铃便关心地问起郑大山的情况，问赵晶玉打算什么时候结婚。

赵晶玉含糊其词，说自己和他不常见面。

"总也不见面，时间久了，爱就会淡的；距离远了，就生疏了。"

"你都幸福死了还这么说，这话从你口里说出来，我怎么觉得你像是受了感情伤害呢？"

"理儿是这个理儿。"

"他倒一直劝我，来北京吧，也不用工作了，和他结婚，然后——抱个儿子。"

"挺好啊！"

"当初，我们是约定好的，要三年后再见。只是三年了我仍不知道，该怎么面对他的妈妈，我更不知道我们之间发生了哪些变化。"

林铃摇着头感叹："你呀……"

"我觉得有些怕。他不爱我并不是可怕的，我转身就走好了。我怕的是我忽然感觉不到对他的爱。我见到他，我却忘了我为什么爱他，或者在他身上我再找不到我爱的东西，再深的爱也会淡忘，这远比背叛更可怕。"

"傻姑娘，没见过你这样谈恋爱的，人们都说，爱情的本质是荷尔蒙的升高。"

"人是受这些化学物质控制的？我可不想变蛾子。如果说因为有这些化学物质，爱才会产生，那么是否伟哥都可以算是爱情？犹如眼泪，你不能说眼泪不是受控于化学物质而产生的。你可以分析到眼泪的化学成分，用这些成分合成的液体，你可以做到成分百分之百相同，但那还能叫作眼泪吗？"

"科学上讲就是这样。"林铃看看赵晶玉，"我是说啊，吃饭也是生物本能，你能讨厌吃饭吗？你饿了，你不需要考虑是不是真的饿，得好好吃，还得吃出味道来。"

"有些困惑，有些问题，我也不知道怎么解决。"

"你太较真。你想把一切都看得明白。但好多事，只是雾里看花，水中望月，你以为它是，一遇到碰撞，便碎了一地。那些美好的境地再也找不到了。你过于认真，这让你的感情就像柜台里的钻石一样，太过昂贵，有些人就只能知难而退。还有些人并不以为这钻石有多贵，觉得为这么颗钻石来付出不值。你孤独，不是你喜欢孤独，是你害怕孤独。你刚强，但你比任何人都脆弱。"

"我是宁为玉碎，不为瓦全。"

林铃开了一家叫"印记"的照相馆，照相馆里一个长长的走廊，赵晶玉站在走廊的一头，感觉那像个时光隧道，墙上照片，就是生活印记。从一侧灰旧的照片，走向里面，颜色便慢慢地鲜活了。通往里面就是拍摄场地了。场地又分成几个小院，里面布置成各种场景。


人说接了新娘的手捧花，下一个结婚的就是她。赵晶玉的桃花运这就来了。

一天晚上，赵晶玉正在整理书籍，那位常来买书的阿姨领着一位先生从外面进来。赵晶玉看过去，那位先生穿着衬衫西装，头发梳得油光整齐。

赵晶玉笑着跟阿姨打招呼："阿姨，你来了，今天要选什么书？"

阿姨笑着对赵晶玉说："我前几天说要给你介绍一个男朋友，这不他今天恰好有空，我们顺路走过来，我就想那你们这个时间就见一面吧。"

那位先生把赵晶玉从头看到脚，从脚又看到头，正与赵晶玉的眼睛相遇。这种像是蛇一样冰冷黏滑地从她身体上滑过的眼神，赵晶玉只有在酒店工作时见过，令人腻歪。

赵晶玉耐着性子请他们坐下，那位先生和阿姨说的话，却全然没有进入赵晶玉的耳朵。阿姨起身说："那好，你们聊，我先走一步。"她笑着走出了书店。赵晶玉起身继续打理她的书。

"赵晶玉，我听阿姨介绍，我觉得我们很合适，我手里也有一大摊的生意……"那个人把"大"字扬得很高拉得很长。

"我并不想谈朋友结婚。"那男人的"大"字像扔进了一个深水潭，未见水花，就沉了下去。

那位先生却耐不住性子："不想谈朋友，那你穿得这么漂亮干什么？"

"我穿得漂亮，不应该吗？我穿得邋里邋遢，还蓬头垢面的，就好吗？"

赵晶玉的话本是无刺的，却刺得那位先生很不先生起来，"自恋狂！我觉得你应该去找心理医生看看！"

那位先生，站起身，愤愤地走出了书店的门。

这事之后，那位阿姨再来书店，她们聊起天。

赵晶玉很和气地跟阿姨说："阿姨，你不要什么人都给我介绍，我有男朋友。"

阿姨赔笑地说："是我看错了人，我再不随便给你介绍了。"


有一天，天刚刚擦黑，书店里也没什么顾客，赵晶玉在书桌上忙着整理书单、书评等资料，门外进来一位看起来文质彬彬的高个男生。

他先是翻翻书，后来就拿了个椅子端正地坐在赵晶玉的对面。

等了很久，这位男生不满意地说："你就那么忙？顾客进来也不招待一下，你就这么对待你的顾客，这有些失礼吧？"

赵晶玉陷在沉思中，听到这话，忙抬起头，见不知道什么时候眼前坐了一位帅气的男生，抱歉地说："对不起，让你久等了。"然后转头对王阿姨说："王阿姨，你帮我看看这位先生要买什么书，给他找。"

那男生摆摆手说："不用，我就想和你聊聊。"

赵晶玉微笑着说："说吧，我还忙着，想说什么就说好啦！"

"我就是想和你认识一下，可以吗？"

"可以，这没什么。"赵晶玉拿起手里的资料，看了一眼又放下。

"我叫苟思义。今年28岁，至今未婚……"他背书一样说开了。

"你想说什么？"赵晶玉有点蒙了。

"我想，我想，我们还是换个地方聊聊可以吗？比如我们可以去喝喝咖啡。"

"不用了，咖啡我喝不惯。有什么话就在这里说吧。"

"店开得怎么样？我看生意不错啊。"

"你是做什么的？有书向我推销？"

"不是，我是，自我介绍一下，本人是正在读博士，不过我已经有了可以说得出口的工作，你这块嘛——应该也是我的业务范围。"

"这么说，我归你管？"赵晶玉闪着眼睛，笑了一下，然后低下头去，继续做着手里的活计。

"啊？！"他有点不知所措。

"我是良民，你看这书店哪里需要整改的，请指正。"

"不是，挺好的。阿姨你知道吧，反正就是常来店里给她家小孩子选书的阿姨。我是她外甥，常听我姨说起你来。我是想，交个朋友，如果你今晚不方便，我改天再来，你先忙。"

他转身要走，又回头说："那我以后来看你。"赵晶玉木然地看着他走出店门。

以后，接连几天晚上，一下班他就到赵晶玉的店里，邀请赵晶玉一起去吃饭，还送来了电影票。赵晶玉不理他，他就默默地坐着。

为了打破尴尬，他就又站起来翻看赵晶玉摆在书架上的书。翻着翻着，他像是找到了话题兴奋起来，拿着书靠近赵晶玉说："你这书店里还有这么多中医的书呢？"

"怎么了？这犯法吗？"

"不犯法，不犯法，这书销量好吗？"

"好着呢。"

"大概是老头儿老太太来买的吧？"

"你老了，愿意听到有人叫你老头儿吗？"

"愿意，"他眼里诡异地笑笑，"到我老的时候，你就可以这么叫，叫我'老头儿'。"

赵晶玉正色道："我和你不熟吧？如果你再这样说话，我可不客气了。"

"得，我的意思是，"他不紧不慢地说，"什么时候，你看一群人围在一起谈论健康，那他们准保老了，所以来你这儿买这种书的人，差不多也上了些年纪。"

"年轻人也有啊！"赵晶玉白了他一眼。

"中医和传统戏剧一样，迟早要消失的。西医找不到病因时，就没法施治，找到病因了，比如有些疾病是病毒引起的，就找病毒，很快做出疫苗，这就从根本上控制了这种疾病。"他一本正经地说，"西医越发展，中医就越退缩，总有一天，中医就消失了。传统的京剧、评剧好吧？我爸我妈就爱听剧，一出《花为媒》看过多少遍了，可电视上一演，眼睛都直了。现在年轻人谁还听啊？你这店里我听着有时也放些音乐，那都是轻音乐，你能放这《花为媒》吗？"

"我不但会放，我还能唱。"

"你别告诉我，这中医书你不但会卖，还懂。"

"懂那么一点，我就是认识很多草药，我还知道它们长在野地里的样子。"

他惋惜地用怜悯的眼神看着赵晶玉，好像好好一个孩子被毁了一样，说："中医就是伪科学。很多中国人，还是那样愚昧无知，喝中药酒，吃中药菜，洗个脚还中药足疗，好像中药能让他们长生不老，什么祖传秘方、山中神草都来了，睡个觉要讲中医，连性交也要讲中医……"

"你有什么资格说中医是伪科学？"

成功激起赵晶玉的反驳，苟思义得意起来，说："我是个博士，我懂，科学是相通的，中药起了作用，那是因为里面的化学成分起了作用。"

赵晶玉恭敬起来，笑着说："大博士光临我这小书店，欢迎！既然是这样相通，中医到底有没有科学之理呢？"

苟思义看到赵晶玉笑，以为他的话有了打动人的效果，说："西药是用一种明确的有效成分治病，你一味中药里是哪种成分起了作用都不清楚，毒性毒理也不明确。中药必然要向西药的方向进化。"

赵晶玉立即回嘴："中药里莱菔子也就是萝卜子儿，在长期应用中，中医发现并总结它能治腹胀、治跌打损伤，是否一定需要把萝卜子儿里面你所谓的有效成分提取出来单独服用呢？熬成汤药，带着自然的草木的气息服下去，像喝茶一样优雅不可以吗？未必服用西药的方式是最优的。用发酵法炮制的中药像半夏曲、红曲、六神曲，其中含有有效成分，一定要用化学合成的方法合成这种成分服用吗？"

苟思义越发可怜起赵晶玉来："中医的西医化是必然的。你说是中国人生理结构与西方人不一样，还是中医已脱离自然科学成了高雅艺术？"

赵晶玉不理会他那怜悯的眼神："中医还是有它自己的独特之处的，我觉得中西医在治疗上，思维方式存在着不同，比如中医就考虑病人体征、病人真切的感受，而西医是指标说了算。中西医之间还有些东西是可以互补的，中医的一些特色治疗方法也可以继承下来，没有必要一棒子打死。还有，你大概还不知道，中国中医研究院已经改名叫中国中医科学院了。"

"哎，怎么跟你说呢，你听我讲啊……"

"我只关心我的书，不想跟你争论。"

"怎么是争论呢，我们正在友好地交流。"

夜里赵晶玉做了一个梦，她像是走在高中时代的校园里，走进教室，忽见苟思义拿着一本书走近自己，问："《人类科学的发展》你读过吗？"赵晶玉理直气壮地说："我读过。"

"啪"，他把书甩在赵晶玉的脸上，赵晶玉感觉脸上被重重地砸了一下，书页散落一地，像是那日刘宁婚礼现场落在地上的花瓣，"什么书你都读过，那你会背吗？"

一忽儿，仿佛赵晶玉又是蒺藜，趁他不注意变作一颗蒺藜子，狠狠地咬住他的胳膊。

他忙甩动胳膊，"什么怪物，这么恶毒！"

蒺藜子被他甩落，然后被他重重地踩在脚下。

…………

惊醒过来，赵晶玉叹了口气，想梦的人，梦不到。

有一天，苟思义又来了，说请赵晶玉到老盛京美食城里吃饭，那里有马家烧麦，味道不错。

一听到老盛京美食城这个地点，一听到烧麦这种美食，赵晶玉的心病就犯了，痴痴地想了好一会儿，答应了。

赵晶玉打量着美食城，还是原来的样子，当年和郑大山一起吃饭靠窗的桌椅还在那里，赵晶玉就坐在了原来的位置。瞬间，很多关于郑大山的回忆，像电影一样放映。她想起那时因为有网友和自己聊天，郑大山就和人打了一架，当时觉得郑大山太孩子气，可是现在又觉得那是多么温馨的记忆。

苟思义看赵晶玉望着窗外发呆，外面天色已暗淡下来，天空灰暗阴沉，来来往往的人在匆忙赶路。

他试图打破这种尴尬，说："你觉得我怎么样？"

"挺好啊。"赵晶玉没有回头继续望着窗外。

"你说的，是真的？那太好了，我也喜欢你。"

"啊？你刚才说什么？"

"没，没，没说什么。"他看到赵晶玉的泪水正在流下来，一股一股的。

苟思义不知所措，"你这是怎么了，是被我感动了吗？刚才还好好的。"

"没什么，我就这样。"赵晶玉拿起桌上的烧麦，一口一口地用力咬着，和着泪水和鼻涕一起吃进嘴里。

苟思义不再说话，默默地吃着自己的烧麦。赵晶玉放下手里的烧麦，望着窗外发呆，她给苟思义讲起了麦田里寻找大麦穗的故事，讲完问苟思义："如果是你，你该怎样选择属于你的最大的麦穗？"

苟思义咬着一口烧麦，思忖良久："我可能像故事里的人找不到最大的麦穗，我会及时珍惜摘下我遇见的大麦穗。"

赵晶玉说："我梦里有一个人，他和我一起在一片草地上奔跑，我们头上戴着花环，像是画里，有风吹来，风里都是花香，有雨如烟，很润，也有阳光晒过的空气……"

两个人走出店门时，赵晶玉在前面走，苟思义在后面跟着。

赵晶玉说："我们不是同路，我的路我自己走，你不需要跟着我。"

苟思义不解地问："不是回书店的路吗？我们是同路啊。"

赵晶玉冷冰冰地说："不，你和我不是同路。"

苟思义想要辩解，"我……刚才你是在考我吗？我答错了吗？"

赵晶玉说："和那个问题没有关系，是我心情不好。"

苟思义说："你心情不好，我陪你呀，咱们去看看电影，或者——你喜欢去哪儿？"

赵晶玉不容他多说："站在这里，数到六百个数再走！"

苟思义只好站住，咕哝了一句："不可理喻。"

赵晶玉回到书店里，打扫店里的卫生，整理好书架上歪倒的书，又坐在窗前痴痴地望着外面，窗户上浅淡地映出自己的脸。

外面又下起雨来，如烟的雨吞没了街上的人影，雨打在玻璃上，水滴一道道流下，窗上的脸变了形。窗外的一切变得模糊，自己的影子也变得模糊。赵晶玉心里便唱着：

喧嚣的街头，车来车去
我知道你不在这个城市里
可我好想，好想
在往日的街头突然遇见你
天空淅沥沥下着雨
潮湿的街头，人来人往
走着走着忽而再次想起你
今日的街头你走在哪里

那里是否也下了雨
一个世界分成两个画面
这个城市淅淅下雨
像是谁在低语
那个城市雨无声滴
像是谁的哭泣

# 二　一片冰心在玉壶

就要去赴一场等了三年的约会。赵晶玉开始对着镜子打扮自己，她一下一下梳理着自己的头发，头发就在她浅蓝花裙上舞动着。她感觉自己竟像一个初恋的小姑娘，脸红心跳，不知道自己该以什么样的面貌出现，对着镜子笑了又笑，又撇嘴，又皱眉。耳边又响起了那首《船歌》：

姐儿头上戴着杜鹃花呀
迎着风儿随浪逐彩霞
船儿摇过春水不说话呀
水乡温柔何处是我家
…………

"士为知己者死，女为悦己者容"，女人的美是为了取悦男人而生的吗？这么想着，赵晶玉又无心再打扮下去。

她又忽然想，如果是姥姥此时要去见姥爷又会怎么样呢？这样想着，镜子里的自己就忽而苍颜白发，噩梦一样的景象在镜子里头闪过。心里一惊，想想自己苍老的面容面对自己爱的人，便觉得有些可怕。姥姥要见自己的树，她一定会在镜中端详自己，打扮自己，她从来都是那么优雅美丽。一个女子若肯为悦己者容，那是出于爱。幸好我们生活在一个和平的年代，没有那么多挫折。我们都还年轻，我们等待的时间不算晚，就算是为悦己者容也是心中所愿。

她又想起那年姥姥跟她讲过的中药七情，相须相使、相畏相杀、相恶相反，想着爱情如何才是佳偶，如何才是绝配，如何又是无缘，如何又是冤家。想着姥姥，她就又想，三年已匆匆而逝，人生有几个三年呢？如果我爱他，哪怕"夺我之能”，让我放弃自己苦心经营的书店，也要嫁给他，如此就是珍惜了缘分，相恶也可以变为有缘了。

如果一个城市的变化过快是留不住文化的，比如饮食，首先这条街必须稳定，好比有一片土壤才能有草生出来，形成生态，能够让品味独到的食品存活下来。不然人们对这种味道刚能形成记忆，便已经寻不到了。

赵晶玉徘徊在陌生的街道上，仿佛在寻找一扇打开旧时光的门。赵晶玉是循着老醋的味道去的，但是嗅不到那百里香，那条街道早已改造了。“恒和记”的招牌已换成了“吴记美食”，取而代之的是高大整洁的豪华店面。仿佛当年土气活泼的小店，现在已换上了洋装礼服，尊贵得让人不敢靠近。

远远地看到，一个人向这店走来，眼睛在四处寻着。赵晶玉一眼就看出来是郑大山。郑大山胖了，在西装的包裹里，显得圆润，走起路来，颇有些气派。只一眼的似曾相识之后便陌生起来，这是她期待的样子吗?

赵晶玉悄悄地躲在郑大山的后面，轻轻一按郑大山的肩膀，郑大山转身，赵晶玉灵活地转到一边。

郑大山说：“出来吧，我一猜就是你。”

赵晶玉这才嘻嘻笑着，蹦到郑大山面前。

郑大山笑着，眼睛眯成了一条线，他看着赵晶玉：“你变得更漂亮了。一下子想起我们同班的时候，你还是个麻雀尾巴。”

“我大学时就已长发飘飘了，好不！你才麻雀呢，傻乎乎的。”

赵晶玉说：“本来还要去吃老醋辣椒油，没想到说搬就搬了。”

郑大山说：“没有就没有了吧，总不能因为没有了这家店，我们的聚会也聚不成了吧，进去尝尝，没准儿会有更好的味道呢。”

赵晶玉噘着嘴说：“我还是喜欢原来的味道，想了三年了。”

两个人点好了菜，相对坐下，竟都一时说不出话来。

还是赵晶玉先开了口：“你穿西装的样子很帅气，不过我还是喜欢你穿着学校运动服的样子。”

“这是工作需要，单位要求这么穿的。再说人成熟了总得有个成熟的样子，我总不能找一件当年的校服来见你吧，太寒酸，再说，有些场所，未成年人是不得进入的。”郑大山狡猾地笑笑。

“成熟是什么样子？”

“成熟，像我这个样子啊。好比桃杏，不成熟的时候是青的，咬一口，酸的；成熟了，颜色是尊贵的黄与红，味道自然也该是甜的了。”

"我倒还真不喜欢吃甜的。小时候在我姥姥家里，吃的各种水果都不甜。有好些果子是我姥姥从野地里采来的，有的很香，那香能香到灵魂里。"

"水果熟了不都是甜的吗？"

"不是，青杏是很酸的，是干巴巴的酸，它黄熟之后，不是变甜了，而是变成了香酸，或者还有一种甘的味道。甜，是甜在舌尖上，停留在喉部，会上火嗓子疼的，它是短暂的感觉。有的水果不甜，却感觉很温润，是一种能回味的味道，我姥姥说，那是甘而不是甜。"

郑大山应道："我却没有你这么敏感的味觉。"

"酸后可以变成甘，酸后还能变成苦，小时候我在河边见过一种草，叫酸不溜，五月前把它的茎拔下来，放在嘴里嚼，就是酸的。酸能酸到人的血液里，让人感冒都不得。过了端午，你再去嚼，这草就变成苦的了。苦得能让你忘了你是谁，我不怕苦，我姥姥说这草变苦后有小毒，不能吃的。"

"酸甜苦，你都说了，就差辣和咸了。"

"你见过辣的和咸的水果吗？可要说到辣味，辣是一种痛感，可以辣彻心扉，就像玫瑰刺扎在手上，连着心也疼了，我姥姥说，我记性不好，没心没肺的，应该吃些辣椒。我上学的时候单词一记不住，我就吃辣椒。"

"哈，怪不得背东西你比我快，原来这是你的生命一号啊。"

"至于咸，生活或咸或淡，本来如此……我很馋，小时候记得最多的是在春天里到处摘那种青杏，我姥姥就说我，小丫头不知羞。我原来不知道是什么意思，后来我才明白……"

郑大山向赵晶玉谈起这几年的工作情况，他做了公司企业部主任，马上要升为总监。

郑大山看赵晶玉表情平淡，没什么反应，就没有再说下去。

两个人聊了一会儿，郑大山看服务员正在给旁边桌上菜，看看表，叫了声"服务员"，服务员正在关注着眼前的事，没有听到，郑大山喊道："服务员，都等了半个多小时了，怎么还没有上菜！"

服务员回头看了郑大山一眼，微笑着说："先生，抱歉，您点的菜，需要花一点时间准备。"

郑大山说："这都半个多小时了，这菜怎么这么慢？"

那服务员说："先生，您要是能吃生的，不在乎火候和味道，那我就可以给您端上来。"

郑大山还要说什么，赵晶玉拽了郑大山一下，郑大山才转回头来。赵晶玉说：

"为的不是吃饭，多一点时间说说话也很好呀。人家也很幽默礼貌地回答你了。"

可郑大山又回头说："开瓶器我刚才就要过了，可还不见拿来，要等我自己去找吗？"

"很抱歉，先生，马上给您拿来。"

赵晶玉说："大山，你不要跟人家大呼小叫的。我在酒店里工作过，被人吆来喝去的，知道他们的酸辛，他们也有自尊，并不卑微。"

"他们服务质量不好，她服务员就得做好服务工作，我刚才就跟她说过，转身就忘了，做事毛毛躁躁的。"

"你能不能跟人家说声对不起？"

"她工作做不好，我为什么要跟她说对不起？"

"你这样让我感觉很陌生，以前的你很热情，乐于帮助人，现在的你，我觉得像是在面对另一个人。做人应该平视，而不应该因为你的事业比别人强，来得体面，就要高高在上，高处不胜寒。你起码应该热情善待别人，而不是践踏别人，建立你自己的虚荣。"

"你对别人都很好，就单是对我不好。"

"我对你哪里不好了？"

"别人的女朋友见了男朋友都亲热得不得了，老公老公地叫着。你对我就这么冷淡，从来都是。"

"我从来都是冷的，没有对谁热情过。这你在认识我的时候就知道的，我觉得你是了解我的。这么多年来，我一直没有变。"

郑大山叹了口气，"这么多年，我似乎从来没有走到你的心里。"

两个人都沉默了，外面的鸣蝉起伏地叫着。

"我们结婚吧，不要让我这样等下去了。"郑大山忽然认真地看着赵晶玉说，他拿出一枚戒指，推到赵晶玉面前，"今天我没准备玫瑰花……"

赵晶玉却挡住了郑大山的手，戒指停在郑大山的那一面，"说这个还早，我说过两棵麦穗要缩结在一起，遇到的问题我们都解决了，我们自然就能在一起了。"

郑大山说："你来北京吧。"

赵晶玉说："我来北京也好，书店也可以再开下去，我觉得这里的机会更多。"

郑大山说："你觉得你的书店还有必要开下去吗？那不过是过去供你生存的一个生意罢了。你应该找一个正规的工作。工作，懂吗？"

赵晶玉脸上的一点笑容消失了："我一直觉得做书店是在做文化事业，生意这个词从你口里说出来，我觉得特别生硬、陌生。"

郑大山仍旧坚持他的想法："或者你什么都不用做。你来了，户口、工作，什么都不用管，我来帮你安排。以后你就不用再去书店里卖书了。"

赵晶玉说："不用。这么多年来，我什么都靠自己，我一样过得很好。我愿意依靠我自己。"

郑大山觉得自己明明在关心赵晶玉，怎么会一再被赵晶玉拒绝呢？他又说："怎么，你不愿意？书店里劳心费神的，来到我身边，帮我打打领带什么的，不好吗？"

赵晶玉眼睛看着郑大山："也就是说，我可以老老实实地做官太太了？"

郑大山自信地说："当然，你也可以找到别的适合你的工作。"

赵晶玉也自信地说："我是想，我到了北京也可以同样把书店做好。"

郑大山不明白了，说："我真不理解，那些书究竟有什么好。我现在不读书，可我的工作同样让人羡慕，我的同学朋友，都得高看我一眼。"

赵晶玉的眼里闪过一丝忧郁："你不理解？我们明明有相通的感觉，有共同的世界，是书把我们联系在一起。如果我们在一起了，生活却只有柴米油盐的琐碎，我看到的未来就是一眼望到底的无聊，我就会害怕，害怕我们变得像我爸爸妈妈那样，在平淡的生活里，把那些情分磨蚀掉。"

郑大山反驳道："难道我们不应该在一起吗？本来是好事，我怎么听你一说，有股火药味呢？"

郑大山的话让赵晶玉不安起来："不，不是的。我想，我是见到你高兴得太过分了，头晕。我忘了我自己是谁，从哪来，要到哪里去。我不想把自己弄丢了，你的光环会使我丢了自己。"

郑大山问："为什么？我有什么不对吗？"

赵晶玉忍住要流出的眼泪："可能我们并不适合在一起，我们的距离越来越远，我姥姥讲中药的配伍，有单行，有相须相使、相畏相杀、相恶相反，有些药放在一起就会减低各自的功效，或者变成毒药。"

郑大山叹了口气："你变了，我现在是越来越不了解你了。"

赵晶玉说："我说过，我没变。我还是那个野丫头。我想，可能我有点不适应。"

郑大山委屈地说："我不知道，现在没有战争，我们之间不像姥姥、姥爷之间有那么多阻隔，为什么你要自己设置障碍，把我们隔开？我放假一回家，亲戚朋友就都问我，有女朋友没，处对象没，我都不知道怎么回答。我工作得好，我妈很有面子。可是一说对象的事，我妈就抬不起头来。在我的身边吧，我会给你幸福，我会让你过得好。"

赵晶玉看郑大山低头不语，半天才说："没有人可以决定我的命运，我不得不说，我不会依靠着谁。即使我们结婚了，我仍然是我，任何人都不能决定我幸福与否，我过得好不好，和任何人没有关系。"

郑大山叹了口气，"我越来越琢磨不透你了，早知如此，何必当初。"

"当初怎么样，现在怎么样？"

"那个时候我们多么快乐。我们坐在河边聊天，唱歌。我们一起在雪地里踩脚印……没有想到这一切都成了过去了。"

是的，那确实是些快乐的日子。这些情景在赵晶玉的心里扎下了根。她记得那年冬天自己像落进了无比严寒的深渊当中，是一双温暖的手，把她拉了过来。在她孤独的时候，有一个人陪在她的旁边，他的声音打破冷寂带来温暖。那时雪花在飞，好美。从此她开始喜欢冬季，喜欢趴在窗口看外面飘着的雪花，看是否有一个人披着雪花踏雪而来，踩了一串脚印。这些美好的记忆在她心里反复忆起，久了便记得越来越深，像是一道深深的刻痕，原来美好的事物也会让人心痛。

"从高中到大学，再到大学毕业，你要我等，我等了你多少年，"郑大山又缓缓地说道，"这些年，你占据了我所有的时光。你的拒绝让我觉得窒息，我们在一起的往事你都可以忘记吗？你要我等，要等到什么时候？上大学的时候，有个女生要和我好，我没答应；工作了，有人给我介绍女朋友，我看都没去看，只因为我心里有你！"

赵晶玉委屈地流下眼泪，"我又何尝不是被你占据了我的人生。我记得，记得一个男孩在我冷饿的时候，守在我身边。这温暖早已融入我的生命，没有了这份友情，我同样也会窒息，那是我在最困难的时候生存下去的力量。如果用一个字来表达，那便是爱。我不想失去它，我想更好地把它保护。"

"既然如此，为什么不到我的身边？"

"可是，过去我说你要看清楚自己，而现在我看不清楚未来，更看不清我自己。这么多年过去了，我很矛盾，有些问题过去解决不了，现在看来也同样解决不了。我觉得有些问题你还是想明白、想清楚的好，我们在一起了，阿姨怎么看？她同意吗？这些问题怎么处理你想过没有？你又真正地看清楚了自己吗，你爱的是我吗？"

"我当然在爱着你。"郑大山不容置疑地说。

"可是我现在感觉到的不是爱。你还记得你说过什么吗？就像这店里的菜同样叫酸辣土豆丝，吃起来却不是那年的味。你事业正当时，你完全可以有不同的选择，完全可以收获属于你的爱情。"

那天，两个人的约会不欢而散，郑大山说："你的心真是一块坚冰，又冷又硬。"

郑大山并不知道，爱情是一个冰与寒的漫长旅程。郑大山眼里又冷又硬的坚冰，又可以是"一片冰心在玉壶"，是冰清玉洁，看淡物质功利，有体谅的温度。她在世间所经历的一切就是寒冷的，寒苦和辛酸经受得多了心便凝结成寒冰。要坚冰融化，唯有温暖。

他们走出饭店，虽已入夏，天气并不觉得炎热，那一天的天空很蓝，阳光也很柔和。

"图书市场现在少了很多，但也有几家可以走走，今天有些晚，我们可以去国家大剧院看话剧。晚上到我家住吧，住得下，住宾馆不如住家里方便。"郑大山看着赵晶玉，又笑着说，"我妈妈这几天正好要来，丑媳妇，不，漂亮媳妇还是要见公婆的。"这个玩笑此刻并不好笑。

赵晶玉说："我这次就是专为见你才来的，王阿姨家里有事，一个月后才能回来，书店里还有活动要组织，我得赶回沈阳。"

郑大山惋惜地说："这么急，我想等我妈妈来了，我们坐在一起好好聊聊。我还想明天和你再逛逛图书市场，或者，北京不光有图书，还有很多好玩的地方，我们还没去过。"

赵晶玉还是坚持要走，郑大山只好把赵晶玉送到火车站，给她买了车票，和她挥手告别，看她进了车站，才惆怅地返回。

赵晶玉在候车室里呆坐了一刻钟，她忽然不想走了，拿出手机打电话安排好书店活动的事，就背好背包，走出火车站。

晚上，赵晶玉睡在宾馆软软的床上，怎么也睡不着。

她在想：爱情是什么？你以为你等来的是爱情，可是你看到的是物欲、名声和地位。过去鼓励自己开书店的郑大山模糊了起来，眼前的郑大山很陌生。书店里不是有他们共同的精神世界吗？这么些年，书店里的一切早已成她身心的一部分，那里有她投注的心血，是她精神的殿堂。她赵晶玉有能力去做新的工作，因为爱，她可以放下这一切，再也不是郑大山妈妈口中的生意人，投入到郑大山的生活里来，可是自己这样做郑大山的妈妈就能接受自己吗？

郑大山的妈妈前段时间又找过赵晶玉，此刻她的话又清晰地回荡在赵晶玉的耳边。"我儿子现在是企业部门主管，别人给介绍的女朋友，不错的姑娘，条件也好，对他的事业有帮助，他要升职了。可是他就是心不在焉的，谈着谈着就吹了。我想他心里一定是还有你。你就放开他吧，你们不合适。"赵晶玉耳边又是郑大山的妈妈在说话，"你可别跟他说是我说的，现在这孩子越来越不听我的了。"赵晶玉本来还抱着侥幸的心理，但现在这个问题仍不得不面对。

当初爸爸也说过爱妈妈的，可是后来的生活里还是爱吗？那么多人都在说永远，那永远又有多远？

思前想后，竟毫无睡意，她忽然自责起来。先前明明对郑大山说自己没有变，可是自己明明是变了，自己已经不再是三年前那个单纯的女孩，难道是自己已经变老了吗？或许，爱情是不切实际的东西，离现实太远。人真正惧怕的不是未来有多难，是未知，是你不知道什么会到来。

望望窗外，东方渐露鱼肚白，她忽然觉得很虚弱。在以后的日子里，她知道人最虚弱的时候就是东方鱼肚白的时候。

她想起武术教练展飞和胡爱梅，他们也在这个城市里，这么久，他们还好吗？也许他们会给自己一点帮助呢？这样想着，就有一股倦意袭来……


# 三　白首不相离

给展飞大哥和胡爱梅大嫂打电话却没有通，赵晶玉想直接去他们家里找就是了，去展飞家的路还是记得的，很快她就找到了展飞所在的小区，爬上楼，敲门。

开门的却是一个陌生人，他问："你找谁？"

"展飞是住在这吗？"

"不在这。"他说着就要关门。

赵晶玉急忙问："原来的这家人哪去了？"

"不知道！"门关上了。

赵晶玉站在小区里，有些茫然，熟悉的一切又陌生起来，是不是自己走错了？应该就是这里啊？他们会去哪呢？

赵晶玉又走上大街，看见公交车，她不管车是开去哪里就上了车，不知不觉走到了曾经和郑大山一起逛过的图书市场。重走这图书市场，一切竟如梦幻，郑大山不在自己身边，而曾经繁荣一时的书市，如今竟然是空荡荡的。据说这里书店近年来开始亏损，很多书店倒闭了。如今这里将以新创意产业项目取代了。想想也是，美国《读者文摘》近年来都是年年亏损的态势，现在的网络是如此发达，人手一个手机随时看"网摘"，又方便又便宜。图书在深阅读中有不可取代的优势，但书店还死守着老教条不松手，不是生生捆住自己的手脚，让网络拿鞭子抽吗？

时间匆匆流逝，万物皆是，初时光鲜，似可永恒，弹指一瞬，残破沧桑。人在时间的旋涡中沉浮并不自知，你以为一切未变之时，熟悉的风景与事物已被刻上沧桑的痕迹，人在落寞间回忆繁华是件痛苦的事，沧桑的变化越是触目惊心，越想追回流逝的一切，那么痛苦就足够深。有时候，人需要保持对事对人的这种痛感，在痛苦中认识自己，在痛苦中反思，在痛苦中羽化。


赵晶玉辗转找到了展飞大哥，他在郊区租了个房子。

赵晶玉找到他时，他刚修剪了头发，脸上有些发福。他看到赵晶玉，又惊讶又高兴。他一笑，眼角就裂开很多纹路。赵晶玉原来圆润光滑的记忆变得艰涩。展飞原本严肃，看起来有些冷酷，但有种不易觉察的温柔，看见他让人觉得温暖。现在的他看起来笑在外面，却让人感到阴郁。这便是老吗？时间真是奇怪，精雕细琢出一件件艺术品，又雕刻出触目惊心的模样来让人震惊。

"你来了？"展飞迟疑了一下，还是站了起来，"屋里没有收拾，有些乱……"展飞说着把乱乱的东西放在一边，桌上还有没喝完的中药，屋里弥漫着中药气息。

"大哥，我来看看你们。"赵晶玉有些不知所措，展飞身后的屋子确实有些凌乱，房间也很简陋，这和几年前的那个家完全不一样，"这么久了也没来看看你们，挺想你们的。你怎么搬到这里来了？"

展飞把赵晶玉让到沙发上坐了，又去泡茶。赵晶玉看着展飞走过去，展飞似乎心事重重，而走起路来，两腿僵直，以笨拙的姿势向前挪动，这与几年前动作敏捷的武术教练展飞判若两人，这是当年帮助过自己的大哥吗？这么长时间里究竟发生了什么？

展飞把壶放在茶几上，慢慢坐下。

"有时候我就觉得自己像祥林嫂，唠唠叨叨自己都烦了。"展飞一脸的无奈，"我已经不是正常人了。那个房子已不属于我了，那是我的家，我抬头可以看见我的窗户，可是我上不去。如果那是你的房子，可到那个房子的距离就像隔了大海，又不能飞过去，你还能把那房子当成自己的窝吗？"

"怎么了呢？还有你胳膊上的伤疤怎么回事？"赵晶玉好像有无数个问题一股脑地冒出来，"发生了什么事？你是不是又当英雄了？"

"看着我的腿了吧？你看坐着的时候和别人一样，可是我这腿呀，走起路来再也不能像原来那样健步如飞了。"

"为什么？"赵晶玉有些吃惊。赵晶玉端起的水杯刚送到嘴边，听到这话，杯子停住了。

"那一年我和你嫂子刚要小孩子，不幸非典就来了。最开始是你嫂子，咳嗽发热，然后这一家人。我们一个接一个地住进了医院。后来我们才知道，这就是非典，SARS。"

"病愈出院后，以为大难不死，后福该来了。可是上班没多久，就发觉脚跟疼，后来腿就不舒服。后来看电视上说，非典治疗时激素使用过量，会留下股骨头坏死的后遗症。我去医院检查，这才发现我自己也出现了这问题，就这样我又住进了医院。人们都说这是'不死的癌症'，只能是少做活动，不能跑，不能跳，养着，这样才能延缓股骨头塌陷。"

"两年的时间都是在家里休养度过。都说没工作没压力一身轻，可总在家里就腻歪了。"他跟领导请求回去工作，实在不行可以做些清闲的工作，可是不行，因为检查报告上明白写着"股骨头有所好转"，但不可能逆转。

赵晶玉竟不知道怎么安慰展飞，只是问展飞怎么治疗，负担重不重。

"周围的病友身上也出现了股骨头坏死的问题，有人牵头向北京市委、卫生局等部门提交了联名信。北京市卫生局作出反应，提供了免费的对症治疗，对相关药费也有规定。我和你嫂子都在免费治病的名单里。"大部分SARS患者，得到救治后恢复了幸福生活，但也有些患者激素使用过量，留下了后遗症，他们有的不能回到工作岗位，有的发生家庭变故，普遍精神抑郁，这个群体受到关注。

赵晶玉便问道："怎么不见嫂子？"

"你嫂子啊……"他停住了，赵晶玉的这个问题像是击中了展飞的一块伤疤，他颤抖了一下，"我们现在不在一起了。"

这又使赵晶玉大吃一惊。

展飞看着赵晶玉惊讶的样子，说："当时，你嫂子高烧不退，在抢救中孩子……没了。那时候，我们被分在不同的病房，我们两个都要求换在一起，互相照顾着，我跟医生说，她死我陪着，她也跟医生说，没有他我也活不了。医生说，没想到你们两个说的一样的话。最后医生就把我俩换在一起了。我给她讲好多我的工作经历，她给我讲好多笑话。我们相互喂饭。想想那个时候，我们比以往都要亲密。"

展飞停下，像是回忆着那段时光，又说："病情最严重的时候，有一天夜里，她就那么地看着我，眼睛亮亮的，忽闪忽闪的，好像眼睛里有月亮。我说，怎么这样看着我，有两个大月亮照着我，我睡不着觉。她跟我说她害怕。我说有我在，咱不怕。她说，她怕她不再醒来，丢下我一人怎么办。我说我们两个都会好的，我们白首不相离。后来我们还憧憬着出院后一起到西藏，去看看布达拉宫……"

赵晶玉感叹道："最好的爱情，莫过如此。"

"是，回想起来，心里很疼。"展飞看了一眼赵晶玉，"你不是问我胳膊上的伤疤怎么弄的吗？我用刀子拉的。"

赵晶玉瞪大了眼睛。

"本来一起度过这场灾难，我们俩感情更深了，都以为谁都离不开谁，哪知不幸才刚刚开始。她也和我一样出现了股骨头的问题，工作也没了，朋友也疏远了。感觉心里空落落的，你知道吗？是心虚的感觉，恐慌，忧心，感觉生活没有着落。每天看着太阳从窗里照进来时，心情还好，可阳光从地板上一点点退出去的时候，就想抓住什么，心就莫名惆怅。然后就是夜幕，仿佛落入无边的黑暗。"

赵晶玉仿佛正在经历着他们的痛苦。

"你嫂子，她晚上睡觉不让关灯，整夜地亮着，我就没法睡觉。一点鸡毛蒜皮的小事也会引起我们吵架拌嘴，开始我们还要争个对错，后来坐在一起的时间越来越少了，说话少了，也就不吵了。以后，我们就各走各的道儿。"

两人相处的一幕幕场景在赵晶玉的眼前掠过。

"我承认自己做得也不好，所以我想着法挽回。可是不知怎么，谈着谈着就变成了对错的争论。她怪我出去乱走，带进了病毒，我就解释，可是怎么也解释不明白了。我说往后看行不行，我们有太多错过，有太多遗憾，这改变不了，改变不了就应该努力去看未来。可是她说，我们有未来吗？就这样，问题又回来了。其实你听都能听明白，我们两个说的未来不是一个意思。我想说不管未来有多糟糕，总得好好活下去。"

赵晶玉说："其实你应该理解嫂子。女人有时候是很脆弱的。她对以后的生活，缺少安全感，不知道未来该怎么走下去。"

展飞点头说："我也能感觉得到，她在意那感情。可是我想不明白在最难的时候我们都挺过来了，怎么到了现在却挺不住了，倒了。"

赵晶玉说："要不，我帮你劝劝嫂子？我想见见嫂子。"

"好啊，也正好，我们约了下午在潘家园见面。"

三人约在潘家园一个小饭店见面。在潘家园赵晶玉却迟迟不见嫂子来。展飞在路边找个干净地方坐下，低头沉思着不说话。不一会儿，他好像发现了什么，拿着小棍斜立在地上。赵晶玉走近看过去，原来地上有一只蚂蚁。水泥石板的地面上，不知哪里来的一只蚂蚁，也不知道它要往哪里去，它就在那里转来转去。本以为它已经走远了，可是不知怎么又转了回来。展飞拿着小棍，试图让它爬上来。终于徘徊几次，蚂蚁爬上了小棍，展飞把小棍缓缓地移动着，试图把蚂蚁移到树下草坪里，那里也许有它的家。可是那蚂蚁在小棍上挣扎着，甚至立起前身，然后从棍上掉在地上。这该是只迷路的蚂蚁，可是展飞又怎么能知道它要去哪里呢？

其实，没有谁能帮得了自己，有时候是过不了心里的那道坎。也许我们需要借助外力来改变，可真正能帮助我们的只有自己。

蚂蚁掉落在地上，慌慌张张地跑了起来，仿佛受到了惊扰，又好像丢失了什么。一个多小时过去了，蚂蚁已不见了踪迹，嫂子却还不知道在哪里。展飞情绪有些落寞，低着头，看着地面，像是跟赵晶玉又像是对自己说："她可能，不太想见我了。"

过了一会儿，手机响了。展飞慌忙把手机拿出来接："是，我在，我在，你过来了吗？嗯，好，还有一会儿你能见到一个人……哈哈，嗯，也是熟人了……先不告诉你……"

几年前的胡爱梅，长裙，笑靥如花，看起来像一汪水，清澈，透明，让人一眼看到就充满柔情。胡爱梅过来的时候赵晶玉差点没认出来。生活上遭遇的变化，使她变得迟钝，行动迟缓，满腹的心事写在脸上。

"嫂子，你好……"赵晶玉心里竟然疼了一下，眼睛里竟好像有泪花要冲出来。

"想不到，想不到……我们几年不见面了。我们又见面了，你也不像当初那个小丫头了。看到你我就想起我们当初聚在一起，谈理想，谈生活，多美好……我们都不知道会有这些后来。"

她们俩手拉着手，展飞跟在后面，进了饭店。还是那家店，还是那张桌子。这个世界有些东西是不变的，它越光鲜，越让我们觉得穿越时光，一切如昨，而变了的我们会愈加伤感。

胡爱梅开了一家服装店。虽然吃不起长途奔波的苦，但好在供货的是前些年就有联系的批发商。认识的朋友，帮她采购，她再挑选。每天在店里坐上一天。

得知店铺背阴，展飞忍不住说："她租的店面背阴，我说你不如租一个向阳的店面，坐在店里，没人的时候可以晒晒太阳。"

胡爱梅苦笑："容易说的话都让你说了。"

展飞又说："不如招个伙计吧，每天打理打理店铺的生意，也能分担一点压力。"

胡爱梅忽然变了脸："嫌我身子坏了是吧？我用不着你说三道四的。"

赵晶玉赶紧打圆场："嫂子，别这样，大哥这不是心疼你才这么说的嘛。"

胡爱梅没好气地说："你是哪一伙的，怎么向着他说话？以后别跟我叫嫂子，我们俩早离了。我也就是看在过去有那么段情分，才和他有些来往。"

赵晶玉一向伶牙俐齿，此时说起话来竟有些发窘。"嫂子，咱们先不说这个，我觉得……"

"店铺要帮手，钱从哪出？说得轻巧。"赵晶玉的话胡爱梅好像没有听到，依然想着刚才的问题，自顾自说道。

三个人勉强把这顿饭吃完。

临别赵晶玉不舍地说："大哥，嫂子，我这就准备回沈阳了。手里还有些钱，留给你们。"赵晶玉把所有准备买书的货款都拿出来留给展飞。

送赵晶玉出来，胡爱梅又问："你怎么样呢？书店开得很好吧？"

赵晶玉说："也不是很顺，不过还好。"

胡爱梅说："我也在读书，读佛经，想把一切参悟明白，想出各种道理，可一遇到事就全忘了。"

路上，赵晶玉收到展飞发来的短信，这是展飞转发胡爱梅的："对不起，我知道你对我好，可我怎么就控制不了自己，把情绪都发在了你身上……"

赵晶玉回复："大哥你要乐观起来，总会有办法的。你需要什么帮助尽管说。"

赵晶玉自责怎么就会把大哥和嫂子给忘记了？自己到底能对他们有什么帮助呢？留下钱的意义又是什么？为什么本来很好的一对变成了今天这样？爱情又是什么？为什么生死患难之后，相爱的两个人还要分开？

愿他们从此再无困厄，岁月静好。


抬头看看见不到星星的天空，看看城市里闪烁的灯光，真是珠光宝气。难怪郑大山喜欢这座城市，因为他一定能在这个城市里找到自己的坐标。

与郑大山的往事，妈妈和爸爸的家庭，展飞大哥的家庭，还有书店里听过的那些琐事，忽然一股脑向赵晶玉袭来，她忽然感到从未有过的眩晕，感觉要倒下，只好扶着路边的树。

　　看到前边有家酒吧，赵晶玉就进了酒吧间里坐下。服务员过来问："点些什么？"赵晶玉知道来这里总要消费的，就说："来杯啤酒。"一杯酒下肚，耳边的嘈杂渐渐消失，头脑不再眩晕，反而异常清晰起来，感觉原来想不明白的问题，似乎想明白了，她身体里立刻注满了力量。当有一个男人端了酒杯像绅士一样向她走来，她起身付了钱，转身离开酒吧，身后是一串空酒瓶。赵晶玉不知道她在那里喝了多久，她也不知道那种清醒其实是酒造成的亢奋状态，其中的逻辑在现实中说不通。出了酒吧没走多远她便站立不住，倚靠着车站亭慢慢坐在地上，长发垂落下来，像面纱一样遮住了她的脸。所有的思绪终于像她失眠时所希望的那样，找到了一个按钮，按下去，停止运行，然后，像电脑屏幕黑屏。

第十二章

# 倦拨琵琶相思调

在这场谈话中，我的诗哟，
恐怕你也左右为难，
当理性与心儿发生争吵，
是非曲直怎样判断？
相信心儿吗？可谁都知道，
它在爱情上太轻信，
只要把情人的芳名提到，
它就在胸中坐立不安。
相信理性吗？它倒是——
处事谨慎，考虑周全，
但它既不理解心儿，
又有什么可谈？
——斯捷潘·希帕乔夫《心儿与理性》

# 一　倦拨琵琶，总是相思调

有朋友邀请张二丑到北京798艺术区参加画展。

他有心无心地看着一张张展出的画作，看了些什么他也不记得。忽然一幅国画引起他的注意。远远看去，画面上一只老鹳昂首向天，端严而立于丛草之中，翅膀跃跃欲飞；走近了看，那老鹳消失了，眼前是一株植物，那伶仃的瘦腿是两条植物的细茎，那欲飞的翅膀却是浓墨画出的叶子，昂首向天的鹳嘴却是那种植物放大了的果实。画面比例失调，却画出了梦一样的感觉。画面边上还写了标题：梦境。画面空白处还写着一行小字：因为你说野草也有梦，从此我开始扇动翅膀，做了好多梦。

在这里，也有些外国人，他们在这里求画，张二丑也为这样的客户作画。

这天晚上，张二丑与客户交流完，坐上公交车，往自己住处走。

公交车上，张二丑站在窗口看外面的景色。忽然一个什么熟悉的东西在眼前晃了一下，赶紧向后看去，没错，是一个蝴蝶结。他急忙向司机喊："师傅，我要下车！"车又向前行了一段路，才靠在一个站点停下。张二丑下了车就向刚才那个方向跑去，远远地，那个女子靠着站亭，坐倒在地上，那蝴蝶结就停在她的头发上。他还看到，有个人正朝那女子走去，眼看着那人用手推了推她，然后试图搬动她。

他不由得加快了脚步，一边跑一边喊："哎，哎，你认识她吗？"

那人放下赵晶玉，说了声："我不认识，你认识她吗？"

"我女朋友，我怎么会不认识！"

那人就心虚地离开了。这时地上的那女子头动了一下，一些头发披在她的脸上。张二丑伸手把她的头发撩开一看，果然是赵晶玉！世界真的很小，她怎么会醉倒在北京的街头？他便叫了赵晶玉几声："喂，你没事吧？"

"你怎么睡在这儿？会着凉的。"张二丑说着就扶赵晶玉起来，一股酒气扑鼻而来，"你怎么喝多了，喝这么多酒，我送你回家吧。"

"回哪？"赵晶玉迷迷糊糊地回答着，站都站不稳，却挥起了拳头打着醉拳，"我告诉你，你别碰我，想占便宜。"

"是我啊！"

"是你？郑大山？"

没问过她住在哪里，她没再说话，人就又倒下了。张二丑翻看她手机中的电话本，有一个电话的名字是"夫君"。张二丑停住了手，把那个电话拨了过去。电话通了，张二丑说："你爱人，喝多了，你来接她一下吧。"

"你是谁？这个手机怎么在你手里？"电话那头警惕地问。

张二丑说："我是她的朋友，她喝多了，你来接她吧。"

"她喝多了？"电话那头根本不相信，"你让她接电话！"

一夜未睡，加上喝了那么多酒，赵晶玉此时睡得死死的，怎么能接电话？

因为听不见声音，电话那头又说话了："喂，你要是捡了她手机，就把她手机给我送过来，你要多少钱，我给你，我住在明秀小区……"

电话挂断了，张二丑发了一会儿呆，又扶起赵晶玉，"我送你回家。"

张二丑叫了辆出租车，把赵晶玉抱进车里，车到了明秀小区大门，张二丑又把她从车上抱下来。张二丑又给她老公打电话，她老公说他马上出来。

张二丑看赵晶玉迷迷糊糊，扶不起来的样子，就把她背在背上，她的头落在了张二丑肩膀上。张二丑背着赵晶玉向明秀小区里走。就见有一个人跑了出来，来人正是郑大山，他看到赵晶玉，吃了一惊，摇摇赵晶玉的胳膊："晶玉，你不是回沈阳了吗？"赵晶玉在张二丑的肩膀上睡得死死的，"她怎么喝了这么多酒？你给我吧！"张二丑说："算了，我给送到楼上吧。"郑大山在前面引路，上了楼，把门打开，他们进了屋子。张二丑想把赵晶玉放在沙发上，赵晶玉却把张二丑抱得很紧，叫着"姥姥……"，不肯松手。看着郑大山瞪大了眼睛看着自己，张二丑尴尬地笑笑，把赵晶玉稳稳地放好，又打量了郑大山一眼，猜想这个人大约就是那年赵晶玉口中的男朋友了，便说："人我给你送回来了，好好照顾她。"郑大山拦住他："你们什么关系？"张二丑没有理他，转身下楼去了。

郑大山回头看看赵晶玉，赵晶玉的口里还在叨念着"姥姥……"，郑大山摇摇头，给赵晶玉端来些清水，让她喝下去。赵晶玉慢慢醒了，看见郑大山。睁开的眼睛又闭上了，摇晃着头呆呆地回想发生过的事情，说道："我怎么会在这里？"

郑大山白了一眼赵晶玉，阴阳怪气地说："你的那位朋友，把你送过来的。"

"谁？"

"就是刚才背着个艺术背包那位！"

赵晶玉想了好半天，摇摇晃晃地站起来，说："我得回家了。"

郑大山拦住赵晶玉说："别走，告诉我那个人是谁？"

赵晶玉走不脱，便毫不示弱地说："谁也不是！"

郑大山对赵晶玉说："我们结婚吧，你看我这房子，这么大，你来这里不需要做任何事。"

赵晶玉说："你有房子，有钱，那是你自己的，我不需要，我有我自己要做的事。"

郑大山说："你不要再为这个书店奔波了，我妈妈那边已经答应我了，只要你不再做生意，她同意我们结婚。"

"我做这个生意很丢人吗？我不做这个做什么呢？"

"可以做点别的啊，可以考个公务员，还可以找个公司上班，或者，你就不去工作，我们也可以过着好日子。"

"可是我要说，我喜欢这些书呢？这些书就是我的命。"

"借口，你就是借口。"

"原来三年的时间真的可以改变一切，我们各自活在自己的世界里，各自成长，越来越远。"赵晶玉叹息说。

"你迟迟不和我结婚，不就是因为刚才送你的这个人吗？我觉得，他一定是你的新男友！"

赵晶玉不做回答，反而问道："我想再问你一句，你真的爱过我吗？你要怎样爱我，你还记得吗？"

郑大山怒了："你以为你有了新男友，我还会像以前那样爱你吗？不知羞耻！"

这话出自郑大山的嘴，赵晶玉无论如何也想不到，这样让她陷于污淖的话更使她惊愕，话里面就又生了刺，"你在乎的就是这个吗？你还记得你当初跟我说过的话吗？他是我新男友又怎么样？从我打算做书店起，这个人就一直照顾我，关心我，寸步不离，我喜欢他，依恋他，怎么样，我这么说，你满意吧？"

"滚——不要脸。早知道，从你进入酒店开始，你就变了，变得爱钱，虚荣……"

赵晶玉忽然后悔了，一再告诫自己不要用言语无所顾忌地伤害，还是不由自主地犯了错，她觉得自己不应该那样跟郑大山说话，就说："我再问你一句，如果我说我爱的是你，我和他什么都没有……"

"滚——"

"变了，你真变了！好啊，好啊，我滚了！"

赵晶玉的眼泪如泉涌般流出，她几乎是滚下楼的，跑出小区，在早已寂静无人的街路上狂奔。

赵晶玉本来喝了很多酒，刚清醒那么一点，就凭着那一点清醒，凭着酒醉，此刻几近疯狂。

她眼前飘过的是郑大山在海边大声说："我愿陪你到海角到天涯，既然选择了你，就陪你寻找人生的意义。"

她的耳边又响起那年郑大山对她说的话："我们还要坐在一起，像下雪那天，一起读书！"

她跑不动了，手撑着路边的树喘气，她痛哭，哭倒在树下，她感叹：原来真不知道还有什么比战争更能把相爱的两个人分隔，现在明白了，有些人遇到一起才是一场战争。

"夫君？哈，哈，……"赵晶玉把手机摔了出去。那台赵晶玉用了好几年的手机，非典时期她用来给郑大山讲故事陪着郑大山直到深夜入睡的手机，被赵晶玉摔出去很远。

莫名悲伤的夜，赵晶玉一个人在街路上孤独地走，这条路那么漫长，它有方向，它一定会通向一个温暖的家；它又没有方向，你不知道它在哪个地方拐一个弯，或许还会转回来，这时才发现自己迷了路。

她的耳边歌声又在回响：

　　姐儿头上戴着杜鹃花呀
　　迎着风儿随浪逐彩霞
　　船儿摇过春水不说话呀
　　水乡温柔何处是我家
　　…………
　　嘴儿轻轻唱呀唱不休呀
　　年华飘过歌声似水流
　　船儿摇过春水不停留呀
　　摇到风儿吹破天凉的秋
　　船儿摇过春水不停留呀
　　鱼儿双双结伴水底游
　　谁的船歌唱得声悠悠
　　水乡温柔来到天凉的秋

...........

在伤心的时候，在思念郑大山的时候，这首一遍一遍循环听的歌，这曾经最温暖的歌，赵晶玉现在听一句，就要流泪，就要心碎。以后，她再不敢听这首《船歌》了。

赵晶玉更深的悲伤来自于姥姥。

经过那一晚的折腾，赵晶玉着凉患了感冒，感觉整个人快要倒下了。

赵晶玉看见姥姥又甩体温计，就觉得仿佛回到小时候。好多年没有发烧了，只是这回姥姥眯着眼怎么也看不清刻度线了。姥姥是什么时候变老的？皱纹怎么这么深，这么密。没想到自己竟为些不值得的人、不值得的事疏忽了姥姥，想到这里，赵晶玉的心一阵疼痛，有滴泪水流到眼角。

姥姥低下头，说："还好，不是很烧。咦，怎么哭了，谁让我的宝贝孙女受委屈了？"

"没什么，打了个呵欠，眼泪就流出来了。"赵晶玉说着，却又有两滴泪漫到眼角。

"傻丫头，你当我看不出来？你这一回到家，我就看你的气色不对。"

"感冒了嘛……姥姥，坐我旁边，让我抱抱。"

"你小时候，没有人抱你，就黏着我抱，都这么大了，还是这样撒娇。"

赵晶玉抱过去，把姥姥整个抱在怀里，像姥姥当年紧紧地抱着自己。她感觉到此刻的姥姥很瘦、很轻，好像自己抱着的是一片枯萎的叶子。赵晶玉把头埋在姥姥的衣服里，眼泪又悄悄地流下来，还像小时候，泪水打湿了姥姥的衣服。

姥姥又说："你小的时候，在感冒的时候可不这么娇气，一边发着烧，一边还要淘气，养的鸡被你撵着飞起多高，吓得那鸡好长时间蛋都不下一个。"

赵晶玉笑了。

姥姥说："你躺一会儿，我去给你煎药。"

赵晶玉躺下，头晕晕的，像是喝醉了酒。她好像又做了梦，梦见一片雪地，有风夹着雪，还有一个她追不上的背影。

中药的气息，从厨房传来，赵晶玉醒了。姥姥还像以前一样把药端给赵晶玉，赵晶玉看去，热气形成的仙山在汤药中漂着。

赵晶玉一边喝着中药，一边说："姥姥，今晚我不回去了，就在这儿住了。"

"那好啊，"姥姥竟忽然手足无措，走过去又像想起什么似的走回来，转了好几圈说，"你的被子，我都做得干干净净给你留着呢。"

赵晶玉撒娇地说："还有以后，我都回来睡。好多故事，你得再给我讲，我都忘了，没听够。"

"好，那我给你讲。"姥姥又像当年一样给赵晶玉讲起故事，"从前有一个仙女……"

那晚，赵晶玉是在姥姥的哼唱中睡着的：

　　莺踏花翻，
　　乱红堆径无人扫。
　　杜鹃来了。
　　梅子枝头小。
　　拨尽琵琶，
　　总是相思调。
　　知音少。
　　暗伤怀抱。
　　门掩青春老。

## 二　静女其姝

赵晶玉摔门而去，郑大山站在窗前看着外面的夜色，一拍大腿，叫了声："愚蠢！"他马上拿起手机给赵晶玉打电话，电话打不通，他向楼下奔去。在楼下，他没看到赵晶玉，又沿着街路寻找。

一边走一边呼喊："晶玉，你在哪？"

没有回答。

他又喊："晶玉，我错了，你回来吧！"

没有回答。

他不放弃，又喊："晶玉，你回来吧，我错了，我不该那样对你——"后悔，痛心的后悔在他胸膛跳动，他责怪自己怎么把话说得那么重！

他不知道赵晶玉去了哪个方向，有时候听见声音他就往回走走再喊。这次，他刚喊半句，"晶玉，我……"就听某处传来个声音："叫魂呢？还让不让人睡！"

他哆嗦着拿出手机拨号，传出的声音是："您所拨打的电话已关机。"

路上没有出租车，郑大山判断赵晶玉很可能往车站的方向走，于是他一面喊着，"晶玉，赵晶玉……"一边向火车站狂奔。

虽然已是凌晨一点，车站里仍然挤满了人。他没有票不让进站，最早到沈阳的车是在凌晨三点出发。他就到售票处随意买了张票，只要能见到赵晶玉，一定把她拉回来，他拿着票进了站。他看见，有人歪倒在座椅上，呼噜声一阵一阵传来；有人走动着到热水器边接水泡面，接了水回到座位上；也有人打着电话聊着天，手里拿着保温杯用嘴吸着喝热水，发出"扑""咝""哈"的声音……他来回走着，开往沈阳方向火车的候车室他挨个地找，没有，凌晨三点到了，最早开往沈阳的列车开走了，仍然没有见到赵晶玉的人影。

打赵晶玉的手机仍然是关机。他瘫软在座椅上，不，郑大山，你得清醒着点！他站起来……

天亮了。

太阳升起来了。

太阳升得高高了。

仍不见赵晶玉。

这样就到中午了。拍拍衣兜里，还有些钱，买了个沙琪玛，他不能倒下，还得找到人。他走出车站，车站外熙熙攘攘。

人群来来去去，
仿佛流水不息。
你夹在人群里，
哪里能找到你。
仿佛一阵狂风，
吹走爱哭的你。
熟悉的你，
难道早已陌生？

人群来来去去，
像一颗颗水滴。
冷漠的他，
笑语的她，
汇在一起。

寻不见，辨不出，

哪颗才是你。

啊，哪颗是孤独的你。


　　郑大山越来越担心起来，她会不会出了什么事？不，郑大山，别蠢了，再这样等下去，要么是她出了事，要么就是她已经回到沈阳，现在先报案，然后回沈阳。主意拿定了，心里一松，真聪明！

　　去报案才知失踪24小时之后才可以接案，郑大山请人先记上，一再请求，派出所的人只好说："先记上，24小时后有问题，您再打电话来。"郑大山坐上开往沈阳的列车，上车后不一会儿他就倚靠在座位上睡着了。

　　下午五点钟，郑大山走出沈阳站。

　　赵晶玉的书店关门，暂停营业。郑大山直奔赵晶玉的妈妈家。

　　郑大山一脸胡茬、头发蓬乱地出现在张安华的面前。

　　"阿姨，我找赵晶玉。"

　　"呀，大山呀，你怎么弄成了这个样子？"

　　"我，阿姨，我找晶玉。"

　　"晶玉她不在家。"

　　郑大山想着赵晶玉的妈妈也许能帮自己，他就把事情原委跟赵晶玉的妈妈讲了，希望能见赵晶玉一面，和赵晶玉谈谈。

　　张安华听郑大山讲完笑着说："孩子放手吧，你不讲这些，我不会告诉你赵晶玉去哪了。你把这话说了，我也把话讲明白了吧，赵晶玉去置办婚纱什么的了，她要结婚了。"

　　"什么？结婚？"郑大山怀疑自己听错了。

　　"是，我女儿要嫁人了，她不想再见你。"张安华肯定地说。

　　"和谁？"郑大山有点站不稳，倚住墙。

　　"嫁的谁？小伙可帅了，工作又好，又能照顾她。"张安华笑呵呵地说。

　　"可她没有跟我讲过。"郑大山还是不信。

　　张安华收起了笑，"怎么，她没有告诉你？这孩子……也许是不好意思跟你说吧。"

　　这时郑大山的手机响了。

　　郑大山把电话接起来。

　　"领导，你今天没来，总监都发火了！"

"我有事，你帮我请两天假吧！"

"咱们那项目都火烧眉毛了，噢，你连个招呼都不打，就跑沈阳去了，什么事比工作还重要！"

"哎呀，确实重要，这回算你帮帮我，替我求求情，请两天假！"

"总监说了，他很宽容，假可以给你，扣你半个月工资，奖金也别想拿，不过，项目如果被你搞砸了，他撤你的职！"

放下电话，郑大山想了想，拿出笔来，给赵晶玉写了封信，长长的信上写了他的痛悔。

晶玉：

　　我昨晚给你打电话，没有打通，跑到楼下找你也没有找到，我在街上喊着找你也没有找到。你去哪里了？我很担心你！我不该对你说那么重的话，是我自己的妒忌心太强，我的狭隘使你受到了委屈。

　　…………

　　关于你工作的事，你想做什么就做什么，做你喜欢的事，觉得有意义的事情。我们虽然工作不同，只要有意义就值得做。我们还要坐在一起，像下雪那天，一起读书！

　　这些年来，我一直都学着像你要求的那样，做一个战士。

　　…………

　　今天不算，我要在沈阳待两天等你，两天后我们公司有重要的项目要做，后天我要坐D2080次动车回北京，我希望能见你一面，或者你打电话给我。

　　…………

信写好后，郑大山把信交给张安华，请她转交给赵晶玉。

看着郑大山离开的背影，张安华摇摇头，心里想着，外人再好，也不如自己儿子好，赵晶玉与我儿子才是青梅竹马的一对儿。张安华没有告诉赵晶玉郑大山来过，郑大山留下的信被她扔进了垃圾桶。

"我女儿要嫁人了，她不想再见你。""嫁的谁？小伙可帅了，工作又好，又能照顾她。"……这些话，在郑大山的脑中不断回响。

郑大山等了两天，没有收到回复。此刻他站在火车站外，伸长了脖子向路上观望，希望赵晶玉突然出现。眼看火车要开了，他转身向车站里走去。正在这时，身后一长裙女生气喘吁吁地跑了过来，一只手提着裙子，另一只手里还拖着一个大箱子。

那个女生求助似地问郑大山："赶D2080次火车还来得及吧？"

郑大山也不回头，应道："我也是这趟车，应该来得及。"说着他就接过她手里的箱子，随着人流向电梯走去。郑大山回头看着她，问："你是几车厢？"

那个女生喘息稍定："六车厢。"

郑大山看了看表，说："噢，我也是。"

他出了电梯，又拉着箱子朝着检票口小跑，那个女生在后面也甩开小步。他们是最后一对进入检票口的乘客。

上了车，郑大山又帮她把大箱子举到行李架上。当郑大山刚找到自己的座位坐下的时候，那个女生也在旁边一排坐下。有人下车，有人和那个女生换座，女生换来换去就坐在郑大山的旁边了。郑大山还在想着自己的事，也没说话。

那个女生却先开口了："谢谢你啊，要不是你，这车我可能赶不上了。"

郑大山没有说话。那个女生又开口说话了："像你这种见了美女不用正眼来看的，我见多了，要么是假正经的伪君子，要么就是正在恋着，心里有个人。"那个女生把话停住又打量了一下郑大山。

郑大山眼睛动了动，把脸转向她："怎么看出来的？"

"精神涣散，双眼无神，心不在焉，把女朋友丢了吧？"

郑大山不答。

"没意思。"那个女生撇撇嘴。

车在不紧不慢地走着。不久那个女生靠着座椅睡着了，慢慢地歪在郑大山身上。郑大山觉得一股香气扑进鼻孔，把身体坐直，见那个女生没反应，用肩膀悄悄把那个女生推回原位，女生晃晃脑袋反倒更结实地睡在郑大山的肩膀上了。郑大山觉得又气又恼，扭头看向窗外。

过了很久，那个女生醒了，似乎意识到了什么，看看郑大山，满意地说："睡得可真香啊，梦见我妈，又在给我箱子里装吃的。"

郑大山哀怨地说："你倒睡得死猪一样，我这胳膊都麻了。"

那个女生嗔怪地说："会不会比喻，我的睡姿怎么也得像朵睡着的荷花吧。"

郑大山这才看了那个女生一眼，说她像朵水中荷花，也确实不为过，她有和赵晶玉一样漂亮的眼睛，这双眼睛里湖水漾漾，拥着荷叶，摇着荷花，只是赵晶玉的眼睛很多时候像含了冰霜，这双眼睛清冷里含了温情。你看见她就像看见紫色的丁香热情地开放又结了浓愁。郑大山看得发呆。

那个女生摆摆手，剪断郑大山发呆的视线说："哥们，留个电话吧，感谢你照顾了我一路，回头请你吃饭。"

郑大山毫无兴趣，语气里像是加上了着重号，说："不稀罕。"

"咱们俩也算旧相识了，没准你还有求着我的时候，这是我名片。"她把名片递给郑大山。

郑大山接过来名片，瞧了瞧，上面印着：

北京力胜律师事务所

梁静玉主任 / 律师

电话：136×××××××

郑大山说："呦——，还律师呢，我看你也不像啊？"

"怎么不像啊？就因为睡在你肩膀上了？告诉你吧，老娘可是带刺的玫瑰。"

郑大山阴沉的脸像是乌云密布的天空被掀起了一角，在他的嘴角起了一丝笑意，但更像是嘲笑，"还玫瑰，你可真不知羞。"

"你能不能留点嘴德？"

"我嘴上怎么你了？"

"我……"那个女生嗔怪地扬起拳头用力地在郑大山肩上捶了两下，"等你求着我的，有你好看。还有老娘我是有名字的，你以前一叫我就是'你、你'的，我妈妈还给我起了个小名叫静女，你也记住了。"

郑大山一听"扑哧"一下张嘴笑开了："静女……哈哈，还静女……"

…………

出了火车站，他们分手告别。梁静玉望着郑大山远去的背影，失落地站在原地，她想："郑大山，我们明明是在上大学的时候就已熟悉，你为什么要装作陌生？"

郑大山悻悻而归，回到家，他推开门，没有了赵晶玉的房间比往常更加空荡。夜里，郑大山翻来覆去，睡不着，打开灯，他拿起赵晶玉给自己的上了锁的日记本，翻过来掉过去地看，日记本的封皮上画着一个小屋，小屋周围是紫色的草地，一条小路，一个男孩穿着短裤，一个女孩穿着花裙，他们欢快地奔跑。上了锁的日记像赵晶玉一样不可理解。他想把它打开，可钥匙在赵晶玉的手上，约定要两人同时在场才能打开。他把日记本放下，可又不死心，这样折腾了几回，他最后终于下定决心，抄起螺丝刀，他发现日记本的锁很简单，轻轻一挑，锁就开了。

他翻动日记本，里面是空白的，正要放下，扉页上跳出几行字：

I finally found someone who knocks me off my feet
I finally found the one who makes me feel complete
It started over coffee we started out as friends
It's funny how from simple things the best things begin
This time is different
It's all because of you
It's better than it's ever been
敢不敢比，谁爱谁多一点？

*I Finally Found Someone* 的歌唱像潮水一样从远方翻卷而来，他的眼睛像被沙子迷住了，干痒得流下泪来。好像一阵风雪吹到心里来，有些欢笑在耳边响起，冰雪中的小屋在眼前飘过。敢不敢比，谁爱谁多一点？我的天！谁爱谁多一点？

郑大山躺在床上，更加睡不着。高中时代赵晶玉在书店里看书的样子不断地在他眼前出现，想着她现在一定又在流泪了吧。一会儿，耳边又是赵晶玉说话的声音，"我很喜欢看宫崎骏的《天空之城》，看那个电影心里会有一种暖暖的感觉。"就这样，郑大山折腾了很久。

月亮露了半张脸，把光线投在郑大山的卧室，映在郑大山的眼睛里，就闪闪发亮。

感冒几天，赵晶玉仍觉得头昏昏沉沉的，但是她惦记书店，心里像是长了草，必须去书店了。

赵晶玉为了赴约，匆匆离开，几天不到书店，桌面上沉积了很厚的灰尘。人心若有如此片刻的沉寂，烦乱的心绪里也会有灰尘落下，沉积、擦拭之后那心灵的空间将变得明净。赵晶玉做了扫除，又把她散乱的书籍整理好。生活还要继续，无论什么时候都要整理好心情再出发。

回到书桌前，一坐下，赵晶玉又发起呆来。

过去的时候，距离远的两人只能写信问候，就是写信也要几日才能收到，收不到信的地方，就得走很远的路拜访寻找，可他们并不因联络不便而疏于沟通，反而被距离拉长了思，被时光埋深了念，有不得相见的浓愁、久别重逢的快意。而今天的我们是怎么了？三年，仅仅三年，一个人就可以发生这么大的变化吗？

他是郑大山吗？她又想，或许爱情本是虚无的、渺茫的，像一片雪花飘落在手上却被握成水痕。

她拿起笔在日记上写道：有时软弱得好想依靠一下，可是谁又可以依靠呢？没有人可以依靠就得自己坚强，依靠不是自己的本性，而坚强自己其实没有。

那一天，苟思义又来了。

他一进店，看见赵晶玉说："好几天了，你走也不跟我说一声。"

赵晶玉冷冰冰地说："为什么要跟你说呢？你算我的什么人呢？"

"我是你朋友啊，我应当关心你啊。"

赵晶玉笑笑，心里竟有一丝温暖："谢谢你。"

他又问："这几天你去哪了？"

"我去北京看我男朋友了。"

"你有男朋友？"

"我说过我没有男朋友吗？你阿姨怎么跟你说的？"

"她说，是她说，看你好像没有男朋友，出来进去都是你自己……怪不得，怪不得，"他好像醒悟过来，"你们刚刚分手，或者——只是闹了点别扭吧？"

"你怎么知道？"

"我是博士，尤其是我这种热爱科学研究的博士，对事物的变化一定要有敏锐的感觉。往常一进书店，我就觉得阳光明媚，这书店有朵花开得娇艳可爱；现在一进书店，就是愁云密布，这书店里的那朵花也变得蔫不拉唧。"苟思义似乎想活跃一下气氛。

"如果你没事的话，今天你先回吧，我情绪不好，想一个人静一静。"赵晶玉意绪消沉，说话有气无力。

苟思义关心地说："你心情不好，我可以陪你看看电影啊，或者找个风景好的地方散散心，忘掉不开心的，再回来工作，情绪就好了。"

赵晶玉无力地摇摇头说："我无法把他一下子从我的思想里抹去，听到和他一起听的歌，甚至吃到一口我们一起吃过的土豆丝，那辣味，那酸味，都会让我想起他，然后心里就莫名地难过，有时候心痛了就止不住要流泪。所以，一切的事情都无法引起我的兴趣。"

苟思义看赵晶玉意绪消沉，只得悉心地安慰了她几句，然后告辞。

苟思义那天以后又来过几次，赵晶玉太过冷淡，他来书店的次数越来越少了。不记得从哪一天开始，苟思义再也没有来过。

谁也没有欠过谁十九个大钱，大概轻易是不会想起彼此的。

赵晶玉一个人走上了那年和郑大山一起在风雪中走过的河堤，而今已入夏季了，阳光明媚，河边翠柳轻摇，花儿成片地开放。赵晶玉望向河面，河水粼粼，摇碎了洒在河面上的阳光，刺得她的眼睛几乎要流出泪来。

旧时光如流水滚滚而来又滔滔而去，花红柳绿的河堤仿佛又回到冬季，天空飘起了雪，地面铺了很厚的雪，两串脚印一步一步通向遥远的地方。赵晶玉站立在风雪中，她看见穿着高中校服的郑大山抄起一本书向嗡嗡飞的马蜂挥去，他身上闪着阳光。

有时候爱情就像一盘调了很多辣椒又加了很多陈醋的酸辣土豆丝，感受到火辣与酸涩，可你仍上瘾一样执着，去触碰，受伤，再触碰，再受伤……时过境迁，我们回过头去，我们仍想说："我们本可以……"


郑大山并没有把赵晶玉遗忘。

坐在办公室的桌前，一幕幕，从高中开始到现在，和赵晶玉在一起的一幕幕从郑大山的眼前闪过。

郑大山想起他站在海边对着大海说"郑大山喜欢赵晶玉"，他们在沙滩上追逐；他想起他陪着赵晶玉推着一车的花去市场，一边走路一边开着十九个大钱的玩笑……想起这些他就笑出声来。他想起自己在烈日下，把赵晶玉的书从车下搬到车上，又从车上搬到车下，再搬到赵晶玉的新书店里……虽然辛苦，但是值得回味。……难道赵晶玉真的这么快就把这一切都忘了吗？

"我女儿要嫁人了，她不想再见你。""嫁的谁？小伙可帅了，工作又好，又能照顾她。""怎么，她没有告诉你？这孩子……也许是不好意思跟你说吧。"这些话一遍又一遍地回响在他的耳边，每回响一次，他的心就被刺痛一次。心好痛，泪却流不出来。

郑大山背过情书，把一份爱烙印在心底，甚至为爱付出过，但他还不懂得，生活会将粗粝的沙毫无防备地揉进生命的蚌壳，让人痛苦，然而包容以泪水的姿态接纳，信念以时间流逝的代价积累，沙子才以光润灿烂的色泽重生为珍珠。

郑大山手里拿着赵晶玉给自己的日记本，他看着日记本封皮上的画面。一个小屋，小屋周围是紫色的草地，一条小路，一个男孩穿着短裤，一个女孩穿着花裙，他们欢快地奔跑。他翻开日记本的扉页：

I finally found someone who knocks me off my feet
I finally found the one who makes me feel complete

It started over coffee we started out as friends
It's funny how from simple things the best things begin
This time is different
It's all because of you
It's better than it's ever been
敢不敢比，谁爱谁多一点？

敢不敢比，谁爱谁多一点？郑大山叹了口气。

郑大山果然如他的妈妈说的那样，提升了职务做了市场部经理，可是升了职的他却像丢失了重要的东西，高兴不起来。在人生的高处，他觉得寒凉。

"等你求着我的！"那梁静玉说得没错，她的得意并非无由而生。

郑大山作为市场部经理，有时需要跟客户谈判签合同。这一天，公司要签订一个重要的智能化项目，关系公司发展的未来。高科技产业兴起，公司也要坐上这次快车。这个谈判任务落在了市场部经理郑大山的身上。因为这次的合同很重要，需要有法律顾问陪同，法务部的人偏又排上了别的任务。他只好从外面律师事务所请一个律师来，随便找个律师，郑大山心里没有底，他就想起梁静玉来，找出梁静玉的名片，电话打了过去，梁静玉想都没想就答应了。

在梁静玉的帮助下，谈判成功，签订了双方都满意的合同，在公司看来，合同的签订有利于公司的发展。为了表示对梁静玉的感谢，也为了给同事庆功，郑大山请了梁静玉和市场部的同事吃饭。成功后的酒是放开喝的，是无压力的消遣，于是酒在不知不觉中喝得越来越酣，郑大山在推杯换盏中喝得醉醺醺，梁静玉是个女中豪杰，她喝的酒并不比郑大山少，竟还能清醒地叫一辆出租车，送郑大山回到明秀小区。她又费力地把郑大山搀扶到楼上，一边走，那郑大山一边口里还说着："就在这里睡吧，还要往哪走……"她拿过郑大山的钥匙打开门，两个人就都倒在地上了。

梁静玉爬起来，要把郑大山拖到床上去，拽了几次都没拽动，谈何容易？她使出全身力气，把郑大山扶起来，一步一步扶到床上。她想自己回家，可是看着郑大山不断地呕吐，只好留下来清理一地狼藉。一会儿，郑大山嘴里又哼唧"渴"，梁静玉又端来水。这样折腾到后半夜，郑大山才昏昏睡去，梁静玉酒劲也上来了，倒在床边睡着了。

天亮，梁静玉醒来，看郑大山睡在旁边，忙起身，整理一下头发，白天还有事情，得赶紧离开这里。

郑大山醒来，回想起当时酒喝多了，上了出租车，还把房门钥匙给了人，对，是梁静玉，后来的事他想得头疼也想不起来。

　　不久，梁静玉的电话打来了："你昨晚跟我说的话算不算数？"

　　郑大山摸不着头脑："我说了什么？"

　　梁静玉假装生气地说："你自己说了什么自己都忘了吗？"

　　郑大山笑着说："我说了什么让你不开心的话吗？"

　　梁静玉说："你自己想，想起来了再告诉我。"放下电话，梁静玉甜甜地笑着。

　　原来那晚郑大山睡梦里叫着"晶玉，晶玉"，梁静玉以为郑大山在叫自己，就走了过去，她以为郑大山又要水喝，他后面却说道："我愿陪你到海角到天涯，既然选择了你，就陪你寻找人生的意义。"一不小心，梁静玉的手被郑大山捉住了，她的心怦怦直跳。

　　郑大山捉到了梁静玉的手，就说："我说过的话，我记得，"然后，他又哭出来，"你回来，对不起……"

　　梁静玉被感动了，她说："别哭，我在呢。"

　　郑大山又睡着了，梁静玉想起身回家，但那只手被攥得紧紧的，手哪里能抽得出来。就这样，被攥着手，再加上酒劲，梁静玉倒在一边睡着了。

　　郑大山觉得在梁静玉身上能找到赵晶玉的影子，她们最像的地方是倔强和锋利，最不同的地方，一个热情似火，一个冷淡如冰。他不记得那晚他跟梁静玉讲过什么，但梁静玉却记在了心里。

　　梁静玉作为一个律师，有时也有解决不了的问题，就给郑大山打电话，不管他忙闲，要约郑大山陪陪自己。

　　"有空请我喝个咖啡吗？我遇到些事情跟你聊聊，也许你能帮我出出主意。"

　　郑大山正好没事，说："可以。"

　　咖啡店里，郑大山一边用咖啡小勺调咖啡，一边说："想不到你这么有魄力，我知道你业务肯定行，没想到，你比我想的还要伶牙俐齿，帮了我大忙。"

　　梁静玉嗅着咖啡的香气说："从小我妈妈讲，我很适合做一个律师，我就把做律师当成了梦想。"

　　"你妈妈如果知道，你和一个陌生男人在一起吃饭、喝酒、逛街，她会怎么样呢？"

　　"我妈妈，她对一切都是理解的，很开明，她做过知青，她常告诉我和喜欢的人在一起是幸福的。"

　　"我妈妈也当过知青，在北大荒，后来没有能回北京，在沈阳结了婚，后来找了个工作，就留在沈阳了，我来北京也算圆了她一个梦。我一回家，我妈妈就会唠叨我，可每当我一个人的时候，就又想着还是家里好。"

梁静玉"哼、哼"地笑笑："你是个男人，可你是一个长不大的孩子。女人不一样，女人是要有男人认领了才更显得矜贵，父母的家，不是永远的家。"

"和爸爸妈妈聊聊天，交流一下心事，不开心吗？"

梁静玉冷冷地笑笑："那等我四十岁以后呢？五十岁以后呢？女性最需要的可不是父母的宠爱，我需要的那个人出现了，我就希望他好好地守护着我。"

不知为什么，梁静玉的话让郑大山心里动了一下，好像让他想起什么来，又被梁静玉的话打断了。

"我小时候很调皮很疯，我妈妈很忙就没有人陪着我，我过生日的时候，大部分是自己一个人过。我真的喜欢像现在这样，有一个人陪着我。对了，你知道我的生日吗？"

"那让我来猜猜。"

"给你三次机会。"

"我猜你是五月出生。"郑大山试探一下，想着哪能随口一说就准。

"你猜对了，我妈妈说五月是丁香花开的时候，她特别喜欢丁香花。"她急切地说，"你再往下猜，是哪天呢？"

…………

这样的交往还有很多次，他们聊工作，聊音乐，聊很多话题，郑大山对梁静玉就像公司的同事，更好一点像个大哥。梁静玉对这种不咸不淡的聊天，渐渐不满意起来，爱情不是这样的！为什么郑大山那天晚上对自己说了那样甜蜜的话，现在却又这样无趣呢？谈恋爱，不是应该热烈甜美的吗，怎么味同嚼蜡？一年之后，积久的情绪终于在梁静玉生日这天爆发了。

在梁静玉五月初六生日这天，梁静玉妈妈说要和宝贝女儿一起过生日，可她推说今天忙，有案子要做。梁静玉怕郑大山忘了自己的生日，提前给郑大山打过电话，约郑大山晚上一起吃饭，郑大山说他有事得晚点儿，七点半能回来。梁静玉就说她在明秀小区等他回来。她给自己买了生日蛋糕，就等郑大山回来，一起吹蜡烛吃蛋糕了。

看看时间，才六点，她就坐在小区的长椅上等，弯弯的月亮悄悄亮起，夜色越来越浓，她不时地看时间，七点半到了，八点到了，八点半到了，时间如此漫长，郑大山人没回来，电话也没有，可她并不想再给郑大山打一个电话。她的肚子越来越饿，手抚在肚子上，犹豫了一下，她把蛋糕打开，把蜡烛一根一根地插在蛋糕上，点燃，烛光闪烁在夜色中，照着她发呆的脸，好久，她一口气把蜡烛吹灭，一个人默默地把蛋糕送到嘴里。

九点，梁静玉把吃剩的蛋糕依旧盖上，送进了垃圾箱，背好背包，走出明秀小区。她走进了郑大山常请人吃饭的酒店，没错，郑大山正在和几个人吃饭。

她毕竟是一个明事理的人，悄悄退出去，坐在台阶上，守在酒店门口。

快到十点，郑大山和那些人一同走出来相互道别，嘴里说着："下次再聚。"郑大山说话的时候，一回头注意到梁静玉。

送走客人，郑大山走到梁静玉的身边。梁静玉低着头，不说话，像是受了气。郑大山忙问："你怎么来了？怎么找到这儿来了？"

"今天是我的生日，你不知道吗？"她像是哭过好久，啜泣着，嗓子有些哑。

郑大山一拍大腿："我怎么把这事儿给忘记了！"

"你能记得什么？"她的声音清亮起来，然后是伤心的哭诉，"你说七点半回来，我就等啊，等也不回来，八点了，八点半了，我就等啊，你是连一个电话都没有……"

"我这不是陪客户一起吃饭嘛，这吃着吃着，天就晚了。"

"可你说了你七点半回来，你来不了，电话也不能来一个嘛……"

任凭郑大山怎么解释，梁静玉像是要把所有的委屈都释放出来，哭个不停。她困惑地想，这样一个晚上，她为什么不和妈妈一起过生日，为什么要在明秀小区等郑大山回来？郑大山把她忘记了，她为什么又要自己坐到这里？这么一想，她又坐着发起呆来。

郑大山看时间越来越晚，就说："我送你回家吧？"他走上前去要把梁静玉拉起来。

梁静玉啜泣着说："我不回家，就在这坐着。"她一下甩开郑大山拉自己的手。

郑大山着急地说："这么晚了，你明天要上班，我明天也要上班的。"

"你是不是心里想着早点把我甩开，这样你就不心烦了？"

"不，不是的。"

"那天晚上，我送你回家，你喝多了，你跟我说过什么？"

"我不记得我说了什么，我究竟跟你说什么了？"

"'我愿陪你到海角到天涯，既然选择了你，就陪你寻找人生的意义。'这就是你那天晚上跟我说的话。"

郑大山脑袋"嗡"地一下，这话是怎么说起的？如果没有说过这样的话，她怎么会知道？他结结巴巴地应道："我，我当时，也许，我当时是喝醉了，不知道怎么就说了这话。"

"你走吧，你自己走吧，我不用你管。"

"天这么晚，我必须把你送回家去！"然后郑大山连劝带拽，梁静玉终于坐进车里。

梁静玉就这样度过了自己生日的夜晚。

"我愿陪你到海角到天涯，既然选择了你，就陪你寻找人生的意义。"这令梁静玉听来甜蜜的话，在郑大山对她生日的疏忽中显得灰冷，一个聪明人感觉到自己的智商受到侮辱，是很痛苦的事情。

…………

回到家里，梁静玉把自己的事在电话里哭诉给自己的好友。好友听到郑大山的名字，就问："是不是京师诚开大学的那个郑大山？"

"是啊！那年他演讲就演讲了个《爱情是什么》，你记得吗？"

"记得，我后来听人说起过，那年他好像去见女朋友，碰了一鼻子灰，后来没有带演讲稿，就即兴发挥，演讲的《爱情是什么》。"

…………

梁静玉从好友口中得到了重大情报。

"原来他念念不忘的还是他那个女朋友。"梁静玉慢慢地醒悟，"梁静玉啊，梁静玉，你真是傻透了！"

梁静玉好像从痴迷中醒来，酸楚涌上心头。

梁静玉拿起手机把电话打给郑大山。

"郑大山，原来你还爱着她，我从来没有进过你的心！"

电话那头是沉默，他该怎么回答呢？就是这不到几秒的沉默，几乎剪断了梁静玉最后的一丝希望，梁静玉挂断手机伤心地哭了。

"我那么爱你……"那一天，梁静玉哭了很久，手机铃声也执着地响了很久……夜深了她才渐渐睡去。

…………

有谁没有为爱情在长夜里哭过？年轻的心里闯进一个人，不曾在深夜里哭过，就不曾深爱过。

第十三章

# 白头翁忆徘徊事

蓼岸风多橘柚香，
江边一望楚天长，
片帆烟际闪孤光。

目送征鸿飞杳杳，
思随流水去茫茫，
兰红波碧忆潇湘。
——（五代）孙光宪《浣溪沙》

# 一　药草白头翁

张二丑在绘画作品获奖后，奔回爷爷家，他把作品和奖杯拿给他的爷爷看。二丑的爷爷一脸漠然，对他的奖杯不是赞赏更像是嫌弃，好像他获的不是奖，是做了坏事。

张二丑刚到家就兴奋地跑向爷爷，口里喊："爷爷，爷爷，我的作品获奖了！"

二丑的爷爷只瞥了他一眼，就把头埋下去，只顾用药碾一下一下地碾药槽里的半夏。

张二丑走近爷爷，说："爷爷，你不高兴了？"

二丑的爷爷不理张二丑，厚重的碾轮在二丑爷爷双脚的把控下，在药槽里一下一下、不紧不慢地往复碾压。

张二丑问："爷爷，你是要做半夏曲吗？"

二丑的爷爷只是点点头，就又不肯说话。

为了讨爷爷欢喜，张二丑就自顾自地讲起中药发酵炮制法，"酒曲加入药物调和后发酵炮制成曲剂，其中著名的有六神曲、竹沥曲、淡豆豉、泉州神曲、沉香曲、半夏曲。古人说半夏有毒，是因为半夏生嚼会引起喉咙疼痛，二陈汤以半夏为君药，却因这毒性把半夏的用量减少，作为臣佐使的茯苓、陈皮、甘草用量反而不减，半夏制曲后就可以消除或缓和这种毒性。古书上记载，半夏制曲能治痰浊壅滞胸膈。半夏曲味苦辛，性微温，主入肺、脾、胃经，可以燥湿化痰、温胃止呕、消食积、止泄泻、止咳……"

二丑的爷爷忽然说："放下你手里的东西，你来给我碾药。"

见爷爷说话，张二丑知道他爷爷说得高兴了，就又问："爷爷，我不是给你买了电动的中药粉碎机嘛，省时省力，为什么不用？这老药碾，要多笨重有多笨重，每回我回来碾药都累得腿脚酸痛……"

二丑的爷爷忽然怒了，"好啊，都是忘了本的！我难道不知道电动的粉碎机省力？我控制不好，那药粉打得太细或者太粗，制出来的半夏曲还叫半夏曲吗？

一堆中药渣！想不到你也变懒了，得拿良心来做药，做药能含糊吗？我张家好好的医术就被你们给毁了……"

见爷爷越说越伤心，张二丑不敢再多言，忙扶爷爷起来，坐在一边，自己坐在爷爷刚才坐的位置一下一下用脚推起碾轮。

二丑的爷爷情绪缓和下来，"不是我生气，药粉的粗细，会影响到药性的发挥，就像百药煎吧，它治咳嗽疗效好，用五倍子时就得是粗末……"停了一下，二丑的爷爷又沮丧地感叹道："我原来不服老，现在不服也不行了。上次差点给病人抓错了药，一个医生，多开一点药可能就是要人的命……我当不了大夫了……祖上学医都有个传人，可我还连个传人也没有……"

那一刻张二丑觉得他推的不是老碾轮，而是比老碾轮更为沉重的东西。

张二丑眼睛忽然一亮说："爷爷，我有个同学是学医学的，正规医学院校毕业的，他正好对中医也特别感兴趣，可他说中医要学的东西太多了，搞不懂，他有时也给人开中药，就是按着病人的症状选择药方，什么病开什么方，药物配伍什么的就是不得要领，我就让他拜你为师吧。我想如果你来调教调教他，他在医学上一定有长进。"

"有这么个人？"二丑的爷爷眼里闪过一点光彩，瞬间就消失了，"我挑徒弟可是很苛刻的，一般人我是不收的，我看看这个人再说。"

张二丑带着同学来了，二丑的爷爷正在院子里做半夏曲饼。他把各种药粉调和在一起拌匀，揉成团。张二丑又给他取来模具，伸手用模具把面团压成小块，张二丑的同学要伸手帮忙，被爷爷止住了，说："这个半夏曲，你没有做过，是不可以随便上手的。"

做完那些，二丑的爷爷才让张二丑同学坐下，又吩咐张二丑把润好的白芍切片。

张二丑在院子里给白芍切片。随着药刀起落，薄薄的白芍片在刀刃下飞出，铺在工作台上。这样的薄片在煎煮时，才更能发挥药效。

二丑的同学作自我介绍："我叫范荣，二丑的同学，我一直喜欢中医，想学中医，用中医的医术治病，但中医是一整套系统，博大精深，我又一直没有老师教，就自己学个皮毛。我想请爷爷收我为徒，教我学中医。"

"你本是学西医的，可以用西医医术治病，为什么想学中医？"

"艺多不压身嘛，学了中医，就可以把中西医结合起来给人看病了。"

"我这儿有点麻烦，有个病人经常腹泻，这几天又感觉腹部疼痛，正想着开点药。你也是学过医的，你看怎么治？"

范荣想着这大约是爷爷想考考自己，就说："那应该到医院里查一下，是不是肠炎、结肠炎什么的。普通拉肚子，氟哌酸就可以解决了，要是结肠炎，用些抗感染消炎的药物，重一些的用氢化皮质素等缓解病程……"他一股脑儿想把自己所知都倒出来。

二丑的爷爷问："不问病因么？"

"病因自然是有了炎症。"

"可他这病是吃药好了又犯，病人很痛苦。"

范荣有些不知所措，对二丑的爷爷说："那……中医得怎么治疗呢？"

二丑的爷爷慢慢讲道："病人来看病，病人却不是病，他是人，有生活经历，有活生生的感觉，医生需要倾听他的痛苦，体验他的内心，汉诗里有这样的句子'肠中车轮转'，肚肠中怎么可能会有车轮在转？但是当你对一个人有痛切的思念之时，肝肠确实会有断裂般的痛感，郁结之气犯于脾胃，肠道气血凝滞，会有腹泻、便血等症状出现。"

医学不单指科技成果的应用，它首先更是人的医学，要有生命感。

"那该怎么用药呢？"

"我也在想，现在需要取灶心土一块，炮制好了，再配以解郁的药物。"

"灶心土，我知道，就是炭，怎么能治疗结肠炎呢？"他不懂装懂，殊不知弄巧成拙误解了一味中药。二丑的爷爷摇摇头没有解释。

"还可以用半夏泻心汤调理脾胃。"二丑的爷爷说，"同时还要用到一个方剂，就是白头翁汤，两方合用。白头翁最早载于《神农本草经》中，"味苦，温。主温疟、狂易、寒热、症瘕积聚、瘿气、逐血、止痛、疗金疮。'书中认为白头翁药性温，而后世医家特别是清代之后，则认为其性属寒，也确实把它作苦寒之药来用的。张仲景在《伤寒论》中有白头翁汤，'白头翁二两、黄连、黄柏、秦皮各三两'，并作了说明：'下利欲饮水者，以有热故也，白头翁汤主之。热利下重者，白头翁汤主之。'这白头翁汤，有清热解毒、凉血止痢的功效。清人汪昂作《汤头歌诀》说：'香连治痢习为常，初起宜通勿遽尝，别有白头翁可恃，秦皮连柏苦寒方。'"

"那是不是就是说，这个药方有抗菌效果呢？我的意思是，这中药和西药在药理上总有相通吧？"

"相通又不尽相通。"

二丑的爷爷却又不说话，只是慢慢饮茶，好像在思考什么。

范荣有些局促不安，便找着话题说："我刚才在山前看到一些植物，张二丑说这是您亲手种下的，这些植物里，我看到好些是稀有品种。"

张二丑停下来休息，马上接话说："好眼力，那些都是名贵药材，有好些是我和爷爷一起在山里……"

二丑的爷爷狠狠地瞪了张二丑一眼，眼里有些愠怒。张二丑赶紧住嘴。

二丑的爷爷慢条斯理地开口了："什么植物，我怎么不知道哪些是稀有品种？"

范荣说："比如就您院门口的一丛吧，就那一丛，拿到中药市场上怎么也值点钱，那应该是石斛。"

张二丑乐了："想不到你还挺有眼光，我爷爷这里养了很多名贵药材。"

二丑的爷爷也笑了："想不到你年纪不大，见识不少，我准备一下，中午咱们就一起吃个饭。二丑，你带着你同学转转就行了。"

张二丑说："我来做菜，你不是一直喜欢我做的啤酒鲤鱼？我让同学带过两条新鲜河鲤来。"

二丑的爷爷说："那怎么成，今天我来做。"

张二丑就陪着范荣前山后山地转了转，满山的中药，三七、草决明……把他的眼睛都看直了，估摸爷爷能把饭做好了，就转回来了。

等回来了，范荣再见到二丑的爷爷说："爷爷，您这里竟然还有那么多种中药材。"他有些激动，眼睛里像发现了宝贝一样，闪着亮光。

"是啊，那都是我精心培养起来的。"二丑的爷爷说着话，手里在揉着面。

可是看看二丑的爷爷在饭桌上摆了些什么吧——桌子上摆的是两盘绿叶植物，鲜绿绿的，还散发着浓浓的青草气息。张二丑猜爷爷要做青团了，范荣张口说道："这不是蒿子吗？"

二丑的爷爷回过身问范荣，"你给那草叫什么名字？"

"蒿子。"

"这两盘的草都是吗？"

"这个，我看样子差不多吧，没什么区别。"

二丑的爷爷的眼神忽然有些落寞，二丑的爷爷问："这两种植物你不认识？"

范荣说："我的家乡有这种植物，好像挺多的，只是我没怎么注意过。"

张二丑拿起一个盘子中的叶子，说："这都不认识，'蒌蒿满地芦芽短'呀，蒌蒿就是这个。"

二丑的爷爷又问："那另一盘是什么植物你可认识？"

范荣茫然地摇摇头："两盘叶子有什么区别吗？"

二丑的爷爷好像惊到了，说："这可是一味常见，但用途最广的中药了，你居然不认识？"

二丑的爷爷忽而说："今天不做团子了，挺麻烦的。我看，你还是帮我把鱼炖了吧。"

张二丑听他们聊着就去准备饭菜了。

二丑的爷爷叹了口气，又问："那你知中药的味吗？"

范荣想了想："味，就是五味吗？五味不就是酸甜苦辣咸吗？"

"能随便说说吗？"

…………

开饭了，三人席间说说笑笑，饭后张二丑以为可以举行拜师仪式了，就准备茶，可是爷爷发话了："年轻人好学是应该的。只是我们没有师徒的缘分。"

范荣呆住了："可是，为什么？"

"我老了，没有那个心力来教你这个徒弟了，你西医功底不错，我们医学上切磋一下可以。"

张二丑送过同学回来问爷爷："我这个同学条件不错，你为什么不收他？"

二丑的爷爷说："他连艾蒿都不认得，又不懂中药的味。"

"这和收徒弟有什么关系？"

"要学好中医先要懂得各种药草，艾叶在中药里用途广泛，艾蒿在民间是最习见的植物了，年年端午节，会在门前挂上艾蒿，他竟然不认得！"

"可是这也不能说明什么啊，你见过哪个学校，因为不知道艾蒿不收这个学生的吗？城市里的孩子能够接触的植物本来就少，不识野外的植物很正常，就算是农村里长大的孩子，也往往是把庄稼之外的植物都叫作野草。'蒌蒿满地芦芽短'，读诗的时候，仅满足于知道蒌蒿是一种植物而已，有几个孩子能找到那植物亲自观察观察呢？他本来没过中医的熏陶，哪能认识那么多植物呢？因为他对中医药知道得不多，所以才要向你学啊。"

"孩子，来不及了，他只认得几样名贵中药。我没有时间一样一样地去教他，我没有时间再带着他认识各种药草，再说学医要先知味，知味又不只是酸甜苦辣咸。我爸爸教我识别中药时，都要我亲尝其味，了解药性。一味中药拿在我们手里，不仅要认识它枯萎时的样子，还要懂得它的性情。你对它毫无感情，它就是冷的。"

"要照你这么教，怕是没个两年的功夫，他这中药都学不全。"

"更重要的是，你看他头脑中的医学观念已经固定了，他很难接受中医中药的理论。我每讲一种中医的诊疗方法，他都要从西医的角度翻译过来，再理解，这是无法学好中医的，中西医也不是这样结合的。你让他还用中医治疗方法治病，他自己信吗？连他自己都不信，你能指望他用中医来治病救人吗？他注定不能真正地接受中医，与其这样不如做一个真正优秀的西医，也省了挂上一个中医的虚名。"

"可是……"张二丑还想说什么。

二丑的爷爷又说："我也不在乎他认不认得这一味草药，一个中医人，起码的品性就应该像这种药草，有济世的爱心。领悟药之性才善用药物，而你的这个同学眼里只有利益，眼里看的是这药草有多贵重，根本不在乎药的效果，于治病救人全无用处，你还能指望他在医学上有多大建树？我不想再花费心血，又培养出个心思在利而不在医的传人，所以他这个徒弟不收也罢。"

二丑的爷爷又闷闷不乐起来，他感叹道："那年的瘟疫死了很多人，村口上，一座新坟，一个孤女趴在坟前不停地哭喊'老白，老白，你走了我可怎么办……'，在夜里，这声音很揪心。那时候我爸爸让我学医，嘱我一定要把医学本领学好，也要向西医学习。想我祖上是京城名医，代代相传，我这一辈子竟无建树，也想不到祖上的医术到我这一代断绝了。"

张二丑下决心说："爷爷，从小，你教我认识各种植物，给我讲每一味药的故事，让我了解它们的药性，教我药的四气五味。我想我是最合适做你传人的了。这些年我学画画让你失望了，不过我想现在学医还来得及。"

二丑的爷爷高兴了，却又说："我希望你能学医，但我不能决定你的人生，你有你的人生，没有谁能代替谁，你应该有你自己的理想追求，要活出你自己来。"

张二丑说："经过这么多年，我觉得中医值得我学习。"

张二丑像模像样地办了个拜师礼。

张二丑办了香火，和爷爷一起在徕凤山药王庙拜过祖师爷。

二丑的爷爷坐在椅子上，张二丑向爷爷行跪拜礼，并用双手端茶敬茶。二丑的爷爷接过茶，喝了一口，放下茶杯，开始向张二丑训话："凡大医治病，必当安神定志，无欲无求，先发大慈恻隐之心，誓愿普救含灵之苦。若有疾厄来求救者，不得问其贵贱贫富、长幼妍媸、怨亲善友、华夷愚智，普同一等，皆如至亲之想。亦不得瞻前顾后，自虑吉凶，护惜身命，见彼苦恼若己有之，深心凄怆，勿避崄巇、昼夜寒暑、饥渴疲劳，一心赴救，无作功夫形迹之心，如此可为苍生大医，反此则是含灵巨贼！"

张二丑回言："弟子领命，大医精诚！"

二丑的爷爷那天真的很高兴，他自言自语："大耳朵，你也有传人了，有传人了！"可是看着爷爷挂着笑容的脸，想到爷爷是那样执拗又如此容易满足，想到爷爷这个年纪才得收徒，想到自己有负爷爷期望，张二丑的心一揪，鼻子酸酸的。

战火中侥幸存下来的一点书籍，最艰难的时刻爷爷都没有扔掉，却差点被张振业扔掉。二丑的爷爷都拿给二丑看。

## 二　玫瑰又名徘徊花

光阴，很快流逝。

张二丑翻看那些繁体字的老书，有不明白的就请爷爷来指导。

有一天，在那些书里，还翻到些装订在一起的稿纸，手写的字，还有画图。

张二丑翻着些稿纸，问爷爷："这是什么？"

二丑的爷爷说："这是我这些年的总结，我把我毕生所学，都归纳整理出来，有些是药材炮制方法，还有些辨伪的内容。"

"我看都快成书了，那我干脆帮你联系出版社吧。"张二丑兴奋地说。

"也行，趁着我还能动，就再整理整理，我能为国家做的就是这些了。"爷爷的眼神忽而亮了起来。

张二丑一边听着爷爷讲那书里的内容，一边做记录。爷爷做的那些总结，就像是上课的讲义，爷爷一边给二丑讲，一边做些补充的内容，再整理成册装订起来。

张二丑陪着爷爷来到出版社。接待的人起初毕恭毕敬，但是谈着谈着，张二丑发现接待的人，语气变得高傲起来。

"老先生，您这书，有经费支持吗？"

"没有。"

"那您是著名作者，或者是医学名流？"

"不是。"

"老先生，这书我看啊，应该有不少同类书籍，已经不少了。名家的书还卖不动呢，您这书出来谁买啊？算学术书吧，学术名流的书够多了，要算科普书吧，我们有专业的科普作家。我们也很无奈，现在纸媒发行得不好，这种书，怕就更没有人读了。老先生，像你这样，想整本书，出出名的还真不少。"

张二丑安慰爷爷说："这家出版社不给出，我们还可以找别家，总会有伯乐识得宝贝。"然而，没有一家出版社愿意为二丑的爷爷出书，他们问着二丑的爷爷相同的问题，露出相同的表情——一个想要留名的老者，可怜的乞讨者——除了几句客气的安慰，他们无法施予更多给二丑的爷爷。

张二丑联系到了彩云出版社，有位编辑表示感兴趣，觉得这是一本很有价值的书，向领导申请选题，领导也很重视，也觉得这是一本不可多得的好书。

张二丑陪着爷爷一路奔波到了彩云出版社。

上楼的时候，张二丑才发现爷爷真的老了，上台阶时，那脚步只能缓慢移动，气喘得厉害。

那个编辑见到他们后，把他们带到会议室，请他们坐下，又给端来茶水。

编辑抱歉地说："这书，领导也批了，选题通过了。但我们做了市场调查，发现这种书，专业性较强的书籍，印数少了价格就高，印数多了又未必受读者欢迎。我们的最终决定是，这稿子我们先审着，等待合适的时机，我们再把这书推出来，这书一定可以成为重点图书。"

二丑的爷爷很失望："那要等到什么时候，才是合适的时机呢？"

编辑解释说：《黄帝内经》是本经典的书吧，它印刷的时间、出版的数量，也是受市场影响的。"

二丑的爷爷摇头，表示不准备出版了。

编辑惋惜地说："不是不给您出，实在是市场不行，我们在不合适的时机出一本没有市场的书，无法收回成本。您老海涵。"他恭恭敬敬地把稿子奉还给了二丑的爷爷。

回到家里，张二丑扶着爷爷坐下，爷爷的脸上挂着失望与疲惫，一直沉默不语。

看着爷爷蹒跚的脚步，看着爷爷沉重的脸色，张二丑急在心上，他想着办法逗爷爷开心，要爷爷开口说话。他跟爷爷聊小时候的自己，讲自己淘气而爷爷不知道的事。"爷爷，我记得那年你养了一只鹅，毛茸茸的，特别可爱，那天我躺在地上把鹅举起来，喊着，鹅呀鹅，我喜欢你，结果被来诊所瞧病的人看去了，当成了笑话。"

张二丑搜肠刮肚，讲着各种有趣的事，爷爷有时也会挤出一点笑容，但他没法驱逐爷爷的落寞。

忧郁的一夜过后，这天早晨，张二丑睁开眼睛，阳光已照进屋里，照在了角落里的花盆上。那是张二丑从沈阳带回来的玫瑰花。在他精心的呵护下，竟长得水灵灵的。张二丑心里一动，他觉得植物是有意识、有感情的。

张二丑把花端给爷爷，爷爷看着玫瑰花，笑了："你还是那么孩子气，不过，看着这么漂亮的花，也确实心情好些。不过这哪是玫瑰花哟。"

张二丑很高兴，爷爷竟然开口说话了，又问："这不是玫瑰花吗？怎么可能不是玫瑰花？那小姑娘卖的花，很漂亮，我就买下了，本来是送给一个人的，可是没有机会，后来就养在水里，竟然活了，长了根。花店里在卖的不就是玫瑰花吗？"

爷爷略有些责备："亏你是一个学过中医药的，《本草正义》中说'玫瑰花，香气最浓，清而不浊，和而不猛，柔肝醒胃，流气活血'，有特有的花香，你闻闻，你的玫瑰有那玫瑰香味吗？再说那颜色，玫瑰的颜色多为玫红色的。玫瑰本是一种美玉，这种石头的颜色和这种植物开出的花颜色相似，就把这种花叫作玫瑰。只是这花开得小，现在一般叫作玫瑰的，是月季，外国人把这个科的植物统一叫rose，西方文化传进来，玫瑰的名字又给了月季，已是名不副实了。"

二丑的爷爷把张二丑带到后山山坡上，那里竟藏着些荆棘，花枝上布满毛刺，花要比月季开得小，花瓣玫红，香气缭绕，蜂蝶在其间飞舞。

爷爷看着那些荆棘说："在我北平老家的院子门口处，长着一丛玫瑰，自我记事时就有，每年花开得好的时候，满院清香。那年日本人来了占了东北，又要打到北京，我站在玫瑰面前说：'花啊，我们怕要离开你了，日本人要打过来了。'没几天那玫瑰花就枯萎了，花有花性啊。"

"这玫瑰真是通人心的。"

张二丑只想听爷爷讲下去，难得爷爷开始说话了。

"要学好中医，就得对你用的药多了解，认识它们，了解它们的性状。有时候它们的命名，都得注意，这是确认一种中药植物品种的重要根据。玫瑰有多个名字，又被叫作徘徊花、笔头花、刺玫菊、湖花。把玫瑰的名字给月季花，这在植物学上并不严谨。像白头翁这种植物因为古书中形态描述不明，品种也很混乱。青蒿也是如此，各地也有很多别名，中医书籍中大部分记载是黄花蒿和青蒿不分的，有人就说葛洪医书中'青蒿一握'的青蒿与提取青蒿素的植物不同。别有用心地割裂中医药与青蒿素研究成果的关系，否认中医药典的智慧积累。"

张二丑忽然发现几丛玫瑰花像是缺了水蔫了，叶子也耷拉下去了。

"爷爷，这花是缺水了吗？"爷爷看着那些花发呆，不知道在想什么。张二丑提来水浇下去。

几天后的早晨，天气晴好，天边彩霞灿烂。张二丑陪着爷爷，散步到后山，却看到上次浇过水的玫瑰，还是没有能缓过来，反而枯干了一大片。

张二丑惊叫起来："爷爷！你看，那花是怎么了？"

爷爷眼神悲伤："走了，是该走的时候了。"

张二丑说："下面花枝还是绿的，还会缓过来的。"

天晚，天气很闷，像是要下雨的样子。

张二丑说："爷爷，我好像听到有乐曲的声音。"

爷爷也侧着耳朵听："我好像也听到，不知是哪里。"

那声音起起伏伏，似有还无，像琴声，像玉鸣，不知来自哪里，在夜空中断续，美得让人陶醉，孤独得让人彷徨，幽怨得让人叹惋，会让人想起孤飞的大雁，让人想起飘摇在风雨中的岁月。

二丑的爷爷看着天空感叹："大雁年年都能向北飞回，而我却不能回！天，你告诉我，哪里是我的归处？"

"爷爷，我始终不知你和奶奶之间完整的故事，可以详细给我讲讲吗？我在网上发的寻人启事，没有人回应。有些事我想不通，我一直不明白，究竟是什么使你们离散，就算你们走散了，也应该有时间去寻找，你当时究竟为什么没有找到奶奶呢？到底是发生了什么事，我心里有好多疑问得不到解答。"

二丑的爷爷默不作声，像是在回忆。

张二丑把电视打开，想打破沉闷的空气，电视里面在播放抗战片。爷爷说："你知道真正的日本军人是什么样子吗？"

"爷爷，我一直都觉得你是上过战场的，对吧？我会为此而骄傲。"

"这一辈子只想让这一切烂在肚子里。"爷爷叹息，"别人的抗战已经结束，我的抗战还没有结束。我打了几十年，打得很惨，很痛。"

张二丑说："爷爷，你有什么苦闷都给我讲，我懂你。"

仿佛有些纷乱的声音在二丑的爷爷耳边响起，嘈杂喧嚣，越来越清晰。


# 三　身世浮沉雨打萍

"打倒日本帝国主义！"

"还我东三省！"

"停止内战，一致对外！"

"反对防共自治运动！"

…………

有人唱着歌："五月的鲜花，开遍了原野，鲜花遮盖着志士的鲜血，为了挽救这垂危的民族，他们曾顽强地抗战不歇。如今的东北，已沦亡了四年，我们天天在痛苦中熬煎，失掉自由更失掉那饭碗，屈辱地忍受那无情的皮鞭。敌人的铁蹄，已越过了长城，中原大地依然歌舞升平，亲善！睦邻！啊！卑污的投降！忘掉了国家，更忘掉了我们，再也忍不住这满腔的怒恨……"

笛声响起，一个声音在唱："寒风料峭透冰绡，香炉懒去烧。血痕一缕在眉梢，胭脂红让娇。孤影怯，弱魂飘，春丝命一条。满楼霜月夜迢迢，天明恨不消。……"舞台上正演出一场战乱别离。她红颜飘零，为他撞破了额头，血滴在扇子上，又被点染成扇上桃花。才子侯朝宗和李香君在世态纷纭中别离，终又辗转相见，道不尽浓情，却被一声断喝唤醒："当此地覆天翻，还恋情根欲种，岂不可笑！两个痴虫，你看国在那里，家在那里！"

戏台上的她妆容美艳，此刻梨花带雨，让人动容。她泪痕点点，观众席上声声唏嘘。人们呼喊着："抗日复土，打回老家去！"

她是东北流亡的学生，同学们都叫她李香君，不到十六岁的年纪，脸上却笼着忧戚。九一八事变之前，她就已来到北平上学。我们上了同一所中学。后来，她和流亡到北京的东北学生们参加了抗日救国会。他们用自编自演的节目到工厂、学校演出，宣传抗战，驱除日寇，收复东北。她唱《桃花扇》，唱得声泪俱下，太真切，入了戏。

因为听说我擅写诗词，写得好文章，她希望我加入她们的抗日救国会。

我还记得她眼里是恳切热情的，她说："我的家乡已经被日寇占领，他们用刺杀、火烧等恶行来残害我东北百姓，如今华北危急，加入我们吧……"

我想也没有想就打断了她对我的游说。我说："靠宣传就能抗日吗？我们张张嘴就能抗日吗？太高估学生的力量了吧？我们学生就应该好好学习，而不应该把精力放在那些宣传上。有用吗？你唱来唱去，还不是'隔江犹唱后庭花'。"

她显然被我的话刺痛了，可她还想劝我，说："那是你不懂戏，当你经历了我经历的一切，你才能读懂里面的亡国之痛。日寇还想进一步并吞华北，不能再做幻想了。"

"我们还没有亡国，国家的事有政府管，眼下，要做的是忍耐，什么时间对日反击，那是有国家领袖在谋划，在国际上周旋争取国际力量支持，才是正道。"我自信我说的是正确的。

"国际支持？中国人，守土有责，我们自己都不抵抗，还能指望国际力量支持？"

"以战止战，生灵涂炭，兵法上说'不战而屈人之兵'，这才高明，是上策。古有'退避三舍'，今天忍一忍，依靠国联来主持公理，避免战争有何不可？"我拿出我读的兵法，我以为我是战略家。

"都说书生无用，其实是书生读书读迂了。我以为你身体里流着的是热血，没想到你是个书呆子。"

我赶忙说："不，不是的，我们各有自己该做的事，我们学生的本职工作就是读书，我们强了，国家才会强，这才是爱国。我们要紧的是读书，我每天都在头脑中涌动着自己的理想，做好我们自己的事，这是我们的本分，将来，我要成为一个优秀的医生。你没有听过《建国方略》吗？未来，我们的国家一定很强大……"

"醒醒吧，日本每一次纠纷的得逞，就是他们下一步阴谋的开始。他们先是占了东北，你现在再看看偌大的北平还能放得下一张安静的课桌吗？国土沦丧，《建国方略》到哪里去实现呢？"

她说得对，我是个书呆子。

《李顿报告书》对日本的侵略行径作了一定的揭露。报告书却又提出，在中国东北建立"自治制度"与"国际共管"中国东北的主张。

她又开始嘲笑我了："这就是你想要的公理吗？现在公理是屈服在炮口之下！公理是多么猥琐卑鄙的东西！国联调查团的报告书，是帝国主义强盗侵略殖民地与半殖民地国家最露骨、最无耻的文件！"

她要我一定要清醒地认识帝国主义们的强盗面目。

我觉得她讲得有道理却不服气，又说："国家的事情政府自然会来管，我们学生就是要好好读书，书读好了，才能让国家强大起来！"

然而我又错了。日本军队又在1933年1月初占领山海关，又向热河等地进攻，又策动了卢沟桥事变。

我后来想想她的话，句句戳心。

卢沟桥事变后，我们就踏上了流亡的路，大批的难民开始流亡。炮声一响，我就像一个溺水者，再也把握不住自己的命运，从此我有了和她一样的身份——难民，我像是被水流冲荡着的一片树叶，漂流，浮沉……

知道战事吃紧，父亲开始整理着各种物品，一瓦一叶都是生活的积累，都留着我们生活的印迹。突然间发现，有那么多东西都带不走。他要挑上他的书，半生搜集的书，这要挑上，那也要挑上，放下这本又拿起那本，哪一本也不舍得丢下。父亲最后舍下了很多值钱的物件，而在行李中塞满了各种书。"书是最宝贵的财富，把书读入心里就不怕烧，秦始皇焚书，可几个老儒生，就让记在心里的文章，传下来了。唉，其实人最怕的倒不是烧书，是有书不读，束之高阁，任书朽腐。"父亲一边叨咕着一边叹气，"带上它们吧，一切还有希望，没了这些书，就传不下去了。"

二五的爷爷好像又回到了自己年轻时的样子。

一个童真清亮的声音，"小青龙汤治水气，喘咳呕哕渴利慰。姜桂麻黄芍药甘，细辛半夏兼五味"，是在背《汤头歌诀》；"故上兵伐谋，其次伐交，其次伐兵，其下攻城，攻城之法为不得已"，是在讲《孙子兵法》。他年少聪敏，《汤头歌诀》转瞬记住，《孙子兵法》不半日讲得头头是道。

还有一个苍老的声音在欣喜地讲："日后能传我衣钵的，就是这个孩子。"

父辈们告诉我说医学可以救国，先要把家传的中医学好，然后再修习新的医学。我就把心思用在了医学上，下决心把中医学好，还要到外国接受新的医学教育。

的确，我是个爱做梦的书呆子，就像羔羊做着好梦。

而今，人们仿佛顺水而流的浮萍。同行的人里有老人，有孩子，有大学生，不同的面孔汇成南行的人流，他们有的前些时候还在喊着口号，今日就踏上了流亡的路。

回望城市在一片烽烟中，好像归于平寂，好像身后并没有战乱发生，我们只是在做一场噩梦，却怎么也醒不来。人们的眼里有悲伤有愤怒，看着眼前的流亡景象，忽而想到《桃花扇》里的情节，当时只道戏子演出《桃花扇》，而今竟成《桃花扇》里人。

初行的人，衣着也还整洁体面，后来走到更远，惊看镜中的自己，竟是满面尘灰。

我的父亲本是北平城里风光体面的医生，此时落魄也不过如此。

在未知的命运里，除了希望，等待人们的，还有炸弹、饥饿、瘟疫……

我们没有想到战事又不断发展，刚在天津落脚，又不得不跋涉到济南，而此时济南的居民也成了逃亡难民，走走停停，停停走走……路上到处是触目惊心的景象。

我再遇见李香君的时候，是几个月之后的事了。

本想在一座破庙里住宿。没想到，里面已经有人住下了。我正转身要到别的地方去寻住处，有人叫我的名字，我一愣，在这个陌生的地方竟然有人认得我，再细看竟是李香君，我们在这样一个地方再次相逢。

原来，她一路和同学们一起宣传着抗战。她的同学正在向群众讲着话。敌机来了，她的同学被炸得飞了起来，大家在周围，仅找到这同学的几块残肢。

行进的路上，因为她的母亲病了，发烧，她照顾着母亲，竟落在后面了。现在她的母亲奄奄一息，却找不到医生。我赶紧跟爸爸说救一救她。由于路上人们常会受饥寒，就会生病，会有感冒、腹泻等病发生，父亲随身背的药就拿来救人了，到现在药也所剩无几，但还能开个小柴胡汤。她吃过药，竟好了，我们又一起照顾了她几天，才恢复体力。

这以后，我们就在一起赶路。没有吃的，我们一起去采集各种野菜，我教她认各种草药，有些野生植物有毒是不能吃的，有些本身是中药，但无毒，可以食用，我给她讲各种药材如何药用。我给她讲好多植物的故事，比如半夏，夏半之时突然就出现了，它淘气得很，不过它是有毒的，人要食用了就会喉痛，可是那杜鹃鸟却喜欢吞食，吃了半夏它叫得更响了，它喉咙中像流着血，叫着'不如归去，不如归去……'"李香君听得入神。

她就给我讲戏，她从小就爱戏，因为她的外公喜欢听戏，又喜欢这个外孙女，就教她学戏。

她给我讲了好多的戏，包括《王佐断臂》《牡丹亭》等好多故事。

卢沟桥事变后，大片国土相继沦陷，日寇占领南京后，日机又对我内陆重要城市进行了狂轰滥炸。我们经过城镇乡村，有时停留两三天，有时则月余。有时刚以为逃离了日军屠杀的范围，又要向下一个目标奔走。

我们到达武昌城外的时候，远远看到，应该是刚被敌机炸过不久，我们想在镇上找个地方住下。沿着街向前走，有一扇门虚掩着，里面传出"笃，笃"的声音。我们推开门，循声望去，地上放着一块门板，一个老者正挥着斧头在上面敲击着，偶尔停下来吸一口辛辣的烟。他的脸上满是皱纹，我看不到他脸上有任何表情。我叫了一声，"老伯"，他没有应声，他的脸上只是木然的，好像燃烧过的木柴一样是一堆冰冷的灰烬。猛然，我们看到，在他的身边躺着一具短小的身体，里面还有两具，血肉模糊。我不知道老人的内心经历了怎样的痛苦，我转身向门外逃去，身后仍是不紧不慢的"笃，笃"……

在路上，一个小孩子在哭着，他的妈妈，拉着孩子的手，劝说着："我们走啊，再走走，再走走，我们就到了，那里没有铁鸟，你可以随便玩，喜欢什么玩什么……"可是这止不住他的哭闹："我要回家去呀，我不要玩。"年轻的妈妈紧紧抱住小孩，她的手不停地拭着眼泪。他们的哭声引来更多人的唏嘘感叹：他们哪里还有家呢，孩子口中的家已经被炸弹毁了，可是他还不懂，他头脑中想着念着的，是那个曾经温暖安全，而今在烟火中化为虚幻的家。

很多人在悲愤地歌唱：

> 起来，同胞们！起来和鬼子们拼！
> 他炸毁我们的工厂，他炸毁我们的家庭！
> 起来，同胞们！起来和鬼子们拼！
> 他炸死我们的父母，他炸死我们的兄弟！
> 只有战，只有拼，才能死里逃生！
> …………
> 起来，同胞们！起来和鬼子们拼！
> 他强占我们的北平，他强占我们的南京，
> 只有战，只有拼，才能死里逃生！
> 拿起能杀敌的镰刀、斧头、剪刀、锄头、鸟枪、铁尺、土炮，
> 来保卫我们父母、姐妹、兄弟、生命、财产、田园、土地，
> 武装保卫中华！

我们逃到云南，终于可以在这里得到可以喘息的安宁。这里有青山，树木葱茏，有水塘，月亮升起，有小虫鸣叫，没有炮声和枪声，安静得让人忘记一路而来的惊慌与疲惫，仿佛回到了家乡的怀抱，仿佛这才是生活。这片刻的安宁，让人的心也活了，仿佛在这里落脚就是新生，明天就是希望。我们还要学习，还要进步。

这里没有狂轰滥炸的敌机，这里一直风平浪静，我们不相信日本人会打到这里——这是西南高原，有崇山峻岭，有大江滔滔，日本的飞机也飞不到这里。

我们头顶上终于传来了震耳欲聋的轰鸣声。

那天早晨李香君和她的妈妈在街上分手告别，远远地听到飞机的鸣声，有人喊着"飞机来了"，人们四散奔逃，眨眼之间飞机已到眼前。当时她的妈妈在向着她喊着什么，只听"轰、轰、轰"几声巨响，气浪挟着烟尘把李香君掀翻在地，她再去看她的妈妈已不见人影，突然之间找不见了……到处是火，到处是惨叫和呻吟。

她的妈妈，就这样在她面前消失了，她的面前只有一片血红。

从此，她成了孤女。

开始的几天里，她呆呆的，话也不说，木木地站在她那天站立的地方，在那

里她亲眼看着她的妈妈被炸弹腾起的火吞没消失。我几次牵着手把她拉回住所，可是不一会儿她就像丢了东西一样，一路找出去，眼睛盯着那里。

我说："你醒醒行吗？妈妈已经不在了。"

她梦呓一样说："不，那一天的早晨她还摸着女儿的头说，'女儿瘦了，要给女儿做点好吃的。'她一定是去买菜了……"

我只能用残忍的话打破她的幻觉，我告诉她说："她回不来了，她是被鬼子的飞机用炸弹炸没的！"

她盯着我看了半天，咧开嘴放声大哭，想起来那一幕她就是哭，她只是哭，我不知怎么安慰她，就紧紧地抱着她。就这样一连过了好些天，她好像平静下来了。

战事又在向我们逼近，我决定报名到战场杀敌。

我跟她说，我想报名去打仗，与其被他们屠杀，不如拿起武器抗争。不想她又哭了，她说："身边的人一个一个的都走了，失去了妈妈，不想再失去你。"

我说："我要为你枉死的妈妈，那些无辜死去的人报仇，我说我们都希望有一个家，父母还在，亲人还在，可是家在哪里？我们还能到哪里呢？我们逃得了吗？现在，我什么理想梦想都没有了，我就是要去战场，报这血海深仇，打败了他们，我们才有可能回家。我爸也同意我上战场了。"

她只是哭。过了好久，她才像孩子一样安静下来。我说："等我回来，我们还是一家。"

我用笔写下诗给她看：

> 我们一路流浪逃亡，
> 哪里才是安乐乡？
> 飘啊飘，
> 不想再流浪，不想再流浪，
> 何时回到那遥远的地方，
> 心呀，早已归去，
> 魂在故乡，
> 而身在这异乡里彷徨。
> 眼看着繁华成灰烬，
> 眼见着欢笑成哀伤，
> 炮火还在毁灭我们的梦想！

我们还能向哪里流浪！

我跟她说："我从北平开始，到现在才能理解你唱《桃花扇》时心里的痛切，你一遍一遍地唱《桃花扇》，就是在唱你自己。"

她说："我也理解你为什么一心想着学习想着自己的梦想，国家也要有保证国力的后备力量，不致国无可用之人才。抗战不只有战场的打仗，还有别的事，同样对抗战是有意义的。"

我说："先打完鬼子，我们再一起上学读书，我们想做什么就做什么。"

她说："战争结束了，我想回家，那个在东北的家。那里有美丽的玫瑰花，有醉人的酒。还有美丽的水塘，阳光洒满水塘，像一池碎金子闪光，有很多水鸭子正在水面游过，它们身上闪着绸缎一样的光泽。那可真是仙境一样的地方，那村庄之上有满天红霞，大雁翩翩落下，而水塘映着天光，莲花亭亭，'澄澄映雁影，漾漾舞丹霞'，我们的村庄是丹霞中的村庄，真正的丹霞村。"

那晚，她偎在我的身边。她又为我唱《桃花扇》，给我跳醉人的舞……

# 四 黑白二丑

我进了军营。

第一次连长向我们训话："你们知道怎么打赢一场战斗吗？……"连长本来是要自己继续讲下去的，可我想起了我读过的《孙子兵法》，我张口就说："报告，兵者诡道也，要想胜，必先侦察虚实。能胜者有五，知可以战与不可以战者胜，识众寡之用者胜，上下同欲者胜，以虞待不虞者胜，将能而君不御者胜。此五者，知胜之道也。所以，这叫作知己知彼，百战不殆；不知彼而知己，一胜一负；不知彼不知己，每战必殆。"

被抢了话头，连长愣了一下："原来是一个书呆子，没经过实战，你懂得什么叫打仗吗？瞅你那熊样，我要的兵不是纸上谈兵的赵括，我要的是能和我一起上阵杀敌的兵。你看你，那小身板，你能打仗吗？耳朵倒是又长又大，别给老子摇头摆尾地背书，从现在起就得加紧军事素质的训练。战场上，别给我装可怜，我不需要你给我挡子弹，你也别想让我给你挡子弹！"

连长又问我为什么参加抗战，我说："为了抗敌救国，不愿当亡国奴！"

他又接着讲："说得对！自'九一八'以来，我百姓流离失所，日本人在我们的东北搜刮掠夺，用我们兵工厂生产的武器来攻打我们！一首《松花江上》唱得人心里真不是个滋味，想想我们在南京死去的父老同胞，兄弟心中就有一个大疙瘩要吐出来！"

他叫王燕然，母亲是东北人，所以他说得一口东北话；父亲是四川人，他像他父亲一样爱吃辣椒。他凶巴巴的，爱骂人，每一次训练，动作不到位，就会是一顿骂。

我们没有太多的训练，他只能在战斗的间隙里给我们短暂的训练，大多临战之时就是我们的训练。

挖战壕是需要体力的，他要求战壕必须深到没过头顶，我挖得浅了他就冲我发怒火："大耳朵，你看看你挖的是战壕还是坟场！就看不上你这种学生，口号喊得响，书背得熟，行动起来是懦夫！防御工事是保护你们的命！别说自己没力气，给自己懒找理由！"我好不容易把战壕挖完了，汗泥糊了一脸，嘴里有一种腥咸味。

我刚要歇歇，那边吹起了哨子，这表示，敌人的炮火打来，战士要跑入战壕躲炮。我跑得不对，或姿势有误，他又怒了，"大耳朵，你再瞎跑老子毙了你！自己不要命，还要别人陪你送命！"他又骂人孬种，听见炮声就慌，骂人短命鬼，白痴。

后来在战场，我才知道一切远比从兵书中读到的要残酷得多。炮火之后，很多人摇晃着倒下了。几场战斗下来，身边的新兵就少了几个。有的刚认识，刚刚还说要上大学读书、成家，有说有笑，眨眼间就从自己的身边消失了。见到血与火，我才能体会到"什么叫打仗"那句话的分量有多重，每一次上战场，那都是生死，是离别，他的每一次责骂里都藏着责任和深切的关怀。

我为牺牲的战士挖好墓坑，又默默掩埋他们的尸体，呆呆地坐着。

饿了，我贪婪地吃着手里的窝头。连长看着我的样子，把他自己的一份又分出来一份递给我。

"大耳朵，你到我身边来，不许乱跑，跟着我！我怎么这么倒霉，带你这么个兵。"他刻薄里藏着如兄长般的呵护，看到我的文弱，笨手笨脚，他下了命令，"以后你就留在我的身边。"他经常找我聊，又问我背书。待我背完他要的东西后，又不忘记骂我是只会背书的书呆子。

带队冲锋的时候，连长总冲在最前。我说："连长，你就那么急着去死吗？"

他说："不，死很容易，活着是在死亡中幸存，活着比死更难，要承受更多的痛苦。"

我说："我以为死是最痛苦的事了。"

他叹口气："不，死是活人的痛苦，这么多年来，一仗一仗打下来，心中想的是少流血，少死人。上海抗战，我们一个师投上去，很快就没了，就像一个大火炉，吞食了那么多人，说没有就没有了。看到倒下的弟兄，看到他们被炸得血肉模糊的身体，心痛啊，有的战士才刚到部队没几天。"

天地初开之后，不知多少年才有了人，又不知经多少年才有了我，活着有多可贵，然信念面前，生亦何欢？死亦何苦？可叹的是生命之轻，死如蝼蚁，泯灭无息，没有人记得他曾来过。

有一次，敌人离我们很近，我瞄着对方的机枪手，可还没打，就被连长把头按下去，几颗子弹"嗖"地从我头顶掠过。

他骂道："大耳朵，你小子不要命了！没看见人家已经把你瞄上了吗！"

我笑着答道："连长我不怕死。你看刚才要不是你，我就把那机枪手打掉了。"

"我知道你不怕死，你要有那个本事，我刚才就不拉着你了，我不想让你死得窝囊。"他瞪了我一眼，转过头去看看敌人，又转向我说，"你有勇气，可是你的书白读了吗？你得动脑子，书呆子，你得好好活着，打完仗你不是还要当医生吗？"

他说得对，我们战争是为了争取权利和自由，为了更好地活着。战场上是为了生存不是死亡，死要死得有价值。

这场战斗结束后，他找我背书次数更多了，对我的态度竟然好了起来，好几次他都主动跟我拉家常。除了找我背书，也跟我聊聊天，谈以后的生活，有时候，也会谈到沉重的话题。

有一次行军路上，我们坐下来休息，他看着我认真地说："你和别人不同。你有追求，有梦想。你不是为了几块军饷活着。"

我笑了，"连长，你的梦想是什么？"

他说："我原来就是做个木匠，盖屋搭房。南京大屠杀之后，我投考了军校。如果没有战争，我还在做着木匠活。我打心眼儿里喜欢做木工。"

"多美好啊，诗经里有'伐木丁丁，鸟鸣嘤嘤。出自幽谷，迁于乔木''伐木许许，酾酒有藇'，一边做着木匠活，一边还有鸟儿在树上叽叽喳喳叫着，还有朋友坐在一起喝喝酒，聊聊天。"

"你这一说，我倒觉得这真是我的梦想了，我就是为了这打仗的。有时候，我在想，如果没有战争，我应该造了好多漂亮的房子。"

"如果没有战争，那我们的国家也不知道给建设成什么样子了。"

"《建国方略》里讲得好啊，我们要有四通八达的铁路，还要疏通河道，建设水路交通，要在长江上游的三峡建设水利工程。还要有大港口，还有发达的工业。"

"我真想有一天坐着那样的火车，坐上轮船，在全国走走，好好看看我们国家各地的风光，能吃到各地不同风味的菜肴，而不是像我过去经历的那样一路逃亡流浪。"

"这《建国方略》不过是夸夸其谈的空想罢了，你知道，他竟然把连接各地的铁路线画成了直的。"

"就是空想也总比不想强。我觉得就像你盖房搭屋，先得有构想，才能做出来。仓廪实，而知礼。百姓如果还是贫穷的，那这实业就真的是空想了。

"人呀，总改不了馋嘴的毛病，还记得那些年，我随着父母在四川东北来往，要费些时间，路上就吃到各种吃食，也真希望不是像现在这样，我也想走在安静的大街上，吃上各种美味……其实我最喜欢吃我奶奶给做的糕饼……"

他忽然哽咽了，"可是，自抗战以来，我们一退再退，我们的战士并非不是勇往直前，舍生忘死，每天都在牺牲，有的上一秒还在活生生地说笑。可大好河山还是被日寇占据，真是我们武器不如人吗？"

我叹息："当初，东北军的武器怎么样？这恐怕不全是武器装备之责。东北军的抗战，十九路军的上海抗战，还不能说是全国的抗战，只能说是局部的抗战，失去东北之后，还有人想着保全自己的实力，杀伐异己。"

"对，只有东北的问题，不再只是东北的问题，而是全国的问题，同仇敌忾，那时，我们离抗战胜利也不远了。"

"还有我们的人民。我这一路逃亡而来，看到贫穷，像这歌里唱的'暮鸦飞过天色灰，老爹上城卖粉归，鹅毛雪片片朝身落，破棉袄渍透穷人泪。扑面寒风阵阵吹，几行飞雁几行泪，指望着今年收成好，够缴还租米免祸灾'。比贫穷更可怕的是衰弱、愚昧、麻木、自私，战火不烧到自己的身上就不会想到抗战。"

"百姓想的就是想过过好日子，这有什么错，战争，那是军人的事！"他的脸上是军人的坚毅。

"过好日子，那也得懂得爱护它。"

多年的战争，造成的是国家贫弱，百姓经受的是贫穷和饥饿，百姓想的是谁来不是王？谁来不纳粮？他们更关心的是怎样才能吃饱，有家无国。在他们的眼里这一切不过是改朝换代，谁来都一样，甚至还有人认为日本人来了，他们做人上人的机会来了。

"义和团，听说过吧，他们发觉洋人造成他们痛苦的生活，就想着与洋人斗一斗，可是能怎么样呢？"

"他们是盲目的没有策略的，有破坏性，甚至还用神符，口喊着刀枪不入，拿着长矛向着火药枪冲锋。"

"这是愚民抗战的悲剧。民众的力量需要发动起来，而不是盲目的牺牲。其实道理很明显，'上下同欲者胜'。"他一下子成了我的知己。

我开玩笑说："连长，你现在可有严重的赤化思想哦。"

他严肃地说："这是赤化吗？赤化不赤化，人头已被按在砧板上了，那么浅显的道理却需要赤化，这是谁的悲哀？有些话还是从你那听来的。要说赤化也是被你赤化，我都觉得你是……"

"这些话也是听我妻子讲的，经过了这么多，我越来越觉得她讲的是对的！有一些人早已在那片国土上做着艰苦的斗争，我的妻子跟我讲，我的内兄就在那里浴血奋战。那时我真是不懂。'起来！不愿做奴隶的人们！把我们的血肉，筑成我们新的长城！中华民族到了最危险的时候，每个人被迫着发出最后的吼声。……'你听到这首《义勇军进行曲》，听到这首歌就会热血沸腾，因为它正是你心里想要说的，它把你内心感受的屈辱挣扎、愤怒反抗都唱出来了。"

日军很快席卷东南亚，占领泰国，又迅速攻向缅甸，威逼首都仰光。日军切断了中国与外界的联系，只有一条滇缅公路尚能与西方相连，是国内补给各种战略物资的生命线。英国为了保护印度的屏障，中国为了保护滇缅公路，两国签署了《中英共同防御滇缅路协定》。我中国远征军走出国门入缅甸与日军作战。

我们都摩拳擦掌，以为决战之时到了。

我们刚在城区构筑了坚固的工事，这一日就有数架敌机在平满纳上空盘旋，显然敌人发现了目标。一些小黑点从天上落下，随之阵地周围腾起了烟火，巨大的爆炸声，飞溅的残渣碎石，使人心也跟着颤抖。我看连长正在从容不迫地指挥着，一枚亮晶晶的家伙冲着连长而来，"连长，小心！"我扑到连长身上，那个亮晶晶的东西落在地上，却没有了声音，是一枚哑弹。

敌机呼啸着走了，我浑身酸软，平躺在地上："连长，我不是做梦吧？"

连长拉着我站起来："是做了个梦，到了鬼门关，被小鬼头拉了回来。还别说，耳朵大是真有福，我今儿是信了，我沾了你的福。"

以后稍有空闲，他就独自摆开棋局。

棋子却是紫藤的花籽，一种棕黑色的他称为黑丑，一种浅黄色的他称为白丑，我跟他说："黑丑白丑是牵牛子的中药名。"

他便说："又犯呆病了，我哪管它是啥药名呢，一出戏无非生旦净末丑，唱不了帝王将相，没有'生'的相，只有'丑'的命，丑角笑中有泪，这条命比烟轻，脱不开摆布，你觉得你自己是什么？'丑'就是你自己，棋如人生啊。"我感叹，的确，棋如人生，戏如人生，大多数人是别人戏里的丑角。

"你又怎么拿这种子当棋子呢？"

"我和你嫂子，青梅竹马，从小就在一起玩耍。我家院里有几棵紫藤树，那枝条盘曲，一到夏天，下面就有荫凉，春夏开花那个香，等秋天的时候，就结出一条条的大豆荚，豆荚一裂开，种子就一粒粒地掉落。我们就收集大而饱满的籽粒，我们惊奇地发现我家紫藤花的种子有两种颜色，我收集的是黑的，我们叫它黑丑，她收集的是浅黄的，我们叫它白丑。夏天的时候，我们就在紫藤花架下用这些紫藤子下围棋，知了叫着，我们在棋盘上手谈。我是黑丑，她是白丑。我没有她聪明，我输得多赢得少，我输了她就让我背着她。"说到这里，连长就笑着，甜在心里。"你嫂子很喜欢这紫藤花，她说喜欢读李白的诗，'紫藤挂云木，花蔓宜阳春。密叶隐歌鸟，香风留美人。'也记不清有多少次，我们一起在花架下、花香中，诵诗、赏文，做着游戏。现在想想，记不清多少次棋局伴着清茶和花香，而今真是奢侈。"

"你怎么把这带了来？"

"我这副棋呀，古人讲抬棺上阵，我带不来棺木，就带来了这些紫藤子。要是我能活着回去，就和你嫂子把我们没下完的残局下完，要是我死了……这些花籽就会撒在我身边，我也不至于死在这个陌生的地方，成个孤魂野鬼。那时候，这些种子，长成小苗，再长些粗枝护着我，就像是我的家，紫藤花开了，我的家会有花香，就像你嫂子陪在我身边。"

我拿起他手里的棋子看了看，黑丑棕黑色，白丑棕黄色，油光光的，果然像是棋子。

"大耳朵，死是我的命数，是逃不脱的，我觉得我这命是逃不了的，你耳朵大，有福，要是能活着回去，如果你还记得我，就给我烧些纸钱。"

我学着他的样子说："屁话，咱们都要活着回去，你要好好和嫂子在一起生活，我还要去上大学读书，都会过上好生活。"

他还是傲慢地说："还是书呆子话，能不能回家，不是我说了算。"连长说得对，我们是被一种不可知的力量推着向前，活着是侥幸。

英国人并不想收复仰光，他们全面放弃缅甸，说好的两军共同防御，变成了我军掩护英国人撤退。他们却嘲讽我军怯懦，要让我军前进一步，犹如引诱一只鸟。

战，兵家生死之地，不弃同盟，同盟可恃而不可恃，恃同盟之力而不自强者，自败者也。中国远征军惨败溃退。中缅边境被完全封锁，远征军的最后一道防线密支那，落入日军手里，孟拱也出现了日军，日军对远征军的包围已经形成。云南腾冲、龙陵也落入日军之手，经密支那回国的希望落空了。

我们的部队被日本人冲散分成几截，部队退到了胡康河谷。

我们步入那布满原始森林的山区，那里被叫作野人山，重峦叠嶂，林木茂密，沼泽绵延，河流密布。

那无人涉足的原始森林，树枝遮天蔽日，钻进这片林莽，就走进了一片阴暗的世界，仿佛被鬼魅吞噬。

从五月开始，这里进入了雨季，暴雨说来就来，身上无一干处，"滴滴答答，滴滴哆哆"……雨点没完没了地打在芭蕉上、树叶上，又落在小水坑里。旱季的河沟小渠，忽成滔滔大河，或又遇到绝壁无法通过。

四周里，能听到窸窣的声音，那或许是毒虫，又可能是条大蟒，受了伤的人很快引来成群的蚂蟥，蚂蟥从脚下爬上来或从树叶上落下，和蚊子一起四面出击，肆意地叮咬，那些蚊子都大得出奇。蚂蟥、蚊子成了战士最大的敌人，疾病、饥饿也跟着来袭。部队很快就断粮了，野菜也被挖吃光了，饥饿让人发疯。

有的战士蹒跚行路，突然倒在地上，再也没有起来。战士们纷纷倒下了，一路上白骨累累。他们刚刚还在说笑，刚刚还在谈论着美味，刚刚还对未来有无限向往，而恍然间却已永隔。我们走得越远，所见各样的惨死越是惊心，心情就越觉沉重，就越沉默。心伤，因为未来看不到希望，不知道路有多远，噩梦还要做多长，下一个倒下的会不会就是自己。

苍蝇在战士的腐尸上嗡嗡地叫着，而战士再不会理会。

有的骨架倚在树上，脚上还是完整的靴子。

有时整整齐齐坐着一排排战士，他们已长眠不醒。

也有认识的人，熟悉的弟兄，想着他们的音容笑貌，不禁泪湿双眼。

是英雄的倒地，是蚁蝇的欢宴，虫蚁卑渺，而英魂不灭。

缅北一带又称为胡康河谷，胡康，就是魔鬼，魔鬼也会流泪吗？会，那是缅北的雨，魔鬼的眼泪。

我感叹：

> 问苍林经几春秋？
> 毒雾恶木织愁云，
> 虫蚁猖狂成鬼蜮。

血做新泥惊风雨，
尸积林莽魂难归，
野死不葬髑髅歌。
悲也夫，悲也夫！
残躯零落荒草掩，
犹问家山隔几重？

连长提醒我们说："大家都互相照顾一下，不能丢下任何人了。"可是那太"书呆子气"了，那几乎是不可能做到的，我们只能尽力而为。

接下来的日子，休息时连长就下围棋，自己和自己下，下不完的残局。一会他是黑子，一会他是白子，两子大战，他的棋局总也下不完。有时竟致对方于死地，对方的棋却又绝处逢生。他下棋的时候不言不语，但有了敌情他却是第一个发觉。

偶尔，他又提起他的小儿子，他说："我儿子刚满周岁，听说他一逗就笑，你看着他就十分开心。我刚走的时候，紫藤还没有发芽，现在那紫藤花一定又开成了一片紫霞，你嫂子一定又在花架下，摆开了棋局，等我来下。"每当讲到嫂子的时候，他的眼里溢满了温柔。他的心里有甜美的回忆，如果没有这场战争，他们会幸福地生活，也许就像他说的一样，他不想当将军，只想当个好木匠。他跟我说，他希望有一块像桃花源那样的地方，在那平旷的土地上，做个耕夫，春天种下希望，秋天看着果实累累。

他好像是有说不尽的话，有使不完的精力，我知道，他为了调节气氛，鼓舞士气，他必须不断地说话，让同行的人们看到希望，人若心无所求，则黯然如死灰，那样我们是走不出来的。他只在我面前才会讲那些忧伤的故事，讲他思念的人，讲他的追求与希望，他不能让别人看到他的虚弱。

"大耳朵，你听着，我怕走不出这里了，你要活着出去。我还有一个弟弟，他顽皮，像你一样爱读书，他从小想上大学，他说要做一个伟大的人。你出去后帮我找到我的弟弟……南京大屠杀之后，我就没有他的消息，可能，他已经死了。"他给了我几颗棋子，嘱我说："记住，找到你嫂子，把这个给她，告诉她把我俩的儿子养大，她还年轻，别让她守着，一个人带孩子不容易。"

我说："不，我们一定能走出去的。"

"我当初从四川出来时，带出些伙伴，说好了一起抗战，等打完了仗，一起盖房搭屋，这一个又一个的从身边消失了。想想回到家乡了，我怎么跟乡亲说，我说我把他们扔在了异国他乡，我自己活着回来了？"他又嘱我说，"大耳朵，你记住，你不是一个人。那么多人都倒下了，你的生命就是大家的生命，你是在替我们活着。你是个福将，你给我记住，要好好活。"我含着泪答应了他。后来的行动中，我才明白他已选择了把活的机会留给我。

连长终于病了。他头部发烧，昏迷，这是简单的病，我无力去救他，没有药，我给他刮痧，给他针灸，但他的病情反反复复，不见好转。他倒下了，嘴唇干裂，双眼紧闭，连长昏迷了过去。我们用树枝做了副担架，轮流抬着自己的连长走，向前，在茫茫的森林中穿行。

我必须得给连长找到药。

漫山遍野都是植物，却找不到我要用的那些药用植物。我看着它们叶子的形状，判断着它们属于哪些科目种属。然后放在鼻子下闻，放在嘴里尝试，再吃下去，有好几次搞得我自己恶心，反胃，我知道是中毒的症状。花了两三天工夫，我才采到一把药草。那一天，我终于在灌木丛里发现了一些藤本植物，我仔细辨识，它们长着触角一样向上攀缘的丝络，它们像生命的筋脉，我抑制着心跳，尝了尝它的味道，我几乎就可以确认，它就是绞股蓝——虽然和国内的不是完全相同。我很幸运，又一日我又在一条溪边，发现了长在树上的草，那是石斛。我弄了一堆火，用头盔把药熬了。药给连长服下去，战士们眼巴巴地看着连长，希望连长醒来，就这样一夜过去了。

清晨，我好像听到连长在咳，他醒了。我不知道是不是我的药起了效果，他的烧退了，精神状态好了很多。现在想想，也许更因为那一碗热汤，他才有了些力气。连长下了担架，但两脚软绵绵的，我搀扶着他，向前走。一边走，一边说："我以为我能行的，没想到我成了累赘。"我说："不，你从来不是。"

我们终于走到了一片开阔地，也有阳光，空气清新。这真是难得的休息之地。连长说，他又梦到了紫藤花，浓浓的花香啊，一切都像过去那样，美好平静，好像还没有发生过战争。忽然他看一眼一屁股坐下不肯起来的战士，他像醒了一样，喊着我们，要赶路。在行路中越是这样一种地方，越是危险的地方，片刻的安逸，会使人的精神瞬间缴械，失去向前的动力。连长大声呵斥我们，只可稍作休息，不能停下。连长的身子还很虚弱，他坚持下来走，不能再让我们抬着。我只好搀着他向前走。

根据方位判断，这里大约到了与中国交界的地方，我们心中一阵欢喜，然而危险也悄悄来了，我们发现了敌人。

这是我第一次一击就中，是树上的敌人。翻看他身上的东西，里面竟然有些食物。然而，枪声引来了一群敌人，我们被包围了。

我们向前突围。

连长说："我走不动了，我来对付他们，你们赶紧离开这里。"

我说："我要和你在一起。死也要死在一起，决不会把你丢下。"

"屁话，这轮不到你逞英雄。我们一起，谁都走不脱，谁都活不下去，让我来掩护你们。"

我再坚持，他拿出了手枪指向了自己："听着，再不走，兄弟们的命就都丢在这里了，要么我现在就死，要么让我去挡住他们。"

我仍在坚持，连长命令他们把我拉走。他们告诉我，"我们必须得走，我们得让他的牺牲有价值。"

身后传来一阵枪声，后来，我们听到身后一声巨响，回首那片土地，被一缕烟吞没。

我至今不知道，是那天的药起了作用，还是给他灌下去的热水给了他一些力量，又或者那些所谓的药不过是起到同野菜一样的作用——只是一种食物，使他耗尽最后的力量向前走，把最后一腔热血洒在那片土地上。我后悔，如果我没有找到那些药，连长不会在那个时候醒来，那个掩护大家的人应该是我……从那一刻起我已经死了，活着的是另一个我，我的身体里装着连长，装着死去的战士，我活着，不是我一个人的活。

冲出敌人的包围圈，漫漫长路，不知道还要走多远，走多久。

前方是未知的一切，恐惧，没有信心，没有希望，唯一的感觉就是我还活着，活着能走就走吧。

终于找到大部队的行踪。我找到一条小路，路边有一块石碑，石碑上的字让我振奋——泰山石敢当，我不由感慨，"石敢当呀，石敢当……"

当我卧在祖国的树林间，阳光穿过树叶，点亮了我的世界，草地绵软，清新，溪水清澈可口。我想，生命之中，有着美好的阳光，有着可以饱腹的食物，有着甘甜的泉水滋润，是多么简单幸福！可是我忽然想起，这不就是我的兄弟的梦想吗？是什么让他和这看似唾手可得的梦永远相隔？

我不由得痛哭失声，我在空旷的土地上呼喊着："兄弟——，兄——弟——，"我用连长喊我的方式呼喊着："大——耳——朵——"

从此，那个被连长用生命保护的大耳朵，他的魂留在了那片丛林里守护着连长。连长睡在那片土地上，身边长出了紫藤树，一到夏天，就开出一串串紫藤花……

# 五 紫藤挂云木

（紫藤）四月生紫花可爱，长安人亦种之以饰庭池。

——《本草纲目》

回国后，我没有再找自己的队伍，我的腿负了伤，已成残疾，我跑不动了。我是在替连长活着，替那些一起走向战场的弟兄们活着，我要凭着自己的手，赚钱糊口，连长口中所说的弟弟，我没有打听到，也许就是遇难了。

后来滇西反攻，打龙陵，战斗下来，伤员无数。我提着壶米汤，给受伤的士兵喂下去，拿我自己做好的药，给士兵伤口敷上。一个伤兵一个伤兵地喂着、包扎着，我想看看有没有和我一起战斗过的弟兄。我希望能见到他们，那会多么惊喜，又恐惧见到他们，我害怕见到那些战士在我的怀中死去。

我去找了我的父亲，找李香君，原来的难民营像是遭受了炮火，找不到了，只有一堆废墟，后来才遇到熟人。原来，在前方战事吃紧时，我父亲身体就不行了，又听说战场上的事，他竟郁郁而终，临上战场前竟是与父亲的最后一面。熟人把父亲的书箱给我，说父亲临终前一再嘱托，这箱东西一定要当面交给我。熟人好奇地问我，是什么东西这么重要？我打开一看，里面就是他从北平带来的那些书。熟人摇头叹息。我问他李香君的情况，他说："你问的是那个和你们在一起的姑娘吗？在你走后不久人就不知道去了哪里。"熟人仔细地想了又想，摇着头说："再也没见着了。"

我把李香君可能去的地方都找了，总之，我就此失去了李香君的消息。

无奈之下，我只好托人打听李香君下落，自己赶到四川，去寻找我的嫂子。

推开小院的门，果如连长所言，优雅的小院里，鸟鸣声声，在花架上，苍老遒劲的枝头上，开满了紫藤花。

一个女子走了出来。

"嫂子。"我悲伤地叫着。

"我不认识你。"她带着疑惑。

我把连长交给我的紫藤子，一粒一粒放到嫂子手上。

嫂子看着这些紫藤子，我看到她眼睛里瞬间是绝望与悲伤，就在我想把我早就准备好的安慰她的话说给她听的时候，她却平静地把我让进了屋子。

屋里，那个小孩子在"爸，爸，爸"地叫着，手里摇着的，应该是他爸爸的旧军帽。

我向她讲了连长牺牲的过程，她仍然没有说话，只是淡淡地说："谢谢你，你已经尽力了。"

我转身离去的时候，我能感觉到，空气的凝重。我就在附近找了个地方租住下来。我想念李香君，但是我不得不留下来，因为我答应过我的兄弟，要把他的孩子养大，要照顾嫂子。为了谋生我找了家药店做了伙计。我每天，给嫂子带些吃的，来看望嫂子。

有一天，她终于忍不住了，向我发怒："你总来干什么，要看到我有多伤心吗？为了让我看到你，而想到我的丈夫，心内痛苦欲焚吗？"我知道她终于把内心的脆弱都爆发出来了。但更可怕的是，她的内心就此崩溃。

每次见她都是以泪洗面，两年的时间里，我以为时间久了，她自然会接受了这个结果，可是两年的时间里，我不见了她的眼泪，她却日渐消瘦。她常说头痛，心也痛，我给她把脉，开药服用，日日端汤奉药——她的脉息是忧伤之脉。

我只好逗着孩子玩耍，我知道孩子开心了，她会开心的。我给他们讲笑话，我希望我的笑话能冲淡她的忧伤。心病终需心药医，我知道，如果，她不能改变，病将越来越深。

渐渐地，她的身体越来越虚弱，她开始卧床不起。我说："你看看你可爱的儿子，想想看，你若倒下了，你能对得起他死去的父亲吗？"这个尚小的孩子不知道发生着什么，他在妈妈身边戏耍，嫂子抚着孩子的头，眼里游离着绝望与牵挂："这么小的孩子，没了爸爸，又要没了妈妈，以后可怎么活呀！"大滴的泪从她美丽的眼角边流下，在憔悴的脸上徘徊不去。我想说，既然怕孩子没有依靠就好起来，你若不在了，他就成了没有人疼的孤儿……可我话说出来，就变成了："嫂子，你会好的，孩子我会一直照顾着。"她的眼里有一线欣慰的光："我是好不了的了，孩子交给你，我放心，把他抚养成人，像他爸一样……"

耿耿秋灯残，片片藤花落。

我把嫂子安葬了，几年间的痛苦与压抑积在一起，在嫂子的坟前，我放声悲号。

为了寻找李香君，我把他们四川的房子卖了，得了些钱，带着那个孩子来到了云南。房子卖掉的前一晚，我就睡在那紫藤架下，夜里梦见连长和嫂子，在田间劳作，连长一身粗布衣衫，手里扶着镐头劳作，听着嫂子叫他，他直起腰，笑看着嫂子，满脸爱意，嫂子像袅娜的仙子，过来，给他擦去脸上的汗珠，又把手里的茶盏递给连长，他们相互搀扶着，走到花架下休息。我醒来了，不知什么时候，流下的泪水打湿了我的衣服，周围一片空寂，花香空弥漫。

我真的后悔呀，为什么舍命的是他，而我还活着。的确如他所说，有时活着要比死了难。那雨声这么多年来一直在我耳边响，"滴滴哆哆"，多少次梦里，我和那些战士们一起说笑，或者梦到我孤独地穿行在林莽之间，多少次雨打芭蕉，我在凄凉的夜里忽然醒来。

如今，我竟成了一个白发老头。


# 六　她在哪里

月儿皎皎，
万籁悄悄。
东方将红天将晓，
单等四更鼓儿敲。
思想"九一八"，
心似烈火烧。
我儿率兵疆场把贼讨，
遭不幸多少英雄竟折夭！
松花江浪滔滔，
怒冲冲恨难消。


《中国魂》的秦腔唱词在张二丑的耳边回响，《中国魂》这个名字起得好啊。张二丑明白了，为什么爷爷这么些年来对奶奶念念不忘，因为奶奶就是爷爷的魂。

张二丑问："那个孩子后来怎么样了呢？"

爷爷："他就是你的爸爸。"

沉默，张二丑紧紧地偎依在爷爷身边。

张二丑看着爷爷，一阵风吹来，他的白发飘起来。看得张二丑心疼，他明白，爷爷大概又想到他自己一生无所作为了，便体贴地说："爷爷，我不会辜负你的期望。"

张二丑发起呆来，爷爷问："你是不是在惦记着什么人？"

"没有。"

"你的心思我能看不懂吗？你喜欢的是那个你画上的人吧？"

"爷爷，从第一次撞见她，我就想让她开心起来……我第一次遇见她时，她看起来很忧郁，我不知道为什么要跟她讲话，可能，那时候她就好像我们院里的紫藤花。她喜欢读书，她的话语里，藏着机锋，你不知道她心里想着什么，在她脸上现出魅力，闪着精神的光彩。我愿意沉醉在她的言辞里，就像陶醉在这紫藤花香里。我整个心里愿意和她一起分担一切苦乐。"

"好啊，有了爱情是幸福的事。"

"可是我觉得好痛苦。我愿意就此永远陪在她的身边。我被她占据了内心，我闭上眼睛，她的眼睛就像河水一样浮动起来。我作画，她又出现在我的面前。我一看到什么就会感到悲伤。我需要力量，一种支撑自己的力量。我不知道怎么回事。爷爷，我是不是病了，你是个好医生，能不能开出药来给我治一治，我很不舒服。"

"牵挂一个人，就会有思忧从心而生，病从心生，过久思虑则伤肺。郁郁而生病者，大多如此。我希望你们这代，生活得比我们幸福，不要像我们这样辛苦。我们的时代因为战争，梦想爱情都被打碎，你们不同，你们在大好的时光里可以尽情去爱。你别等有一天发现光阴已逝，才追悔莫及。"

多少人错过了自己的爱情，浮躁者，功利；无知者，浅薄；无情者，冷漠。有多少人，醒悟深味后，懂了却追不回那时光。

"你们的爱就像你们现在写的这个简化的'爱'，是无心的，功利得很。"爷爷看看二丑说，"我的意思是，你的痛苦只是爱而不得。你们这一代人往往把爱说得轻飘飘的，你有想过，真的爱她，该如何做吗？"

张二丑忽然发现爷爷手里握着一块玲珑的玉，张二丑抢过来，是一条红色的鱼拥着荷叶，荷花是金黄色的花瓣，这块玉像半个荷塘。

张二丑惊呼："爷爷，这玉，我见过这玉的另一半！"


火车正向北方的这个城市飞驰，张二丑远远地望去，沈阳城已经在一片红紫的烟霞中了。

下了火车，他直奔赵晶玉的小书店。城市的变化让他一脸错愕。那片投入了他热情的蓝色的海洋被填平了，几栋新的建筑在这里竖起，非常突兀。

远处还有拖拉机的重锤打着砖石，"突、突、突"。那是几年前，就在街角残存的一些日式建筑，它们分散在新生的高楼背后，日渐破落，也并无保留的价值，因此它们就像这个城市的疮疤一样，被悄悄抹去。

赵晶玉的电话号码是空号，大约是又换了手机号。他站在那里不知所措，突然间的变化让他无所适从，茫然地向前走，他在街上游荡了一天，他忽然觉得自己就是一个流浪者。

　　过了拆迁区，走上繁华的街头，街上行人来往。前边有生涩的吉他声传来，有位吉他哥在街边摆了一个小盆，站在一边用不熟练的指法在弹唱《流浪者》。张二丑坐在他旁边听着，觉得就像酒不够劲，张二丑拉了拉吉他哥，抢过他的吉他，调调弦，幽幽地弹了起来，一边弹一边唱：

　　　　你在哪里？
　　　　往事轻得如影子，
　　　　抓不住，拾不起，
　　　　又浓似一点墨痕，
　　　　淡不了，挥不去。
　　　　花香暗涌曾相识，
　　　　旧忆浮起似流水，
　　　　老墙斑驳入旧画里，
　　　　你身影袅娜还依稀，
　　　　读着书，嫣然笑语，
　　　　老歌声里望花飞去。
　　　　我到这里寻你，
　　　　而你去了哪里？
　　　　谁替我倾诉别离，
　　　　是叶底的小鸟，
　　　　轻摇的飞絮。

　　　　啊，你在哪里？
　　　　曾道风景今如昔，
　　　　今花落，来年红。
　　　　而时光默不言语，
　　　　霜刻痕，风淘洗，
　　　　流逝滔滔寻不回，
　　　　旧色掩在新颜里。
　　　　夕阳有泪花含泣，
　　　　徘徊花前长叹息。

长叹息，无所寄。
我沿旧街寻你，
风已吹散了痕迹，
我到哪里寻你？
谁替我倾诉别离，
…………

歌声引来一些人驻足，他的弹唱，唤起了行路人内心的感伤，在他唱歌时，就有人向他面前的盆里投下纸币、钢镚。最后张二丑的手在琴弦上一划，颓然地坐在地上。

天晚了，很多卖东西的收起小摊走了。

吉他哥，看张二丑不动，抢过装钱的盆子，拖上吉他，消失了。

他饿了，肚中在咕咕叫，却又没有食欲。他觉得心里发慌，没着没落。

还是熟悉的旧路，他要去看望一位老人。他觉得一草一木，都没有发生多大的变化。可是突然间，他又觉得走错了路。

旧街还在，远远地看去，那房子柔美的轮廓也在，只是周围的气氛不对。等张二丑走近了才发现，这一片的日本楼也拆掉了，有的窗户拆掉，张开一张张黑洞洞惊呼的口，有的还只余一堵残墙，有一些房子已经倒掉，成了一堆断砖残瓦。地上还堆着一些住户没有来得及带走的或遗弃的物品。

张二丑紧张起来，向老奶奶的房子跑去。

房子还在，只是也同样受到了破坏，窗户洞开，屋里空荡荡的。门口的树还在，花也有些残枝，看看天空乌云密布，好像要下雨了。

房子拆掉了，这里的老奶奶去了哪呢？张二丑很想见她。几年间，他的生活中有挫折和困惑的时候，就在这里跟这位老奶奶聊聊，老奶奶会笑着听完，淡然地讲给他道理。老奶奶爱讲故事，故事听完了，道理也讲清楚了，张二丑心情也就舒畅了。

二丑拿起相机，把眼前这残破的屋子拍了下来。想不到拍照的时候，从窗口，还拍到了一个人影在屋里跳舞——在没有了屋顶的房子里，翩翩起舞，她像是一抹影子，是荒园中的狐媚，跳得孤独，跳得悲伤。

角度正好，张二丑赶紧连续拍摄了几张照片。

忽然，屋里面"呀"地叫了一声，那人倒地捂着自己的脚。

张二丑赶紧跑进去，问道："你怎么了？"

"脚，脚崴着了。"

张二丑这才看清，舞蹈的人正是赵晶玉，因舞蹈时旋转得太快，脚下踩着一块小石头摔倒了。

二丑惊问："你怎么会在这儿？"

雷声越来越近，风夹杂着水汽向屋里灌进来。如果下了雨，在这样摇摇欲坠的房子里是很危险的。张二丑抱起赵晶玉就向外面跑，跑出院门，跑出了那片拆迁区，跑到僻静的小路上。

几个刚刚看完球赛的小哥儿，骑了一个倒骑驴，一人蹬车，另三人坐在车上，手里拿着个荷叶在头上遮着。倒骑驴从他们身后赶上来。他们齐声呼喊着："巴西队必胜！巴西队必胜！"车路过这个奔跑的男人，蹬车的人马上换了口号："这个爷们哎，这爷们，有劲！"于是几人齐喊："这爷们，有劲！这爷们，有劲！"

雨点噼里啪啦落了几个之后，乌云悄悄散去了。

赵晶玉问："你带我去哪？"

"去医院啊！"

"放我下来，我自己能走！"

张二丑放赵晶玉下来，赵晶玉要站起来，脚却使不上劲，一下没站稳又坐在路边了，揉着脚。

"别动！"张二丑忙喊，他蹲下把赵晶玉的脚端过来，用手捋着，又忽地用力按下去，就听见"咯"的一声，然后说："你这是错踝了，搞不好会伤筋的。你试试看还疼不。"

"不疼了。"赵晶玉抖了抖脚，惊讶地说，站起来，又走了两步，"还真行，有那么一点疼，不过没事了，可以走。"赵晶玉转回头看看还蹲在地上的张二丑，"你会治摔伤？"

张二丑点点头。

"那刚才怎么不治？"

"刚才，刚才要躲雨嘛！我，我，以为你是骨折了得打个夹板，我是慌了。"

赵晶玉没有再问下去。

"哎，你的书店怎么样，我去过你的书店，但已经搬走了，还不到两年的时间，这一切竟然都变化了。"

赵晶玉说："还在做着。"

"那次在北京，我又回去找过你。可是没有见着你。"

"怎么去那里找我?"

"那晚上再打你电话打不通,我不知道该不该,把你随便交给一个陌生人,他也许不能算随便一个人,可我不知道那晚究竟发生了什么事,你为什么一个人喝得醉醺醺的?"

"谢谢你,可你真不应该把我送到那里。"

张二丑疑惑地看着赵晶玉:"那我该把你送到哪里?你当时睡得死死的……"

赵晶玉皱起眉头:"别说了!"她起身就走。

"你等等我!"张二丑也起身追去。

"别跟着我。"

"可是为什么?"

"我不知道,为什么你总在不该出现的时候出现,你已经影响到我的生活,把我的生活拖入一个尴尬的境地,你给我带来了厄运,我不想再见到你。"

张二丑追上去,跟在赵晶玉身后,赵晶玉回头:"你不许跟着我!我知道你的意思,可是我得告诉你,我走不进你们这些学艺术人的世界里!"

张二丑只好停下脚步。

张二丑回身察看那残破的房子,空荡荡的,在屋角,一朵玫瑰花竟在屋角执着地绽放,孤独,凄艳。

晚上,他怎么也不能忘记那个在阴暗的屋子里跳舞的影子——那灰暗的云在空中低低地压着,空气也是苍灰色的,地上散落着些石块砖瓦,残垣断壁中,在灰暗中,一个人起舞。

张二丑又支起画架,在画纸上涂着浓重苍灰的色彩。在压抑的画面背景中,弥漫的是舞者心中的悲伤。一幅画一气呵成,张二丑倒在床上睡着了。

一大早,电话铃声响起,是爷爷,爷爷急急地说:"我看到你传给我的照片了,那个戴着玉的女孩子,她在哪儿?"

…………


人们传言,赵晶玉姥姥家所在的旧街要改造了。这里的房子的确是旧了,狭小的空间、老式的格局都跟不上时代了。附近的老磨坊早就破烂不堪,堆在荒草中了,这些粗笨的石器工具,仿佛昨天还推过、碾过,而今歇了,喘着粗气。

听了这消息,有人高兴有人愁。年轻人盼望着动迁,可以住新房,或者可以得到一笔补偿款。张安华知道这片要动迁,便早来跟赵晶玉姥姥说,"动迁了,您老就到我那去住。"

赵晶玉的姥姥却一日比一日愁上心头。人比以前苍老了很多，听到通知后，她的后背弓了下来，腿走路时，脚下像踩了棉花。赵晶玉看着姥姥，不禁为她着急。

　　有一天，她看到姥姥，扶着院里的树，低头像是在拭眼睛。于是赵晶玉就凑上前去，跟姥姥搭话。

　　"姥姥，你又有心事了？"

　　"没。"

　　"姥姥，这么多年，你还在想着姥爷。"

　　"我怕是等不到他了。"

　　赵晶玉真不知如何劝慰姥姥了，"忘了吧。"

　　姥姥依然念念不忘，这种愚笨的等，不可能有希望的等啊……

　　赵晶玉有时给姥姥搬个凳子，放在院里，扶姥姥坐下，听姥姥讲各种往事。

　　赵晶玉用心地听着，大多是听过的，但每次都会有些新的东西。

　　姥姥坐在椅子上不紧不慢地讲下去……

第十四章

# 书画里叙离人泪

日色欲尽花含烟，月明如素愁不眠。

赵瑟初停凤凰柱，蜀琴欲奏鸳鸯弦。

此曲有意无人传，愿随春风寄燕然。

忆君迢迢隔青天，昔时横波目，今作流泪泉。

不信妾肠断，归来看取明镜前。

——（唐）李白《长相思》

# 一　山河破碎风飘絮

这栋祖屋，是我爷爷亲手建的。很早的时候，这里到处是水塘，那些水塘里多的是水鸭子。我的祖辈来到这里，看到这片肥沃的土地就决定在这里生活下去，这里开始有了人烟，渐渐形成村庄。村庄没有名字，有些老人因为这里水鸭子多，就叫它水鸭屯。我爷爷是酿酒的好手，丰收的高粱到他的手里就可以酿成美酒，他开起了酒坊。这里人烟越盛，我们的酒坊就越兴隆。

日本发动战争在东北争夺势力范围。日军所到之处，见东西就拿，见钱就抢，炮火中无辜的中国人民惨遭杀害，血肉横飞，家园破碎。

在一次战争中，我家酒坊里的酒被抢劫一空，房子被大火烧毁。战后，我爷爷坐在一片灰烬里，也不哭也不说话，就那么坐了一天一夜。第二日，我爷爷又动手重建房子，说这里是风水宝地。我原来不明白，这里的风水怎么好了。后来才知道这里的土、这里的水，很适合酿酒。还有上好的高粱，可以酿出上好的酒。"我的家在东北松花江上，那里有森林煤矿，还有那满山遍野的大豆高粱……"我们流亡到关里的时候，就是唱着这歌的。

我姥爷所在的周边村庄变成一片废墟，百姓背井离乡，我的姥爷家重伤四人，死四人，太爷被活埋，我姥爷侥幸活下来，他是当地的塾师。每讲起这段痛苦的历史，他就感叹国弱民孱，嘱我一定要好好读书。

战争后短暂的和平中，我爷爷又把这酒坊建了起来，他刚强，他说一定要把酒坊重新建起来，果然酒坊在他的经营下，又重新兴盛起来。我们酿的酒，香传十里，我们的酒叫十里香，人们买酒一定要买十里香的。这里大片的野地上、山上都生长着徘徊花，我们采来花蕾，酿制成酒，就是玫瑰露，那美味的酒啊，开胃，安神。酒坊又兴隆了几年。

后来日本加强了南满铁路沿线的统治，在铁路沿线设立警察机构，抓捕杀害中国人。他们又用极低的价格强买土地，我族叔有八亩土地，就被日本人逼迫，以低得可怜的价格出卖，还有些乡亲不肯出卖，他们就直接毁掉正在生长的庄稼，霸占了这些土地。失地的农民，生活无着，流离失所。现在粮食少了，酿酒的高粱就更少了，酒坊的生意也越来越不好做。

我姥爷就劝我爷爷，"日本人占了咱们的地，盖他们的住房，还把土地分给他们的移民，日本守备队的兵背着枪在咱们村庄招摇跋扈，日本人明摆着要咱们做他们的奴仆。你生意不好做就别做了，你忘了吗，你的酒坊是怎么被烧的？"我爷爷不同意，他说他离不开酒。我姥爷就说，"日本掌握了朝鲜内政外交，吞并了朝鲜，日本的野心还看不明白吗？我的意思，你们离开这里，到关内另谋生路，可以到北平去，咱这酒好，到那边一定能竖起个招牌来，然后好好把孙辈们培养好。"

很多乡邻都离开了这里。我爷爷就因为这口好酒，舍不得堆了一屋子的酒坛子。本来他身体就不好，有一次喝了很多酒，醉醺醺地说，"我不走，这谁来都得纳粮，谁来不都得喝酒吗？我不走，这么大一个家业，我不走……"

后来我姥爷跟我爷爷还有我爸爸商量，总得为孩子的将来做做打算，我的两个哥哥已经成人，在沈阳城都有差事，两个小的就带到北平去投奔我的舅舅。我的爷爷同意了。

临行那天，姥爷跟我讲，"我生在这里，长在这里，老了，故土难离，国家强大，就看你们这些少年了。你到北平，要发奋读书。若我国人有志气，有才智，中华何愁不兴！"

我的爸爸就留下来照顾我爷爷，经营酒坊，我大哥在奉天警署当警察，九一八事变后参加了抗联。而我的母亲，因为到北平看我，就留在了北平。从那一年起，我再没有见过我的爸爸。日本人要强占我爷爷这院子，用于他们的城市建设，我的爸爸不同意，我二哥和我父亲，同日本人拼了命，我的二哥，他死的时候对那些抢夺房子的人说："我死了变成厉鬼，也要报仇！"我爷爷也含恨离世。日本人似乎惧怕厉鬼，以后他们说每次经过这里的时候，都有鬼声鬼气，从此这院荒芜下来，他们在这周围的地上建起了一座座日式楼房。

我小时候啊，和你一样，我喜欢追着姥爷，请姥爷讲故事，姥爷就会讲给我听，讲岳飞，讲历史，讲《诗经》。

到后来学戏，学到的东西就多，因为要读剧本的，很多故事《西厢记》《牡丹亭》《桃花扇》都是那个时候读到的。读完了还要演出来，师父就教我唱，一句句地唱。我最喜欢的就是这个《桃花扇》了。

我们到北平的时候，流亡的学生组成剧社，就有这个剧目。

那时候唱《桃花扇》，因为感受到的是里面的家国情怀，感受到的是向命运的抗争。后来战争打完，我每唱起里面的唱词，又总感到离愁和悲伤。

我参加了抗日宣传队，受党组织领导宣传抗战，化名李香君。后来在逃难的路上，我的一个同伴，一发炮弹，人就找不见了。

再后来又遇见你姥爷，我们一路走下去，他教我认识各种植物，我给他讲戏，我们争论过，谁也不服谁，又互相尊重，但慢慢地我们就没有那么多争论了，他有他的想法，我能理解。

我们终于逃到了云南，安顿下来，也有学上。在那里，有大片的葵花，开得黄灿灿的，很美丽。

天空是晴朗的，就在那一天，敌人的飞机飞到我们上空。炸弹，就这样，落了下来。妈妈不见了，我哪里找她都找不见……

你姥爷寻到我妈妈的衣服，还有成了碎片的肢体，帮我埋葬了我妈妈，然后就一直陪着我，我不知道，没有他，我会不会在那时崩溃、疯掉。我开始只觉得我妈妈只是去买菜，我就找不见她了。我明白过来后就一直在哭，那种失却了一切，看不到希望的感受，让我的肠胃都不舒服，我倒下去就不想再起来。后来我不再有眼泪，我哭不出来了，泪干了。这几十年来，我几乎没有再流过泪。

你姥爷说要去参军抗战，为我的妈妈报仇，为死去的中国人报仇。

他去部队之前，我嫁给了他。

我们相拥在一条无名的河边。我穿上我的戏服，为他舞蹈《虞美人》，为他唱《桃花扇》：

> 峰媒蝶使闹纷纷，
> 阑入红窗搅梦魂，
> 一点芳心采不去，
> 朝朝楼上望夫君。

第二日，我们就分开了，我在车下，他在车上。我望着他，他望着我。我们就越来越远地对视着，直到谁也看不见谁。

小河边，流水潺潺，一个少女愣愣地坐在河边，有风一来，吹皱了那映在水中的姣好容颜。

> 一别经年，
> 相思几秋。

春风舞絮，

牵惹愁怀。

冬雪飘摇，

魂梦悠悠。

划轻舟，

泛中流，

何时摇到绿洲头？


我想要一个孩子，如果他能回来，孩子会叫他爸爸，也许……那是多么温馨，想想我都会笑出来。如果他牺牲了，那这孩子就是他的生命。可是，为什么不能满足我的心愿？孩子出生了，却没有奶，很快就夭折了。而党组织又给了我新的任务。我弟，在逃难时，不小心和我们走散了，后来有人传来消息，说他去了延安当了八路。后来在我前往延安的路上，日军炮火扫荡之后，一个婴儿，坐在尸堆中哭叫，我抱起她，心心念念她就是我的女儿，我把全部的爱都倾注在这个孩子身上，这就是你的妈妈张安华。这件事，这么些年来，她从来不知道。


1945年，日本人终于投降了。那年春节人们就唱这首歌：


每条大街小巷

每个人的嘴里

见面第一句话

就是恭喜恭喜

啊恭喜恭喜恭喜你

恭喜恭喜恭喜你

冬天已到尽头

真是好的消息

温暖的春风

就要吹醒大地

恭喜恭喜恭喜你呀

恭喜恭喜恭喜你

皓皓冰雪融解

眼看梅花吐蕊

漫漫长夜过去

听到一声鸡啼

啊恭喜恭喜恭喜你

恭喜恭喜恭喜你

经过多少困难

历经多少磨炼

多少心儿盼望

盼望春的消息

恭喜恭喜恭喜你呀

恭喜恭喜恭喜你

每条大街小巷

每个人的嘴里

见面第一句话

就是恭喜恭喜

恭喜恭喜恭喜你呀

恭喜恭喜恭喜你

恭喜恭喜恭喜你

就像这首《恭喜恭喜》里唱的一样，那年农历新年，人们欢喜，那是用悲伤的泪水泡透了的欢喜。亲朋拜年，见面忽然无话可说，就只有一句"恭喜，恭喜！"，眼泪就掉下来了，新的生活要来了，那些逝去的亲人，那流逝的时光再也回不来了……

我回来后，这房子里，我的父亲，我的哥哥，他们的遗骨倒在荒草丛中，还保持着当年倒下的姿势。我想不通，有什么值得让他们拼命的，我想那是因为他们对自己生存在这片国土上的权利的最后一点幻想，要用命来守卫。我含着泪把他们埋葬了，我在院落里他们倒下的地方种下了玫瑰花，如同我们在一起生活，好像他们还陪伴着我。我们流逝的这些年却无法补偿。

我在清理房间的时候，发现了地下室——其实是酒窖，屋外还另有一个入口，酒窖里装满了酒，有十里香的高粱酒，还有精酿的玫瑰露。我知道，他们一定是预知到什么，才提前把能存的酒都存下来了。院子的地里，还有埋在泥土里的酒坛，那是陈酿的酒，大约是我太爷爷时就埋下的。

我不愿离开这里，因为这里有我的美好回忆，我觉得我还有一个家，这是我的家。

我酿不出那么好的酒，这些酒就成了母酒，我就把我酿的新酒，勾兑上这些陈酒，拿到市场去卖，虽然如此，这酒还是十里香，好卖得很。这些酒渐渐地消耗掉的时候，我再也支撑不起一个酒坊，以后就再也没有十里香这个名号了。

你姥爷最爱喝这一口，我还给他留着两坛呢。在北平上学，我把酒拿给他，他说这是最好喝的酒，我喜欢看着他喝酒闻着酒香的样子。

## 二　寻寻觅觅，冷冷清清

姥姥带着赵晶玉走进酒窖，原来入口很隐秘地藏在屋后的玫瑰丛中。酒窖里不很宽敞，但酒窖里面存有酱紫色的酒坛，可以想象当年装了满满的酒，而今是空的了。有两个酒坛，密封着，姥姥指给赵晶玉，说："这酒，以后你替我好好保管着。我还有新酿成的酒，不如这个好，我没有找到酿酒的配方，我只能自己琢磨，这个酿酒法我也教给你。"

赵晶玉拉着姥姥的手说："姥姥，这酒我们带着，我要买个新楼房给你住。站在窗前就能看见河从远处流过来，早晨的太阳照在河面上，光闪闪的，你还能看见成片的徘徊花……"

"真好，有这么美的风景，有心的好孩子。"姥姥和赵晶玉从酒窖里走出来，院里那徘徊花枝才刚萌出新芽，姥姥看着那吐绿的小叶说，"姥姥没时间了，也离不开这。我呀，住在这儿，住了一辈子，住习惯了，哪都不去。"

赵晶玉的姥姥身体却越来越差，她常常忘记很多事情。她常常在院里徘徊着，像找什么东西。赵晶玉看到姥姥在她的盒子里翻拣着，可是又找不到她要的东西，她问姥姥在找什么，姥姥茫然地说："好像，没有找什么吧。"她可能本来是要去找一根针，可是忽然间又想不起她刚才想要找针；她也可能根本没有要找什么，可是心里头就是有一种东西要找出来，在记忆里苦苦搜寻。

姥姥的病态越来越明显，赵晶玉看在眼里急在心上。

因为姥姥总想不起事情，这让她感到很疲惫焦虑。她的脸色蜡黄，人也消瘦，双眼凹陷，皱纹更加深了。赵晶玉印象里，姥姥那迷人的笑容，暗淡下来，就像傍晚渐渐暗淡的夕阳。

姥姥说，人这一辈子有两样是深埋在心里的，一样是曾经温暖的时光，哪怕只是匆匆而逝的片刻；一样就是那些深深痛苦的时刻，痛在心里的，就在心里留下了疤，以为忘记了，但在某个时刻里，又会隐隐作痛。

赵晶玉忽然想到，也许她在寻找的是那些让她感觉幸福的片段，赵晶玉想着帮姥姥找回她寻找的东西。

她还想对姥姥有更多的了解，想知道姥姥在这一生中做过什么选择，这样或那样做的原因。赵晶玉和姥姥聊天时，就常常把话题引向自己心中的问题，引向姥姥可能会想的问题，用这种方法提示姥姥。

赵晶玉想知道，时光流逝，如何让一个小姑娘长成了一个女人，又如何变成苍苍老者。她常觉得姥姥会有更重要更精彩的情节，然而姥姥每次讲的事情大体相似，偶尔多讲了一点就是收获。赵晶玉会竖起耳朵来听，不会告诉姥姥，刚讲的某一段故事已经讲过很多遍。

赵晶玉从书店里给姥姥拿各种画册看，希望那些色彩丰富的绘画作品能够帮姥姥找回一些美好的回忆。

姥姥指着梵高的《向日葵》说："这个画我很喜欢，这个色彩看着心里暖暖的。"

赵晶玉笑着说："色彩用得太浓了，这画太土气。"

"对，就是你说的这个味道。我第一眼看到这张画，就能闻到一种泥土的气味，感觉就有种活气，就想深吸口气，心里那个舒坦。"

"是吧，怪不得这个原作是天价。"

"那年我们在逃难路上，我看到成片的向日葵，一大片金黄金黄的，真美，让人忘了我们在逃难，可是敌人的飞机就怕我们把梦做得太真，几颗炸弹，烟火就把一切都给笼住了，对，就好像这幅画被火烧着了。"

是的，战火把那些安静祥和生活的画面都焚毁了。

姥姥的童年是玫瑰色的，那是一片玫瑰海，她会讲："那时候，我还小，家里酿玫瑰露，大片大片的玫瑰。那酿成的酒啊，真香。"她说着说着，就眯起眼睛，好像在回味，"以后再也没有了，'九一八'后，再也没有了……"

姥姥沉默，赵晶玉就陪着姥姥沉默。看着姥姥低头不语，赵晶玉能感受到她承受的苦难，她内心的悲伤。

是的，"九一八"，一夜之间多少人的命运开始改写；"九一八"，多少人苦难岁月的开始。

苦难是人间的主题，人生来是苦的，苦难发生的时候，那人也许是正在喝一杯水，也许是在开窗，苦难随时可能到来，来得猝不及防。

赵晶玉和姥姥谈得最多的是读书。谈读书，是一个万能的话题，它可以把话题引向姥姥曾经的生活片断，又能谈出各种感受和认识。赵晶玉很小的时候，姥姥就告诉赵晶玉，读书才会使人走出困惑，没有人能告诫我们怎么做，但书能。一个人在阅读中，就进入了一个新的世界，经历各种人生境遇，获得思考的空间，由此获得面对各种境遇的智慧与信仰。喜欢一本书，就想把它读在心里，那些引起我们共鸣的东西就会留在内心深处。如果你把一个人像一本书一样读在心里，你同样会一直把这个深爱的人留在内心深处。

姥姥整个青春期都在流亡中，能静下心来读书的时候少。十多年过去，回到这个她出生的地方，给她的童年涂满艳丽色彩的故乡，她已长成了一个近三十岁的女人，为自己的生活奔波。而有更多的人永远没能回到他们的故乡，灵魂漂泊于异地。故乡，地理意义的故乡，人出生之时，就被悄悄打上了它的印记，被它陶冶塑造，不管走多远你还会记得它的模样。"九一八"之后，有些人远走他乡，辗转流离，再也没有回到故乡，故乡只存在于他们夜夜凄凉的怀念中。

战争的书籍，她几乎不愿去碰，往往翻翻就放下了，引不起她的兴趣。有两本书，她却爱不释手，一本是《战争风云》，一本是《战争与回忆》。

还有一本《被遗忘的大屠杀》，每读一次，姥姥就流一次泪。赵晶玉知道姥姥一定是想起了她倒在炸弹下的母亲，怕姥姥太过伤心，赵晶玉就干脆把书藏起来了。姥姥知道后，告诉赵晶玉不妨事的。

赵晶玉说："我觉得这种书，我很难读下去，因为里面的惨状，饭都吃不下去。"

姥姥说："觉得很残暴，是吗？"

赵晶玉点头："我觉得这书里的残暴难以直视。"

"可是这种残暴却真实地存在过，是我们必须面对的，过去是，现在也是。这很重要。"

"为什么？"

"你有想过吗，作者为什么要把书名叫作《被遗忘的大屠杀》？我读过这书，我能听到那些不能再说话的人向我言说。"

"我想你看到的是比暴行更有意义的东西，很多人会因为看到这种暴行而产生愤怒与仇恨的情绪。"

"是的，有什么比亲眼看着自己的亲人被侮辱或死去更难过呢？可是让人生有意义的不是愤怒与仇恨，这不是作者本意。"

作者本意是什么呢？赵晶玉这才认真阅读这本书。她想想自己之所以排斥这本书，也许是因为自己不能勇敢面对历史。这些暴行必须为世人所知，更为重要的是，要更深刻地认识暴行背后的原因，明白人性是如何扭曲的。让人自强的不是愤怒与仇恨，而是一个智慧的头脑，简单的仇恨只会萌生粗鲁与无知，我们需要入于历史，又出于历史，看向未来，如此才会有自强的动力。这书沟通了两个时代，作者在用心血替那些沉默者申述，她无法穿越过去解救那些被屠杀的人，她在用另一种方式解救那些被屠杀者。正义的坚持，是为避免苦难重新在下一代中延续。

赵晶玉忽然想起张二丑的话来："经营一个书店，不止是一种生意，那是一种比利润更重要的情怀。"

后来姥姥跟赵晶玉要来几本佛学的书，赵晶玉担心姥姥会着了魔，然而姥姥却说它们是智慧之书，能从中读出希冀与畏惧，还有面对未知的智慧，更重要的是慈悲。人们的力量之源是什么？慈悲与信仰。祈祷是因为希望；为他人祈祷，那是因为爱与善；慈悲的人会为所爱的人祈祷，甚至一面相识的、不相识的人，以及更为卑微地生存着的人。人的存在也不光是为了自己，也是为了他人，需要对他人仁慈宽容。人也应该有所畏惧，有所畏惧，才可以真正无畏。

人的灵魂来自一个纯净美丽的完美家园，那里是人的精神故乡，人的生命历程就是带着灵魂回归他纯净而美丽的故乡，书籍是回归故乡的路标。

# 三　纵我不往，子宁不来

姥姥的身体越来越虚弱。

姥姥不方便动，脚上已经积了些污垢。赵晶玉给姥姥洗过脚后，剪趾甲，姥姥脚向后缩。赵晶玉便抚摸着姥姥的脚说："抱着姥姥的脚就是那样亲切，真的，像靠在树下休息那样舒坦。"姥姥的脚，终于放松了。赵晶玉给她剪去长在肉里的趾甲，又细细地打磨。

姥姥的病越来越重。

有一天，赵晶玉又在跟姥姥一起读书。姥姥忽然说："你怎么不带个男朋友来给我看呢？"

赵晶玉笑道："我在等我的树。"

姥姥眼里充满期待，说："我一直中意一个男学生，他是个画画的……"

赵晶玉撒娇地笑："姥姥，是我找男朋友——"

姥姥叹口气："你倒要找个什么样的人？我真不知道到底什么样的人能陪在

我孙女的身边。我走了，谁来替我爱护我的赵晶玉？"

赵晶玉认真地看着姥姥："我要找的人，他首先要能够懂得欣赏我。这个欣赏，姥姥，你懂的，不是说说的。我要找的人，他要像一棵树，安静沉实稳重。我要找的人，他不用说话，他有像野草一样自然的语言，我能听懂。我要嫁的人，是我的，他不会走开，不是我的，我留也留不住。我想着有一天，我可以把他带到你面前，理直气壮地说，这就是我要找的人。"

姥姥心疼地，捏着赵晶玉的手说："唉，谁会来呢，但愿那个人早在等着你了。傻孩子，不是所有的人都值得等，也不是谁都等得来。"

再后来的一天，姥姥躺在床上，跟赵晶玉说话，她要给赵晶玉交代一些事情。

姥姥无限深情地看着这房子："晶玉，我没有什么留给你的。只有这房子，这房子里的一切——都交给你。"

赵晶玉摇头："可是我妈妈……"

"听着，对于我，这房子的意义，你应该懂得，它不是一件财产。"姥姥缓缓地说，"我并不把这看成财富。房子给你，按你的心去处置。你懂得我的。"是的，赵晶玉懂得，这房子就是姥姥的存在，是她的回忆、希望和心灵的归宿，她的心魂长系于此。

姥姥又让赵晶玉把那个布包拿来，打开来，里面有一个小布包，"这些东西是你的。"

赵晶玉吃惊地看到，里面有一个长命锁和一封信。"这是什么？"赵晶玉疑惑。她将从这些东西中明白自己从哪里来。

赵晶玉的姥姥又捧出赵晶玉穿过的那件裙衫，"这个一定要留给你。从你第一次穿上这裙子的时刻，我就知道它是属于你的。我那时并没有责备你的意思，只是你让我看见了我自己的过去。你再穿一次给我看吧。"

赵晶玉把那件衣服穿上，听到姥姥又在轻声地唱着："梦里星霜换，征夫犹未还。朱颜辞老镜，草木忆旧年。书我相思意，寄我泪如泉。托予双飞燕，还我红玉莲。"她就趁着那歌声，为姥姥舞蹈，舞蹈那支《虞美人》，舞蹈完了，她看到姥姥的脸上带着笑，她这一辈子的笑都和痛苦有关。

赵晶玉就陪在姥姥的床边。赵晶玉握着姥姥的手，那双给过她爱抚的手。她紧紧握住那手，就像小的时候，她紧紧地牵住姥姥的手，怕丢失了自己，怕找不到姥姥，然而任她怎么拼命，那手渐渐地失去温度，仿佛那双手就那样一点一点地从赵晶玉的手中抽离。

听着姥姥有微弱的声音，赵晶玉以为姥姥还要嘱咐自己什么，贴近了，听出来了，是《诗经》中的一句：

"纵我——不往——子——宁——不来——"

最后，姥姥手上的温度倏忽间变凉。仿佛一段音乐，飘逝而去。

赵晶玉耳边又响起姥姥的歌声：

"似花还似非花，也无人惜从教坠……不是杨花，点点是离人泪。"

"拜月堂空，行云径拥，骨冷怕成秋梦，世间何物似情浓？整一片断魂心痛。"

柳絮再飞，谁为歌者；玫瑰再华，谁收艳骨？

爱情，是你前生欠了他一滴水，今生要用全部的泪报偿。

赵晶玉机械地和张安华等人一起置办花圈、纸马——当年赵晶玉和姥姥一起采摘玫瑰花蕾时，在路边见过的，让她害怕的花花绿绿的纸马。当年赵晶玉怎么也想不明白为什么会害怕，而今，真正面对这些东西的时候，她再也怕不起来了。

那道士在主持赵晶玉姥姥的葬礼，他摇响招魂铃，口中念念有词："万事了……长长好……四方为家……"这是向亡者告别。

一队人在小路上走着，身上穿着白衣，队伍里带着些花花绿绿的东西。那是在送行，赵康强搀扶着哭成泪人的张安华，赵曦光不断地用手抹着眼睛，赵晓光面色沉重，还有姥姥生前的其他亲属、朋友，排成了长长的一队……

赵晶玉神色木然，她好像远远地看着姥姥的背影，消失，消失……

赵晶玉不相信这一天的到来，而一切又在提醒着赵晶玉这一天的到来。

死亡就是终结，然而对于赵晶玉需要这样一个仪式来证实。

她已经分不清梦境与真实。有天晚上，赵晶玉有些累，就靠在姥姥常坐的椅子上，忽见姥姥走过来，还是那慈祥的笑容。姥姥说："走啊，我们摘徘徊花，又要酿酒了。"赵晶玉说："好啊，好啊。"她连忙拿着篮子跟在姥姥身后。

她们走了很远的路，路上鸟在清脆地鸣叫，花香若有若无地飘来，她们走进徘徊花丛，可是花枝要比以往高很多，花瓣纷纷摇落，地上像铺了红毯，有流水流过，闪着金色的阳光，落花随水流走。她们摘了好多徘徊花，满满一篮子。赵晶玉又想着淘气了，就藏在花丛中。可是她发现姥姥没来找她，她开始到处找姥姥，她奔跑在草地上、树林间："姥姥，你在哪儿，我头上戴着蝴蝶结，你能看到我吗……"

忽然看见姥姥，笑貌依然，那么慈祥。她委屈地哭了，要伸手去拉姥姥的双手，哭醒了，一睁眼，姥姥却变作蝴蝶扇着翅膀，她伸出手，想让那蝴蝶落在手上，蝴蝶又化作一缕白光奔门飘然而去。赵晶玉就那样呆呆地坐着，寂静无人，只等姥姥，推水回来，咿呀，咿呀的，推着水回来……

赵晶玉的眼前仿佛和姥姥一起在林间，她们猜谜语的画面：

"东窗户一个妹妹，西窗户一个哥哥，哥哥和妹妹一辈子见不到面。"

"哈哈，耳朵，是耳朵！"

又仿佛是姥姥教她认识野草的画面：

"三月茵陈四月蒿，五月砍来当柴烧，春秋挖根夏采草，浆果初熟花含苞。"

赵晶玉想起她和姥姥一起采过徘徊花的地方，那里有她游泳嬉戏的池塘，姥姥一定是去了七道泉水的源头，去推水了。她立刻起身去找那片花丛，要去寻找。路似乎还是原来的路，但不知什么时候，多了很多楼房。那片芳泽再无处可寻，旧时小路消失在一丛楼房之中。她在那里转了好久，都没有找到。

"姥姥，你去了哪儿？"她大声呼喊。她仿佛是从姥姥的怀抱里，跑下来，只因为淘气了一会儿，就不见了姥姥，姥姥就不在原来的位置上等待她，像是在开一个玩笑，在捉迷藏。想着只要自己哭了，姥姥会突然出现，她喊道："姥姥，我头上戴着你给我做的蝴蝶结，你能看到吗？我再也不藏了，你回来吧……"

赵晶玉向楼房边的几个人打听有七道泉水的地方。他们自称是外地人，不知道这里曾有过什么风景。

也有本地人，他们是一脸的茫然。他们不知道也没听说过七道泉水，他们只是城市中的迁居者。

与姥姥有关的痕迹，已然被悄悄抹去。姥姥走了，和她一起走掉的是那花丛、那水塘、那欢乐的歌唱。

她回到姥姥被拆得摇摇欲坠的房子里，穿上姥姥给自己做的舞裙，跳起姥姥教的《虞美人》舞，她沉浸在舞蹈中忘记了阴沉的天色，姥姥就是她的阳光，照得她暖暖的。她用尽全力地舞蹈，仿佛从风雪里伸出枝条，奋力地生长，柔弱又坚强；她舞裙旋转，美好幸福的感觉在心里开出娇艳的花，像风中的芍药，像摇曳的徘徊花，像盛放的虞美人；悲伤却时时袭来，她想随花飞去，落花也有展翅的力量，可她的哀愁太过浓重，载不动。


时间有时像一个陶制的酒坛，

故人、旧梦、旧街巷，

一件一件封藏，

欢歌、笑语、情话，

一年一年酝酿。

陈年的酒香，

穿透岁月的墙。

我却迷了路，

只因当年醉了，

还道是寻常。

仿佛一场戏到了终场，空荡荡的戏台上，人生岁月都在瞬间被收进了一个黑洞里。

赵晶玉是在戏曲声里长大的，在那悠扬的旋律里飞扬着她的梦，那优雅的舞姿让她着迷，聚散离合的演绎让她懂了悲伤与欢乐。

那曲词的韵致，仿佛那树枝间杏花，开放得大方优雅，落去也从容。而其中凝练的人生深义，仿佛花的香味，香入灵魂。

琵琶里弹出的是豆蔻年华，千娇百媚，温柔似水，又含着浅浅的嗔幽幽的怨。

笛音绵远悠长，恍如山水画卷一般展开，辽远空阔，流动着岁月与情怀。

命运在旋律中起伏，一唱三叹，情绵绵，思悠悠。

姥姥说："人生如戏，几十年光阴恍如一瞬，如秋露，去无痕，人生遭际起伏辗转，戏里几句唱词，忽而对了心事，便以泪和之。"

赵晶玉说："戏如人生，三杯两盏淡茶的时间好像一生那么长，擦肩的距离却如千山万水相隔。入戏时还是一个单纯的少女，一戏散场已是一颗老心，恍如过了半生一样沉重。"

赵晶玉问姥姥："为何到了情深处，总是别离时？"

姥姥说："人间离别就像花开花落一样寻常，花开的欣悦，是离愁的沃土，若要无别离，除非花不开，须得不相见。"

赵晶玉的姥姥带着赵晶玉看过很多戏，她记得在杏花纷纷扬扬时，在飘雪的戏台边看过戏，只是时光流逝，那戏台她再也找不到了。每当笛声在耳边飘过，一些往事便如尘埃，在光线中，在赵晶玉的眼前轻舞飞旋。它们来自老戏台，来自姥姥爬满皱纹的故事，穿过遥远的时空，把赵晶玉淹没。赵晶玉喜欢沉浸在记忆里，好像落花又重返枝头，又看见和姥姥在一起的时光，那样温暖，那样亲切。

许多年过去了，赵晶玉仍觉得自己，在最美的戏台下看过最美的戏。

只是她不再去寻找那个戏台了，因为一天，她忽然发现自己一直在那戏台上。这戏台真的并没有存在过，但戏台又无处不是。

人人都在这戏台上，按部就班又身不由己。

赵晶玉的姥姥说："人这一辈子就如这戏一样，起初充满期待欢喜，年少纯真无邪，青年之后风霜渐染，便觉世事艰难。可惜人没有一个剧本，未来，只有未知，你不知道什么会到来。不知道什么时候起，梦已非梦，戏亦非戏，你已成为戏中人。青春容颜仿佛忽然间已是满面风霜。好多曲词，年少只道它好听好唱，一唱三叹拿腔拿调，越来越年长，那寥寥数语，道尽一腔心事，未成曲调，泪先流。"

开场的戏烂漫绚丽，曲终煞戏寂灭孤独。

离人泪尽，歌以和之：

漫漫白云，
苍苍丘陵。
嗟我行路，
山川阻隔。
今我归来，
子期安否？

第十五章

# 相思人酒祭徘徊

肥水东流无尽期，当初不合种相思。
梦中未比丹青见，暗里忽惊山鸟啼。
春未绿，鬓先丝，人间别久不成悲。
谁教岁岁红莲夜，两处沉吟各自知。
——（宋）姜夔《鹧鸪天·元夕有所梦》

张二丑在这个城市里到处打听着赵晶玉，在他们经过的路口，在书店周围。问到的人却都摇头。

赵晶玉终于给张二丑打来了电话。

赵晶玉声音平静："谢谢你照顾我的姥姥。"

张二丑没有听明白："你说谁？"

赵晶玉说："你给我姥姥画了很多张画，这每一张画上都题着你的名字和日期。"

张二丑又问："你说的是哪个姥姥？"

电话的一头忽然泣不成声："这么多年，我都没有给她拍过几张照片……"

张二丑急急地说："晶玉，听着，你在哪，我和我爷爷要见你。"

张二丑的爷爷终于走进了这个他朝思暮想的城市，他走过李香君曾走过的街路，感知着李香君的气息。他穿过一条小巷，路过小巷里各种做着生意的店铺，想象着李香君是怎样在小巷里穿行，寻找着哪一片砖瓦上留着她的信息。在那断壁残垣间，爷爷恍然间，看到她坐在屋前的椅子上，她站在玫瑰花前笑着……他们一同走向远方，走过了人生中最远的距离，却像两粒尘灰流散，过去、现在一切触不可及。

赵晶玉带他们穿过一个小市场，有一个声音高声叫喊着："三十年代精酿白酒，重出江湖……哎，纯粮酿造，三十年代纯粮食酒，重出江湖。"是街头有人在推销白酒。张二丑的爷爷循声走过去，走到车前。"老人家，来尝尝白酒，纯粮酿造的。这里有这么多样酒，您看中哪个，可以免费品尝，实惠还高档，赶得上杏花村，超得过茅台……"围观的人，有人正指着其中的酒样，拿来品尝。摊主把一小瓶酒递给张二丑的爷爷，"老人家一看就是见过世面，您尝尝这酒，好喝不贵。"二丑的爷爷没有接，他把手指向靠在一边的酒样。那人忙笑着说："老人家好眼光，我这酒是二十年陈酿，打开来，您尝一尝。"二丑的爷爷接过酒，放在鼻子前嗅了嗅，用嘴唇抿了一小口，半天没动，又喝了一大口含在嘴里。周围人看着二丑的爷爷的样子，觉得这是个品酒的行家，都等着他说话。二丑的爷爷却放下酒瓶，转身就走。身后是摊主招呼二丑的爷爷的声音："哎，您倒是给说说呀……"

张二丑好奇地问爷爷："这酒怎么样呢？"

"不怎么样，差远了。"

赵晶玉说："我这倒有些好酒，你来尝尝。"

当二丑的爷爷打开酒坛之时，他闭着眼睛深吸了一口气，又看了看酒坛，仰脖喝了一大口，闭着眼，一言不发，只是两行泪慢慢流下。

"这酒还有一坛，是我姥姥给你留着的。"赵晶玉说，"她唱《桃花扇》演李香君的衣服还一直留着……我姥姥等了你这么多年，她等得好辛苦……"赵晶玉哽住了。

眼前的这位白发苍苍的老者，他那已经干枯的、暗淡的眼里噙满泪水。

顺着一条小路，他们向一座小山走去，李香君的坟墓坐落在这山坡上，迎着阳光，面对着她生活过的土地。赵晶玉相信，在这里姥姥就能看到她的酒坊、她种下的花、她居住过的小房，还有她曾走过的街巷。赵晶玉把姥姥院里的玫瑰移栽到这里，此时它们又绽开了花，似乎专等着他们的到来。

一片玫瑰花瓣跌落在二丑的爷爷脚下，仿佛他的李香君在问候故人。他能感觉到她的气息，那纯真的美，那些浅笑轻颦，还有那一段美妙的昆曲，穿过岁月的幽谷，穿越忧伤，到达他的身边，他和她手牵着手，走在玫瑰的花丛里，她的脸上是幸福的笑……一切只是幻梦：

> 风儿暖，风儿来，
> 吹红了水仙，
> 吹暖了杏花，
> 吹香了玫瑰，
> 吹美了年华。
> 她迎着风儿，
> 手拈玫瑰花，
> 笑靥如彩霞。
>
> 风儿暖，风儿来，
> 吹深了思念，
> 吹皱了春水，

吹皱了花眉，

年年花开，

年年风来，

姑娘，姑娘，

她青丝变白发，

那送走红颜的风啊，

一去不复来，不复来。


二丑爷爷转身对二丑和赵晶玉说："我想在这和你奶奶待会儿，陪她说会儿话。"

张二丑想要说什么，赵晶玉拉了他一把。是的，他们该单独待一会儿了。

二丑的爷爷把酒打开，倒在两个杯子里，举起酒杯又放下，就像两人相对而饮。喝下酒，爷爷又静静地坐着，远远地看去，爷爷像是在和奶奶说着话：

一年花开，一年愁怀。

玫瑰开了像晚霞。

桂花落了像泪下。

这些年，你在哪里呀？

燕子飞来飞去，能捎去我的思念吗？

便归来，还能吻我的皱纹吗？

莫话旧事，怕花听了花愁。

…………


张二丑转头对赵晶玉说："解放后，我爷爷一直在找奶奶。爷爷讲他盖房子的那个地方，是他们一起躲炸弹、读过书的地方。爷爷一直没有放弃寻找。我考入东北的学校，也是因为想完成他的心愿。"

赵晶玉注意地听着。

"我怎么也没有想到，你的姥姥就是我的奶奶，我也真是笨。也真是缘分，我竟然还吃到她亲自给我做的饭，她做的莲子糕。我能感觉到她的温柔慈爱。"

"可能你不知道，我姥姥另一个名字叫李玫瑰，这是她的真名，我姥姥小时候家里多的是玫瑰，爱玫瑰，她出生后就用玫瑰做了她的名字，李香君是从她唱《桃花扇》后才有的名字。"

"难怪，难怪。"张二丑瞬间回到那与玫瑰有关的一个个片段中。

风起了，徘徊花散落，香气远袭。

张二丑跟爷爷说："爷爷，我们回家吧。"

爷爷不说话，过了好久，才张开嘴："哪里是家啊，这里才是我的家。"

从李香君坟前回来，二丑的爷爷的身体状况越来越差了。有时他夜里喊着他爱妻的名字醒来。

爷爷弥留之际，他的嘴里嗫嚅着什么。

张二丑凑近了听，他叨念的是："野人山——野人山——，香——君——，玫——瑰——"

几颗泪滴，缓缓地从他腮边流下。

张二丑把爷爷和奶奶，合葬在一起。这么多年里，爷爷积攒了很多玫瑰花瓣，张二丑用这些花瓣把他们掩埋。


张二丑整理爷爷的遗物，有几本书，是爷爷整理好了，留给张二丑的。在爷爷的书架上，张二丑还发现了一封信，是爷爷写给张振业的，大约是一直没有机会给张振业。

张二丑把爷爷的信交给张振业，张振业展开来看：


我真希望我们还有时间，我们爷俩能坐在一起，聊聊过去，聊聊现在，打开我们这么多年来的隔膜。

孩子，这么多年来，我们没有好好地沟通，我们活在各自的思想里。我们隔膜，我们自己把自己的心封闭了。我们吵过架，可就算吵过闹过，父子之间却没有隔夜的仇。对于人生，我们各有自己的见解和行为，我不认为我的见解和行为就完全正确，可是，孩子，我并不像你所说的那样保守和固执。

我真应该早些告诉你，你父亲的事情，这样我们之间也可以少一点隔阂，多一点了解。

我和你的父亲亲如手足，我们在丛林里谈着生活，想象着我们没有吃过的美味；谈着理想，想象着战争结束后，我们各自的模样。如果没有战争，你的父亲，他应该守护在你的身边，现在弄孙为乐，安度晚年。并不是我仍旧活在那个旧时代里，是我的魂留在了那片丛林里回不来。

我有我的梦想，就像你一样有着自己的梦想。我常常忆起风华正茂的我，对未来的人生充满向往；梦里却炮火硝烟，又走在密林中，走啊走啊，雨打芭蕉，滴滴哆哆，醒来时，窗外雷声阵阵，凄风冷雨，倍感凄凉孤独。

我希望我成为大医，这是祖辈留给我的念想，我愿凭自己力量，悬壶济世。

我希望我深爱的孩子们，都能把自己的事业做好，生活得幸福。

我希望我能找到我深爱的妻子，我能在她的身边相守。我们俩不光是爱人夫妻，也是最好的朋友知己。

没有这些梦想，我就没有继续生活下去的勇气，那么我的内心也还在流亡。

我生活在山河破碎的时代，看过悲惨的生活，有过深切的痛苦和悲伤。国家贫弱，处处哀伤。这使我懂得，只有我们的国家强盛，我们的国民才能受到保护，才能有尊严地活着。

收拾一地碎片，支撑我们的国家从满目荒凉里走出来，重新走向繁荣的，是你们；站起来，挺直身板，意气风发走向世界的，是你们。

我们的梦想也是你们的梦想，你们幸福了，我们才幸福。一切因为你们的幸福，我们这一代的拼搏才有意义，那些长眠于地下的勇士才能得到安慰。

想想在九一八事变之后，就战斗于白山黑水、冰天雪地中的勇士，那些在艰苦条件下坚持抗战的勇士，那些用血肉之躯谋求民族的独立，为建立一个富强独立民主国家流血牺牲的志士们，我们不只是记住他们，还要让他们的精神融入我们的血液。他们不只是一些符号和影子，他们还和我们生活在一起，当你幸福的时候，他们会看着你微笑，他们向往着这一天到来了，他们的梦想在你们的身上得以实现。

在和平的年代里，幸福的体验，并非完全来自于物质生活。高楼、车，给生活带来的意义，并不直接来自于它们的存在，而在于理想追求和创造过程。我们的付出对我们所爱的人有意义，我们有自己的人生信念，才会有幸福的体验。

把你教育成人，是受你亲生父亲所托，很抱歉，种种原因，没有给你交代清楚。应该说，你不负你父亲的期望，他在九泉之下也当瞑目。

…………


张振业一边看信，一边看到一个小孩子在他面前走过，他在和他的爸爸争吵，他任性，他厌恶他的爸爸。他好想把那个孩子叫回，训斥一顿，可是那个孩子越走越远，一切都是回不去的时光。

张振业感叹："错了就是错了，心里有多惭愧，都没法回头弥补。父亲对我，有过严苛的批评，那对我的人生和事业是多么有益的教诲，我过去是不懂得，现在再也听不到了。"

第十六章

# 慧蕨藜巧点迷津

凡大医治病，必当安神定志，无欲无求，先发大慈恻隐之心，誓愿普救含灵之苦。若有疾厄来求救者，不得问其贵贱贫富、长幼妍媸、怨亲善友、华夷愚智，普同一等，皆如至亲之想。亦不得瞻前顾后，自虑吉凶，护惜身命。见彼苦恼若己有之，深心凄怆，勿避崄巇，昼夜寒暑，饥渴疲劳，一心赴救，无作功夫形迹之心，如此可为苍生大医，反此则是含灵巨贼！

——（唐）孙思邈《备急千金要方·大医精诚》

# 一 蒺藜，一名止行，一名豺羽，一名升推

同学聚会，张二丑的老同学很不理解张二丑放弃绘画走上了医学之路。张二丑应该是在画家村里落脚，或是在大芬村做着画师，或者开着自己的绘画装潢公司，转行去做中医，大约是穷得在画界混不下去了。

张二丑只笑而不答。一句"人各有志"，常可以作为倔强的理由。

真的走上这条路的时候，张二丑才能更为真切地看到中医的现实困境。

那天，张二丑早晨在公园里锻炼，听见有几人在谈治病的经历。"你们老年人得病吧，建议你们直接去找西医。家里本来是相信中医，就到了中医院……发烧就消炎，打滴流，就在中医院一打打了半个月头孢，天天发烧啊，衣服全湿……都腊月二十七，要过年了，得赶紧治啊，就赶紧上医科大学医院，一检查，肾盂肾炎，打氟哌酸，两天就降温……"

张二丑只觉得脸红，因为他们议论的中医院就是自己所在的医院。

有一天张二丑上夜班，在急诊室值班，医院来了一位五十多岁的中风病人。张二丑用针灸等中医手段，对病人进行了救治。事后却遭到领导的批评。张二丑争辩说："我们是中医院，一些中医传统的急救手段当然可以应用，比如针灸，我爷爷讲，针灸最重要的功能就是用于急救。"领导立刻严厉地批评："你能保证病人的安全吗？出了事故谁来承担？"张二丑回嘴说："您当初把我招进来，不是因为我中医针灸做得好吗？""那只不过是一个中医院的必要项目，你还真当这医院没有你就不叫中医院了？"转而领导语气又和缓下来，"以前我们就是以中医治疗为主，可结果呢？病人一来，没有重症监护等西医科室，就得转走，病人安全得不到保证，病人就不来我们医院，医院也没有经济效益，医院总得活下去吧？都快关门了，更别提有什么发展了。"

民不信中医，中医则亡；医不用中医，中医则毁。

有了这些西医项目，医院的经济效益很快好转，收费低的中医手段并无竞争优势。

中医院里还大量使用西药，病人到医院来看失眠，开过中药还要开助眠的西药。用了西药的中医医生，如果用药手段并不比西医高明，治疗效果没有西医好，只能毁掉中医在患者中的口碑。

而一些数据显示，中医治疗率呈逐年下降的趋势。

…………

卢梭在《爱弥儿》中说："我们的痛苦正是产生于我们的愿望和能力的不相称。一个有感觉的人在他的能力扩大了他的愿望的时候，就将成为一个绝对痛苦的人了。"张二丑在他正式行医之后才能感受到爷爷内心的痛苦，当面对医学的种种问题、病人求助的眼神的时候，体会到中医的种种困境的时候，张二丑就更能理解爷爷内心的世界。痛苦的人情怀各异，但各个相似。痛苦如螳臂当车，产生于蚍蜉撼树。

桌上放着一本书，宣纸书皮上，写着一行清秀的字：悬壶医录。那赏心悦目的字立刻让人感受到筋骨。张二丑好像又一次看见，白发的爷爷，在他生命最后的光阴里，奋笔疾书，他要把他一生所学总结下来，留给后人。

这就是二丑的爷爷没有出版的书，这本书里记载了些医案。二丑的爷爷另有三本书留下：《中药种植法》《中药炮制法》《中药方剂心得》。

张二丑一面将书稿文字录入电脑，一面结合爷爷曾给自己讲过的内容做了批注。张二丑翻开第一页，是爷爷为书所作的《序言》，清秀的文字，像爷爷站起来说话。

我本生于中医世家，不求闻达，心向中医之道。不想自"九一八"始，国土沦丧。初，我以为天下事自有人当之，我不必学杞人忧天，我的责任在于医治疾病，振兴中华医学。谁想未几年，战火竟烧至北平！嗟乎，我一家老小，自此漂泊乱离，一路所见，民生凋敝，寒饥苦饿，老弱相牵，又有疫病流行。此时我真正体会到古人所云"覆巢无完卵"之深痛，始知"天下兴亡匹夫有责"。

我父竟丢下资财，随身携带多种书，为我家传珍本，或有其平生搜集，不忍丢下，稍有散失，心痛不已。及至云南，又生变乱，劫后所余，不过十之一二。不由人叫一声痛！资财散尽还复来，文化积累岂能复得？

更可痛者，侵略者轰炸我东方图书馆的暴行。想那张元济，辞去所有职务，加入商务印书馆，欲昌明教育。元济把中国的希望寄托于"开启民智"，苦心经营出版事业。然而日军几个燃烧弹，投在书馆之上，多少古籍珍本，化作纸灰，"廿年心血成铢寸，一霎书林换劫灰。"

元济之悲亦我之悲！元济之痛亦民族之痛！

然椎心之痛更在于经典之书束之高阁矣。

学中医者不肯读中医典籍，理直气壮，"学中医何必读《内经》，学运动定理难道要看牛顿的原著吗？"

更可恨者，从中医典籍中，寻章摘句，以偏概全，作为指责中医不科学的证据，以片言只语诋毁中医，而于典籍之中精华视而不见，见而不悟。《内经》说："夫为医者，在读医书耳，读而不能为医者有矣，未有不读而能为医者也。不读医书，又非世业，杀人尤毒于梃刃。"学医者若不能用心揣悟，辨伪存真，以求医学进步。以昏昧之心读书，书必毁！

⋯⋯⋯⋯

张二丑打完一部分文字，闭目养神，回想起那年在月光下，爷爷教自己背五行。

爷爷教一句，二丑跟着念一句："水曰润下，火曰炎上，（言其自然之常性），木曰曲直，金曰从革，（木可以揉曲直，金可以改更），土爱稼穑，（种曰稼，敛曰穑，土可以种可以敛）。润下作咸，（水卤所生），炎上作苦，（焦气之味），曲直作酸，（木实之性），从革作辛，（金之气味），稼穑作甘，（甘味生于百谷）。"

爷爷又一句一句地给二丑解释，二丑耐心地听着。

"这段话是对五行属性的划分，'木曰曲直'，意思是木具有生长、升发的特性；'火曰炎上'，是火具有发热、向上的特性；'土爱稼穑'，是指土具有种植庄稼、生化万物的特性；'金曰从革'，是金具有肃杀、变革的特性；'水曰润下'，是水具有滋润、向下的特性。五行是一种不可违背的自然规律。"

⋯⋯⋯⋯

张二丑好像看到一个孩子，跟在瘸腿的爷爷后面。爷爷用力攀上山崖，那少年也努力向上攀登，老人用手拉，孩子坚决自己攀上去。爷爷能识别这里生长的几百种草药，他们在翻山越岭中，发现各种药材。很多药材是丛生的，爷爷会只采集一些。然后爷爷让张二丑把这些药材画下来，又标上发现的地点。爷爷给山画了个地图，在地图上，标上各种植物，并标上生长情况。这就是徕凤山地区药材分布图。

张二丑又记起那年和爷爷在一片河滩上采药，突然"哎哟"一声，张二丑把伸向草丛的手缩了回来。爷爷听到张二丑的叫声，见张二丑看着手上扎的一个刺球叫道："疼死我了，这是什么鬼玩意儿？"

爷爷把那刺球从张二丑手上拿下，说："这叫蒺藜，是一种草的果实。蒺藜在道边、农田随意而生，春天开出小黄花，夏秋结出这种果实。因为这种果实的芒刺长得凶狠，它'一名旁通，一名屈人，一名止行，一名豺羽，一名升推'。"

张二丑一面揉着钻心疼痛的伤口一面说："恶毒的杂草。"

"别说它恶毒，它可是一味温热的良药，《神农本草经》把它列为上品，味苦，可治喉痹，不但无毒，久服能长肌肉，明目，轻身。"

"那它可是仙草了。"张二丑一面尝着蒺藜的味道，一边学着爷爷的语气说，"生在凡间人不识呀。"

爷爷笑道："中药的药性有些是古人在饥荒和疾病中认识到的，《救荒本草》里就说'蒺藜处处有之'，遭遇荒年，老百姓就采蒺藜种子磨面，做成食物，饱腹救命。"张二丑听着听着，觉得那刺伤自己的蒺藜竟忽而温柔起来。爷爷又说："草有草性，人叫它'止行'，如果能止恶行，多像忠言逆耳的大臣，强于谄媚小人。"

多美的草。

采集的蒺藜种子带回家，爷爷给它挑净，蒸过，晒干，还要在一个专用的木臼里舂，爷爷说是要把刺去掉，蒺藜有多种炮制方法。

爷爷坐在一边用脚踩住轮柄推动碾轮，笨重的碾轮在药槽里一下下往复滚动起来。张二丑就拿着木杵一下一下地舂，可是舂着舂着，忽然不见了爷爷。天也忽地黑了下来，张二丑好害怕，好孤独，他大叫着："爷爷，爷爷……"

不知什么地方传来爷爷的声音："孩子，教给你的炮制方法都记好了吗？会用这些药吗？"

"爷爷，你在哪儿？"

"记住凡事动用你的智慧和勇气，这里交给你了。"

张二丑向野地里冲去。忽然眼前模糊出现了一个黑影，不是爷爷，却是一个巨大的怪物，它转动着身躯，向张二丑的眼睛挥动着它肥胖而多皱的胳膊叫喊着："我要你的两个灯泡，我就要你的两个灯泡！"

张二丑牙齿打战："你这吃人的恶魔！"

恶魔一步步向张二丑逼来："说对了，我是魔……"

"我能打败你！"张二丑手上不知什么时候多了一双长柄蒺藜，很称手。

"你用什么来打败我？就这吓唬人的玩意儿？"

张二丑刚要舞动蒺藜，就听周围有人喊："你不过是做个样子吧，中看不中用的把戏！""就你那点本事还想打败恶魔！"他似乎看清周围的人，他们高叫着"不科学""废五行，行天理"……脑子里嗡嗡直响，他好像被包围了，他真希望爷爷在身边，哪怕只笑看着自己，他也会浑身充满力量。

这时遥远的地方传来一个声音："超级蒺藜！英国超级蒺藜！"他好像找到了自己的同道，向着声音跑去，背后回响着狞笑。眼前却越来越亮，他看见了英国的船，喇叭里高喊着："超级蒺藜！"再看的时候，却是黑洞洞的炮口正向着自己……他喊着："爷爷，救我！"

哪有爷爷，不过是一场梦，他发现，自己流了很多泪水，使人心伤的无非思念，使人迷茫的无非脆弱。耳边却又传来"超级蒺藜，英国超级蒺藜！"的声音，是窗外，他没有听错！张二丑打开窗子，是楼下有人在做保健产品促销。喇叭里正喊着："畅销欧洲，运动营养品牌，超强配方，蒺藜胶囊，强壮身体，促进健康，518元一大盒……"

手机响了，张二丑拿起手机听完，他高兴了，"好的，好的，我就来。"


这天赵晶玉漫无目的，在这个她熟悉又陌生的城市，重走在旧时街巷，却找不到要去的地方。城市在变新，而我们在变老。

在这条街上，原来有好些小店，现在都已迁走，整洁气派的高楼，代替了过去低矮破旧的小房。她徘徊了很久，在一个特别的"海边人家海鲜馆"招牌前站住了，好熟悉的名字，好熟悉的招牌。看到这个名字就会想起那时她正处于事业的困境，那个夜晚，烟气笼罩，呼啸的风……她犹豫着走了进去。

里面宽敞明亮，食客桌上杯盘狼藉，穿着相同制服的服务员在席间往来穿梭……这时赵晶玉才醒过来，好像本来想故地重游，但忽然迷了路，不知所措呆立在那里。

正巧前面有一个老板模样的人走过来，要出门去。他忽然停下来打量着赵晶玉。

"你是——赵晶玉！张二丑的朋友……"

"你是——"赵晶玉记起来这就是海鲜馆的老板。他和那年像个老头的老板判若两人，如今，他穿着西装，打着领带，脸上泛着光彩。

"对，是我。贵客来了，快往里请。"然后他向里面喊，"贵宾席，先送壶茶来！"

这个海鲜馆，就是那年张二丑请赵晶玉吃海鲜的店。名还是那个名，只是现在是酒楼，过去是一间棚屋。

据老板说，张二丑还是常来这家店来吃海鲜，每次都会坐在靠窗的位置上，边吃边望着外面的风景。

张二丑也还在这里请人吃饭，老板一定要给他打折。用老板的话说，这店名都是张二丑起的，招牌也是他做的。刚开始的时候，张二丑常带着些朋友，来这里捧场。张二丑给他出了好多主意，带火了他的生意。老板一再感谢他带朋友来，张二丑却说，"酒香不怕巷子深。你这海鲜确实鲜活，吃着肥美，我就是给加把柴。"

贵宾席就在一楼靠窗的边上，一张老桌子，赵晶玉瞬间记起，那年的这个海鲜馆用的就是这种桌子，现在桌子上放着一盆玫瑰花。这里卫生、宽敞、明亮。

"这老桌子你还留着呢？"

"这老桌子都是响当当的实木桌，舍不得丢，其实更舍不得你们呀。在我走背运的时候，是你们俩帮衬着，帮我把这店开起来的。你们总来我这吃饭，张二丑还不断地给我介绍新顾客，照顾我的生意。现在我这牌子一直没换，很多老顾客认我这牌子。两张老桌子，这桌子专门等你们来的。这玫瑰是张二丑放的，让我照顾着。现在我明白他为什么要放花了。他是在等你，心里一直装着你。"

赵晶玉刚坐下，那壶茶就端上来了。老板给赵晶玉斟上茶。赵晶玉抿了一口茶，一种熟悉的味道回旋在唇齿之间，沁人心脾。

"这茶——"

"这就是'老师傅'龙井茶，好茶，张二丑喜欢的茶，那年他送我很多，让用来招待客人。我到杭州，无意中找到了这个老师傅炒茶的地方。我就多买了些准备着，专等你们来。"

"从一家棚屋海鲜，到海鲜酒楼，你是怎么做到的？"

"刚下岗那会儿，开了店，我亲自到海边跑水产。在海边搬运那些海货时，我是开心的，我嗅到海的气息时，心潮澎湃，做好这件事，这是我的情怀，仿佛我的人生在忙碌中，就有了着落。那些水产送到店里，这身价就大涨。后来，我就有了自己的船，也有了我自己的海鲜运输车。不到几年的时间，棚屋海鲜成了酒楼。几年间，我的两个儿子考上了大学，机械设计与自动化专业。他们学的东西比我们这一代先进。"

赵晶玉环视酒楼，每个角落里，满满的是他对家人的爱，你能感觉到他面对家人时的温柔。

赵晶玉看着老板脸上的光彩，她知道，他是年轻的，他身体里怀有激情，你能看到他的身上是有光的。

"真没有想到，你现在做得这样大。"

"人呀，你努力些，上天是不会亏着你的。天无绝人之路，要肯琢磨，肯定有活路。人不懒，还得看门道。当你太过执着于一件事，太在乎脸面荣誉，它占据了你的全部生活，就开始钻牛角尖，生活的道路会越来越窄，以致无路可走。"

他的脸上写满希望，他的精神满是生机和活力。

手机响了，老板接了个电话，看看表，歉疚地说："坏了，我本来有事，这会儿耽搁了，我得失陪了。"

"没关系，我自己在这里坐会儿就好。"


## 二　轮扁斫轮

> 轮扁曰：不疾不徐，得之于手而应之于心，臣不能授之于子，臣之子亦不能授之于臣，正谓上达必由心造，非可以言传也。书之所存，特妙用之迹尔，认以为心则误矣。求丹溪之心者，在吾心有丹溪之心，而后可以妙丹溪之用，极深研几，察微知著，虚明朗彻，触处洞然，此丹溪之心，妙用之所从出者，亦必由学而后至也。人必研精覃思，学焉以至乎其地，则丹溪之心，不难一旦在我矣。
>
> ——《丹溪治法心要》


张二丑接了赵晶玉的电话，来到海边人家海鲜馆。

张二丑跟赵晶玉讲了自己班上的不快："西医的诊断，中医的药。中医的辨证治疗，成了'辨症治疗'，西医说到消炎，就对应地用到蒲公英，蒲公英就是消炎药，这和中医的用药是两个理论……"

"中医我不懂，可我姥姥懂得。我从小就没有进过医院，除了防疫针，就没打过针。不是百毒不侵，是经常感冒，我姥姥总是自己配中药给我，每年我姥姥会带着我在野地里采集很多蒲公英来晒干。我妈妈倒是常抱怨，腿一疼到中医院里看病，非要拍片不可，每次都拍片，说不拍片就不能确诊，不给开药。我妈妈就说，你们现在的中医，不拍片就不会看病了吗？最后我妈妈只得拍了片，可就是拍了片也就是那个病。不但要拍片，那中医大夫脉也不摸就开药了，她就不相信这是中医，她过去见的中医不是这样的。"

"这是个矛盾的问题，中医的现代化，似乎等同于中医的西化。我不是排斥西医，我是想中医的有效实用的手法是中医的优势，有些中医诊疗方法还是可以作为常规方法的。"

"你教教我把脉吧，我一直对这个都很好奇，算命一样，摸着脉就能说病情。"

"这可是很难学的，我有个同学，就因为好奇，进了中医的'城'，摸不着头脑又要出'城'改西医。"

"你只告诉我，你说的脉象有多少种？"

"脉象就很难把握，李时珍在《濒湖脉学》里讲到二十七种脉象，浮脉举之有余，按之不足，如微风吹鸟背上毛，厌厌聂聂，如循榆荚，如水漂木，如捻葱叶。沉脉，重手按至筋骨乃得，如绵裹砂，内刚外柔；如石投水，必极其底。迟脉，一息三至，去来极慢，在呼吸之间脉搏跳动仅三次，很有可能是寒邪入体，阳气衰弱，或是气血不足有虚寒……"

"都是比喻啊，怎么个如捻葱叶，还真难找到感觉。"赵晶玉在自己的手腕上比量着。

"这需要师父指点着认识各种脉，更需要悟性。中国古人讲意会，明朝以前，中国科技大多缺少数字上的归纳，需要言传更需要有悟性的意会，这是中国科技传承上的特点。"

"那什么叫悟呢？"

张二丑就给赵晶玉讲起了故事："《庄子》中有个轮扁斫轮的故事。齐桓公读书，制作车轮的轮扁却说齐桓公读的是圣人留下的糟粕。为什么呢？砍削木材做车轮，轮孔做宽了，套在轴上就会松动，做得太紧了，又不合适。要感知其中的规律，才能做得不松不紧。可是他无法言传给自己的儿子，他的儿子又不能领会其中的奥妙，所以他七十岁了，还没能把手艺传给儿子，只能自己做这车轮。圣人们把能写的记在了书上，那不能言传的东西，随他同逝，所以齐桓公读的就是圣人留下的糟粕罢了。"

"读书不能领悟，读再多也是把人读得教条。"赵晶玉点头应着。

"中医上也讲究领悟。脉象的总结，并不是急于描述一个概念，人体的脉象是有规律的，把它总结在书上，不是把书背下来就可以，需要通过领悟，感知脉象，了解在一种脉象之下，身体器官的运行状态。这其中最关键的是，在脉的细微变化中感知到不同脉象的区别，并确认这就是某脉象，以后还能从众多脉象中找到这种感觉，认出这种脉象，不能这也是那也对。"

赵晶玉笑着看着张二丑说："要不，你给我把把脉吧？"说着她把手腕伸到了张二丑面前。

张二丑把手搭在赵晶玉的手腕上，指头按下去，抬起一个指头，再按下去说："你这脉缓而匀，像春风拂柳，你呀，好着呢。"

一股流动的温暖从张二丑指尖传到赵晶玉的心里，她像醉了酒，脸有些红，"这有什么难学，我会了。"

"会了？我那同学把脉时，觉得是涩脉，老师没有提示前，感觉不到脉的软，老师说这脉浮而软时，才又觉得确实带着软。掌握好中医的诊疗方法是需要根骨和悟性的，所以我那同学读了四年中医本科，却不敢给家人看病，又想着转学西医。你怎么能说会了？"

"'根骨'呀，你当我要成仙了道吗？不过，我的确有慧根。你不信可以让我给你把把脉，看说得准不准。"赵晶玉认真地说，张二丑带着惊讶地把手腕伸出来。

赵晶玉学着张二丑的样子，手指在二丑的手腕上诊了一番："你这是肝气郁结，忧思过度了。"

张二丑疑惑地说："指法不对，说的有那么点意思。"

"你脸上写着呢，苦大仇深的样子。"赵晶玉笑着说，"我摸不到脉，但我可以从你的神色上看出来。你是医生，要'望、闻、问、切'，你可以看到患者的面色，再进一步脉诊，做出判断诊治。我是倒着来的，诊脉做做样子，然后看你的脸色，猜你的心事。"

张二丑笑说："我们学习脉象，比如'如水漂木'是什么样的脉象，在指尖上有什么感觉，需得师父手把手来教，做到对脉象个人的感性认识，同时又不至于太主观，脉是活的，就要有活的感觉。也因为对脉象使用了比喻性的描述，使得有人诟病把脉，太重医生的主观感受和想象，无法做客观的测量。不是这样的，作为一个负责的中医医生，他要尽可能客观地掌握患者的病情，一个深悟中医之道的医生，他的感知就应该更细致真切。清朝名医叶天士，到了最后时刻，告诫他的孩子，他死后勿轻言医，因为药如刀兵，要读书万卷，要体悟，要推理思考，才能有强的中医能力济世，否则如害人性命。所以似你这样半吊子行医是不行的。"

"这么看来，中医师的培养很难，中医的诊疗，受个人修为水平的影响很大。一些现代科技产品，可以避免误诊，提高治疗的精度，那些重症监护等设备也是必要的。重症抢救为什么不能使用现代仪器呢，谁规定了现代仪器就专属于西医，是西医的代名词呢？谁限定了说，用了现代仪器的中医就不是中医了？倒是危重病人太过在乎中医手段，说呼吸机你不能给我用，各种仪器你都不要给我用，我要是医生，我会告诉他，那你还是痛快点去死。如果是过度依赖仪器，涉及的是过度医疗的问题了。"

"我不是说中医引入了那些现代科技的设备就不是中医了，我是想，中医的有效手段还是有很大的应用空间的，既可以节省医疗成本又能提高医疗效率的医疗手段能造福百姓，为什么不能被传承使用呢？"

"我姥姥有烦恼的时候，她就一个人分成两个来对话。说着说着，那让她烦恼的问题就变得可笑了。"

"我可不成，那样我会疯掉的。"

"我以前想，那张仲景、李时珍这些人，在他们的时代，研究医学的人社会地位并不高，张仲景据说本来还是个太守，他又是用什么心态、怎么样的信念来研究医学，让他有那么高的医学成就的？直到了解了我姥爷，我能看到一点叫作救世情怀和理想的东西，他却未能青史留名。这个时代，很多人是抱着出人头地的想法来考大学的，十年寒窗苦读，他依然清贫，那他这么多年学的东西的价值又体现在哪里？得不到价值的认同，他会很不自信，所以才有人又转学西医的。"

"每一个人应该有自己的信仰追求，知道自己正在做的事情的意义是什么。中国传统是把医看成仁术的，用来悬壶济世的，像张仲景作为太守，医术是他济世的手段。鲁迅笔下的神婆打着中医名号做着骗钱的把戏，绝不是真的中医。"

"不过这样的'仁术'固然美好，放在现在却是不可持续的。医生治病救人，但行医也是职业，要慈善，也需生存。他自己都活不下去了，又怎么行医呢？"

张二丑点头。

"我觉得你要把中医作为自己的事业，那就从力所能及的事做起来，一步一步地做。你被一些事情搞得心神不宁，不待医学上的挑战，你自己就先乱了阵脚，还谈什么医家呢？先把自己做好，以你现在的高度，如果你的争论和骂街一样没有意义，你该做什么？我看你现在都成愤青了，满腹牢骚，不如做点事情。我姥爷不是常说，活着就要像个战士吗？"

"你比我更了解我爷爷。"

"你知道，我姥爷最在乎的是什么？"

"当然是中医了。"

"你是真不懂他吗？你要知道，中医和西医的重要差别是什么？"

"在于理念，中医讲天人合一，讲治未病，讲系统、整体，有对生命现象独到的认识和总结。更在于中药，在用药体系上与西医有明显的不同。"

"你再想想，我姥爷怕的是什么？很多事情是有价值的，人的精力却是有限的，你只能做好其中一两件有意义的事，有了突破你再往其他的方向努力，可能事半功倍，你只有让自己强了，你才有可能在医学上获得自己的生长空间。"

"我爷爷最怕他中药炮制技艺失传，那些他精心研究的药水、膏药，作为中医成果都应该流传下来。"

"中医药要想生存发展必须保证疗效，中药炮制技艺，可以使各种药材变为疗效可靠的中药。中药炮制技艺一旦失传，那将是中医药真正的灾难，等认识到它的价值的时候，再也恢复不了，失去的是宝贝，受苦的是百姓。"

"你比我懂我的爷爷。"

"还有，我姥爷为什么要苦心种植那些药材？"

"因为我爷爷注意到了中药的原料种植给中药带来的质量安全问题。合格原料才能保证药效，市场上有些植物药材，本身品种就是错的，还有些种植户为了逐利，不按时节种植采摘，使这药材失去了药用价值。所以他自己种植中药，自己炮制。"

"这些你都知道，那么，我姥爷费尽心血培育的满山中药，你就那么让它们荒废了吗？"

瞬间，张二丑想起了那满山的中药，那些他和他的爷爷一起辛苦寻来，又洒下汗水培育的中药植物们，此刻它们还好吗？

张二丑终于下定了决心，说："药王谷！我要把那里改造成药王谷，我要把这些中药开发出来！"

赵晶玉拍手说："好啊！你常跟我说，有些中药可以提高免疫力，那中药是如何提高免疫力的，很多问题是不是都值得研究？"

张二丑低头喝了口茶："我一直想问，你的书店怎么样了？几年前就见到民营书店倒闭，有些还是知名的书店，真是为你捏了把汗。"

"前几年受到电子商务冲击，还有书店之间的价格战，实体书店就不景气，光靠卖书很难盈利。后来我的书店又面临动迁的问题。很长一段时间，我没有找到好的经营场地，书店一直都是停业状态。"

"后来你做电商，在网上卖书了？"

"没有，我还是喜欢书架和空间，喜欢书被分类排列展示的样子。我也怀疑过自己，但有一点是明确的，读者单纯买书从电商平台完全可以买到定价极低的书。后来我整理书店的物件，找到一点你留下的'老师傅'茶，还有'魔鬼的眼泪'配方，咖啡机我一直留着，看着那些东西，我就想，就像你现磨的咖啡，实体书店里的轻缓与厚重，是电商无法替代的。我就想试试，开辟一个阅读空间，提供舒适的阅读环境，并且提供阅读服务。再有原来读书会的读者们不断联系我，要我向他们推荐书目，还要我给他们讲书摘和心得。这样我的书店又重新开张了。"

"新书店什么样？"

"我现在重点做的是阅读空间，除了原来的读书会，我还组织各种深度阅读活动。比如，文化国学一块，我有书法培训、茶道讲座、酒文化体验等活动，对，还有中医药方面的讲座。这些活动使读者不光是带了本书回去，还把书与相关领域的空间衔接在一起，让读者获得更大的阅读空间。"

"你一个人顾得过来吗？"

"我一个人哪做得了这么多，很多活动是书友主动组织的，海洋书店分出四个主题分店，国学书一部分，旧书一部分，人生之书一部分，学术书一部分。我还计划在海边开设一个阅读空间。"

张二丑看到赵晶玉的眼睛里漾动着海水的光。张二丑好像看到她的阅读空间，和当年海洋书店一样的风格，在海边，与天空，与水色成为一体，又像海滩上的一片大贝壳。

他们走出海边人家海鲜馆。

赵晶玉说："我五天后要在海洋书店开办读书会活动，主题是"我的读书经历"，有兴趣你也来参加吧。你可以谈谈你读过的战争类书，过去你给我讲过，现在还觉得挺受益的。"张二丑说："好呀，我来，准时来。"

赵晶玉立即反对说："什么准时，你不能提前一个小时吗？"

张二丑没有反应过来，他答应着："啊……"

赵晶玉说要回妈妈家，两个人挥手告别，就在赵晶玉一转身刚迈出一步，没防备忽然一辆车已向他们撞来。

## 第十七章

# 病魂常似秋千索

帝曰：善。余知百病生于气也，怒则气上，喜则气缓，悲则气消，恐则气下，寒则气收，炅则气泄，惊则气乱，劳则气耗，思则气结。九气不同，何病之生？

岐伯曰：怒则气逆，甚则呕血及飧泄，故气上矣。喜则气和志达，荣卫通利，故气缓矣。悲则心系急，肺布叶举，而上焦不通，荣卫不散，热气在中，故气消矣。恐则精却，却则上焦闭，闭则气还，还则下焦胀，故气不行矣。寒则腠理闭，气不行，故气收矣。炅则腠理开，荣卫通，汗大泄，故气泄。惊则心无所倚，神无所归，虑无所定，故气乱矣。劳则喘息汗出，外内皆越，故气耗矣。思则心有所存，神有所归，正气留而不行，故气结矣。

——《黄帝内经·素问》

# 一　那个背影

这辆飞奔的车显然没有预料到，前边这个人要转身过马路，而赵晶玉也完全没有提防会有车从身后开过来。就在赵晶玉要被车撞上那一刻，张二丑一把抓住赵晶玉的手臂，把她拉了回来，车擦着他们的边飞驰过去。好险！

赵晶玉的心怦怦跳着。

张二丑抓着赵晶玉的手腕呆在那里，像是被吓傻了。

赵晶玉先缓过来了，对张二丑说："还不放开吗？"

张二丑反应过来，"啊……"他忙把赵晶玉的手腕放下。

他们挥手告别。

"精神着点，看着点儿路，注意安全！"

"知道了！你自己也要注意！"

赵晶玉呆呆地坐在书桌前，眼前是姥姥留给自己的长命金锁和一封信。赵晶玉打开信，信上写道：

阿姨：

您好！

我是一名来自北京的知青，生活不幸，我的人生走进了迷途，陷入了困境。出于无奈，将这孩子托付给您。日里我见您行止优雅，言语可亲，我知道我遇见了可以托付孩子的人。

孩子名叫邵晶玉，我愿她像美玉一样漂亮，愿她坚强。孩子如得收养，姓氏可随父母，但请求保留她的名字。我不是一个狠心的妈妈，即使您不能收养，也请暂为照顾，待来日我走出困境，可以把孩子接回，一枚金锁为家母着人手工打造，独一无二，留在孩子身边，可做来日相认的信物。

拜托您了，谢谢！

此致

敬礼

读着信，赵晶玉好像又一次看见梦里那个远去的背影，那一定就是自己的妈妈。原来梦里的一切是真的，冰冷的风雪地，冰冷的湖水，不是被雪地陷住了脚，就是在冰冷的水里游泳又被水草缠住了脚，这都是真的。她明白了为什么童年的自己爱感冒，明白了为什么自己闭着眼嗅到姥姥身上徘徊花的气息就会感觉到安静，也明白了投入姥姥的怀抱为什么就那么温暖。

妈妈呀，你又是出于什么无奈才把我抛弃？在那样的风雪天里，你又怎么忍心放下我转身就走了？

如今，你在哪里呢？妈妈，我真想叫你一声妈妈！没有你，我的世界一片寒冷。妈妈，你知道吗？我无数次梦里追着你的背影，却总也追不上。我有幸遇见了我的姥姥，她教给我智慧和勇敢；我也遇到了很多对我好的人，他们像阳光照进了我的人生，这后来的一切，你可知晓？你说回来认我，是否你真的已把我彻底遗忘？可有一个孩子也曾进入你的梦里？

也许是被吓到了，晚上赵晶玉又做梦了。

在童年戏水的水塘里，赵晶玉奋力地游着。水底世界，绿蒙蒙的，有些怪模怪样的石头躺倒在泥沙中，还长了绿的头发，水草像章鱼的触手摇摇晃晃。忽然水草们缠住了赵晶玉的脚，她拼力挣脱却越缠越紧……

忽而又是风夹着冰冷的雪片，在她的身边呼啸，赵晶玉从裹得严严实实的襁褓留出的口子向外面望去，一个背影一步一步向前走去……

一双手，把赵晶玉从地上抱起来，抱在怀里，徘徊花的香气透入赵晶玉的鼻孔，好温暖……

"姥姥，姥姥……"赵晶玉从睡梦中哭醒。

这次读书活动与以往不同。正是海洋书店的周年庆，这是海洋书店的生日，所以来宾越多越好，而读书会的会员很多白天是有工作的，周末也有会员到不了场，考虑各方面因素就把这次活动的时间定在周五晚上六点。

到了这一天，张二丑怕路不熟找不到海洋书店，或是绕路误了到海洋书店的时间，下午四点就来到了海洋书店。

那年海洋书店的海洋是画出来的，现在，你走进海洋书店就像走进了一片广阔的海洋。换句话说，赵晶玉不但把她原来办书店的小院给搬来了，而且她还把当初她办书店的半条街都给搬来了。

独立、自强、包容是书店的理念，就像海一样包容。它是书店，但也是图书馆，也是咖啡馆，也是茶馆，也是文创商店，也是国学文化体验店。你想买书吗？这里的书有品位和格局，书摘、书评等资料把厚厚的书变成薄薄的纸片，很容易让读者在茫茫书海中捞到贝壳。你想在这里阅读、创作吗？这里的木桌木椅很宽阔，可以舒适地坐在上面静思、书写，就像你在海边找到了一块属于自己的沙滩。你想休息吗？阳光从窗外照进来，安详慵懒，现磨的咖啡，大红袍茶想喝就喝，音乐在缓缓流淌，各种绿植也美得惹眼……

踏进海洋书店的门，张二丑看呆了。迎面像吹来海风，耳边有海鸟在轻鸣，有大海在澎湃。

赵晶玉早在等着张二丑了，见张二丑进门，她走了过来，笑着说："这才四点你就来了？太不守时了。"

"早点来，先参观下你的阅读空间。"

"我带你去一个地方。"

他们走到里面的一间屋子，透过玻璃墙向里面望去，里面很宽敞，摆了很多座椅、桌子。有很多人在出出进进布置会场。

张二丑问："你怎么招了这么多服务员？"

赵晶玉说："这些人有的是书店的服务员，还有很多是志愿者，或者说是我的书友，有的书友从海洋书店刚'出生'就一路走来跟着我，就像——铁哥们。"

正说着，张二丑看见一位女服务员走了过来，说："赵总，你要的酒杯是现在摆在桌子上还是等大家来了再发在他们手上？"

张二丑一打量，叫出声来："王阿姨，是你呀！"

王阿姨也叫出来："张二丑，哈哈，成熟啦！"

赵晶玉笑了，嗔怪地说："王阿姨，看你，都说了别叫我赵总，还是以前的叫法，叫我'赵晶玉'。酒杯摆在桌上吧，嗯——那些宝贝们也都摆上吧，免得到时候忙乱！"

王阿姨也笑着说："那哪行，我私底下叫你'赵晶玉'还可以。好，你们聊，我去安排一下。"

张二丑笑着看王阿姨走去。突然，张二丑发现了一批画着图案的书架，他走近了揉揉眼睛再看过去，书架上画的有海岛，有贝壳一样的书，有小船，有绿树，一看就是年代久了褪色了，模模糊糊看不太清楚，但一下就能感觉好熟悉好熟悉。再向周边看过去，咖啡机！他看见了他用过的咖啡机！

张二丑回头问赵晶玉："原来你也怀旧呀！怀旧就变老了，可我看你还像是个小女孩。"

"我第一次看电影《三峡好人》的时候因为一句，"赵晶玉学着电影演员的语气说，"'现在的社会不适合我们，因为我们太怀旧了'笑得不行不行的，我再看就忍不住想哭。"赵晶玉本来还是笑的，说着说着眼泪又流出来了。

"看，我没说错吧，活得越来越像个小女孩了。"

"你看海鲜馆老板，我看他更年轻了，有时候人好像是倒着活的。我们不是老了，是忘不掉我们曾是怎样地走过艰难。"赵晶玉说着说着就抽泣了一下。

"你看你看，我过去哪见你像现在爱哭。"张二丑笑着说。

赵晶玉又笑了说："我所有的老物件都放在这个阅读区里了，粮票呀，秤砣啊，油灯啊，《毛主席语录》啊，好多老物件都放在那个展柜里了。"

张二丑好奇地说："你又去捡破烂了？"

赵晶玉说："没，是拾荒，寻找宝物。"

两人都笑了。

屋顶上音乐在缓缓流淌：

It started over coffee we started out as friends

It's funny how from simple things the best things begin

…………

看看时间还早，赵晶玉问："饿了吧？"

张二丑说："饿了能怎么办，我吃不惯西餐，你这里有中餐吗？"

赵晶玉不回答有没有中餐，说："这才四点半，人家都是吃过饭来，你要等到六点开会，然后，哈哈，能把你饿成瘦猫。"

赵晶玉把张二丑领进她的办公室。

赵晶玉从柜子里拿出一瓶子像是蜂蜜一样半透明的糕来。张二丑扫过一眼，眼睛放了光，叫了出来："莲子糕！"张二丑抢过来，贪婪地打开盖子，伸手就要抠瓶子里的莲子糕吃。

赵晶玉一下把张二丑的手打掉，"有勺子！着什么急，都是你的。"

张二丑吃了几口有点噎，就问赵晶玉，"有水没？"

赵晶玉又从柜子里拿出一瓶葡萄酒，却没有标签，给张二丑倒了一杯。琥珀色的酒在杯子里打转，张二丑拿起酒杯，一扬脖，喝了下去，"玫瑰露酒！"他又叫起来。

这次主题为"我的读书经历"的读书会活动开始了。每张桌子上都摆了莲子糕和玫瑰露酒，放好了盘子、勺子、筷子和酒杯。

几位书友谈了自己的读书经历，会场上掌声不断。

主持人说："下面欢迎赵总为大家分享读书经历。"

赵晶玉面带微笑走上讲台，张二丑坐在桌边看她演讲。

赵晶玉讲道：

在我很小的时候，我姥姥告诉我，我来自天外的一颗星。

我却发现，我并没有来自星星的神力，我离不开我姥姥，总是有这样那样的问题。我姥姥说，你落地时，只剩下了勇敢，我丢失了一个强壮的躯体和面对未知一切的智慧，于是我奔跑着，寻找丢失的东西，我一直都在寻找。

小时候，我的姥姥在院子里种下了花，植物生机勃勃，引来了虫儿叫，蝴蝶飞，鸟儿也会光顾。我姥姥也把我带到野外，教我认识了各种植物，它们很美，这是诗的生活。

草们是有故事的野草，我姥姥说每一种草都有自己的性格，每一种草都有一个故事，每一种花都有美的灵魂。

像芦苇和蒲草的叶子上会落下晶莹的露珠，是它们在为我笑着流泪，所以我不开心的时候想到它们我会流着泪笑。

当一个人爱我们的时候，会笑着流泪，流泪时也会笑，流着泪笑。

当我孤独的时候，有草们的陪伴，是不会寂寞的。

有一种草叫北极草，它们遥望着北极星，长得像竹子，它们和北极星遥相对话，它们来自北极星，遥望它们的故乡，思念着那里的亲人。

我姥姥拿着中药书，拿书上的图画，对照草的样子，教我认识中药，白头翁、甘草、半夏、延胡索都是在那个时候认识的。它们有厚德，能救人。

我姥姥教我读《诗经》，一种种植物在诗句里道出它们的向往和思念，那一句句诗里弥漫着草木的芳香。

从那时起，我觉得古人好有诗意，给植物以诗一样的名字。可是，很多人不知道的是，《诗经》中采来采去的菜，多半就是在我们身边生长，或者生长在路边，或是乡间土埂上，被人们称作野草的植物，它们土气得让人哑然失笑。野草是可以入诗的，这让我感觉到生活如诗。读植物，读《诗经》，给了我一个丰盈的精神世界。

在我的童年中，我姥姥给了我一个味觉的世界，那些简单的食材，鱼也好虾也好，或者一把水芹，经我姥姥的手做得色香味俱全，这使我的童年有了滋味，那滋味也成了我灵魂的一部分，使我成为一个活泼好动爱行走的人。

我姥姥还曾带我到过一个小水塘，我在那里读过书。可能在人们眼里，只是一个水泡子，可我回忆起来那个小水塘就是我的大海，那是一片广阔的海，我从水塘边的蒲草上，从水塘映着的白云上，认识了浪漫与诗意，理解了轻缓、安静与包容，懂得了丰富的内涵。

童年的读书经历，使我把书读进自己的生命里，成为精神健康的元素，使我在以后的生活里，每每遇到不顺，我都能扛过去。因为读书使我成为一个会思考的人。

生活如诗，因为爱与被爱，可以让灵魂丰富，但战争、瘟疫，永远成不了诗，它们只会将我们毁灭。一个有感觉的人应该重视疼痛对于人生和社会的意义，并积极做出改变。我们能做的是从各种灾难中走出来，生命因为承受住重量，才练就刚强的骨。因为有悲伤，因为还有希望，因为还有梦想追求，我们就是生活的诗。


演讲完了，大家热烈鼓掌。

赵晶玉走下台回到张二丑旁边坐定。

主持人又说："下面请黄总为大家分享读书经历。"黄总向讲台走去。

她叫黄秋月，叫她黄总是因为这阅读空间，有她很大一部分股份，她是书店的大股东。赵晶玉的股份次之，她一个人无法做出这么大的气场。当然，黄总的朋友也持有一部分股份。所以这是个公司，因为赵晶玉的海洋书店是创始人团队，协议约定，由赵晶玉行使公司表决权，其他人采取行动一致原则，所有一切的决策权在赵晶玉。

张二丑向黄总的背影看去，看不出她多大年纪，等她站在讲台上转过身来，能看到，她脸庞秀美，眼角有一点点风霜，可那是一双漂亮的眼睛，看人的眼神让人想起乡间那清清流水；嘴角带着笑意，像清晨太阳刚露出地平线从隐隐的云烟中洒出的一缕柔和的光，从容开朗。

黄秋月站在台上沉默了好一会儿，像是在回忆，又像不知从何说起，但是她的耳边却已听到北风嘶吼，一片荒原出现在她的眼前。

# 二　冰凌花

黄秋月讲道：

那时的我还是个小姑娘，我做知青来到北大荒，从车上跳下来，我能听到广播里传出一个女声："广阔天地，大有作为……"

"北大荒，天苍苍，地茫茫，一片衰草枯苇塘。"就像这首《北大荒歌》写的一样，北大荒一望无际。立足在那片土地上，我的心荒寒起来，我茫然，不知道生命应该如何在那里度过。

有一天，我正消沉地做着手边的事情。

一名男知青，他叫邵力农，很帅气地出现在我的面前，他说："我看到你就像看到一棵开在冰雪中的花。"

我不信，我说："你开玩笑，植物在冰雪中怎么能开花？"

邵力农笑着对我说："我骗你干吗，我在采石的时候，发现了这种花，叫冰凌花，我觉得那就是开在冰雪里的玫瑰花。"

邵力农递给我一本书，叫《青春之歌》，说："抽空读一读，不吃饭可以，书是不能不读的。"

那时候书是稀缺的宝贝。大老远从北京来，我不可能带一箱书过来，但是他说得对。

古人把"贫"与"穷"分得很清楚，"贫"指经济贫寒，"穷"指社会生活中不得意。

我们都不喜欢"贫"与"穷"。韩愈在他的文章里记，"穷"有五鬼，就是"智穷、学穷、文穷、命穷、交穷"，我们的节俗在正月里，特有一日叫作"送穷日"。送穷，大体是送走这五鬼。用仪式送走五鬼，必须送他们走，希望他们马上就走。因为，这五鬼使人面目可憎、语言无味。

"面目可憎、语言无味"怎么办？送走五鬼，留下信念。这光靠过一个节俗是不行的，我们不能不读书，不读书怎么能培养你的才华，实现你的梦想？

我看邵力农憨厚可亲，就说："都讲'广阔天地，大有作为'，这里天地确实很广，我不知道我的作为在哪儿。"

邵力农认真地说："如果，你能看到，春天的苗是希望，秋天里的收获是成果，你就会想到你是有用的，就会扎根在这里了。"

我觉得他说的有道理，听了这话后，我在以后的劳动中虽还是感觉到劳累，但是能支撑下去了，茫然的心有了着落。

邵力农来自团部的建筑单位，伐木、采石、建房。我所在的连队离团部很远，我在那里种玉米、大豆、小麦等作物，冬季里则要修水利工程。开始的时候他因为有任务，才偶尔来我连队一次。那年的春天，三月还是冰天雪地，邵力农走了几十里地来找我。

我远远看见他正向我奔来，我迎面跑过去，我们是那么欢喜。

我问他："你跑这么远就是为了见我一面？"

他说："不，我要带你去看冰凌花。"

我们就一起奔跑，向着那美丽的冰凌花。那时阳光真是和煦，照在身上那么暖。

我是第一次看到冰凌花，冰雪在太阳的照射下，闪着美丽的光，在那灿烂的光雾里，冰凌花越发显得金黄可爱。我知道邵力农是在鼓励我，要像冰凌花一样在艰苦的环境下生存。这灿烂的光雾，这金黄的冰凌花，将永远温暖我的心。

一旦有了时间，我们就看书，把带来的书交换着看。

有时，我们为了一个小时的相见，两个人都可以走很远的路。邵力农不让我多走路，我说："一条路，两个人走，两人相见速度就会成倍地加快。"那时，我们都很开心。

那年冬天，有一次我与他见面之后回来的路上，我因为冒了风雪病了，咳嗽不停，吃了很多药不见效。邵力农又在雪地里走了几十里，给我送来中药，他说他跟别人要的药方很管用。确实管用，我的咳嗽就慢慢好了。

后来渐渐地，回城的知青变多了，再后来恢复高考了，回城的希望越来越近。

恢复高考的消息传来，我们就像看到幸福未来越走越近。种地，毫无技术的种地，只能消耗我们的人生价值，要到知识更能发挥作用的地方去。我和邵力农拥抱在一起。我们相互鼓励着学习。

我们奔跑。

我们感觉春天来了。

我们能感觉到阳光的温暖。

我们能看到希望在远处的地平线上闪光。

有一天，我联系不上邵力农了。我找到团部，却听到一个冰冷的消息，采石的时候，出了意外，邵力农为了救战友，被石头砸倒，再没有起来。

我听到这个消息如五雷轰顶，我喊着"力农，力农……"向他出事的地方奔去，摔倒了，爬起来，再跑，最后我扑倒在邵力农的坟墓前。邵力农就葬在他牺牲的地方，陪伴他的是一丛丛冰凌花。

团部的人说在邵力农的衣兜里发现一张纸，上面写了几行字，应该是邵力农写给我的。

我接过那张纸，纸上写的是：

青春是一棵冰凌花，

在早春晶莹的冰雪中，

傲然挺立，

绽放出金黄的花，

好像那初升的太阳。

冰凌花又开了，

秋月，我们还要一起看冰凌花。

我想对着冰凌花大声喊：

冰凌花，我爱你。

我想对着我爱的人大声喊：

秋月，我爱你！

黄秋月讲着讲着，泪就流了下来。

她站在讲台上哽咽着说："在我的心里……他是个英雄……从那时起，我开始有了心痛病。"

"意外的是，我怀孕了。我既有做了一个妈妈的喜悦，又有对未来的忧虑，我该怎么办呢？一个姑娘家，在连队有了孩子，会被人说作风不正，更何况我的事，因为那首诗已成了公开的秘密。为了躲避流言蜚语，我在沈阳的亲戚家生下了孩子……"

会场的人都静默着，有的人抹了一下流出的泪。

黄秋月擦擦眼泪，说："可是亲戚也是要脸面的，一个姑娘家带着一个来历不明的孩子……我得带着孩子离开他们。这个时候，我可以返城了……正是冰凌花一样绽放的年纪，生命却是灰烬一样的颜色。不是所有人都在高考中可以获得机会，如果注定平凡，我该怎么办？"

黄秋月愧疚地说："那天下过雪，我在水鸭屯一个小市场，看到一个阿姨在卖酒，我看她举止优雅，听她说话言语可亲。我知道我遇见了可以托付孩子的人。我把孩子趁阿姨不注意放在她身边，过了一会儿孩子哭了，阿姨看到孩子就抱起了孩子，她看了我的信，收拾好她的酒就推车回家。看着阿姨抱走了孩子我又追了过去，我对不起力农……可是我跑了两步就停住了，孩子跟着我会受苦的。"

黄秋月叹了口气接着说："回城后，在我爸爸妈妈的张罗下，定了一门亲事，我很快结婚了，就有了女儿梁静玉，可是，短暂的婚姻并没有给我带来幸福……"

我在市场上摆摊，给人照过相，做过缝纫工……生活依然是迷茫苦闷，路越走越窄。我的心里堵得慌，我看着西沉的太阳，感觉青春彻底荒废了。我大声对着天空呼喊："我曾希望的美好未来在哪里？仅仅是为了有口饭吃吗？人活在这个世上的意义是什么？"我不吃不喝躺了两天，昏昏沉沉的时候，我的耳边好像听到邵力农在说话："要想到自己是有用的，春天的苗是希望，秋天里的收获是成果。"我忽然明白，你只有提高自我存在的价值，才可能活出意义，才能活出味道。

我开始出入书店、培训班。我拼命读书，微薄的工资好大一部分用来买书了。灯光下，我写读书笔记，拼命学习。当我拿着自学考试科目成绩单时我笑了，我却忍不住泪水。

直到2000年，我也有了自己的商贸公司。

我们经历了没有书读的年代，我们更懂书籍的价值，更懂得读书的意义。我买书捐给山区、乡村。我回到乡村，推广农业技术，投资农产品加工，还为农产品找销路。

我们的青春是在北风嘶吼的荒原上度过的。每当我听到北风嘶吼的时候，我都会忆起那片荒原、那段青春的岁月，那片用汗水和泪水浇灌的泥土上就会长出青青麦苗，就像琴弦上的歌飘飘扬扬。我生活的印迹留在荒原上边，就再也抹不去了。我走过乡村，那里有闪耀的星辰，有一望无际的麦田，有青青麦苗，有静静的河流，有冒着炊烟的房子，乡村永远是美丽的。

我这样做了，我就觉得我的力农他仍然和我在一起，因为他在我身边就一定会让我这样做的，因为我们相爱着。

冰凌花，美丽的花，早春开在冰雪里的花。书友们含着热泪，为黄秋月鼓掌。

这时候，有位服务员捧了一大束玫瑰花交给黄秋月。

黄秋月一步一步向赵晶玉走过来。

赵晶玉抬头去看，好像在梦中，光线灰蒙蒙的，明亮而不耀眼，照在黄秋月的身上就像闪着光，天哪，梦里的那个背影转身了，现在那个人背对着光，向她走来。似曾相识的感觉，好像风的凉气吹到脸上，就像雪的气息透进心脾，赵晶玉不自觉地站起来，向前走了一步，想要拥抱这转过身的背影。

"晶玉，晶玉……"背影深情地看着赵晶玉，轻声地呼唤着赵晶玉的名字。

赵晶玉在想，我是在做梦吗？

不，不是在做梦。

黄秋月把那一大捧玫瑰花交给赵晶玉。赵晶玉捧着花不知道黄秋月要做什么。

黄秋月拉住赵晶玉的手缓缓地走到讲台上，向人们说："在每年的同一天，我都会回到水鸭屯来，打量着从我眼前走过的小姑娘，想着哪一个会是我的女儿。我找了她很久，一下子很多年过去了。有一天，我在北京图书大厦购书，我看到了一个女孩，我当时就有一种熟悉的感觉，她太像我，也太像力农。后来我知道了她的名字。我曾把女儿丢了，今天，我要用这束玫瑰花，对我的女儿说——"她眼含深情，看向赵晶玉，"晶玉，妈妈爱你！"

赵晶玉扑进黄秋月的怀里，泣不成声地说："妈妈……你知道……吗……我做过……很多梦，梦里追……追着你的背影……却总也追不上。见到你……我就看到……梦……梦里的……那个背影……你的气息……我一下子……一下子就感觉到了……"

黄秋月搂紧了赵晶玉，抚着赵晶玉的头说："晶玉，我也常常梦见你，让你受了那么多委屈……原谅妈妈……"

赵晶玉把脸埋在黄秋月的怀里啜泣着，"妈妈，我不怨你……"

张二丑也忍不住流出眼泪，他背过脸去看向窗外，他想起了童年的时光，他的妈妈牵着他的手走过街巷……

# 三　他的背影

赵晶玉说："妈妈，你现在心痛病好了吗？"

黄秋月缓缓地说："这个病有很多年了，不用去医院，发作过后就好了，到医院检查，心电图等指标都正常，医生判断大约就是心绞痛。"

张二丑说："黄阿姨，我学过中医，让我给你把把脉吧。"

他们在桌前坐好，黄秋月把手伸出来，张二丑把脉枕垫在她的手腕下，把手指搭在她手腕寸口处，手指轻按，移动，再抬起，又按下去。

张二丑开口说："阿姨，你那次着凉，受了寒气又没有及时疏解，坐下了病根。但心痛病在那时没有发作，你的胃口也不好，很是虚弱。"

"是的，在那个条件下，胃也常觉不舒服。"

"那次生活上的变故，对你打击很大，你就长久地思虑，有道是'思虑烦多则损心'，就会生心痛病。你表面看起来平静，可心事太重，长久忧伤的情绪会使你的病越来越重。"张二丑说，"晶玉酿的玫瑰露酒，你可以常喝，正适合你养身体。"

张二丑给黄秋月写下药方：

　　栝蒌实一枚　薤白三钱　制半夏三钱　桂枝二钱　生姜汁一钱　枳实七分　云茯苓三钱　广皮半钱

　　水煎服，服二次

"黄阿姨，这个药，先开两服，看看感觉如何，然后我再给你号脉更换药方。"然后他对赵晶玉说，"我去抓药，你们母女在一起好好聊聊。"

没有相约，赵晶玉和郑大山却在河堤再次遇见。

恍然中，好像隔了很多年。有多少年，他们数也数不清，十年？二十年？五十年？大约快到一辈子了吧。河堤还是那个河堤，现在已是盛夏。

赵晶玉眼睛看着郑大山："你知道，你在我手机里叫什么名字吗？"

郑大山想了想，说："叫，大山。"

"不，是——夫君。"赵晶玉摇摇头，说，"我要的爱很简单，只要你陪着我，陪我到天涯到海角，陪我寻找人生的意义。马蜂来了，我的爱人给我打马蜂；风雪来了，我的爱人是阳光。他就那样一直陪着我。我不喜欢太遥远的幸福，也不喜欢只属于某个时刻的幸福。"

郑大山泪流满面。

郑大山在自己家里，从书架上，拿下赵晶玉给的日记本，看看封皮上画的画面。画面上有一个小屋，小屋周围是紫色的草地，一条小路，一个男孩穿着短裤，像他，一个女孩穿着花裙，像她，他们欢快地在紫色的草地上奔跑。他叹了口气，"那时我们多像画面里的男孩和女孩。"他翻开日记本的扉页：

I finally found someone who knocks me off my feet
I finally found the one who makes me feel complete
It started over coffee we started out as friends
It's funny how from simple things the best things begin
This time is different
It's all because of you
It's better than it's ever been
敢不敢比，谁爱谁多一点？

耳边响起赵晶玉的话："日记本是上了锁的，本子交给你保管，钥匙我来保管，将来必须我们同时在场才能打开。那时，我们一起就能看到答案。"

郑大山叹了口气。三年、四年……二十年、五十年……仿佛一下子已是很多年后。

郑大山把日记本合上，忽然他发现封皮上女孩的图案看不清了，越来越模糊。"天呀！"郑大山有些惊恐，"是我老了，眼睛花了吗？"不，环顾周围一切正常。他的视线再回到日记本封皮上，那个女孩只剩下模糊不清的影子，那个男孩也暗淡了许多，紫色的草地也不知什么时候荒芜了，变成了一片黄沙，像是因为遭遇干旱久失雨露的滋养。他突然发现，为了防潮，他把日记本放在最靠近阳光的地方，夏天到了，日记本的封皮向着阳光太久了，而树已枯萎，没能撑开枝条遮下阴凉。

总会有些无法防备的事情进入我们的生活，甚至嘲弄我们，这大概就是叫作命运的东西吧。

　　姐儿头上戴着杜鹃花呀
　　迎着风儿随浪逐彩霞

384

船儿摇过春水不说话呀

水乡温柔何处是我家

  有些老歌我们许久不听了，甚至会选择性不听，可是这些老歌，会在你刚转过某个街角时，不经意听到，甚至在你忙碌地做着各种工作的时候，你忽然莫名其妙地唱起老歌的一句词，然后旧时光仍然会如流水滚滚而来又滔滔而去。

  河堤仿佛又回到了冬季，天空又飘起了雪，地面上的雪越积越厚，两串脚印一步一步通向遥远的地方，你能看到在雪地的尽头，夏天花红柳绿。在风雪中，郑大山转身，他回头对赵晶玉说："你就在这等我，我很快就回来。"郑大山的背影渐远，赵晶玉想要追过去，可是雪地铺了那么厚的积雪，她从来没有见过，她向前奔跑，却陷在厚厚的积雪中。她发现自己变成了一个婴儿，从襁褓里望去，那个背影越走越远。

  赵晶玉看见她的姥姥走过来，那雪地却硬实得很，姥姥踩着一串脚印，脚下"吱、吱"响着走过来，走到她的面前，用瘦弱的手捏住赵晶玉的手，把赵晶玉抱起来，姥姥爱怜地说："我走了，谁来替我爱护我的赵晶玉？"变成婴儿的赵晶玉啜泣着。

  时光之镜里，多么漫长的年华都仅一瞬间即可闪过；时光之镜里，我们能看见我们原本看不见的片段，遗憾的是，即便我们能穿越回去，也永远看不到事情的全部，并且当时已惘然。

  人生五味尽尝，我们才知道，爱情如此可贵。传说中有一种宝石叫作玫瑰，当我们懂得爱的时候，徘徊花将吐露芳华，以这种宝石的颜色绽开。

第十八章

# 徘徊花又到了花期

玫，火齐，玫瑰也，一曰石之美者。

—— （东汉）许慎《说文解字》


凡珠有龙珠，龙所吐者。蛇珠，蛇所吐者。
南海俗谚云："蛇珠千枚，不及玫瑰。"

—— （南朝·梁）任昉《述异记》

# 一　徘徊花之约

几个月后，在张二丑的精心调治下，黄秋月的心痛病没有再发作，感觉身体也轻松很多。在张二丑的劝说下，她还经常参加锻炼。

赵晶玉又做梦了，她又梦见芦苇塘。深秋萧瑟清冷，芦苇花随风飘飘荡荡，姥姥拉着赵晶玉的小手穿过芦苇丛。姥姥唱着歌："蒹葭苍苍，白露为霜。所谓伊人，在水一方。溯洄从之，道阻且长。溯游从之，宛在水中央。"歌声还响着，赵晶玉却又不见了姥姥，在姥姥站立的地方，有一丛芦花飘扬……

赵晶玉收到张二丑的约请，他说要去云南了，走之前有事要跟赵晶玉说。他们还是约在了海边人家海鲜馆。

两人坐在桌前，四目相对，张二丑定定地看了赵晶玉半天。

赵晶玉疑惑地开口："有什么事跟我说？你怎么这样看着我？"

张二丑郑重地说："我有重要的事情要告诉你，我要结婚了。"

赵晶玉吃了一惊，端着杯子的手抖了一下："怎么这么突然？"

"我总要有一个家。"

"是。"

"你也不能总是单着。"

"嗯。"赵晶玉漫不经心地应着。

"我要去云南了，准备成立药王谷，打理爷爷留下的产业。"

"好。"赵晶玉点头表示赞同。

"这次去云南，就不能经常回来了，走前，我要带走一样东西。"

"什么？"

"我，我，送你个礼物吧。"张二丑有些紧张。

"为什么送我礼物？"

"因为有样东西我必须带走。"张二丑坚定地看着赵晶玉。

赵晶玉疑惑地看着张二丑拿出一块泥做的东西，拿在手里看，是一朵泥雕玫瑰，雕工精致，像一只杯子，在杯子边上还有一个可以伸进手指的泥环，"这是什么？"

"一杯子嘛，只是杯子柄设计得小了点儿……"

赵晶玉把手指伸进泥环，不料，那泥环就从杯上掉了下来，泥环破开，套在手指上的是一枚亮晶晶的玉戒指。

"我想在每年徘徊花开的时候，我们一起采摘花蕾酿酒，一起喝徘徊花酿成的酒！我爱你，嫁给我！"

赵晶玉恨恨地说："你讨厌……"却扑在张二丑的怀里。

…………

张二丑高兴地抱着赵晶玉在街上跑起来。

赵晶玉说："你要带我去哪？"

张二丑说："我想带你去哪就去哪！"

他们仿佛又回到了过去的时光，那里有各种声音，赵晶玉在骂："臭疯子！""癞皮狗！"仿佛又响起那骑车人的吆喝："这爷们！有劲！这爷们！有劲！"他们跑在城市中，跑在他们走过的路上，跑到河边，上了胜利大桥，直到他们遇见一个正在打电话的女生才停下脚步，张二丑把赵晶玉放下来。

那个女生长声地哭叫："你说你爱我，有廉耻吗？谁赋予你的权力这么无底线地谩骂我？你前天还跟我说你放不下我，你说你爱着我，想和我在一起，你这是要把我逼疯吗？……"

那个女生把电话挂断，哭声却未停止，她悲伤欲绝，这状态使她走向桥边，望着桥下滔滔流走的水。

张二丑说："不好，她要跳河！"

赵晶玉急忙说："快拦住她！"

他们跑过去，就在那个女生要越过桥栏的时候，他们一左一右把那个女生拉了回来。

"我是中医药大学的学生，我看中医，吃中药，我有什么不对吗？"她眼睛红着，神经像有些错乱。

"没错啊！"赵晶玉接着说。

"他说他爱我，要和我在一起，可是就因为我看中医，就无底线谩骂侮辱我……"那个女生双眼呆滞。

"别人不了解你，不小心伤害了你，是可以包容的事……"赵晶玉试图用姥姥安慰自己的方式安慰这个女生。

"我不可能和他在一起了，他打从认识我那天起，就知道我是学中医的……"这女生又悲伤地哭起来了。

赵晶玉和张二丑面面相觑说不出话来。这世界有人欢天喜地，有人悲伤欲绝。

坐在公交车上，赵晶玉要到家附近的公园接她的妈妈回家。

她呆呆地望着窗外闪过的草、树、房子。她的思想空白着，在她的姥姥去世后，她的思想常会停止活动，好像严冬里被一场冰雪封住了的河，周围一切的声响，一切的人，都无法激起她心底的一点点涟漪。

"我姥姥会做炒鸡蛋。特别香，如果你到我家来，我让我姥姥做给你吃。"

"我姥姥会做柿子酱，给你吃一勺，那味道简直是太美了。"

几个小孩子说话的声音，仿佛从很远很远的地方传来，越来越清晰，是车上几个小孩自豪地夸着自己姥姥做饭的手艺。这瞬间在赵晶玉的世界里打开了一个冰洞。

又一个孩子讲："我姥姥会做辣椒味的巧克力。"

"这我姥姥可做不了。"另一个说。

赵晶玉鼻孔间仿佛早已升起浓香的气息，顺着那丝丝缕缕的香气，赵晶玉好像又回到了姥姥的身边，"馋猫儿，就知道到外面去野，闻着香味就回来了。""喵……"她好想现在变回童年的赵晶玉，跟她们争一争："我姥姥会做玫瑰酱，会酿玫瑰露酒……"

几个小孩子还在笑哈哈地谈论着辣椒炒巧克力。儿童的世界，是味道来调的。一个成年人，有来自童年变不了的味觉，没有一种味道把你牵回童年，你便不曾有过童年。

奇怪的是，赵晶玉回忆起来和姥姥在一起的每一个幸福片段，都只有开头。有时是和姥姥一起挑选徘徊花蕾，挑着挑着，没有了结局。一个个故事，都是有始无终的故事。她常常拽着自己的头发问自己，那些故事后来怎么样了呢？最后她只得出一个结论，也许是最后自己贪玩去了，也许忽然靠在姥姥身上睡着了，姥姥一定是爱怜地在一边哼着歌，怀里抱着她，手里挑着徘徊花蕾，直到星斗出现在天空……

赵晶玉走进公园，她要接回妈妈。

公园门口那个修鞋老人还在那里，钉着鞋。拿起来看看，放下，又拿起另一只观察着。如今他的脸上生了皱纹，却舒展开，旁边的收音机里正唱着《花为媒》：

　　　　爱花的人惜花护花把花养，
　　　　恨花的人骂花厌花把花伤。
　　　　牡丹本是花中王，
　　　　花中的君子压群芳，
　　　　百花相比无颜色，
　　　　他偏说牡丹虽美花不香。
　　　　玫瑰花开香又美，
　　　　他又说玫瑰有刺扎得慌。
　　　　…………

他十多年来一直在这里"上班"，这里就是他的岗位。公园的管理人员也不赶他，知道他的生活情况，公园管理人员还把门口的小房子让给他，鞋料、工具、工作台，都在小房子里放着，显眼的墙上挂着他的营业执照，他在厂里获得的奖状也拿来贴在旁边，这里算是他的工厂。

可是如今并没有谁来修鞋，也很少有人来找他做鞋了。在物质丰富的今天，有些鞋还没有穿几天就已经旧了，又出了新款，谁需要修鞋呢？再说鞋底被粘了个掌，或者哪儿补了一下，穿出去是没有面子的事。他的生意自然冷清。赵晶玉却是照顾他生意的人。赵晶玉曾经多给他钱，他拒绝了，他说："我只收我应该收的。一分辛苦，换一分收入，不要别人的可怜。别人的可怜与同情只是一时，过日子那得是实实在在的。"

赵晶玉把十元递给修鞋老人，说："你的手艺还是那么好，这修过的鞋就看不出修的样子。"

"你这是给我鼓劲呢，我一直都知道，你照顾我生意。这是我修的最后一双鞋了，以后收摊回家了，弄孙为乐。"

"怎么，这回真的退休啦？"

"不是退休，是我认输了。那些年，我儿子说要学做皮鞋，我说这有什么出息，学做皮鞋还要考什么大学，跟我学就行了。现在人家工作了，成了设计师，他带我到他们厂去，我一看傻眼了，那生产线，叫——智能化。我给时代甩下了，我认输了，老了，我服，但是我骄傲！"

"我认输，但我骄傲"，这是一场战争，一个不服输的老人，打了半生的战争，跨过人生的一道道坎，摸索着爬起来，支撑起一间小"工厂"，走过艰难的日子，风雨中为家人撑起伞，给他们一片爱的天空。他像一个战士守护着自己的尊严荣誉，最后他认输了，可是他赞美自己的对手，为这个新的时代骄傲，别样的情怀，别样的悲壮。

走进公园里，有个人，戴着个帽子，戴着花。因为喝了酒，他脸有些红，这使他京剧唱得更加旁若无人，有模有样，仿佛他正在那戏中：

> 少年子弟江湖老，
> 红粉佳人两鬓斑。
> 三姐不信菱花看，
> 也不似当年彩楼前
> ············
> 在头上整整沿毡帽，
> 身上抖抖衮龙袍。
> 用手取出番王宝，
> 三姐拿去仔细瞧
> ············

这是赵康强。他在下岗后，也尝试着做过很多事情，总是做得很短，可不知怎么这些年却快得让人意外，仿佛忽然之间，他就到了退休年龄，他领到了退休金，而他的脸上也有了越来越多的笑意。他的变化能让人感觉到时间在变化，他逢人便感叹："这人啊，真是不经混。我这小孙子都这么大了。"

他唱戏时，旁边小孩也跟着笑，也跟着咿咿呀呀地唱，手舞足蹈。
这便是他的小孙子，赵晓光的孩子。
晓光那年接受了赵晶玉拿给他的钱后，又回到南方，但他没有出去找工作，而是揣着钱，游山玩水。实在是带着满心的烦恼，不能随便什么生意都做，此刻他已经明白，守株待兔是不能给生活带来希望的。那他又该做些什么呢？在行走的路上，他看见有人在卖一种像桃核一样的树籽，把树籽用工具打磨，能磨出像玉一样的光来。有很多人在围着看，那摊主就介绍说："这是菩提子。"

晓光走了很远，"菩提"两个字却让他心动，又折了回来。

那摊主一边开动机器磨珠子，一边还在讲："释迦牟尼就是在菩提树下顿悟成佛的。你看菩提子开出的珠子多漂亮，做成念佛的数珠串成手串，拿在手上数一数，其福无量。"

赵晓光买了那摊主一些菩提子，并求他教给自己制手串的手艺。

晓光旅游几个月回来后，在闹市区开了个文玩店。赵晶玉想不到帮哥哥办理营业执照非常顺利，因为政府鼓励大家就业创业，简政放权，办证已省去了原来复杂的审批程序。一切都在变化，只要比昨天更好，就是幸福的。

正月十五，街上张灯结彩，烟花灿烂，一片热闹祥和。晓光正在店里收拾他的手串，忽然有人推门进来，摄像头对着他古色古香的店面拍了一圈，最后镜头集中到赵晓光身上，原来是有记者来采访。

"今天是正月十五，元宵佳节，我们看到了琳琅满目的饰品，在这个店里，我们发现了特殊的手工制品，它有珍珠的光泽，但不是珍珠，手感也很温润。"记者手持麦克风，喜气洋洋地讲，又面向赵晓光："你能给我们大家介绍一下你的手串吗？"

"我的手串是用菩提子串成的。我们都知道'腊八粥'，但大多数人不知道'腊八粥'与佛教文化的关系。据佛经上说，释迦牟尼苦心修行，身体瘦弱，这时受了一位放牛村女的牛奶粥，释迦牟尼以后每日接受供奉，体力逐渐恢复。在腊月初八这天，在一棵菩提树下顿悟成佛。"

"原来这个手串是有文化的。"

"是的，对我来说这个菩提子有着传统文化的意义，还可以在交流中，交到很多朋友。更为重要的是，手里拿着手串，它不是金的银的，但我时时会有对人生的顿悟之感。而我也会因为这串，想起当初拿资金支持我鼓励我的人，那个赶海的小姑娘……她给了我一碗粥，我想找回我的牧牛姑娘……"他竟有些抽噎。

这之后，晓光的文玩店竟然火了起来。

晓光偶然听人说起王艳伟，说她种西瓜出了名，成了那里的西施瓜王，种出的西瓜甘甜可口。

他耳边响起了王艳伟的歌声，"赶海的小姑娘，光着小脚丫，珊瑚礁上捡起了一枚海螺，抓住了水洼里一只对虾……"他想见一见王艳伟。

他抽空去找过王艳伟。他试探着问："你们有了感情？"

王艳伟面对自己曾经爱过的晓光，脸上并无惊喜："这几年年景好，政策也好，发展农业，还有干部下乡扶贫，他又给我提供了些新技术，我把借他的钱都还给了他，他就拿着那些钱，开了水果公司，我的西瓜都由他售卖了。"

"我还记得我们以前……"

"我心里一直怀念着我们俩过去的时光，那样美好。可是那只能在记忆里了。"

"我还记得你唱过的歌，'赶海的小姑娘，光着小脚丫'……"他一边唱歌，一边深情地看着王艳伟。

…………

晓光跟王艳伟讲了很多话，但他感觉他像是在跟一个入了空门做了尼姑的王艳伟说话。王艳伟淡漠地告诉晓光："过去的一切都已是过去，那段情我已经放下了，已心如止水。两个人之间如果隔了什么，那就再也无法接续前缘。"王艳伟像皈依了佛门的弟子，总归是一个意思："施主请回吧，我已不记得前尘往事。"

晓光只得转身离开，他不知道，在他的身后，那个女孩，以痛哭的方式告别了她的青春。看着晓光远去的背影，她好像眼前雷声滚滚，凉凉的雨点打在脸颊上，像是交战的烟冲入鼻孔。

晓光守在文玩店，可是不知怎么，天空每响起雷声，下起那种瓢泼大雨，晓光就会想起那个在暑天里卖西瓜的女孩，会想起那无助的眼神。

晓光因此迟迟不肯结婚。

晓光有一次又和赵晶玉谈起王艳伟。

赵晶玉说："你还是放不下她。"

晓光说："不是我放不下，她是我一直爱着的人。每当我想起她时，我耳边还会响起一个清新的声音在歌唱，'赶海的小姑娘，光着小脚丫……腥咸咸的海风哟，清爽爽地刮……'听着那歌声，心就像春天的树萌出新芽，嫩绿的，你不敢轻触那芽，怕它会被折断。"

"那是因为，你只有在那个时候才是爱她的，哥哥，你想想，你真的爱过吗？你想想看，从你辞职去南方以后的时间里，你在她的生活里留下了什么？她又有什么留在你的生活里呢？你有多少个日子是属于她的？在她需要你的时候，你又在哪里？"

晓光无言。他好像在记忆里搜寻着往日的时光，他好像看到一些漫长而空白的日子里，她的影子似有还无。

"你都不曾爱过，又怎么期待得到她的爱呢？在她的心里，爱情已经逝去，所以你在她的生命里留下的都只有情怀。"赵晶玉字字如刺。

"读《围城》的时候，我就想方鸿渐如果做错了什么，他赶紧回过头去找唐晓芙，或改正或弥补，我以为在爱情上，她会原谅的，但是她真的不会原谅。"晓光心心念念成灰。

"你又不曾爱过，又有什么可原谅呢？既然不曾爱过，那你和谁在一起，还不是一样呢？"

晓光颓然。

晓光终于结婚了。结婚的前日，他喝多了酒，嘴里唱着"赶海的小姑娘，光着小脚丫儿"，后来被他的妈妈用冷水泼醒。

有时候，爱情是场烟花，它炫目的一刻，已开始了寂灭，会有什么留下？爱情是什么，究竟怎样来回答？

公园里有歌声传来，赵晶玉再向树林里走去。歌声越来越近，里面有几个人组成的"歌唱团"，几人围在一起，架子上放着歌本，有一人身上挎着手风琴，给大家的歌声配着乐。坐在轮椅上投入地唱歌的正是张安华。人们唱着：

> 这样执着，
> 究竟为什么，
> 漫漫人生路上下求索
> ……………

演奏手风琴的人，很卖力，他们唱得也很投入。

歌曲唱完了，忽而寂静，赵晶玉竟有一种奇怪的感觉，阳光透过树叶的缝隙好像碎金子洒向人们，好半天赵晶玉才醒过来。

张安华也变老了，就在生活的磕磕绊绊中，在与赵康强或喜或悲或甜或苦的相伴中，褪去风华。

赵晶玉瞅着空当跟妈妈说："妈，我来接你。"

"你姐呢？"

"她今天有事，忙不开。"

"忙不开？有那么忙？"

"是的。她不来，爸爸还在呀，他在那边唱戏，实际上也是要和你一块儿回家呢。"

"唉，我这命。那老头子，只管自己唱戏，一辈子，他管了啥？我才不用他等我回家。他就没关心过我。"

"妈，不能这么说。"

"这两天就看我不顺眼。早几年，我要喝中药，他把中药给倒了；前两年我说不舒服，要拔罐，他说那多脏啊，都说拔罐对我身体有保健的作用，他不让我拔罐；这不人家跟我说，有的医院能用艾熏，熏完了可轻松了，他就说那不科学。科学不科学我不知道，我就知道，他根本不在乎我，这一辈子，他管过我什么？！"

赵晶玉不知道该怎么劝她的爸爸。这么多年来，他的眼界变得越来越狭隘，对于中医的了解还是几十年前的刻板印象，成见伪装成科学是很可怕的。一有人要看中医，他竟恨得咬牙切齿，坐井观天认为自己习得的知识就是最高的，中医的那些东西都在他的心里，他保守而固执。人究竟是怎么变固执的？

赵晶玉劝着妈妈说："不让试就不试，他好像对中医的一切都是排斥的。"赵晶玉站在妈妈的身后给她按着肩膀，"我有个中医朋友会治骨病，让他给你看看。"

"他行吗？"

"行，有一次我的脚崴了，他几下就给我治好了。"说到这里，赵晶玉给妈妈按摩的手忽然停了下来，她想到自己可能撒了一个谎，如果病已深，纵有神医也无力回天。不过，她希望中医的手法能缓解妈妈腿部的病痛。

"玉，那些年，我对不住你，你别怨恨我。那些年，家里的一切都得我扛着，唉，都是没钱，你爸下岗，又没有别的能力，你们又都得上学念书……"

"妈，我知道，我姥姥一直跟我说，你不容易，不管怎样，要待你好。我姥姥说，我们是一家人，一家人，哪有什么怨恨。她嘱我多照顾你，我送你回家吧。"

"我想在外面再多待会，不愿回家，死老头子，一回家，我说东，他就说西。"

赵晶玉转过身去，去看侄子，又劝说了爸爸几句。

张安华抬起头，向天空看去，树梢摇动着，阳光就一粒一粒地落在她的脸上。她闭上眼睛享受着阳光，阳光在她的眼角闪烁着，她轻轻说道："妈妈，我想你了。"

不一会儿，赵晶玉的身后又响起了他们和着手风琴乐曲歌唱的声音：

> 并蒂的花儿竞相开放
> 比翼的鸟儿展翅飞翔
> 迎着那长征路上战斗的风雨

为祖国贡献出青春和力量

啊，亲爱的人啊

携手前进，携手前进

我们的生活充满阳光

充满阳光——

那"阳光"两个字被拉得很长，韵味不止。

不知什么时候，赵康强已站在张安华的身后："老伴儿，你受累了……"这声音很轻，却温柔地飘进张安华的耳朵，她眼角的泪水终于流了下来。

人生一世间，忽若暮春草，赵晶玉眼前浮过了妈妈年轻时的样子，耳边又响起了那首打夯歌：

那个小姑娘哇！

嘿——呦！

梳个小辫子呦！

你一说那小姑娘哇！

嘿——呦！

害臊了哇！

嘿——呦！

…………

## 二　你可以教孩子们认识野草吗？

张二丑忽然接到一个陌生女孩打来的电话，约张二丑到城南的青青草小学见面。

电话那头问："大哥，你还记得我吗？"

张二丑看看来电号码，觉得像是诈骗电话，果断地说："我想不起来，你是哪位？"

那女孩有些急："老师，真不记得我了吗？"

张二丑记不起这个声音："我想不起来了。"

她有些失望："这样吧，我们在青青草小学见一面吧。"

"告诉我你是谁？"

"你猜不出来，见了面就知道了。"

听着不像有恶意，张二丑如期赶到青青草小学。

学校就在河边不远处，被绿的草地和小树林环绕着。校门就在绿树中间露出来，阳光照着它，好像梦里的城堡。

有一个人早在路边候着了。她长发飘飘，绽放的笑容里，有几分期待。

张二丑迎上去，愣住了，"是你，郁珍珠！"

她高兴起来了，"你还认得我啊，我以为你肯定想不起我是谁了。"

"当然记得，只是你这变化，确实和当初那个柔弱的小姑娘不一样了。"

"到我办公室坐坐吧，喝杯茶。我有好茶，专等你来呢。"

"那恭敬不如从命了。"

"老师，你的手机号换了，我一直找不到你。我记得你说过常去798艺术区，我就在艺术区参加画展，我知道你早晚能看到我的画。"

"我在画展上，看到一幅叫《梦境》的国画，画了老鹳草，这画就是你画的吧？"

"是的，你也没留下联系方式，我还是托了人，好不容易才找到你的电话。"

"你的父母现在好吗？"

她叹了口气："都是我不好，对不住他们。我一直是个不听话的孩子。"于是，从她的讲述中，张二丑听到了后来的故事。

"中学时代的我，越来越叛逆，我的妈妈似乎在我的方方面面中都能看到不足，每有批评，我自然是不愿服从，父母之间的争吵，转变成了母女之间的互怼。"张二丑认真地听着，没有插言。

"妈妈常说的话是：'还不是为了你。'我就恶意地回复：'别说为了我。'我一句一句地回应，一句一句地伤着妈妈的心。"

"一切都因为她不准许我再学绘画，她把我的绘画工具全都收起来了，仿佛绘画在我生活里消失了，绘画是一件比犯罪还严重的事情。因为这有悖于他们为我做好的人生规划。其实，同学中有学舞蹈的，考了级拿了证，可是一进入初中，她们发现没有了学习的机会，之前的舞蹈功底都渐渐荒废。"

"不怕妈妈一人，就怕我妈他们合力，他们太强势了，最终妥协的是我。他们觉得我听话了，于是他们说我懂事了。"

"直到高考填志愿，是一个孩子第一次真正面对未来。"

"很多人并不知道将来要干什么，对未来一无所知。真的如你所说，人们不惧怕艰难，但惧怕未知。"

"高考填志愿，原则上是尊重孩子的兴趣。然而想想看，有多少人在中学阶段能够发展自己的爱好兴趣呢？为了考大学这一个'终极目的'，与高考无关的事情都是要放弃的。"

　　"很多学校其实就是高考大工厂，学生们都有一个共同的'理想'，但没有自己真正的'理想'。临到高考填报专业时，才开始搜寻自己的兴趣到底在哪里。大多数的同学都是看潮流，什么专业热门报什么，比如'建筑'，比如'金融'，流行即是兴趣所在。"

　　"我当然知道自己的兴趣是绘画，父母的意思是，绘画只能算是我的一个爱好，不能算我今后赖以维生的专业。他们为我仔细衡量打算着，指出绘画类的专业将来毕业不好找工作，再说我现在的文化课成绩不错，考了艺术专业可惜了。在他们的规划里，我应该考一所重点综合大学，从长远考虑还是应该学金融。他们说只有学金融未来才是安排好了。他们在社会上经得多，看得明白，我拗不过父母选择了这个专业。"

　　"仅仅入学一年，一些课程里的数字符号就与我格格不入，我开始否定了我父母给我的人生规划，尽管他们给我的人生规划看起来那么完美，按着那规划来做，我的一切就可以被安排好了。"

　　"那个秋天里，我忧郁地走在街路上，秋风打落树上的枯叶，趴在地上，拼成一块地板，树叶装饰的地面真的很华美。我踩在落叶上，我能听到树叶筋脉碎裂的声音。"

　　"每次回家看望父母，想跟他们讲自己的心事，可是看着他们满心的欢喜，我就什么都不想讲了。"

　　"离开家，在车窗上，我望着闪过的树影，想回头看着越来越远的城市，却看不到。孤独像一只突然醒来的虫子狠狠地叮咬我。不是因为离开了家才孤独，是星光闪耀，你却找不到哪一颗是自己；是你看到画面上丰盛的宴席，肚中饥肠鸣叫；你能看见黄晕温暖的灯光，而我只是从它身边路过。"

　　"在我苦闷的时候，我打了你的电话，可是打不通。"

　　"我翻看了以前的日记，那时候，你告诉我'要像个战士'，人总会遇到这样那样的问题。我想，如果你在我的眼前，也会是这样说的。"

　　"我知道，如果打通了电话，你会让我坚持下去，难关总会攻克，可我不能这样颓废下去，我当时，太脆弱，我选择了退学。我打算重考，去学我喜欢的绘画。"

　　"要知道，邻居们知道我考了所名校，而且是重点的专业，这是很有面子的事。现在，爸爸把我痛骂一顿，妈妈恨铁不成钢一气成病，后来据医生讲，她的病早几年就已坐成了。"

"他们对我绝望不理解，我觉得自己死掉了一样。"她的语气不再平静，张二丑听得出她心里的悲伤。

"我跟他们解释，我想找一件事，一辈子能为之付出的事来做，我做不到他们希望的那样……"

"我很想找到你，像那年你救我的爸爸那样，救一救我妈妈……"

"那年我的妈妈太压抑，病得很重，离开了我们。我爸后悔曾经和她争吵，终日里喝酒，消沉。是那些年我太不懂事，让我的父母伤心。这一切都怨我。"她抹去了眼角流出的两颗泪珠，"我好想念我的妈妈。"

张二丑一直没有打断她的讲述，默默地听，见她哭了忙安慰她说："这责任不应该你来承担。"

"要不是因为我……我罪孽深重了。"

"你父母强势地从个人感觉出发，以为自己就是你人生的打造者，这才是他们痛苦的原因。他们不想让你输在起跑线上，他们想让你拥有幸福的人生。"

"我也这样安慰过我自己，可是，我是无法原谅我自己的。要是我早知道要为自己负责任，能够管理好自己，像他们要求的那样有上进心，不让他们挂牵就好了。"

张二丑忽然想起一句话："错了就是错了，爱可以付出，恨可以放下，唯歉疚不能释怀，因为它属于过去，我们无法去修补。"张二丑叹了口气。

"我找到了飘的欢喜，浮于空气中，仙女般的自由，可是想要落下时，偏又失重。人们啊，都只想到理想的状态，自由永远不可能是完整的。"

…………

"听说你做了医生？"

"是，继承爷爷遗志。"

"为了别人来改变自己的理想，值吗？"

张二丑回忆起爷爷说："我很小的时候，爷爷给我讲宋徽宗爱画的故事，的确这位皇帝，有艺术眼光，而且书画水平也高，可在政事上，就是个昏庸的皇帝，劳民伤财，兴'花石纲'。靖康之变，那些花鸟鱼虫救不了他，天子成囚徒。一扇破门，一盏孤灯，冷风摇孤灯，他有首诗这么写的，'彻夜西风撼破扉，萧条孤馆一灯微。家山回首三千里，目断天南无雁飞'，真是凄凉。爷爷告诫我，绘画要学，不能迷了心志，因为有些事情永远值得你去做，如你所说，可以一生为之付出。我知道他是希望我能把他的医术继承下去。他的一生致力于医学，他想做一个大医生，不想庸碌一生。可是他的理想从来没有实现过，我不能让他看不到希望。"

郁珍珠点头说："我也曾读过梁元帝读书的故事。国都沦陷，元帝烧了图书十四万卷，他觉得会有今日，是读书万卷之错。可是国家急难的时候，他不理政事，仍是早晚读书，这和沉迷酒色有什么不同？书本无错，如果它不能在人的生命里打造人的骨气，不能塑造人的灵魂，不能赋予人智慧，那读书还有什么用？"

"你现在的思想好深刻啊，"张二丑笑着说，"那你怎么又做了老师呢？放弃绘画了吗？学习绘画，是在你父母的反对中坚持下来的，放下了不是可惜吗？"

"谁说我放弃绘画了，从你教我学画时，我心里就已经有了一个朦胧的方向，那时我就想，将来我要开个学校，学校里要认真地开设绘画等课程，可以培养发展他们各自的爱好，学生们可以不必奔走于各种课外班。后来，我想让他们触摸到春华秋实，我要让他们认识老鹳草，了解艾蒿们的性格，教他们学会独立和承担。"

"生活总该有个主题，自由才不会像是散沙。我觉得你又做这又做那，哪来那么多精力？"

"这并不矛盾。如果绘画成了谋生的手段，难免会迎合别人。梵高也做过教师，他也是接触了农民的生活，才有他后来的名作的，不是吗？"

"你也想学梵高一张画也卖不出去吗？"

"不怕，等我穷得讨饭时，到你门前赏口稀饭吧。"

"哈，想都别想。"

她带着张二丑在校园里走，张二丑才看清楚，那些公园式的绿地，实际上，是美术教室，那长亭里面有老师在给学生上课。草地上，生长着的，没有名贵的植物，却是老鹳草、艾草这类植物。种了这些植物的校园，并不显荒芜，却有野趣。这自然是学生观察植物的好地方。

"小时候，我什么都不懂，不知道生气恼怒都会给人带来疾病。也就是后来听你讲一些医学知识，听你讲'为人子而不读医书，犹为不孝也'，才开始明白些道理。"她叹口气又接着解释说，"现在中医开始走进校园了，我们有较浅显的中医学知识读本，孩子们会学到些基本的中医思想，了解一些中医的保健方法。我在校园里种植这些野草——其实就是常见的中药草，让他们了解中医药。"

张二丑回头看，在她的身后站着一群孩子，他们活泼温暖，一张张笑脸像阳光中的向日葵，拥有生机勃勃的绿和金灿灿的笑脸。又一群孩子们要成长起来了，我们又将老了。这不是一代一代简单的往复，他们将会走上自己的人生路，也将会演绎更美的故事。

"这些学生早就等你来上课了，你教教他们画画吧，就像当年教我那样教。

你也教他们认识野草，认识中药，教他们学习中医的知识和思想。"

于是张二丑教孩子们画树叶，画树叶上的纹路。

"老师，你知道脉络吗？"一个孩子问老师。

"脉络我知道，就是血管嘛。"不等老师答，旁边另一个学生说。

"不对，是神经末梢。"又一个学生说。

张二丑听得震惊了，什么时候脉络已经被这样确定了？

"老师你怎么了？"那个学生问。

"没什么，你们怎么知道的？"

一个孩子骄傲地说："书里说的。"

"科学上，还没有确定，这经络是什么，还需要你们去验证，等着你们去研究。"张二丑给他们讲了些经络的知识，还有穴位，这些穴位在医疗上的应用。

"真是太有意思了。"孩子们很开心。

大多数的教育是在教给孩子们已知。如果已知是个圈，里面是我们捕获的过去，未知还在圈外，那像极了地球之外的宇宙，即使是已知也还在不断地再认识的过程中。如果我们只是教给孩子们已知，不教给孩子们探求未知的方法，就断绝了孩子们思考的空间。

科普的精神是什么？不全在于教给孩子们已知，如果把学到知识认作终点，那么科学追求也已到了终点。科普更要培养孩子们的兴趣，传递给他们科学的思维方式，传递给他们探索精神。

张二丑给孩子们讲完课，因为还有事，向郁珍珠告辞。郁珍珠把张二丑送到校门口。

郁珍珠说："我还是叫你张大哥吧，这样习惯，叫你老师，我觉得一下子把你叫得离我很远很远，我丢了妈妈，伤了爸爸，不能再找不到哥哥……"

张二丑笑道："放心吧，你的爸爸会好起来的，我们都会好的。"

郁珍珠笑了："有时候，我觉得我还像是个小孩子，没有长大。"

张二丑开着玩笑说："这回别像小孩子了，让你的学生们做珍珠可以，可是最好少些忧郁，多些快乐。"

郁珍珠笑了，"张大哥，以后你就来教学生们学习野草，学习中药知识吧。"

张二丑说："有时候，我在云南，有时候我在沈阳，我在建一些中药基地，赶巧了我会来上课，我不在的时候，我可以安排别人。你还可以带着学生们，到我的基地去看。"

# 三　徕凤山药王谷

经历了战火与灾难，
有了今天幸福生活，
我们更要懂得珍爱，
我们要用行动证明，
不曾忘记："九一八"。


九年后，二丑爷爷的忌日，张二丑给他的爷爷奶奶扫墓。

登上小山，张二丑远远地看去，在爷爷的坟前，玫瑰花边，竟长出了几丛白头翁。此刻白头翁在风中晃着满头银丝，似与玫瑰在对话。

他不禁想起爷爷常常咏叹：


寄言紫花郎，
何事费思量？
弹指花颜改，
变作白头相。
奈何草，可奈何？
当年漂泊少年场，
忽然已做白头翁。
紫花郎，紫花郎，
君愁重似我，
满身都是愁。


张二丑坐在爷爷坟前，就像当年在紫藤架下坐在爷爷身边，旁边的白头翁，恍惚就成了爷爷的模样，他在慈祥地看着自己。

"爷爷，"张二丑说，"我和爸爸一道把徕凤山药王谷开发出来了。我们在一些乡村开发建设了中药种植基地，生产中药的原料药，也做中药配方的研发。我们还开设了个实验室，也对中药做着各种研究。"

张二丑把一杯玫瑰露酒洒在坟前，一杯自己饮下。

张二丑接着说下去："我对白头翁汤做过实验，白头翁汤拆方后，单味药物的抗腹泻作用大大降低。又做了抑菌实验，白头翁汤全方合煎，不如黄连、秦皮等单味药材抑菌效果强。可以看出这个中药方剂的解毒清热作用，一是几种药物配伍增强了白头翁原有的抗腹泻药效，二是研究发现白头翁汤中含有提高免疫力的成分。现代有人提出，废掉中医理论，根据病症使用中药，但是这就丢掉了中医药研究创造各种辨证治疗方药的基础，不能在中医理论指导下的中药将失去中医药创新的源头。"

从《神农本草经》到《黄帝内经》，再到《伤寒论》《本草纲目》，诸多古籍中，沉淀了多少中医药的研究成果，那是中华民族的伟大创造和智慧结晶，是中国献给世界的礼物。中医在历经千载的医疗实践中，记录下大量的医案和中药方剂，这些都有待发掘研究，特别是那些方剂，应该认识其疗效，发挥其价值，其中的好多秘密我们未能认知，仍需探索。正如屠呦呦说："中医药从神农尝百草开始，在几千年的发展中，积累了大量临床经验，对于自然资源的药用价值已经有所整理归纳。通过继承发扬、发掘提高，一定会有所发现、有所创新，从而造福人类。"

从艰苦的岁月走过来，经历过战火与饥饿的年代，人们更懂得珍惜今天的幸福生活。在物质生活丰富的今天，人们的生活愿望已从"求生存、盼温饱"变成了"求发展、享质量"。我们有幸生活在这样一个国度，能得到世界上独成体系的中医学关照。中医有对生命现象的认识和体悟，是生命的科学，中医有着医疗养生保健的可贵思想，在这个节奏快、压力大的时代里，我们应该吸收中医的这些思想，过健康有质量的优雅生活。

2019年年底，武汉发现不明原因肺炎病人，患者乏力、发烧、咳嗽、咽痛。

2020年年初，新冠疫情暴发。

张二丑坐在张大耳朵常坐的椅子上，用脚推起碾轮，碾轮一下一下地往复碾药。他看着电视上发布的一条条消息，看着看着，他好像看到爷爷脸上露出悲伤站在眼前，爷爷的话又回响在耳边："那年的瘟疫，在村口上，有一个孤女，守着一座新坟，一声一声地哭喊'老白，老白……'"灾难突至，原来美满幸福的家庭可能会瞬间崩塌，很多人的命运与生活瞬间发生改变。张二丑又一次翻开爷爷留下的书，对爷爷说："爷爷，我要参加到这场抗疫斗争中去！"

春节前，张二丑安排徕凤山药王谷的员工，将库存药物发送到急需药品的各地医疗机构。

张二丑又开始筹备复工，由于放假早，需要对外省员工做出复工通知。他跟员工讲："作为医药企业，作为中药人，要当仁不让挑起重担，参与到抗疫药物的供应和研发生产中来，这是我们的责任与使命。"张二丑提出要给工人在春节加班生产发三倍工资，但是员工们表示，不需要，"白衣天使在前方义无反顾，我们也应尽微薄之力。"

于是张二丑着手复工了，清点材料，做好生产前的准备。

大年初一，徕凤山药王谷员工返岗投入到生产中，初二全部员工到齐。张二丑为员工派发了春节红包，并送上祝福，"过年好！你们放弃了与家人团聚的时光，奋战在岗位上，你们有爱心，把社会责任放在了第一位，谢谢你们！"

…………

清明已过，这天张二丑刚忙完生产任务，坐下来休息，打开手机，微信里已有好多信息。看看里面有好几条赵晶玉的信息。打开其中一条，上面写着：

> 彼采葛兮，一日不见，如三月兮。
> 彼采萧兮，一日不见，如三秋兮。
> 彼采艾兮，一日不见，如三岁兮。

张二丑又打开一条赵晶玉的信息，上面写的是："徘徊花又要开了，我们一起采摘花蕾酿酒，一起喝徘徊花酿成的酒！"

张二丑笑了。

经过全力地投入生产，奋力地抗疫，此刻的安静真的美好，好像吃过了那种叫作"荼"的苦菜满嘴苦味，又吃到荠菜，平淡，却有甘甜的幸福。

张二丑转身走到窗前，向远处的山、河望去，是的，徘徊花又开了，一片一片的，开得像一片一片丹霞。

"澄澄映雁影，漾漾舞丹霞"，他轻声念着这让人念念不忘的诗句，他好像看到一个个安静祥和的村庄。丹霞村，已经在中国的大地上开花了！

张二丑忽然明白，奶奶给爷爷讲的丹霞村、爷爷追寻了大半生的丹霞村、那个丹霞下真正的丹霞村——丹霞村并不是村的名字，那是奶奶离家时那个村庄美丽纯净的模样。这样的一个村庄在他们的梦里越来越绚丽多姿，成了他们梦想的家园、精神的家园。

他久久地望着那开得如丹霞的徘徊花，一片，又一片……

我们每个人都来自丹霞村，又一生向着它追寻。

张二丑和赵晶玉穿行在玫瑰花丛中，玫瑰花盛开，有蝴蝶和蜜蜂在花间飞舞。

他们手捧起玫瑰花瓣，花瓣纷纷落下。

他们一起酿酒，酿成的玫瑰露酒从酒坛倒进酒杯，琥珀色的玫瑰露在杯中打转。

张二丑和赵晶玉头上戴着花环，手牵手奔跑在玫瑰花丛间、草地上，欢笑声醉红了流云，聚成满天红霞。大雁翩翩落下，而水塘映着天光，莲花亭亭，草地被红霞染成紫色。紫色的草地上有一个小屋，一条小路从红霞深处蜿蜒而来。